BAUDOLINO

波多里诺

翁贝托·埃科
——
著

杨孟哲
——
译

上海译文出版社

献给埃马努埃莱

目 录

一　　波多里诺开始动笔写字 / 1

二　　波多里诺遇见尼基塔斯·蔡尼亚提斯 / 11

三　　波多里诺对尼基塔斯解释小时候的文章 / 27

四　　波多里诺和皇帝对谈并爱上皇后 / 43

五　　波多里诺给予腓特烈明智的建议 / 53

六　　波多里诺前往巴黎 / 65

七　　波多里诺为贝阿翠丝写情书，为"诗人"撰诗词 / 81

八　　伊甸园里的波多里诺 / 89

九　　波多里诺训斥大帝并诱惑皇后 / 105

一〇　波多里诺寻获东方贤士并为查理曼列圣 / 113

一一　波多里诺为祭司王约翰建造皇宫 / 125

一二　波多里诺撰写祭司王约翰的信函 / 137

一三　波多里诺目睹一座城市的诞生 / 151

一四　波多里诺用父亲的牛救了亚历山德里亚 / 173

一五　莱尼亚诺战役当中的波多里诺 / 201

一六　波多里诺上了左西摩的当 / 211

一七　波多里诺发现祭司王约翰给太多人写了信 / 225

I

一八　波多里诺和柯兰迪娜 / 233

一九　波多里诺改变他那座城市的名称 / 239

二〇　波多里诺找到左西摩 / 247

二一　波多里诺与拜占庭的恬逸 / 261

二二　波多里诺失去父亲，找到圣杯 / 271

二三　第三次十字军东征的波多里诺 / 283

二四　波多里诺来到阿祖鲁尼的城堡 / 295

二五　波多里诺目睹腓特烈丧命两回 / 311

二六　波多里诺与东方贤士之旅 / 329

二七　波多里诺在阿布卡西亚的黑暗当中 / 347

二八　波多里诺横渡安息日河 / 361

二九　波多里诺抵达彭靼裴金 / 369

三〇　波多里诺拜见助祭约翰 / 385

三一　波多里诺等候动身前往祭司王约翰的王国 / 399

三二　波多里诺看到一名带独角兽的女子 / 415

三三　波多里诺遇见了伊帕吉雅 / 425

三四　波多里诺找到了真正的爱情 / 445

三五	波多里诺对抗白汉斯人 / 455
三六	波多里诺和洛克鸟 / 465
三七	波多里诺丰富了拜占庭的宝藏 / 477
三八	波多里诺进行清算 / 493
三九	柱头隐士波多里诺 / 513
四〇	波多里诺已经离去 / 529

一

波多里诺开始动笔写字

拉蒂斯邦①~~朱的~~主的纪元一一五五年十二月欧拉里欧氏族波多里诺的记载

我欧拉里欧氏族加里欧多之子波多里诺有颗狮子般的脑袋哈利路亚赞美赦免我的主

我做子犯下这辈子最严重的罪从奥托主教的箱子取走大量可能是皇室~~大臣~~大臣公文并刮除干净除了刮不掉的部分所以我现在有许多供我随意书写个人笔记的羊皮纸尽管我不会写拉丁文

如果他们发现公文已经不见谁知他们会进行何种杀戮他们会认定是名欲伤害腓特烈大帝的罗马主教密探

但是宫廷内也可能无人理会就算没有用处他们还是写不停拿走（这些公文）的人可能随手塞到屁眼不会有何企图

  ncipit prologus de duabus civitatibus historiae AD mcxliii conscript
  saepe multumque volvendo mecum de rerum temporalium motu ancipitq

这几行字已经在上面刮不掉不得不跳过

如果这些公文我涂写后被发现就算大臣也看不懂因为法斯凯特从没有文字记录的语言

　　不过如果是没人懂的语言他们会马上猜到我因为大家说我们法斯凯特用非基督徒的语言所以我最好藏妥

　　老天写字还真累我每根手指都开始疼

　　我父亲加里欧多经常说一定是罗伯瑞托的圣马利亚恩赐因为从小只要我听到别人说午伍五个字就可马上重复他们的话无论对方来自泰尔东纳或贾维或甚至来自说话不如狗的米迪欧兰尼恩②总之我这辈子第一次遇到阿勒曼尼人是围攻泰尔东纳全部都是下流骗子那些人他们口中叫着 rausz③ 和 mïn got④ 半天后我也开始说起 raus 和 Maïngot 他们会说 Kint⑤ 去帮我们找个漂亮的 Frouwe⑥ 来搞一搞不要管她同不同意只要你告诉我们地方我们就去抓过来

　　但是我说什么是一个 Frouwe 他们说是一个小姐一个女人一个母的懂吧他们用手比划大乳房这一次攻城都没找到女人泰尔东纳的女人都在城内城外的女人都躲起来他们继续咒骂让我全身起鸡皮疙瘩

　　死士瓦本佬你们慢慢等我告诉你们何处找 Frouwe 我再怎样也不当探子所以你们自己搞吧

　　我的妈他们差一点杀了我

　　杀和屠杀或宰杀我几乎会写拉丁文并不是我不懂拉丁文因为我

---

① 今雷根斯堡。
② 今米兰。
③ 滚。本章外文拼写多不规范，故不标注所属语言。
④ 我的天。
⑤ 小鬼。
⑥ 女人。

用一本拉丁文书学会识字所以有人对我说拉丁文我懂但是问题在写字我不会写对话

　　该死我一直都不知何时应该用"equus"或"equum"① 我一直弄错我们那边的马永远都是"caballus"我从来不会为了没人使用"caballus"或"kaval"而犯错根本不用写字因为没人懂

　　不过这次还好这些条顿野人没有动我一根头发因为一些士兵刚好过来大叫走吧走吧我们重新开打接着我完全搞不清楚状况骑兵跑一边摇旗的侍从跑一边还有号角声和高如布尔米亚的树木像推车一样移动装有石弩的箭楼还有人背着梯子以及用汤勺类的东西投掷大石块他们头上箭如冰雹一般落下德尔东纳人从墙后投掷的标枪也从我头上咻咻飞过真是一场混战

　　我在一片灌木丛后面躲了两个小时一边念着救救我圣母马利亚接着一切平静下来口操帕维亚语的人从我身旁跑过一边大叫他们杀了许多德尔东纳人看来像一池血塘他们就像五月天一样快乐因为这会让德尔东纳人学会和米迪欧兰尼恩人站一边

　　由于那些找 Frouwe 的阿勒曼尼人也陆续回来或许没刚才那么多因为德尔东纳人也不是省油的灯所以我告诉自己最好离开

　　我走啊走到家的时候已经接近早晨告诉我父亲加里欧多发生的事情他对我说哈利路亚你再混在围城当中有一天屁股会被刺一刀你要知道这些是领主们的事让他们在自己的高汤里慢慢熬我们应该想想自己的牛群我们是认真的人不像腓特烈他首先上门接着离去然后又上门来将一切搞砸

　　不过泰尔东纳并不是真的沦陷因为他们只拿下市镇没有攻下城堡这事到我写完时还没结束他们水源被切断的时候宁愿喝自己的尿他们告诉腓特烈他们会对他忠诚他放他们出来但是接着放火烧城摧

---

① 马。

毁一切他让痛恨德尔东纳人的帕维亚人动手我们这里并不像阿勒曼尼人一样全部都像这两根手指一样相亲相爱我们这里如果贾蒙迪欧人看到一个贝尔果吉利欧人他们会从嘴巴里挖出他的鸟蛋

　　不过我重新开始我的记录当我到法斯凯特森林一带尤其是浓雾让我们看不到鼻尖突然冒出来的东西会让你吓一跳的时候我看到一些显像就像这一回我看到独角兽上一回看到圣波多里诺对我说你这个妓女生的杂种竟然让独角兽的故事演变成这样大家都知道捕猎独角兽必须将一个少女一个处女摆在一棵树下野兽闻到处女味会靠过来把头放在肚子上所以我找上跟她父亲一起来向我父亲买牛的贝尔果吉利欧的妮娜告诉她我们一起去森林捕猎独角兽然后我把她摆在树下因为我确定她是一个处女我告诉她让自己看起来漂亮一点张开双腿让野兽有地方放它的头她问我张开什么地方我告诉她就是这里张开一点我摸了她然后她开始发出叫声让她像一头临盆的羊一样而我什么都看不到总之我有一种末日的感觉事后她就已经不像百合一样纯洁于是她说该死这下我们如何引诱独角兽这时候我听见天上传来一个声音对我说犯下原罪的独角兽就是我而我开始在灌木丛里跳跃一边大叫嘻皮哈哈我比一头真把角放进处女肚子的独角兽还要开心所以圣波多里诺才会对我说我的孩子等等这些话不过他接着原谅我后来我在黄昏又看到他几次不过只有在雾很浓或至少太阳不让牛羊沸腾的时候

　　不过当我将遇见圣波多里诺的事情告诉我父亲加里欧多他用棍子在我屁股上打了三十棒一边念道我的老天一定对一个能见到显像却不会挤牛奶的儿子感到失望我要不一棒敲破他的脑袋要不将他送给在市集和市场让非洲猴子跳舞的那些人我虔诚的母亲对我大叫懒鬼你比谁都没用我到底对老天做了什么才会生一个看得到圣徒的儿子我父亲说那不是真的他比犹大还会说谎编造一切就为了什么都不用做

我提起这件事否则很难理解那个雾气浓到可以用刀划开的晚上当时已经四月份但是我们这里就算八月也会起雾不难理解不是这一带的人会在布尔米亚和法斯凯特之间迷路特别是如果没有圣徒拉他的缰绳一把所以我当天回家时看到前面一个男爵骑马全身包着铁甲

包铁甲的是男爵而不是那匹马他身上佩着一把剑看起来就像阿拉贡王

我心里吓了一跳我的妈等着瞧这就是来带我下地狱的圣波多里诺但是他对我说 Kleine kint Bitte① 我立刻明白他是一个阿勒曼尼领主因为浓雾在树林里迷路又找不到他的朋友此刻夜色几乎降临他让我看了一枚我从没见过的钱币然后他很高兴我会说他的语言我用德语告诉他如果照这样走你明显如白昼的一定会在沼泽之间完蛋

我不应该说明显如白昼因为雾气浓郁得可以用刀子划开不过他还是明白

然后我说我知道日耳曼人来自一个永远都是春天黎巴嫩香柏木可以生长的国家但是我们帕雷亚一带有浓雾而浓雾当中有一些小浑蛋就是对抗查理曼大帝那些阿拉伯人的孙子的后代他们全都是腥腍人当他们看到一个十字军会乱棒打在他的牙齿上也会扯下脑袋上的头发如果你到我父亲加里欧多的小屋你可以得到一碗热汤和稻草晚上可以在牛舍里睡觉明天天亮后我会为你指路因为你给了这一枚钱币感谢福泽我们虽然穷但是诚实

所以我带他到我父亲茄理欧多加里欧多的家父亲对我大叫你这个笨蛋什么都不是脑袋里装什么东西你把我的名字告诉一个过路人这些人很难说他可能是蒙费拉托侯爵的侍从又要我进贡庄稼干草作物或缴纳败军税佃农税养牛税这下我们破产了他准备去拿他的棍子

我说那个大爷是阿勒曼尼人不是来自蒙费拉托他说一样糟糕但

---

① 小鬼问一下。

是当我提到那一枚钱币他平静下来因为马伦哥人的脑袋虽然硬得像牛却狡猾得像马他明白可以从中得到一些东西于是对我说你会说这么多语言就去告诉他这件事

同上：我们虽然穷但是诚实

这句话我已经说过了

无论如何你最好再说一次谢谢你的钱但是还有喂马的稻草还有一碗热汤再加上乳酪和面包一杯好酒还有我让他睡在你睡的地方就在伙铁火炉旁边你去睡牛舍还要他让我看看钱币我要的是热那亚钱币当做自己家一样因为我们马伦哥人一向好客

那大爷说哈哈你们真难对付你们马伦哥人但是交易就是交易我给你们两枚这种钱币你不要问我是不是热那亚的钱币因为一枚热那亚的钱币就可以把你们还有这栋房子还有这些牲畜全都买下来但是你只要闭嘴拿钱因为你已经有赚头

我父亲一直默不作声然后拿了大爷扔在桌上的两枚钱币因为马伦哥人虽然脑袋像木头一样但是也很狡猾我父亲和母亲去睡觉因为我跑到法斯凯特的时候他们弯腰折背一整天他（大爷）则像一只狼应该说两只狼一样吃东西这位herre[①]叫我喝酒我留在火炉边再喝一点酒到我身边小鬼到我身边你为什么可以把我的语言说这么好

  ad petitionem tuam frater Ysingrine carissime primos libros chronicae meae missur

    ne humane pravitate

这几行字我一样刮不掉

---

① 先生。

我现在重新开始记录和希望知道我为何说他们话的阿勒曼尼领主一起过的晚上我告诉他我和使徒一样有语言天分像玛德莱娜一样可以见到显像因为我在树林里看到圣波多里诺骑着一头乳白色独角兽弯曲的独角长在对我们来说是马鼻的地方

但是马并没有鼻子否则它会长出和这个领主一样铜壶色的美丽胡子我见过的其他阿勒曼尼人都长着黄得像金色的毛

他告诉我你看到所谓的独角兽是件好事或许你说的是 Monokeros①但是你从何处知道世上有独角兽我告诉他是在一本法斯凯特的隐士写的书上读到他的两眼睁很大就像只猫头鹰一样他说你怎么也识字

该死我告诉他现在我要说一个故事

故事的经过是这样博斯科附近有一个隐士人们偶尔为他带来一只野鸡或一只野兔他对着一本誊写的书本祈祷有人经过时他会用一颗石子敲自己的心脏但是我认为那是一个土块所以他不那么痛这一天有人带给我们两只蛋我在他读书的时候告诉自己一只给我一只给你就像虔诚的基督徒一样只要他没看到就行但是我不知道他如何办到因为他一边读书一边抓住我的衣领我对他说放开我的衣服他开始大笑一边说你知不知道你是个聪明小孩每天都到这里来我教你识字

于是他敲着我的脑袋来教我识字我们信任对方之后他开始对我说喔你真是一个俊美健壮的年轻人喔漂亮的狮子头让我看看你的手臂是不是结实胸膛怎么样让我摸一摸大腿上面看看你是不是健康我于是了解他想做什么我用膝盖撞了他的蛋也就是说睾丸他蜷在一起一边说该死我要去告诉马伦哥人我要告诉他们你着了魔然后把你烧死太好了我说但是首先我会宣布晚上看到你把你的东西放在一个老巫婆的嘴巴里到时候看看他们会不会认为着魔的人是我这时候他说

---

① 独角兽。

等等我是开玩笑我想要看看你是不是惧怕权势这件事我们不要再提起明天回来这里我开始教你写字因为识字并不值钱只要看一看然后动动嘴唇就够如果你要在一本书里面写字你需要书页和墨水以及 alba pratalia arabat et nigrum semen seminabat① 的芦苇笔因为他经常满嘴拉丁文

我说只要识字就足够学习不知道的事写字只能写出已经知道的事所以还是允许我继续不会写字因为屁股就是屁股

我描述这件事后阿勒曼尼大爷笑得像疯子一边说勇敢的小骑士隐士全都是鸡奸狂告诉我你在树林里还看到什么我觉得他是跟随腓特烈大帝想拿下泰尔东纳的人之一我告诉自己最好讨好他或许他会再给我一枚钱币所以我说两天前的晚上圣波多里诺对我显像并告诉我大帝会在泰尔东纳大获全胜因为腓特烈是包括法斯凯特整个伦巴第独一无二的真命天子

于是阿勒曼尼大爷说小鬼你是上天派来的要不要到大帝的营区去说明圣波多里诺这件事我说如果他要的话我甚至可以说圣波多里诺告诉我进攻的时候圣彼得和圣保罗会来引导帝国军队他说 Ach wie Wunderbar② 但是彼得一个对我就足够

小鬼跟我一起走你的富贵就在眼前

隔天早上这位阿勒曼尼大爷马上总之他几乎立刻告诉我父亲他带我一起走让我到一个地方学识字和写字或许有一天会成为大臣

我的父亲加里欧多并不太清楚这代表什么意思但是他明白自己摆脱一个大饭桶也不会再为了我游荡在路间树丛而生气但是他觉得这个大爷并非不可能是一个带着猴子在市集市场打混的人也并非不

---

① 在如是白底上喷出黑墨。
② 啊,真是太好了!

可能事后打我的主意这一点让他不太放心但是那位大爷说他曾经是朝廷大官我们在阿勒曼尼人之间不会遇到鸡奸狂

什么是鸡奸狂我的父亲要我解释那是在屁股上揩油的人少来在屁股上揩油的人到处都是但是因为大爷又拿出五枚钱币加在昨天晚上两枚上所以他昏了头于是对我说我的儿子去吧是你的一次机运也可能是我们的机运但是因为阿勒曼尼人经常在我们这一带来去也就是说你偶尔可以回来找我们我说我发誓然后离开但是我有一些伤心难过因为我看到母亲哭泣就像我去赴死一样

我们于是动身大爷告诉我带他到皇家军队营区我说只要跟着太阳走就行也就是朝他来的方向

我们向前走看到营地时一支全副武装的军队抵达他们看到我们那一刻全都跪下来放低长枪军旗然后举剑我对自己说到底发生什么事他们这边叫~~Caiser~~ Kaisar 那边叫 Keiser① 还有 Sanctissimus Rex② 的呼声四起并亲吻这大爷的手我的下颌差点因为嘴巴张得像灶口一样而掉下来因为我到这时才知道这位红胡子的大爷就是腓特烈大帝本人而我一整个晚上就像面对随便一个傻瓜一样胡言乱语

我告诉自己这下他会砍掉我的脑袋但是我让他花了七枚钱币他如果要这颗脑袋昨天晚上大可免费动手我的天

他说不要害怕一切都没事你带来关于显像的重要消息小男孩告诉我们所有人你在树林里所见我就像患了癫痫一样跌到地上翻动眼珠口吐白沫大叫我看到了我看到了然后我描述圣波多里诺对我预言的故事所有的人都开始赞扬神主天主上帝并大叫神迹神迹 gottstehmirbei③

泰尔东纳几名还不确定是否投降的使节也在场但是他们听到我说的话之后全都扑倒在地表示如果连圣徒都反对他们最好还是投降

---

① 皇帝。
② 神圣君主。
③ 愿上帝助我一臂之力。

反正也撑不下去

　　然后我看到德尔东纳人全部都从城内走出来阿勒曼尼人带走他们的时候男人女人小孩老人低头哭泣就像绵羊一样也就是说一大群绵羊而帕维亚人带着柴把榔头铅锤镐子像疯子一样进到泰尔东纳对他们来说把一座城拆到底就像让他们把睾丸排泄干净一样

　　接近晚上的时候我从一个山坡上看到浓烟密布而泰尔东纳或德尔东纳几乎已经不存在战争于是完事像我父亲加里欧多所说那是一头腥臊巨大的野兽

　　晚上大帝高高兴兴回到帐篷他像我父亲从前一样捏我的脸然后他找来一个大爷也就是教规学者拉厄文对他说要我学写字和算数还有当时不知道但是现在已经一点一点清楚的文法我父亲加里欧多根本无法想象

　　谁说当一个学者不是一件好事

　　感谢主神主总之也就是感谢上帝

　　不过就算在冬天写字也会让你全身发热因为担心蜡烛熄灭还有就像那人所说我的拇指发疼

二

波多里诺遇见尼基塔斯·蔡尼亚提斯

"这是什么东西？"尼基塔斯把手中的羊皮纸翻了又翻，试着阅读其中几行之后问道。

"是我的第一篇写作练习。"波多里诺回答，"我写下这篇文章之后——我想我当时只有十四岁，还是树林里的一个莽夫——就一直当护身符一样带在身边。后来我又写了许多份羊皮纸，有时候甚至成了例行公事。我当时似乎只是为了晚上可以描述白天发生的事情而存在。后来，每个月的回顾，或几行让我记得重大事件的记录就足够了。我告诉自己，等到了某个岁数的时候——譬如说现在——我会用这些记录来撰写《波多里诺的故事》。所以我在旅途当中一直把我一生的故事带在身边。但是逃离祭司王约翰的王国时……"

"祭司王约翰？我从来没听过这个名字。"

"我以后会告诉你，或许甚至会告诉你太多。不过，我刚刚说到我在逃难时弄丢了这些记录。这就好像丢了我的命一样。"

"你只要告诉我你记得的事情就行了。只要有事情的片段和残迹，我就可以为你编串成带有神意的故事。你救了我，你给了我仅存的一点儿未来，所以我帮你重组遗失的过去，以表示我的谢意。"

"但是我的故事可能没有任何意义……"

"没有任何意义的故事并不存在,我正是知道如何找出意义的人之一,就连其他人都找不出时我也办得到。然后,故事会成为世人阅读的书籍,就像响亮的喇叭一样,让几世纪来的尘土在坟墓上重新飞扬……只是,这需要时间:要把事件考虑清楚,重新组合,发觉彼此之间的关联,就连最不明显的关联也不放过。不过反正我们也没有其他事可做,你那些热那亚朋友表示,只要这群疯狗的愤怒仍未平息,我们就得继续等下去。"

尼基塔斯・蔡尼亚提斯身为前宫廷演说家、帝国最高法官、皇宫仲裁长、经手国家机密的官员,如果以拉丁文表示,就是拜占庭皇帝的掌玺大臣,而且还是康尼努斯和安杰洛斯家族的族谱史家,他好奇地看着眼前这个男人。波多里诺说,他们两人曾在腓特烈大帝时代的加里波利相遇,但是如果波多里诺当时在该地,也会被淹没在众多的官员当中,而以拜占庭皇帝之名行事的尼基塔斯就引人注目多了。他在说谎吗?不过再怎么样,这人的确曾帮助他躲避侵略者,带他到安全的地方,让他和家人团聚,还承诺带他离开君士坦丁堡……尼基塔斯端详他的救命恩人,他虽是一名基督徒,但现在看起来更像一名萨拉森人①。他的脸孔被阳光烤得焦黑,一道苍白的疤痕越过整个脸颊,而满头依旧红棕的冲冠怒发,让他看起来就像一头狮子。尼基塔斯后来才惊讶地得知,这个男人已经超过六十岁了。他的手相当粗壮,当他将两只手交叉放在肚子上时,可以看到关节上面的疙瘩。那是一双粗人的手,与其使刀弄剑,不如说更适合用来拿铲子。

然而,他却操一口流利的希腊文,不像一般外国人那样说话口沫横飞。尼基塔斯也听过他和几个侵略者用他们粗俗的语言简短交谈,说得又快又硬,看来也会用这种语言来骂人。此外,他前一天

---

① Saracen,中世纪欧洲人对阿拉伯人或西班牙等地穆斯林的称呼。

晚上曾经表示自己拥有一种天赋：只要倾听两个人使用某种语言交谈，他没多久就能说得像他们一样。尼基塔斯原本以为，这是只有使徒才有的特别天赋。

宫廷里的生活让尼基塔斯学会用平静的怀疑来观察人。波多里诺让他惊讶的是，不管他嘴里说什么，总是偷偷瞥和他对话的人，像在警告他们别把他这个人当真。这种习惯出现在任何人身上都没问题，但若是一个你期望能从他身上得到诚实见证的人就不行。不过，尼基塔斯是一个天生好奇的人。他喜欢倾听其他人叙述，而且不限于他所不知道的事情。就算是他曾经目睹的事，每当有人重新提起时，他都觉得自己像从另外一种角度进行观察，仿佛站在一座圣像山顶往下看，看到的石块和高高在上的使徒相同，而与山脚下仰望山顶的信徒不一样。此外，他也喜欢向拉丁人提出问题，他们和希腊人之间的差异非常大，首先因为他们的语言是全新的，而且彼此之间又不完全相同。

尼基塔斯和波多里诺面对面坐在一个位于塔楼上，三面都开了双扇窗的房间里。其中一扇窗对着金角湾以及佩拉海湾，遥望加拉太塔高耸在市区破屋之间；从另外一边，可以看到港口运河汇入圣乔治湾；最后，第三扇窗子则面对西方，原本可以由此俯瞰整个君士坦丁堡，但是这一天早上，天际的柔和色彩完全被吞噬宫廷与教堂的大火所冒出的阵阵浓烟所覆盖。

这是过去九个月以来，这座城市遭受的第三次祝融之灾，第一次从布雷契耐一直到君士坦丁城墙，摧毁了商店和宫廷的仓库；第二次除了位于卫城脚下的热那亚区得以幸免之外，威尼斯人、阿玛尔菲人、比萨人和犹太人的货栈全部遭到吞噬；而第三次的火舌目前正到处蹿烧。

下面是一片名副其实的火海。倒地的柱廊、倾塌的宫殿、断裂的圆柱，火球纷纷脱离火场中心去摧残远处的房舍，烈焰再由肆意滋长炼狱的狂风吹返，回来吞噬原本幸存的一切。不知是因为破晓阳光造成的幻象，还是香料、木材，以及其他燃烧的材质，让天空里升起了颜色不一、只有底部仍因火光而呈一片淡红的浓密云朵。依据风吹的方向，城内不同的角落更传来阵阵肉豆蔻、桂皮、胡椒、番红花、黑芥或生姜的香味——全世界最美丽的城市不单是燃烧，没错，其实更像一个散发香味的火盆。

波多里诺转身背对第三面双扇窗，在晨曦与火光的双重映照下，他看起来像一个围着光晕的黑色阴影。尼基塔斯一边听他说话，一边回想前几天发生的事情。

从主的纪元一二〇四年四月十四日的这个早晨开始——或依照拜占庭帝国惯用的计算方式，就是开天辟地之后的六七一二年——蛮族已经完全占领了君士坦丁堡足足两天。游行的时候盔甲与盾牌闪闪发亮的拜占庭大军，以及手持可怕双刃战斧、由英国和丹麦雇佣兵构成的皇家卫队，在周五时还勇敢地抵抗敌人，周一却因为敌人终于攻破城墙而节节败退。这一次的胜利来得突然，让赢家心生恐惧，预料援兵将至，所以利用晚上再次放火来隔离反抗军。但是周二早上，全城的人突然发现篡位者阿历克塞·杜卡斯·穆舒佛已经在前一天晚上逃到后方。遭到遗弃又溃不成军的市民，此刻纷纷破口诅咒他们直到前一天晚上还在歌功颂德、为他勒毙先帝而对他恭维称赞的篡位者。这些无所适从的人们（"无耻！无耻！无耻！"尼基塔斯对这种无耻的降服悲叹不已）聚集在一起，各族群的主教、身着祭服的神父、口中喃喃求情的僧侣，就像他们投靠过去的主子一样，全部都准备投靠新的当权者。他们高高举着十字架与圣像——至少和他们的号叫、抱怨声一般高——去晋见征服者，希望能够哄骗说服他们。

真是疯狂，他们才会去祈求这些蛮族的怜悯，这些人不需要降民就可以实现酝酿了好几个月的梦想——摧毁全世界占地最辽阔、人口最稠密，也是最富裕最高贵的城市，然后瓜分洗劫它的财物。一大队哭哭啼啼的人群就这么出现在愤怒得紧皱眉头、刀刃仍沾满血迹、坐骑急躁蹬蹄的异教徒面前，但是他们就当这些人群不存在一样，开始动手掠夺。

"喔，耶稣基督，这真是我们的苦难和困境！但是为什么没有海上的大浪、昏暗或全蚀的太阳、红色的月晕、移动的星象来预示这一次的不幸呢？"尼基塔斯在周二的晚上如是哭述，他在这个曾经是罗马帝国首都的城市里移动迷失的脚步，一边躲避背叛的乌合之众，一边在不断冒出新火舌的房舍之间寻找出路。他因为找不到回家的路而绝望，同时又担心这段时间内，这些恶棍会到他家去威胁他的家人。

最后，他因为不敢穿越竞技场和圣索菲亚教堂一带的花园和空旷地带，所以在黄昏的时刻跑向他看到大门敞开的教堂，认为蛮族应该不至于泼悍到闯进那里去亵渎神明。

但是才踏进去，他的脸色立刻就吓得惨白，因为宽广的大殿中遍布尸首，而喝醉的敌人骑士猥亵地在中间打转狂饮。几个败类正在一旁的廊台上敲击拆卸银制的圣像和镶嵌的金饰。为了松动华丽的讲坛，他们在上面绑上几条绳索，然后由一群骡子向前拖动。几个醉鬼一边咒骂，一边戳这些骡子，但是光滑的石板地面让蹄子不停打滑。这些武装的军人先是用剑戳刺，接着用刀砍，可怜的牲畜惊吓之余，开始接连喷洒粪便，甚至跌倒在地折断了腿，讲坛周围的地面涂满了一层泥泞的血渍与排泄物。

这些耶稣的敌人当中，有一部分正残暴地对付祭坛。尼基塔斯看到他们打开一个圣体柜，抓起圣餐杯，将圣体丢到地上，再用匕首挑起杯上的宝石藏进自己的衣服里，然后将杯子丢向一堆准备熔解的杂物。几个哧哧傻笑不停的家伙,还从马鞍上抓起满满一瓶酒朝圣器里面倒,一边喝着,一边戏谑地模仿弥撒的姿态。更糟糕的是,在已经惨遭拆卸的主祭坛上,一名喝醉酒的半裸妓女正赤着脚站在圣餐台上模仿圣典仪式跳着舞,男人们一边笑,一边怂恿她脱掉剩下的衣物;而逐渐脱到一丝不挂的她,开始对着祭坛跳起了古老而充满罪恶的希腊淫舞,最后疲惫地瘫在主教的座椅上打嗝。

尼基塔斯一边为了眼前所见掉泪,一边急忙往圣殿后面跑,去找虔诚信徒口中的"流汗的柱子"——这根柱子会持续不停地流出神秘的汗水供人触摸。不过尼基塔斯并不是为了这个神秘的理由而去。他跑到一半时,发现前面挡着两名高大如雕像的侵略者——他们对他来说就像巨人一样——用一种命令的口气对着他大叫。他并不需要精通他们的语言就能够明白,因为他身上穿着宫廷的官服,所以他们认为他身上带着黄金,或者可以说出藏黄金的地点。在这个时候,尼基塔斯觉得自己死定了,他在这座遭受侵略的城市里东奔西跑,已经目睹一个事实,并非拿出身上携带的零钱,或说出在某个地方藏有财富就可以逃过一劫:受尽污辱的贵族、哭泣的老人、遭到剥削的财主,一个个被逼问收藏财富的地点,如果拿不出来就被折磨至死,如果供出来就被丢弃在地上,反正饱受虐待之后也只有死路一条。然后,这些刽子手捡起石块,打掉一面隔墙,拆掉一片天花板,将贪婪的双手伸进一个个贵重的器皿里,伸进沙沙作响的丝绸和绒布之间,抚弄着皮毛,让珠宝首饰从指间滑落,嗅闻着盅盅袋袋的贵重药材。

因此,尼基塔斯在这一刻已经看见了自己的死亡,他因为即将与家人分离而哭泣,并祈求全能的上帝赦免他的罪。而就在这个时候,波多里诺走进了圣索菲亚教堂。

他就像萨拉丁①一样，骑着一匹披了甲的骏马潇洒地出现。他胸前挺着一个偌大的红十字，边挥着长剑边喊："该死，他妈的见鬼，令人憎恶的渎圣者，盗卖圣器的猪，这就是你们对待上帝圣器的方式？"然后用刀身拍打这些亵渎神明的家伙。他身上和他们一样画着十字，惟一的差别是他没有喝醉，而且怒气冲冲。他接近卧倒在主教座椅的那名妓女，抓起她的头发，拖着她在骡子的粪便中前进，一边更大声地用可怕的词句咒骂生下她的母亲。但是周遭那些他认为已经惩罚的人，不是喝得酩酊大醉，就是忙着取下镶嵌在各种东西上的宝石，根本没注意波多里诺在做什么。

这时候，他来到两个正准备折磨尼基塔斯的巨人面前，看着这个正苦苦求饶、朝臣的发髻散乱地披在地上的可怜人，用完美的希腊语对他说："看在十二名东方贤士的分上，你是拜占庭皇帝的大臣尼基塔斯大爷！我能够为你做些什么吗？"

"信奉基督的兄弟，无论你是谁，"尼基塔斯如是叫道，"把我从这些准备让我丧命的拉丁野人手中救出来，拯救我的身躯，你也因此拯救了自己的灵魂！"那两名拉丁十字军并不太懂这些东方语言的对话，于是用普罗旺斯语，要求看起来似乎和他们同伙的波多里诺解释。而波多里诺用标准的普罗旺斯语大声表示，这人是佛兰德与埃诺的鲍德温伯爵的禁囚，他奉命搜寻此人，事关他们两个低微的士官无法了解的官方机密。那两个家伙愣了愣，认定再讨论下去只会浪费时间，他们大可以去搜寻一些不用花功夫的宝物，所以朝着主教座椅的方向离去。

尼基塔斯并没有弯下腰来亲吻救命恩人的脚，因为他此刻早已经倒在地上了，他已经狂乱到无法表现符合自己地位的尊严："喔，

---

① Saladin（1137—1193），穆斯林民族英雄，于十二世纪将耶路撒冷从十字军占领下解放出来。

我仁慈的上帝，感谢你的帮助，并不是所有的拉丁人都像脱逃的野兽，或长了一脸仇恨的横肉。就连重新征服耶路撒冷的萨拉森人都不曾有过这种行径，萨拉丁也只拿走了一些钱财而让当地居民安然无恙！真是基督教徒的耻辱，兄弟之间兵戎相见，原本应该去夺回圣坟的十字军，却因为贪婪和嫉妒而逗留，他们摧毁了罗马帝国！喔，君士坦丁堡，君士坦丁堡，教会之母、信仰的公主、理想主张的向导、各门科学的保姆、各种美学的凝聚地，你从上帝的手中饮用了盛满狂怒的圣餐杯，然后让自己包围在比焚烧五大城更剧烈的火焰当中！哪一个贪婪无情的恶魔将他酒醉后的纵欲宣泄在你身上？哪一个疯狂可憎的觊觎者点燃了你洞房的火炬？喔，昨日披戴黄金与皇家红袍的母亲，今日却惨遭玷污，苍白消瘦、骨肉分离，就像笼子里的鸟儿一样，我们找不到方法离开这个属于自己的城市，却又无心眷恋，只能被封闭在种种错综的过失里，像迷失的星辰一般四处漂泊。"

"尼基塔斯大爷，"波多里诺回答他，"有人告诉我你们希腊人话太多，而且什么都说，但是我不知道竟然到这种程度。现在的问题应该是：如何让自己的屁股离开这个地方。我可以送你到热那亚人的地盘找地方躲藏，但是你得告诉我前往奈奥良最快最稳当的路径，因为我身上这个十字架可以保护我，却保护不了你：这一带，人们已经失去了理性，如果他们看我带着一个希腊囚犯，会认为这个人一定值点什么东西，他们会动手抢。"

"我知道一条稳当的路径，但不是沿着街道，"尼基塔斯说，"所以你必须放弃你的坐骑。"

"那就放弃它。"波多里诺用一种让尼基塔斯惊讶的轻率口吻回答，他还不知道对方是花了多少代价取得这匹战马的。

尼基塔斯在他的帮助下站起来，然后抓住他的手，悄悄地朝"流汗的柱子"移动。他环顾四周：远远看过去，整座宽敞的圣殿里,那些像蚂蚁一样蠕动的十字军全都专心掠夺,根本没有注意到他们两个。他在柱子后面跪了下来,将手指伸进地面一处晃动的石板裂缝中。"帮帮我,"他对波多里诺说,"或许两个人一起可以办得到。"果真没错,那块石板在他们花了一番功夫之后被掀起来了,下面出现了一个阴暗的入口。"这里有阶梯,"尼基塔斯说,"我先进去,因为我知道脚该踏在什么地方。然后你把头上的石板重新盖上。"

"我们在做什么?"波多里诺问。

"我们下去,"尼基塔斯说,"然后会摸到一个凹洞,里面摆了几把火炬和一枚打火石。"

"君士坦丁堡这个城市真是漂亮得可以,而且充满了惊喜,"波多里诺一边爬下螺旋状的阶梯,一边评论,"可惜会被这些猪彻底破坏。"

"这些猪?"尼基塔斯问道,"难道你不是和他们一伙吗?"

"我?"波多里诺有些惊讶,"我才不是。如果你说的是这件衣服,这是我借来的。他们进城的时候,我就已经在城墙里面了。那几把火炬摆在什么地方?"

"别急,再走几阶就到了。你到底是谁?你叫什么名字?"

"亚历山德里亚的波多里诺。不过不是那个埃及的城市[①],而是现今被称为恺撒里亚的地方,不过也有可能什么名字都不是,也像君士坦丁堡一样遭人纵火焚毁了。是位于北方的山脉和海洋之间,靠近米迪欧兰尼恩,你听说过吗?"

"我知道米迪欧兰尼恩,他们的城墙曾经被德国的皇帝摧毁过一次。后来我们的皇帝拨了款项帮助他们重建。"

"没错,我在德国的皇帝去世之前一直跟他在一起。十五年前,

---

① 指亚历山大城。

他穿越普罗庞提德海①的时候,你曾经见过他。"

"红胡子腓特烈,一位伟大而高贵的王者,宽大而仁慈。他绝对不会像这些人一样……"

"他拿下一座城市的时候,也一样毫不容情。"

他们终于抵达阶梯的尽头。尼基塔斯找到了火炬,两人将火炬高高举在头上,穿越一段冗长的通道,然后波多里诺看到了君士坦丁堡的腹腔。差不多就在全世界最大的教堂正下方,另一座殿堂隐秘地展开,消失在黑暗中的柱子多得就像湖沼森林里冒出水面的植物。一座完全颠倒的教堂或修道院,而勉强触及隐没在高耸的拱顶中的柱头的光线,并不是源自圆花窗或彩绘玻璃窗,而是访客手中移动的火焰在水面上造成的反光。

"这座城市开凿了许多蓄水池。"尼基塔斯说,"君士坦丁堡的花园并不是大自然的恩赐,而是人工的成果。只是,你瞧,现在的水位仅达半条腿,因为几乎都被拿去灭火了。如果侵略者也摧毁引水渠的话,全城都会干渴而死。平常的时候,我们没有办法步行通过,必须要乘坐小船。"

"这里的水一直通到港口吗?"

"没有,断水的地方和港口还有一段距离;我认得连通其他蓄水池的路径和阶梯,以及其他地道,我们几乎可以在地底下行走,或许到不了奈奥良,但是至少可以抵达普罗斯奥良。不过……"他焦虑地表示,好像才刚刚想起了另一桩烦恼,"我不能和你一起去。我会为你指路,但是我接下来必须往回走。我的家人藏身在圣伊雷娜后面的一间小房子里,我必须安排他们躲过这场浩劫。你知道……"他看起来像在为自己辩解,"我的宅第在第二次火灾时被烧毁了,八月份的那一次……"

---

① 今马尔马拉海。

"尼基塔斯大爷，你疯了。首先，你让我放弃坐骑，把我弄到这下面来，而没有你的话，我自己就算从大街上也可以到达奈奥良。第二，你认为自己在和家人团聚之前，不会又被士兵逮捕吗，就像刚才我把你从他们手中救出的那两个一样？你们迟早都会从躲藏的窝里被揪出来。此外，如果你想带着家人离开，你打算去什么地方？"

"我在锡利夫里有些朋友。"尼基塔斯有些茫然地表示。

"我不知道那是什么地方，但是前往该地之前，你必须先离开这座城市。听我说，对你的家人来说，你一点儿忙都帮不上。相反，我要带你去的地方，可以找到一些在这座城市里呼风唤雨的热那亚朋友，他们非常习惯和萨拉森人、犹太人、修士、皇家卫队、波斯商人，目前则是这些拉丁十字军打交道。他们是一群非常狡猾的人，你告诉他们你的家人在什么地方，他们明天就会代你前往；他们如何办得到，我并不知道，但他们就是办得到。无论如何，他们都会为我这个老朋友，以及因为敬爱上帝去办这件事，不过他们到底还是热那亚人，如果你为他们准备一份小礼物，事情会更妥当。然后，我们留在该地等待情势平静下来。通常这种洗劫只会持续几天，这一点你可以相信我，因为我见过不少。接下来，你就可以前往锡利夫里或任何你希望去的地方。"

尼基塔斯被说服后，表达了他的感激之意。在继续向前走的途中，他问波多里诺，如果他不是十字军，为什么会来到这座城市。

"那些拉丁人从另一边上岸时，我就已经和另外几个……现在已经不在这里的人一起抵达。我们来自很远的地方。"

"既然还来得及，你们为什么没有离开这座城市？"

波多里诺回答之前犹豫了一下："因为……因为我必须留在这里弄清楚一件事。"

"你弄清楚了吗？"

"很不幸，我弄清楚了。不过是直到今天才弄清楚的。"

"另一个问题。为什么你会为我费这一番功夫？"

"一名虔诚的基督徒还会有其他的做法吗？不过事实上你并没有说错，我是可以从那两个家伙的手中把你救出来之后，就让你走自己的路，但是我却像水蛭一样粘着你。听我说，尼基塔斯大爷，我知道你是一位历史作家，就像弗赖辛的主教奥托一样。不过我认识奥托主教的时候，一直到他去世之前，我都只是一个小孩，我还没有故事可以说，当时的我只想知道其他人的故事。现在，我拥有一个自己的故事了；只是，我不仅遗失了所有关于过去的记录，而且在试着回想的时候，思绪也越弄越糊涂。并不是因为我记不得发生的事，而是我没有办法赋予某种意义。经过了今天发生在我身上的事情之后，我必须找个人谈一谈，要不然我会陷入疯狂。"

"你今天发生什么事了？"尼基塔斯一边费力地在水中前进，一边问道——他虽然比波多里诺年轻，但是读书和朝臣的生涯让他变得肥胖、迟钝、软弱。

"我杀了一个人。这人在大约十五年前杀了我的养父，王者之王腓特烈大帝。"

"但腓特烈是溺死在西里西亚的！"

"所有人都这么认为，但事实上他是遇刺身亡的。尼基塔斯大爷，你今天晚上在圣索菲亚教堂看到我怒气冲冲地挥舞刀剑，但是你要知道，我这辈子从来不曾让任何人溅血。我是一个爱好和平的人。但是这一回我不得不杀人，因为我是惟一能够为这件事情伸张正义的人。"

"这件事你慢慢再说给我听。但是先告诉我，你为什么会凑巧来到圣索菲亚教堂救了我一命？"

"那些十字军开始动手洗劫的时候，我钻进了一个阴暗的地方。等我出来时，夜色早已在一个小时之前降临。我当时在竞技场附近，差点就被一群窜逃狂喊的希腊人撞倒。我躲进一座半毁于火灾的门厅内让他们通过。他们狂奔过去之后，我立刻看到那些十字军就追在他们后面。我一弄清楚状况，脑袋里立刻现出一个真相：没错，我是一个拉丁人，而不是希腊人，但是在这些像是发狂野兽一般的拉丁人发现这一点之前，我和一个该死的希腊人并没有什么差别。然而我对自己说，不会吧，这些家伙总不会在刚刚征服全世界最大的基督教城市之后，就立刻动手摧毁一切……然后我想起，他们的祖先在布永的戈德弗鲁瓦那个时代进入耶路撒冷，而尽管那座城市已经被他们占有，他们还是动手杀了所有的人，女人、小孩、家畜，所幸因为奇迹，因为阴错阳差，他们才没把圣坟也烧了。没错，他们是进入叛城的基督徒，但是我在旅途当中见过太多基督徒为了简单的一句话互割喉管的场面。大家都知道我们的教士和你们的教士之间，多年来为了圣灵起源是怎样争吵不休的。好吧，这些历史故事就说到此为止，总之，当一群士兵进到一座城市的时候，什么宗教都站不住脚。"

"你后来做了什么事？"

"我离开那座门厅，贴着墙一直走到竞技场，看到了美的本身凋零成了不堪的东西。你知道，自从来到这座城市之后，我偶尔会到那个地方去凝视那名女子的雕像，就是有着一双美丽的脚，手臂白似雪而双唇艳红的那一座，那个笑容、那对乳房，以及在风中飘逸的衣袍与头发，从远处望去实在无法相信她是由铜铸成的，因为她就像活生生的血肉之躯……"

"那是特洛伊的海伦。可是，到底发生什么事了？"

"在那短短的几秒钟内，我看到她站立的柱子像棵从底部被锯断的大树一样倾折，倒塌在地面上，然后掀起浓密的灰尘。她的身躯断成了数截，头颅离我只有两步的距离，那时我才明白原来这座雕像这般高大。那一颗头颅就算我们张开双臂也抱不住，而她就像个卧倒的人一样，斜着眼睛盯着我。横躺的鼻子、竖直的嘴唇，很抱歉，但是那两片看起来还真像女人双腿之间的东西；而爆开的瞳孔，让她看起来就像突然瞎了眼一样。我的老天，和这一颗真像！"他猛地往后一跳，弄得水花四溅，因为他的火炬突然照亮了一颗大概有十个人头大、在水中撑着一根柱子的石雕头颅。这颗头颅一样也是卧倒的姿势，半开的双唇更像是外阴，头顶上面蜷曲着难以数计的细蛇，苍白得像老旧象牙一般死阴。

尼基塔斯笑了笑："这一颗已经躺在这个地方好几个世纪了。这些都是美杜莎的头颅，我不清楚它们的来源，但是它们被建造的人拿来当做柱脚。你受到一点惊吓……"

"我并没有被吓到，只是这些头颅我在另外一个地方已经见过。"

面对波多里诺的慌乱，尼基塔斯于是改变话题："你刚刚告诉我，他们推倒了海伦的雕像……"

"如果光是那一座就好了。全部，从竞技场到广场之间的一切，至少所有金属铸造的东西。他们爬到上面，用绳索或铁链套在颈部，然后用两三头牛去拖拉。我看到战车驭者的雕像全部倒地，还有一个埃及狮身人面像、一头河马和一条鳄鱼，一头大母狼和吊在乳房上吸奶的罗慕勒斯与雷慕斯，以及海格立斯的雕像——我发现这座雕像也非常巨大，光是一根大拇指就有正常人上半身的大小……然后还有那座刻了许多浮雕的方尖碑，碑尖上有一个顺着风向转动的半身女子……"

"风之侣。真是一大损失！其中一部分是古代异教雕刻家的作品，年代甚至比罗马帝国还要久远。但是，为什么，到底为了什么？"

"为了拿去熔解。当你洗劫一座城市的时候，第一件要做的事，就是将所有带不走的东西全熔了。他们会四处架起熔炉，你可以把那些被火舌吞噬的漂亮房子想象成天然的火炉。你也在教堂里看到其他那几个家伙了,他们总不能抱着从圣体柜中取得的圣体盒和圣盘到处游荡。熔解,必须就地熔解。洗劫……"波多里诺以一种非常专业的口吻解释,"就像收获葡萄一样,必须分工合作,有的人负责榨葡萄,有的人负责将葡萄汁倒进酿酒桶,有的人负责为榨汁工准备食物,其他的人则搬出去年酿造的美酒……洗劫是一件严肃的工作——只要你想彻底破坏一座城市,就像我们在米迪欧兰尼恩那个时代。这时候需要的是帕维亚人,他们知道如何让一座城市完全消失。这些人还有得学呢,他们将雕像推倒在地,坐在上面喝起酒来,接着其中一个人拖着一个女人的头发,大叫她还是一个处女,而所有的人都把手指插进去,看看值不值得一试……在一次出色的洗劫行动当中,你必须一栋房子接着一栋,迅速将一切搜刮一空,接着才能够开始娱乐,否则最好的东西会全部落到最狡猾的人手中。总之,我的问题是没有时间对这些人解释,我也是出生在蒙费拉托侯爵这一区的,所以,我只剩下一件事可做。我躲在一处街角,一直等到一个喝了太多酒,已经不知道东南西北,被他的坐骑带着走的骑士走进来。我除了扯一扯他的腿之外,什么事都不用做,他就自己摔到地上。我取下他的头盔,然后用一个石块砸向他的脑袋……"

"你杀了他?"

"没有,那石块一碰就碎了,只够把他敲昏。我鼓了相当大的勇气,因为那个家伙开始吐出一些紫色的东西。我取下他的锁子甲、他的长袍、他的武器,我骑上他的坐骑,然后快速穿越好几个地区,一直到圣索菲亚教堂的门口。我看到他们牵着骡子进去,而一群士兵抱着枝形的银质烛台和手臂一般粗的链条从我面前经过,说起话来像是伦巴第人。看到如此下流的拆卸、搬运,我被吓昏了头,因为进行如是杀戮的人确实来自我们那一带,也是罗马教皇的虔诚子弟……"

就这么一边聊着,火炬逐渐烧尽,他们趁着夜深人静的时刻爬出蓄水池,然后经由荒凉的街巷来到热那亚人的塔楼。

他们敲了门,有人下了楼,他们受到非常诚恳的接待,也吃了东西。波多里诺和这些人在一起就像回到自己家一样,并且立刻极力推崇尼基塔斯。他们中一人表示:"易如反掌,交给我们,你们现在先去睡一会儿吧。"言词当中流露的自信,不仅让波多里诺,就连尼基塔斯也平静地度过了这一夜。

三

波多里诺对尼基塔斯解释小时候的文章

隔天早晨，波多里诺找来了热那亚人当中最机灵的几个，培维瑞、博伊阿孟多、戈里欧，还有塔拉布罗。尼基塔斯告诉他们在什么地方可以找到他的家人，他们立刻动身，并再次要他放心。尼基塔斯要了一些葡萄酒，并为波多里诺倒了一杯："或许你会喜欢这种树脂香酒，但是许多拉丁人却觉得恶心，他们说酒里面有一种霉味。"波多里诺再三保证这种希腊美酒是他的最爱之后，尼基塔斯于是准备好倾听他的故事。

波多里诺似乎急切地想对人倾诉，像是准备要发泄放在心中不知多少年的东西一样。"你瞧，尼基塔斯大爷，"他一边说，一边打开一个挂在脖子上的皮袋，然后交给他一张羊皮纸，"这是我故事的开端。"

尼基塔斯虽然看得懂拉丁文，但是他尝试解读之后，却是一头雾水。

"这是什么东西？"他问道，"我是说，这是用何种语言撰写的？"

"我不知道这是何种语言。让我们这么开始好了，尼基塔斯大爷。你知道伊阿奴瓦，也就是热那亚人，还有条顿人、日耳曼人，或你们口中的阿勒曼尼人所说的米迪欧兰尼恩或梅兰德位于什么地方。这两座城市中间有两条河,塔纳罗河和博尔米达河,而这两条河中间有一座平原。该地的气候若不是酷热到鸡蛋放在石头上就可以烤熟,就是浓雾密布;没有浓雾的时候,就是下着大雪;没有下雪的时候,就是结了冰,不结冰的时候还是一样寒冷。我就是出生在两条河之间,一个叫做法斯凯特·玛林卡纳的美丽沼泽地。我们那里和普罗庞提德海岸并不尽相同……"

"我可以想象。"

"但是我热爱这个地区,那是一种伴随你的环境。我到过不少地方,尼基塔斯大爷,最远肯定曾经到达印度……"

"你并不确定?"

"不确定,我不知道自己到达的是什么地方;肯定是头上长了角,嘴巴长在肚子上的怪人所住的地方。我花了数个星期穿越没有尽头的沙漠,穿越一望无际的草原之后,却还是感觉自己被囚禁在某种超出我想象力的东西里。相反,在我的家乡一带,当你在浓雾中穿越树林时,会觉得自己就像在母亲的肚子里一样,不仅什么都不怕,还有一种自由的感觉。这样的感觉就连没有浓雾的时候也会出现;你到处走动,口渴的时候就从树上折下一块冰,然后对着你的手指呵气,因为上面已经长满了冻疮……"

"那是什么东西……冬苍?"

"不是,我不是说冬苍!你们这地方并没有这种用词,所以我只好用我自己的语言。那是一种因为酷寒而长在手指和指关节上的伤口,让你觉得奇痒无比,如果你动手去抓,则会让你疼痛难耐……"

"听起来像是很美好的回忆……"

"寒冷确实非常美。"

"每个人都喜欢自己出生的地方。继续说下去。"

"嗯,这个地方从前有罗马人,来自罗马、说拉丁文的人,而不是你们现在自称的罗马人，你们说的是希腊文，而我们称你们为——请原谅我的用词——帝国公民或小希腊人。后来这些罗马人的帝国消失了，罗马只剩下一个教皇，而穿越整个意大利的时候，我们看到的是说着不同语言的各种人。法斯凯特人说的是一种语言，但是才到泰尔东纳，他们说的已经是另外一种。和腓特烈在意大利旅行的时候，我听到了一些非常柔美的语言，比较起来，我们在法斯凯特所说的话，根本称不上语言，简直像是狗叫。也没有人用这种文字记录，因为大家还是用拉丁文写字。所以，当我在这张羊皮纸上面涂鸦的时候，我或许是第一个尝试用我们说的话来进行记录的人。后来我成了一个文人之后，才开始用拉丁文写字。"

"你在这上面说了些什么？"

"正如你所见，生活在一群博学的人之间，我甚至知道当时是什么年份。这是我在主的纪元一一五五年十二月所记载的。我不知道自己当时几岁，我父亲认为十二岁，而我的母亲则希望我已经十三岁，显然是因为她努力让我成长在对上帝的恐惧当中，让她觉得时间较为漫长。当我动笔写字的时候，肯定已经十四岁。我在四月到十二月之间学会了写字。大帝把我带在他身边之后，我热心地在各种情况下尽可能应用。在原野上、在帐篷里，或靠着一座废墟的一面墙，不过通常都是在一块写字板上面习作，很少有机会用到羊皮纸。我已经非常习惯像腓特烈一样过日子，在同一个地方逗留的时间从不超过数个月。除了冬天之外，一年当中的其他时间都在路上，每个晚上都在不同的地方过夜。"

"很好，但是你在这上面描述的是什么事情？"

"这一年年初，我仍然和我的父亲、母亲、几头牛以及一个菜园一起生活。附近一个隐士教会我识字，而我游荡在树林里和沼泽之间。我当时是一个异想天开的男孩，我看得到独角兽，而（我对人表示）圣波多里诺会在浓雾当中对我显像……"

"我从来不曾听说过这位圣徒的名号。他真的对你显像吗?"

"这是我们家乡那一带的圣徒,曾经是佛洛村的主教。我是不是真的看到他这件事是另外一个故事。尼基塔斯大爷,我这一辈子有个问题,就是我会把我看到和我希望看到的东西搞混……"

"很多人都会这样……"

"没错,但是最常发生在我身上的情况是,才开口表示我看到这样东西,或找到一封内容如是说的信(这信甚至可能是我自己写的),其他人就会立刻给我一种他们正是如此期待的感觉。你知道吗,尼基塔斯大爷,当你把自己想象的东西说出来,而其他人告诉你确实如此,你自己到最后也会真的这么相信。所以,我在法斯凯特游荡的时候,在树林里面看到了圣徒和独角兽,然后我碰到了大帝,在不知道他是什么人的情况下,用他的语言告诉他这件事情,并对他说圣波多里诺告诉我他会取下泰尔东纳。我说的话是为了取悦他,但是他要我将这件事告诉所有的人,特别是泰尔东纳的特使,让他们了解就连圣徒也出来反对他们,他就是为了这件事把我从父亲手中买下的。这交易并不只是为了那几枚钱币,也因为带走了一张必须喂食的嘴巴。我的生命于是改变了。"

"你成了他的侍从?"

"不是,我成了他的儿子。当时的腓特烈还未成为父亲,我想,他对我产生了一些好感,因为我会告诉他其他人因为敬畏而不敢对他说的话。他待我如同己出,他赞许我的涂鸦、我第一次用手指算数、我对他的父亲以及他父亲的父亲渐增的了解……或许他认为我听不懂,所以有时候还会对我倾吐心事。"

"你喜欢这个父亲胜过你自己亲生的父亲,或者你只是慑服于他的威严?"

"尼基塔斯大爷,当时的我从来不曾问过自己是否爱我的父亲加里欧多。我只是小心翼翼地不要让自己出现在他的拳头、脚和棍子可及的范围之内,这样的事情对于身为人子的我来说似乎完全正常。然后,我一直到他去世的时候才知道自己是不是爱他。在这之前,我想我从来不曾拥抱过我的父亲。我哭泣的时候是投向我母亲的怀抱,可怜的女人,但是她要照顾的动物实在太多,所以并没有太多的时间来安慰我。腓特烈的体格非常漂亮,白里透红的脸庞不像我家乡人那种皮革的颜色,他有着火红的头发和胡子、长长的手掌、细细的手指,指甲也修剪得相当整洁,他充满了自信,并带给人安心的感觉。他是一个快乐而果断的人,也带给人愉悦和决心。他是个勇敢的人,也为其他人带来勇气……我就像一头幼狮,而他是一头雄狮。他知道如何成为一个残酷的人,但是对他心爱的人却温柔无比。我很爱他,他是第一个注意听我说话的人。"

"他用你来作为人民的声音……天啊,他不仅将耳朵伸向他的官员,也试图去了解人民的想法。"

"没错,但是我已经不知道自己到底是谁,也不知道自己身在何处。从我遇到大帝开始,帝国的军队在四月到九月之间两度巡回意大利,一趟是从伦巴第到罗马,另一趟则是从相反的方向,从斯波莱托像条游蛇一样钻向安科纳,再到阿普利①,然后一直待在罗马涅省内,再朝维罗纳、特里丹顿②和波扎努③移动,最后越过群山回到德国。经过了十二年在两条河川之间的挣扎之后,我被置于世界的中心。"

"是你自己这么认为。"

"我知道,尼基塔斯大爷,你们才是世界的中心,但是这个世界远超过你们的帝国幅员,还包括了北边的世界尽头以及海伯尼亚④的

---

① 今阿普利亚。
② 特兰托之拉丁名。
③ 博尔查诺之拉丁名。
④ 爱尔兰的古称。

国家。没错，和君士坦丁堡比起来，罗马只是一堆废墟，而巴黎只是一个泥泞的村落，不过在那些地方，在世界上其他不说希腊语的辽阔地区里，偶尔也是会发生一些事件。甚至有些人，在表示他们赞同的时候会说：Oc。"

"Oc？"

"Oc。"

"非常怪异。不过，继续说下去。"

"我继续说下去。我发现了整个意大利，新的地方和新的脸孔，我从来没见过的服饰、锦缎、刺绣、金缕大衣、刀剑、盔甲，我每天都会听到一些让我模仿得相当吃力的声音。对于腓特烈在帕维亚接受意大利诸王冠予铁冕那一刻，以及后来下到所谓的意大利内侧、跑遍法兰克人的朝圣路线、大帝在苏特里晋见了教皇阿德利安、在罗马加冕这些事，我都只留下模糊的记忆……"

"但是你的皇帝，或者你口中的大帝，他到底是在帕维亚还是罗马加冕？而且，既然他是阿勒曼尼的皇帝，为什么又会跑到意大利？"

"遵照规矩对我们拉丁人来说，尼基塔斯大爷，并不像你们的帝国公民那么简单。在你们那边，如果有人挖掉皇帝的眼睛，这个人就成了拜占庭皇帝，所有的人都同意，就连君士坦丁堡的主教也听从拜占庭皇帝的指示，否则拜占庭皇帝也会挖掉他的眼睛……"

"不要夸大其词。"

"我夸大其词？我到达这里的时候，立刻有人对我解释阿历克塞三世挖掉他的兄长伊萨克，也就是正牌拜占庭皇帝的眼睛之后，自己坐上了王位。"

"在你们那边难道没有推倒前身而篡位的国王？"

"有，但他是在战役当中将对方歼灭，或是用毒药、匕首。"

"你瞧，你们根本就是一群野蛮人，你们没有办法用一种血溅得较少的方式来解决统治的问题。而且，伊萨克是阿历克塞的兄长,我们不能杀害自己的亲兄弟。"

"我明白了,他所做的事是一种仁慈友爱的举动。在我们那边,事情并不会这么发展。拉丁人的皇帝,虽然并非拉丁人,但是从查理曼大帝的时代开始,就一直是罗马皇帝的继承人,我说的是罗马的皇帝,而不是君士坦丁堡的皇帝。但是为了确定他就是继承人,他必须由教皇加冕,因为耶稣基督的律法会肃清骗子和谎言。只是在接受教皇加冕之前,他必须先得到意大利为各自利益行事的各大城邦的认可;然后他将会得到加冕而成为意大利的国王——当然,条件是他必须先得到条顿的诸王诸侯推选。这样清楚吧?"

尼基塔斯很久以前就知道这些拉丁人虽然野蛮,但做事非常复杂。牵涉到神学的问题,没有人会去做细微的区分,但是如果事关权利,却会让他们将一根头发剖成四半。所以,这几个世纪以来,拜占庭的帝国公民才能够在不牵扯进君士坦丁堡皇权的情况下,为上帝的本质定义出成果丰硕的教义,而西欧人则将神学的问题丢给罗马的教士,然后把大部分的时间都用在彼此轮流下毒、轮流用斧头互砍,来确认是否还存在着一个皇帝,以及谁才是这个皇帝,最后并得出一个出色的结果:一名货真价实的皇帝,从此之后不曾再出现过。

"所以腓特烈必须在罗马接受加冕。这肯定是一件隆重……"

"只能到某种程度上。首先,和圣索菲亚教堂比起来,罗马的圣彼得教堂只算得上是一间茅舍,而且还相当破烂。第二,因为罗马的情势相当混乱,当时教皇正在他的城堡里接受保护,相当接近圣彼得教堂,而河的另一边,罗马人似乎已经成了这座城市的主子。第三,我们不知道到底是教皇惹火了大帝,还是大帝惹火了教皇。"

"怎么说?"

"也就是说,我注意到宫廷里的王侯和主教的谈话,发现他们全都因为教皇对待大帝的方式而光火。加冕仪式原本应该在星期日，他们却在星期六举行；涂圣油典礼原本应该在正祭坛举行的，腓特烈却在侧祭坛接受了这项仪式，而且不像过去那样涂在头上，却涂在手臂和肩胛之间，甚至用初入教者使用的油来取代正式的圣油——你或许感觉不出中间的差异，就像当时的我一样，但是宫廷里每一个人的脸色都非常灰暗。我原本以为腓特烈也会愤怒得像头猞猁，但是他却对教皇彬彬有礼，反而是教皇的脸色非常难看，就像一个做了亏本生意的人。我直截了当地询问腓特烈，为什么他不像那些侯爵们一样发牢骚，而他说，我应该很清楚礼拜仪式的象征：只要一点点不起眼的东西就可以改变一切。他需要这一场加冕的仪式，而且必须由教皇主持，但是仪式不能太过隆重，否则就表示他是因为教皇的恩典才成为皇帝的，而事实上在德国王侯的同意之下，他早就已经是皇帝了。我对他说，他真是狡猾得像只貂，因为这就像对教皇表示：'注意了，教皇，你在这里只是扮演公证人的角色，合约我早就和上帝签好了。'他开始大笑，顺便在我的脑袋上拍了一掌，并且说：'很好，你总是有办法找到恰当的方式来描述事情。'他接着问我，这几天在罗马都做了些什么，因为他忙着仪式的事情，几乎没机会见到我。我告诉他，我看到了你们正在准备的那些仪式。只是那些罗马人——我说的是罗马的人——对于在圣彼得教堂加冕这件事情并没有好感，因为罗马元老院希望比教皇的仪式更为隆重，所以打算在卡皮托利山丘为腓特烈加冕。但是腓特烈拒绝了：如果他接下来告诉大家自己是由人民加冕的，不仅德国的王侯，就连法国和英国的国王也会反讽——喔，由神圣的贱民赐予的涂圣油仪式。如果他让大家知道涂圣油仪式是由教皇主持，所有的人才会认真看待这件事。不过，整件事情事实上还要更复杂，而我一直到事后才理解。不久之前，德国的王侯开始讨论建立一个泛拉丁帝国，大体来说，就是罗马帝国的遗产已经传到了他们这一边。如果腓特烈让教皇帮他加冕，他们可以说，他的权利也得到了上帝在凡间代理人的认可，所以就算他住在爱德萨①或拉蒂斯邦也说得过去。但是如果他是由元老院和罗马的人民加冕，就好像说帝国仍位于该地，而所谓的泛拉丁并不存在。就像我父亲加里欧多所说的，他还真是一只狡猾的乌鸦。当然，大帝这回并没有得逞。所以加冕盛宴开始举行的时候，愤怒的罗马人穿越了台伯河，不仅杀了几名教士，还加上几名帝国的士兵。腓特烈气得发狂，中断了宴会，把他们全杀了，结果台伯河里的尸体比鱼还多。那一天结束的时候，罗马人终于明白谁才是真正的主子，至于宴会，当然无法称得上是一场盛宴。腓特烈对于意大利内侧这些人不具好感就是从那个时候开始的，所以，当他在六月底到达斯波莱托城外要求盛大的接待，而斯波莱托人却搞砸了时，腓特烈才会比罗马那一回更加愤怒，比起那次的杀戮，君士坦丁堡这次只能算是一场游戏……你必须了解，尼基塔斯大爷，一个皇帝必须要有皇帝的举止，而不能考虑到自己的七情六欲……我在这几个月里面学到了许多事情。在斯波莱托之后，他和拜占庭的特使在安科纳举行了一次会面，接着回到意大利的外侧，一直到达奥托称为比利牛斯的阿尔卑斯山脉侧翼为止，那是我第一次看到覆盖着白雪的山顶。在这一段时间里面，议事司铎拉厄文每天都教我写字。"

"对一个年轻的男孩来说，启蒙并不容易……"

"不会，并不太难。没错，如果我粗心大意，拉厄文司铎会敲我的头，对于尝过父亲耳光的我来说，根本不痛不痒，不过其他时间我都非常专心。如果我一时兴起，表示我在大海当中看到了美人鱼——自从大帝把我这个看到圣徒显像的家伙带进来之后——所有的人都会信以为真，并直呼精彩，真是精彩……"

---

① 今土耳其东南部乌尔法城。

"你大概也因此学会了斟酌自己要说的话吧。"

"正好相反,我反而学会了完全不要斟酌。无论如何,我当时认为只要自己说出口的,都是真的……在我们前往罗马的路上,一个名叫柯拉多的教士对我描述这座城市的奇景:卡皮托利山丘上,有分别代表一周内每个日子的七尊自动木偶,而每一尊都装了用来报告帝国内某个省份叛变的铃声,另外还有会自动移位的铜像,或是挂满了奇幻镜子的宫殿……后来我们抵达了罗马,他们沿着台伯河岸互相残杀的那一天,我一个人躲得远远的,跑到城里面闲逛。我一直走,只在古老废墟当中看到一群群的绵羊,和一些口操犹太语的人在廊柱下卖鱼,除了卡皮托利山丘的一座骑士雕像之外,哪有什么奇景,就算这座雕像我也不觉得怎么样。不过回程的路上,所有的人问我有何见闻的时候,我能够说些什么?罗马只是在废墟当中的几头羊,羊群当中的几处废墟?没有人会相信我。所以我将别人告诉我的奇景告诉他们,并多加了一点油、添了一些醋,例如说,我在拉特兰宫里看到一个镶嵌钻石的金质圣物盒,而盒内装的是耶稣基督的肚脐和包皮。他们全都目瞪口呆地听我说,并惋惜那一天因为必须屠杀罗马人而没有时间去参观这些奇景。就为了我的一段陈述,这些年来我还是继续在德国、勃艮第,甚至这里,听到人们以同样的内容描述罗马城的奇景。"

热那亚人在这段时间内已经返回,他们打扮成修士,手摇着铃铛,带领着一群全身上下连脸都包在污秽白床单里的人。那是尼基塔斯手中还抱着初生婴儿的妻子,其他几名稚龄而优雅的儿女,还有一些族人和少数几名仆人。热那亚人让他们就像一帮麻风病人一样穿越城市,就算十字军也躲开来让他们通过。

"他们怎么会被你们唬过去呢?"波多里诺笑着问,"打扮成麻风病人!但是你们几个就算打扮成这副模样,看起来还是一点儿都不像修士!"

"请别见怪,那些十字军是一群非常容易糊弄的家伙。"塔拉布罗表示,"而且,我们在这个地方这么久了,多少也会说一点有用的希腊文。我们一起像诵唱连祷文一样,低声重复念着 kyrieleison pighé pighé①,而他们退开的时候,不是比划十字,就是一边抓着自己的睾丸一边嘲笑。"

一名仆人为尼基塔斯端来了一个珠宝盒,尼基塔斯退到大厅的一角去开启。他回来的时候,带给了屋主几枚金币。屋主再三表示感谢,并保证直到离开之前,他都是这个地方的主子。这一大家子于是被安排到旁边一条有些脏乱的巷子里,一间十字军不会想进去洗劫的房子。

心满意足之后,尼基塔斯将屋内似乎最具权威的培维瑞找来,然后对他表示,自己虽然目前不得不躲躲藏藏,但是并不想放弃平日的享受。这座城市虽然已经被烧毁,但是商船仍继续抵达港口,无法在货栈下货的渔船,甚至必须在金角湾内逗留。如果我们有钱的话,可以廉价采购让生活舒适的必要商品。至于像样的菜肴,刚刚救回来的家人当中,其中一人是他的舅子泰欧菲罗,他是一名杰出的烹饪大师,只要问他需要哪些材料就够了。因此,尼基塔斯在中午刚过没多久的时候,宴请他的东家品尝了一顿官邸大餐。一道填塞了大蒜、洋葱、韭葱,并浇上醋渍鱼酱汁的肥硕小羊羔。

"距离现在大约两百年,"尼基塔斯说,"你们的一位主教利乌特普兰德以奥托皇帝特使的身份造访君士坦丁堡,成为拜占庭皇帝尼基弗鲁斯的座上客。这一次的会面并非宾主尽欢,我们后来得知利乌特普兰德记载了一份关于这一趟旅行的记录。在他的笔下,我们这些罗马公民一个个被形容为卑劣、粗俗、野蛮、衣着褴褛。他

---

① 希腊文,上主,求你垂怜!

甚至无法忍受树脂香的葡萄酒,而我们的食物似乎全都泡在油里。不过有一样东西他倒是津津乐道,就是这一道菜。"

波多里诺非常喜欢这一道小羊羔,他继续回答尼基塔斯提出的问题。

"所以,和一支军队生活在一起,让你学会了写字,而那时候你早已经识字。"

"没错,不过写字比较辛苦,特别是拉丁文。如果大帝要撵走他的士兵,他会对他们说德文,但是写信给教皇或他的堂兄加索米高,还有撰写公文的时候,都必须用拉丁文。我费了很大的功夫学习字母,誊写一些我不知道什么意思的单字和句子,不过大体来说,我到了这一年年底时已经知道怎么写字。但是拉厄文还没有时间教我文法,我知道誊写,却不知道如何表达自己,所以我才会用法斯凯特的语言来记载。不过,这是否真的是法斯凯特的语言?我把我周遭的方言全部混在一起,帕维亚、米迪欧兰尼恩、热那亚,这些有的时候彼此都难以理解的语言。接着,我们在这一带建造了一座城市,聚集了来自这边、来自那边的人一起来搭建一座城楼,而他们全部都用同样的方式交谈。我想,这有一点像我自己发明的那一套方法。"

"你就像一个修法委员。"尼基塔斯说。

"我不知道那是什么意思,不过,有何不可。再怎么样,接下来写的几页已经是还可以接受的拉丁文了。我当时已经到了拉蒂斯邦,在一间宁静的修道院内,由奥托主教照顾。在这一片宁静当中,我有许许多多的书页可以翻阅……我就是这样学习。此外,你会发现这张羊皮纸并没有刮除干净,还能够辨识一部分曾经填写在上面的文字。我当时是一个狡猾的骗子,我动手行窃自己的老师,我花了两个晚上的时间刮除我以为是古文的东西。接下来的几天,奥托主教因为找不到他已经花了十年以上的时间撰写的《两个城邦的记录或历史》（*Chronica sive Historia de duabus civitatibus*）最初的版本，而指控可怜的拉厄文在旅行的途中遗落。两年之后，他说服自己重新动手撰写，而我成了他的誊写员。我一直都不敢向他承认第一个版本是被我动手刮掉的。你瞧，这就是报应：我也弄丢了自己的日志，不同的是我已经没有勇气重新再写一遍。不过，我知道奥托在重新撰写的时候，修改了一些东西……"

"怎么回事？"

"如果你阅读奥托那一份关于世界的历史，你会发现，怎么说呢，他对这个世界和我们这些人类并没有什么好感。世界的起步可能不错，却每下愈况。总之，世界在老化当中，我们一直朝着末日迫近……但是，就在奥托重新开始撰写《历史》的那一年，大帝也交代他颂扬他的功勋。奥托于是动手撰写《腓特烈的功勋》（*Gesta Friderici*），但是他并没有完成，因为一年多之后他就过世了，拉厄文接手他的工作。如果你不相信自己的君主就位之后，重新开始的是一个新时代，你就没有办法描述他的丰功伟业，也就是说写出一个讨好的故事……"

"我们可以撰写自己君王的事迹，但是不放弃对于为什么他们正在走向末日的严谨叙述……"

"或许这是你行事的方式，尼基塔斯大爷，但并不是奥托的风格，我只是告诉你事情发生的经过。所以，这个正经的家伙一方面重写世风日下的《历史》，一方面又编撰世界只会越来越美好的《功勋》。你会告诉我：他自相矛盾。但如果只是这样就好了。我怀疑在《历史》最初的版本中，世界的恶化更惨重，奥托为了不要过于自相矛盾，在一步步重新撰写的过程当中，对我们这些可怜的人类变得较为宽容，这一点是我刮除了第一个版本所造成的结果。如果第一个版本仍然存在，奥托可能不会有勇气撰写《功勋》。而既然是通过《功勋》的媒介，后人才能够谈论腓特烈做了什么以及没做过什么,如果我没有刮除《历史》的第一个版本,结果可能就不会有我们今日所讨论的腓特烈的所有这些事迹。"

"你这家伙就像克里特岛的骗子一样,"尼基塔斯心想,"你告诉我你是一个地地道道的骗子,而你认为我会相信你。你要我相信,除了我之外,你对所有的人都说了谎。当了几代皇帝的朝臣这些年,我学会了如何从比你还精明的术士所设下的陷阱中脱身……根据你的自白,你已经不知道自己是什么人,毫无疑问是因为你说了太多谎话,甚至对你自己;而你要求我帮你重组一段失落的故事。只是我并非你这样的骗子,我一辈子都在为了发掘真相而探究别人的叙述。或许你要我帮你找出一个故事,来赦免你因为报复腓特烈之死而杀人的罪行。你正在一步步建造和你的皇帝之间的感情故事,好让你能够自在地解释为什么需要报仇:就是认定他是遭人杀害,并且是由遭你杀害的那个人所杀害。"

然后尼基塔斯朝外面看。"火势已经蔓延到卫城了。"他说。

"我为城市带来不幸。"

"你自以为无所不能吗?这是骄傲的原罪。"

"不,可以说这是一种自我凌辱的方式。在我的生命当中,每接近一座城市,就有人开始动手摧毁。我诞生在一块散布着乡镇和几座简陋城堡的土地上,我听闻过路的商人吹嘘米迪欧兰尼恩城的美丽,但我并不知道什么是一座城市,我甚至没到过可以遥望塔楼的泰尔东纳,而我以为阿斯蒂和帕维亚就是伊甸园的边境。但是接下来,我认识的每一座城市都面临毁灭,或已经遭到焚毁:泰尔东纳、斯波莱托、克雷马、米兰、洛迪、伊科尼恩①以及彭鞀裴金,然后还有这一座。难道我就像你们希腊人所说的:破城毒眼。"

"不要自我惩罚。"

---

① 今土耳其城市科尼亚。

"你说得没错。至少有一回,我用一个谎言救了一座城市,而且是我自己的城市。你认为一次就够了吗,就足以破解毒眼咒?"

"我是说,命运并不存在。"

波多里诺沉默了一会儿,然后转过身去望着曾经是君士坦丁堡的一切。"我还是有罪恶感。干下这些事的是威尼斯人、佛兰德人,还有来自香槟、布卢瓦、特鲁瓦、奥尔良、苏瓦松的骑士,更不用提那些蒙费拉托人。我宁可是土耳其人摧毁了这座城市。"

"土耳其人绝对不会这么做。"尼基塔斯表示,"我们和他们之间维持了非常好的关系,我们要提防的是基督徒。不过或许你是上帝的旨意,被派来惩罚我们的罪行。"

"Gesta Dei per Francos[①]." 波多里诺如是说。

[①] 拉丁文,上帝通过法兰克人的手来统治。

四

波多里诺和皇帝对谈并爱上皇后

当天下午，波多里诺用一种较快速的语调重新开始叙述他的故事，而尼基塔斯也决定不再打断他。他急着看到他的故事继续发展，以提到正题。他并不知道，事实上，波多里诺叙述的时候，他自己也没有到达那一刻，而他就是为了到达那一刻而继续说下去。

腓特烈将波多里诺托付给奥托主教和他的助手拉厄文。出身巴本堡大家族的奥托是腓特烈的亲舅舅，尽管他只比他年长了十来岁。他是一名饱学之士，曾经在巴黎和伟大的阿伯拉尔一起学习，后来他成了西多会的修士。他被培植为弗赖辛的主教时，年纪还相当轻。不过并不是因为他对这座高贵的城市贡献了许多精力，波多里诺对尼基塔斯解释，在西欧的基督教国家里，大家族的后代会被任命为这个地方或那个地方的主教，而不需要亲自前往该地，只要享受征收的税赋就够了。

奥托还不到五十岁，但是当时的他看起来已经有一百岁——持续轻微地咳嗽，两天当中总有一天因为腰痛或肩痛而不良于行，身患结石，还因为在日光和烛光下大量阅读和写作而老眼昏花。他第一次和波多里诺说话的时候脾气很坏，他每回足痛风发作都会这样；他几乎用低吼的方式告诉他："你用了一堆废话来讨大帝欢心，对不对？"

"师傅，我发誓并没有。"波多里诺如是抗议。而奥托表示："就是这样，一个骗子否认的时候就代表承认。跟我来，我会把我知道的东西教给你。"

事实证明，奥托终究是一个老好人，他也对波多里诺产生了好感，因为他发现他很聪明，能够牢记听到的东西。不过他也注意到波多里诺大声发表的不仅是学到的东西，更包括了他自己的发明。

"波多里诺，"他告诉他，"你是一个天生的骗子。"

"你为什么这么说，师傅？"

"因为我说的是真话。但是不要认为我在责怪你，如果你想成为文人墨客，或甚至有一天撰写历史——如老天同意的话——你也必须说谎，发明一些趣闻，否则历史会变得单调无比。不过，这样的做法必须适可而止。所有的人都谴责什么事都不做而只会说谎的人，就算内容微不足道，却赞赏仅在高尚的事情上说谎的诗人。"

波多里诺从他师傅的教诲当中获益不少，也发现他有多么会说谎，看到他在《两个城邦的记录或历史》和《腓特烈的功勋》当中自相矛盾后，他慢慢地明白这一点。他就是为了这个原因才决定，如果要成为一个完美的骗子，他就应该细细倾听周遭的谈话，看看人们如何争先恐后在这件事情或那件事情上面说服自己。例如，他听到了大帝和奥托针对伦巴第城邦这个主题进行的不同对话。

"为什么有人如此蛮横？难怪他们的国王过去要头戴铁制的皇冠！"腓特烈气冲冲地表示，"难道没有人教他们应该尊敬皇帝？波多里诺，你明不明白，他们正在行使 regalia[①]！"

"什么叫做 regalioli，我的父亲？"所有的人都笑了起来，而奥托笑得最大声，因为他也懂得古代的正统拉丁文，所以他知道

[①] 拉丁文，王权。

regaliolus 是一种小鸟。

"Regalia，regalia，iura regalia[①]，呆头呆脑的波多里诺。"腓特烈叫道，"那是归我所有的权力，例如任命行政官员，征收公用道路、市集、航用河道的税金，以及铸造钱币，还有，还有……还有些什么，莱纳德？"

"……收入来源包括缺乏合法继承人的遗产和犯罪活动的充公、缔结乱伦婚姻等罚金和判处，还有矿场、盐田、鱼池的捐税，以及在公家地点挖掘宝藏的抽成。"再不久就会被任命为掌玺大臣，成为大帝以下第二把交椅的莱纳德·冯·达塞尔继续说下去。

"就是这样。现在这些城邦侵占了我所有的权利。它们完全没有正义和善良的观念，到底是什么恶魔将它们的理智遮蔽到这样的程度？"

"我的外甥，我的皇帝，"奥托插嘴道，"但是你把米兰、帕维亚，和热那亚全都当成了乌尔姆、奥古斯堡。日耳曼的城市是因为一个国王的意志而诞生的，它们一开始就认同它们的国王。但是这几个城邦并不一样，它们冒出来的时候，德国的皇帝正在忙着其他的事情，它们利用王侯的缺席而自我壮大。当你对这些城邦的居民提到你准备为他们强制安排执政官的时候，他们会感觉到一股傲慢的强权，就像一种难以忍受的约束一样，因为他们是由自己选出来的执政官所治理。"

"他们难道不喜欢被王侯保护的感觉，并参与一个帝国的荣耀和尊严？"

"他们非常喜欢，而他们绝对不会愿意被剥夺这种好处，要不然他们会受到另外一个帝王，拜占庭皇帝，甚至埃及苏丹的觊觎，不过条件是王侯必须和他们保持相当的距离。你生活在你的贵族之间，或许不知道这些城邦里的轻重关系并不一样。他们并不认识原

[①] 拉丁文，法制王权。

野和森林里的大爵爷,因为除了蒙费拉托和其他少数几个侯爵的土地之外,原野和森林也从属于城邦。你要知道,在这些城邦里,那些从事手工艺的年轻人虽然永远没有办法踏进你的朝廷,却仍然可以治理、指挥,有的甚至接受了骑士的崇高教育……"

"所以这个世界是倒着走!"大帝叫道。

"我的父亲,"波多里诺举起他的手指,"虽然我从前住在牲畜的草堆里,但你还是待我如你的家人,这怎么说?"

"这么说好了,我,如果我愿意的话,我甚至可以让你成为公爵,因为我是皇帝,我可以用我的谕旨为任何一个人封爵。但这并不表示任何人都可以为自己封爵!这些人难道不明白,如果世界倒着走,只有走向毁灭一途?"

"事情似乎并不是这样,腓特烈。"奥托打断他,"这些依照他们自己的方式来治理的城邦,已经成了所有财富流通的地点,来自各地的商品汇集此地,而他们的城墙则较千百座城堡华丽、坚固。"

"你到底站在哪一边,我的舅舅?"大帝大叫。

"站在你这一边,我的皇帝外甥,也正是为了这个原因,帮助你了解敌人的力量就成了我的责任。如果你执意要从这些城邦取得它们并不想给你的东西,你将会用你这辈子剩余的时间来围城,来征服它们,来看到它们在短短几个月的时间内更加傲慢地东山再起,然后必须又一次穿越阿尔卑斯山来降服它们,然而你的帝国远景却在其他地方。"

"我的帝国远景在什么地方?"

"腓特烈,我在那一份为了某种难以解释的意外遗失——愿上帝惩罚必须为此负责的议事司铎拉厄文——而我不得不动笔重新撰写的《历史》当中写道:从前,在教皇尤金三世的任期之内,带着亚美尼亚大使前来晋见教皇的叙利亚主教贾巴拉对教皇表示,在接近伊甸园的远东地区存在着一个祭司王约翰的王国,虽然他是聂斯脱利教派邪说的信徒，但毕竟也是基督教的国王。而他的祖先就是朝拜初生的耶稣、同时身为国王和祭司、拥有非常古老智慧的东方贤士。"

"这个上帝让他在那个见鬼的地方，混杂在摩尔人中间当国王和祭司的约翰，关我这个神圣罗马帝国的皇帝什么事？"

"你瞧，我显赫的外甥，你用'摩尔人'这个名词，并和其他那些劳心劳力保卫耶路撒冷的基督教国王有着同样的念头——我不否认这是非常虔诚的举动，但是既然目前已经是法兰克人在耶路撒冷发号施令，就把这件事情留给法国的国王吧。基督徒以及神圣罗马帝国的前途是在摩尔人以外的地方。耶路撒冷和非基督徒的土地之外存在着一个基督教的王国，一个懂得联合两个王国的皇帝，会将非基督徒的王国和拜占庭帝国贬为失落在其荣耀的汪洋中的两座遗弃的孤岛！"

"纯为想象，我的舅舅。拜托你，我们还是脚踏实地。让我们回到这几座意大利的城邦。解释给我听，亲爱的舅舅，如果他们的情势如此理想，为什么他们当中还会有人为了对抗其他人和我联盟，而不是全部联合在一起对抗我。"

"至少现在不是。"莱纳德谨慎地表示。

"我再重复一次，"奥托解释道，"他们这些人并不否认和帝国之间的从属关系，所以当一个另外的城邦对他们构成压迫，就像米兰对洛迪一样，他们会向你求救。"

"但是，如果作为一个城邦是一种理想的状况，为什么他们还要想办法去压迫邻近的城邦，就好像他们希望并吞对方的土地，然后变成一个王国一样？"

这时候波多里诺以一个睿智的土著线民身份开口："父亲，问题是并不只有城邦，阿尔卑斯山另一头的乡镇也一样喜欢互相干……哎哟！……（奥托的教育方法也包括了拧人）……总之，就是互相羞辱。在我们那一带就是这样。我们痛恨外地人，但是我们最痛恨的却是自己的邻居。如果外地人帮我们找邻居的麻烦，他就受到欢迎。"

"但是，为什么会这样？"

"因为人们并不善良，我的父亲这么告诉我。不过阿斯蒂人比红胡子更恶劣。"

"红胡子是什么人？"腓特烈大帝生气地问。

"就是你，父亲，那个地方的人都这么称呼你。此外，我不觉得这样有什么不妥，因为你的胡子真的是红色的，而且和你非常适称。况且，如果他们把你的胡子说成铜色的，你愿意被称为铜胡子吗？就算你有一脸黑胡子，我还是一样爱你、尊敬你，不过既然你的胡子是红色的，我不知道你有什么理由为了他们称你为红胡子而找他们麻烦。我要告诉你的是，如果你没有因为你的胡子而生气，也就是说你可以不用担心：依据我的看法，他们永远不会全部联合起来对抗你。他们害怕，如果得到胜利，其中一个城邦会变得比其他城邦更为强盛。所以最好还是由你来统治，只要你没让他们缴付太多捐税的话。"

"不要太相信波多里诺告诉你的话，"奥托笑道，"这男孩是一个天生的骗子。"

"不，我的舅舅，"腓特烈答道，"关于意大利的事情，他说得非常合理。例如说，他现在告诉我们的是，对于这些意大利的城邦，惟一的可能性就是尽可能分化它们。只是你永远不会知道谁站在你这一边，谁又站在另一个阵营！"

"如果我们的波多里诺说得没错，"莱纳德·冯·达塞尔冷笑，"谁和你站在一边或是谁和你作对就和你没有关系了，重要的是知道他们目前想要找哪一个城邦的麻烦。"

波多里诺有些担心，这位高大、壮硕而强势的腓特烈，一直没有办法用这样的看法来看待这些事情。很难想象他待在这个意大利半岛的时间比在自己的土地上还久。他,波多里诺告诉自己,他热爱我们这些人,却想不透为什么会遭到背叛。或许他就是为了这样的原因而杀害他们,就像一个妒火中烧的丈夫一样。

他们回去之后,接下来的几个月,波多里诺一直很少有机会见到腓特烈,因为他正着手准备一个在拉蒂斯邦和另一个在沃尔姆斯举行的会议。他必须安抚两个可怕的亲戚,他最后封予巴伐利亚公爵领地的狮子亨利,以及甚至为他创造一块奥地利公爵领地的亨利·加索米高。接下来那一年的初春,奥托对波多里诺宣布,他们六月份全部都将前往赫毕波里[1],腓特烈准备在那里举行一次盛大的婚礼。大帝有一名妻子,但是前几年已经分手,现在他准备和勃艮第的贝阿翠丝成亲——她为他带来了这块延伸至普罗旺斯的领地作为嫁妆。这样的嫁妆,让奥托和拉厄文认为这场婚姻是一次利益的结合。波多里诺也认同这样的看法,为了这件喜事而获得整套崭新服饰的他,准备看到他的养父被抱在一名因为祖先的财产,而不是因为美色而诱人的勃艮第老姑娘怀里。

"我承认,我觉得嫉妒。"波多里诺告诉尼基塔斯,"其实,我不久之前才刚刚找到第二个父亲,这下子他为了一个晚娘在某种程度上把我摆脱了。"

波多里诺这时候稍事停顿,他显得有些尴尬地碰了碰自己的伤疤,然后说出了一个糟糕的真相。抵达婚礼的地点之后,他发现勃艮第的贝阿翠丝是一名二十岁上下,美丽无比的年轻女子——至少对波多里诺来说是如此,因为自从见到她之后,他就动弹不得,直瞪大眼睛盯着她瞧。她有着一头如黄金般闪耀的头发、一张迷人的脸孔、鲜红如成熟果实的小嘴、珍珠般的牙齿、挺直的身材、谦逊

---

[1] 今德国城市乌兹堡,坐落在美因河畔。

的目光，以及明亮清澈的眼睛。腼腆而充满说服力的言谈、细长的身躯，她似乎以一身的优雅支配了周遭所有的人。她出现的时候（以准皇后的高贵装扮），表现出对自己丈夫的顺从以及视他为主子的畏惧，但是作为他的夫人，她也用一种让每一个请求都像命令一样的优雅手段，来表达一个妻子自身的意愿。如果我们要补充一些赞赏，应该提到她对于文学的精通、对于编写乐曲的熟悉，并能够以悦耳的声音吟唱。波多里诺最后下了结论：如果她叫做贝阿翠丝，是因为她真的宝贝如翠玉绸丝。

尼基塔斯不用费太大的功夫，就明白这个小鬼第一眼就爱上了自己的继母，只不过——既然这是他第一次坠入爱河——他并不知道自己到底是怎么一回事。对于一个乡下人来说，如果第一次爱上的是一个肥胖而满脸痘子的乡下女孩，就已经够雷霆万钧而令人按捺不住，而我们可以想象一个乡下人第一回爱上的是一名二十岁、皮肤白皙如奶水的皇后是怎么一回事了。

波多里诺很快就了解他的感受对他的父亲来说，就像是某种窃行。而他试着说服自己，他是因为继母年轻，所以才会将她视为姐姐一样。然而，虽然他并没有下许多功夫研究神学的伦理观念，他也明白自己甚至不能爱上一个姐姐——无论怎样，不能是见到贝阿翠丝的时候引发的那种颤抖和那股强烈的热情。所以当腓特烈引见他的小波多里诺（来自波河平原，奇怪而非常讨人喜爱的淘气鬼，他当时如是介绍），而贝阿翠丝温柔地伸手抚摸他的脸颊，接着抚摸他的脑袋的时候，他只有红着脸低下头。

波多里诺在那一刻几乎失去理智，他的周遭一片昏暗，而复活节的钟声在他的耳朵里面响个不停。奥托拍在他后颈的沉重巴掌将他唤醒，他低声对他嘀咕："跪下去，你这个野兽！"他突然想起，面前的人除了是意大利的皇后之外，也是神圣罗马帝国的皇后，于是赶紧弯下他的膝盖，从那一刻开始表现得像个宫廷朝臣一般的规矩。不过，当天晚上，他难以成眠，并非为了这一段难以解释的大马士革之路而狂喜，而是为了莫名的、难以忍受的强烈热情而哭泣。

尼基塔斯观察这一位长得如狮子般的对话者。他非常欣赏其表达精致、修辞审慎而近乎文学的希腊文。他不禁问自己，到底正和一个什么样的人打交道，因为他提到自己家乡的时候，有办法使用乡巴佬的用语，提到君王的时候又能够使用帝王的辞藻。他很怀疑这个为了表达不同的灵魂而有办法转换描述的人，自己到底有没有灵魂？如果他拥有不同的灵魂，他会通过其中一张嘴巴说实话吗？

五

波多里诺给予腓特烈明智的建议

隔天清晨,城里面仍然弥漫着一层浓烟。尼基塔斯尝了一些水果,在大厅里焦虑地来回走了几步,然后询问波多里诺,是否可以急遣一名热那亚人去找一个名叫阿奇塔的人,前来帮他做脸。

我的天啊,波多里诺告诉自己,这座城市刚刚被送下地狱,人们在街上被割喉屠杀,两天之前这家伙差一点就失去所有的家人,而现在他却要找一个人来帮他做脸。我们可以看出,在这个腐败的城市里,皇宫里的人习惯的是何种生活方式——像这样的人,腓特烈早就把他从窗口丢出去了。

一会儿之后,阿奇塔带着一篮银质的工具,以及瓶瓶罐罐难以想象的香水到来。这位大师首先用一条热毛巾放松你的面孔,然后开始覆盖以软化乳液,接下来是润滑,去除所有的杂质,最后用脂粉盖住皱纹,在眼睛上面涂上淡淡的茶褐色,在嘴唇画上淡淡的粉红,拔除耳朵里面的细毛。至于他在下巴和头发上所下的功夫,就更不用说了。尼基塔斯一直闭着眼睛,一边让那一双高明的手抚弄他的脸孔,一边让波多里诺的声音像摇篮曲一般,继续把故事说下去。反而是波多里诺,为了弄清楚这一位美容大师所做的事情而不时中断。例如,当他从一个罐子里抓出一只蜥蜴,去头去尾,剁碎得如研磨一般,然后将这些肉酱放在一个小油锅里加热。这还用问，这是让尼基塔斯头上仅剩的几根稀疏头发芳香并发出光泽的煎剂。这几个小瓶子呢？那是肉豆蔻、小豆蔻、玫瑰花的香精，分别为了让脸上某个特定部位神清气爽；这一瓶蜂蜜膏有着强化嘴唇的功效，而另外他不愿意透露秘密的那一瓶，是为了让牙龈更加结实。

尼基塔斯最后终于容光焕发，就像一个海事仲裁官和一个朝臣应该有的模样，近乎重生。在这个昏暗的早晨里，他在拜占庭烟雾缭绕的末日背景当中，用他自己的光芒闪烁发亮。波多里诺对他描述自己在一座冰冷、淡漠的拉丁修道院度过的青少年岁月。讲到因为奥托的健康状况，不得不和他一起食用一些熟软的绿色蔬菜和清淡的汤水时，他觉得自己有些尴尬。

这一年，波多里诺花在宫廷里的时间并不多（每一回他进了皇宫，闲晃之间总是又害怕又希望遇见贝阿翠丝，那简直是一种折磨）。腓特烈必须先解决和波兰人之间的问题（这些波兰人几乎野蛮到逞凶好战，奥托如是写道）；三月份他在沃尔姆斯召开了一次新的会议，准备再一次南下意大利，因为米兰虽然依旧是米兰，但是和附庸城邦加起来已经变得越来越顽强；然后九月份在赫华波里召开另一个会议，十月份则是在贝桑松，总而言之，他愤怒得就像魔鬼附了身一样。相反，波多里诺大部分时间都在奥托的陪伴下，待在摩里蒙多的修道院内，他继续和拉厄文学习课程，并为一直体弱多病的主教担任誊写员。

当他们整理到《历史》里面提到祭司王约翰的部分，波多里诺问他聂斯脱利教派的基督徒是什么意思，而这些聂斯脱利教徒在哪个部分算是基督徒，在哪个部分又不算？

"我的孩子，整体来说聂斯脱利教派是一个异端，但是我们仍必须感谢他们。因为在印度，自从汤玛斯传教士的传道之后，这一带一直到边缘地区，都是由这个源自该地的教派传播福音。聂斯脱利教派只犯下了一个——而且是非常严重的——和耶稣基督以及他的至圣母亲相关的错误。你瞧，对我们来说，我们坚定地相信神圣的本质是独一无二，而三位一体这个本质的单位，是由三个不同的位格所组成，圣父、圣子和圣灵。同样，我们亦相信在基督身上仅存有一个位格：神性，以及两种本质：人性与神性。聂斯脱利教派却反过来支持在基督身上确实有两种本质，但是也存在着两种位格。结论就是马利亚仅孕育了人类的位格，所以她不能被称为是神的母亲，而只是基督这一个人的母亲；并不是神的母亲（Theotokos 或 Deipara），应该是基督之母（Christotokos）。"

"这样的想法非常糟糕吗？"

"可以很糟糕，也可以不糟糕……"奥托不耐烦地表示，"就算你的想法跟聂斯脱利教徒一样，你还是可以热爱圣母，不过你对她的敬意肯定会减少。而且，位格是一个理性生命的个别本质，如果基督拥有两个位格的话，他是不是就有两个理性生命的个别本质？如果顺着这样的脚步走下去，我们会走到什么地方？最后是不是会归纳出基督一天用这样的方法思考，隔一天则用另一种方式论理？这也就是说，祭司王约翰确实不是一个不忠实的异教徒，但是他最好能够接触一个能够让他珍惜真实信仰的基督教皇帝，因为他显然是一个诚实的人，所以他一定会皈依。不过，如果你不研究一点神学的话，你肯定永远都不会弄懂这些问题。你非常机灵，拉厄文在阅读、写作，以及基本算术和一些文法的规则方面都可以算是一个胜任的老师，不过'三艺'[①]和'四学科'[②]就完全是另外一回事了。在神学这方面，你必须学习的是辩证法，但是这些科目你都没

[①] 指语法、修辞、逻辑。
[②] 指数学、几何、音乐和天文。

有办法在摩里蒙多学得。你必须上大学，到一所大城市里才可以找得到的学校。"

"但是我并不想上大学，我甚至不知道那是什么东西。"

"等你弄清楚那是什么东西之后，你会乐意前往。你瞧，我的孩子，所有的人都习惯地认为人类的社会是由三股力量所组成，战士、修士和农民，对于昨日的世界来说，这种说法确实没错。但是我们生活在一个成为学者也一样重要的新时代里，就算他不是修士，他也可以学习法律、哲学、星体的运动，以及许多其他的学科，而不需要对他的主教或国王负责。在那些逐步在博洛尼亚和巴黎诞生的学院，是人们致力学习、传授学问的地方，而这也是一种权力的形式。我是由伟大的阿伯拉尔所教导，愿上帝怜悯这个犯了许多错，但是也吃了许多苦、受了不少罪的人。那件不幸的事情之后，他受害于积恨的复仇行动而失去雄风，于是成了修士、教士，并与世隔绝。不过在他荣耀的巅峰时期，他是巴黎的大师，受到学生的热爱，他就是因为他的学问而受到权势的敬重。"

波多里诺当时对自己表示永远不离开奥托，而他也继续从他身上学到许多东西。但是就在认识他之后，树上的花朵第四次开花之前，奥托却因为疟疾、全身关节疼痛、胸部肿块，当然还有肾结石而只剩下最后一口气。经过许多医生，包括阿拉伯人、犹太人，以及一名基督教皇帝能够为他的主教找到的最佳良医，使用无数条水蛭——为了某种这些科学知识渊博的人无法解释的原因——折磨他已经虚弱不堪的身体，并几乎滗清他全身的血液之后，剩下的已是最糟糕的状况。

奥托首先把拉厄文叫到他的床边，将《腓特烈的功勋》接下去的故事交代给他，告诉他并不困难：只要他描述事实，然后将古文献的内容摘要塞到大帝的嘴巴里就可以了。接着他把波多里诺叫到跟前。"亲爱的孩子，"他说，"我要走了，人们也可以说我回去了，我并不确定何种说法较为合适，就像我不确定《两个城邦的记录或历史》和《腓特烈的功勋》何者较为合理一样……（"你了解吗，尼基塔斯大爷，"波多里诺表示，"一个男孩的生命，会因为一名大师临终告别时，向他透露自己无法区别两种真相而受到深刻的影响。"）我并不因为离开或回去而开心，因为这一件事由上帝决定，而讨论他的谕旨很可能让我此刻就遭到雷击，所以最好还是好好珍惜所剩的这一点时间。你听好，你知道，我一直尝试让大帝了解阿尔卑斯—比利牛斯山脉的那一头为什么会存在城邦。大帝除了让它们降服在他的统治之下，并没有其他的选择。只是降服存在着各种不同的方式，我们肯定可以找到除了围城和屠杀之外的其他方法。而你，大帝一向听你的话，你过去又是这些土地的子弟，你要尽你最大的力量，调和我们皇帝和你那些城市之间的需求，想办法让死亡的人数尽可能减少，并让每一方最后都心满意足。为了达成这个目标，你必须学习必要的推理能力，而我已经要求大帝送你到巴黎去上课。不要去博洛尼亚，那个地方只注重法律，而像你这样的骗子，不应该埋头在《罗马法典》当中，因为法律上面我们不能说谎。你在巴黎可以学习修辞学，并研读诗人的作品：修辞学是将我们不确定是否为真相的事情适当表达出来的一门艺术，而诗人们有权利编造谎言。稍后，你最好也能够学习一点儿神学，但是不要试着成为一名神学家，因为和全能上帝相关的事情千万不能开玩笑。充分学习，好让你接下来成为朝廷的要人，你肯定会成为一个大臣，这是一个农民子弟所能期待的最高地位了，你将会像一名骑士一样，和许多贵族平起平坐，而你也可以忠心辅佐你的养父。以纪念我的名义去进行这些事，如果我在无意间引用了耶稣的话，但愿他宽恕我。"

他说完之后，发出了最后一声喘气，然后再也没有动静。波多里诺以为他已经咽下最后一口气，正准备合上他的眼睛，这时候奥托突然重新张开他的嘴巴,用他仅存的气息嘀咕:"波多里诺,你记得祭司王约翰的王国吧,只有在找到他的情况下,基督教的旗帜才能够越过拜占庭和耶路撒冷。我听见你编造过许多让大帝信以为真的故事,所以,如果你没有得到关于这个王国的其他消息,就用编造的方式。但是要注意,我并不是要你为认为不对的事情做见证,那是一种罪行,而是要你以伪装的方式为自己认为真实的事情做见证,那是一种善行,因为那是为存在或已经发生的事情补充不足的证据。我拜托你:一定要确认在波斯人、亚美尼亚人的土地之外,巴库、埃克巴坦那、波斯波里斯、苏萨、阿贝拉再过去的地方,有一名祭司王约翰的存在,他是东方贤士的后代……想办法让腓特烈往东方去,因为在那里才有照亮他成为王者之最的光明……把大帝带离米兰和罗马之间这一片困境……否则他至死都会被黏在这个地方。让他远离还有一个教皇在发号施令的王国,因为他在这里只能算半个皇帝。记住,波多里诺……祭司王约翰……东方之路……"

"但是,你为什么对我说这些事,而不是对拉厄文?"

"因为拉厄文没有想象力,他只会描述他看到的东西,有时候甚至连这一点也办不到,因为他不明白自己看到的东西。相反地,你会想象自己没看过的东西。喔,怎么突然之间变得如此昏暗?"

会说谎的波多里诺告诉他不要慌张,因为夜色已经降临。就在正午时刻,奥托从他嘶哑的喉咙里发出嘘嘘的声响,而他的眼睛僵直地睁开,就像是盯着王座上的祭司王约翰一样。波多里诺盖上他的眼睛,由衷地流下真挚的泪水。

波多里诺因为奥托的去世而悲恸不已,所以在腓特烈的身边待了几个月的时间。他首先自我安慰地告诉自己,只要见到大帝,他就会见到皇后。他确实再次见到了皇后，但是反而让他觉得更加悲伤。别忘了，波多里诺已经将近十六岁，如果他最初的情感看起来像是一种稚气而他自己也不太懂的骚动，此刻却已经成了清晰的欲望和完全的折磨。

为了不让自己在宫廷内凋萎，他一直跟着腓特烈出征，也目击了许多完全不合他胃口的事件。米兰人二度摧毁了洛迪，也就是说他们首先洗劫了这座城市，带走了每栋房子内的牲畜、燕麦、家具、用具，接着他们把所有的洛迪人赶到屋外，告诉他们如果他们自己不滚去见鬼的话，无论女人、老人、小孩，包括摇篮里的婴儿，一个个全部刀刃侍候。洛迪人只留下他们的狗，然后全部徒步穿越旷野逃亡，包括没有坐骑的领主，还有颈上挂着婴儿的女人，她们有时候甚至在步行当中跌倒，或滚进险峻的沟渠里。他们好不容易才在阿达和赛里奥两条河流之间找到了几栋破房子，然后堆挤着睡在一起。

米兰人并没有因此而心满意足。他们再次回到洛迪，监禁了极少数不愿意离去的人，割掉所有的作物，放火烧掉房子，并杀害大部分的狗。

这并不是一件能够让一名皇帝忍受的事情，腓特烈就是为了这个原因再次南下意大利，并聚集了一支由勃艮第人、洛林人、波希米亚人、匈牙利人、士瓦本人、法兰克人，以及所有想象得到的人所组成的大军。他首先在蒙特杰戎重建了洛迪，接着在帕维亚人、克雷马人、比萨人、卢卡人、佛罗伦萨人、锡耶纳人、威尼斯人、特雷维索人、帕多瓦人、费拉拉人、拉韦纳人、摩德纳人等，为了见到米兰人遭到羞辱而和帝国联盟的众族人帮助下，将大军驻扎在米兰前面。

他们真的狠狠地羞辱了他们一顿。该城邦在夏末投了降。为了自救，米兰人甚至接受了波多里诺——虽然他没有理由同情他们——认为算得上是一种凌辱的仪式。战败者包括了主教以及将刀剑挂在颈上的战士,身着粗呢,赤着脚板,列队走在他们的统治者前面,就像是请求原谅一样。

"是不是真的值得费这么多劲儿在洛迪人面前趾高气扬,然后再来脱裤子求饶?"波多里诺心想,"是不是真的必要生活在这一片所有的人都许了自杀的愿望,并帮助彼此自残的土地上面?"事实上,他也希望远离贝阿翠丝,因为他在某个地方读到,有时候距离是治疗心病的一种良方(他尚未在其他书上读到距离反而会在热情的火焰上煽风造势这种说法)。因此他去见了腓特烈,提醒他奥托的建议,让自己被送往巴黎。

他见到大帝的时候,发现他又悲伤又愤怒地在房间里来回走动,莱纳德·冯·达塞尔则在一个角落等他平静下来。腓特烈这时候突然站定,他盯着波多里诺的眼睛,对他说:"你为我见证,我的孩子,我花了这么大的功夫让意大利众城邦统一在同样的律法之下,但是我每一次都必须重新回到起点。我制定的律法难道出错了吗?有谁可以让我知道我的律法公正合理?"而波多里诺几乎没有多加思索,就冲口表示:"大帝,你如果开始这么想的话,你永远都不会得到结论,相反,皇帝正是为了这样的事情而存在,他并不是因为归纳出公正合理的想法而成为皇帝,而是因为他身为皇帝,所以他的想法就代表了公正合理,就这么简单。"腓特烈看着他,然后对莱纳德表示:"这男孩说的话比你们任何人都中听!如果这些话转译成优美的拉丁文,就会变成赞颂词!"

"Quod principi plaquit legis habet vigorem,悦君之事均为有效律法。"莱纳德·冯·达塞尔如是表示,"没错,这句话非常明智,也具备了决定性,但是必须把它记载在福音书里面,否则如何说服全世界接受如此漂亮的想法?"

"我们都看到发生在罗马的事了,"腓特烈说,"如果我让教皇帮我涂圣油,我就在事实上承认他的权力在我之上,如果我揪住教皇的脖子,把他丢进台伯河里,我就对上帝构成了比死去的阿提拉更可怕的威胁……我要去哪里找一个能够定义我的权力,又不会站在我头上的人?这样的人这个世界上并不存在。"

"这样的权力或许并不存在,"波多里诺对他说,"不过这样的知识确实存在。"

"你想要说什么?"

"奥托主教对我描述学校是什么东西的时候,他告诉我这种由教授和学生组成的团体,完全是自我运作:学生来自全世界,无论他们的君主是什么人;他们付钱给他们的教授,而教授仅依赖来自学生的收入生活。博洛尼亚的那些法律教授就是这么运作,而巴黎也早已经如此,过去这些教授在大教堂教书,并依赖主教过活,然后某一天,他们全部出走到圣热纳维耶芙山上教书,寻找不需要听从主教和国王的真相。"

"如果我是他们的国王,我会给他们一点颜色瞧一瞧。但是如果真的这么做的话,会有效果吗?"

"如果你制定一条法律,承认博洛尼亚的教授完全独立于所有的权力之外,包括你、教皇,以及其他的君王,而仅仅为法律负责。一旦他们被赋予这种世界上独一无二的尊严,他们就可以根据公正的理由、自然和传统的学识,确认罗马的法典是独一无二的律法,并由独一无二的神圣罗马帝国皇帝所代表,接着自然而然地,就像莱纳德大爷刚才所说,悦君之事均为有效律法。"

"为什么必须由他们来表达这件事?"

"因为你,你赋予他们这么说的权利来作为交换,而这么做并不是没有理由。这样一来,你高兴,他们也开心,然后就像我父亲加里欧多所说的,你们——包括你和其他人——全部都被保护在一个铁桶里面。"

"他们不会愿意去做一件这样的事。"莱纳德嘀咕道。

"会，相反，"腓特烈的面孔露出了光彩，"我告诉你，他们一定会接受。除非他们自己先做出这样的宣称，而接下来我再赋予他们独立，要不然所有的人都会认为他们是因为某种赠予的交换才会这么做。"

"依据我的看法，无论你再怎么搅拌你的酱汁，如果有人想要说你们之间存在着某种协议，他还是会这么说。"波多里诺面带怀疑地评论，"但是我倒希望瞧一瞧，如果就连皇帝也谦虚地去请教他们，还有谁敢站起来表示博洛尼亚的博学之士所说的话一文不值。到了这样的地步，他们说的话就会像福音书的字句一样。"

于是，他们在同一年前往第一次举办如此盛大会议的龙卡利亚。对波多里诺来说，这一切看起来就像是一出大型的戏剧一样。而正如拉厄文为他所做的解说——大概不希望他认为看到的东西只是一场游戏：随风飘扬的旌旗、号志、彩色的帐篷、商贩、杂技演员——为了提醒众人他的威望源自罗马，腓特烈在波河河岸的一边，重建了一处典型的罗马营地。营地的中央是一座圣殿般的皇室营帐，周围则围绕着封地领主、封臣，以及封臣旗下的封臣所属的帐篷。在腓特烈的身边，我们可以看到科隆的大主教、班贝格的主教、布拉格的丹尼尔、奥古斯堡的康拉德，以及其他的人。在河对岸的是由红衣主教担任的教廷特使、阿奎利亚的主教、米兰的总主教，都灵、阿尔巴、伊夫雷亚、阿斯蒂、诺瓦拉、维切利、泰尔东纳、帕维亚、科莫、洛迪、克雷莫纳、皮亚琴察、雷焦、摩德纳、博洛尼亚以及没有人记得住名称的各地主教。腓特烈坐在壮丽威严，而且确实位于会场中央的位置上，让会谈就此开始。

总之（担心尼基塔斯因为这种皇家、律法、教会等用来慑服人的排场而觉得乏味，波多里诺于是如此表示），四名来自博洛尼亚的博学之士，也是伟大的伊奈里欧最著名的四个学生得到大帝的邀请，前来对于他的权力表达不容置疑的学术看法，而他们其中三个人，来自拉韦纳港的布贾罗、贾寇波、休斯，表达的内容正是腓特烈希望的方式，也就是皇帝的权力是基于罗马的法典。只有那个名叫马汀诺的人，表达了不同的看法。

"腓特烈大概挖了他的眼睛。"尼基塔斯表示。

"完全不是这么一回事，尼基塔斯大爷。"波多里诺回答他，"你们这些帝国公民，你们可以挖掉皮埃尔和保罗的眼睛，因为你们已经不知道什么叫做权力，也忘了伟大的查士丁尼。腓特烈后来立刻颁布了法令，承认博洛尼亚大学的自治权（Constitutio Habita），如果大学拥有自治权，马汀诺就可以发表任何希望表达的言论，就连皇帝也不能拔他一根头发。如果他拔了他一根头发，这些博学之士就不再自主，如果他们不能自主，他们的评论就没有任何价值，而腓特烈就冒了被视为篡权者的风险。"

太好了，尼基塔斯暗忖，这位波多里诺大爷是想暗示我帝国是由他所创立的——他只要随便开口说句话，立刻就会变成真理。让我们再听听接下来他要说些什么。

就在这个时候，那些热那亚人提着一篮水果走了进来，因为尼基塔斯到了中午必须吃点儿东西。他们表示，洗劫仍在进行当中，所以最好还是留在这里。波多里诺于是继续把他的故事往下说。

腓特烈下了决定：如果一个由拉厄文这样的傻子所教育、几乎初出茅庐的小鬼，能够酝酿出如此敏慧的想法，谁知道送他到巴黎读书之后会变成什么样子。他热情地拥抱他，嘱咐他成为一名真正的学者，因为他自己就因为统治和管理军队的负荷，一直都没有时间进行他应该致力的修习。皇后则亲吻他的额头作为道别（我们可以想象波多里诺当时的晕眩），并告诉他（这位非凡的女士尽管身为皇后、贵妇，却也懂得阅读和写字）："写信给我，告诉我你的情况、发生在你身上的事情。宫廷内的生活十分单调，你的信函对我将会是一种慰藉。"

"我会给你写信，我发誓。"波多里诺用一种应该会让在场的人产生怀疑的热情回答。但是没有人表现出任何猜忌（谁会去特别注意一个即将出发到巴黎的男孩表现出来的兴奋？），或许除了贝阿翠丝之外。事实上，她就像第一次遇见他一样地看着他，而她那张特别白皙的脸孔突然泛起了一片潮红。只是因为鞠躬而只能盯着地面的波多里诺，此刻已经转身离开大厅了。

六

波多里诺前往巴黎

波多里诺抵达巴黎的时候已经有一点儿超龄，因为在这些学校里，有人甚至在十四岁之前就已经开始上课，而他已经大了两岁。但是他跟着奥托已经学了许多东西，所以他可以允许自己不跟所有的课程，而去忙一些我们接下来会知道的其他事情。

他出发的时候，身边还跟着一个同伴，一个来自科隆，宁可致力于"七艺"①，而对军队没有兴趣的骑士之子。他此行虽然背负着父亲的愤怒，但是赞扬他早熟诗艺的母亲却全力支持，波多里诺也因此忘了他真正的名字，就好像他从来都不曾知道一样。他称他为"诗人"，后来认识他的人也都跟着这么叫。波多里诺后来发现"诗人"从来都不曾写过半首诗，只是宣称自己准备动笔。由于他总是朗诵周遭其他人的诗句，最后连他的父亲都相信自己的儿子应该追随缪斯，让他在褡裢里带着仅足以维生的金钱出发，因为他误认为在科隆生活所需的那一点钱，在巴黎应该绰绰有余。

才刚刚抵达，波多里诺就急着做一件事：听从皇后的交代，给她写了好几封信。一开始的时候，他以为遵照她的邀约可以平息自己强烈的热情，但是他后来发现，撰写完美而亲切的信函，却不能写出自己对她的真正感觉是一件多么痛苦的事情：他对她描述巴黎，一个有着许多美丽教堂的城市，除了下雨的时候，在辽阔平静的天空下，我们可以呼吸到清新的空气；不过这里并非每天都会降个两三次以上的雨水，对于一个来自近乎恒雾地带的人来说，这是一个四季如春的地方。这里有一条蜿蜒的河流，河道中间有两座小岛，河水则甘美止渴。出了城墙，立刻就是一片辽阔而香逸的旷野，例如圣日耳曼修道院旁边这一片草地，人们可以在上面打球，度过愉快的午后时光。

他对她描述刚刚抵达那几天的辛苦，因为他必须在不被房东诈骗的情况下，为自己和同伴找到一个房间。他们花了一大笔钱，找到了一个宽敞的房间，里面有一张桌子、两张凳子、摆书的架子，以及一个箱子。房间里还有一张架高而有着一条鸵鸟羽被的床，以及一张装有轮子和一条鹅毛被，白天可以收到第一张下面的矮床。信中并没有提到的是，短暂地犹豫睡床的分配之后，他决定两个同居的人每天晚上下象棋——因为象棋在宫廷里被视为是一种上不了台面的游戏——来决定当晚谁睡在较舒适的那一张床上面。

他在另一封信里面描述他们每天早上起得很早，因为课程从早上七点开始，并一直持续到下午很晚才结束。他们每个人自备一大份面包和一大碗葡萄酒，在一处类似牛栏，而且比外头还要冷的地方，坐在铺了一点稻草的地上聆听教授讲课。贝阿翠丝非常激动，她叮咛他在葡萄酒上面千万不要吝啬，要不然整天都会觉得不舒服，也嘱咐他雇用一名仆人，不只是为了帮他提这些非常沉重的书籍，也因为像他这种地位的人，自己动手实在有失身份。她也要他购买一些木柴，每天早些起火点燃火炉，这样到了晚上才会有足够的温度。为了这些花费，她寄了足以让他购买一头牛的四十苏萨币给他。

---

① 指中世纪知识分子学习的七门学科。

仆人并没有雇用，木柴也没有买，因为夜里有那两条被子就已经绰绰有余，而那一笔钱则被明智地花在其他地方，因为他们晚上的时间都在酒馆里面度过，不仅温暖无比，上了一天的课之后，还可以一边吃点东西补充体力，一边摸摸女招待的臀部。再加上这些欢乐的酒馆里，像"银埃居""铁十字"或"三座烛台"，他们在两壶酒之间可以用猪肉酱或鸡肉酱、两只鸽子或一只鹅来补充体力。如果穷一点的话，也可以吃到内脏和羊肉。波多里诺帮助"诗人"，让他不用只靠内脏过活。但是"诗人"是一个昂贵的朋友，他喝的酒转眼就让苏萨币的牛瘦了好几圈。

波多里诺迅速地带过这些细节，然后跳到他的教授和那些他学到的精彩东西上面。贝阿翠丝对这些能够满足她求知欲望的消息非常敏感，她将波多里诺谈到文法、辩证、修辞，以及算术、几何、音乐、天文的信件反复读了好几遍。但是波多里诺却越来越觉得胆怯，因为他除了不对她谈起困扰自己的心事之外，也绝口不提他所做的其他事情，那些不能对母亲、姐妹，更不能对一个心爱的女士谈起的事。

首先，打球这个活动是确有其事，不过他们也和圣日耳曼修道院的人，或者和来自其他地区的学生打架，例如说庇卡底人对抗诺曼底人，而他们用对方听得懂的拉丁文彼此咒骂。巴黎的行政官对这样的事相当不开心，所以派遣警务人员去捉拿其中最顽劣的人。到了这种时候，这些学生理所当然地忘了彼此的派系，一起联手殴打这些警务。

再也没有比这些警务人员更贪婪的人了。所以，每有学生遭到逮捕，所有其他人就必须从钱包里掏钱，让警务人员放人。这样的事，让巴黎的休闲活动更加昂贵。

第二，没有爱情经验的学生会遭到其他学生的嘲笑。非常不幸的是，学生最不容易接近的东西之一就是女人。我们很少看到女学生，让情人惨遭断根的爱洛绮丝传奇仍然四处流传，虽然她的情人是不幸的教授阿伯拉尔，而我们只是声名狼藉而被容忍的学生。花钱买来的爱情非常昂贵，不能经常享有，所以只能对餐馆里几个漂亮丰满的女招待，或住在同一区的一个平民女孩献献殷勤。但是这一区的学生数目总是多于年轻的女孩。

除非懂得用一种悠闲的态度、流氓的眼神在西岱岛上闲逛，才能成功地诱惑好人家的仕女。沙滩广场那些肉铺老板的妻子最受到觊觎，这些人在这一行里功成名就之后开始管理肉市，不需要再亲自动手屠宰牲畜，所以一举一动都像大爷一样。有个操控牛肉市场的丈夫，自己又到了自在而成熟的年纪，这些太太对于仪表出众的学生所散发的魅力非常敏感。但是她们身穿饰有毛皮而过分华丽的衣装，系着银质或珠光宝气的腰带，让她们一看之下很难和那些虽然遭到法律禁止，但是仍大胆招摇，以同样的装扮进出的高级妓女做出区分。这一点让这些学生经常陷入尴尬的窘境，并在接下来遭到朋友的嘲笑。

如果有人终于成功地征服了一名仕女，或甚至一名闺女，她们的丈夫或父亲迟早都会知情，结果不是打架就是决斗。通常受伤或丧命的人都是丈夫或父亲，然后接下来和警务人员之间的斗殴又必须重新开始。波多里诺并没有杀过任何人，通常也都和这些争斗保持距离，但是他却和一名丈夫（一名肉贩）有过一次冲突。他在情场上虽然勇往直前，在战场上却小心翼翼，当那名丈夫张牙舞爪冲进房间里的时候，他立刻试着从窗户跳出去。但是就在跳窗之前、谨慎评估高度的那一瞬间，他的脸颊被划了一刀，从此在脸上留下一道饰有战士荣耀的伤疤。

此外，征服平民女孩也不是天天都有的好事，必须日复一日地趴在窗口窥探，伺机而动（以牺牲学业为代价）。这种事通常都会变得枯燥无味，这时候他们会放下搭讪的梦想，然后对着路人泼水，或用吹管对着女人发射豆子，或捉弄从下面经过的教授，一群人喧闹地追赶，一直到这些教授的家里，然后用石头丢他们的窗子。这些学生毕竟是付钱的人，也因此拥有某种特权。

波多里诺于是对尼基塔斯吐露了他没有对贝阿翠丝提到的事情。总之，他逐渐成为在巴黎学习七艺，在博洛尼亚学习法律，在萨莱诺学习医科，或在托莱多学习魔术的知识分子之一，但是这些地方都没教这些学生守规矩。尼基塔斯不知道自己应该觉得气愤、惊讶，还是有趣。在拜占庭只有供大户人家子弟上学的私立学校，而他们从小就被教授文法、阅读经书以及古典文化的名著；过了十一岁，他们开始以古文学的句法模式来学习诗词和修辞：使用的句子越是罕见，句法的分析越是复杂，他在皇家政府里的前途就越是灿烂。但是他们接下来如果不是成为修道院的学者，就是跟着特定的教授学习法律或天文。他们学习的态度十分严肃认真，而在巴黎的那一帮学生似乎什么事情都尝试，除了学习。

波多里诺纠正他："我们在巴黎花了很多功夫学习。例如说，第一年过后我们就开始加入辩论，在辩论当中我们学会提出异议，一直到做出决定，也就是找出解决问题的最后方法。此外，你不应该认为上课对一个学生来说是最重要的事情，也不该觉得酒馆只是一个浪费时间的地方。学校最美妙的地方就是跟着教授学习，没错，但是从同学身上学到的东西更多，尤其是那些年纪比你大的学生。当他们对你描述他们读过的书，你会发现，世界上肯定充满了美好的事物，想要全部经历的话，一辈子的时间根本不够用，所以能做的事就是阅读所有的书籍。"

波多里诺跟着奥托的时候读了不少书，但是他并没有想到世界上居然存在像巴黎这样的地方，可以找到这么多书。这些书并不是每一个人都有办法接触，但是因为运气，也就是说，上课期间靠对了圈子，让他认识了阿布杜。

"为了解释阿布杜和图书馆之间的关系，我必须往后退一步，尼基塔斯大爷。我像往常一样，一边上课一边对着手指呵气取暖，贴着地面，因为稻草难以御寒，而受冻的臀部就像整个巴黎一样冰封在严冬里。一个早晨，我注意到身旁的一名男孩，从脸孔的颜色看来，他应该是个萨拉森人，但是他却有着一头红色的头发。这样的情形通常并不会出现在摩尔人身上。我不知道他正在专心听课，还是正在沉思，不过他的目光一片茫然。他不时缩着身体，在衣服里面抖动，接着又重新开始出神，而间或地，在他的记事板上记下一些东西。我伸长了脖子，瞥见他涂鸦的苍蝇屎当中有一半是阿拉伯文，其余的部分，他使用一种看起来像拉丁文，却又不是拉丁文，反而让我想起故乡方言的文字。总之，下课之后，我试着和他交谈；他非常亲切地响应，就好像长久以来他就一直希望找到一个能够说话的人。我们之间建立起了交情，然后我们一起沿着河岸散步，而他把他的故事说给我听。"

这男孩的名字就像个摩尔人一样，他叫做阿布杜，不过他的母亲来自海伯尼亚，这就解释了为什么他有一头红色的头发，因为来自那座岛上的人全都长得这个模样，而且有着举止怪异和好做白日梦的名声。他的父亲是普罗旺斯人，出身于一个在五十多年前，自从耶路撒冷被征服之后就定居在海外的家族。阿布杜试着对我们解释，这些海外王国的法兰克贵族已经采用了被他们征服的族群惯用的习俗，他们穿戴头巾和其他土耳其风格的衣物，使用敌人的语言，而没有经过太久的时间，他们也开始遵行《古兰经》的箴言。这就是为什么一个红发的（半）海伯尼亚人，会叫做阿布杜，并有着一张被出生地叙利亚的烈日晒焦的脸孔。他用阿拉伯文思考，描述从母亲口中听到的北海冰冻汪洋的古老传说时,则使用普罗旺斯语。

波多里诺立刻问他,来到巴黎是不是为了重新成为一名虔诚的基督徒,为了像我们吃饭一样地说话,也就是使用标准的拉丁文。对于他来到巴黎的原因,阿布杜一直维持相当保留的态度。他提到了发生在他身上的一件事,某种发生在他还是孩童时期的恐怖事件,听起来似乎非常吓人,以至于他高贵的父母亲决定送他到巴黎来躲避某种天晓得的复仇。阿布杜说着说着就忧郁了起来,脸色像个摩尔人一样泛红,两只手也开始颤抖,波多里诺于是改变话题。

这个男孩相当聪明,来到巴黎几个月之后就已经开始使用拉丁文和当地的粗话。他和一个伯父住在一起,也就是圣维克多修道院——这座城市的知识圣殿之一(无疑也是基督教世界的知识殿堂之一),拥有比亚历山大的图书馆更丰富的藏书——的议事司铎。这就是为什么在接下来的几个月,波多里诺和"诗人"——因为阿布杜的关系——得以接触到这座万国知识的祭坛。

波多里诺向阿布杜问及他上课的时候都在写些什么东西,他的同伴告诉他,阿拉伯文的部分,是用来记录教授上课的时候提到的辩证法,因为阿拉伯文无疑是最适用于哲学的语言,至于其他的部分则是普罗旺斯语。他并不想多说,有一段时间一直避而不答,但是眼睛里却有一种希望对方坚持下去的神情,并在最后揭露他写的是诗词,内容大约是:遥遥远方我的爱,吾心为你痛苦难耐……甜蜜爱情的吸引力,喔,点缀我的心帘,喔,我的陌生人,喔,我的爱。

"你会作诗?"波多里诺问道。

"我是用唱的,我把我的感受唱出来,因为我爱上了一位远方的公主。"

"一位公主?她是什么人?"

"我不知道。我看到她——或者应该说并不完全是这么一回事,但是就好像我真的看过她一样——当我在圣地遭到监禁的时候……总之,就是我经历那一场还没告诉你们的事件的时候。我的心燃起熊熊的激情,而我发誓永远深爱这位女士,我决定为她奉献我的生命。有一天我或许会找到她,但是我害怕这一天突然降临。为了不可能的爱而受尽折磨是一件非常美的事。"

波多里诺原本打算像他父亲一样对他说:太好了,你这只笨鸟,但是他突然想起自己也因为不可能的爱而受尽折磨(虽然他亲眼见过贝阿翠丝,而她的容貌纠缠着他的每一个夜晚),所以开始同情阿布杜的遭遇。

这一段美好的友谊就是这样开了头。当天晚上,阿布杜带着一把波多里诺从未见过,上头绷了多根琴弦,形状像杏仁一样的乐器来到波多里诺和"诗人"的房间;他让手指游走在琴弦之间,然后唱道:

> 当春天的泉水淙淙
> 流泻出清澈的歌声
> 而蔷薇的花朵绽放
> 夜莺也站在枝头
> 温柔、甜美、抑扬地
> 咏唱的时候
> 轮到我也来唱出自己的歌谣
>
> 遥遥远方我的爱
> 吾心为你痛苦难耐
> 若得不到你的救助

在甜蜜爱情的吸引下
由心仪的伴侣
在棚下或林间同步
任何良方都无法治愈

既然得不到你为伴
也难怪我精神一直涣散
因为我从来不曾——
见过如此至上的美丽
无论是基督徒
或是犹太人和萨拉森人
因为这是上帝的旨意——
什么人才能够得到你的一点情意

无论白昼或夜晚
我时时刻刻呼唤你
我的灵魂已疯狂无比
我的欲望已遮蔽了阳光
就像荆棘一般辛刺
我在这份痛苦当中痊愈
还有淹没我的泪滴

吟唱的旋律非常甜美,曲调唤醒了未知或昏沉的热情,而波多里诺则想起了贝阿翠丝。

"耶稣基督,""诗人"开口说道,"为什么我写不出这么优美的诗词?"

"我并不想成为一名诗人,我只是为自己而唱,就这样。如果你要的话，我就当做礼物送给你。"此刻内心沉浸在一片温柔当中的阿布杜表示。

"是啊，""诗人"如是响应，"如果我将普罗旺斯语译成条顿语，那只会变成一坨屎……"

阿布杜于是成了这个圈子的第三个成员。而当波多里诺努力不让自己想起贝阿翠丝的时候，这个该死的红发摩尔人又拿起他那一把该死的乐器，重新唱起啃噬波多里诺内心的歌曲：

> 林中出没的夜莺
> 奉献了爱情，并要求响应时
> 引吭唱出快乐与喜悦
> 并含情脉脉凝视着爱侣
> 泉水清澈而草地清新
> 一片喜气当中
> 感觉极度的喜悦
>
> 溶解在这段友谊当中
> 我的灵魂不再开阔
> 也不敢有任何要求
> 因为她响应的爱情
> 让我生病的一颗心
> 在痛苦当中
> 很快就得到教训

波多里诺告诉自己，有朝一日他也要为他那位远方的皇后写歌作曲，只是他并不知道应该从何处着手，因为除了一些神圣的诗歌之外，奥托和拉厄文从来不曾教授他诗词。此刻，他用得到阿布杜的地方，只是为了进到圣维克多的图书馆，花上整个逃课的早晨，张着嘴巴，钻进奇妙的文章里。不过并不是文法的手册，而是普林尼的自然史、亚历山大传奇、索利努斯的地理、圣伊西多尔的词源学……

他阅读了住着鳄鱼（居住在沼泽地而没有舌头的大蛇，吃了人类之后会一边哭泣一边翕动上颚）、河马（半人半马）、四不像（有着驴子的身躯、鹿臀、狮子的前胸和大腿、马蹄、分叉的角，咧到耳根的大嘴里会发出人类的声音，而牙齿是一整块骨头）等遥远国度的描述；他翻看了描写膝盖没有关节、耳朵巨大到可以御寒的怪人，以及只长一只脚却能健步如飞的西亚波德人所居住国度的著述。

他不能将不是自己所写的歌曲寄给贝阿翠丝（就算是他自己所写，他也不敢寄），所以决定把他准备征服的奇景，代替赠送情人的花朵和珠宝，全部用来呈献给她。他对她谈到了亚拉腊山上生长面粉和蜂蜜的树，天气晴朗的时候，从山顶上可以瞥见诺亚方舟残余的一角；而根据到过山顶的人表示，只要举起手臂，就可以触及诺亚朗诵祝福经时，恶魔取道窜逃的洞口。他告诉她住在阿尔巴尼亚的人长得比其他地区的人都白皙，身上的毛也稀少得像猫儿嘴上的胡须；还有一个国家，如果我们转身面向东方，影子则会投射在右手边；另外一个国度则住着极度残暴的人，他们在婴儿出生的时候守丧，在人们去世的时候举行盛大的庆典；还有一个地方矗立着高大的金山，并由巨大如狗的蚂蚁守护；还有一个住着女战士的国家，她们在该地的边境猎捕男人，如果怀了男婴，不是把他们送回父亲身边，就是将他们杀害，如果怀了女婴，就用灼热的铁片除去她们的乳房，属于高阶层就除去左边，好让她们能够佩带盾甲，低下阶层就除去右边，好让她们能够拉弓射箭。最后，他对她谈到了尼罗河，源自伊甸园的四大河流之一：河水流经印度的沙漠，然后钻进地下，再从阿特拉斯山脉附近冒出来，通过埃及之后投入大海。

不过，当他提到印度的时候，波多里诺几乎忘了贝阿翠丝，他的思绪掉进了其他的想象当中，因为他的脑袋里面有个念头，如果奥托对他提及的祭司王约翰的王国真的存在，他就必须前往那个地方。每一回他读到对于陌生国度的描述，或羊皮纸上出现了几幅怪物的彩色细密画，例如长了角的怪人，或一辈子都在与鹤对抗的俾格米人，波多里诺就会一直不断地想起祭司王约翰。他朝思暮想的结果，让他在心里面将祭司王约翰视为家里的一分子。所以，找出他在什么地方，就成了一件非常重要的事，如果他并不存在，他就必须找出一个能够让他安身的印度，因为他觉得自己和亲爱的主教之间存在着一个誓言（就算不曾真正发过誓）。

他对他的两名同伴提起了这名祭司，他们立刻就进入了状态，在浏览手稿的时候，如果看到任何能够让印度的焚香更加芬芳的有趣、含混的信息，都会立刻告知波多里诺。阿布杜的脑袋里跟着出现了这个念头：如果他那位远方的公主必须身在遥不可及的地方，她的光彩就应该隐藏在比任何国家都遥远的国度。

"话是没错，"波多里诺回答他，"但是我们要从哪一条路前往印度？那应该是距离伊甸园不远的地方，也就是在欧洲的东边，更确切一点，就是陆地结束而海洋开始延伸的地方……"

他们还没有开始上天文课，对于大地的形状，只有一些模糊的概念。"诗人"一直都还相信大地是辽阔而冗长的平面，海水在边缘会往下掉落到天晓得的地方。相反，拉厄文曾经告诉波多里诺——不过是带着某种程度的怀疑——不仅古代的大哲学家，或天文学之父托勒密，就连圣伊西多尔也确认大地是一个球体。圣伊西多尔用一种基督徒的肯定态度，甚至将赤道的直径定在八千斯塔德①。不过——拉厄文为自己留了退路——确实曾经有许多教士提醒我们,例如大拉克当斯,根据《圣经》,大地的形状就像一个圣体柜,大地和天空合在一起之后成为一个拱形,是一座有着壮丽圆顶和地板的殿堂。总而言之,就是一个巨大的盒子,而不是一个球体。一向行事非常谨慎的拉厄文强调圣奥古斯丁曾经表示,异教的哲学家也可以有他们的道理,也就是大地是一个球体,《圣经》里面提到的圣体柜只是一种比喻的方式,但是知道大地是什么形状,对于解决惟一的严肃问题,也就是如何拯救自己的灵魂并没有任何帮助。所以,就连花半个钟头的时间去思索大地的形状都是在浪费时间。

"我觉得这么说并没有错,"急着前往酒馆的"诗人"表示,"寻找伊甸园并没有什么用,因为那应该只是空中花园的奇景,自从亚当的时代就没有人住过,也没有人用篱笆和栅栏去整理露台,大洪水的时候应该全都崩塌到海里面去了。"

阿布杜反倒是完全相信大地的形状为球体。"如果大地的形状是一个辽阔冗长的平面,"他用一种不容置疑的严肃辩称,"我的目光——爱情让它就像所有情人的眼神一样锐不可当——会让我在遥远的地方瞥见爱人的任何身影形迹;相反,大地的弧度让她躲过我的欲念。"他搜寻了圣维克多修道院的图书馆,再加上一些记忆,然后为他的朋友拼凑了几张地图。

"大地位于环绕的海洋中央,由三处巨大的水流——赫勒斯滂海②、地中海、尼罗河——分割。"

"等一等,东方在什么地方?"

"这里,在上面,理所当然是在亚洲的方向。东方的尽头,也

---

① Stade,古希腊长度单位。
② 今达达尼尔海峡。

海洋
高加索山
里海
阿尔巴尼亚
印度
伊甸园
犹太
亚美尼亚
叙利亚
耶路撒冷
西奈
潘诺尼亚
赫勒斯滂海
波斯湾
临近太阳的沙漠地
不为我们所知的高温
希腊
君士坦丁堡
尼罗河
亚历山大的黎波里
达尔马希亚
地中海
红海
阿拉伯湾
高卢
罗马
努米底亚
日耳曼
非洲
西班牙
毛里塔尼亚
海伯尼亚
失落岛

是太阳升起的地方，就是伊甸园所在。伊甸园的左边是高加索山，而这里，在旁边不远的地方是里海。现在你们应该知道印度加起来总共三处，主要的印度，气候炎热，就在伊甸园的右边；北方的印度，位于里海的外围，就是这里，在左上方，是一个天气冻到水都凝成水晶的地方，也是亚历山大大帝将歌革和玛各监禁在一道墙后面的地方；最后是气候温和的印度，靠近非洲。至于非洲，就在右下方，地中海的方向，也就是尼罗河湍流，而阿拉伯湾和波斯湾朝红海开口的那一片。这一块土地的外围是一片沙漠，非常接近赤道的太阳，气候炎热到没有人能够前往探险。在非洲的西边，接近毛里塔尼亚的地方，那是吉祥岛和失落岛，几个世纪前被我国的一名圣徒发现。北方的下面，就是我们现在生活的这一块土地，包括赫勒斯滂海上的君士坦丁堡，还有希腊和罗马，北方的尽头则是日耳曼人的地方和海伯尼亚岛。"

"你怎么会把这样一张地图当真？""诗人"笑道，"它呈现的大地是一个平面，而你支持的大地是一个球体。"

"你都是用什么方式在进行思考？"阿布杜气愤地说，"你有办法呈现一个我们全部都住在上面的球体吗？一张地图的功能是用来寻找路径，当你走路的时候，你会觉得大地是一个平面，而不是一个球体。此外，如果真的是一个球体，整个下面的部分都浸在海水里面，不会有人居住；如果有人必须住在下面的话，他只能头朝下倒过来生活。所以，为了呈现上面的部分，只需要这一圈地图就足够了。不过我会再仔细查看修道院里的地图，因为我在图书馆里认识了一名对伊甸园了如指掌的学者。"

"当然，夏娃把苹果递给亚当的时候，他也在场。""诗人"表示。

"我们并不需要到过一个地方，才能了解这个地方的一切。"阿布杜回答他，"要不然，水手就会比神学家更博学了。"

波多里诺对尼基塔斯解释，这些是为了让他知道，他们这几个朋友在巴黎的前几年。虽然几乎是初生之犊，他们却已经开始被这个在多年后带他们前往世界尽头的故事所吸引。

七

波多里诺为贝阿翠丝写情书，为"诗人"撰诗词

到了春天，波多里诺发觉自己的爱情就像热恋中的情人在这个季节的遭遇一样，越来越澎湃。和一些没什么价值的女孩之间发生的肮脏故事，一点都不能让他平静下来。相反，比较之下，反而让这一段爱情升华到夸张的程度，因为贝阿翠丝除了优雅、聪明、无比的温柔之外，还拥有了"缺席"这一项优势。针对"缺席"的魅力，阿布杜不断地在夜间抚弄他的乐器，咏唱其他歌谣来折磨他，而波多里诺为了能够细细品味，最后也学会了普罗旺斯语。

> 五月的白昼长又长
> 遥远的鸟鸣细细尝
> 离别之际
> 爱情合曲难忘记
> 只好垂头、出神、忧郁
> 宁可没有百鸟、山楂的寒冷冬季……

波多里诺做着梦。他想，阿布杜因为有朝一日可能会见到那位陌生的公主而沮丧不已。喔，真正幸福的人！最悲惨的是我的痛苦，因为有朝一日肯定要见到我挚爱的人，我没有永远见不到她的

运气，相反，我不幸地知道她是谁，长什么模样。如果阿布杜觉得对我们描述他的痛苦，可以让他得到慰藉，为什么我不借由向她描述我的痛苦，来寻求同样的慰藉？换句话说，波多里诺直觉地认为，如果将自己的感受写出来，尽管他爱慕的对象看不到这些温柔的宝藏，但是他可以借此控制自己的心悸。于是，波多里诺利用夜间，"诗人"熟睡之后，开始动笔撰写情书。

"繁星点亮苍穹，明月渲染夜空，但是只有一颗星指引着我，如果我的星星从东方升起，则暗夜流逝，我也将忘却痛苦的黑暗。你是为我带来光明，赶走黑夜的那一颗星，没有你的话，光芒本身就是暗夜，有你在身旁，就连夜晚也有了灿烂的光彩。"

然后是："如果我感到饥饿，只有你能为我止饥；如果我口渴，惟有你能为我滋润……我为何胡言乱语？你让我振作，但是并不能止饥。我从来都不曾，也永远不会因为你而饱胀……"还有："你的温柔如此强烈，你的耐心令人赞赏，你的声调不可言喻，如是的美丽与高雅成为你的花冠，而试着用文字表达将是一种冒犯。消耗我们的火焰，因为不断添加的新燃料而越燃越盛，加上隐藏于暗处，所以总是能够欺骗觊觎者和狡诈的人，但是我们两人谁爱得多的怀疑也因此存在，就像一场你我之间争胜负的辩论比赛……"

这些信写得很美，波多里诺重新阅读的时候，微微地颤抖，能够启发如是热情的那个人，只有更令他醉心。到了某个程度的时候，他已经不能接受无法知道贝阿翠丝对如是强烈的柔情做何反应，他决定让她做出响应。于是，他试着模仿她的笔迹写道：

"献给发自我的肺腑，而芬芳胜过任何香气的爱，也就是你的灵魂和你的身躯。对你的青春充满渴望的花朵，希望得到永恒的欢乐带来的清爽……"

"喔,"他立刻回复,"好好照顾自己,因为你身上有我的一切,你身上有我的希望、我的安宁。我还没有时间苏醒过来,我的灵魂就找到已经深深刻划在上面的你……"

而她,以一种无比的大胆写道:"从我们第一次见面开始,你就是我惟一的珍爱,珍爱你让我希望拥有你,希望拥有你让我到处寻找你,到处寻找你让我爱上你,爱上你让我渴望你,渴望你让我把你置于心中一切之上……而我品尝了你的甜蜜……我向你致意,我的心,我的躯,我的喜悦……"

如此持续了好几个月的通信,首先慰藉了波多里诺痛苦不堪的灵魂,接着一种愉悦弥漫开来,最后变成一种熊熊烈火般的骄傲,因为我们的情人难以相信自己的爱人居然爱他到这种程度。就像所有热恋中的人一样,波多里诺变得自负;就像所有热恋中的人一样,他笔下虽然希望单独和爱人享受共有的秘密,但同时又要求全世界都能够分享他的快乐,并因为深爱他的人那一股令人无法抗拒的殷勤而感到惊讶。

因此,有一天,他将通信的事情告诉了他的朋友。他对于事情的经过和通信的对象维持了含糊和保留的态度。他并没有说谎,他甚至告诉他们,他之所以将这些信函拿出来让他们看,是因为全部都是他的想象力所创造出来的东西。但是另外两个人却觉得这下是他在说谎,他们也因此更加羡慕他的运气。阿布杜在内心深处已经将这些信件当成是他那位公主的作品,所以他就像自己是收信人一样的激动。表现得不将这些文学游戏当成一回事的"诗人"(在这期间,他却因为不是自己写出这些优美的信件,并唤起更优美的回复,而不断地啃噬自己的内心),由于没有热恋的对象,所以只好爱上这些信件——这样的事情并不令人惊讶,尼基塔斯评论道,因为我们年轻的时候，都有爱上爱情的倾向。

或许是为了替自己的歌谣找出更多全新的主题，阿布杜羡慕地誊写了这些信件的内容，准备留到晚上在圣维克多重新阅读。这样的情况一直到有一天他发现誊本遭到偷窃，而他担心几个道德败坏的司铎带着邪念阅读后，会将信件丢在修道院千百件手稿之中。波多里诺一边颤抖，一边将自己的手稿收进箱子里，为了不牵连通信的对象，他从那一天起就不曾再写过任何一封信。

而十七岁纷乱的内心需要倾吐，波多里诺于是动笔撰写诗词。如果说他在书信中提到了自己最纯真的爱情，他的写作练习则专注在酒馆诗歌上面，并引得当时的学者对他们放荡而无忧无虑的生命赞颂不已，更对他们的荒唐表现出某种怀旧的情绪。

为了向尼基塔斯证明自己的才华，他引述了几句半句诗：

>   Feror ego veluti — sine nauta navis,
>   ut per vias aeris — vaga fertur avis...
>   Quidquit Venus imperat — labor est suavis,
>   quae nunquam in cordibus — habitat ignavis

由于他发现尼基塔斯并不太懂拉丁文，于是概略地为他翻译："我就像一艘没有船夫的轻舟漂泊，也如同翱翔于天际的飞鸟……遵循情欲的指示是多么可笑的痛苦，懦弱的灵魂从来不曾感受……"

波多里诺将这些诗词和其他几首一起拿给"诗人"看的时候，"诗人"羞愧得涨红了面孔，一边流下眼泪，一边承认自己的枯燥乏味造成了想象力干涸，并诅咒自己无能，大叫宁可不知道如何和女人交媾，也不愿意处于这种不知道如何表达自己的窘困之中——而波多里诺正好确切地表达出来，让他不禁自问对方是否能够看穿自己的心思。接着他又提到，如果父亲知道自己的儿子写出如此美妙的诗句，肯定觉得骄傲万分，因为他有朝一日必须在他的家人和其他人面前，证明自己被冠上"诗人"这个仍让他自豪的称号并不是没有理由。只是吹嘘虽然让他感觉自己像个桂冠诗人，但是对于这个头衔他却是完全陌生。

波多里诺见他如此绝望，就将羊皮纸放在他的手上，把诗词送给他，让他当做自己的作品呈现。这是一份珍贵的礼物，因为波多里诺为了对贝阿翠丝描述新的事物，把这些诗词以朋友之作寄给她。贝阿翠丝念给腓特烈听的时候，被莱纳德·冯·达塞尔听见，他虽然觊觎权势，却一直是文学的爱好者，所以表示他会非常乐意将"诗人"纳入自己的内阁……

这一年莱纳德正好被晋升为科隆大主教的显职，成为一名大主教的诗人，也就是成为一名——他半开玩笑半趾高气扬地表示——主教专属大诗人的念头，并不会让"诗人"感觉不开心；也因为他学习的意愿并不高，父亲给他在巴黎花用的钱也捉襟见肘，再加上他认为——与实际情况差别不大——一名宫廷诗人成天不是吃就是喝，可以不需要担心其他的事情。

只是，成为一名宫廷诗人的话，他必须写诗。波多里诺答应，他至少帮他写好十来首，但并不是当下就全部完成。"你要知道，"他对他说，"伟大的诗人，特别是最伟大的诗人并非全部都像腹泻一般地创作，他们有时也会便秘。你必须表现得像是受到缪斯的折磨，只能偶尔精炼出一首二行诗。我交给你的诗词，你大概可以撑上好几个月。但是给我一点儿时间，因为我虽然没有便秘，但也不是处于腹泻的状况。延迟你出发的时间，然后寄给莱纳德几首诗，让他尝尝滋味。这期间，最好先为你准备一段献词，好好赞颂一下你的恩人。"

他想了一整个晚上，然后交给他几句献给莱纳德的诗词：

Presul discretissime — veniam te precor

morte bona morior — dulci nece necor

meum pectum sauciat — puellarum décor,

et quas tacto nequeo — saltem chorde mechor,

也就是:"最敬爱的主教,请原谅我,因为我面对了一次凄美的死亡,受到柔情伤痛的煎熬:少女的美丽刺穿了我的心,而我无法碰触的对象至少让我以思绪占有。"

尼基塔斯注意到,拉丁人的主教非常欣赏不太神圣的诗歌,但是波多里诺告诉他,首先应该要了解的是一名拉丁主教不一定是一名圣徒,尤其是他还兼任了帝国首相的职位,而且这个人还叫做莱纳德。他不太主教,却非常非常非常的首相,他肯定非常热爱诗歌,但是他更倾向于利用诗人的才华来达到他的政治目的,而他接下来就是采取了这样的动作。

"所以,'诗人'因为这些诗词而声名大噪。"

"没错,在那一年的时间内,'诗人'陆陆续续地把我替他写的诗词,附在充满了虔敬的信件当中寄给莱纳德,到最后,莱纳德不计任何代价,一定要这名不寻常的才子到他的身边。'诗人'带着开始便秘之前,够他用上一年的储备诗词动身。他得到了热烈的掌声和喝彩。我从来都不明白,为什么有人会因为要求别人布施而获得的名声感到骄傲,不过'诗人'却非常满意。"

"惊讶中的惊讶,我很想知道,当你看到自己的创作被当做别人的作品时,你可以从中得到什么样的乐趣。一名父亲将自己的子女当做布施送给别人,这么做是不是有些残酷?"

"酒馆诗歌的命运在于口耳相传,听到被吟唱本身就是一种快乐,如果只用来增长自己的荣耀,将会是一种非常自私的行径。"

"我不相信你谦逊到这种程度。你再一次因为当上了谎言王子而开心,并把这样的事情当做一种荣耀,就好像你希望有朝一日,你的情书在圣维克多的手稿中被发现,然后被当成天晓得是谁的作品。"

"我并不觉得这是一种谦逊。我喜欢这些作品终能竟功,而我是惟一知道作品出自我手的人。"

"这样并没有什么差别,我的朋友。"尼基塔斯表示,"我宽容地认为你希望成为一名谎言王子,但是现在,你却让我认为你希望成为上帝。"

八

伊甸园里的波多里诺

波多里诺虽然在巴黎上课，但是对于意大利和日耳曼发生的事情仍然了如指掌。拉厄文遵从奥托的指示，接手撰写《腓特烈的功勋》，但是写到第四部的时候，因为觉得超过福音书的数目是一种亵渎的行为，所以决定停笔。他非常满意任务终告完成，于是离开宫廷，前往巴伐利亚的一处修道院让自己受冻。波多里诺写信告诉他，自己可以随时翻阅圣维克多图书馆内的书籍，而拉厄文要他描述几部罕见，而能够让他增进一点知识的论著。

波多里诺非常同意奥托认为这名可怜的司铎想象力贫乏的看法，觉得自己可以为他提供一点养分。于是，向他提及几部曾经阅读的著作之后，他接着引述了几本自己狡黠编造出来的书，例如由令人崇敬的比德所著的《肚子的长处》《放屁的适当方式》《排便的方法论》《除毛术》《撒旦的王国》。这些著作全都引起司铎的讶异和好奇，并急着要他誊写这些陌生的智慧宝藏。光是为了弥补刮除奥托的羊皮纸造成的懊悔，波多里诺就非常乐意帮他做这些事，但是他并不知道应该誊写些什么东西，只好推说，这些著作虽然收藏在圣维克多，但是因为带有异端的味道，所以此地的司铎不允许任何人翻阅。

"我知道，接下来，"波多里诺告诉尼基塔斯，"拉厄文写信给一位他认识的巴黎学者,求他向管理会取得这些手稿。他们理所当然什么东西都没找到,于是指控图书馆管理员粗心大意,而这名可怜的家伙发誓从来不曾见过这些著作。我可以想象,几名司铎最后为了解决这件事,真的动笔把这几本书写出来。我希望有朝一日有人真的会找到这些著作。"

这期间,"诗人"一直让波多里诺获悉腓特烈的行动。意大利的市镇并没有完全遵守他们在龙卡利亚的会议当中立下的誓言。协议规定,顽抗的城邦必须拆除和摧毁战争的工具,但它们的市民却只是假装填补城墙周围的战壕,那些战壕一直都还存在。腓特烈派遣了行省总督前往克雷马,催促克雷马人加快动作,但是这些人却威胁要杀害这些皇家特使。如果他们没有逃之夭夭的话,也确实会遭到杀害。接着他又派遣莱纳德本人以及一名拥有王权的伯爵前往米兰,让他们任命最高行政官,因为米兰人并不能一方面承认皇室的权力,一方面又自己选出他们的执政官。在这个地方也一样,他们差一点就要了两名特使的命,而且还是帝国的首相以及宫廷的伯爵!米兰人并没有因此而满足,他们还围攻了特雷佐的城堡,把驻军囚禁起来。最后,他们又一次进犯了洛迪。大帝因为有人动了他的洛迪而大怒。为了杀鸡儆猴,他出兵包围了克雷马。

一开始,围城的进度是依据基督徒之间的战争规矩。克雷马人在米兰人的帮助下,进行了几次漂亮的出击,抓了不少皇家的俘虏。克雷莫纳人(因为痛恨克雷马人,所以和帕维亚及洛迪人一起,站在帝国这一边)建造了极具威力的攻击武器——围城者的死伤因此更甚于被围攻者,但是战情得以顺利发展。"诗人"津津乐道地描述了几场漂亮的战役,而所有的人都记得大帝让洛迪人弄来两百个空酒桶,叫他们装满泥土填入战壕。接着他们继续用两千多辆马车运来泥土和木头,让羊头撞锤或投石机。等终于能够通过,然后冲向前去进行破墙的工事。

但是,当他们使用克雷莫纳人建造的特大型攻城塔进攻,围攻的人也冒着让投射器掉落的风险开始发射无以计数的石块时,大帝因为盛怒而昏了头,他让手下把克雷马和米兰的战俘带出来,下令将他们绑在攻城塔的前方和侧面。他以为只要被围攻的人看到自己的兄弟、亲戚、儿子和父老,就不敢继续发射。他没有料到克雷马人的愤怒到达什么程度——包括城墙上和被绑在城外的人。是那些俘虏开始向他们的弟兄大叫不必为他们担心,而城墙上的人则咬紧牙根,含着眼泪,尽管成了自己亲人的刽子手,还是继续对攻城塔发射石块,结果杀害了九名自己人。

从米兰来到巴黎的学生对波多里诺发誓,他们甚至把小孩也绑在攻城塔上面,不过"诗人"向他保证:纯属谣言。事实上,就连大帝也被这种情况打动,下令松开剩下的俘虏。但是克雷马人和米兰人已经因为同伴的死亡而丧失理智。他们在城内逮捕德国和洛迪的俘虏,把他们带到城墙上面,当着腓特烈的面冷血地了断他们。腓特烈于是把两名克雷马的俘虏抓到城墙下,将他们当做强盗和叛徒一样审判,最后更以死刑定罪。克雷马人告诉腓特烈,如果他绞死他们的人,他们也会绞死仍在他们手中的其他俘虏。腓特烈回复他们,他倒真的想见识见识,然后绞死那两名俘虏。作为响应,克雷马人也当众处决了所有的俘虏。已经没有办法理智行事的腓特烈,下令将手中剩下的克雷马人全部带到外面,然后在城墙前面立起一片如森林般的绞架,准备将他们全部处决。主教和教士这时候匆匆赶到处刑的现场,恳求他不要和敌人竞逐残酷,应该让自己成为一股仁慈的泉源。腓特烈被如是的干预打动,但是他不能让自己说话不算话,所以决定在这些可怜的家伙当中处决九人。

波多里诺听到这些事情的时候掉下了眼泪。不只是因为他生性爱好和平,也因为他亲爱的养父手上沾染着如此众多的罪行。他决定继续留在巴黎读书。在自己并没有发觉的情况下，他也模糊地说服了自己不需因为爱上皇后而深感罪恶。他又开始动笔撰写益发热情的信函，以及能够让一名隐士全身颤抖的回信。只是这一回，他不再拿出来让他的朋友看。

不过，由于罪恶感还是存在，他决定为主子的荣耀做一些事情。奥托留给他一个神圣的遗命，就是让祭司王约翰从无稽之谈的阴暗当中现身。波多里诺于是将所有的精力都花在寻找这名陌生，但是肯定非常著名的——奥托作为见证——祭司王约翰。

"三艺"和"四学科"的学年结束之后，由于波多里诺和阿布杜已经学会了辩论，他们优先讨论的主题就是：祭司王约翰是否真的存在？不过，他们开始讨论的时候所面对的情境，倒是让波多里诺有些不好意思向尼基塔斯解释。

"诗人"当时已经离去，现在是阿布杜和波多里诺住在一起。一天晚上，波多里诺回家的时候，发现阿布杜一个人正在吟唱他最美丽的歌谣之一，唱出自己和远方的公主相遇的渴望，而突然发现对方几乎伸手可及，却又渐行渐远。波多里诺不知道是因为音乐，还是因为歌词，但是他一听到这首歌谣，贝阿翠丝的影像立即跟着出现在眼前。她一方面躲避着他的目光，一方面又消散在真空当中。阿布杜继续歌唱，而他的歌谣从来不曾如此诱人。

歌谣唱完之后，筋疲力尽的阿布杜近乎崩溃。当时，波多里诺非常担心他会晕厥过去，所以靠到他的身边，但是阿布杜举起一只手，像是要他不用担心一样，然后自己一个人开始没有理由地低声发笑。他一边笑，一边从头到脚全身颤抖。波多里诺以为他受风寒发了烧，阿布杜却一边笑，一边告诉他不要理会，一会儿他就会渐渐平静下来，而他自己完全清楚是怎么一回事。最后，在波多里诺急切地询问之下，他决定将自己的秘密向他告白。

"听我说,我的朋友,我服用了一些绿蜂蜜,只有一点点。我知道这是来自恶魔的一种诱惑,但是有的时候有助于唱歌。听我说,但是不要责怪我。从我小时候开始,就在圣地听说过一个又美妙又可怕的故事。他们说在距离安条克不远的地方有一族萨拉森人,住在群山之间一座除了苍鹰、无人能够接近的城堡里面。他们的主子名叫厄罗瓦汀,无论是萨拉森的王侯,还是基督教的王爵都对他惧怕无比。事实上,据说在他的堡垒当中,有一座长满了各式各样花草水果的花园,水渠里流淌着葡萄酒、牛奶、蜂蜜和清水,四周则围绕着唱歌跳舞、美貌无与伦比的年轻女子。花园里面只住着遭厄罗瓦汀绑架的年轻男子,而在这个充满乐趣的地方,他让他们去尽情享乐。我所以会用享乐这个字眼,是因为我听到大人们的窃窃私语——我因而脸红心跳——那些年轻的女子个个体态丰腴,并殷勤地满足她们的贵宾,让他们得到难以形容,而我可以想象,也令人软弱的快乐,以至于进到这个地方的人,无论如何都不愿意再离去。"

"你这位厄罗阿丁或厄罗瓦汀还真是个大好人。"波多里诺一边笑着说道,一边用一条湿毛巾为他的朋友擦拭额头。

"那是你的看法,"阿布杜说,"因为你并不知道真实的故事。某个晴朗的早晨,其中一名年轻男子在一个肮脏而惨遭烈日荼毒的院子里醒过来,发现自己被铁链系住。受了几天的罪之后,他被带到厄罗瓦汀面前。他扑倒在对方的脚下,威胁着要自杀,并苦苦哀求让他再回去享受那一切的快乐。厄罗瓦汀对他透露,他已经在先知面前失宠,为了让自己再次受到宠信,他必须声明准备轰轰烈烈做一件大事。他交给他一把金匕首,要他动身出发,前往敌方的宫廷内杀害一名领主。用这样的方式,他就能够重新赢回他所欲求的一切,而就算他在行动当中丧命,他也会登上天堂,前往一个和他遭到驱逐的地方一模一样,甚至更为美好的乐园。这就是为什么厄罗瓦汀拥有如此大的权力,并让周围无论是摩尔人或是基督教诸多王侯惧怕的原因,因为他派出去的人全都准备做出任何牺牲。"

"所以,"波多里诺评论道,"最好还是随便一间巴黎的美丽酒馆,以及里面那些我们不需付出代价就能到手的女孩。但是,这个故事和你有什么关联?"

"和我有一些关系,因为我十岁的时候,曾经遭到厄罗瓦汀的手下劫持。我在他们那里待了五年。"

"所以十岁的时候,你就已经享受过你提到的那些年轻女子?他们曾经派你去杀害任何人吗?你到底在说些什么,阿布杜?"波多里诺显得十分担心。

"我当时太过年轻,没有办法加入那些快乐的男子,而我被托付给城堡里一名供应快乐泉源的阉人,当他的用人。让我告诉你我发现的真相。我在花园里面待了五个年头,从未看到任何一名年轻的男子,因为他们一直都被成排地绑在那个惨遭烈日荼毒的院子里,不会出现在其他的地方。每天早上,阉人都会从一个柜子里拿出几个银质的罐子,然后从囚犯的面前走过,喂他们每个人服食罐子里面某种惨绿而如蜂蜜般浓稠的膏状物。尝了这东西之后,他们就开始对自己和其他的人侃侃而谈,描述传说中提到的各种享乐。你了解吧,他们一整天都睁着眼睛,面带微笑心满意足。到了傍晚时分他们会觉得疲惫不堪,他们会开始发笑,时而低沉,时而高亢,然后一个个沉沉入睡。慢慢长大之后,我开始明白厄罗瓦汀为他们设下的诱饵:他们身陷囹圄,却幻想着自己生活在天堂里,而为了不失去这样的好处,他们只好成了主子复仇的工具。如果他们在攻击行动之中安然无恙地归来,最后也只有再次遭到捆绑,然后重新开始见到、听到绿蜂蜜为他们带来的梦境。"

"你呢?"

"有一天晚上,我等到所有的人都睡着之后,钻进收藏着装有绿蜂蜜银罐的柜子里,我尝了尝滋味。尝滋味,我是这么说吗?我一口气吞了两勺,而我顿时开始看见一些不可思议的东西……"

"你觉得自己来到了花园里?"

"不是,如果其他的人梦到花园,无疑是因为他们抵达的时候,厄罗瓦汀对他们提到了花园。我想,绿蜂蜜让我们看到的是每个人的内心真正想要见到的东西。我发现自己身在沙漠当中,正确的说法应该是在一个绿洲里,而我看到了一个富丽堂皇的旅队临近,每一头骆驼都冠上了羽饰,随行的摩尔人头上全都绑着鲜艳的头巾。他们敲着鼓,击着铙钹,而我在他们身后,四个巨人扛负的华盖上面看到了她,我的公主。我已经没有办法告诉你她的模样,她是如此的……怎么说……光彩夺目,所以我只记得一道让我头晕目眩的灿烂光芒……"

"她的脸孔长得怎么样?很漂亮吗?"

"我并没有看到她的脸孔,她戴着面纱。"

"这么一来,你爱上的到底是什么人?"

"当然是她,因为我并没有看到她。在我的心里面,在这里,一道无尽的温柔突然渗了进去,那一股因为爱情而出现的忧郁从此就不曾再熄灭。旅队渐行渐远,然后消失在沙丘后面,我知道自己永远都不会再见到这一幕。我告诉自己,早知道就应该跟着她一起离去。但是接近清晨的时候,我开始发笑,我当时以为是因为快乐,但那只是绿蜂蜜在效力尽头的时候所造成的效果。我醒过来的时候,太阳已经高高在上,而阉人差一点就抓到我还昏沉在原地。从那个时候开始,我就告诉自己,一定要逃离该地,去寻找远方的公主。"

"但是你知道,那只是绿蜂蜜造成的效果……"

"没错,我看到的只是一个幻象,但是我的内心从那个时候开始的感受并不是。那是一股真实的欲望，一旦你经历过那一股欲望之后，它就不再是幻象，而是真实的存在。"

"但是，那是对一个幻象所产生的欲望。"

"但是从那个时候开始，我就不愿意失去那一股欲望。它绝对足以让我贡献我的生命。"

总之，阿布杜成功地找到一条逃出城堡的路，并回到了早已认为失去他的家人身边。他的父亲担心厄罗瓦汀出手报复，所以要他离开圣地，把他送往巴黎。逃离厄罗瓦汀的城堡之前，阿布杜为自己拿了一罐绿蜂蜜。但是，他对波多里诺解释，因为害怕那该死的膏状物不会带他回到那同一片绿洲，让他再次体验无尽的狂喜，所以一直都没有再尝试。他不知道自己是不是能够承受那一股激动：公主从今以后都和他在一起，没有人能够把她从他的身边带走。与其在虚假的记忆当中拥有她，不如就像一个结局一样，情意绵绵地看着她。

一段时间之后，为了让他的歌谣从公主遥远的存在当中找到一股力量，他偶尔会冒险去尝一点点蜂蜜，用勺子的末梢取用足以让舌尖芬芳的一点点。他因此经历了短暂的狂喜，而这就是今天晚上所发生的事。

阿布杜的故事引起了波多里诺的兴趣，他也被出现幻觉而见到皇后的可能性吸引，就算持续的时间非常短暂。阿布杜没有办法拒绝他希望尝试的要求，而波多里诺只感觉到轻微的昏沉，以及一股想笑的欲望。不过他觉得自己的情绪非常亢奋，奇怪的是并不是因为贝阿翠丝，而是为了祭司王约翰——他因为这件事而自问，自己真正欲求的对象是不是这个到不了的王国，而不是心中的那位女士。这一个晚上的经过就是这样。此刻几乎已经脱离蜂蜜效应的阿布杜，和仍有些微醺的波多里诺，开始讨论起关于祭司的事情，也提出了这个人是否真正存在的问题。由于绿蜂蜜的效果，似乎就是让人触及从来不曾见过的东西，他们于是认定，祭司这个人确实存在。

这个人确实存在，波多里诺如是决定，因为并没有找到反对他存在的理由。阿布杜也同意这个人确实存在，因为他曾经从一名学者口中听说，米底亚人和波斯人的国度再过去的地方，有一些基督教的国王在那一带对抗异教徒。

"这个学者是什么人？"波多里诺全身微微颤抖地问。

"波罗内。"阿布杜如是回答。于是，他们隔天就开始寻找波罗内。

波罗内是一名蒙贝利亚尔的学者，他就像他的同类一样四处流浪，今天还在巴黎（造访圣维克多图书馆），明天就不知道身在何方，因为他似乎正在进行一项从来不曾对任何人提及的计划。他有一颗相当大的脑袋，上面长满了蓬乱的头发，还有一双因为在灯光下大量阅读而泛红的眼睛，不过他似乎真的是一名科学知识渊博的学者。从第一次见面，地点理所当然是在一间酒馆里，他就已经让他们折服，并对他们提出了会让他们的教授花上数天去争辩的细微问题：精子是否能够冷冻，妓女是否能够怀孕，头部出的汗是不是较身体其他部位的汗更容易发臭，在羞愧的时候耳朵是不是会泛红，男人面对死亡的时候是否较面对情人的婚礼更加悲伤，贵族是不是应该拥有下垂的耳朵，还有疯子的病情是不是会在月圆之时恶化。让他最感兴趣的问题是关于真空，在这个主题上面，他觉得自己比任何一名哲学家都更为博学。

"真空……"波罗内表示，他的嘴巴已经不太灵活，"并不存在，因为大自然厌恶这样的事。首先，它非常明显地因为哲学的原因而不存在，如果它确实存在的话，它就会是某种实体或事件。它不是实体的物质，否则它会是一种实在的物体并占有空间，它也不是非实体的物质，否则它就会像天使一样拥有智能。它不是一种事件，因为事件仅以实体物质的特性而存在。第二，真空并不因为物理的原因而存在：拿一个圆筒状的花瓶为例……"

"但是为什么，"波多里诺打断他，"证明真空并不存在会让你感到这般有趣？真空和你有什么关系？"

"当然和我有关系，当然有关系。因为真空可能是一种间质，也就是说，存在于尘世的物质和物质之间，或者超越我们所见的宇宙，被封闭在天体的巨大领域里。如果是这样，在这个真空当中可能还存在着其他的世界。但是如果我们证明间质的真空并不存在，延伸的真空就完全不可能存在。"

"但是，其他的世界是不是存在和你有什么关系？"

"当然和我有关系，当然有关系。因为这些世界如果存在的话，耶稣基督就必须在每个世界牺牲一次，奉献面包与葡萄酒。所以，至高无上的圣物——奇迹的见证和痕迹——就存在着许多副本。如果我不知道某个地方可以找到至高无上的圣物，我这一生还有什么价值？"

"这个至高无上的圣物是什么东西？"

波罗内这个时候中断他的谈话，"这是我的事，"他表示，"有些故事不应该传进外人的耳朵里。我们谈谈其他的事：如果有这么多个世界存在，就会有同样多个最初的人类，同样多个亚当，同样多个夏娃，并犯下同样多次的原罪。所以也存在着同样多个让他们遭到驱逐的伊甸园。你们能够想象一个像伊甸园这般至高无上的东西存在许多副本吗？就好像许许多多的城市拥有像圣热纳维耶芙一样的河流，一样的山丘？伊甸园只有一个，在一处比米底亚和波斯更加遥远的国度。"

他们终于谈到了重点，于是他们对波罗内提起了对于祭司王约翰的猜测。没错，波罗内曾经从一个修士的口中听说过位于东方的这个基督教王国的故事。他曾经阅读过一份报告，提到一名来自印度的主教多年前对教皇卡利克斯特二世的一次造访。报告中提到了教皇和他之间，因为语言的差异太大而沟通困难。那名主教提到了发源自伊甸园的费森河——有人亦称之为恒河——流经的琥拿这座城市，而在城外一座山上有一座圣殿，保存着使徒托马的遗体。这座山因为耸立在一座湖当中，所以任何人都没有办法接近。但是每年湖水会消退八天，让当地虔诚的基督徒得以前往瞻仰使徒栩栩如生、就好像从未丧生的完整遗体。根据文中记载，他的脸孔甚至散发出星星一般的光彩，长及肩膀的头发和胡须为红棕色，而他身上的衣物就好像刚刚才缝制完成。

"不过，没有任何迹象显示这名祭司就是祭司王约翰。"波罗内谨慎地表示。

"确实没有任何迹象，"波多里诺反驳道，"但是，这件事让我们很感兴趣，因为长久以来就不断有人向我们提及远方某个快乐而陌生的王国。听我说，我那位亲爱的奥托主教在他的《两个城邦的记录或历史》当中，提到一位休斯·贾巴拉。这个人曾经表示，祭司王约翰打败波斯人之后，一度设法去帮助圣地的基督徒，但是他们因为没有渡河的船只，所以不得不在底格里斯河岸止步。所以，祭司王约翰住在底格里斯河的另一边，对不对？但是更有趣的是，早在休斯开口之前，所有的人应该都已经知道这件事。我们再仔细回顾奥托的书，他并非凑合着随便写一写。为什么这个休斯必须像是为祭司王约翰辩护一样，前去向教皇解释他没有到耶路撒冷帮助基督徒的原因？因为，非常明显，某个在罗马的人抱着这样的希望。当奥托谈到休斯提及祭司王约翰的时候，他写道：'他们已经习惯召唤他。'这样的复数代表什么意思？显然并不是只有休斯一个人，而是所有其他的人都有召唤他的习惯——而且在当时就有这样的习惯。奥托又写道：休斯确认祭司王约翰就像他的先人东方贤士一样，也想要前往耶路撒冷。奥托接下来并没有指出休斯表示他并未成功，而是听说，接着由其他的人——复数——确认他并未成功。所以，我们从老师身上，学到了真相最佳的证据……"波多里诺如是下结论，"就是延续我们的传统。"

阿布杜在波多里诺耳边低语，表示或许奥托主教偶尔也会服用绿蜂蜜，但是波多里诺用手肘撞了他的肋骨。

"我不明白这个祭司为什么对你们这么重要，"波罗内表示，"但是如果我们必须进一步寻找的话，并不是沿着源自伊甸园的河流，而是在伊甸园里面。如果是这样的话，我要说的事情可就多了……"

波多里诺和阿布杜试着让波罗内多说一些关于伊甸园的事，但是波罗内喝了太多"三座烛台"的酒，所以他表示已经什么事都想不起来了。由于他们两个人脑袋里面想着同样的事，所以没说半句话就从腋下撑起波罗内，把他带到他们的房间里去。阿布杜精打细算地让他服用了一点绿蜂蜜，只有小勺子末梢的一点点，另外一点点则由他们两个人分食。波罗内惊讶地愣了一会儿，环顾着四周，就好像他不太清楚身处何方一样，然后他开始见到天堂里的一些东西。

他喃喃地提到了一个曾经去过地狱和天堂的徒达洛。地狱是什么样子，这一点就不用提了，但是天堂却是一个充满慈悲、愉悦、欢乐、正直、美丽、圣洁、和谐、一致，和无尽永恒的地方，由一道黄金的墙面所保护。一旦越过另一边之后，我们会看到许许多多装饰着宝石的座椅，上面坐着身穿丝质襟带的男人、女人、年轻人、老人，他们的脸孔散发着太阳一般的光彩，头上长着非常纯净的金发，而他们全部都一边看着一本印着金字的书籍，一边咏唱哈利路亚。

"不过，"波罗内用一种睿智的口气说，"只要你愿意，地狱是每一个人都能够前往的地方。偶尔，从那边回来的人会提到某种像是梦魇或女妖的东西，或其他令人不安的影像。但我们是否真的能够认为，见过这些东西的人还会被天堂接受？就算这样的事情真的发生了，一个获得永生的人永远都不会如此冒失地去描述这些事，因为谦逊和正直的人应该将某些秘密保留给自己。"

"但愿上帝永远都不会让一个受到虚荣侵蚀、可卑地辜负上帝信任的人出现在世间。"波多里诺评论道。

"很好，"波罗内说，"所以你们一定听过亚历山大大帝的故事。他抵达恒河岸边，来到一面沿着河岸而立，但是并没有任何入口的高墙前面。经过了三天的航行之后，他在墙上发现了一扇小窗，一名老头从里面欠身。船上的人要他向王中之王亚历山大缴税纳贡，老头回答他们，这座城市是真福者的城市。亚历山大虽然是王中之王，但由于他是异教徒，不可能让他进到这座天城里面。所以，他和徒达洛看到的其实是伊甸园，也就是我现在看到的地方……"

"在哪里？"

"那里。"他指着房间的一角，"我看到一个翠绿而平整的草原，上面点缀着芬芳的花朵和青草。同时，周围飘动着一股甜美的香气，吸进去之后，我就不再对任何食物和饮料产生欲望。灿烂的草地上面有四名一看就令人肃然起敬的老人，最高位者头戴金质皇冠，手持棕榈树的枝丫……我听到了一个歌声，我闻到了一股香脂的味道，喔，我的天啊，我发觉自己的嘴里有一种蜜般的甘甜……我看到一座水晶教堂，中间一座祭坛冒出来的水就像乳汁一般雪白。教堂的北面就像一块宝石一样，南面是血般的鲜红，西面则是一片雪白，而在教堂的上方，无数颗比我们天空里更加灿烂的星星不停地闪烁。我看到一个发白如雪的男人，身上覆盖着鸟般的羽毛，苍苍下垂的眉毛，让我们几乎看不到他的眼睛。他为我指出一棵永远不会衰老，只要坐在树荫下，任何病痛都能够治愈的大树，另外还有一棵长满了颜色如彩虹一般的叶子的树木。但是，我为什么今天晚上会看到这些东西?"

"或许你曾经在某个地方读过这些描述,而葡萄酒让这些东西从你的灵魂里浮现。"阿布杜这时候说,"我的岛上有一位正直的男人,也就是穿越海洋直到大地尽头的圣布伦丹,他抵达这一座遍地成熟葡萄的小岛,有的红色,有的紫色,有的白色,岛上还有令人赞叹的七座喷泉和七座教堂,第一座是水晶的,第二座是石榴石的,第三座是蓝宝石的,第四座是黄玉的,第五座是红宝石的,第六座是翠绿宝石的,第七座则是珊瑚的,每一座都有七个祭坛和七盏灯,而教堂前面的广场竖立着一根玉髓柱,柱头上是一个挂满铃铛的转轮。"

"不对,不对,不是一座小岛。"波罗内激动地说,"那是靠近印度的一个地方,我在那里看到了耳朵长得比我们还大的人类,他们每个人都有两根舌头,所以能够同时和两个人说话。这个地方只有收获的季节,所有的作物都像是自动自发地冒出来一样……"

"当然,"波多里诺嘲讽道,"别忘了,根据《出埃及记》,上帝的子民被承诺了一块淌流着奶水和蜂蜜的土地。"

"不对,别把事情搞混了。"阿布杜说,"《出埃及记》里承诺的是迦南的乐土,而且是在人类犯下原罪之后才承诺的。伊甸园早在人类的祖先堕落之前就已经存在了。"

"阿布杜,我们并不是在进行一场辩论。我们并不是在决定我们准备前往的地方,而是试着了解每个人都希望前往的地方是什么样子。非常明显,如果这些神奇的地方曾经存在,或仍然存在,不论是在伊甸园或是亚当和夏娃从来不曾踏上一步的小岛,祭司王约翰的王国肯定和这些地方非常类似。我们试着了解的是一个正直、收成丰盛,而谎言、贪婪、淫秽并不存在的地方应该是什么样子。否则,我们为什么要特别去追求基督教的王国?"

"但是也不要太夸张了,"阿布杜冷静地评论,"要不然再也不会有人相信。我的意思是说，没有人相信我们可以前往如此遥远的地方。"

他提到了"遥远"。波多里诺刚刚还相信对伊甸园的想象，会至少让阿布杜忘记他那一段不可能的爱情一个晚上。但事情并非如此，他还是念念不忘。他望着伊甸园，心中却想着他的公主。绿蜂蜜的效果慢慢消退，他也开始喃喃自语："或许有朝一日，lanquan li jorn son lonc en may，你知道，就是等到五月天昼长夜短的时候，我们可以动身前往那个地方……"

波罗内开始轻声地发笑。

"就这样，尼基塔斯大爷，"波多里诺说，"当我没受到这个世界的诱惑折磨时，在一点葡萄酒、一点绿蜂蜜的帮助之下，我的晚上都花在想象其他的世界上面。为了忘记我们生活的这个世界有多么痛苦，"他说，"最好的方式就是想象其他的世界。至少，我在那段时间是抱着这样的想法。我当时并不了解，想象其他的世界，最后也会在我们这个世界引起变化。"

"现在，让我们先泰然地生活在这一个由上帝的意志赐予我们的世界。"尼基塔斯说，"我们这几位无与伦比的热那亚人为我们准备了几道本地的美食。尝尝这一道用多种咸水和淡水鱼所烹调的浓汤。或许你们那一带也可以找到好吃的鱼，但是我一直以为酷寒会让鱼类无法像在普罗庞提德海中一样成长。我们是使用在橄榄油中爆香的洋葱、茴香和其他的香料，还有两杯葡萄酒来为浓汤调味。你可以把汤汁淋在这一片面包上面，也可以搭配柠檬蛋汤，那是用蛋黄、柠檬汁，混合了一点高汤所拌成的酱汁。我想，伊甸园里的亚当和夏娃也是这么吃，不过那是在犯下原罪之前。堕落之后，他们或许开始食用内脏，就像在巴黎一样。"

九

波多里诺训斥大帝并诱惑皇后

在不怎么严格的学业以及对伊甸园的想象之间,波多里诺已经在巴黎度过了四个冬天。他很想看到腓特烈,更想见到在他变质的思绪当中,已经失去所有尘世的轮廓——就像阿布杜那位远方的公主一样——而成了一名天堂居民的贝阿翠丝。

某一天,莱纳德要"诗人"为大帝写一首颂歌。为了争取一点儿时间,绝望的"诗人"告诉他的主子自己需要等待灵感,然后向波多里诺寄出求救信。波多里诺写了一首绝妙的《世界之主万福》,腓特烈在诗中被置于其他所有国王之上,人们也表示他的律法十分公道。不过他不放心由别人转交,所以就亲自动身,回到这期间已经发生许多事情,让他花了许多功夫去向尼基塔斯解释的意大利。

"莱纳德一辈子都在费心为大帝制造一个世界之主、和平王子、所有律法的根源、不奴役他人、集王权与圣职于一身,就像公义王麦基洗德一般的形象,所以不可能不冒犯到教皇。然而围攻克雷马的那一段时间,在罗马为腓特烈加冕的教皇阿德利安已经驾崩,而绝大多数的红衣主教都选择了邦迪奈里红衣主教以亚历山大三世之名继位。对于莱纳德来说,这是一件不幸的事,因为他和邦迪奈里之间的关系就像猫和狗一般,邦迪奈里以教皇之尊,也从不对他让步。我不知道莱纳德策划了什么阴谋,不过他成功地让几个红衣主教和元老院的人,另外选出了一位可以受他和腓特烈操纵的教皇维多四世。理所当然地,亚历山大三世立刻被腓特烈和维多开除教籍,只是,光是宣布亚历山大并非真正的教皇并不足够。因为一方面,法国和英国的国王倾向于承认他,另一方面,找到一名教皇来指称大帝是任何人都不应该再顺服的分立派教徒,对于意大利的城邦来说,简直就是一份天赐的礼物。据台面下的消息表示,亚历山大和你们的拜占庭皇帝曼努埃尔正在进行协商,希望找到一个比腓特烈的统治还要庞大的帝国作为依靠。如果莱纳德要腓特烈成为罗马帝国惟一的继承者,他就必须找到明显的证据来证明这样的血统。这就是为什么'诗人'也被找来贡献一己之力的原因。"

尼基塔斯费力地一年接着一年,跟随波多里诺所说的故事。对他来说,他的见证在事前事后这上面不仅有一点儿紊乱,他也发现和腓特烈相关的事件一再重复,而且总是同样的故事,他已经不知道米兰人在什么时候又重拾武器,什么时候再一次对洛迪展开攻击,而大帝什么时候又再次南下到意大利。"如果这中间有时间上的顺序,"他告诉自己,"随便从中间抽出一页,我们都会找到同样的攻击行动。就好像是一直回到同一个故事的梦境一样,而你只希望自己赶快醒过来。"

无论如何,尼基塔斯必须了解的似乎是这两年来,米兰人借由挑衅和小型冲突,又重新开始找腓特烈的麻烦。接下来那一年,大帝在诺瓦拉、阿斯蒂、维切利、蒙费拉托侯爵、马拉斯皮纳侯爵、比安德拉特伯爵、科莫、洛迪、贝尔加莫、克雷莫纳和帕维亚的协助之下,再次围攻了米兰。一个晴朗的春天早晨,此刻已是二十岁年轻男子的波多里诺,行囊中带着为"诗人"准备的《世界之主万福》,以及和贝阿翠丝之间的通信——他不愿意留在巴黎任凭小偷摆布——抵达了这座城市的城墙之下。

"希望腓特烈这次在米兰的行径，会比克雷马那一回仁慈一些。"尼基塔斯表示。

"根据我抵达之后所听到的消息，情况反而更为糟糕。他叫人挖掉了六名梅尔佐和龙卡多俘虏的眼睛，和一名米兰人的一颗眼球，好让他用一只眼睛带其他人回去米兰，不过他割掉了他的鼻子作为交换。如果让他逮到打算运送商品进到米兰的人，他就切断他们的双手。"

"你瞧，他也会挖人的眼睛！"

"不过，他只挖粗人的眼睛，不是像你这样的大爷。而且他挖的是敌人，而不是亲人的眼睛！"

"你在替他辩护吗？"

"我现在替他辩护，不过当时没有。我当时非常气愤。我甚至不想见到他。不过后来我还是必须去向他致意，我没有办法躲掉。"

经过这么长的时间之后再看到他，大帝非常高兴地向前准备拥抱他，但是波多里诺已经忍不住。他往后退开，流着眼泪对他说他这个人不好，他不能自称是一名正直的人之后，又表现得一点都不公正，而当他的儿子简直就是一种羞耻。

如果是其他的人，无论是谁对他说出这样的话，腓特烈都会不只挖掉他的眼睛、割掉他的鼻子，还会取下他的一双耳朵。但是相反，他因为波多里诺的愤怒而觉得惊讶。身为皇帝的他，反而试着为自己辩护，"因为我面对的是叛乱，抗拒法律的叛乱。波多里诺，你是第一个对我说我代表法律的人。我不能原谅他们的行为，我不能够心软，因为残酷无情是我的责任。你以为我喜欢这么做吗？"

"你当然喜欢这么做，父亲。为了一点荣誉、复仇，以及冒犯，你就应该冷血地——甚至不是在战场上——杀害这么多人吗？两年前在克雷马,现在又加上米兰。"

"啊,原来你一直注意着我的丰功伟绩,就像拉厄文一样!所以你知道这些事跟荣誉并没有关系,而是在杀鸡儆猴。那是让这些抗命的家伙顺服的惟一方法。你以为恺撒和奥古斯都会比较宽大吗?这是战争,波多里诺,你知道什么叫战争吗?在巴黎当一个青年贵族的你,知道等你回来之后,我要你成为我的大臣之一,或许也会让你成为一名骑士吗?而你以为和神圣罗马帝国的皇帝并肩骑马不需要弄脏你的双手吗?鲜血让你反胃?那么说清楚,我会让你成为一名修士,但是接下来你必须小心维持净身。只是有人向我提到你在巴黎所过的日子,所以,我并不觉得你能够当一名修士。你脸上这道刀疤是从哪里来的?刀子划在你的脸上,而不是插进你的屁股,倒是让我觉得非常惊讶!"

"你的间谍把我在巴黎的故事说给你听,但是我,我并不需要间谍,就已经到处都可以听到你在哈德良堡的那些美丽故事。我在巴黎和那些丈夫之间的事端,还是好过你和拜占庭修士之间的故事。"

腓特烈突然变得僵硬、苍白。他很清楚波多里诺提到的是哪一件事(波多里诺是从奥托的口中听到这件事)。当他还是士瓦本公爵的时候,他曾经背上十字架,参加第二次海外征战,为耶路撒冷的基督徒提供援手。十字军费劲地向前推进,抵达哈德良堡附近的时候,他手下一名远离队伍的贵族遇到袭击,并遭到杀害,凶手无疑是当地的盗匪。拉丁人和拜占庭之间的关系在当时已经相当紧张,而腓特烈将这件事视为一种挑衅,于是就像在克雷马一样,他无法抑制的愤怒,让他攻击了附近的一座修道院,并杀害了所有的修士。

这件事就像是一个污点一样,一直沾在腓特烈的名号上面;所有的人都假装忘了这件事,就连奥托在他的《腓特烈的功勋》里,也悄悄地跳过去，而直接提起接下来年轻的公爵如何在距离君士坦丁堡不远的地方，逃过一场凶猛的洪水——上天未撤除庇护的征兆。惟一没有忘记这件事的人是腓特烈，而这次错误的行动所造成的伤口一直都未愈合，他的反应证明了这一点。他的脸色从苍白转变为涨红，他抓起一座铜烛台冲向波多里诺，就像要杀害他一样。他费劲地克制自己，虽然抓住了他的衣服，却放下拿着武器的手，然后咬牙切齿对他说："以地狱里众魔众鬼之名，千万不要再重复你刚刚说的话。"接着他转身离开军帐，又在门槛上回过头，"去向皇后致意，然后滚回你那些巴黎学者、朋友和娘娘腔的身边。"

"我要让你瞧一瞧我是不是个娘娘腔，我要让你瞧一瞧我会做些什么！"波多里诺离开营区的时候，反复思索。不过他并不清楚自己应该做些什么，只知道对养父的一股怨恨，让自己希望对他造成一些伤害。

他抵达贝阿翠丝的住所时，依然愤愤不平。他礼貌地亲吻了皇后的衣袍下摆和手背，而她对于刀疤感到十分惊讶，并忧心忡忡地提出问题。波多里诺漫不经心地回答，那是因为在路上和几个小偷发生冲突，这样的事情经常发生在世界各地的旅人身上。贝阿翠丝仰慕地看着他，而她必须承认，这位有着狮子般脸孔，因为一道伤疤而显得更为阳刚的二十岁青年，现在已经可以称得上是一位英挺的骑士。皇后让他坐下来谈一谈最近的遭遇。她坐在一张天盖床上，一边刺绣一边微笑，而他则躺在她的脚边，叙述一些他自己也不知道是什么，而只是为了让自己恢复平静的东西。但是他说着说着，从下往上瞥见了她那一张美丽的脸孔，而这几年来的强烈感受全都一起浮现，以百倍的威力爆发。这时候，贝阿翠丝却用她最诱人的微笑对他说："你写给我的信不够多，比我要求和希望收到的数量都少。"

或许她是用一种像姐妹一样的习惯性关切提问，或许只是找话说，但是对波多里诺来说，无论贝阿翠丝说些什么，她的话都带着香脂和毒药。他用颤抖的手伸进自己的胸口，将他写给她，而她回复他的信件全部都拿出来交给她，一边喃喃说："不对，我写了很多信，而你，我的皇后，你也给我回了信。"

贝阿翠丝不明白他在说些什么，她接过信纸，开始低声地阅读这些用两种不同的笔迹写成的信件。距离她只有两步远的波多里诺，一边流着汗，一边拧着自己的手掌，心想自己一定是疯了，她一定会叫警卫来把他轰出去，他多么希望此刻手上有一把能够插进自己心脏的武器。贝阿翠丝继续念下去，而她的脸颊则越来越红。她拼读这些烈火般的字母，声音也开始跟着颤抖，就好像她正在举行一场亵渎神明的祭典一样。她接着站起来，至少连续两次出现摇摆，至少连续两次她又从波多里诺的身边走开，而波多里诺则向前想要扶住她；接着她用一种轻柔的声音，轻轻地说："喔，小伙子，小伙子，你到底做了什么？"

波多里诺再次踉跄地靠过去，从她的手中将信纸拿开，她也踉跄地伸手触摸他的后颈；他把脸转开，因为他没有办法盯着她的眼睛，她则用指尖抚摸他的伤疤。为了避开这种接触，他又把脸转回来，但是这时候她已经非常靠近，结果让他们两个人鼻尖对着鼻尖。为了避免拥抱，波多里诺把双手摆在身后，但是他们的嘴唇已经碰在一起；碰在一起之后，也跟着张开了一点，而这一开，已经足以让他们在那一瞬间，仅仅在持续非常短暂的亲吻那一瞬间，透过半开的嘴唇，轻触彼此的舌尖。

这一道永恒的雷击结束之后，贝阿翠丝往后退开，脸色这下子已经如病痛般的苍白。然后她用一种坚决的目光盯着波多里诺的眼睛，对他说："看在天堂里所有圣徒的分上，永远都不要让你做的事情再次发生。"

她说这句话的时候，并没有表现出愤怒的模样，她的口气几乎没有任何感情的成分，好像她就要晕厥过去一样。她的双眼接着变得湿润，然后她温柔地加上一句："我求求你！"

波多里诺跪了下来，他的额头几乎触及地面，接着他不知应该何去何从地离去。稍后，他意识到就在那一刻，他同时犯下了四种罪行：他侵犯了皇后的尊严，他因为偷情而损害自己的名誉，他背叛了父亲对他的信任，还有他向复仇的可耻诱惑让了步。"这是一种复仇，"他心想，"因为如果腓特烈没有犯下那些杀戮，如果他并没有咒骂我，如果我在心中没有感受到一股恨意的话，我是不是还会让这样的事情发生？"试着不让自己去回答这些问题的同时，他也明白，如果答案是他害怕的那一个，他就犯下最糟糕的第五个罪行，因为他是为了满足心中的怨恨，而用一种难以磨灭的方式去玷污心中偶像的贞节，也等于将原本已被他视为自我存在的目标，转变成一个可悲的工具。

"尼基塔斯大爷，这样的疑虑跟了我许多年，尽管我没有办法忘记那瞬间令人心碎的美丽。我的爱有增无减，但是这一回我已经不再抱任何期待，就连在梦中也是。因为如果我希望得到某种宽恕的话，我甚至应该让贝阿翠丝的影像从我的梦中消失。事实上，经过许许多多难以成眠的夜晚之后，我告诉自己，我已经什么都得到了，而我不能再要求更多。"

夜色开始降临在君士坦丁堡，而天空也不再一片火红。大火已渐渐地熄灭，只剩下城里的几处山丘还见得到闪光，不过并非来自火灾，而是煤炭冒出的火花。这时候，尼基塔斯让人送来两杯蜜酒。波多里诺茫然若失地啜了几口。"这是萨索斯岛的葡萄酒，我们在瓮里放进一块沾满蜂蜜的小麦面团，然后用一种浓烈的酒和另一种较为精致的葡萄酒混合在一起。很顺口，对不对？"尼基塔斯问他。"是的，很顺口。"波多里诺漫不经心地回答。然后，他放下杯子。

"那一天晚上，"他最后做出结论，"我决定永远不再批判腓特烈，因为我的罪恶感比他更严重。割掉敌人的鼻子和亲吻恩人之妻的唇，何者较为可恶？"

隔天，他前去要求养父原谅他对他说了一些难听话，他因为看到腓特烈也充满悔意而涨红了脸。大帝拥抱了他，为自己昨日的愤怒道歉，并表示周围上百个谄媚的人，没一个比得上一个像波多里诺这样能够指出他错误的儿子。"就算聆听我忏悔的神父也没有告诉我的勇气。"他笑着对他说，"你是惟一一个让我感到骄傲的人。"

因羞愧而备受煎熬的波多里诺，开始为他的罪行付出代价。

一〇

波多里诺寻获东方贤士并为查理曼列圣

波多里诺抵达米兰城外的时候,米兰人已经无法支撑下去,而内部的纷争是原因之一。他们最后派出使者前来协调投降,条件和龙卡利亚会议的决定一模一样。可以说,经过了四年,死了这么多人,造成了这么多破坏之后,情况还是和四年前一模一样。或者更精彩,这一次的投降比前一次更不光荣。腓特烈原本打算再一次宽恕他们,但是莱纳德却在火上无情地煽风。必须让每个人得到一次永难忘怀的教训,也要给那些和大帝一起征战的城邦——并不是因为对他的热爱,而是因为对米兰人的痛恨——一个满意的交代。

"波多里诺,"大帝对他说,"这一次可别怪我,就算身为皇帝,有时候也要采纳军师的建议。"然后他低声补充,"这个莱纳德比那些米兰人更让我害怕。"

于是,他下令让米兰这座城市从大地的表面消失,并把城里所有的人,无论男女,全都赶出城外。

城外的旷野,这下子冒出了大量四处游荡无处可去的米兰人。其中一部分逃往邻近的城市,剩下的则在城墙外搭起了帐篷,期望大帝宽恕他们,让他们能够回家。当时天空下着雨,这些难民因为全身湿透,在夜里冻得全身发抖,小孩一个一个病倒,女人则以泪洗面,被解除武装的男人全部都瘫在路边,对着天空高举握拳的手臂：宁可诅咒上苍也不能诅咒大帝，因为大帝的人手就在附近巡视，并不时过来对那些哀叹得太过激动的人表示关切。

腓特烈原本打算一把火把这个叛变的城市烧掉，但是后来觉得还是交到比他还痛恨米兰人的意大利人手中为好。他于是交代洛迪人去摧毁东边的城门，也就是伦查门，让克雷莫纳人去拆除罗马门，帕维亚人去破坏帕维亚门，诺瓦拉人去将维切利门夷为平地，再交代科莫人去让科莫门彻底消失，塞皮里欧人和马帝山纳人去让新门成为一处废墟。这些工作让这些城邦的市民十分开心，他们甚至付出大笔价钱，要大帝让他们享受这样的特权，去和败军米兰人算他们之间的账。

拆除工作开始之后的第二天，波多里诺前往隔离的围墙内探看。有些地方，除了一大团烟雾之外什么都看不到，而进到烟雾里面之后，他看到一些人用绳索系住了一扇墙，然后全体一起用力拉扯，让墙面脱离建筑体。其他的泥工则在一座教堂的屋顶用力敲击，一直到教堂成为露天为止。接着他们再用大锤敲毁墙壁，用楔子插入柱脚，让柱子连根坍落。

波多里诺花了许多天的时间在骚动的街上游荡，他看到全意大利大概再也找不到同样壮丽雄伟的主教堂钟楼坍塌倒地。洛迪人是最积极的一群，他们一心只想报仇：他们抢先开始动手摧毁自己那一部分，然后又赶紧跑去帮助克雷莫纳人拆除罗马门。不过帕维亚人显得最为专业，他们控制了自己的愤怒，并不任意敲打：他们将紧密结合的石块研磨成碎片，并在墙脚挖洞，剩下的部分就会自行坍塌。

对于不知道发生什么事的人，米兰看起来就像一处所有的人一边开心工作，一边赞美上帝的快乐工场。除了时间看起来像倒流一般：像是从一片空旷当中开始建造一座城市，事实上却完全相反，一座古老的城市就此成为一片灰烬，夷为平地。复活节那一天，大帝宣布将在帕维亚举行盛大的庆典,而波多里诺在错综的思绪当中,匆匆地希望在米兰消失之前,再看一眼 mirabilia urbis Mediolani(令人赞叹的米兰城)。所以他来到了一座壮丽而几乎仍完整无缺的大教堂,并看到一旁的帕维亚人正在拆除一座大型的建筑,虽然这一切只是庆功的活动,但他们却进行得非常积极专心。通过他们,他知道这座教堂是圣厄斯多日,他们隔天也会开始拆除,"它壮丽得不能让它继续耸立,你说对不对?"其中一名拆除工充满说服力地说道。

波多里诺进到教堂内的大殿——清凉、安静、空洞。祭坛和侧堂早已经被洗劫一空;几只不知从哪来的野狗,发现这个地方非常舒适而筑了狗窝,并在柱脚下撒了几泡尿。主祭坛的旁边有一头走失而哞哞叫的乳牛,那是一头漂亮的动物,波多里诺注意到促使拆除工积极工作的那一股恨意,已经让他们因为希望尽快拆掉这座城市,而完全忽略了这些开胃的猎物。

波多里诺在侧堂内的一个石棺旁边,发现了一名年老的教士正在绝望地抽泣,或者说,他更像是一头受伤的动物,发出无力的哀鸣;他的脸色比他的眼白还要惨白,而他干瘦的身躯随着他的呻吟而颤抖。波多里诺试着伸出援手,将随身携带的一瓶清水递给他。

"谢谢你,善良的基督徒,"老人说,"但是我只剩下死亡可以期待了。"

"他们不会杀害你。"波多里诺告诉他,"围城已经结束,和平协议也已经签订,外面的人只会拆掉你的教堂,而不会要你的命。"

"没有我的教堂,我这条命还算什么?不过这是来自上天最公正的惩罚,因为几年前,我野心勃勃地希望我的教堂成为最壮丽、最著名的一座,我为了这件事而犯了罪。"

这个可怜的老人能够犯下什么罪,波多里诺如是问他。

"几年前,一名来自东方的旅人向我推销基督教世界最珍贵的圣物,也就是三名东方贤士完整无缺的遗体。"

"东方贤士？全部三个人？完整无缺？"

"三名贤士，而且完整无缺。他们看起来栩栩如生，我是说就像刚刚去世一样。我知道他们不可能是真的东方贤士，因为福音书里面，只有《马太福音》曾经提到东方贤士，而且提得不多。没有提到他们总共几个人、来自何方、他们到底是国王还是学者……只提到他们跟随一颗星星来到耶路撒冷。没有一名基督徒知道他们出身何处，归向何方，谁找得到他们的坟墓呢？所以我从来不敢对米兰人透露我藏了这一份宝藏。我担心的是贪婪会让他们利用机会去招揽全意大利的信徒，用这些伪装的圣物来赚取金钱……"

"所以你并没有犯罪。"

"我有罪，因为我将他们隐藏在神圣的地点。我一直等待上天给我一个征兆，但是这样的征兆从未出现。我现在只希望这些东西不要被外头那些破坏文物的人找到，因为他们可能分享这些遗体，让摧毁我们的城邦中的一些人因此而得到无比的荣耀。我求求你，摧毁我过去的脆弱所留下的一切痕迹。找人帮助你，利用晚上来取走这些不确定的圣物，让它们消失无踪。只要一点点功夫你就可以得到天堂，这并不是一件容你忽视的事情。"

"你瞧，尼基塔斯大爷，我记得奥托在祭司王约翰的王国这件事情上面曾经提到东方贤士。没错，如果这个可怜的老教士就这样公开，就像是无中生有一般，肯定没有人会相信他。如果一件圣物是真品的话，是不是就应该往上追溯到那位圣人或相关的事件上面去？"

"当然不用。我们在君士坦丁堡保存的许多圣物，来源都非常可疑。但是亲吻它们的信徒，全都觉得圣物散发出一种超自然的芬芳。是信仰让它们成为真品，而不是它们让信仰成真。"

"确实如此。不过我也认为，一件圣物必须在真实的历史当中找到位置，才算真正站得住脚。祭司王约翰的故事之外，东方贤士可能只是一个地毯贩子的骗局；但是在祭司王约翰的真实事迹之内，他们就成了货真价实的见证。一扇门称不上一扇门，如果周围并没有围绕的建筑，换句话说，就只是一个洞，我到底在说些什么，甚至算不上一个洞，因为一个真空如果没有被周围饱满的实体包围，根本就算不上一个真空。我知道我手上的故事，可以让东方贤士具有某种代表意义。我想到，如果我必须提出和祭司王约翰相关的事情来为大帝开启东方之路，由这三名确实来自东方的东方贤士作为担保，我的证据将会更为有力。这三名可怜的贤士睡在他们的石棺里，完全不知道帕维亚人和洛迪人正在拆除这座收容他们的城市。他们并不亏欠这座城市什么东西，他们只是过客，就像待在一家客栈一样，等待下一趟旅程。事实上，他们的使命就是要周游天下，他们不是就从某个天晓得的地方开始跟随一颗星星吗？而我应该做的就是为这三具遗体找到一个新的伯利恒。"

波多里诺很清楚，一件正确的圣物可以改变一个城市的命运，使其成为络绎不绝的朝圣者追寻的目标，或让一座堂区的教堂变成圣殿。有谁会对东方贤士感兴趣？他第一个想到的人是莱纳德：他被任命为科隆大主教，但是他必须回到该地才会得到认可。莱纳德寻找的是皇权的象征？而现在他手中不只有一个象征，而是三个。

他询问老教士是不是能够让他看一眼遗体。教士则要求协助，因为必须转动石棺盖，才能够让装有圣人遗骸的盒子重见天日。

这件事花了他们不少功夫，却相当值得。真是不可思议：东方贤士的遗体看起来仍栩栩如生，虽然他们的皮肤已经干涸得就像羊皮纸，但是他们并没有像木乃伊一样变成棕褐色。东方贤士其中两名依然保持着乳白色的脸孔，其中一个留着完整及胸而一根根都坚硬得像糖丝一样的白须，另外一个则没有胡子。第三个一身乌木的颜色，不过并不是因为时间，他生前应该就是如此：看起来就像是一座木质的雕像，在他左侧的脸颊上面甚至可以看到一些裂缝。他蓄着短须，而他肥厚的嘴唇向外翻开，露出两颗仅剩的雪白的龅牙。他们三个人的眼睛都大大地睁开，瞳孔亮得像玻璃一样。他们三个分别穿着白色、绿色和红色的大衣，大衣下可以看到三条蛮族式样，但是缝上成排珍珠的锦缎长裤。

波多里诺快速赶回皇家营地向莱纳德报告这件事，我们的首相立刻了解波多里诺的发现代表什么样的价值，所以表示："这件事必须偷偷进行，而且速度要快。我们不能就这样移动圣体盒，太明显了。如果周围有人看到你发现的东西，他们绝对不会犹豫，一定会想尽办法从我们身边偷走，然后带回他们的家乡。我会准备三具简陋的木棺，我们利用晚上的时间，当他们是三名在围城中丧命的英勇朋友搬出城外。就由你、'诗人'和我的一名手下，三人去进行这件事。然后我们从容不迫地把他们留在你们搬回来置放的地方。带他们回科隆之前，必须在圣物和东方贤士的来源上面，找出具有真凭实据的见证。你明天就回巴黎找你认识的博学之士，然后尽可能把他们的故事挖掘出来。"

他们利用晚上的时间，将东方贤士搬运到圣乔治教堂的地窖里。出了城墙之后，莱纳德想要瞧一眼，但是他接着丢出一连串身为大主教不应该出口的诅咒："就凭这些长裤？还有让他们看起来就像小丑一样的软帽？"

"莱纳德大爷，证据显示那个时代的东方智者就是这一副打扮；几年前我曾经去过拉韦纳，我在一间修道院里面看到狄奥多拉皇后的一件衣袍，东方贤士看起来就是类似那个风格。"

"没错，这样的事可以说服拜占庭那些希腊蠢蛋。但是你能想象我在科隆公开三名穿得像杂技团演员的东方贤士吗？换掉他们的衣服。"

"怎么换？""诗人"问。

"怎么换？我同意让你每年只要写两三首诗，就能够像个封臣一样有吃有喝，而你却不知道如何帮第一个景仰我们耶稣基督的人换衣服？你可以把他们打扮成人们想象的模样，像个主教，像个教皇，像个修道院长一样，我怎么知道！"

"主教堂和主教府已经被洗劫一空。或许我们可以找回一些神圣的饰物。让我来想想办法。""诗人"说。

那一个晚上过得十分恐怖。那些圣职人员使用的饰品被找回来了，甚至还找到类似三重冕的东西，但问题是要帮这三具干尸解衣。虽然他们的脸孔看起来栩栩如生，但是除了双手之外，身体已经完全干枯，变成柳条干草般的骨干，随着取下衣物的每一次尝试而粉化。"不管了，"莱纳德表示，"反正到了科隆之后，就不会再有人打开圣体盒。插几根小柱子进去，让他们挺直，就像稻草人一样。但是请你们心怀敬意。"

"我的耶稣基督！""诗人"唉声叹气地说，"就算烂醉如泥，我也无法想象自己会去插东方贤士的屁股。"

"闭嘴，快穿。"波多里诺表示，"我们是为了帝国的荣耀而这么做。""诗人"口中咒骂着难听的话，而东方贤士这时候看起来已经像是神圣罗马教会的红衣主教。

隔天波多里诺就动身出发。在巴黎，十分熟悉东方的阿布杜，为他安排和一位知道更多的圣维克多议事司铎会晤。

"东方贤士，嗯！"他说，"传统中对他们的谈论从不曾停止，许多教士也都一再提起，但是福音书里面却有三部什么都没说，《以赛亚书》和许多先知的语录当中也都只字不提。有些读者认为内容涉及了东方贤士，但也可能是其他的事情。他们是什么人，他们真正的名字是什么？有人说是拜占庭皇帝荷尔米·赛勒乌奇亚，萨巴国王贾斯德卡，赛巴王培洛兹；其他人则认为是霍尔、巴桑德、卡伦达斯。但是根据其他几位可信度更高的作者，他们的名字是梅尔贡、贾斯帕和巴塔萨，或是梅可、贾斯帕雷和法迪沙达。也有人认为是玛加拉特、贾贾拉特和沙哈辛，或是亚培留斯、亚梅留斯和达玛士库斯……"

"亚培留斯和达玛士库斯听起来不错，让人联想到遥远的国度……"阿布杜说，他的目光远远地望着天晓得什么地方。

"那为什么不干脆用卡伦达斯？"波多里诺反驳他，"我们要找的并不是你喜欢的三个名字，而是三个真实的名字。"

司铎又继续说下去："我比较倾向于毕提沙雷亚、梅里奇欧和贾塔斯法，第一个是高多里和萨巴的国王，第二个是努比亚和阿拉伯的国王，第三个则是塔尔西斯和艾几塞吾拉岛的国王。他们动身旅行之前是否已经彼此认识？他们互相并不认识，他们到了耶路撒冷才遇在一起，然后奇迹般地认出彼此。但是也有人表示他们是住在维多利亚山或沃斯山上的学者，他们在山顶上观察天相。造访过耶稣之后，他们还是回到维多利亚山，后来一并加入使徒托马前往印度传播福音，只是在这个故事当中，他们并不是三个人，而是十二个。"

"十二个贤士？不会太多了吗？"

"那也是金口圣若望的看法。其他的人则认为这十二人的名字叫做斯旺德、旺兹、沃斯帕、阿斯克、斯冈、阿幼、阿西斯、阿斯顿兹、慕乌、阿舍、奈斯帝、米威克。不过还是要小心，因为奥利金曾经说过，他们就像诺亚的儿子，也像他们出身的印度一样，总共只有三个。"

就算总共有十二个王，据波多里诺的看法，反正他们在米兰找到的就只有三个，而他们就是要用这三个来建构一个能够被接受的故事。"我们就说他们叫做贾斯帕、梅奇欧和巴塔沙，依我之见，这几个名字比我们这位德高望重的大师刚才像打喷嚏一样叫出的那些名字好念多了。现在的问题是他们如何抵达米兰的。"

"既然他们已经到达那个地方,这一点对我来说似乎并不构成问题。"司铎表示,"我相信他们的坟墓是被君士坦丁之母,海伦皇后在维多利亚山上发现。一个能够找到真迹十字架的女人,一定也能找到真正的东方贤士。是海伦将他们带回君士坦丁堡,然后安置在圣索菲亚教堂里。"

"喔,不行!这么做的话,东方的皇帝会要求我们解释是用什么方式弄到手的。"阿布杜说。

"别怕,"司铎表示,"如果他们抵达圣厄斯多日教堂,肯定是厄斯多日这位圣徒带他们来到此地。他在拜占庭皇帝莫里斯在位期间,也早在查理曼的时代之前就已经离开拜占庭,前来米兰接掌主教的位子。厄斯多日不可能偷窃东方贤士的遗体,所以是拜占庭皇帝送给他的礼物。"

波多里诺带着这个建构得相当严谨的故事,在年底的时候回去见莱纳德。他提醒莱纳德,根据奥托的说法,东方贤士应该是祭司王约翰的先人,他的尊严和地位也多源自他们。这就是为什么祭司王约翰在三个印度,或至少在其中一个拥有相当的权力。

莱纳德已经完全忘了奥托说过的这些话,但是一听到有这么一名祭司所统治的王国,一个担任圣职的国王,同时身为教皇和君主,他相信亚历山大三世这下子遇到了麻烦:皇家出身而担任圣职的东方贤士,皇家出身而担任圣职的祭司王约翰,多么令人赞叹的景象,充满寓言、预言与先知,由他一针一针缝在腓特烈肩上的皇家尊荣!

"波多里诺,"他当下立刻表示,"东方贤士的事情就交给我,你去烦恼祭司王约翰的事情。根据你告诉我的,我们截至目前听到的全都仅止于传言。这些传言并不足够,我们需要的是一份能够证明他的存在,指出他是什么人、住在什么地方的文件。"

"我去哪里找这么一份文件?"

"如果你找不到的话,就自己制造。大帝让你去读书,现在是该让你的才华开花结果的时候了。好好地证明你在结束我觉得已经持续太久的学业之后,就值得被冠上骑士的头衔吧。"

"你了解吧,尼基塔斯大爷,"波多里诺表示,"祭司王约翰从那个时候开始就成了我的责任,而不是一个游戏。我已经不能只为了纪念奥托去寻找他,而是服从莱纳德的命令。就像我父亲加里欧多所说的,我老是把狗食拿去喂牛,把燕麦拿去喂狗。一旦有人强迫我去做某件事,我会立刻失去兴趣。我遵照莱纳德的指示立刻回到巴黎,但是这么做却是为了不需要再见到贝阿翠丝。阿布杜又重新开始谱曲,而我发现装着绿蜂蜜的罐子此时已经空了一半。我再次对他提起东方贤士的事情,他却拿起乐器唱道:'没有人觉得惊讶,你知道——如果我爱上了再也见不到的那一位——我的心不认识其他的爱——除了来自我再也看不到的那一位——也不认识任何快乐欢笑——也不认为会遇到其他的幸福——啊,啊,啊,啊……'我于是不再和他讨论关于祭司王约翰的计划,而接下来的一年我什么都没做。"

"那三个贤士呢?"

"两年后,莱纳德带着圣物回到了科隆,不过他表现得非常慷慨,因为几年前他曾经是希尔德斯海姆主座教堂的修道院长,所以将东方贤士封进科隆的圣体盒之前,他从他们身上分别切下一根手指,当做礼物送给他的旧教堂。不过,莱纳德在那一段时间还必须面对其他的问题,而且不是小问题。他在科隆庆祝凯旋之前两个月,伪教皇维多突然去世。所有的人几乎都大大地松了一口气,而就连腓特烈也和亚历山大达成和解。但是莱纳德这一条教会分立的道路……你明白吧,尼基塔斯大爷,两个教皇比起只有一个来说,对他会比较有利，所以他又弄出了一个伪教皇，巴斯卡三世，并找来了四名几乎是从路上捡来的教士，举行了一场闹剧般的教皇选举会。腓特烈并没有被他说服。他告诉我……"

"你又回到了他的身边？"

波多里诺叹了一口气："是啊，在他身边待了几天。皇后在同一年为腓特烈生了一个儿子。"

"你有什么感受？"

"我知道自己必须彻底将她忘记。我斋戒了七天，只喝水，因为我在某个地方读到，这么做能够洗涤你的灵魂，并在最后见到显像。"

"真的吗？"

"确实是真的，但是她也出现在这些显像当中。我于是决定，自己应该去看一看那个小孩，为梦想和显像划清界限，所以我又回到了宫廷。距离那一个神奇又可怕的日子已经有两年多了，我们一直都不曾再见过面。贝阿翠丝的眼睛里面只有小孩，我的目光似乎一点都不会让她困扰。所以我告诉自己，就算我没有办法放手，把贝阿翠丝当成母亲一样地爱她，我还是可以像个兄弟一样去爱这个小孩。但是当我看着小孩的时候，我没有办法不去想象，如果事情稍稍转岔，这个小孩或许就会是我的儿子。无论如何，我都会觉得自己乱了伦理。"

这期间，腓特烈为了其他的问题而相当愤怒。他告诉莱纳德，半个教皇并不能担保他的皇权，东方贤士也非常好，但是并不足够，因为找到东方贤士并不代表自己就是他们的后人。教皇那个幸运的家伙可以开心地往上追溯到彼得，而彼得是由耶稣所任命，但是神圣罗马帝国的皇帝，他怎么办？他可以往上追溯到一直都是个异教徒的恺撒吗？

波多里诺于是丢出了出现在脑袋里面的第一个主意，也就是，腓特烈可以让他的尊荣往上追溯到查理曼。"但查理曼是由教皇帮他举行涂圣油的仪式,所以我们还是回到原点。"腓特烈反驳道。

"如果你让他列圣,情况就有所不同。"波多里诺表示。腓特烈要他在说傻话之前,先用脑筋想一想。"我没有说傻话。"波多里诺回答,因为进一步思索之后,这个想法变得越来越成熟,他几乎已经看到了那一幕。"听我说,你前往查理曼遗体长眠的亚琛,将他挖掘出来,放进一个华丽的圣物盒里面,摆在帕拉丁教堂的中央,接着你亲自出席,身边伴随着一群忠实的主教,包括身为科隆大主教,也是该省大主教的莱纳德大爷,再加上教皇巴斯卡的一纸谕旨证明你的合法性,然后你宣布让查理曼列圣。你明白吧?你为神圣罗马帝国的创始人列圣,而一旦他成了圣徒,他的地位就高于教皇,而你,身为他的合法继承人,你就进到了一名圣徒的谱系当中,不受任何权威约束,包括了想要把你逐出教会的人。"

"当着查理曼的面。"腓特烈兴奋得毛发竖立,"你听到没有,莱纳德?这孩子总是有他的道理!"

这件事情虽然一直拖到了隔年的年底,因为有些细节必须周详地准备,不过确实依照波多里诺的计划去进行了。

尼基塔斯表示这是一个疯狂的主意,波多里诺却告诉他这十分奏效,并骄傲地看着尼基塔斯。很正常,尼基塔斯心想,你让查理曼成了圣徒,你当然会无比自负。出自波多里诺之手,任何事情都可能发生。"后来呢?"他问。

"腓特烈和莱纳德着手准备为查理曼列圣的同时,我一点一点地明白,无论是查理曼还是东方贤士都不足够,他们四个人都在天国——东方贤士,我们可以肯定他们确实在天国,希望查理曼也在,要不然亚琛进行的事情将会制造出一场混乱——但是仍然需要某件人世间发生的事,让大帝可以正大光明地宣布自己的皇权得到认可。大帝在这个世界上惟一能够找到的东西,就是祭司王约翰的王国。"

一一
波多里诺为祭司王约翰建造皇宫

星期五的早上,那三名热那亚人,培维瑞、博伊阿孟多、戈里欧,过来向我们确认虽然距离遥远、却看得清清楚楚的一幕:大火已经熄灭了,由于没有人花费太多的心思去灭火,火几乎是自己熄灭的。这并不表示我们已经可以在君士坦丁堡里面冒险。相反,由于街道和广场已较为畅通,十字军因此加紧了对富裕人家的猎捕,他们在依旧温热的瓦砾当中拆卸仅剩的一点竖立物,搜寻在第一次洗劫过程中遗漏的财物。尼基塔斯痛苦不堪地叹了一口气,然后要了一些萨摩斯岛酒。他也要他们用一点油帮他烤一些芝麻,让他可以在一口口的美酒之间慢慢地嚼香;接着他又要了一些核桃和开心果,好让他能够舒舒服服地倾听波多里诺在他的邀请之下,再继续往下说下去的故事。

一天,"诗人"被莱纳德派遣到巴黎执行任务,而他利用机会,和波多里诺及阿布杜重温了酒馆的甜蜜。他也认识波罗内,但是对于伊甸园的想象,似乎一点儿都不感兴趣。波多里诺注意到,这几年的宫廷生涯似乎造成了他的一些改变。他变得冷酷,虽然喝得兴高采烈,但他似乎一直控制自己维持警戒,不要过度,就好像他正伺机扑向一头猎物一样。

"波多里诺,"他有一天告诉他,"你们在这个地方是在浪费时间。在巴黎应该学习的东西,我们已经学会了。但是如果有一天,我佩带着刀剑,用官方的排场来和这些学者进行辩论,他们全都会把屎拉在裤子里。我在宫廷里学会了四件事情:如果你生活在一名大人物身旁,你也会成为一名大人物。大人物其实非常渺小,权力才是一切。将来你没有理由得不到这些权力,至少能得到一部分。没错,你必须懂得等待,但是也不能让机会溜走。"

不过,当他听到他的朋友们继续讨论祭司王约翰的时候,却伸长了耳朵。他丢下他们离开巴黎的时候,这个故事似乎还是几个泡图书馆的人发挥的想象力,但是他在米兰听到波多里诺对莱纳德提及这件事的时候,就好像和创造出来的东方贤士一样,是一件能够成为皇家权力明显象征的事情。在这种情况之下,这件事情引起了他的兴趣:他就像自己正在建造一个战争工具一样地参与。随着他慢慢说出来的话,祭司王约翰的那个国度对他来说,就像是尘世间的耶路撒冷一样,已经由一个神秘的朝圣地,变成了遭到觊觎的战利品。

所以,他提醒他的同伴,经过了东方贤士那件事情之后,这个祭司已经变得比以前重要许多,他必须被呈现为一名真正的祭司国王。身为王者之王,他必须有一座让基督教国家的君主——包括君士坦丁堡那位教会分立派的拜占庭皇帝——看起来都像住在破房子的宫殿;身为祭司,他必须拥有一座让教皇的教堂看起来就像陋室的殿堂。他必须拥有一座符合他身份的皇宫。

"皇宫的模式已经存在,"波罗内表示,"也就是使徒约翰在《启示录》当中所看到的天界耶路撒冷。这座宫殿必须围绕着高墙,就像以色列的十二个部落一样,开启十二道大门,南方三道,西方三道,东方三道,北方三道……"

"是啊,""诗人"开玩笑地说,"祭司可以从这一道门进去,从那一道门出来，而有暴风雨的时候，这些门全都会一起砰砰作响；你知道空气的对流吧，这样的宫殿，我就算死了也不愿待在里面……"

"让我继续说下去。这些墙的基座是由碧玉、蓝宝石、玉髓、绿宝石、玛瑙、缠丝玛瑙、橄榄石、绿柱石、黄宝石、绿玉髓、红锆石、紫水晶所构成，十二道门是十二片珠饰，宫殿前面的广场则是透明如玻璃的纯金。"

"不错，"阿布杜说，"但是我认为模式应该像先知以西结所描述的耶路撒冷圣殿。明天早上跟我一起到修道院去。圣维克多有一位非常博学的司铎理卡多，他正在研究重新组成圣殿图样的方法，因为在先知的文章里面，某些地方有些模糊。"

"尼基塔斯大爷，"波多里诺说，"我不知道你是否曾经操心过一座殿堂的尺寸。"

"没有。"

"很好，那就永远都不要去碰这件事，因为肯定会让你晕头转向。根据《列王纪》的记录，圣殿的面宽是六十个肘长，高度为三十，而深度为二十，柱廊的宽度为二十个肘长，深度为十，不过根据《历代志》当中的记载，柱廊的高度为一百二十个肘长。所以，二十肘长的宽度，一百二十肘长的高度，十肘长的深度，柱廊不仅会高过圣殿四倍，更会因为过于细长，你只要吹一口气就会让它倒塌。但是，最有趣的是阅读以西结提出的观察。没有一个尺寸站得住脚，以至于许多虔诚的人都承认以西结只是见到了一个幻象，也就是说他大概多喝了几杯，所以看到的东西都重叠在一起。这样的事情并没有什么大不了，可怜的以西结也有权利给自己解解闷。也只有圣维克多的理卡多才会做出以下的推论：如果《圣经》当中的每一件事情、每一个数字、每一根麦秆都有宗教意义，就必须全方位地了解，因为，就宗教上的意义来说，表明一样东西的长度为三或九是一种计量的说法，因为这两个数字具有不同的神秘意义。我还真不知道如何对你描述，我们如何跟着理卡多研究圣殿。他把以西结的书摊开在面前，然后用一条细短绳去测量所有的尺寸。他绘制以西结所描述的圣殿轮廓，接着他拿起棍子和软木板，在几名辅祭的帮忙之下进行切割，然后用胶水和钉子试图让它们结合在一起……他想要重建圣殿，而他依照比例缩减尺寸，我的意思是说，以西结表示一个肘长的地方，他就让他们以一个指宽的厚度来切割……每两分钟，他的作品就会垮一次，理卡多接着会对他的助手发火，指责他们没抓紧，或是使用胶水的时候过于节省，他们为了替自己辩护，就反过来指责他给了错误的尺寸。于是大师自我更正，表示在这样的情况下，文中所指的大门肯定就是廊柱，否则光是一扇大门就会高过整座圣殿。有时候他也会找退路，表示两个尺寸不符合，是因为以西结第一次测量的时候，是以整个建筑物为依据，而第二次仅以其中的一部分为基准。要不然，就是有时候我们提到的肘长，事实上是几何学上的肘长，也就是相当于六个平常的肘长。总之，跟了这位努力解决问题的神职人员几个早晨是一件相当有趣的事。每一回看到圣殿倒塌的时候，我们都会哈哈大笑。为了避免被发现，我们假装捡拾从手上掉落的东西，最后，一名司铎发现我们手中的东西老是掉落，于是把我们撵了出去。"

接下来的几天，阿布杜提议，既然以西结出身以色列，启示可能来自他的一位教友。由于他的同伴认为我们阅读《圣经》的时候，不能询问犹太人的意见，因为这些背信的人会变更《圣经》的内容，擦拭所有关于耶稣基督降临的篇幅，阿布杜于是揭露，有些巴黎的大师偶尔也会偷偷用到犹太教拉比的知识，至少在没有提到救世主降临的章节上面。而就像是故意安排一样，这些圣维克多的议事司铎，刚好就在这一天邀请了一名年轻，但是非常著名的犹太教拉比所罗门·杰洛拿来到他们的修道院。

理所当然地，所罗门并不能睡在圣维克多修道院里：那些司铎为他找了一个又暗又臭、位于巴黎最破旧的一条街上的房间。他确实是一名年轻人，但是他的面孔却因为思索和研究而憔悴。他说一口很好的拉丁文，却很难理解，因为他有一个奇怪的特征：他所有的牙齿，从门牙开始，全部都位于左边，右边一颗也没有。当时正值早晨，但是阴暗的房间让他必须点灯阅读。访客抵达的时候，他将手放在面前的一卷纸上面，就好像担心其他人觊觎一般——没有必要的谨慎：那一卷纸上面记载的是希伯来文。犹太教拉比试图表示他的歉意，因为那是一部基督徒憎恨的著作，也就是声名狼藉的《托莱多耶稣》（*Toledot Jeschu*），内容描述耶稣基督是一个妓女和一个名叫潘特拉的雇佣兵所生的儿子。不过几名圣维克多的议事司铎却要求他为他们翻译几页，因为他们希望了解犹太人阴险恶毒到什么程度。他也表示很乐意进行这项工作，因为他自己也觉得这本书过于严苛，耶稣肯定是一名正直人士，虽然他一时意志薄弱而毫无道理地相信自己就是救世主，但他无疑是受到了撒旦的欺骗，而福音书也承认撒旦曾经前来诱惑他。

他被问及以西结提到的圣殿模式，而他笑着回答："那些诠释圣典最认真的评论人员，从来都不曾成功地找出圣殿确实的模样。就连伟大的犹太教拉比所罗门·本·艾萨克也承认，如果我们遵照文章的内容，我们就无法了解北边的外厢房位于何处，从西边的什么地方开始，如何向东边延伸等等。你们这些基督徒，你们并不认为《圣经》是源自一个声音。上帝，*受赞颂的至圣者，愿他永远受到赞美*，当他对先知们说话的时候，他让他们听到声音，而不是像你们那些上了色的书页内容所描述的，让他们看到面孔。声音当然会让这些先知在心中看到一些形象，但是这些形象并非固定不变，它们会熔化，根据声音的调性而改变形状。如果你们要把上帝的言辞缩减为影像，虽然他还是受到赞美，但是你们却冻结了这个声音，就好像结成冰的清泉一般，无法再止渴，让所有的人都在死亡的凝冻当中沉沉入睡。理卡多司铎为了理解圣殿每一部分的宗教意义，企图像个工匠一般地依样重建，只是他永远没有办法成功。那些影像就像梦境一般，所有的东西都不断地改变形状，不像你们的教堂，每一样东西永远依照一定的模式。"

所罗门接着询问，为什么他的访客希望知道圣殿是什么模样，他们把寻找祭司王约翰的王国这件事情告诉他。拉比表现出极大的兴趣。"或许你们并不知道，"他说，"我们的经文当中也提到了一个位于遥远的东方，仍住着十个以色列失落部落的神秘王国。"

"我听说过关于这些部落的事情，"波多里诺表示，"但是我知道的事情并不多。"

"这些事情都有记载。大卫之子所罗门去世之后，分割以色列的十二个部落开始出现争端。其中只有两个部落，犹大和便雅悯，依然忠实于大卫的派系，另外十个部落则朝北方征伐，却惨遭溃败，成为亚述人的奴隶。我们从此就没有任何关于他们的音信，以斯德拉表示，他们出发前往一处名为亚拉拉、从来不曾有人类居住过的地区。其他先知则宣布，有朝一日他们会重新出现，荣归耶路撒冷。但是，我们的一名弟兄，但部落的伊利达，他在一百多年前抵达了非洲住有一个上帝选民社群的凯拉文，他对他们表示自己来自失落十部落的王国，一块受到上苍祝福、所有人和平共处、没有扰人的罪行、沟渠里淌流着牛奶与蜂蜜的国度。这个国度因为一条安息日河而被隔离在所有的地区之外。这一条河流的河道宽如最强劲的弓箭拉出的射程，但是河道当中流动的并非河水，而是沙尘与石块，并发出半天的路程之外都听得见的可怕声响，而流动的速度则快到如果有人企图穿越，立刻就会被冲走。这些石块的流动只有在星期六才停止，也只有在星期六才有穿越的可能。只是，任何一个以色列子弟都不能违犯安息日的约束。"

"基督徒可以穿越吗？"阿布杜问。

"不行，因为每个星期六都会出现一道火墙，阻碍通往河道的通路。"

"如果是这样，那这位伊利达是用什么方法抵达非洲的？""诗人"问。

"这一点我就不知道了。但我是什么人，可以如此放肆地谈论上帝的旨意？愿他永远受到赞美。你们这些信仰不坚定的人，伊利达可能是被一名天使带过河。这一段描述很快就从巴比伦到西班牙引起不同的讨论，而我们犹太教拉比遭遇的问题是：如果这十个失落的部落是依照上帝的律法生活，他们的律法就和以色列一模一样，但是根据伊利达的说法，却完全是另外一回事。"

"如果伊利达所说的就是祭司王约翰的王国，"波多里诺说，"他们的律法就会真的和你们的律法完全两样，而尽管比我们的律法更为理想，却相当类似！"

"这就是我们和你们这些异教徒之间的区别。"所罗门拉比表示，"你们实践你们的律法时拥有自由，但是你们却任其变质，以至于你们希望找到一个人们仍遵守律法的地方。而我们，我们虽然保留了正直的律法，却没有遵循的自由。无论如何，我也非常希望找到这一个王国，因为我们十个失落的部落，可能就是在那个地方和异教徒和平和谐地共处，自由地个别实践自己的律法。这一个神奇王国的存在，可以作为上帝子民的范例，愿他永远受到赞美。另外，我可以告诉你，我希望找到这个王国还为了另外一个理由。根据伊利达的说法，人们在那个地方仍然使用圣语交谈，也就是上帝托付给亚当，愿他永远受到赞美，而在巴别塔建立之后失传的语言。"

"真是疯狂，"阿布杜表示，"我的母亲老是告诉我，亚当的语言已经在她的岛上依照九种词类重组，也就是盖尔语，就像构成巴别塔的九种材料，黏土、水、羊毛、血液、木材、石灰、树脂、亚麻、沥青……盖尔语是由腓尼基学校的七十二名学者，依据他们每一个人所使用，也是在语言混乱之后产生的七十二种用语之片段而建构，所以盖尔语包含了每一种语言的精华，并且和亚当的语言一样，和创造出来的世界有着同样的模式，因此每个名词都表达了指称物体的本质。"

所罗门拉比宽容地笑了笑："许多民族都认为他们自己的语言就是亚当的语言，却忘了亚当只会使用犹太教律当中的语言，而不是那些用错误和谎言来描写上帝事迹的书籍使用的语言。语言混乱之后所产生的七十二种用语，都忽略了一些基本的字母：例如，异教徒并不认识 H，而阿拉伯则不知道 P，所以让这些语言听起来就像猪叫、蛙叫，或鹤唳一样，因为这些都是放弃生命正道的部落所使用的语言。不过，原始的犹太教律在上帝面前创制的那一刻，愿他永远受到赞美，就像写于白色火焰上面的黑色火花一般，其顺序和我们今日所读，也是在亚当去世之后才呈现的犹太教律并不一样。所以，我才会每个晚上花许多个钟头，专心祷念犹太教律，让它们像风车一样地转动、混合，让创世前就已经存在，并由上帝，愿他永远受到赞美，托付给天使的犹太教律以原始的顺序重新显现。如果我早知道远方存在了一个王国，不仅保留了原始的律法，也沿用了亚当在犯下原罪之前和造物主对话使用的语言，我会很乐意花上一辈子的时间去寻找。"

所罗门在说这些话的时候，脸上散发的光芒，让我们这些朋友不禁自问，是不是应该让他参加他们未来的秘密会议。结果"诗人"找到了决定性的理由：虽然这名犹太人希望在祭司王约翰的王国找到他的语言和十个部落，但是不应该让这件事情对他们造成困扰。祭司王约翰的权势，应该强大到能够治理失落的犹太部落，他也没有理由不会使用亚当的语言。最首要的问题是建立这个王国，而为了达到这个目的，一个犹太人和一个基督徒一样有用。

这些事还是无法让我们弄清楚祭司王约翰的皇宫是什么模样。几天之后，他们五个人在波多里诺的房间里找到了解决这个问题的方式。阿布杜因为现场的气氛，决定对他的新朋友揭露绿蜂蜜的秘密，告诉他们这东西不会帮助他们思考，却会让他们直接看到祭司的皇宫。

所罗门拉比也立刻表示，他知道有更神秘的方法可以得到幻象，只需要在夜色降临的时候，在口中念着上帝秘密名称当中几个字母的不同组合，让它们像滚筒一样，不停地在舌头上滚动，接下来就会衍生出一些思绪和影像的漩涡，一直到你因为至福而筋疲力尽地倒下为止。

"诗人"一开始并不太相信这些事，接着他决定尝试，但是因为他要求用葡萄酒来稀释绿蜂蜜的效力，所以最后完全无法自制，失去理智的情况比其他人都来得严重。

于是，达到兴奋的状态之后，他借助在酒壶中沾湿的手指画在桌上的几道简单而抖动的线条提议，皇宫应该就像使徒托马为印度人的国王龚多佛罗所建造的宫殿一样：天花板和大梁使用的是塞浦路斯的木材，屋顶使用乌木，两个凸出的苹果状黄金圆顶上，点缀着两颗灿烂的红宝石。白天是黄金映照着太阳而闪闪发光，夜晚则是宝石反射出明亮的月光。接着他不再仰仗自己的记忆或使徒托马的权威，而开始见到缠丝玛瑙大门，混合着阻止外人闯入，而从里面注入毒液的角奎毒角，还有水晶的窗户，以象牙为柱的黄金桌面，以香脂为燃油的灯，还有用蓝宝石制成、用来保护祭司童身的床，因为——"诗人"如是归纳——你们要这个祭司王约翰当什么王都可以，但是他也必须维持祭司的尊严，所以绝对不能有女人。

"听起来相当华丽,"波多里诺表示,"但是,对于一个治理广大领土的国王,我会在几个大厅内摆上像罗马一样,通报外省叛变的自动机械装置。"

"我不认为在祭司王约翰的王国内,"阿布杜说,"会出现任何叛变,因为那个国度是一片和平与和谐。"不过,他并不讨厌自动木偶的主意,因为所有的人都知道,一名伟大的皇帝,无论是摩尔人或基督徒,他的宫廷内都应该装备有自动木偶。所以他也看到了,并用一种令人赞叹的生动描绘,让他的朋友们全都目睹:"皇宫位于一座山上,而那座山是由缟玛瑙堆积而成,光滑的山顶就像明月一般辉煌。圣殿呈圆形,圆顶就像墙面一样由黄金制成,而墙面上镶嵌的宝石耀眼夺目,发出的光芒更制造出冬暖夏凉的效果。天花板镶嵌着代表穹苍的蓝宝石,以及代表繁星的深红宝石、金质的太阳、银质的月亮,然后是在拱顶上四处移动的自动机械装置,还有每日都会歌唱的机械鸟,角落则是四座镶金而手持圣枝的天使铜像。皇宫竖立在一口隐秘的沉井上面,而马匹的挽具牵动一座石磨,让皇宫随着季节的变化而转动,宇宙的形象于是形成。水晶地砖的下面,鱼群以及美妙的海底生物自在地悠游。这时候,我听到了镜子说话的声音,通过这些镜子,我们可以看到所有发生的事情。对祭司来说,用来治理王国遥远的边境非常实用……"

已经完全进入状态的"诗人"开始勾勒那些镜子,说:"这些镜子被镶在非常高的地方,必须经由一百二十五级的斑岩石阶才能够触及……"

"还有大理石。"在绿蜂蜜的效力之下,一直保持沉默的波罗内提议。

"大理石也可以,不过最高的几级是琥珀和潘特石。"

"什么是潘特石,耶稣的父亲吗?"波多里诺问。

"别傻了,普林尼曾经提到那是一种彩色的岩石。不过事实上,镜子仅由一根柱子支撑。不对,应该是这根柱子撑着一个站有两根柱子的底座,这两根柱子支撑了站有四根柱子的底座,柱子的数量如是增加,一直到位于中间的六十四根柱子。这六十四根柱子接着支撑了站了三十二根柱子的底座,然后支撑站着十六根柱子的底座,一直往上减少到只剩下支撑着镜子的那一根。"

"听我说,"所罗门拉比表示,"搞了这么多柱子,只要有人在下面一靠,镜子就掉下来了。"

"你给我住嘴,你这个灵魂就像犹大一样虚伪的家伙,你们的以西结看到一个没人知道什么模样的圣殿让你很开心吧。一名基督教的工匠告诉你这座圣殿盖不起来,你就回答他,以西结只听到声音,没有见到影像,而我就应该弄出一些站得住脚的镜子吗?所以,我也安排了一万两千名武装的警卫,他们全部围绕在最下层的柱子周围,由他们负责让柱子挺立,这样可不可以?"

"可以,可以,那面镜子是你的。"所罗门拉比妥协地说。

阿布杜笑着聆听他们的对话,目光却是一片茫然。波多里诺知道,在这些镜子当中,他希望至少能够瞥见远方那位公主的身影。

"我们在接下来的日子尽量加紧步伐,因为'诗人'必须离去,而他不想错过下面的故事。"波多里诺告诉尼基塔斯,"不过,我们已经走上了一条正确的道路。"

"正确的道路?但是根据我的看法,这名祭司并没有打扮成红衣主教的东方贤士和列圣的查理曼来得有说服力……"

"如果祭司通过一封致腓特烈的信函现身,他就会变得很有说服力。"

一二

波多里诺撰写祭司王约翰的信函

替祭司王约翰撰写一封信的决定，是启发自所罗门拉比从西班牙的阿拉伯人口中听来的一个故事。一个水手，生活在哈里发哈伦·拉希德时代的辛巴达，一日因为船难来到一座位于赤道上的小岛，白昼和黑夜因此均分十二个小时。辛巴达表示，他在岛上看到了许多印度人，所以这座小岛距离印度不远。印度人带他来到锡兰王子的面前。这位王子出门的时候，只搭乘架在大象身上，高八肘长的王座上面，他的封臣和官员则分站两行，步行在他的身边。他的前面是一名手持金质标枪的传令使者，身后那一名则拿着一根杖顶镶有一颗绿宝石的黄金令牌。当他从王座下来，骑马继续前行的时候，身后跟随着千名身穿丝绸锦缎的骑士，一名传令使者则在前面吆喝国王驾临，而他拥有的那一顶王冠就连所罗门的也无法媲美。王子接见了辛巴达，热切地询问关于他的王国种种。最后，他要他带给哈伦·拉希德一封用青石墨水写在羊皮纸上的信函，上面写着："为你致上和平的问候，我，锡兰王子，站在千头大象之前，身在以珍宝打造出乌鸫的皇宫内。我们视你为兄弟，但愿得到你的回复，并希望你收下这份微薄的礼物。"这份微薄的礼物是一个由红宝石制成、杯底饰有珍珠的酒杯。这份礼物和这一封信，让伟大的哈伦·拉希德在萨拉森的世界里更受到尊崇。

"你这名水手肯定来到了祭司王约翰的王国。"波多里诺表示，"只是，阿拉伯文的称呼并不一样。但是他提到祭司为伊斯兰国王准备了信件和礼物时，他肯定说了谎，因为祭司不仅是一名基督徒，而且还是一名聂斯脱利教徒，所以，如果他准备了任何信函，肯定是为了寄给腓特烈大帝。"

"所以，我们动手撰写这封信吧。""诗人"表示。

他们一行人在寻找帮助他们建构祭司王国材料的过程当中，认识了奇欧。这是一名出身香槟区的年轻人，他才刚刚从不列颠的旅行回来，满脑子仍充满着当地居民在守夜的晚上，围绕着炉火叙述的迷途骑士、占星家、仙女和魔法等故事。当波多里诺对他提到祭司王约翰那座令人赞叹的皇宫时，他大叫一声："我在不列颠也听说过一座同样或类似的城堡！也就是收藏圣杯（Gradale）的地方！"

"你知道些什么关于圣杯的事？"波罗内问道。他突然之间充满了戒心，就好像奇欧把手放在一件并不属于他的东西上面。

"你呢？你又知道些什么事？"奇欧也充满戒心地反问。

"无论如何，"波多里诺表示，"我看得出来，你们两位对这件圣杯都非常在意。那到底是什么东西？据我所知，圣杯应该是某种餐盆吧。"

"餐盆、餐盘，"波罗内开怀地笑了笑，"事实上是一个圣餐杯。"然后，就好像他下定决心揭露自己的秘密一样，"我不相信你从来没听说过，那是整个基督教世界最珍贵的一件圣物，也就是耶稣在最后的晚餐祝福过的酒杯，后来被亚利马太的约瑟用来从受难耶稣的胸口盛接圣血。有的人认为这个杯子的名称为 Saint Graal，有的人认为是 Sangreal，拥有这个杯子的人会加入受选骑士的行列，与大卫和上帝同族。"

"Gradale 还是 Graal？""诗人"一听到某样可以取得权力的东

西，立刻兴致勃勃地问道。

"没人知道。"奇欧表示，"也有人说是 Grasal，或是 Graalz，但是并没有人提到那是一个杯子。见过的人都不记得形状，只知道是一件具有神奇魔力的东西。"

"有谁见过这件东西？""诗人"问。

"那些在布劳赛良德森林看守它的骑士肯定见过。但是他们也一样，我们完全失去了他们的踪迹，我只认识一些谈起这件事的人。"

"我们最好尽量不要提起这件东西，但是试着进一步了解。"波罗内表示，"这男孩去了布列塔尼，他才刚刚听别人提起这件东西，就已经表现得像是我要偷走他未曾拥有的东西一样。所有的人都是这样，听别人提起圣杯，就认为自己是惟一找得到的人。但是我，我在布列塔尼和海外的岛上花了五年的时间，我什么都没说，只是一味地寻找……"

"你找到了吗？"奇欧问道。

"问题并非在找到圣杯，而是找到知道它在什么地方的骑士。我到处流浪，到处询问，但是我一直都不曾遇到他们。无疑，我并非被选中的对象，所以我才会在这里，带着希望在这些羊皮纸上，寻找我在森林里游荡多年而没注意到的蛛丝马迹……"

"圣杯？"波多里诺说，"但是，如果它是在布列塔尼或那一带的外岛上面，跟祭司王约翰就没有任何关系，我们为什么还要提到它？"事情并非如此，奇欧告诉他，城堡和这件东西所在的地点一直都不明朗，但是他听过的故事当中，有一个曾经提到骑士之一费瑞菲兹曾经找到这件圣物，然后交给他的儿子，也就是后来成为一名印度国王的祭司。

"真是疯狂。"波罗内说，"所以我这么多年来都找错地方了？但是，是谁告诉你这个关于费瑞菲兹的故事？"

"每个故事都可能有它的道理，""诗人"表示，"如果你跟随奇欧的故事，你就可能找到你的圣杯。但是目前最重要的并不是找到这件东西，而是了解是不是值得在它和祭司王约翰之间建立起关系。我亲爱的波罗内，我们并不是在找一样东西，而是在找一个可以谈论这件事的人。"接着他转过去对波多里诺说："想想看，祭司王约翰拥有圣杯，他崇高的头衔就是因此而来，他也可以将这件东西和他的头衔一并转送给腓特烈！"

"这也可以是锡兰王子送给哈伦·拉希德的同一个红宝石酒杯。"所罗门建议，并因为兴奋而开始用缺牙的那一边吹起口哨。"萨拉森人把耶稣当做一名伟大的先知来尊重，他们可能发现了那是一个什么样的杯子，而哈伦接着把杯子当做礼物送给了祭司……"

"太好了，""诗人"说，"圣杯预言了夺回摩尔人不当占有的土地。比耶路撒冷更好！"

他们决定尝试。阿布杜成功地从圣维克多的誊写室里，偷取了一张价值不菲，而从来不曾被刮写的羊皮纸。只差一个玉玺，看起来就会像一封国王的信函。这间原本只住两个人的房间里，现在收容的六个人全都围在一张长短脚的桌子周围。波多里诺闭着眼睛，口述他的灵感。动笔的人是阿布杜，因为他的书法习于海外的基督教王国，会让人联想到东方人书写拉丁文的方式。开始动笔之前，为了在那一刻达到创意和敏锐的境界，他建议将罐底剩下的绿蜂蜜用掉，却遭到波多里诺的反对，因为这一天晚上，他们必须保持清醒。

他们首先提出来的问题，就是祭司是不是应该使用亚当的语言，或至少使用希腊文来撰写。但是他们最后决定，像祭司王约翰这样的国王，手下应该有精通各种语言的秘书，而基于对腓特烈的尊重，所以他选择使用拉丁文来撰写这封信。而且，波多里诺补充道,这封信也应该能够让教皇和基督教世界的王侯感到惊奇、折服,所以首先必须让所有的人都看得懂。他们于是开始动笔。

祭司王约翰,以上帝和统治者之主耶稣基督之名,致神圣罗马帝国皇帝腓特烈健康以及圣恩恒喜之愿……

已得知你对我国大使之尊重,吾等强盛之信息也已传抵。经由我国特使得知,你希望知道我方是否愿意接受一件充满趣味和喜气的赠礼。通过我国的大使,向你转达乐意接受这一份礼物之喜悦,并希望知道你是否和我们一样追随正义的信仰,是否各方面都信奉耶稣基督。如果你有任何要求,但愿我们的慷慨能够满足你,并请通过我国的使者和你的友谊明证让我们知晓。请接受回赠之……

"等一下。"阿布杜说,"这个时候,可以是祭司将圣杯送给腓特烈的时刻!"

"没错,"波多里诺说,"但是波罗内和奇欧这两个疯子,还没能告诉我们那到底是什么东西!"

"他们听了这么多故事,也见过这么多东西,或许他们什么都不记得了。所以我才提议使用绿蜂蜜:必须让他们在这件事情上面进行狂想。"

或许没错,口述的波多里诺和动笔的阿布杜喝葡萄酒就好,但是这些证人或启示的来源应该受到绿蜂蜜的刺激。没多久之后,波罗内、奇欧(因为这种新的感受而惊愕),还有已经对绿蜂蜜上瘾的"诗人",全都坐在地上,脸上挂着目瞪口呆的微笑,就像厄罗瓦汀的俘虏一般。

"喔,这就对了,"奇欧说,"我看到了一个大厅,还有一些火炬,用一种我们从来不曾想象过的方式照亮了大厅。一名仆人出现了,手上抓着一支白净的、在炉火下闪闪发亮的长矛,矛尖冒出了一滴鲜血,滴落到仆人的手上……接着又来了两名仆人,手上端着镶嵌着乌银的黄金烛台,而每座烛台上面至少点了十根闪闪发光的蜡烛。这些仆人个个都非常俊美……现在,一名女子手上拿着圣杯进来了,一道光芒照耀了整个大厅……烛光就像旭日东升时的月亮和繁星一样黯然失色。圣杯是由最纯的黄金制成,并镶嵌着地表和海底所能找到的最珍贵、最出色、最华丽的宝石……又进来了一名年轻人,手上端着银制的肉砧……"

"那个圣杯到底是什么样子?""诗人"大叫。

"我不知道,我只看到一道光芒……"

"你只看得到一道光芒,但是我可以进一步看见……火炬照亮了大厅,没错,但是我们现在听见的是打雷的声音,还有可怕而剧烈的震动,就好像皇宫坍塌了一样。接着降临的是可怕的黑暗……不对,一道光芒让皇宫比刚才还要明亮七倍。啊,现在是神圣的圣杯进场了,盖在一片白色丝绒的下面。它一进到皇宫之后,周围马上洋溢着全世界各种香料的芬芳。圣杯绕着桌子走一圈之后,骑士们的餐盘上,立刻就装满了他们心中渴望的各种食物……"

"但是这个该死的圣杯到底是什么模样?""诗人"打断他。

"不要诅咒,那是一个酒杯。"

"如果它被盖在一片白色的丝绒下面,你怎么会知道?"

"我知道,因为我就是知道,"波罗内坚持说,"有人曾经告诉过我。"

"但愿你一世纪接一世纪地被打入地狱,并受到千百个恶魔折磨虐待!我们以为你见到了显像,但你却描述别人告诉你的事情,你自己什么都看不到。你比这个因为以色列人不看彩绘,只听得到声音,所以不知道自己看到什么东西的笨蛋以西结还要糟糕!"

"拜托,你这个嘴巴不干净的家伙。"所罗门插嘴,"《圣经》不仅仅是对我，对你们来说也是非常神圣的，你们这些可恶的异教徒！"

"你们冷静一点，冷静一点！"波多里诺说，"不过你听好，波罗内。如果说圣杯是耶稣基督用来为葡萄酒祝圣的杯子，亚利马太的约瑟如何在耶稣身亡，并从十字架上卸下之后取得受难的圣血？你应该知道死人身上并不会流血。"

"就算身亡之后，耶稣还是能够制造奇迹。"

"那并不是一个杯子。"奇欧插嘴，"因为告诉我费瑞菲兹这个故事的人，也告诉我那是一块 lapis ex coelis——从天上掉下来的石头，如果成了杯子，也是用这块天石琢磨而成。"

"那为什么不是这个矛头刺穿了圣肋？""诗人"问道，"你刚刚不是说，你看到一名仆人手持一支滴血的长矛进到大厅？很好，我看到的不是只有一名仆人，而是三名，他们拿着一支血渍斑斑的长矛……接着一名身穿主教衣袍，手拿十字架的男人，坐在由四名天使扛抬的座椅上进场。他一直被扛到一张银制的桌子前面，而桌子上现在放着那支长矛……接着，两名年轻人呈上一个盘子，上面装着一颗浸在鲜血当中的头颅。然后主教在长矛上面举行仪式，并拿起圣体。圣体上面接着出现了一个小孩的影像！长矛是一件不可思议的东西，它代表着权力，因为它也是力量的象征！"

"不对，长矛渗出鲜血，但是血液滴进了一个杯子里，就好像我提到的奇迹示范一样……"波罗内说，"很简单……"然后他开始发笑。

"不要再说下去了，"波多里诺表示，"很抱歉。先别管圣杯，我们继续往下写吧。"

"各位，"所罗门拉比这时候用一种身为犹太人，所以不为这件圣器所动的口气淡淡地说，"各位朋友，立刻就让祭司赠送一件这样的礼物，我觉得有些夸张。此外，每一个读到这封信的人，都会要求腓特烈拿这件圣物出来看一看。不过，我们也不能不接受奇欧和波罗内听到的那些已经在许多地方流传的故事。只需要一点影射，想要了解的人自然就会了解。所以不要提到圣杯，不要提到圣杯，用一个较不明确的名称。犹太教律当中，从来不用字面来描述最崇高的事物，而是用一种神秘的含意，虔诚的读者会一点一点地猜测上帝——愿他永远受到赞美——要我们在时间的尽头理解的事情。"

波多里诺于是提议："要不然就说，他送给腓特烈一个宝盒、一个箱子、一个柜子，就说，accipe istam vram arcam——请接受这个名副其实的宝盒……"

"不错，"所罗门拉比表示，"这样的话，就是掩饰和揭露同时进行。并为诠释的混乱开了路。"

他们继续写下去。

> 请你前来我们的领地，我们会待你为宫廷内最尊荣的贵客，并让你享受我们的财富。从今以后，加入我们阵营者均获丰收，而你最终将心满意足地回到你的帝国。想想人类往生后的四个去路，然后永不犯罪。

这些虔诚的建议之后，祭司开始描述他的权势。

"不能让任何一方受辱。"阿布杜叮咛道，"祭司身处如此崇高的地位，他可以允许自己做出一些漂亮而高尚的举动。"

那就往下想。波多里诺没有半点犹豫，他继续口述。他的统治范围，在权力上已经超越全世界每一个国王，他的财富更是无穷无尽，七十二名国王缴纳赋税，七十二个行省服从他的命令，他们并非全部都是基督徒——犹太教拉比所罗门也因此而心满意足，因为失落的以色列部落也被包括在王国之内。他的主权延伸到了三个印度，他的领土触及最遥远的沙漠，一直到巴别塔为止。每个月在祭司的餐桌上用餐的人，包括了七个国王、七十二名公爵、三百六十五个伯爵，而每天都会在这张餐桌上就位的人，包括了十二名大主教、十个主教、圣多马的主教、撒马尔干的东正大主教，以及苏萨的总司铎。

"不会太多吗？"所罗门问道。

"不会，不会。""诗人"表示，"必须让教皇和拜占庭的皇帝气死。还有，把这段加上去，就说祭司曾经起誓带领一支大军前往圣坟，将耶稣的敌人粉身碎骨。这一点是为了证实奥托所说，也是为了万一教皇提出异议的时候，可以让他闭上嘴巴，不过他并没有成功地穿越恒河。祭司王约翰会再次尝试，这就是为什么最好还是前去找他，和他建立联盟的原因。"

"现在，先给我一些为王国增加居民的灵感吧。"波多里诺表示，"那地方必须住有大象、单峰驼、骆驼、河马、花豹、野驴、红狮与白狮、沉默的蝉、兀鹫、老虎、人面蛇身怪、鬣狗，这些我们从来不曾在这里见过的动物，而他们的皮毛对于决定前往狩猎的人将会十分珍贵。然后，还有一些不曾见过，只在关于自然和宇宙本质的书籍当中出现的人类……"

"人头马、长角的人、羊足人、人头羊、侏儒、狗头人、四十肘高的巨人、独眼人。"奇欧表示。

"很好，很好，很好，记下来，阿布杜，记下来。"波多里诺说。

其他的部分，只要将前几年想出来的东西，修饰一下再套上去就行了。祭司的土地上淌着蜂蜜、溢着乳汁——所罗门拉比非常高兴找到和《出埃及记》《利未记》《申命记》相对的回响——找不到毒蛇、毒蝎，发源自伊甸园的伊东努斯河穿流其间，而河床上面流滚着……石块和沙尘，奇欧提议道。不对，那是安息日河。要不要也把安息日河放进去呢?当然,但是稍后再放。源自伊甸园的伊东努斯河,里面流滚着……绿宝石、黄玉、深红宝石、蓝宝石、橄榄石、缟玛瑙、绿柱石、紫水晶,刚刚加入的奇欧如是提议,不明白为什么他的朋友比划出恶心的动作(你再提一次黄玉,我就把它吞下去,然后在窗口拉出来,波多里诺大叫)。他们在寻访的过程当中,已经拜访了许多富庶的岛屿和乐园,而他们已经受够了这些宝石。

所以,阿布杜建议,既然王国位于东方,为何不提一些罕见的香料,所以我们选择了胡椒。波罗内表示,胡椒生长在遭到毒蛇寄生的树上,成熟之后,人们会放火烧树,毒蛇纷纷窜逃,钻进它们的洞穴内,接着人们贴近树干,用力摇晃,让胡椒的细枝掉落,再用没有人知道的秘方进行烹调。

"我们现在可以提到安息日河了吗?"所罗门问。"把它放进去吧。""诗人"表示,"所以,失落的十个部落在河的另一边,这一点已经非常清楚,最好是将他们全部明白地列出来,让腓特烈也能够找回这十个失落的部落,这将是加入他荣耀的另一项功勋。"阿布杜观察之后,觉得安息日河确实有必要,因为那是一道难以克服的障碍,可以鞭策意志,刺激欲望,换句话说,就是嫉妒心。还有人提到了一条满载宝石的地下河流,而波多里诺告诉阿布杜,如果他愿意的话,可以记下来,但是他自己因为害怕再一次听到黄玉,所以不想参与。不过,在普林尼和圣伊西多尔的见证之下,他们决定在这块土地上加入火蜥蜴——长着四条腿、只存活在火焰当中的大蛇。

"只要是真的,我们全都加进去。"波多里诺表示,"重要的是,千万不要信口开河。"

这封信又继续强调了洋溢在这块土地上的美德,每一位朝圣者都会得到仁慈的接待，小偷、穷人、强盗、守财奴、谄媚者全都不存在。祭司接着在信中确认了世界上没任何一个君王，拥有如此多的财富和才能。为了证明这些财富，祭司描述了歼敌出征的一幕——就像辛巴达在锡兰所见——他的前面是十三具装在战车上面，饰满珍宝的十字架，每辆战车后面都跟随万名骑士，以及十万名军械工兵。相反，祭司在太平时期骑行巡访时，他的面前只有一具用来纪念耶稣受难的木制十字架，以及一个装满尘土的大瓮，用来提醒所有的人和他自己，我们全都是尘土之躯，终将尘归尘，土归土。但是为了提醒大家，经过他们面前的人是王者之王，所以还带着一口装满金子的银盆。"如果你再写一次黄玉，我就用酒壶敲你的头。"波多里诺警告他。而至少这一次，阿布杜并没有这么做。

"不过，你还要写下，那个地方并没有人通奸，也没有人说谎。那些说谎的人会立刻丧命，总之，几乎等于他们丧了命，因为他们会遭到放逐，也没有人会再理会他们。"

"但是我已经写下那个地方并没有人犯罪，没有小偷……"

"不管那么多了，强调这一点，祭司王约翰的王国必须是一个让基督徒能够观察神圣戒律的地方，因为就连教皇和他的子弟也达不到这样的成果，更糟糕的是他还说谎，而且比其他人都来得严重。再加上，强调那个地方没有人说谎的事实，让祭司王约翰提到的每件事情都理所当然地成为实话。"

祭司王约翰继续描述，他每年都会在大军的伴随之下，前往巴比伦沙漠造访先知但以理的坟墓。在他们的国家里，他们捕捞鱼类，然后从血液当中提取象征帝王的红色颜料，除此之外，他还统治了女战士和婆罗门人。关于婆罗门人这一点，波罗内觉得很有用，因为亚历山大大帝在触及我们所能想象的远东极地时，曾经见过婆罗门人。他们的出现，表示祭司的王国已经把亚历山大的帝国包含进去。

写到这里，只剩下对于他的皇宫和那面神奇镜子的描述。关于这面镜子，"诗人"在前一天晚上已经提过。为了不让波多里诺再次听见黄玉和绿柱石，他是靠在阿布杜的耳朵上面提示，不过不可避免地，这件事情上面确实需要用到这些宝石。

"我相信读到这封信的人，"所罗门拉比表示，"一定会觉得奇怪，为什么一名权势这么大的国王非得让别人称他为祭司。"

"没错，所以我们也因此做出结论，"波多里诺说，"记下来，阿布杜……"

为了什么原因，喔，亲爱的腓特烈，我们的崇高，让我们不能使用一个比祭司更威严的称谓。这是一个荣耀你智能的问题。我们的官廷里面，肯定有一些官员被授予更高尚的职位和称谓，特别是那些和教会阶级相关的人……我们的官廷总管就是封王的首相，司酒官是封王的大主教，内侍是封王的主教，饲马官是封王的修道院长，我们的主厨是封王的修道院教士，身为国王的我，再也无法忍受这一类的称谓，或在这类充斥于官廷里的顺序当中晋升，所以我才会因为谦逊，使用一个重要性不高、阶级较低的称谓。此刻，你只需要知道我们的疆域，一边需要步行四个月才走得到边界，另一边则没有人知道延伸到何方。如果你数得清天上的繁星和海底的沙粒，或许就有办法度量我们的领土和权力。

他们完成这封信的时候，太阳已经快要东升。服用了绿蜂蜜的人，依然维持在傻笑的阶段，只喝了酒的人则脸色惨淡，而两种东西都尝的"诗人"几乎已经站不住。一行人在街道上、广场上高歌。由于他们认定这封信刚刚从祭司王约翰的王国寄达，所以从此毕恭毕敬地对待那一份羊皮纸。

"你立刻就把信寄给了莱纳德吗?"尼基塔斯问道。

"没有。'诗人'离开之后,我们用了好几个月的时间,读了又读,又刮又写地重复了好几回,偶尔还有人提议再加上一些内容。"

"但是莱纳德一直在等待这封信,我猜……"

"问题是这期间,腓特烈解除了莱纳德的帝国首相职位,交由克里斯蒂安·冯·布赫担任。当然,身为科隆大主教以及意大利国务大臣的莱纳德,依然拥有相当大的权力,证据就是,查理曼的列圣仪式仍然由他组织,但如是的置换,至少在我看来,表示腓特烈开始觉得莱纳德的攻击性过于强烈。所以,如何将一封实际上是莱纳德指定制作的信件呈现到大帝面前呢?我忘了一件事:列圣的那一年,贝阿翠丝生下了第二个儿子,所以大帝的心思完全在别的地方,而这件事,还有和他第一个儿子有关的消息,继续让我觉得不舒服。于是,事情一件接着一件,一年就这么过去了。"

"莱纳德没有坚持吗?"

"首先,他脑袋里面还有其他的计划,而接着他就死了。腓特烈在罗马驱逐亚历山大三世,让他的伪教皇继位的时候,一场黑死病爆发了,富人和穷人都不能幸免。莱纳德也因此丧命。虽然我不曾真正喜欢过这个人,但还是感到十分震惊。他又傲慢,又会记恨,但他是一个果断的人,而他从头到尾都在为自己的主子卖命。愿他得到安息。只是,没有他的话,这封信是不是还有意义?他是惟一一个足够狡猾,会让这封信在基督教国家的首相之间流传,然后从中获利的人。"

波多里诺停顿了一下:"而且,还有我家乡那座城市的事。"

"哪一个?你不是出生在一个沼泽地?"

"没错,我说得太快了。我们得先把这座城市盖出来。"

"你终于不再描述一座城市的毁灭了!"

"是啊,"波多里诺表示,"这是我这一辈子第一次,也是惟一的一次见到一座城市的诞生,而不是毁灭。"

一三

波多里诺目睹一座城市的诞生

波多里诺已经在巴黎住了十年的时间,他阅读了所有读得到的东西,也和一名拜占庭的妓女学会了希腊文,他为其他的人写了情诗和情书,他几乎建立了一个从此没有人比他和那一群朋友更清楚的王国。但是,他还是没有完成他的学业。为了安慰自己,他告诉自己,以一个出生在牛群之间的人来说,能够到巴黎读书已经不错了,接着他又想到,和那些必须学习战斗,而不是写作识字的贵人子弟比较起来,像他这样的穷人读书反倒容易一些……总之,他一点儿都不觉得心满意足。

某日,波多里诺突然发觉,再过一个月他就二十六岁了。他离开家的时候十三岁,而他离开的时间也已经过了十三年。他感受到一种被我们称为思乡的痛苦,只是他从来不曾出现过这种感觉,所以并不知道到底怎么回事。他认为是因为自己渴望见到养父,所以决定前往他这一回再次南下意大利、中途暂时停留的城市巴塞尔找他。

自从腓特烈第一个儿子诞生之后,他就不曾再见过他。他反复撰写祭司那封信的时候,腓特烈根本不见人影。他就像条鳗鱼一样南北游来游去,也像他那些野蛮的祖先一样,吃在马上、睡在马上,而他此时正好在他的皇宫里。这些年来,他又两次南下了意大利。第二次他于归途中在苏萨遭到叛徒的攻击，对方抓了贝阿翠丝作为人质，让他不得不化装潜逃。苏萨人后来在没有动她一根汗毛的情况下让她离去，但是这件事已经让他脸色相当难看，并心生怀恨，准备对苏萨人进行报复。但是别以为他从阿尔卑斯山的另一头回来之后，就可以好好地休息：他仍必须折服那些德国的王公诸侯。

波多里诺最后终于见到大帝的时候，发觉他的神情十分晦暗。他知道他一方面担心长子的健康状况——腓特烈自己的健康也一样——另一方面则为了伦巴第的事情操心。

"好吧，"他承认，"但是我只告诉你一个人。我那些最高行政官、行政总督、征税员、财政官，他们不仅征收了缴纳到我这里的赋税，另外还多催缴了七倍的税金。他们让每一个家庭每年缴纳三枚苏币，而每艘航行在通航水域的磨轮舟，他们征收二十四枚德尼耶币，至于渔夫，他们则取走三分之一的渔获，没有子嗣者，留下来的遗产充公。我知道，我早该注意倾听民怨，但我当时另有其他的野猫需要鞭策……现在，那些伦巴第人似乎组成了一个阵线，一个反帝国的联盟，你了解吧？这些人的脑袋里面最先想到什么事情？重建米兰的城墙！"

那些意大利的城邦虽然又顽固、又不忠诚，不过都还好处理，但是一个联盟，就好像建立了另外一个共和国。当然，由于意大利的城邦之间互相憎恨，这样的联盟维持下去的可能性不大，但是无论如何，对于帝国的荣耀都是一种伤害。

有哪些人加入了这个联盟？传言表示，来自克雷莫纳、曼图亚、贝尔加莫的代表，曾经在距离米兰不远的一处修道院举行会议，皮亚琴察、帕尔马的代表可能也在场，但是并不确定。传言并非仅止于此，据说还包括了威尼斯、维罗纳、帕多瓦、维琴察、特雷维索、费拉拉、博洛尼亚。"博洛尼亚，你想想看！"腓特烈一边大叫,一边在波多里诺面前来回走动,"你还记得吧?因为我的关系,那些该死的教授终于可以对那些比他们该死千倍的学生,高兴收多少钱就收多少,完全不需要征求教皇和我的意见,而现在他们居然和联盟的人站在一边!还有人比他们更不知羞耻吗?现在就差一个帕维亚了!"

"或是洛迪。"波多里诺也发表了他的意见,却下了重药。

"洛迪?洛迪!"红胡子大声吼叫,脸孔也通红得就像是心脏病发作一般。"如果我必须听信那些传言的话,洛迪也已经参加了会议!我从我的血管里面抽血来保护他们,这些跟屁虫,没有我的话,他们每个季节都要让米兰人践踏一次,而现在,他们却和他们的刽子手结成一伙,来密谋对付他们的恩人!"

"但是,父亲,"波多里诺问道,"这些传言到底怎么回事?难道没有能够完全肯定的消息吗?"

"你们这些在巴黎读书的学生,难道忘了这个世界如何运作吗?只要出现了一个联盟,就表示酝酿了一个阴谋;只要出现了一个阴谋,那些一度站在你这一边的人就背叛了你,他们就会将他们正在进行的事情反过来告诉你,所以最后一个知道他们在搞什么鬼的人,就是他们的皇帝。就好像那些遭到妻子背叛的丈夫一样,除了他们之外,全世界的人都知道发生了什么事!"

他还真是会选择最糟糕的例子,因为就在这个时候,知道亲爱的波多里诺已经抵达的贝阿翠丝刚好走进来。不敢直视她脸孔的波多里诺跪下来亲吻她的手。贝阿翠丝犹豫了一会儿。或许她觉得如果不表现出亲切和熟悉,就会透露自己的尴尬,所以她举起另外一只手,充满母性地放在他的头上,拨了拨他的头发——却忘了一个刚过三十岁的女人,不能用这种方式,来对待一个并没有年轻她几岁的男子。对于腓特烈来说,这些事看起来都很正常,他是父亲,她是母亲,虽然只是收养的关系。反倒是波多里诺觉得不太得体。

如是的双重接触，和贝阿翠丝如此贴近，就像闻到她的肌肤一般地闻到她衣袍上的香水，还有她的声音——所幸这样的姿势让他无法盯着她的眼睛，否则他一定面无血色，失去知觉而直挺挺地倒在地上——一种令他难以忍受的快乐，却因为一种单纯的尊重，觉得自己又再一次背叛父亲而变了质。

如果大帝没有交代他，或应该说命令他——意思差不多——去办一件事，他还真是不知道如何告退。为了看清楚在意大利发生的事情，而不再依赖官方的消息和传令的官员，他决定派遣一组熟悉该地、但是不会立刻被识破是皇家探员的心腹前往意大利，嗅一嗅气氛，搜集没有因为叛变而变质的情报。

能够逃离在宫廷内感受到的尴尬，让波多里诺觉得很开心，但是他立刻就出现另外一种感觉：因为可以再见到自己的家乡而感动。他终于明白，自己就是为了这一件事而开始旅行。

绕行了几座城市之后，某一天，波多里诺以一头母骡的速度，驰骋来到一座小丘上——他装扮成一名慢吞吞旅行于市镇之间的商人。小丘之后，再经过一片平原，他就会渡过塔纳罗河，来到他出生的法斯凯特，那一块瓦砾与沼泽相间的土地。

就算当时那个时代，离家的人就是真的离家，从来不会想到再次归返。在这种情况下，波多里诺感觉到自己的血管发麻，因为他突然很想知道自己的老父母是否还活在人世间。

不仅如此，他还突然回想起家乡其他几名男孩的脸孔。常常和他一起去埋设捕野兔绳圈的那个潘尼察家的马叔鲁，绰号叫吉尼的小猪（还是绰号叫小猪的吉尼？），他们每次一见面，就开始互扔石块。绰号"母骡"的阿勒拉莫·斯卡卡巴洛吉，古帝卡·卡聂托，他们常常一起在博尔米达河钓鱼。"天啊，"他对自己说，"我是不是正在死去，因为听说只有在临终前，才会清楚地回想起童年的点点滴滴……"

当天是圣诞夜，但是波多里诺并不知道，因为他在旅行的途中已经忘记了日期。坐在那头和他冻得一样僵的骡背上，他全身不停地抖动。然而，在夕阳映照之下的天空却是一片晴朗，清澈得就像我们已经在周遭嗅到雪气的时刻。他很清晰地认出这个地方，就好像他前一天才经过一样，因为他和他的父亲曾经为了交割三头骡子，而登上这几座就算是一个男孩也必须十分费劲才能攀爬的山丘，更不用说他们还得推赶一步都不想移动的牲畜。但是他们的回程却十分愉快，一边从高处远眺平原，一边在下坡的时候自由自在地游荡。波多里诺记得在距离河岸不远的平原上，有一处延伸范围不大的小丘陵。而这一回，当他爬上丘陵之后，沿着贝尔果吉利欧河，罗伯瑞托，还有稍远的贾蒙迪欧、马伦哥，以及帕雷亚——也就是这一片瓦砾、沼泽地和茂密的树林，他看到了几座城镇的钟楼从覆盖的一层乳白当中露出头角。在这中间，加里欧多的破房子或许依然挺立。

不过，他在丘陵上的时候，看到了一幅不太一样的景象，好像丘陵的四周和其他几个谷地里的空气特别清朗，只有面前这一片平原例外地被雾般的蒸汽干扰。一团一团的灰气间或地拦在路上，将他包裹得伸手不见五指，然后它们穿越他，以冒出来的方式同样逐渐远离——以至于波多里诺告诉自己：你看看，周围这一切如果说正值八月也不为过，但是法斯凯特的恒雾，就像阿尔卑斯—比利牛斯山顶的恒雪一般——这一点并不会让他觉得不舒服，因为任何在雾中出生的人，都会有一种回家的感觉。他渐渐朝着河流的方向走下坡，但是他却发现这些蒸汽并非浓雾，而是云雾般的浓烟，而造成浓烟的火光隐约可见。在浓烟与火光之间，波多里诺这下子看清楚了，在河对岸的平原上，过去称为罗伯瑞托的地方，城镇已经扩张到了原野上，而到处可见新建的蘑菇房，有的由砖石砌造，有的以木材搭建，其中许多间仍然在施工当中。他甚至可以在西边看到一面刚刚开始搭建，在这一带从来不曾出现的围墙。在燃烧的柴上面是锅炉，无疑是为了不让水立刻冻结，而稍远的地方，人们正在将水倒进装满石灰或灰浆这类东西的洞里面。总之，波多里诺曾经在巴黎目睹位于河水中间的那座大教堂开工兴建，所以他认识这些工匠所使用的器具和鹰架：知道什么叫做城市的人，可以看得出来那些人正在从一片荒芜当中兴建一座——如果一切都顺利的话。是一幕壮观的戏，而他这一辈子就看过这么一次。

"真是令人难以置信，"他告诉自己，"你才一转头，他们就盖出自己的城市。"于是，他用力驱赶母骡，好让自己尽快抵达谷地。搭乘一艘运送各类大小石块的木筏过了河之后，他看见几个工人正站在不太保险的鹰架上，往上搭建一面单薄的围墙，而另外几个人则在地面上，用绞盘把装在篮子里的石块往上送。不过说是绞盘，纯粹只是为了套用一个名词，因为我们无法想象出更粗糙的器具：他们用的不是坚固的木桩，却是摇晃个不停的木杆，地面上两名拉滚筒的工人，除了拖拉绳索之外，似乎还得兼顾晃动得可怕的桅杆。波多里诺立即告诉自己："从这里我们可以看出，这一带的人做一件事的时候，不是做得不好，就是做得更糟，但如是施工方式为什么会被接受。如果我是工头的话，早就从裤裆将这些人抓起来，丢进塔纳罗河里面了。"

不过，接下来，他在不远的地方，看到了另一组工人，正在用一些琢磨粗糙的石块、未整平的大梁，以及看起来像是由野兽修凿的柱头建造一间小屋。为了吊送建筑材料，他们自己也制作了某种滑轮之类的东西。波多里诺发现，比较起来，前面那些造薄墙的工人，简直就像是科莫的大师一样。他往前再走几步之后，就停止再继续进行任何比较，因为他看到其他几组工人，就像小孩玩湿泥巴一样地盖房子，而他们正用脚为一间看起来和旁边另外三栋同样以烂泥和陋石建造、屋顶用稻草随便压过的房子进行最后的整平。于是，由悲惨而粗制滥造的破房子所组成的街道，就这么诞生了，就好像这些工人正在进行比赛一样，不用遵照专业规矩的情况下，看谁能够在节庆之前较其他人先行完工。

不过，进入这些蜿蜒而未完成的成品之后，他偶尔会发现几道用铅锤度量、墙面稳固交叠的墙壁，还有几座虽然未完成，但是看起来厚实坚固的堡垒。这样的事让他发现，正在竞相建造这座城市的工人，出身和功夫都不尽相同。如果其中一些工人对这份专业带来危害，就像一辈子都在为他们的牲畜建造木屋的农民一样，其他的人看起来似乎对这项工艺十分上手。

波多里诺在这些不同等级的手艺之间寻找方向的同时，也发现这些人说着不同的方言——那些破房子是由卑鄙的索雷洛人所造，那座不规则的塔楼是蒙费拉托人的杰作，倾倒灰浆的是帕维亚人，而那些木板则是由一向在帕雷亚伐木的工人所切割。但是当他听到有人下命令，或是看到以正确工法施工的一群人时，他听到的是热那亚话。

"难道我闯进了建造巴别塔的工地？"波多里诺心想，"还是来到了阿布杜的海伯尼亚，七十二个学者集合了所有的用语，就像把水、黏土、树脂、灰浆混合在一起一样，重建了亚当的语言？但是这里并没人使用亚当的语言，虽然这些不同种族的人平常互相责难，但同时用七十二种语言交谈的时候，却是一片和谐！"

他靠近一群正熟练地使用一具不靠人力，而以马匹拉动的大型绞盘，为一座看起来像修道院附属教堂盖上木制柱顶盘的工人。套在马匹颈上的并非许多乡下地区仍使用的套子，而是让它得以通过肩胛使劲的舒适颈项。工人们用来吆喝的语言无疑是热那亚话，而波多里诺立刻就以他们的俗话和他们攀谈——虽然他的口音并非完美到能够隐藏自己和他们并非同乡的程度。

"你们在盖什么东西?"他为了打开话匣子而问道。他们其中一个人,凶恶地看了他一眼,然后告诉他,他们正在建造一具抓屎的机器。但是,由于其他的人都一起笑了起来,所以他们很明显地正在嘲笑他。波多里诺(已经因为必须装扮成手无寸铁的骑骡商人而不耐烦,不过他的行囊当中,却带着一把仔细用布料包裹的官刀)使用经过这么久的时间之后仍自动回到嘴边的法斯凯特方言,表示自己并不需要这样的工具,因为他的屎,也就是一般人称为小鸟的东西,通常都是由他们那些当妓女的娘来抓。热那亚人并没有完全理解他说的话,却听出了他的意图。他们放下手边的工作,有的捡了石块,有的拿起十字镐,在骡子前面围了半个圈圈。幸运的是,几个人这时候刚好走了过来,其中一人看起来像是一名骑士,他用一种半拉丁、半普罗旺斯、半不知道什么东西的法兰克话告诉热那亚人,这名旅人说的话像当地人,所以,我们不能把他当做没有权利经过的人对待。热那亚人辩称,因为他询问的方式像是一名探子,而骑士告诉他,就算大帝派出了探子,那也没什么不好,是该让他知道这里盖了一座专门用来找他麻烦的城市了。接着,他对波多里诺说:"我从来没看过你,但是你看起来像是回乡的子弟。你是回来加入我们吗?"

"大爷,"波多里诺诚实地回答,"我出生在法斯凯特,但是已经离家多年,所以我并不知道这一带发生了什么事。我叫做波多里诺,欧拉里欧氏族加里欧多之子……"

他还没说完,新到的一群人当中,一名满头白发、一脸白须的老人就举起他的手杖大叫:"可恶又没良心的骗子,但愿一根箭射穿你的脑袋,你怎么胆敢假借我可怜的儿子波多里诺的名字。我就是加里欧多本人,也是欧拉里欧。我的儿子三十年前就跟一个长得像雁脚皇后的德国大爷走了。那个人实际上或许是一个教猴子跳舞的人,因为我那可怜的男孩,这么长时间以来,我都没有再得到任何消息。他可能已经死了,我和我那妻子三十年来为了这件事悲伤不已,对我们已经非常悲惨的生命来说,这是最大的折磨,但是不曾受过丧子煎熬的人,不会明白这一点!"

波多里诺对着他大叫:"我的父亲,真的是你!"他的声音里面出现了某种感动,眼睛里也冒出了眼泪,但眼泪无法掩饰的是极度的喜悦。接着,他补充道:"还有,并不是三十年的折磨,我才离开了十三年,而你应该觉得高兴,因为我这些年来收获不少,也已经有头有脸。"老人贴近骡子,仔细地端详了波多里诺的脸孔,然后说:"你也一样,真的是你。就算已经过了三十年,你还是没有完全丢掉那个无赖般的眼神,你知道我要告诉你什么吗?就算你已经有头有脸,你还是不应指出你父亲的错误,如果我说三十年,是因为对我来说就像三十年一样漫长。而这三十年来,你至少可以给一点消息,一无是处的家伙,这个家就是因为你才会搞到这个地步,给我从这头肯定是你偷来的畜生上面滚下来,让我在你的脑袋上面敲断这根棍子!"他抓住波多里诺的连裤长筒袜,试图把他从鞍上拉下来的时候,看起来像是总管的人插手调停,"好了,加里欧多,你终于在三十年之后找到你的儿子……"

"十三年。"波多里诺表示。

"你给我闭嘴,你和我待会儿还有事情要解决——三十年后你终于找到他了,在这种情况之下,你们应该互相拥抱,并感谢上帝,我的天啊!"波多里诺这时候已经从骡子身上爬下来,并准备投向已经开始哭泣的加里欧多怀里,而那名看起来像是总管的人又再次插手,抓住波多里诺颈后的皮,"不过,如果这里有任何人要找你算账的话,那个人就是我。"

"和你?你是什么人?"波多里诺问道。"我是欧伯托·佛洛,但是你不认识我,你甚至可能什么事都不记得。我当时大概十岁,我父亲为了购买牛犊而上你家的门。我当时的穿着完全是一名骑士的儿子应该打扮的模样,我的父亲担心我弄脏衣服,不让我和他们一起进牛栏,所以我就绕着房子游荡,结果你就在房子后面,又丑又脏,像是刚刚从垃圾堆里面爬出来一样。你走到我面前,打量了一下,然后问我要不要玩一个游戏,我很白痴地答应,结果你撞了我一下,害我跌进猪圈的饲料槽内。我父亲看到我弄成这副模样,因为我弄脏了新衣服而用牛筋鞭打我一顿。"

"好像是有这么一回事,"波多里诺表示,"但那是三十年前的事了……"

"这下我们要说只有十三年,而我,从那个时候开始,每天都会想到这件事,因为我这辈子从来不曾像那次一样,遭到如此的羞辱。长大之后我告诉自己,如果有朝一日让我遇到加里欧多的儿子,我一定要把他杀了。"

"你现在就要杀我吗?"

"现在不想,或应该说,现在已经不想了,因为我们聚在这里,为了准备在大帝再踏进这块土地的时候起来对抗他,已经近乎完成这座城市的兴建工程。你只要想一想就知道,我还有没有时间用来杀你。三十年来……"

"十三年。"

"十三年来,我一直怀恨在心,而就在这一刻,你给我想想看,这股恨居然被我抛到了脑后。"

"因为,有的时候……"

"你现在别给我耍嘴皮。过去拥抱你的父亲,如果你为那一天事情向我道歉的话,我们就一起到附近,一个不远的地方去庆祝这座城市的竣工。如果是这样,我们就拿出窖藏极品陈酒,在酒桶上凿个洞,然后就像老一辈的人所说的,来吧,爽啦,爽啦。"

波多里诺来到一个宽敞的大酒窖。这座城市还没完全盖好,第一家酒馆就已经开张了。天井内虽然架起了美丽的棚架,但是那时候的人较喜欢待在室内。一个只有酒桶和长桌的洞穴里，摆满了漂亮的酒壶和驴肉香肠。波多里诺对吓坏的尼基塔斯解释道，这些香肠就像饱满的羊皮袋一样，用刀子切开，丢进油里面和大蒜一起煎过之后，就成了一道美食。这就是为什么在场的人都很爽朗，满身酒味而醉醺醺。欧伯托·佛洛向众人宣布了加里欧多·欧拉里欧之子归来的消息，一些人立刻过来用拳头敲打波多里诺的肩膀。他首先惊讶得睁大眼睛，接着因为接连不断的辨识，而一个接着一个，不停地向每个人致意。"我的天啊，你是斯卡卡巴洛吉，你是古帝卡——那你，你是谁？不要说，让我猜。你是史果贾费奇！那你是吉尼还是小猪？"

"不对，小猪是他，你们两个每次都互掷石块！我是从前的吉尼·吉诺，说实话，我现在还是。我们两个冬天的时候经常一起去滑冰。"

"我的耶稣基督，没错，你是吉尼。你不就是什么都卖得出去那家伙吗？就连你那些羊拉的屎，我记得一回你当做圣波多里诺的骨灰，卖给一名朝圣者。"

"结果，我现在确实成了一名商人，你想想看，这就是命运。还有那个人，猜猜看他是谁……"

"那不是梅罗吗？梅罗，我平常都怎么告诉你的？"

"你告诉我：快乐的傻子，你不会攻击任何人……结果，我不攻击任何人，却遭到别人的攻击。"他举起已经没有手掌的右手臂，"十年前，围攻米兰的时候。"

"对了，我刚好要说，据我所知，贾蒙迪欧、贝尔果吉利欧、马伦哥一向都和大帝站在一边，为什么过去和他同一阵线的你们，现在却盖出一座城来对抗他？"

于是，所有的人都试图解释，而波多里诺惟一弄清楚的一件事，就是在旧城堡和罗伯瑞托的圣马利亚教堂周围，由周遭城镇的人盖出了一座城市。说得清楚一点，就是贾蒙迪欧、贝尔果吉利欧、马伦哥人，而且动员了黎瓦塔—波米达、巴辛聂拿、皮瓦拉各地的家族，携手一起建造他们要住的房子。后来他们其中三个人，罗多佛·奈比亚、马伦哥的阿勒拉莫以及欧伯托·佛洛在市镇会议的时候前往洛迪为新城市申请入会，虽然当时这座城市还只是一种想法，并未真正选在塔纳罗河畔。不过他们整个夏天和秋天都咬紧牙根工作，而这座城市目前已将近完工，只待下一次大帝毛病又犯，再次南下意大利，就可以挡住他的去路。

但是怎么挡，波多里诺怀疑地问，他只要绕过去就行了……喔，不，他们回答，你并不清楚大帝这个人（是吗？），一座未经过他的同意而建造的城市，就像血液中需要洗涤的耻辱一样，他肯定会进行围城（他们说得没错，他们很清楚腓特烈的个性），所以必须建造坚固的城墙，以及专门为了战斗而建造的街道，也因此我们才需要热那亚人。没错，他们虽然生为水手，但是这些人越过了许多远方的国度，建造了许多新兴的城市，他们知道应该怎么做。

但是热那亚人并不是白做工的人，波多里诺说道。谁付他们钱？是他负担了一切支出，他们已经借给我们一千枚热那亚苏币，并答应明年再借一千枚。你们建造了一些专门用来战斗的街道，这样有什么意义？让埃曼纽·托提解释给你听，让他来告诉你什么是攻城术！

"什么攻城术？"

"安静一点，波伊迪，让托提说话。"

这位托提（和欧伯托一样，看起来就像一个军人，也就是说一名骑士，有着封臣的架子）表示："一座城市抵抗敌人的方式，应该要让敌人无法攀越城墙，但是如果不幸被他们攀越，这座城市必须还要有挡住他们、打断他们脊骨的对策。如果在城墙内是可以立即入侵的网状街道，你就无法挡住他们，一些人从这边，另一些人从那边，不用多久，守城的人就会像没命的老鼠一样。相反，如果敌人在城墙下，遭遇到一处会拖延他们一段时间的广场，对面的拐角和窗户投射出来的箭矢、石块能够进行攻击，他们在穿越这一块空地之前，人马会损失大半。"

（确实如此，尼基塔斯听到这一段故事之后，悲伤地插嘴，我们在君士坦丁堡就是应该这么做，但是我们却让这些网状的街道在墙角下衍生……没错，波多里诺想要如是回答他，你们还需要我们村子里那些人的勇气，而不是你们那些吓得拉屎的皇家卫队——但是他为了不伤害对方而闭上嘴，并告诉他：嘘！不要打断托提的话，让我继续说下去。）

托提继续说："接着，如果敌人通过了开放的广场，进到街道里，就算你的灵感是来自那些把城市设计成方格的古罗马人，这些街道也不应该用墨线或铅锤规划，因为面对一条笔直的街道，敌人会知道前面有什么东西等着他们，所以街道必须充满拐角，或是弯道。守城的人埋伏在拐角，包括地上或屋顶上，而且他们知道敌人如何组织，因为隔壁的屋顶上——和第一间房子成拐角——另一个守城的同伴可以看到他们，然后为看不到的人提供信号。敌人永远都不会知道他们应该朝什么地方前进，这一点会减缓他们的速度。所以，一个优秀的城市，房子应该像老女人的牙齿一样凌乱，看起来虽然丑陋，却构成了一种优势。最后，还需要伪装的地道！"

"这一点你还没告诉我们。"波伊迪插嘴道。

"当然，因为一名热那亚人刚刚才告诉我这件事。他学自一名希腊人，而这个主意，源自查士丁尼大帝的将军贝利萨留。攻城的人最想做什么事？挖掘一条让他们能够直达城中心的地道。他们有什么梦想？找到一条已经挖好，而城里的人并不知情的地道。所以，就由我们来替他们准备一条从城墙外通到城墙内的地道。在城墙外，我们将入口藏在一处岩石和灌木丛之间，但是没有到让敌人找不着的地步。地道的另一头，也就是位于城内的出口，必须是一个狭窄、一次只能让一两个人通过的羊肠小径，并以栅栏封阻——第一个发现的人可以表示抵达栅栏之后看到的一处广场和……教堂的一角，也就是说这一条地道通往城中心。不过，栅栏外必须安排值班的警卫，当敌人抵达的时候，他们必须一个一个钻出去，所以每出来一个人，外面的地上就多躺下一个人……"

"敌人全都蠢到像屁眼，不会发现前面的人像无花果一样栽跟头。"波伊迪开玩笑地说道。

"谁告诉你敌人并没有蠢到像屁眼？安静一点，这件事必须好好地研究一番，不过并不是一个需要遭到淘汰的主意。"

波多里诺把吉尼拉到一边。身为商人的他，应该有一些脚踏实地的正常行为，而不是像那些骑士、封臣，为了得到骁勇善战的名声，甚至可以找出一些已经不存在的动机。"听我说，吉尼，把那壶酒再拿过来，然后，你说给我听听看。在这个地方盖一座城市，主意听起来不错，红胡子为了不失面子，不得不进行围城，让联盟的人有充分的时间，等他筋疲力尽之后，再从后面进行攻击。但是，为这件事情付出代价的是这座城市的居民。你要我支持我们的人离开他们居住的地方，不管环境好不好，然后来到这个地方送死和讨好帕维亚人？你要我相信，通常连花上半毛钱、从萨拉森海盗手上把自己的母亲买回来都不肯的热那亚人，会愿意花钱花力来盖一座对米兰有利的城市？"

"波多里诺，"吉尼说，"这件事情并不是那么单纯。看看我们身处的位置。"他在酒中沾湿一根手指，然后开始在桌面上画出一些图案。"这里是热那亚，对不对？这边是泰尔东纳，接着是帕维亚，然后是米兰。这些都是有钱的城市，而热那亚是一个港口，所以他们必须拥有和伦巴第一带的城市通商的畅通管道，对不对？这些管道经过了雷美河谷、欧巴河谷、博尔米达河谷，还有斯克里维亚河谷。所以我们现在提到了这四条河流，对不对？每一条都和塔纳罗河岸一带多少有些关联。如果能够在塔纳罗河上加盖一座桥，你就会有一条和蒙费拉托侯爵的土地通商，还有天晓得通往什么地方的畅通管道。你明白吧？所以，只要热那亚和帕维亚之间达成协议，他们会很高兴这些地方成了三不管地带，或最多建立一些联盟，例如说和贾维，或和马伦哥，然后一切就会像装了轮子一样顺利前进……但是这个大帝出现在此地之后，一边是帕维亚，一边是蒙费拉托，他们全都和大帝站在一边，所以热那亚不管往左还是往右都会受到阻碍。如果他们也靠到腓特烈那一边，他们就必须向米兰的商机道别，所以，只好和泰尔东纳及诺维协商，让他们得以一方面控制斯克里维亚河谷，一方面控制博尔米达河谷。但是，你知道发生什么事吗？大帝夷平了泰尔东纳，而帕维亚人控制了泰尔东纳到亚平宁一带的山区，我们的市镇于是靠到了帝国那一边，真是见鬼，我倒想看看，渺小如我们，也可以玩起帝国的游戏。热那亚人应该用什么东西来说服我们转换阵营？某种我们从来不敢梦想的东西，也就是说一座城市。拥有自己的执政官、自己的士兵、一名主教，还拥有自己的城墙，并设置人货的关卡。你想想看，波多里诺，只要控制塔纳罗河上的一座桥，你就可以用铲子大把大把地铲钱了。你只需要坐在那边，向他收取一枚钱币，向他征收两只鸡，再向另外一个人课征一整头牛，而他们只能乖乖付账。一座城市就像一块乐土一样，看看过去泰尔东纳那些人，和我们帕雷亚比较起来，他们多么富有。而这座城市除了合我们的意之外，也合联盟的意，更合热那亚人的意。正如我对你所说，虽然这座城市并不强盛，但光是存在这个地方的事实，就已经足以颠覆所有人的计划，并保证无论是帕维亚人、大帝，或是蒙费拉托侯爵，都无法在这个地方呼风唤雨……"

"没错，但是接着红胡子一来，他放个屁就可以把你们拆散，也就是说，他会把你们像蟾蜍一样地踩扁。"

"冷静一点，谁说会发生这种事？问题是，他抵达之后，这座城市已经在这个地方。你很清楚接下来会发生的事情，围城是一件又花钱又花时间的工作，而我们会假装乖乖投降，他会很高兴（因为对这些人来说，面子比什么都重要），接着前往其他的地方。"

"但是联盟的人和热那亚人花钱出力盖了这座城市，而你们用这种方式操他们的屁股？"

"这一点就要看红胡子什么时候出现了。你知道，这种联盟只要三个月的时间就会出现变动，然后就好像什么事都没发生一样。我们就待在这个地方观望，到时候，很可能联盟已经和大帝站在一边。"（"尼基塔斯大爷，"波多里诺表示，"我真是目瞪口呆，因为六年之后的围城行动当中，站在腓特烈旁边的人，就包括了热那亚的投石兵，你懂吧，那些帮忙兴建这座城市的热那亚人！"）

"否则的话，"吉尼继续说下去，"我们会支持围城。喔，他妈的洋葱，世间的事我们完全束手无策。说下去之前，你跟我去看看……"

他抓住波多里诺的手，带他走出酒馆。他们来到了一处小广场，从广场上可以看得出至少会分岔出三条路，但是目前只有两处由一层楼高的茅顶矮房所构成的拐角已经完成。小广场被周遭房子的窗口投射出来的光线，以及仅剩的最后几名小贩拨动的火盆照亮。一名小贩叫道："女人啊，女人啊，圣诞夜就要开始，你们不希望你们的丈夫觉得餐桌上没什么好东西吧。"接近即将形成第三个拐角的地方，一名磨刀工人正霍霍磨着他的刀具，一只手则朝着石磨浇水。再过去一点的地方，一个女人正在一个货摊上叫卖鹰嘴豆制成的面粉、干燥的无花果，以及佳乐豆；一名身穿羊皮的牧羊人提着一个篮子叫道："喂，女人啊，品质优良的乳酪。"在两栋房子之间的一块空地上面，两个男人正在为一头猪讨价还价。街尾，两个女孩无精打采地倚在一扇门上,牙齿冻得格格作响,而围巾底下则袒胸露乳。其中一名对波多里诺表示:"你这小鬼长得还真是俊俏,何不来和我一起度过圣诞节,让我教你如何当一头八足野兽。"

他们转过街角,一名羊毛工人正在放声吆喝:如果想要睡得温暖,不希望像童年的耶稣一样受冻,这是买垫子和睡袋的最后机会;再过去一点则是一名叫卖清水的贩子;顺着划分仍不太明显的街道走下去,我们已经可以看到一些由一名木工继续刨整的门廊,一名铁匠则在纷飞的火星当中,用力敲打他的铁砧;另一边,一个人正从燃烧如地狱入口的火炉当中取出烤好的面包;一些从远方来到这块新边界做生意的商人,或一些习惯住在森林里的人,煤炭商,采蜜人,香皂丝的制造商,拾捡树皮来制造绳索或制革的人,贩卖兔皮的商人,一些在新生地聚集、认为多少可以得到好处的凶恶面孔、手臂残废的人,失明的人,淋巴结核病人,对这些人来说,节庆期间的市镇街道总是比荒芜的原野丰硕。

雪花开始缓缓飘落,越积越厚重,覆盖在新落成而没人知道能不能承受重量的屋顶上面。波多里诺这时候突然想起他在米兰被征服之后编出来的故事,因为三名骑在驴子上,身后跟着搬运宝贵花瓶、呢绒的仆人,正从墙上一处圆拱形开口进到城里的商人,看起来就像三名东方贤士一样。在他们后面,他似乎在塔纳罗河的对岸,看到了映照着银色月光的坡地上往下走的人群,他们的牧羊人吹奏着风笛,还有来自东方、头戴着彩色头巾的摩尔人和他们的骆驼旅队。坡地上面,稀疏的火光如蝴蝶一般地飘扬,并在逐渐厚重的雪花中熄灭,这时候波多里诺似乎看到了一颗带着尾巴的星星,划过穹苍,朝向初生婴儿般啼哭的城里掉落。

"你知道一座城市是什么样子吧?"吉尼告诉他,"如果还未兴建完成就已经是这副光景,我们可以想象将来是什么模样:另一种完全不同的生活方式。你每天都会看到新的面孔——想想看，对一个商人来说，就好像拥有了天界的耶路撒冷。对于那些大帝因为不愿意封地遭到分割，而禁止他们贩卖土地的骑士来说，与其饿倒在乡下，现在反而指挥着弓箭手的部队，骑在马上列队出游，四处下令。如果一切都顺利的话，不只是对这些大爷和商人，就像你父亲这样的人也一样可以得到好处。他虽然没有大片的土地，却养了一些牲畜，而在城里面，那些上门来的人会有需求，所以他们会付现购买。这个地方已经开始使用现款交易，而不是用其他的商品来交换，我不知道你是不是了解这样的事情代表什么意义，如果你拿两只母鸡去换来三只兔子，你早晚必须把它们吃掉，要不然它们会越来越老，但是如果是两枚钱币的话，你可以把它们藏在你睡觉的地方，埋起来，十年之后还是一样有用。如果一切都顺利的话，就算敌人闯进你家，钱币还是一样埋在原地。还有，就像米兰、洛迪、帕维亚一样，同样的事情也发生在这个地方：吉尼和欧拉里欧家的人不会再沉默无言，让贾斯可或托提家的人单独指挥一切。我们全部都成了做决定的人。在这个地方，你就算不是出身贵族，你也可以成为重要的人物，这就是城邦最棒的一面，特别是对那些并非出身贵族，但是在必要的时候，随时等着去送死的人（如果没遇到这种情形最好），这样的话，他们的子嗣可以四处大声张扬：我出身自吉尼家族，而虽然你叫托提，到头来却还是一坨屎。"

尼基塔斯理所当然地向波多里诺询问这座城市的名称，但是，这座城市还未命名（说故事高手波多里诺，到这里都还没透露）。一般人通称为"新城市"，但只是一种通称，并非真正的名称。名称的选择遇到的是另一个问题，而且不是一个小问题，事实上是一个合法性的问题。一座新的城市，在没有历史，没有贵族渊源的情况下，如何获得存在的权利？最理想的情况就是受封，就像皇帝可以让一个人当上骑士或贵族一样。不过，问题是这一座城市是在违背大帝的意志下兴建出来。所以呢？波多里诺和吉尼回到酒馆的时候，所有的人刚好正在讨论这个问题。

"如果这座城市是在王法之外诞生，我们只能通过其他的律法来寻找合法性，也就是具有权威性而古老的律法。"

"我们要去哪里找这种律法？"

"在《君士坦丁大帝敕令》里，君士坦丁大帝在献给教会的过程当中，获得了治理领地的权利。我们把这座城市献给教皇，由于现在有两个教皇，我们就献给亲联盟的教皇，也就是亚历山大三世。就像我们几个月前对洛迪人所说的一样，这座城市就叫做亚历山德里亚，而且是教皇的领地。"

"不过这期间，你在洛迪人面前还是闭上嘴，因为我们什么都还没决定。"波伊迪表示，"但问题并不在这里，这个名称确实响亮，再怎么样，也不会比其他的城市难听。不过，让我觉得肚子不舒服的是被这样操屁股，我们弄了一座城市，却拿去献给已经拥有许多城市的教皇。接着我们还要缴赋税给他，而问题还是回到原点，如果要从家里拿出钱来缴税，缴给大帝也没有什么不一样。"

"波伊迪，你一点儿都没变。"古帝卡说，"首先，大帝并不要这座城市，就算送给他也一样，如果他打算接受的话，那么当初根本就不需要兴建这座城市。第二，好处之一是不需要缴税给大帝，因为他会像对付米兰一样，从脊椎将你撕成片段，好处之二是不需要缴税给千里之外的教皇，他已经有那么多烦恼，你能想象他为了收两块钱而调派一支大军吗？"

"第三，"波多里诺这时候插嘴道，"如果你们允许我提供一些我自己的看法的话。我在巴黎读过书，对于撰写书信和证书有些经验，而我知道呈献的方式有许多种。例如说，你们可以制定一份文献，表示亚历山德里亚是为了亚历山大教皇的荣耀，以及为了献给圣彼得而建。然后，你们在一块未受封的自由地上，用全城居民捐献的金钱，动工建造一座圣彼得大教堂。完工之后，用你们的公证人所能找到最适合、最拘谨的形式，把教堂呈献给教皇，并添加一些从属关系、挚爱等等废话，然后把这一份羊皮纸送去给教皇，你们会得到他所有的祝福。有谁会去注意到这一份羊皮纸上面，记载的是你们只将教堂呈献给他，而不是整座城市。我倒想瞧瞧，教皇有没有本事来这里把教堂搬回罗马去。"

"我觉得太漂亮了！"欧伯托表示，"而且所有的人都开心。我们就照波多里诺所说的方法进行，我觉得非常聪明。既然他是一名来自巴黎的大学者，我也希望他能够留下来为我们提供其他的好建议。"

这下子，波多里诺只好面对这个美好的一天当中最令他觉得尴尬的部分，也就是在没有人训斥他的情况下——因为他们不久之前也站在大帝这一边——揭露自己是腓特烈的大臣公署人员，以及和他情同父子般的关系，并开始叙述这不可思议的十三年，加里欧多则在一旁嘀嘀咕咕："别人告诉我的话，我绝对不会相信。"以及："你们瞧瞧，我以为自己生出一个一无是处的东西，而他现在却真的成了有头有脸的人物！"

"所有的坏事并不见得都会造成伤害，"波伊迪接着表示，"亚历山德里亚还没完成，而我们就已经有自己的人在皇室的宫廷内。亲爱的波多里诺，既然你们之间如此亲近，你就不应该背叛你的皇帝。你站在他的身边，如果必要的话，你可以把我们全都算进去。这是你出生的土地，如果你要挺身保护的话，没有任何人能够责怪你。在忠诚的前提之下，一切都不言而喻。"

"不过，今天晚上，你最好到法斯凯特去，住在你母亲家里，"欧伯托不好意思地说，"然后明天就离开这里，不要去管这些街道通向何处，或墙里面填塞了什么东西。我们确信，如果某天你知道这座城市面对可怕的危险，你会因为对生父的爱而想办法通知我们。但是如果你是这样的有心人，谁知道有一天，你会不会因为同样的理由，把我们会对他造成严重伤害的潜在计谋通知你的养父。所以，你知道得越少越好。"

"没错，我的儿子，"加里欧多接着说，"带给我这么多麻烦之后，至少做这么一件好事。我必须留在这个地方，因为你看得出来，我们正在讨论严肃的事情，但是至少今天晚上别丢下你母亲一个人。如果她看到你，她会高兴到昏头，所以不会注意到我没有回家。走吧，听好：我甚至祝福你，嗯……谁知道我们下回见面是什么时候。"

"好吧，"波多里诺表示，"一天之内，我同时找到和失去一座城市。天啊，悲惨的世界，你们能够想象，如果我想再见到我父亲的话，就必须前来围城吗？"

这就是事情发生的经过，波多里诺对尼基塔斯解释，没有其他的解决方式，战乱时期就是这么一回事。

"接下来呢？"尼基塔斯问。

"我开始寻找我们家的房子。地上的积雪已经堆了半条腿高，天上掉落的变成了令人眼花、冻得你脸孔毫无知觉的旋动雪泥。新城市的灯火已经看不到了，在一片雪白的大地和雪白的天空之间，我已经不知何去何从。我以为自己会记得从前的路径，但是在这种情况下哪来的路，土地和沼泽都已经分不出来了。为了盖房子，他们理所当然地伐掉了整批树丛，我甚至已经找不到过去了如指掌的树林轮廓。我迷路了，就像腓特烈遇到我的那一个晚上，只不过此刻是因为大雪，而不是浓雾，如果是浓雾的话，我还能够脱得了身。真是糟糕，波多里诺，我告诉自己，你在自己的家园里迷了路。我妈妈说得一点儿都没错：懂得读书写字的人，比其他人来得白痴；我现在怎么办，停下来吃掉自己的骡子，然后明天早上，就像一月份最后三天被挂在屋外的兔皮一样被他们挖出来？"

如果波多里诺此刻在他面前提起这件事，就表示他后来脱了险，不过那是因为一个几乎可以称为奇迹的偶然。因为，当他开始毫无目的地向前走动时，他又再次在天上看到了一颗苍白的星星，非常苍白，不过肉眼还是看得见。他跟随着那颗星星，直到他发现自己来到了一个小山谷里。由于他在谷底，所以他看到的光线来自山谷上方。他爬上斜坡之后，眼前的光线越来越明亮，然后他发现光线来自一处人们在家里空间不够时，用来豢养牲畜的拱廊。门厅下，一头母牛和一头驴子正在吓人地大声哞叫，一个女人双手伸进一头母羊的足间，那头母羊正在奋力推出一头咩咩叫的绵羊崽。

他在门槛上停了下来，等候整头绵羊崽都出来之后，一脚将驴子推到一旁，然后匆忙地一头栽进女人的怀抱里，叫道："母亲，我亲爱的母亲。"女人顿时之间不知道到底发生什么事，她抓起他的脑袋，拉近火光，然后开始放声哭泣。啜泣声之间，她一边抚弄他的头发，一边嘀咕："喔，老天啊，老天，一个晚上来了两头畜生，一个新生，一个从地狱里爬出来，就好像一起过圣诞节和复活节一样，我可怜的心脏快承受不住了；扶住我，我快要昏倒了；等一等，波多里诺，我刚刚烧好水，准备为这头可怜的小东西洗澡，你没看你的衣服也被我沾得都是血吗？你去哪里弄了这一套衣服，看起来像是大爷穿的，不会是偷来的吧？你这个可耻的家伙。"

波多里诺觉得自己就像听到了天使的歌声。

一四

波多里诺用父亲的牛救了亚历山德里亚

"所以,为了再见到你父亲,你只好进行围城。"尼基塔斯在近黄昏的时候如是说道,一边邀请他的东家品尝酵母面粉制成,并在和面的过程当中,装饰了花、草和其他添加物的糕点。

"并非完全如此,因为围城是六年之后的事了。目击这座城市的诞生之后,我回到腓特烈身边,把我见到的所有事情都告诉他。我还没说完,他就已经暴跳如雷,满脸通红。他吼叫着表示,只有在皇帝同意的情况下,才能够让一座城市诞生,如果没有他的同意,就得在完工之前以当局之名夷为平地,要不然,任何人做任何事都可以不需要经过皇帝同意了。后来他冷静下来。不过我很清楚他这个人,他不会原谅别人。再加上这六年来,他一直还有其他的事情需要操心。他交代给我几件不同的任务,要我去探一探亚历山德里亚人的企图,所以我又回去了两次,去看看我的同乡是不是愿意做出一些妥协。事实上,他们确实愿意做出很大的妥协,只是腓特烈只有一个意愿,就是看到这座城市消失在它诞生的地方。你想想看那些亚历山德里亚人的反应,我连对你重复一遍他们要我告诉他的话都不敢……而我发现这几趟旅行,根本是我让自己不用待在宫廷里的借口,因为见到皇后,同时又必须尊重我自己许下的愿,是一个让我持续感到痛苦的原因……"

"你尊重了你自己许下的愿。"尼基塔斯几乎断言道。

"我一直都尊重我自己许下的愿。尼基塔斯大爷,我或许在羊皮纸上面伪造文件,但是我知道什么是荣誉。她也帮了我一把,母性已经让她有所转变。至少她表现出如是模样,我也从此不再了解她对我有什么感觉。我很痛苦,不过我非常感谢她以那样的方式来帮助我维持举止和尊严。"

波多里诺那时候已经超过三十岁了,他试着把祭司王约翰那封信当做是年少轻狂的怪念头,一次书信体修辞学的练习,一个玩笑,一个笑柄。在这期间他又见到了"诗人"。莱纳德死后,他失去了靠山。大家都知道,在宫廷内,这种情况下必须面对什么事:你变得一文不值,人们开始表示,你的诗词实际上并没有那么杰出。饱受羞辱和怨恨的折磨之后,他在帕维亚度过了行尸走肉的几年,并重新开始惟——件他知道怎么做的事,也就是喝酒,并复诵波多里诺所写的诗词(特别是一首就像预言一样的诗,内容提到了quis Papie demorans castus habeatur——以帕维亚为家,谁能够贞操无瑕?)。波多里诺把他带回宫廷里,有他在身边,"诗人"看起来就像腓特烈的手下一般。再加上他的父亲已经在这期间去世,他接收了遗产,所以就连莱纳德生前的敌人也不再视他为寄生虫,而像军人一样看待他,也不再认为他比其他人更爱喝酒。

他们在一起的时候,又想起了撰写那封信那一段时间,并互相称赞那一次漂亮的尝试。承认一个游戏是一个游戏,并不表示从此就不玩了。波多里诺十分怀念这一个他从未见过的王国。有的时候,他会大声朗诵那一封信,并继续修改内容的风格。

"我无法忘记那封信的证据,就是我成功地说服了腓特烈,让我那些巴黎的朋友一起来到宫廷里。我告诉他,一个皇帝的大臣公署最好有人认识其他的国家,以及他们的语言、习俗。事实上,由于腓特烈在不同的任务上面,渐渐把我当成了一个心腹密使,所以我也想组织一个自己的小型大臣公署,包括了'诗人'、阿布杜、波罗内、奇欧和所罗门拉比。"

"你不会告诉我,大帝接受了一个犹太人在他的宫廷里吧?"

"有何不可?我们并没有强迫他出现在重大的仪式当中,或和他一起去参加大主教的弥撒。如果全欧洲的王侯,一直到教皇,都用得上犹太医生,为什么我们不能在身边留下一个对西班牙摩尔人的生活,以及东方国度的许多事情都了如指掌的犹太人?而且,日耳曼的王侯和其他基督教国家的国王比较起来,一向都对犹太人非常宽大。正如奥托告诉我,从异教徒手中夺回爱德萨,而许多基督教王侯都跟随伯纳·克莱尔奥的预言,重新加入十字军东征的时候(也是腓特烈参加的那一次),一个名叫鲁道夫的修士,鼓动十字军屠杀每一座途经城内的犹太人。许多犹太人这时候都寻求大帝的保护,而腓特烈则让他们在纽伦堡这座城市落脚。"

总而言之,波多里诺又重新和他的同伴聚在一起。不过,这些人在宫廷内并没有很多事情可以做。所罗门在腓特烈经过的每一座城市,都会和他的教友联络,而且他在任何一个地方都找得到("野种横生,""诗人"起哄时如是表示);阿布杜发现他那些普罗旺斯语的歌谣,在意大利比在巴黎更容易被理解;波罗内和奇欧则因为辩论而争得筋疲力尽,波罗内企图说服奇欧,真空并不存在是决定圣杯独一性的决定因素,奇欧一直相信圣杯是一块从天上掉下来的石头,因为这样,它甚至可能穿越真空而来自另外一个世界。

除了这些毛病之外,他们在一起的时候经常谈起祭司那一封信,朋友们也多次询问波多里诺,为什么不怂恿腓特烈,进行这一趟他们花了许多功夫准备的旅行。某一天,波多里诺试图向他们解释腓特烈这些年来在伦巴第以及日耳曼需要解决的问题时,"诗人"表示,或许他们可以试着自己去寻找这个王国,不用等待大帝拨出时间:"大帝可以因为这一次的行动而双重获利。假设他到了祭司王约翰的国土,却未和当地的君主达成共识。这种情况下他相当于败归,而我们只是对他造成伤害。相反,如果是由我们自己进行这一趟旅行,无论如何,一块如此富庶、如此神圣的土地,肯定会让我们带回一些不可思议的收获。"

"没错,确实如此,"阿布杜表示,"我们已经拖延够久了,我们动身吧,出发到遥远的国度……"

"尼基塔斯大爷,看到他们全都被'诗人'的提议说服,我感觉相当沮丧,而我也很清楚为了什么。波罗内和奇欧希望找到祭司的国土,是希望他们自己能够因为天晓得什么荣耀而占有圣杯,以及北方世界每个人仍苦苦追寻的权力;犹太教拉比所罗门希望找到失落的十个部落,让他不只成为西班牙犹太拉比当中最重要的一位,也会成为所有以色列子弟当中最重要的人物。阿布杜就不需要多说什么了:他已经把祭司王约翰的王国视为他那位公主的王国,除了——年纪和智慧渐增后——距离已经越来越不能满足他,他此刻的希望是能够用自己的双手触摸那位公主——但愿爱神原谅他。至于'诗人',他在帕维亚那段时间,心里面不知道酝酿了什么念头。现在身边有了一小笔财富的他,只想为自己寻找祭司王约翰的王国,而不是为了大帝。这一点也解释了为什么我这么多年来,失望得不愿意向腓特烈提起祭司王约翰的王国。如果这就是利害关系,最好还是让那个王国待在原地,避开那些不明白其神秘崇高的贪欲。这件事于是变成一个属于我自己,而不愿意其他人进入的梦境。有朝一日,我如是告诉自己,我会忘记这一切,因为我的脚步会带着我走向祭司王约翰的国土……但是,现在让我们先回到伦巴第吧。"

亚历山德里亚诞生的时候,腓特烈曾经表示,就剩下一个帕维亚还没站到敌人那一边了。两年之后,帕维亚也加入了反帝国联盟的阵营。这件事对大帝来说极度不光彩。他并没有立刻采取行动,但是接下来的几年,意大利的情况变得非常混乱,腓特烈于是决定再次南下,这一回他显然是针对亚历山德里亚而来。

"对不起。"尼基塔斯问道,"这是他第三次南下意大利?"
"不对,是第四次。或者应该是,让我回想一下……应该是第五次,我想。有的时候,他甚至一待就是四年,例如克雷马的时代和摧毁米兰城的时候。这些时间之外,他是否也曾经南下?我不知道,他花在意大利的时间,比自己的家乡还多,但是何处才是他的家?习惯看到旅途上的他,我发现他在流水旁边感到最为自在:他是一名游泳健将,他并不惧怕严寒、深水、漩流。他跳进流水当中游泳,就好像回到了自己的生活环境当中一样。无论如何,我现在说的这一次,他是在充满盛怒的情况南下,并准备进行一场苦战。和他一起的还包括了蒙费拉托侯爵、阿尔巴、亚奇、帕维亚、科莫……"
"但是你才刚刚告诉我,帕维亚已经站到联盟那一边去了……"
"真的吗?啊,对了,但是这段时间内,他们又重新回到大帝这一边。"
"喔,天啊,我们的皇帝虽然互挖眼睛,但是只要其中有一个看得见,我们就会知道应该和谁站在一边……"
"你们缺乏想象力。总之,这一年的九月份,腓特烈穿过了位于苏萨的塞尼峰南下。他记得七年前遭遇的羞辱,所以四处放火溅血。阿斯蒂很快就投降了,为他打通了畅行的路径,于是他沿着博尔米达河岸驻扎在法斯凯特，但是其他的人马则分布在四周，一直到塔纳罗河对岸。是该和亚历山德里亚算账的时候了。我收到了加入这次征战的'诗人'所寄来的信，据说腓特烈四处点火投焰，以神圣正义的化身自视。"

"你为什么没有和他同行？"

"因为他真的非常厉害。他明白参与对我家乡的惨痛惩罚，对我来说将会构成何等的焦虑，所以他用各种不同的借口，让我远远地保持距离，直到罗伯瑞托成为一团灰烬为止。你了解吧，他并不使用新城市或亚历山德里亚这些名称，因为没有他的允许，一座新的城市不能存在，他仍然使用罗伯瑞托这个老城镇的名称，就好像这座城镇只是稍事扩张罢了。"

时值十一月初，而这片平原在十一月下着倾盆大雨。大雨下个不停，就连用来播种的农田也变成了沼泽地。蒙费拉托侯爵向腓特烈保证那些城墙都是由泥土搭盖而成，墙后的人也是溃不成军，只要听见大帝的名号，就足以让他们在裤子里排便。但是情况却完全相反，这些溃不成军的人防御得相当成功，城墙也坚固得让帝国军队的攻城塔撞断锥角。士兵和马匹滑倒在泥泞当中，而守城的人突然让博尔米达河改道，让最好的德国骑兵部队脖子以下全都陷入泥水当中。

最后，亚历山德里亚推出了一具我们在克雷马曾经见过的军械：一种挂在城墙上面的木制鹰架，向外拉出一道相当长而略微倾斜的踏板，让守兵可以在城墙外凌空对付敌人。他们在圆桶内装满了浸染燃油、猪膘、猪油以及液态树脂的木材，点火之后，将圆桶推向踏板。圆桶快速地滚动，然后朝着帝国军队的战车掉落，或掉落在地面上，在火势蔓延到另一具战车之前，散布成许许多多燃着熊熊烈焰的火球。

这种时候，围城者最重要的工作就是用水桶运水来灭火。当时一点儿都不缺水，河里的水、沼泽里的水、天上掉下来的水，但是如果拿刀的人都去运水，由谁来杀敌人？

如果大帝决定利用冬天来整顿他的军队，是因为冬天对滑溜的城墙进行攻击会遭遇许多困难，也容易陷入积雪当中。不幸的是这一年的天气到了二月还是非常恶劣，军队丧失斗志，大帝更是有过之而无不及。腓特烈虽然曾经征服泰尔东纳、克雷马，甚至米兰这些古老而身经百战的城邦，却奇迹似的拿不下勉强称得上一座城市的一堆破房子。天晓得住在里面的人来自何方，以及为什么他们对这些堡垒有如此强烈的感情——在他们进驻之前，这个地方甚至不属于他们。

不愿亲眼见到自己的人遭到歼灭而保持距离的波多里诺，这下子却因为担心他们伤害大帝而决定前往现场。

于是，他来到了这座他见证了萌芽阶段的城市坐落的平原。银白的大地上竖满了十字军旗，就好像当地居民为了给新生的自己带来勇气，而展示出一名古老贵族的领地标志一样。城墙前面架着一片如林的投石器、战车、投石机、投射塔，而在这些机具之间，三部前面由马匹拖拉，后面由人员推动的攻城塔冲向城墙；塔上挤满着挥舞着刀剑、大声鼓噪的士兵，就好像表示："现在轮到我们了！"

他瞥见了跟在攻城塔后面的"诗人"，骄傲得就像一切都由他控制，所以不会出任何问题一样。

"塔上那些发狂的是什么人？"波多里诺问道。

"热那亚的弓弩手。""诗人"回答，"围城行动中最像样，也最可怕的攻击部队。"

"热那亚人？"波多里诺觉得惊讶，"但是，他们出力帮忙盖了这座城！""诗人"开始大笑，表示他抵达此地才不过四五个月，已经不止一次见到这些城邦置换军旗。十月份的时候,泰尔东纳仍然和这一带的人站一边,接着他们看到亚历山德里亚抵抗大帝相当成功,担心他们过于强大,所以其中一部分人开始施加压力,希望站到腓特烈这一边。克雷莫纳在米兰降服那段时间,一直和大帝站在一起,最近这几年加入了联盟,但是不知道为了什么神秘的原因,他们又开始和大帝打起了交道。

"围城的工作进行得如何了?"

"进行得相当不顺利。若不是城墙那一边的人防御得好,就是我们不懂得如何进行攻击。依照我的看法,腓特烈这一回带来的是一群疲惫的佣兵,一群遇到头遭困难就拔营遁逃的叛徒,这一年的冬天光是因为酷寒就逃走了许多人,而且都来自佛兰德,而不是来自遥远的 hic sunt leones①。然后,营区里面的人也一个个病倒,有成千个病人。不过墙内的人我并不觉得他们运气会比我们好,因为他们应该已经耗尽粮食了。"

波多里诺最后终于来到大帝面前。"父亲,我前来此地,是因为我熟悉这个地方,或许可以提供一些帮助。"

"没错,"红胡子回答,"但是你也认识这些人,而你并不想伤害他们。"

"你知道我是什么样的人,你可以不相信我的心,但是你知道你可以相信我的话。我不会伤害我的同乡,但是我也不会对你说谎。"

"完全相反,你会对我说谎,但是你也不会伤害我。你会对我说谎,而我会假装相信你,因为你的谎言总是善意的。"

他是一个粗犷的人,波多里诺对尼基塔斯解释,但是他的心绪却能够达到高度的细腻。"你了解我当时的感受吧?我不愿意他摧

---

① 拉丁文,狮子漫游地。指非洲。

毁这座城市，但是我也爱他，希望荣耀他。"

"你只需要说服他，"尼基塔斯表示，"他的荣耀会因为放过这座城市而更加辉煌。"

"愿上帝祝福你，尼基塔斯大爷，就好像你看穿了我当时的心思一样。我带着这个念头，来回于军营和城墙之间。我和腓特烈将事情摊开，我肯定必须和这些本地人进行某些接触，就像某种使节一样，但并不是所有的人都能够明白，我为什么可以不遭怀疑地来往于两个阵营之间。宫廷内有些人嫉妒我和大帝之间的亲密关系，例如施派尔的主教，和一名所有的人都称他为女主教的迪特波勒伯爵，或许是因为他一头金发和粉嫩的脸色，让他看起来就像一名少女一般。他和主教可能并没有任何关系，他甚至经常提起被他留在北方的一位蒂方拉。谁知道……他长得非常俊美，但是碰巧他也很笨。就是他们派探子跟踪我，一直跟踪到军营里，然后再去告诉大帝有人在前一天晚上看到我骑马前往城墙，并和城内的居民说了话。所幸大帝立刻就叫他们滚蛋，因为他知道我是利用白天的时间前往城墙，而不是晚上。"

总之，波多里诺前往城墙下面，甚至进到了城内。第一次的时候并不是那么简单，因为他跑向城墙的时候，听见了石块嘶嘶作响的声音——表示他们开始节省箭矢，而改用大卫的时代就已经存在、实用又经济的投石器。他不得不用粗俗的法斯凯特语大叫，并夸张地使用没有任何武器的双手比划手势。感谢上苍，他被托提认了出来。

"喔，波多里诺，"托提对他高声大叫，"你前来加入我们吗？"

"别装驴子了，托提，你早知道我站在另外一边。不过，我此行确实不是不怀好意。让我进去，我要和我的父亲打招呼。我对着圣母马利亚发誓，我一定不会透露我看到的一切。"

"我相信你。开门，喂，你们这些人听到没有，你们是不是智力衰退?他是一个朋友,或应该说算得上一个朋友。我的意思是:一个站在他们那一边的我们这边的人,也就是说,一个我们这边的站在他们那一边的人。总之,你们给我打开这扇门,要不然我就一脚踢在你们的牙龈上面!"

"好,好,"一名惶恐的士兵说,"我们已经搞不清楚谁是这边的人,谁是那边的人。昨天才从这里走出去一个,穿得像帕维亚人……"

"住嘴,畜生!"托提大叫。"哈,哈,"波多里诺一边走进来一边大笑,"你们派了间谍到我们的营地……别担心,我已经告诉你,我什么都看不到,也听不见……"

于是,在城墙内一处小广场的一口小井前面,波多里诺又再次拥抱了加里欧多——还是一样精力充沛而干瘦,而且几乎因为禁食而精神亢奋。波多里诺也在教堂前面再次见到了吉尼和斯卡卡巴洛吉;波多里诺在酒馆里询问史果贾费奇的去向,而其他的人一起哭了起来,然后告诉他,那男孩在最后一次攻击行动当中,因为被热那亚人的砖块击中喉咙而丧命。从来都不喜欢战争,而此刻更加倍厌恶的波多里诺也掉下了眼泪,并为自己的老父亲感到担心。波多里诺来到了漂亮宽敞,在三月的阳光下一片明亮的大广场,看到小孩子也为了加强防御工作,背上了运送石块的箩筐以及哨兵饮用的水壶,他很高兴看到每一个市民不屈不挠的精神。波多里诺很好奇这些就像前来参加婚礼,而将亚历山德里亚填得满满的人口来自何方。他的朋友们告诉他这就是不幸的地方,由于害怕皇家的军队,周遭村落的人都聚集到这个地方来,城市里也确实多出了许多人手,但是要喂食的嘴巴也跟着变得太多。波多里诺对新建的教堂赞叹不已,教堂或许规模不大,但十分精致。他表示:居然还有一个王位上坐着一名侏儒的三角楣。而他周围的人一起摇头,好像在告诉他,瞧一瞧我们的本领,但是你这个白痴,那不是一名侏儒,而是耶稣基督。的确做得不怎么成功，但如果腓特烈迟来一个月的话，你会看到整幅《最后的审判》，包括《启示录》当中那些坏老头。波多里诺向他们要一杯窖藏的陈酒，而所有的人这时候都当他来自大帝的阵营一样看着他，因为无论好酒还是坏酒，早已经一滴都不剩，为了让受伤的人找回勇气，这是送进他们口中的第一样东西，还有死者的父母亲，好让他们不要想太多。波多里诺见到周围一张张消瘦的面孔，于是问他们还能够支持多久的时间。他们看着天空比划手势，就好像表示这样的事只能交给上苍决定了。最后，波多里诺和来自皮亚琴察、带领一百五十名刀斧手前来为新城市提供援手的安塞摩·梅帝科见了面。波多里诺对于如是的声援感到非常高兴，而他的朋友们，贾斯可、托提、波伊迪，和欧伯托·佛洛全都表示这个安塞摩确实知道如何打仗，但是现在只剩下皮亚琴察人了，联盟的人鼓吹我们挺身起义，而现在他们却一个个成了胆小鬼。那些意大利的市镇……听我的话，既然我们能够从这次围城行动当中存活下来，我们从此不再亏欠任何人，就让他们自己去对抗大帝吧，阿门。

"但是那些热那亚人，如果他们用现金帮助你们在这块地上萌芽，为什么现在又来对付你们？"

"那些热那亚人，他们只知道如何打自己的如意算盘。别急，他们现在和大帝站在一边是因为对他们有利。无论如何，他们知道这座城市一旦存在之后，就算全部推倒还是不会消失，你只要看看洛迪或米兰就知道了。然后，他们会等着后续的发展，他们还是可以利用这座城市剩下的东西来控制通路，甚至可以付钱重建他们推倒的东西。到了那个时候，所有来往流通的都是钱，而他们也会分一杯羹。"

"波多里诺，"吉尼对他说，"你才刚刚抵达，所以没看到十月份和前几个星期的攻击行动。他们出手很重，不只是热那亚的弓弩手,还有那些胡子近乎雪白的波希米亚人。他们一旦成功地架上爬梯之后,要推开他们就得花上不少功夫……他们那边死伤的人数,依我看确实比我们严重,虽然他们有龟甲阵和战车,以及防石的头盔,但他们还是挨了痛打。只不过……还是很吃力,我们勒紧了腰带。"

"我们得到了一个信息,"托提表示,"联盟的军队已经开始行动,准备从后面袭击大帝。你知道这些事吗?"

"我们也听说了,所以腓特烈才希望先让你们折服。你们……"他张开摇摆的双臂,"不太可能让你们就此停手吧?"

"想都别想,我们的脑壳比鸟还要硬。"

于是,接下来的几个星期,每一回发生小型的冲突之后,波多里诺就会回他家去统计死亡的人数(潘尼察也死了?潘尼察生前也是一个勇敢的男孩),然后再回去告诉腓特烈,要那些人投降是不可能的事。腓特烈已经不再生气地诅咒,他只表示:"那我能怎么做呢,我?"很明显,他现在非常后悔让自己陷入这样的窘境:军队在他的眼前风化,农民把麦子和牲畜藏在茂密的林间,或更糟糕,藏在沼泽之间。他们如果往北或往东移动,就会冒着和联盟先遣部队遭遇的风险——总之,并不是这些农民比克雷马人更厉害,而运气不好的时候就是运气不好。但是他又不能掉头离去,因为他会因此丢尽面子。

波多里诺了解挽救面子这回事,因为大帝有一天通过隐喻,提到他在童年时期,用一个预言让泰尔东纳人投降这件事。如果他能够得到上天随便一个征兆,让他可以四处宣布是上天的旨意要他回家去,他会立刻抓住这样的机会……

一天,波多里诺和城里的人说话的时候,加里欧多对他说:"像你这么聪明,而且还在什么都记载的书中学了不少东西,你难道想不出一个点子，让所有的人都可以回家吗？我们不得已，已经杀光了所有的牛，现在只剩下一头，而你的母亲被关在这座城内也已经快要窒息了。"

波多里诺这时候想到了一个漂亮的点子，他立刻询问托提几年前对他提起的地道是否已经完成，就是准备让敌人相信直通城内，却让敌人踏入陷阱的那条地道。"怎么样，"托提表示，"跟我过去看看。你瞧，地道的开口在那边，在距离城墙两百步的那一片荆棘当中，就在似乎已立于该地千年之久，而事实上是我们从佛洛的房子运过来那一块界石之类的东西下面。进入地道的人会抵达这片栅栏后面。他除了酒馆之外，什么也看不到。"

"出来一个杀一个？"

"事情是这样，通常要让所有围城的人马通过如此狭窄的地道，必须花上好几天的时间，所以只会派遣一小组人员进来开启城门。但是，除了我们不知道如何让敌人知道这条地道的存在之外，你顶多也只能杀掉二三十来个可怜虫，所以这个把戏是不是值得呢……？只是纯粹的残酷而已。"

"如果我们只是敲昏他们。不过现在，听听我告诉你们，我这对眼睛似乎已经见到的一幕；那些人一进来之后，他们会听见号角声四作，而在十把火炬之间，一个蓄着白色长须，身穿长袍，骑着一匹白马的男子从这个角度出现，手上握着一具大型的十字架大叫：市民啊，市民，快快起来，敌人已经出现，而这时候——入侵者决定采取行动之前，我们的人就像你所说的，会从窗口和屋顶冲出来。捉住他们之后，我们的人全都对着这名男子，也是本城的保护神圣彼得跪下来，然后重新把帝国军队送入地道内，一边要他们感谢上帝，让我们饶他们一命。滚！回营地去告诉你们的红胡子，这座教皇亚历山大的新城市是由圣彼得亲自保护……"

"红胡子会相信这种蠢事吗？"

"不会,因为他并不是白痴,但由于他并不是白痴,所以他会假装相信,因为他比你们更想结束这一切。"

"如果就照这样进行的话,由谁来发现这条地道?"

"我。"

"你就这样莫名其妙地发现一个可以让你操的屁眼?"

"我已经发现了,因为它实在太像屁眼了,所以可以任人操,并值这么一坨屎……更何况,我们都同意你们不杀害任何一个人。"

波多里诺想到的是那个狂妄自大的迪特波勒。如果要怂恿迪特波勒去做某件事,只要让他认为这件事不利于波多里诺就够了。现在只需要让迪特波勒知道有一条波多里诺不希望被人发现的地道就行了。怎么进行?非常简单,因为迪特波勒派了探子跟踪波多里诺。

夜色降临之后,朝营地回去的波多里诺首先走到一处林中的空地,然后很快地钻进茂密的树林里面。但是一来到灌木之间,他突然停下脚步转过身,刚刚好在月光下看到了一个模糊的身影在开阔的空地上滑得四肢着地。那是迪特波勒派来跟在他后面的人。他躲在树木里面等候,那名探子几乎跌在他的身上,他用刀子指着对方的胸膛,而探子已经害怕得口齿不清。他用佛兰德语对他说:"我认得你,你是佣兵之一。你跑到营地外面做什么?说话,我是大帝的大臣公署人员!"

探子编了一个关于女人的故事,甚至相当具说服力。"好吧,"波多里诺说,"不管怎么样,你出现在这里算是我的运气。跟我来,我需要一个人在我做一件事情的时候帮我把风。"

对那个探子来说,这样的事简直就是天上掉下来的礼物。不仅没有被揭穿,还可以挽着目标的手继续监视。波多里诺来到了托提告诉他的那片荆棘。他一点都不需要演戏,因为那一块界石真的需要仔细寻找才能够发现。接着他在口中自言自语地嘀咕,提到了一个线民提供他一个消息这样的事。他发现那块界石看起来真的就像在原地和灌木丛一起长高，他在四周围吃力地查看，翻动覆满树叶的泥土，一直到他发现了一片栅栏。他叫那名佣兵过来帮他移开栅栏，他接着看到三层阶梯，"你现在听好，"波多里诺对佣兵表示，"你现在下去，只要地道继续向前延伸，你就继续向前走。到了尽头处，或许你会看到灯光，仔细观察你见到的东西，不要遗漏任何细节，然后回来描述给我听，我会留在这里帮你把风。"

对那名探子来说，这样的事情虽然痛苦，但是看起来非常正常。一个大爷首先要他帮忙把风，然后叫他去冒生命危险的时候，换成对方来帮他把风。波多里诺挥舞着刀子，虽说是帮他把风，但这些大爷可是很难捉摸的。探子在胸前比划了十字，然后动身出发。他在二十多分钟之后回到原地，一边喘气，一边描述波多里诺已经知道的事情，也就是地道的尽头有一道不难推开的栅栏，透过栏杆，他瞥见了一块偏僻的小广场，而结论就是这条地道直通该城的市中心。

波多里诺问他："你拐了弯吗，还是一直向前直行？""一直向前直行。"探子如是回答，而波多里诺就像是自言自语地说道："所以出口距离城门有几十个肘长，那个出卖自己人的家伙并没有骗我……"接着他对佣兵表示："你知道我们发现了什么东西。下一回攻城的时候，一群勇敢的士兵可以从这里进到城内，杀出一条路去打开城门，只要一群人在外面等着进城就行了。我这下升官发财了。但是你千万不能向任何人提起今天晚上见到的东西，我不要任何一个人抢走我的发现。"他装出慷慨的模样拿了一枚钱币给他，而这笔钱要他保持沉默的代价，可笑到如果不是因为忠诚于迪特波勒，光是为了报复，他也会立刻跑去将所有的事情告诉他。

接下来会发生的事情并不需要太多想象力。迪特波勒相信波多里诺为了不想伤害城里的朋友，会保留这个发现的秘密，所以立刻跑到大帝面前，让他知道他那位心爱的教子发现了一条进入城内的地道，却不打算说出来。大帝抬起眼睛望着天空，就像是表示：这该死男孩，就连他也背叛了我。然后他告诉迪特波勒，很好，我赐给你荣耀，太阳下山的时分，我会在城门前面为你安排一支精干的攻击部队，并在荆棘附近设置弩炮和龟甲阵，你在夜色渐黑的时候，带着你的人进入地道的时候才不会引人注意。你进到城内之后，从里面打开城门，然后你立刻就成了英雄。

施派尔的主教立刻就成了城门口那支部队的指挥，因为他表示，我们应该想得到，迪特波勒就像是他自己的儿子一样。

于是，耶稣受难日那个星期五的下午，托提发现帝国的军队在天色渐暗的时刻集结在城门口。他立刻明白是该准备一场游行来让自己人娱乐一下的时候了，这时候波多里诺也悄悄地来到了现场。他和贾斯可、波伊迪、欧伯托·佛洛讨论的时候，急着找出一个能够说服人的圣彼得，而他们选择了城里原来的一名执政官，体形刚好符合需求的罗多弗·奈比亚。他们只花了半个钟头的时间，讨论现身的时候手上应该握着十字架，还是著名的钥匙。他们最后决定使用看得较清楚的十字架，因为当时已近黄昏。

波多里诺确定不会发生一场战斗，所以站在距离城门不远的地方。发生冲突之前，有人会从地道里带出神力相助的消息。事实上，大约在祷念三遍《主祷文》的时间之后，宣主荣耀，城墙内传出了一片嘈杂的声音。一个听起来似乎超乎凡人的声音叫道："注意，注意，我忠诚的亚历山德里亚市民。"接着一群凡间的声音一起呐喊："是圣彼得，喔，奇迹，奇迹！"

但是就在这个时候，某件事情出了轨。根据后来他们对波多里诺的解释，迪特波勒和他的人马立刻就遭到逮捕，而所有的人都努力说服他们，面前出现的这一位就是圣彼得本人。其他的人可能都深信不疑，除了迪特波勒之外，因为他知道这条地道的消息来源——他虽然愚蠢,但是还没到这种地步——所以突然觉得上了波多里诺的当。他于是奋力挣脱,然后钻进一条小巷里,一边扯破喉咙,大声叫着没有人听得懂什么语言的话,而在黄昏阴暗的灯光下,街上的人都以为他是自己人。但是,当他爬上城墙后,他开始对着围城者大叫,通知他们小心陷阱——但是到底要小心什么东西,只要城门不开,外面的人就进不来,所以并不会面对什么风险。无论如何,这个迪特波勒就是因为太愚蠢,所以有一股傻劲。他在城墙上举起刀子,挑战每一个亚历山德里亚人。他们——依据围城的规则——当然不能允许一名敌人爬上城墙,尽管他是从城内爬上去;再加上知道他们布下这个陷阱的人并不多,而这些人突然见到一名德国人大大方方地闯进他们的地方,有人觉得应该可以在迪特波勒的背上刺一刀,把他送下城墙。

眼见自己的同伴没命地掉落城墙,施派尔的主教气愤得涨红了脸,并立刻下令攻击。平常的时候,亚历山德里亚人会表现得像往常一样,从墙上对着进攻的人射击,但是圣彼得现身,使用计谋拯救这座城市,并准备带领他们以胜利者的姿态出击的消息这时候已经传开,所以托提也利用这样的含糊和混乱,派遣他那名伪装的圣彼得领队,带着所有的人冲出去。

总而言之,波多里诺那些准备用来迷惑围城者的话,最后却迷惑了城里的人:亚历山德里亚人突然染上了一股神秘的狂热、一种冲锋陷阵的激情,个个像野兽一样冲向皇家部队——毫无秩序地违反了所有的战争规则,让施派尔的主教和他的骑兵部队惊慌失措地往后撤退。就连推着箭塔的热那亚人也往后撤退,一直来到了致命的荆棘丛外缘。对于亚历山德里亚人来说,这样的机会再好不过了:安塞摩·梅帝科和他的皮亚琴察人,立刻钻进这下子发挥了真正功能的地道。他突然从热那亚人的身后冒出来,身后还跟着一群粗犷的男人,朝着箭塔丢进点了火的树脂球。热那亚人的箭塔于是一座座像火炉中的木块一样烧了起来。弓弩手一个个试着往下跳，但是他们一碰到地面，等在一旁的亚历山德里亚人立刻就用短木棍敲在他们的脑袋上面，了断他们的性命。一座箭塔开始倾斜，然后翻倒，火花在主教的骑兵队中间散开，他们的坐骑一匹匹似乎变得疯狂，让帝国军队的行列更加混乱，而那些没有骑马的人只有让这样的骚动更为严重，因为他们穿越骑兵的队伍，一边叫着圣彼得现身了，无疑还有圣保罗，还有人看到了圣塞巴斯蒂安和圣达西——总之，基督教的众神全都聚集到这座可恨的城市。

天色完全黑下来之后，有人将施派尔这位神职人员的尸体——他在逃亡的时候从背部中了一刀——抬回已经哀鸿遍野的营区。腓特烈派人去把波多里诺找来，问他这件事情和他有什么关系，而他还知道些什么内幕。波多里诺这时候只想挖一个地洞钻进去，因为这个晚上，许多勇敢的军人都丧了命，其中包括了皮亚琴察的安塞摩·梅帝科，以及许多英勇的士官和刀斧手。全都为了他那个完美的计划——原本可以圆满地解决一切，而不伤害到任何人的一根头发。他扑倒在腓特烈的脚下，把事情的真相一五一十地告诉他：他以为可以帮他找出一个让人信服的借口来结束这一次的围城行动，结果事情却演变成这种地步。

"我真是可耻，父亲，"他表示，"厌恶流血的我，原本希望让两只手保持干净，并拯救许多其他人的生命，但是看看因为我而造成的这一场屠杀，这些死者都背在我的良心上面！"

"诅咒你这家伙，或是那个破坏计划的人。"腓特烈答道，他看起来苦恼的程度高于愤怒，"因为——不要告诉别人——这个借口原本可以帮我摆脱困境。我得到一些新的消息，联盟的人已经上路了。从明天开始，我们可能必须两面打仗。你的圣彼得原本可以说服那些士兵，但是现在已经死太多人了，所以我那些侯爵要我复仇。他们一再告诉我，这是教训这座城市的最好时机，只要看看那些出城打仗的人就知道了。他们每一个都比我们的人还要干瘦，肯定已经用尽了最后的一股力量。"

这一天已经是圣周瞻礼七，天气十分温和，原野上点缀着朵朵鲜花，林间的树叶也飒飒作响，但是周遭却弥漫着一股悲伤和愤恨：在帝国军队这一边，每个人都表示进攻的时候到了，却没有人愿意行动；在亚历山德里亚这一边，则因为最后一次出击之后，虽然精神状况升上了七重天，但是肚皮却摆动在两腿之间。在这种情况下，诡计多端的波多里诺又开始动起脑筋。

他再次骑马前往城墙，而他发现托提、贾斯可以及其他的几个领军的人看起来都忧心忡忡。他们也得知了联盟抵达的消息，但是他们从确切的消息来源得知，不同的市镇之间，对于应该采取的行动抱着不同的意见，而最难决定的一件事，就是应不应该对腓特烈展开真正的攻击。

"因为这一件事非常微妙，你仔细听我说，尼基塔斯大爷。拜占庭人可能在这方面并不够敏感，所以无法了解。大帝来进行围城的时候，为了保护自己而抵抗是一回事，但主动进攻却是另外一回事。总之，如果你的父亲用他的皮带鞭打你，你甚至可以试着抓住皮带，然后从他的手上扯下来——这是自卫——但如果是你举起手来攻击你的父亲，这是违背伦理的弑父之罪。一旦你对神圣罗马帝国的皇帝不敬，还有谁能够维持意大利各市镇的统一？你了解吧，尼基塔斯大爷？他们刚刚痛击了腓特烈的军队，但他们还是继续承认他是惟一的主子。换句话说，他们并不愿意见到他屈服在他们的脚下，如果他不再存在的话，将会出现一场灾难：他们会在不分善恶的情况下彼此互相攻击，因为惟一能够制定善恶标准的人，到头来还是皇帝。"

"如此说来，"贾斯可表示，"最好的情况，就是让腓特烈立刻放弃对亚历山德里亚的围城行动，而我保证所有的市镇都会让他离开，去加入帕维亚的阵营。"但是应该怎么做才能够帮他保住面子？我们已经试过了上天的旨意，亚历山德里亚的市民也都相当满足，只是，我们又回到了原点。圣彼得这个点子无疑过于夸张，波多里诺如是觉得，而且显像或现身是可有可无的事情，隔天就很容易遭到否认。而且，为什么要一再去打扰那些圣人？这些佣兵是一些甚至已经不相信永恒天父的人，他们惟一相信的一件事就是填饱的肚子，和驯服的野鸟……

"假设……"加里欧多这时候用一种——每个人都知道——只有人民才会得到上帝恩赐的智慧说，"假设帝国军队抓到我们的一头牛，发现它填满了差一点就让它肚子胀破的麦子。红胡子和他的人就会以为我们还有许多粮食可吃，还可以操上很久的屁股，于是那些大爷和士兵就会自己说，我们走吧，要不然到了下一个复活节我们还在这里……"

"我从来没听过如此愚蠢的主意。"贾斯可表示，而托提也赞成他的看法。他用食指指着自己的太阳穴，就好像表示老头已经有点失去理智，"如果还找得到一头活牛的话，就算生吃，也早就被我们吃掉了。"波伊迪补充道。

"并不是因为他是我的父亲，但我觉得我们并不应该排除这个点子。"波多里诺说，"或许你们已经忘记，但是我们还剩下一头牛，也就是加里欧多那头罗西娜。惟一的问题就是必须知道，如果搜刮城里的每一个角落，你们能不能找出足够的麦子让这头牛吃爆肚子。"

"问题是我愿不愿意把这头牛交给你。"加里欧多生气地说，"因为帝国军队如果想知道它是不是填饱了麦子，不只必须先找到它，还必须剖开它的肚子。我们一直没有宰掉罗西娜，是因为对你的母亲和我来说，它就像是上帝并未赐给我们的女儿一样，所以谁都别想碰它，反倒是应该把你送去屠宰，你抛下这个家三十年，但是它却一直在这里而没有精神失常。"

一分钟以前，贾斯可和其他人都认为这是一个疯子才想得出来的主意，但是加里欧多一反对，他们立刻认为这是他们能够找到的最佳点子。四个人开始试图说服老人，面对这座城市的命运，我们就算牺牲自己的牛也义不容辞，而他不需要表示应该把波多里诺送去这种废话，因为剖开波多里诺的肚子说服不了任何人，但是面对一头剖开肚子的牛，或许红胡子真的会撒手离去。至于那些麦子，虽然可以真正拿来浪费的食物确实不多，但是这边搜刮一点，那边搜刮一点，我们可以找出喂饱罗西娜的东西，只要不挑毛病的话，一旦吃进肚子里，任何人都很难分辨出到底是麦子还是麦麸，也不需要挑掉蟑螂、蠼螋这些虫子，因为战争期间，我们就是把这些东西都和在一起做面包。

"少来了，波多里诺，"尼基塔斯表示，"你不会告诉我，你们真的认真准备这场闹剧吧。"

"不光是我们认真准备，你接下来就会看到，就连大帝也非常认真。"

以下就是实际上的经过。接近圣周瞻礼七这一天的第三个时辰，所有的执政官和亚历山德里亚最重要的人，全都聚集在卧着一头牛的拱廊里。我们想象不出更瘦、更奄奄一息的牛了。它的皮肤光秃，四足就像四根小木桩，乳房看起来就像耳朵，而耳朵看起来就像乳头，它有着垂死的眼神，两只角也变得松软，躯干看起来就像是一副骨架，与其说是一头牛，不如说是牛的幽灵、《死之舞》当中的乳牛，由波多里诺的母亲充满爱心地照顾着。她抚摸着它的头对它说，其实或许这样最好，饱餐一顿之后，可以不用再受苦，运气比它的主人好多了。

它的身旁不断送过来一袋袋碰运气搜集来的麦子和种子。加里欧多送到它的嘴边，试着让它进食，但是这头牛漠不关心地一边看着所有的人，一边呻吟，它甚至已经忘了什么叫做反刍。最后一些人不得不善意地抓住它的四条腿，另外一些人抓住它的头，用力扳开它的下颌，趁着它虚弱地哞叫拒绝的时候，往它的喉咙里塞进麦子，就好像填鹅一样。于是，或许是因为贮藏食物的本能，或者是因为对于以往好日子的记忆，它开始伸出舌头反刍这些天赐的食物，然后再加上一点本身的意志，以及在场人士的帮助，它开始吞咽。

这并不是愉快的一餐，有许多回，所有的人都觉得罗西娜已经准备把自己的灵魂交还上帝，因为它在呻吟之间，吃得就像在生产一样。接着生命力占了上风，它终于用四条腿站了起来，然后继续单独进食，将它的嘴巴伸进拿到它面前的袋子里。最后，站在所有人眼前的是一头非常奇怪的牛，瘦骨嶙峋、郁郁寡欢，背部的骨头凸出，就像是希望从包裹它们的表皮下冲出来一样，但是肚子却相反地非常饱满、浑圆、鼓胀，紧绷得就像它怀了十头小牛一样。

"这样行不通，这样行不通。"波伊迪面对这种令人难过的现象，一边摇头一边说，"就连一个白痴也看得出这头牛并不胖，它只是一张里面被我们塞了粮食的牛皮……"

"就算他们相信这头牛吃得又肥又胖，"加里欧多表示，"如何才能够让他们相信它的主人甘冒失去生命财产的危险，把它带到城墙外面去吃草？"

"朋友们，"波多里诺说，"别忘了这些人当中，无论是谁找到这头牛，都已经饿到不会去注意它是不是胖一边、瘦一边。"

波多里诺说得没错。接近第九个时辰的时候，加里欧多才出城门,来到距离城墙才半里的草地,茂林当中立刻冒出一群大概在该地捕鸟的波希米亚人——如果这一带还找得到半只鸟的话。他们看到了牛的时候,一点都不敢相信自己饥饿的眼睛,并立刻扑向加里欧多。他马上举起双手,然后被他们和牛一起带回营区。他们的周围立刻就围了一圈双颊凹陷、眼球凸出的战士,而可怜的罗西娜立刻就被一个科莫人当场宰杀。他大概非常熟稔如何屠宰动物,因为他只动了一刀就大功告成,罗西娜在刚刚好足够说一句阿门的时间前后,就已经生死有别。加里欧多流下了真实的泪水,所以这一幕在所有的人眼中也就显得非常真实。

他们剖开动物的肚子之后,该发生的事情就跟着发生了:那些在非常匆促的情况下吞咽的粮食,就像没有被碰过一样地撒在地上。对所有的人来说,那些东西毫无疑问是麦子。他们的惊讶压过了他们的胃口,而无论如何,饥饿并没有从这些拿刀的人身上取走推理的基本能力:一座遭到包围的城市里,连牛也能尽情地饱食,这种事完全不合人间和天上的逻辑。在一片狼藉的争食当中,一名士官还知道克制自己的食欲,认为他的指挥官必须知道这件奇迹。没多久之后,这个消息就传到了大帝的耳朵里。在他身边的波多里诺虽然一副无精打采的模样,其实却战战兢兢地等待这件事情。

罗西娜的骨骼、一片搜集了散落谷物的粗布,以及遭到捆绑的加里欧多,一起被带到了腓特烈的面前。那头已经没命而且又被切成两块的牛,看起来已经不胖不瘦,惟一看得到的东西,就是肚子里外的麦子。腓特烈不敢忽略这一点,立刻质问那名粗人:"你是什么人?你来自什么地方?这头牛属于什么人?"而一个字也听不懂的加里欧多,使用最道地的帕雷亚方言回答,我不知道,我并不在场,这一切都和我没有关系,我凑巧经过那个地方,这是我第一次见到它,如果你没告诉我的话,我根本不知道那是一头牛。腓特烈理所当然也听不懂他说的话,所以转头对波多里诺说:"你听得懂这种禽兽的语言,告诉我他说些什么。"

于是波多里诺和加里欧多一起演了一出戏:"他说这一头牛的事他一点都不清楚,城里一名有钱的农人交代他带去放牧,就这样。"

"很好,但是这头见鬼的牛肚子里塞满了麦子,问他到底是怎么一回事。"

"他说所有的牛饱餐之后,消化之前,肚子里本来就塞满了吃下的东西。"

"告诉他不要装傻,要不然我会绑住他的脖子,然后将他吊在那棵树上!在这个镇上,这个强盗窝里,他们一向都是拿麦子喂牛吗?"

加里欧多说:"没有干草、没有麦秆的时候,当然要用麦子来照顾这些动物……还有豆子。"

波多里诺译道:"他说当然不是,因为围城的关系,目前干草十分欠缺。而且,不是只有麦子,里面还混杂了干豆。"

"豆子?"

"干豌豆。"

"我会用撒旦的名义,把他丢去喂我的隼,让我的狗将他撕成碎片。他说没有干草,但是麦子和豆子却一点都不缺,这是什么意思?"

"他说他们把领地内的牛群全都塞进了城里,所以他们光是吃烤肉就可以吃到世界末日,但是牛群已经吃光了所有的干草。因为他们有肉可以吃,所以不需要吃面包,当然也不需要干豆子,所以就把囤积的麦子拿去喂牛。他说和我们这里并不一样,我们这里什么都有;他们那边因为是被围城的一方,所以必须妥协。他说就是因为这样,他们才会交代他把那头牛带到外面吃草,因为只吃一种粮食让它觉得不舒服,还害它长了虫子。"

"波多里诺,你相信这个蠢人说的话吗?"

"我只是把他的话翻译过来。依据我童年的记忆,我并不确定那些牛喜欢吃麦子,不过这一头确实吃了一肚子,眼前所见让我们无法否认。"

腓特烈顺了顺自己的胡子,眯起眼睛,仔细地盯着加里欧多。"波多里诺,"他接着说,"我觉得自己好像见过这个人,只不过应该是很久以前的事了。你呢?你认识他吗?"

"父亲,这一带的人我多少都有一点儿认识。但现在的问题并不是这个人到底是谁,而是弄清楚这座城里面是不是真的还有许多牛和麦子。因为,如果你要我真正的看法的话,他们可能试图欺骗你,所以用尽了最后一颗麦子来填饱最后一头牛。"

"想得好,波多里诺。我并没想到这一点。"

"神圣陛下,"蒙费拉托侯爵这时候插嘴,"千万不要认为这些粗人比实际上聪明。我觉得我们已经找到了明显的迹象,证明这座城市的储备比我们的假设还要充裕。"

"没错,没错。"其他的爵爷异口同声地表示,而波多里诺最后的结论是,自己从来不曾同时看到这么多说话不真诚的人,而且彼此都知道对方的不真诚。不过这一点也表示,这一次的围城行动已经让所有的人都无法忍受了。

"所以,正如呈现在眼前的一切。"腓特烈以外交辞令表示,"敌人的军队从后方逼近,拿下罗伯瑞托并不能避免和另一支军队的冲突。我们也无法想象拿下这座城市之后,有损尊严地将自己关在这些粗制滥造的城墙后面。为了这样的原因,各位爵爷,我们做出以下的决定:我们将这些毫无价值的城镇留给那些微不足道的牧民,然后为其他的战斗进行准备。以上就是目前最恰当的行动指示。"他走出皇家营帐的时候,对波多里诺说:"把这个老头送回去。他肯定是一个骗子,如果我要吊死每一个骗子的话,你早就已经不在这个人世间了。"

"回去吧，父亲，你的运气很好。"波多里诺为加里欧多解开镣铐时悄悄地对他说，"然后告诉托提，今天晚上我在约定的那个地方等他。"

腓特烈火速地进行一切。那些一度为围城军队营区的帐篷，成了褴褛破布之后已经不需要拆卸。他在人员排列成队之后，下令放火将一切烧尽。接近子夜的时候，先锋部队已经朝着马伦哥的营区迈进。远处，火光在泰尔东纳那些丘陵地的山下闪烁：联盟的军队正在那边等候。

波多里诺得到大帝的允许之后，策马朝萨雷的方向奔驰。他在一个岔路上找到了等候他的托提和两名克雷莫纳的执政官。他们一起骑行了一里左右，来到了联盟军队的一处前哨站。托提将波多里诺介绍给联军的两名将领，艾柴里诺·罗马诺和安塞摩·朵法拉。他们接下来举行了一场秘密会议，然后握手敲定。拥抱了托提之后（"这一回做得真是漂亮，谢谢你。""不，应该谢谢你"），波多里诺全速赶回在一处空地的边缘等候他的腓特烈身边。"敲定了，父亲，他们不会出击。他们不想也不敢。我们通过的时候，他们会视你为主子一样地致意。"

"这样的情况只会持续到下一场战争之前。"腓特烈在口中嘀咕，"不过军队已经疲倦了，我们越早抵达帕维亚的营区越好。我们出发吧。"

当时为复活节的第一个时辰。如果腓特烈回头看的话，他会看到亚历山德里亚的城墙冒出高耸的火焰。波多里诺转头的时候看到了这一幕，他知道这些火焰大部分都来自燃烧帝国军队的战具和木屋，不过他宁可想象亚历山德里亚的市民正在跳舞高歌，庆祝和平的到来。

一里路之后，他们遇见了一支联盟的先遣部队。支队的骑士向路旁分开成两列，让帝国军队从中间通过。没有人了解他们这么做是为了致意，还是为了保持距离，他们永远无法知道。联军当中有人举起武器，而这个动作可以被视为致敬，也可能是一种表示无能的象征，或是一种威胁。愤怒的大帝假装什么都没有看见。

"我不知道，"他说，"我觉得自己像是在逃命，而他们却用武器向我致意。波多里诺，我到底处理得好不好？"

"你处理得很好，父亲。你让步的程度并没有超过他们。他们因为尊重，所以并不想在旷野中攻击你，你应该感谢这一份敬意。"

"他们是应该这么做。"红胡子倔强地说。

"如果你觉得他们应该这么做，而他们也这么做了，那你还抱怨什么？"

"没什么，没什么，就像平常一样，你说的都对！"

接近破晓的时候，他们在远方的平原和前方的丘陵上，看到了敌方大军的主力部队。他们在一片薄雾中集结在一起，没有人清楚他们是因为谨慎才和帝国军队保持距离，因为敬意而围绕在四周，还是以一种威胁的姿态逼近。联军的部队分成小队移动，他们时而伴随着帝国军队走一段路，时而停驻在小山的顶上观察队伍行进，时而又像是在逃避。周遭的寂静十分凝重，只有马匹的蹄声和战士的步伐打破了沉默。从几座山头上面，偶尔可以在清晨的苍白当中瞥见几道冉冉上升的细烟，就好像其中一群人从丘陵上隐藏在草木中的塔楼，向另一群人传送信号一样。

这一回，腓特烈决定往好处诠释这一趟险恶的通行：他下令升起军旗和王旗，然后当自己是打败蛮族的奥古斯都大帝一样迈进。无论如何，他就像自己是这些好战城邦的父亲一样穿越，而当天晚上这些人大可一举将他消灭。

他们走上通往帕维亚的道路之后，他把波多里诺叫到身边，

"你是一个永远的无赖,"他说,"不过事实上,我的确需要找一个借口脱离那个困境,所以我不怪你。"

"为什么,父亲?"

"我自己非常清楚。不过,不要以为我会放过这座没有名字的城市。"

"名字,它有一个。"

"它没有名字,因为我并没有为它洗礼命名,所以迟早我都必须摧毁它。"

"不要马上。"

"不会,不会是现在。不过这一天以前,我可以想象你又会找出一些鬼点子。我早该在那个晚上就看出自己带回了一个无赖。说到这件事,我想起我在什么地方看过那个放牛的人了!"

但是,波多里诺的坐骑这时候就像发了狂一样。波多里诺把缰绳一扯,跟着消失在地平面上,所以腓特烈也无法告诉他,自己想起了什么事。

一五

莱尼亚诺战役当中的波多里诺

围城结束之后,腓特烈先是松了一口气,但是退避到帕维亚的他非常不开心。接下来那一年十分不顺利,他的亲戚狮子亨利在德国开始刁难他,意大利的城邦还是一样顽抗,而每一次他表示要摧毁亚历山德里亚的时候,它们就装作什么事情都没发生。他接下来更是缺乏人手,每一回要求支持的时候,首先是没有人出现,然后是出现的人员根本不足。

波多里诺对于找到那头牛这件事,一直觉得有些罪恶感。没错,他是没有背叛大帝,他只是顺其自然地演了一出戏,但是现在他们两个人面对面的时候都会觉得非常尴尬,就像两个小孩一起干了一件顽皮而让他们觉得丢脸的事一样。波多里诺因为头发开始灰白的腓特烈近乎童稚的腼腆而深深感动,他也第一次发现腓特烈那一脸铜色的美须已经失去了狮子般的光彩。

波多里诺越来越敬爱他这位继续追寻皇家梦想的父亲了,但是他却渐渐失去阿尔卑斯山另一头、从各方面看来都已经脱离掌控的意大利。某日,他灵机一动,突然想到,依据腓特烈目前身陷的状况,祭司王约翰那一封信可以让他在不像是放弃某种东西的情况下,离开这一片伦巴第的泥淖。总之,祭司王约翰的信就像是加里欧多的那一头牛一样。他试着向他提起这件事,但是大帝的心情不佳，告诉他应该操心的是一些比奥托舅舅老掉牙的想象更为严肃的事。接着，他交代他一些使节的任务，让他在接下来的几个月内，来回于阿尔卑斯山的两边。

主的纪元一一七六年那一年的五月底，波多里诺得知腓特烈来到了科莫，所以他打算前往这座城市和他会合。旅途当中，有人告诉他帝国军队正朝着帕维亚行进；所以他朝南方转向，试图在路上和他相遇。

他在奥洛纳的河边，距离莱尼亚诺碉堡不远的地方追上他，而几个时辰之前，帝国和联盟的军队刚刚在这个地方不期而遇，虽然双方都不希望开战，但是为了荣誉的问题，双方还是起了冲突。

波多里诺一抵达战场的边缘，就看到一名手持长矛的刀斧手朝着他冲过来。他以马刺策马，试图让他因为心生恐惧而翻倒。对方确实因为害怕而跌个四脚朝天，并松手让长矛掉在一旁。波多里诺下了马，捡起长矛，而那个人则大声吆喝要杀掉他，并站起来，从腰带上抽出一把刀。不过他吆喝的时候，使用的是洛迪的方言。波多里诺已经非常习惯洛迪人和大帝站在同一边，所以用长矛和这个看起来十分固执的人保持距离，也对他吆喝："你到底在做什么，你这个呆头，我也是大帝这边的人。"而对方则表示："就是因为这样，所以我才要把你干掉！"这时候波多里诺才想起此时的洛迪已经靠到联盟那一边去了，所以他问自己："我应该怎么办，因为长矛比他的刀子长，就把他杀了吗？但是我从来没杀过任何一个人！"

他将长矛刺向他的两腿之间，让他整个人跌倒在地，然后用武器顶住他的喉咙。"不要杀我，大爷，我有七个小孩，如果我没命了，他们明天就会全部饿死。"洛迪人叫道，"让我走吧，我不会对你们的人造成什么伤害，你瞧，我不就像个傻子一样被你制服了吗？"

"你确实是个傻子,我从步行一天的距离之外就可以看得出来。但是我如果让你手上带着家伙到处跑的话,你还是会伤害人。脱掉你的裤子!"

"我的裤子?"

"对,没错。我留你一条生路,但是我要让你光着屁股到处跑。我倒是要瞧瞧,如果不马上跑回去找你那些快饿死的小孩,你接着是不是还有胆量回到战场上!"

敌人脱下他的裤子,这下子他得跑着穿过原野,跳跃在树篱之间,不是因为羞耻,而是担心敌方的骑士从后面看到他,以为他是因为藐视而露出臀部,然后像土耳其人一样,从后面将他戳毙。

波多里诺很高兴自己不用杀害任何人,但是这时候一名一身法兰西装扮的人骑着马朝他靠过来,看得出他并非伦巴第一带的人。他于是决定就算要死也要让对方付出代价,于是拔出刀子。那名骑士从他的身旁经过,大声叫道:"你想要做什么,疯了吗?你看不出今天换成你们这些帝国军队被围在里面了吗?你最好还是回家去!"然后他并没有找碴就自行离去。

波多里诺重新爬上马鞍,自问应该何去何从。因为严格说起来,他完全看不懂这一场战役。截至目前,他只见过围城,在那种情况下,谁是这一边,谁是那一边,都可以看得清清楚楚。

他绕过了一丛树木,而在平原的中央,他看到了一样他从来没见过的东西:一辆漆成了红白两色,中间竖着一根大旗杆的大型敞篷战车。一群战士围在一座祭坛的周围,他们手持类似天使所用,可能是用来鼓舞自己人斗志的长管风笛。这些添油加醋的程度,让他不由得用家乡的话对自己说:"真是够了!"虽然所有的人都穿得像爵爷一般,而周围也没有人作战,但是有那么一会儿,他以为自己如果不是到了祭司王约翰的王国,就是来到了锡兰,因为这些地方是用大象拖着战车上战场,只是他眼前这一辆却是由牛拖行。手持长管风笛的人,偶尔会吹奏出几个声音,接着他们停下来,无法决定他们应该做些什么事。他们其中一个人指着河边那些乱成一团,仍然用死人都唤得醒的声音一边吼叫,一边互相攻击的人群,另一个人则试图让牛移动,但是它们平常就已经非常固执,可以想象它们会不会愿意前去加入前面那一场混乱。

"我应该怎么做?"波多里诺问自己,"冲进那边那些疯子当中?如果他们不先开口说话,我甚至没办法知道谁才是敌人。我等候他们开口说话的时候,他们有什么理由不杀了我?"

他正在沉思自己应该怎么做的时候,又一名骑士朝他靠过来。那是一名他熟识的官员。对方也认出是他,于是对着他大叫:"波多里诺,大帝不见了!"

"大帝不见了是什么意思?我的天啊!"

"有人看到他被一群包围他的刀斧手逼向后面的一处树丛。他就像头狮子一样地战斗,接着他们全部都消失在树木之间。我们后来去了那个地方,但是已经没有半个人。他一定是试着逃往某个地方去了,只是他一直没回到主力部队驻扎的地方……"

"我们的主力部队驻扎在什么地方?"

"这是最糟糕的一件事:不仅他没有回来加入主力部队,事实上主力部队也已经不存在。真是一场大屠杀,真是受到诅咒的一天。一开始的时候,腓特烈和他的骑士对那些步行着围绕在他们一座灵柩台周围的敌人展开攻击。但是这些刀斧手一直顽抗,伦巴第的骑士在这个时候突然出现,我们的人于是受到夹击。"

"总之,你们弄丢了神圣罗马帝国的皇帝!而你就像什么事都没发生一样地告诉我,真是该死!"

"你看起来像是刚刚抵达这里,所以清新得像朵玫瑰一样。你不知道我们度过了怎么样的一天!有人甚至表示看见大帝跌落马下,但是因为一只脚被马镫绊住,所以被他的战马拖着走!"

"我们的人此刻都在什么地方?"

"他们都逃了,看看那边,他们逃散到树林里、跳进河水当中,大帝身亡的消息已经传开,而每个人都自己设法前往帕维亚。"

"喔,一群懦夫!没有人继续寻找我们的主子?"

"夜色已经降临,就算继续战斗的人也已经收手,你如何在这中间寻找一个天晓得在什么地方的人?"

"喔,一群懦夫!"波多里诺继续咒骂,他虽然不是一名战士,却有一颗宽厚的心。他两脚一蹬,策马朝着地面上尸首最多的地方奔去,一边声嘶力竭地呼唤亲爱的养父。在这片平原上面,在众多的死尸之间寻找一个死人,大声呼喊,要他给你一点存活的迹象,是一件令人绝望的工作,就连最后几小队和他擦身而过的伦巴第人也让他通过,当他是天堂派下来支持他们的圣徒,并愉快地向他致意。

波多里诺在战斗一度最血腥的地方开始翻看卧倒在地上的尸体,他一直带着希望,但是也害怕在黄昏微弱的光线之下,看到亲爱君王的轮廓。他的眼泪流个不停,而他因为盲目搜寻,最后又撞见了那一辆由牛拖行,正缓缓离开战场的大型战车。"你们看到大帝了吗?"他一边哭,一边没有头绪也没有保留地大声询问。那些人笑了开来,然后告诉他:"看到了,他正在那边的树林里面搞你的妹妹!"他们其中一人不怀好意地对着手持的长管风笛吹气,让它发出了一股高昂而淫荡的爆裂响声。

这些人顺口胡说,但是波多里诺还是跑进了树林内瞧个究竟。他在那个地方发现了一小堆尸体,三具卧倒,压在仰躺的另一具上面。他拉开了背对着他的三具尸体,在下面,他看到了腓特烈被鲜血染红的红胡子。他立刻发现他还活着,因为他从半开的口中发出了嘶哑的喘气声。他的上唇上面有一道仍然冒着鲜血的伤口,额头上面也有一处拓展至左眼的青肿。他的两只手仍然紧紧地各抓住一把刀,就好像他在失去意识的那一刻,还知道捅刺三名扑到他身上、企图结束他生命的可怜虫。

波多里诺抬起他的头,一边为他擦拭脸孔,一边叫唤他,而他睁开了眼睛,询问自己身在何处。波多里诺在他的身上摸索,看看是否有任何地方受伤。当他碰触到一只脚的时候,腓特烈叫出声音。他被战马拖行了一段距离这件事情果然是真的,他的一只脚踝也因此脱臼。他说着话,想要知道自己身在何处。波多里诺让他坐起来,而腓特烈认出是波多里诺,于是拥抱了他。

"我的主子,我的父亲,"波多里诺说,"你现在先爬上马,不过你千万不能用力。我们必须小心翼翼地离开这个地方,就算夜色已经降临,我们周围还是有一些联盟的军队,惟一的希望,就是他们已经前往附近的村子里举行盛宴,既然——你不要生气——他们看起来已经打赢了这一仗。不过附近可能还有一些正在寻找同伴尸首的人,所以我们必须取径树林或沟壑,不能走在马路上,前往你的人马退避的帕维亚。你坐在马上,你可以睡觉,我会看着你,不会让你从马上掉下来。"

"那谁看着你,不让你一边走一边睡?"腓特烈一边说,一边勉强地笑了笑。接着他说:"我笑的时候全身发疼。"

"我看目前应该无碍。"波多里诺表示。

他们一整夜都不停地向前走,在矮树和树根上绊来绊去;他们一度在远方见到火光,所以绕了一大圈来躲避。他们向前一直走,而波多里诺为了让自己保持清醒,所以不停地对腓特烈说话,而腓特烈为了让他保持清醒,也一直让自己保持清醒。

"一切都结束了,"腓特烈表示,"我一定没有办法忍受这一场败仗的耻辱。"

"只不过是一场小型的冲突,父亲。此外,所有的人都以为你已经死了,你可以像拉撒路一样重生,而看起来像是败仗的一切,都会被所有的人当做奇迹一样,而咏唱赞美诗。"

事实上,波多里诺只是试着安慰一个受了伤,并受到羞辱的老人。帝国的威望已经在这一天受损,祭司国王已经非常遥远。除非,腓特烈重新回到舞台上的时候,带着光晕和崭新的荣耀。关于这一件事,波多里诺惟一想得到的是奥托的预言,以及祭司的那一封信。

"事实上,父亲,"他说,"发生了这些事情之后,你应该学会一件事。"

"你想要教我什么事,学者大爷?"

"你应该学习的事情,并不是出自我的嘴巴——上帝正看着我——而是源自上苍。你应该把奥托主教所说的话当宝藏。在这个意大利,你越是坚持,就越身陷泥沼,我们不能在还有一名教皇的地方当皇帝。面对这些城市,你永远都是输家,因为你希望将他们整顿为秩序这种人工化的成果,他们相反却希望存在于原始混沌本质的混乱当中,也就是巴黎的学者所说的宇宙万物本质的存在条件。你应该以超越拜占庭的东方作为目标,将你帝国的旗帜插在异教徒的王国之外那一片基督徒的土地,然后和在东方贤士的时代就存在并统治该地的真正祭司国王结合。只有你和他建立联盟,或臣服于他的统治之后,你才能够回到罗马,然后把教皇当成为你转动烤肉叉的小弟,或把法国和英国国王当成你的马夫。也只有在那个时候,今天打败你的那些人才会重新惧怕你。"

腓特烈已经几乎忘了奥托的预言,所以波多里诺提示他。"又是这个祭司?"他说,"但他真的存在吗?他住在什么地方?我如何能够动员一支军队前去寻找这个人?我会变成腓特烈大疯子,并因此而留名好几个世纪。"

"不会,如果每个基督教王国的大臣公署——包括拜占庭,都知道这名祭司王约翰写了一封信给你,而且只写给你一个人,以及他在信中承认你是惟一和他平起平坐的人,并邀请你将两个王国结合在一起,这种事情就不会发生。"

几乎将这封信一字不漏地牢记心中的波多里诺,这天晚上将祭司王约翰的这封信念了出来,并对他解释,祭司放在一个珠宝盒当中寄给他东西,是世界上最珍贵的圣物。

"但是这封信在什么地方?你有一份誊本吗?不会是你自己写的吧?"

"我只是用正确的拉丁文把这封信重新编写一遍,我只是搜集了睿智的人早就十分清楚,却没人愿意仔细聆听的那些散落片段。不过信中所说的每一件事情都是福音。如果你要的话,我可以将地址添上去,就当做那封信指定的收件人是你。"

"这名祭司会将你所说的那个装了耶稣圣血的圣杯送给我?当然,这将是一件终极而完美的圣事……"腓特烈嘀咕道。

于是,波多里诺和大帝的命运就在这一天晚上做出了决定,虽然他们两个人都不知道,向前会走到什么地方。

接近清晨的时候,两个仍然梦想着一个遥远国度的人,在接近一条灌溉渠道的地方找到了一匹逃离战场、此刻却找不到归途的战马。虽然他们取径小道,但因为有了两匹马,前往帕维亚的路途变得迅速。他们在路上遇到了一些正在撤退的官员。这些人认出了他们的主子,于是开心地大叫。由于他们洗劫了途经的村子,所以拿出东西让他们进食,并跑去通知走在他们前面的人。两天之后,腓特烈来到了帕维亚的城门口,因为好消息早已经传抵,城里难以相信眼中所见的贵族和他的战友,正用盛大的排场等候着他。

因为被告知丈夫已经身亡,已经穿上丧服的贝阿翠丝也在现场。她的手上牵着两个儿子,已经十二岁的小腓特烈看起来只有一半年纪,而亨利却相反和他的父亲一样强壮。他这一天因为困惑哭个不停，并不断询问到底发生了什么事。贝阿翠丝远远看到了腓特烈，一边啜泣一边奔向前，然后热情地拥抱他。当他告诉她，自己是因为波多里诺才捡回一条命的时候，她才发现他也在场。她满脸通红，然后变成一脸苍白，接着她又开始哭泣，最后她伸出手，一直碰到他的胸口，然后恳求上苍回报他所做的一切，并以子、以友、以弟称呼他。

"就是那一刻，尼基塔斯大爷，"波多里诺说，"我突然了解，救了主子的命之后，我也偿清了我的债务。不过也是因为这样的原因，我已经无法再自由地热爱贝阿翠丝。于是，我发现自己已经不再爱她了，就好像一个伤口结了疤。她的目光在我心中唤起美好的回忆，但是已不再令我颤抖。我觉得自己已经可以待在她的身旁而不会感觉痛苦，离开她的时候也不会再受尽折磨。我无疑已经完全成人，年少的热情已经在我心中沉睡。我并没有因此而觉得难过，只有一股轻微的怀旧。我觉得自己就像一只没有保留而咕咕大叫的鸽子，只是现在求爱的季节已经结束。所以应该动身了，前往大海的另一边去吧。"

"你已经不只是一只鸽子，你已经变成了一只燕子。"

"或是一只鹤。"

一六

波多里诺上了左西摩的当

星期六早上，培维瑞和戈里欧前来告知，君士坦丁堡里已经建立起某种秩序。并非因为这些饥饿的十字军已经被填饱，而是他们的主子注意到上述这些十字军，也把他们的爪子伸向了许多古老的圣物。一个圣餐杯或一件锦缎的祭服还可以被姑息，但是圣物不能有所散失。所以丹多洛总督下令，截至目前遭到偷窃的珍宝，全都要送到圣索菲亚教堂，然后再公平地分配。也就是说由十字军和威尼斯人均分——这些威尼斯人仍在等候这些余款，准备用他们的船舰运送回家——将每一件东西换算成银马克，然后骑士分四份，骑马的士官分两份，步行的士官分一份。我们可以想象那些什么东西都没留给他们的大兵会作何反应。

传言指出，丹多洛已经派人将竞技场那四匹镀金的铜马运回威尼斯，而所有的人都非常不高兴。丹多洛于是派人搜索每个阶级的战士来作为回复，并搜查他们在佩拉的住所。他们在圣波罗侯爵手下一名骑士的身上找到一个小玻璃瓶，他表示里面装的是已经干涸的药水，但是当他们拿起来晃动时，在手掌的温度下，他们看到里面流动着红色液体，看起来大概是流自耶稣基督身上的血液。骑士诚实地表示，他是在洗劫行动之前，从一名修士的手中购得此圣物。但是为了杀鸡儆猴，他当场就被处以绞刑，而他的盾牌和家徽都被挂在他的脖子上。

"妈的,看起来就像一片鳕鱼干。"戈里欧表示。

尼基塔斯悲伤地听着这些消息,但是波多里诺却突然间觉得尴尬,就好像这件事情是他的错一样,所以改变话题,询问是不是离开城里的时候了。

"外面还是一片混乱,"培维瑞回答,"所以必须小心。你打算前往什么地方,尼基塔斯大爷?"

"到锡利夫里去,我们有一些忠诚的朋友可以收容我们。"

"并不是很容易啊,锡利夫里。"培维瑞表示,"那是在西方,就在长墙的旁边,通常就算骑骡也要三天的路程,再加上一个怀孕的女人,肯定需要更多的时间。还有,你们想想看,带着一队漂亮的骡子穿越城市,你看起来像个口袋里有些东西的人,那些十字军会像苍蝇一样,一个一个从后面扑上来。"所以骡队必须在城外准备,而城市只能步行穿越。他们必须通过君士坦丁城墙,避开海岸,因为那一带肯定有许多人,然后绕过圣墨瑟教堂,由佩洁门穿过狄奥多西的城墙。

"一切顺利而没有被拦下来并不是一件容易的事。"培维瑞表示。

"啊,"戈里欧也评论,"他们很快就会上来操你的屁股,再加上这些女人,那些十字军嘴上一定垂涎不止。"

装扮这些年轻的女人还需要花上一整天的时间。十字军可能已经知道麻风病人不会在城内走动,所以不能再做此装扮,必须在她们的脸上涂上小斑点和痂盖,让她们看起来就像得了疥癣一样,倒尽所有人的胃口。此外,这些人在这三天内还是得吃些东西,因为空荡荡的袋子绝对无法挺立。热那亚人为他们准备了一整块"斯克力皮利塔",就是用鹰嘴豆粉制成的烘饼,又脆又细,切成块状之后,包卷在多张阔叶当中,只要撒一点胡椒在上面,就成了一道可以喂饱一头狮子，比一块半熟的牛排还要可口的道地美食。另外他们还准备了许多份洋苏草、乳酪，还有洋葱制成的葱油饼。

尼基塔斯并不太喜欢这些蛮族的食物。由于他还必须再等待一天，所以决定将这一天花在泰欧菲罗所能准备的最后几顿精致餐点上面，然后一边聆听波多里诺最后的沧桑史，因为他不希望在最扣人心弦的时候，还没知道他的故事如何结束就这样离去。

"我的故事还很长。"波多里诺说，"无论如何，我和你们一起走。我在君士坦丁堡已经无事可做，而城里的每一个角落都会唤起我的悲痛记忆。你已经成了我的羊皮纸，尼基塔斯大爷，我的手就好像自己或几乎自己动了起来一样，写下了许多事情，而有些我原本甚至已经忘记。我想，说故事的人都应该有一个叙述的对象，只有这样，他才能够同时对自己叙述。你记得我写情书给皇后，但是她却无法看到这些信的时候吧？我干了把信拿给朋友看这样的蠢事，是因为不这样做，我的信就完全没有意义。但是后来发生了和皇后亲吻的那一件事，那一吻我一直都没有办法对任何人描述，而我压在心里面已经许许多多个年头，有时候就像你那些加了蜂蜜的葡萄酒一样拿出来品尝，有时候觉得就像嘴里面的毒药一般。一直到告诉你之后，我才真正感觉得到解放。"

"为什么你可以说给我听？"

"因为我告诉你这件事情的时候，所有和我的故事相关的人都已不在身边，只剩下我一个人。从今以后，你就像我呼吸的空气一样，对我来说已经不可或缺。所以我和你一起到锡利夫里去。"

莱尼亚诺的创伤才刚刚复原，腓特烈就把波多里诺和帝国首相克里斯蒂安·冯·布赫找到跟前。如果我们要认真处理祭司王约翰那一封信的话，最好不要开始得太迟。克里斯蒂安看了波多里诺递给他的羊皮纸，作为一个深思熟虑的首相，他提出了一些反对的意见。这种文体，怎么样都不像是掌玺大臣公署的函件。这一封信应该流传在教皇、法国和英国的宫廷周围，并抵达拜占庭皇帝的跟前，所以应该写得就像是基督教世界流传的重要文件一样。然后他又说，如果要让那些玉玺看起来像是玉玺，准备上需要一点儿时间。如果他们要认真进行一件事，就要心平气和地进行。

如何让其他掌玺大臣公署知道这封信？如果由帝国的大臣公署传出去似乎不能说服任何人。所以，由祭司王约翰私下写信给你，允许你前往这一块陌生的土地和他见面，而你将这件事到街坊去四处传播，让某个人捷足先登，早你一步动身吗？关于这封信的事情当然要流传出去，不只是为未来的出征赋予正当的理由，最重要的是让整个基督教世界震惊——不过这样的事情要慢慢出现，就像是一个最高机密慢慢遭到揭露。

波多里诺提议找他的朋友帮忙。他们是一群不会遭人怀疑的特务，巴黎学堂的博学之士，而不是腓特烈的手下。阿布杜可以将信件偷偷传送到圣地的王国，波罗内负责英国，奇欧负责法国，而所罗门拉比负责让这件事传到生活在拜占庭帝国内的犹太人耳中。

接下来的几个月，他们全部被征召来负责不同的工作，而波多里诺则主持了这一个旧日同伴一起工作的文字工坊。偶尔，腓特烈会前来关切一下进展。他提议他们让圣杯这份礼物的轮廓更清晰一点，波多里诺则对他解释最好维持模糊的原因，他发现此皇家和宗教的象征已经让大帝深深着迷。

他们在讨论这些事情的同时，腓特烈又遇到了新的烦恼纠缠，他必须妥协，而试着和教皇亚历山大三世达成协议。既然全世界都不将帝国的伪教皇当真，所以大帝必须向他致意，并同意他才是真正的罗马教皇——这是一个非常的要求——但是作为交换，教皇必须收回对伦巴第所有部族的支持——这是一个非常非常的要求。既然他们正在讨论这些细节，腓特烈和克里斯蒂安都自问是不是还需要重新怂恿教皇让教会和帝国结合？波多里诺不满如是拖延，但是他不能抗议。

腓特烈反过来还干扰了他的计划，在一一七七年送他去威尼斯进行一些棘手的任务，也就是以精明的手段，为教皇和大帝七月份的会面安排每一个层面。双方和解的仪式当中，每一项细节都必须考虑，任何事情都不能造成干扰。

"克里斯蒂安主要的工作，是设法防止你们的皇帝曼努埃尔·科穆宁，为了让这次会面失败而进行任何干扰。你应该在很久以前就知道曼努埃尔·科穆宁和教皇之间进行的密谋，腓特烈和亚历山大之间的协议，将会破坏他的计划。"

"这项协议让他的计划化为乌有，十年来，曼努埃尔一直向教皇提议让两个教会结合：他将会承认教皇在宗教上至高无上的地位，而教皇则承认拜占庭皇帝无论在东方还是西方，都是真正而惟一的罗马皇帝。但是这样的计划只会让亚历山大在君士坦丁堡得到一些零碎的权力，一方面在意大利又摆脱不掉腓特烈，也可能造成欧洲各国君主的联合。所以他选择了对他最为有利的结盟方式。"

"那一段时间，你们的拜占庭皇帝派遣了装扮成修士的探子到威尼斯……"

"他们很可能真的是修士。在我们的帝国里，教会的人都帮皇帝工作，而不是和他作对。但是根据我的了解——别忘了我当时还没进到宫廷内——他们并不是被安排去进行任何破坏。曼努埃尔已经接受了无法避免的事。或许他只是希望知道事情的经过。"

"尼基塔斯大爷，我并不是要教你这位谙熟门道的拜占庭大臣，敌对双方的探子在同一件阴谋当中遭遇时，最自然的情况就是维持真诚的关系，并向对方透露彼此的秘密。如是的轮流揭露并不会让他们冒任何风险,在派遣他们的人眼中也会显得相当机灵。我们和这些修士之间就是这样的关系:我们立刻就开门见山地向对方表示前往当地的目的,我们是为了打探他们的消息,他们则是为了侦查我们的动静;我们接着一起度过了愉快的几天。"

"一名深思熟虑的官员都应该预料得到这样的事,否则他还能怎么做?如果他直接询问对方的探子——此外他和对方也素不相识——他们什么事都不会告诉他。所以,他派遣自己的探子,带着不太重要的情报去揭露给对方,所以他就可以获知他应该知道的事情,也就是除了他之外,所有的人都已经知道的事情。"尼基塔斯表示。

"这些修士之中,有一名叫做卡尔西顿的左西摩。他那张消瘦的脸孔,还有不停滚动而凸显满脸黑须和一头长发的眼睛,让我印象深刻。他说话的时候,就好像跟一名在他眼前滴血的受难者对话一样。"

"我知道这种人,我们的修道院里面有许多。他们全都因为精力耗竭而死得非常年轻……"

"他不属于那一种。我这辈子从来没看过胃口那么大的人。某个晚上,我甚至带他去找那些威尼斯妓女,或许你已经知道,这一类和世界一样古老的祭礼当中,她们一向都是最著名的女祭司。我在凌晨三点的时候酒醉离去,而他继续待下来。后来其中一个女孩告诉我,像这种需要设法让他冷静的恶魔男人,她们从来都不曾遇到过。"

"我知道这种人,我们的修道院里面有许多。他们全都因为精力耗竭而死得非常年轻……"

波多里诺和左西摩后来成了朋友,吃喝玩乐的伙伴。自从第一次一起大吃大喝,而左西摩突然冒出一句可怕的诅咒,表示他愿意用所有在伯利恒遭到屠杀的婴儿,来换取今夜的青春放纵之后,他们就开始走得很近。当他被问及,他们在拜占庭的修道院学习的是否就是这些事情,左西摩回答:"正如圣巴西流的教诲,对智慧造成干扰的恶魔只有两种,也就是私通和亵渎神明。但是第二项持续的时间通常很短,至于第一项,只要不会让激情扰乱思绪的话,就不会妨碍你对上帝的凝视。"他们接着就在没有激情的情况下,前去朝拜私通之魔,而波多里诺发觉左西摩无论在任何场合,都找得到一句神学家或隐士的格言来让他自己觉得心安理得。

有一回,他们又聚在一起喝酒,左西摩不断赞扬君士坦丁堡的美景。波多里诺觉得丢脸,因为他只能向他提起人们从窗口倒得粪便满街的巴黎,以及和普罗庞提德海的金黄水面没得比的塔纳罗河阴郁的河水。他也无法对他提起令人赞叹的米兰城,因为腓特烈已经摧毁一切。他不知道如何让他住嘴,而为了让他另眼相看,他于是把祭司王约翰那封信拿出来让他瞧一瞧,就像是告诉他,至少在某个地方还有一个王国,让他们的帝国就像一株欧石南一样。

左西摩才看了第一行,就怀疑地问:"祭司王约翰?这是什么人?"

"你不知道吗?"

"抵达无知的边境而未越界者通常比较快乐。"

"你可以越过去,快看,快看!"

他越看双眼越是发亮,接着他放下羊皮纸,漠不关心地表示:"啊,祭司王约翰,当然,我在我的修道院内,读过许多曾经前往该王国的人所做的记述。"

"但是你读这封信之前,不是不知道他是什么人吗?"

"鹤群虽然不识字,在飞翔的时候却排出了字母。这封信提到的祭司王约翰是一个谎言,但是信中却提到了一个真实的王国,也就是我读到的记述当中出现的印度统治者的王国。"

波多里诺几乎可以肯定这个土匪试着揣测，但是左西摩并没有给他足够的时间去怀疑。

"耶稣基督要求受过洗的人三件事：精神上的正直信仰、言语上的真实诚挚、身体上的禁欲节制。你那一封信不可能是印度的统治者所写，因为内容有太多不精确的地方。例如，他提到了许多该地的珍禽异兽，但是对于……让我想一想……有了，对于美塔贾里拿利、汀喜雷塔和卡美泰塔尼却一字不提。"

"那是什么东西？"

"那是什么东西？一个踏进祭司王约翰领土的人，他遇见的第一样东西就是汀喜雷塔，如果没有迎击的准备……飒……一下子就会被解决。嗯，嗯，你不能像是造访耶路撒冷一样前往这个地方，因为在耶路撒冷你顶多找到几头骆驼、一只鳄鱼、两头大象。此外，这封信让我觉得非常可疑的地方，是收信人是你的大帝，而不是我们的拜占庭皇帝，毕竟和祭司王约翰的王国距离较近的是拜占庭帝国，而不是拉丁人的帝国。"

"你说得好像你知道这个王国在什么地方一样。"

"我并不知道确实的地点，但是我知道怎么去，因为知道目的地的人，也会知道他必须走的路径。"

"那么，为什么你们这些帝国公民里面却没有人去过？"

"谁告诉你没有人曾经试着前往？我可以告诉你，如果曼努埃尔皇帝去了一趟伊科尼恩苏丹的领土，就是为了打通前往印度统治者的王国之路。"

"你原本可以告诉我，但是你却没说。"

"因为我们引以为荣的军队，两年前正是在这块土地上遭到挫败。那件事情发生在密列奥塞法隆。所以，我们的皇帝需要一点儿时间来准备下一次出征。但是如果我拥有许多钱，一支战备精良、随时准备面对千百种困境的军队，然后又知道方向的话，我会立刻动身出发，然后在路上问路，遵照当地人的指示……如果方向没错的话，你会找到许多记号，你会在树上看到只在那一块土地绽开的花朵，还有只出现在当地的动物，例如美塔贾里拿利。"

"美塔贾里拿利万岁！"波多里诺举起杯子说道。左西摩邀他一起举杯向祭司王约翰的王国致敬。接着他挑衅地邀他举杯向曼努埃尔致敬，而波多里诺回答只要他也向腓特烈致敬的话，他就同意。他们接着又向教皇、向威尼斯、向他们前几天晚上遇见的两名妓女致意。最后波多里诺首先不支，脑袋顶着桌子昏沉入睡，而他听见左西摩仍然结结巴巴地说："修士的生活就是：不要出现好奇的举动，不要和不义之事打交道，不要用双手抓住……"

隔天早上，口齿仍然不清的波多里诺对他说："左西摩，你真是一名无赖，你根本不知道你那一个印度的统治者在什么地方。你想要出发碰运气，只要有人告诉你在某个地方见到美塔贾里拿利，你就毫不犹豫地往那个方向去，然后你一眨眼就来到了一座用宝石搭建的宫殿，你看到一个人，就对他说祭司王约翰，你好吗？这样的事，你去说给你的拜占庭皇帝听，不要说给我听。"

"但是我会有一张很好的地图。"左西摩一边说，一边开始睁开眼睛。

波多里诺反驳道，就算有一张很好的地图，一切都还是太过于模糊而不容易决定，因为我们知道这些地图都不精确，尤其是那些大体上说来，在亚历山大大帝之后就没人去过的地方。他接着将阿布杜那张地图大略地画给他看。

左西摩开始笑了起来。毫无疑问，如果波多里诺相信那些最异端、最变态的思想，认为大地是一个球体，这一趟旅行他就根本连起步都办不到。

"如果不打算对《圣经》维持信念，你就去当一名异教徒，和亚历山大之前的异教徒使用同样的方式思考——此外，他们并没有留给我们半张地图。根据《圣经》，不只是大地，就连整个宇宙都呈圣体柜的形状，也就是说，摩西制造的圣体柜就像宇宙的忠实复本、穹苍下的大地一样。"

"但是那些古代的哲学家……"

"古代的哲学家仍未受到圣言启蒙，所以发明了'对跖点'①这类的东西。然而，《使徒行传》当中已经指出，上帝通过一名男子造就了人类，并要他住在大地的表面——表面，而不是其他并不存在的部分。路加的福音当中也提到，上帝赐予使徒踏在毒蛇与蝎子上面行走的能力——行走的意思就是行走在某样东西上面，而不是某样东西下面。此外，如果大地呈球体状，并悬挂在真空之中，那就没有上下之分，我们行走的时候也就没有方向，更没有任何意义可言。有谁曾经认为苍穹是一个球体呢？那些在巴别塔顶上的迦勒底罪人，他们才建造了这座塔，就因为迫近的天空所引发的恐惧，而启发了如是的想法。有哪一位毕达哥拉斯，哪一位亚里士多德曾经成功地宣布死人复生？就连那些卑微低下，不曾学习过哲学或天文学的人，都知道不同季节当中日升日落的时刻，而不同地区的人也都知道使用同样的方法，无误地计算逾越节是哪一天，但是你这一颗球形的大地是不是能告诉你日升日落的时刻，或告诉你哪一天才是逾越节？除了一个优秀的木匠所熟悉的几何学之外，我们还需要认识其他的几何学吗？除了一个清楚何时播种、何时收成的农夫所认识的天文学之外，我们还需要其他的天文学吗？此外，你说的是哪几个古代的哲学家？你们这些拉丁人，你们知道提出地表没有尽头，也否认大地为球体的科洛封的色诺芬尼吗？无知的人会说，如果视宇宙的形状为圣体柜，我们就没有办法解释日月蚀和春秋分了。但是，几个世纪前，我们的罗马帝国出现了一位伟大的智

---

① 指位于地球直径两端的点。

者，航行至印度的科斯马斯，他的足迹曾经抵达世界的边缘，在他的《基督教地形学》当中，他用一种令人无法争辩的方式，证明了大地的形状确实就像一个圣体柜，而这也正是我们用来解释所有难解现象的惟一方式。但是你却不让最虔诚的基督教国王，——祭司王约翰，去遵循最为基督教，而且不只源自科斯马斯，更源自《圣经》的地形学？"

"我也可以告诉你，我的祭司王约翰根本不知道你的科斯马斯所写的地形学。"

"你自己告诉我这个祭司是聂斯脱利教徒，而聂斯脱利教徒和那些耶稣单性论者之间，曾经有过一次戏剧性的争论。耶稣单性论者认为大地是一个球体，而聂斯脱利教徒则认为大地像一个圣体柜。我们知道科斯马斯自己也是一名聂斯脱利教徒，无论如何，他是聂斯脱利主教和摩普绥提亚的狄奥多若的信徒，而他一生都在对抗来自亚历山大，并追随像亚里士多德这种异教哲学家的约翰·斐罗庞努士所提出的耶稣单性论邪说。身为聂斯脱利教徒的科斯马斯，以及身为聂斯脱利教徒的祭司王约翰，他们只可能坚决地相信大地的形状就像一个圣体柜。"

"等一等，你的科斯马斯和我的祭司王约翰都是聂斯脱利教徒这件事我不争辩。但是据我所知，聂斯脱利教徒在耶稣和耶稣的母亲上面出了错，所以他们也可能在宇宙的形状这上面出错，对不对？"

"我最细腻的论点就在这上面！我要向你证明——如果你希望找到祭司王约翰的话——你最好追随科斯马斯，而不是异教徒的地形学。我们现在假设科斯马斯写了一些错误的东西，就算真的是这样，这些事已经被东方所有的部落思考过，也相信科斯马斯曾经前往这些土地——否则他不会如是告诉他们——而再过去就是祭司王约翰的王国。这个王国的居民肯定认为大地的形状为圣体柜，而他们依据崇高的圣体柜图形,来测量距离、边境、河道、海洋的延伸、海岸与海湾,还有群山。"

"我依然不觉得这是一个论点,"波多里诺说,"他们相信自己住在一个圣体柜里面,并不表示事情就真的如此。"

"让我把我的推论说完。如果你问我如何前往我出生的卡尔西顿,我可以为你解释得非常清楚。可能我测量旅行时间的方式和你不同,或者我称为右方的地方,你称为左边——此外,有人告诉我萨拉森人设计的地图,南在上,北在下,结果,太阳升起的地方就出现在大地的左方。但是如果你跟随我的指示,接受我呈现太阳移动路线和大地形状的方式,你肯定会抵达我要你去的地方,而如果你宁可使用你的地图,你就会弄得一头雾水。所以……"左西摩以优胜者的姿态下结论,"如果你希望抵达祭司王约翰的领土,你就应该使用祭司王约翰的世界所使用的地图,而不是你自己的地图——注意这一点:就算你的地图比他的更为精良。"

波多里诺被他尖锐的论点征服,于是向左西摩询问科斯马斯,以及祭司王约翰眼中的世界。"喔,不行,"左西摩说,"我知道什么地方可以找到这一份地图,但是,我为什么要把它交给你和你的皇帝?"

"除非他送给你许多金子,让你可以带着一支配备精良的部队出发。"

"没错。"

从那时候开始,左西摩绝口不再提起关于科斯马斯那份地图的事,或者应该说,当他喝到非常醉的时候会影射一下,用手指凌空画几条神秘的曲线,然后停下来,就好像自己已经透露太多一样。波多里诺再为他斟酒,然后问他一些荒谬得明显的问题。"如果我们接近印度的时候,坐骑都已经累毙,我们接着是不是要换骑大象?"

"或许，"左西摩表示，"因为你信中提到的动物印度都找得到，另外还包括一些其他的物种，除了马之外。不过你还看得到，因为他们可以从秦尼扎进口。"

"那是什么国家？"

"一个旅人前往寻找吐丝虫的国家。"

"吐丝虫？那是什么东西？"

"也就是说秦尼扎可以找到一些放在女人怀中的虫卵，虫卵被体温孵化之后变成了小虫。这些虫被放在它们当做食物的桑叶上面，长大之后它们会像进到坟墓一样，吐丝包裹自己的身躯。接着它们会化成美丽的彩色蝴蝶，然后在茧上挖洞。振翅飞去之前，公虫会从后面和母虫交配：它们就靠着交配的热情活下去，一直到丧命为止都不需要食物，而母虫则卒于孵卵的过程当中。"

"一个告诉你丝线是由虫子制造出来的人，我们没有办法真正信任他。"波多里诺告诉尼基塔斯。"他为了他的拜占庭皇帝打探消息，但是为了寻找印度的国王，他甚至可以靠着腓特烈的薪酬前往。而且，如果真的被他找到那个地方的话，我们就永远不会再见到他了。不过他对于科斯马斯的地图所做的影射，却让我十分兴奋。这一份地图，除了引导的方向完全相反之外，对我来说就好像伯利恒之星一样，可以指引我顺着东方贤士的脚步往回走。所以，自以为比他还要狡诈的我，原本打算让他超过纵欲的界线，让他更晕眩，更多话。"

"事情却完全相反？"

"事情却完全相反，是他比我还要狡猾，我隔天就已经找不到他了。几名他的同伴告诉我他回君士坦丁堡去了。他留言向我致意，并表示：'就像缺水的鱼类会因为干涸而丧命一样，逗留在修道房外的修士，也会耗尽与上帝结合的精力。这几天，我已经因为原罪而干涸，让我再回到泉源的清新里吧。'"

"或许是真的。"

"完全不是那么一回事。他找到了向他的拜占庭皇帝骗取金子的方式,而且还把账记在我的头上。"

一七

波多里诺发现祭司王约翰给太多人写了信

腓特烈抵达威尼斯之后的那个七月——在总督之子的陪伴下,经由海路从拉韦纳前往基奥贾,接着前往利多圣尼各老堂,然后于二十四日星期日,在圣马可广场上拜倒在教皇亚历山大的脚下。教皇扶他起来之后,以一种夸张的情感拥抱了他,而所有列席的人全都一起咏唱起赞美诗。这一回是真的凯旋,但是对双方来说,情况并不明朗。不过无论如何,持续了十八年的战争已经结束,那几天,大帝也和伦巴第的市镇签署了六年的停战协议。腓特烈非常高兴,所以决定在威尼斯多停留一个月。

那是八月份的一个早上,克里斯蒂安召集了波多里诺和他的朋友,要他们和他一起去见大帝。他们来到腓特烈面前之后,他用一种戏剧化的姿势,将一份淌着印泥的羊皮纸递上去,"这是祭司王约翰的信,"他表示,"它通过机密的管道,从拜占庭的皇宫传到我的手中。"

"那封信?"腓特烈惊讶地叫道,"但是我们还没寄出去啊!"

"事实上,这并不是我们的信,而是另外一封。收信人并不是你,而是拜占庭皇帝曼努埃尔。其他的部分则和我们那一封一模一样。"

"所以,祭司王约翰首先和我结盟,接着又找上那些帝国公民?"腓特烈愤怒地说。

波多里诺十分震惊,因为他非常清楚,祭司的信函只有一封,而且是由他亲手执笔。如果祭司真的存在的话,他写的应该是另外一封信,而不是这一封。他要求仔细检视这封信,并于匆匆看过之后表示:"这封信并不完全相同,有一些地方有一些差别。父亲,如果你允许的话,我希望能够更进一步查看。"

他和他的朋友一起告退之后,他们一再反复地阅读这一封信。首先,这封信还是以拉丁文撰写。所罗门拉比觉得十分奇怪,因为祭司这封信是寄给希腊裔的拜占庭皇帝。事实上,这封信的开头写道:

> 祭司王约翰,以上帝和统治者之主耶稣基督之名,致帝国公民统治者曼努埃尔健康以及圣恩恒喜之愿……

"第二个奇怪的地方,"波多里诺表示,"他称呼曼努埃尔为帝国公民的统治者,而不是拜占庭皇帝。所以这封信并不是由宫廷周遭的希腊人执笔,而是由某个不识曼努埃尔王权的人所撰。"

"所以,""诗人"下结论,"是由货真价实,认为自己才是统治者的祭司王约翰所写。"

"我们再看下去,"波多里诺表示,"我会为你们指出在我们的信中找不到的字眼和句子。"

> 已得知你对我国大使之尊重,吾等强盛之信息也已传抵。经由我国传令代表得知,你希望知道我方是否愿意接受一件充满趣味和喜气的赠礼。通过我国大使,我以一名凡人的身份向你转达乐意接受这一份礼物之喜悦,并希望知道你是否和我们一样追随正义的信仰,是否各方面都信奉耶稣基督。不过我非常清楚自己是一名凡人,就算你们那些小希腊视你为神,我们都知道你并非永生,也拥有人类腐蚀之躯。如果你有任何要

求,但愿我们的慷慨能够满足你,并请通过我国的使者和你的友谊明证让我们知晓。

"这部分奇怪的地方太多了。"所罗门拉比说,"他一方面以优越的姿态藐视拜占庭皇帝和他那些小希腊,而且近乎凌辱,而一方面他又使用'传令代表'这类似乎源自希腊的用词。"

"也正是使节的意思。"波多里诺表示,"但是,你们听:我们提到祭司的饭桌上,坐着撒马尔干的东正大主教,以及苏萨的总司铎,这里却用希腊文 rotopapaten Sarmagantinum 和 archiprotopapaten de Susis 取代。还有,提到王国的奇特景色时,这封信提到了一种可以驱逐恶灵,名叫 assidios 的本草。总共又出现了三个希腊名词。"

"所以,""诗人"表示,"这封信是由一名厌恶希腊人的希腊人所写。我不懂。"

这时候,拿了羊皮纸的阿布杜表示:"还有其他的东西:我们提到胡椒的收成这一部分,这里面添加了更多的细节。然后:祭司王约翰的王国马匹极为罕见。再看看这个地方:我们只提到了火蜥蜴,这封信却表示那是一种虫子,包在某种膜里,像是一种制造丝线的虫子,而膜子接着由皇宫里的女人拿去洗涤,再用来编织只能在烈焰当中清洗的皇家衣袍和床单。"

"什么?什么?"波多里诺不安地问。

"最后,"阿布杜继续说下去,"住在王国的人种,除了长角的人、羊足人、人头羊、侏儒、狗头人之外,这里还加上了美塔贾里拿利、汀喜雷塔和卡美泰塔尼,这些我们不曾提起的物种。"

"上帝的母亲啊!"波多里诺大叫,"这些虫子是左西摩的故事!是左西摩告诉我根据科斯马斯的说法,印度并不产马!是左西摩对我提起美塔贾里拿利这些怪物的名称!王八蛋、塞满屎的直肠、骗子、小偷、伪君子、诈欺犯、叛徒、奸夫、狼獾、懦夫、色狼、暴徒、异端、淫徒、凶手、土匪、亵渎犯、鸡奸犯、钱鬼、渎圣犯、巫师、挑拨离间者、术士！"

"他到底对你做了什么事？"

"你们还不了解吗？我把那封信拿给他看的晚上，他把我灌醉，然后誊写了一份！接着他回到他那个狗屎拜占庭皇帝身边，警告他腓特烈即将以祭司王约翰的朋友和继承人自居，所以他们写了另外一封收件人为曼努埃尔的信，抢在我们这一封之前流传出去！为了不被怀疑是自己的内阁所写，所以这封信才会对拜占庭皇帝如此傲慢！为了显示这封信译自祭司王约翰所写的希腊文正本，所以信中才会有许多希腊名词。但是这封信以拉丁文撰写，是因为需要说服的人并非曼努埃尔，而是拉丁国王的大臣公署以及教皇！"

"我们漏掉了另外一个细节，"奇欧表示，"你们还记得祭司将圣杯寄给大帝这件事吧？我们为了维持谨慎，所以只提到了盒子……你对左西摩提到这件事了吗？"

"没有，"波多里诺回答，"这件事我并未多说。"

"所以你那位左西摩才会写下'叶拉坎'。祭司寄给拜占庭皇帝一个'叶拉坎'。"

"那是什么东西？""诗人"问道。

"就连左西摩自己也不知道。"波多里诺表示，"看看我们的正本：阿布杜的笔迹在这个地方写得并不清楚。左西摩并不知道那是什么东西，他以为是一件只有我们才知道的神秘怪礼物，这就解释了他为什么这么写。啊，真是糟糕！全部都是我的错才会信任这个人，真是丢脸，我应该如何向大帝报告这件事？"

这并不是他们第一回睁着眼睛说瞎话。他们对克里斯蒂安和大帝解释，为了阻碍腓特烈那一封信流传出去，这封信肯定是曼努埃尔大臣公署的人所撰写的原因，但是他们又补充，神圣罗马帝国的大臣公署里面可能出了一名成功地誊写了这封信,并送往君士坦丁堡的叛徒。腓特烈咬牙切齿地发誓逮到这个人,然后将他身上所有超出躯干的器官全部割除。

腓特烈接着想要知道他们是不是应该担心曼努埃尔的企图。这封信的目的是不是企图为出征印度寻找正当的理由?克里斯蒂安谨慎地提醒他,曼努埃尔两年前才进军伊科尼恩,在弗里吉亚向塞尔柱的苏丹挑战,并在密列奥塞法隆惨遭戏剧性的挫败,这件事足以让他一辈子都和印度保持距离。仔细想一想,这一封信应该是一种用来赢回已经尽失的威望,而且使用的方法相当幼稚。

不过在这种情况下,如果让这封收件人为腓特烈的信再流传出去,是不是仍具有任何意义?为了不让其他人认为是抄袭自寄给曼努埃尔那封信,是不是应该修改一下内容?

"这件事情你知道吗,尼基塔斯大爷?"波多里诺问道。

尼基塔斯笑了笑:"我那时候三十岁都不到,负责在帕夫拉戈尼亚征收税赋。如果我当时是拜占庭皇帝的参谋,我会告诉他不要使用如此幼稚的策略。但是曼努埃尔什么朝臣说的话都听,还包括寝宫里的官员、宦官,甚至仆人,他也经常受到一些看得到显像的修士影响。"

"我一想到这条虫就生气。不过教皇亚历山大也是一条虫,而且比左西摩或火蜥蜴更糟糕,这件事我们到九月份,帝国的大臣公署收到一份文件的时候才发现,而这份文件可能也已经寄给其他基督教王国的君王和希腊人的皇帝:那是亚历山大三世写给祭司王约翰的信件誊本!"

亚历山大肯定也收到了曼努埃尔那封信的复本,或许他也知道使节休斯·贾巴拉这件事,或许他担心腓特烈会利用祭司国王存在的消息,所以先下手为强,不过他并非表示自己收到祭司王约翰的召唤,而是直接寄发通知,因为他在信中表示,他立刻派出特使去和祭司洽谈。

这封信开头写道:

> 亚历山大主教,上帝仆人之仆人,致亲爱的约翰,基督之子,印度显赫而卓越的统治者健康之愿,并寄上教廷的祝福。

接着,教皇提到了彼得委任了惟一的中枢教廷(也就是罗马)作为全体信徒的领导和权威。他表示教皇从私人医生菲利普先生口中听说了祭司王约翰的信仰和虔诚,而这一位具先见之明、小心谨慎的先生曾经听到几位具权威而值得信赖的人提到,祭司王约翰希望皈依到真正的罗马基督教信仰。教皇非常遗憾此刻无法派遣高层的要人前往,此外他们也不识未知的蛮族语言,但是他派了谨而又慎的菲利普前去教导他们真正的信仰。菲利普抵达之后,祭司王约翰必须发出一封表明意图的信函,而且——他也被警告——如果他希望以神圣罗马教会谦逊子民的身份被接受,越少吹嘘他的权力和财富对他越有利。

波多里诺因为这个世界上居然充斥着如此多这类骗子而愤慨不已。腓特烈也怒不可遏地大叫:"恶魔之子!没有人给他写过信,而尽管如此,他却先回了信!他更避免称约翰为祭司,否认他在圣职上的所有权威……"

"他知道祭司王约翰为聂斯脱利教徒,"波多里诺补充道,"并在没有提到四部福音书的情况下,要他放弃他的异端邪说,归顺在他旗下……"

"毫无疑问,这是一封极度傲慢的信件,"首相克里斯蒂安表示,"他称他为子民,而且连个主教的影子也不派遣,只让他的私人医生前往。他把他当做小孩一样,要他遵守秩序。"

"我们必须阻止这个菲利普，"腓特烈表示，"克里斯蒂安，派出信差、杀手，你要派谁都行，我们在路上拦下他，勒毙他、扯断他的舌头、让他溺毙在湍流当中！不能让他抵达目的地！祭司王约翰只和我打交道！"

"冷静一点儿，父亲。"波多里诺说，"根据我的看法，这个菲利普根本没有出发，甚至可能不存在。首先，我觉得亚历山大很清楚曼努埃尔的信出自伪造；第二，他并不知道在什么地方可以找到他的约翰；第三，他写这封信，目的只是要比你先开口，表示和约翰打交道的人是他，除此之外，他要你和曼努埃尔忘记祭司国王这件事；第四，就算这个菲利普真的存在，如果他出发去寻找祭司，并且真的被他找到了，想想看，万一他因为祭司王约翰没有皈依而空手回来的话，接下来会发生什么事。对亚历山大来说，就好像脸上被砸了一坨牛粪。他不能去冒这种险。"

无论如何，公开腓特烈这封信已经太迟了，而波多里诺觉得自己被剥夺一空。他从奥托去世之后，就一直追求祭司的王国，而从那个时候开始算起的话，已经几乎过了二十个年头……白白浪费了二十个年头……

接着他振作精神：不行，祭司这封信被磨灭成一片模糊，换句话说，就是已经被淹没在其他的信件当中。现在，任何人只要高兴的话，就可以自己编造和祭司互通的情书。不过，虽然我们生活的世界里四处是大骗子，并不表示我们就应该放弃寻找他的王国。实际上，科斯马斯的地图依然存在，只要找到左西摩，把地图夺过来，然后出发前往未知的国度。

但左西摩现在的下落呢？就算知道他现在全身盖满薪饷地待在拜占庭皇帝的皇宫里，要用什么方法，在一整队拜占庭的军队当中把他揪出来？为了搜集一些这个卑鄙修士的消息，波多里诺开始向旅人、信差和商人打探。一方面，他也不停地向腓特烈提醒这项计划,"父亲,"他说,"现在,这件事情的意义比过去还要重要,因为过去你可能担心这个王国只是我的想象。但是现在,你知道希腊人的国王和罗马人的教皇都相信,在巴黎的时候也有人曾经告诉我,如果你在心中酝酿出一样最伟大的东西,这样东西肯定真的存在。至于应该取道的路线,我目前正在追寻一个能够告诉我们这方面消息的人,请允许我花费你一点金钱。"他成功地让自己手上持有足够的金子来收买几个行经威尼斯的小希腊。他和君士坦丁堡内几名能够信任的人搭上了关系,并等候他们传来消息。等他收到这些消息之后,就剩下说服腓特烈做出一个决定了。

"又是几年的等待,尼基塔斯大爷。而这段时间内,你们的曼努埃尔也去世了。虽然我当时还不曾造访你们的国家,但是我调查的事情已经足以让我知道,一旦换了皇帝,过去的忠臣全部都会遭到肃清。我向圣母和所有的圣徒祈祷,希望左西摩并未遭到杀害,就算他的眼睛被弄瞎了都没关系,只要他把地图交给我,接下来我就能够解读。这一段等待的时间,我觉得自己就像失血一样地浪费时间。"

尼基塔斯告诉波多里诺不要因为过去的挫折而沮丧。他吩咐他的厨师和仆人想办法超越极限,他希望在君士坦丁堡阳光下的最后一餐,能够让他永远记得这一片海洋与土地的甜美,所以希望在餐桌上看到龙虾、寄居蟹、水煮螯虾、油炸螃蟹、生蚝和淡菜煮扁豆、海枣,配上蚕豆泥以及蜜汁饭,再佐以克里特岛的葡萄酒。不过这只是第一道菜。接下来是一道飘着可口香味的炖锅:锅内熏制了四颗白硬如雪的漂亮菜心、一条鲤鱼、二十尾小鲭鱼、盐渍的鱼脊肉、十四颗蛋、瓦拉几亚的羊酪,然后淋上一斤油、撒上胡椒,再用十二颗大蒜头让香味四溢。搭配这第二道菜,他要求的是贾诺斯一带的葡萄酒。

一八

波多里诺和柯兰迪娜

尼基塔斯的女儿们因为习惯于朱红胭脂，不愿弄脏面孔，所以从热那亚人的院子里传来阵阵抱怨声。"乖一点，乖一点。"戈里欧对她们说，"光是漂亮并不足以造就一个女人。"他向她们解释，他自己也不确定贴在她们脸上这一点头癣和天花，是不是足以让一名发情的十字军倒尽胃口——这些人会在找到的任何东西上面发泄，不论年轻或年老、健康或生病、希腊人、萨拉森人，还是犹太人，因为这样的事情和宗教一点儿关系都没有。为了让人觉得恶心，他补充道，你们真的应该像一把锉刀一样地长满脓包。尼基塔斯的妻子充满爱心地帮忙丑化自己的女儿，一面在额头上加一道伤疤，或在鼻子上贴上看起来就像遭到啃噬的鸡皮。

波多里诺忧郁地看着这一个美丽的家庭，突然不假思索地冲口说道："于是，当我不知道做些什么，而在这边为上帝做一点人情，在那边施舍恶魔一点好处的时候，我也给自己娶了一个老婆。"

他描述他那一段婚姻的时候，看起来并不是十分愉快，就像那是一段痛苦的回忆一样。

"那一段时间里，我穿梭在宫廷和亚历山德里亚之间。腓特烈还是没有办法咽下这座城市存在的事实，而我则设法修补我的同乡和大帝之间的关系。和过去比较起来，情况已经好多了。亚历山大三世已经去世，亚历山德里亚已经失去了保护人。大帝和意大利城邦之间的缔盟也越来越频繁，亚历山德里亚已经无法再将自己视为联盟的堡垒。热那亚已经靠到大帝这一边，和热那亚站在一起的亚历山德里亚有着全赢的条件，不需再继续作为让腓特烈痛恨的一座城市，只是必须想出一个让大家都下得了台阶的解决方式。于是我和同乡讨论几天，然后回到宫廷里探查大帝的情绪，而这期间我注意到了柯兰迪娜。她是贾斯可的女儿，在我的眼前慢慢长大，但是我并没有发觉她已经变成了一个女人。她非常温柔，一举一动当中有一种略显笨拙的高雅。围城事件之后，我的父亲和我被视为这座城市的救命恩人，而她看着我的时候，就好像我是圣乔治一样。我和贾斯可谈话的时候，她躲在我面前的角落，两眼闪闪发亮地啜饮我说出口的每一句话。我的年纪已经可以当她的父亲，她才刚刚满十五岁，而我已经三十八。我说不上自己是否爱上了她，但是我喜欢看到她出现在我的周围，所以我开始向其他人叙述一些难以置信的经验，好让她也能听得见。贾斯可也注意到了，虽然他是一名骑士，比我这种官员还高阶（此外，我还是农民之子），但是我已告诉过你，我是这座城里的宝贝子弟，身旁佩带着一把剑，我住在宫廷内……这样的联姻并不差。况且，是贾斯可自己开口对我说：你为什么不和柯兰迪娜结婚，我觉得她已经变得笨手笨脚，她会让手中的器皿滑落地上，你不在城里的时候，她成天都在窗口等待你出现。那是一次美丽的婚宴，就在我们献给已故的教皇、而新任者甚至根本毫不知情的圣彼得教堂里举行。很奇怪的一次婚姻，因为才过了新婚夜，我就必须回去和腓特烈会合，而这一回我在他身边整整待了一年。她是一个每一回有主教过世的时候，我才见得到面的妻子，而每一回和我重逢的时候，她表现出来的快乐都让我感动。"

"你爱她吗？"

"我想是的；不过这是我第一次娶妻，我不太清楚应该怎么待她，除了丈夫晚上做的那些事情之外。但是白天的时候，我不知道自己应该待她像个孩子，还是待她像位仕女，因为她仍需要一名父亲来斥责她的笨拙，或是冒着宠坏她的风险来宽容她的一切。这样的情形一直持续到第一年的年尾，她告诉我她已经怀了一个小孩，从那个时候开始，她在我眼中就像圣母马利亚一样。我回家的时候，会请求她原谅我身在远方，然后我周日会带她到教堂做弥撒，让所有的人都看到波多里诺亲爱的好妻子就要给他生一个儿子，而我们聚在一起那少数几个晚上，我们会聊起如何安排柯兰迪娜肚子里的小波多里诺；她有的时候认为他应该会被册封为一名公爵，而我也差不多相信这样的事。我向她提起了祭司王约翰的王国，而她告诉我，就算用全世界的金子交换，她也不让我一个人单独前往，因为天晓得那个地方有什么样的漂亮女人，但是她也想看一看这个比亚历山德里亚和索雷洛加起来都漂亮、都大的地方。接着我告诉她关于圣杯的事，她睁大眼睛：想想看，我的波多里诺，你到那个地方把耶稣基督用过的杯子带回来，然后你会成为整个基督教世界最著名的骑士，你为圣杯在蒙泰卡斯泰洛盖一座教堂，人们会远从卡聂托前来瞻仰……我们像小孩子一样天马行空地想象。我对自己说：可怜的阿布杜，你以为爱情是一名远方的公主，而我的爱情却近到让我可以触及她的耳根。她笑着对我说，我搔得她都起鸡皮疙瘩了……但是这样的事并没有持续太久。"

"为什么？"

"因为亚历山德里亚正是在她怀孕的那段时间和热那亚结盟，共同对抗西尔瓦诺多尔巴人。他们的人数并不多，不过为了抢劫农民，一直不怀好意地在城外窥探。那一天，柯兰迪娜到城墙外去采花，因为她知道我马上就会回来。她驻足在一群母羊旁边，和一名曾经为她父亲工作的牧羊人说笑，而一群该死的强盗这时候冲过来抢夺这些牲畜。他们或许并不想伤害她，却将她撞倒在地。羊群窜逃的时候，从她的身上踩过……牧羊人早已经逃得不知去向，而她，她的家人发现她迟迟未归。找到她的时候，她已经发着高烧。贾斯可派人去找我，而我虽然快马疾驰，但是等我抵达的时候，已经是两天之后的事了。我看到她躺在床上奄奄一息，她看到我之后，死命地求我原谅她，因为她说，婴儿还没到时候就出来了，而且已经丧命。她因为无法为我生个儿子而痛苦不已，而她看起来就像一座圣母的蜡像，我必须把我的耳朵贴近她的嘴巴才听得到她说的话。不要看我，波多里诺，她说，我的脸孔因为过度流泪而肿胀，以至于你看到的不只是一名不尽职的母亲，还是一名丑陋的妻子……她就在求我原谅她的时候断了气，而我则因为危险发生的时候未能在她身旁而求她原谅我。接着，我希望看一看死去的婴儿，但是他们不愿意让我见他，因为他、他……"

波多里诺没有再说下去。他高高地仰着头，就像是不愿意让尼基塔斯看到他的眼睛。"那是一个畸婴。"过了一会儿之后，他说，"就像祭司王约翰王国里那些我们想象出来的物种一样。脸上两道如歪斜裂缝的小眼睛、干瘦的胸膛、两条细小的手臂看起来就像章鱼的触手一样，从肚子到脚板上面还覆盖着一层白毛，就好像他是一头母羊一般。我看了一会儿之后就看不下去，然后交代他们把他埋了。我甚至不知道应不应该找一名教士。我出了城，在法斯凯特一带游荡了一整夜，一边告诉自己，我一辈子都花在想象其他世界的物种上，在我的想象当中，这些物种全部都奇迹般的美妙，并通过多元化见证了上帝无止境的能力，但是当上帝要我表现得和其他人一样的时候，不是孕育一个奇迹，而是产下一个可怕的东西。我的儿子是大自然的一个谎言，奥托说得没错，事实上还有过之而无不及：我是一个骗子，我活得像个骗子，以至于我的精液也制造了一个谎言，一个死去的谎言。我于是恍然大悟……"

"也就是说,"尼基塔斯犹豫地说,"你决定改变你的生命……"

"不是,尼基塔斯大爷。我决定,如果这就是我的命运,事实上证明,我就算试着像其他人一样也无济于事。我从此将会把自己贡献在谎言上面。我很难解释当时脑袋里想些什么,我告诉自己:如果你继续编造谎言的话,就编造一些一开始不真实,但是最后会成为真相的事情。你让圣波多里诺出现,你为圣维克多修道院编造了一套藏书,你让东方贤士来来去去,你灌食一头瘦牛来拯救你的城市,如果人们可以在博洛尼亚找到一群博学之士也是你的功劳,你让罗马出现了一些就连罗马人做梦也梦不到的奇迹,经由休斯·贾巴拉的把戏,你创造了一个美丽得无与伦比的王国,你爱上一个幽灵,并让她撰写一些她从未写过的情书,而看过这些信的人虽然不是收件人,却一个个因此而痴狂,更别说这个幽灵竟然是一个皇后。相反,你惟一一次试图和一名再没有比她更诚恳的女人经营一件真实的事情,却遭到彻底的失败:你制造出一样没有人相信、也不愿其存在的东西。所以你最好躲到你那些奇迹的世界里,你至少可以决定如何让这些奇迹不可思议。"

一九

波多里诺改变他那座城市的名称

"喔,可怜的波多里诺。"尼基塔斯对他在年轻的时候失去一个妻子和一个儿子表示遗憾。他们一边继续为了出发做准备,"我自己明天也可能因为这些蛮族而失去骨肉和亲爱的妻子。喔,君士坦丁堡,城市之后,上帝的圣幕,群臣的颂赞和荣耀,异乡人的乐趣,皇城母仪,雅歌中的雅歌,壮丽中的辉煌,罕见事物当中最罕见的演出,赤裸得就像是出了母体的胎儿,抛下你之际,我们何去何从?我们何时才能够再见到并非像此时此刻,泪流满谷,惨遭大军践踏的你?"

"不要再说了,尼基塔斯大爷,"波多里诺告诉他,"别忘了,这可能是你最后一次尝到阿比鸠斯等级的珍贵餐点。这些芬芳得像你们香料市场的肉丸的东西到底是什么?"

"青椒丝瓜碎肉丸子,香味则是由肉桂,还有一点儿薄荷衬托出来。"得到慰藉的尼基塔斯答道。"在这最后一个日子,我还成功地弄到了一些茴香酒,你得拌入水中,让它像云朵一样地扩散再喝。"

"好喝,不会让人头昏,而你觉得自己就像在做梦一样。"波多里诺表示,"柯兰迪娜过世之后,如果我能喝到这种东西,我或许就能够忘了她,就像你,早已经把你这座城市的不幸和明日的忧虑抛到脑后。相反，我们那边的葡萄酒却让你觉得沉重，你当场就会昏睡过去，但是醒过来的时候情况却更为糟糕。"

波多里诺花了一年的时间，才脱离那一股疯狂的忧郁。他已经不记得这一年内都做了些什么，除了长途骑马穿越树林和平原，然后找个地方停下来饮酒，一直到陷入冗长而骚动的睡眠当中。在他的梦中，他看到了自己终于找到左西摩，并从他身上（连同他的胡子）将地图扯过来的那一刻，而这张地图将可以带他前往一个所有的新生儿都是汀喜雷塔和美塔贾里拿利的王国。他并没有再回到过亚历山德里亚，因为害怕他的父亲、他的母亲还有贾斯可对他提起柯兰迪娜，还有他那个从未诞生的儿子。他经常躲到如慈父般关切和理解他的腓特烈身边去，他试图替他解忧，并谈起他能够为帝国带来的真正功勋。直到有一天，他对他说，他那一股愤怒已经平静下来，所以他决定为亚历山德里亚找出一个解决的方法。为了让波多里诺开心，他准备不以武力摧毁这座城市的方式来治愈他的伤痛。

这一项任务为波多里诺带来了新的生命。腓特烈打算和伦巴第的市镇签署永久的和平协议，而波多里诺对自己说，这件事其实只不过是面子问题罢了。腓特烈无法忍受一座城市在没有他的允许之下兴建，更何况还以他的敌人之名命名。所以，如果腓特烈能够重新建立这座城市，即使位于同一个地点，但是以另一个名称命名，就好像他在另外一个地方，以同样的名称重新建立了洛迪一样，他就可以不用气得像个涨风的袋子一样，圆满地解决这件事！至于亚历山德里亚人，他们要的是什么？一座城市，让他们可以做做生意。他们是在非常偶然的情况下以亚历山大三世的名称来为这座城市命名。现在他已经死了，如果我们换成另外一个名称的话，也不会得罪他。这就是他想出来的点子：一个晴朗的早晨，腓特烈和他的骑士来到亚历山德里亚的城墙前面，所有的市民都走出城外，让一群主教进到城内为这座城市解除祝圣——如果我们可以说它曾经被祝圣的话——或应该说为这座城市取消原先的洗礼,然后再以恺撒城为名,重新进行一次洗礼。亚历山德里亚人一一行经大帝面前向他致意,然后再重新回到这座新城市里,就像是来到另外一座由大帝所兴建的城市一样,从今以后过着幸福快乐的生活。

我们可以发现,波多里诺以热情的想象力重新出击,让他自己从绝望中痊愈。

腓特烈并不反对这个主意,只是他那一段时间必须解决和德国封臣之间的一些重要事情,所以没有办法再次回到意大利。波多里诺于是扛起协商的责任。他进到城里之前有些犹豫,但是他的父母却出来和他见面,三个人因为松了一口气而哭成一团。他的老同伴都装作波多里诺从来不曾结婚一样,他还没开始谈到自己的任务,就被拉到过去的酒馆里,让他畅饮带着一点酸味的加维白酒。虽然不足以让他昏睡,却能够激发他的才华。波多里诺于是开始描述他的点子。

首先响应的人是加里欧多:"待在这个人面前,你也快要变得跟他一样没用。想想看,如果我们要搞这些把戏,首先出去,然后再进来,来来来,走吧走吧,你出去,我进来,不,谢谢,你先走,我们就差没拿出风笛,要不然就可以跳起舞来庆祝圣波多里诺的节日了……"

"不,这一个点子并不差……"波伊迪表示,"但是,接下来我们就不再是亚历山德里亚人,而成了恺撒人了。我会觉得很丢脸,也不会将这件事情说给阿斯蒂人听。"

"搞这些蠢事之后,我们就一劳永逸地得到承认。"欧伯托·佛洛反驳,"我觉得可以让他为这座城市重新洗礼,但是行经面前致意的人是他。向他致意这件事我咽不下去:再怎么样,是我们操了他的屁股,而不是他操了我们,所以他不能够太过专制。"

卡聂托的古帝卡则认为可以接受重新洗礼这件事，他也不在乎这座城市叫做恺撒城、凯西城、奥利维、苏弗尼或厄托彼，但问题是要知道腓特烈会不会派出他自己的行政官，还是会授权，让他们这些人选出来的执政官拥有合法的地位。

"回去问问看他想怎么做。"贾斯可对他说，而波多里诺答道："是啊，我就一直在阿尔卑斯—比利牛斯山的前后跑来跑去，直到你们达成协议为止。不行，各位大爷，你们必须全权委托你们当中两个人，让他们和我一起去见大帝，我们一起研究一个大家都同意的协议。再一次看到两个亚历山德里亚人，腓特烈肯定全身不舒服。光是要让他们离开他的视线，他就会愿意接受一项协议。"

于是波多里诺带着城里派出的两名特使，安塞摩·康萨尼和贾斯可家的泰欧巴多一起出发。他们在纽伦堡见了大帝，并达成一项协议。就连执政官这件事情也立刻得出结论，因为只是补救形式上的问题，也就是亚历山德里亚人选举出来之后，再由大帝任命。关于致意这个问题，波多里诺将腓特烈拉到一边，对他说："父亲，你不能去，你必须派遣一名你的特使。而你派出去的人就是我。再怎么样，我都是一名官员，然后你在这种情况下，以最大的仁慈授予我骑士的腰带，我就成了这里的人口中所称的 Ritter① 了。"

"没错，但是你还是皇家公署这一边的人，你可以拥有封地，但是你不能授封出去，你的情况不允许你拥有封臣，而且……"

"你觉得我这些同乡他们会在乎这一些吗？只要有个人骑在马上，下令的人就是他。他们向你的一名代表致意，也就等于对你致意，但你的代表就是我，而我又是他们的人，所以他们不会感觉是向你致意。接着，如果你要的话，宣誓这些琐事，你可以让你的一名内廷总管在靠近我的地方进行，他们根本不会知道两个人当中，

---

① 德文，骑士。

哪一个人的地位比较重要。你应该了解人性是怎么一回事。如果我们可以用这种方式让这件事一劳永逸，不是所有的人都受益吗？"

这项仪式于是在一一八三年的三月中旬完成。波多里诺穿上了华丽的衣服，让他看起来比蒙费拉托侯爵还要重要。他的父母亲贪婪地望着手放在佩剑菱形纹饰上面的他，还有一匹一直没有办法安静下来的白马。"他看起来就像一名大爷的狗一样重要。"他的母亲赞叹不已地说。他的身边有两名举着皇家军旗的人、内廷总管鲁道夫、许多名帝国的贵族，以及根本难以计数、而这个时候也不会有人在乎数量的主教。不过在场的还有伦巴第其他城邦的代表，也就是说，科莫的朗方寇、帕维亚的西洛·萨林贝内、卡沙雷的菲立波、诺瓦拉的杰拉多、欧松纳的帕汀奈里欧、布雷西亚的马拉维斯卡。

由于波多里诺的位置正面对着城门，亚历山德里亚里面的人于是全部排队走出来，小孩抱在脖子上，老人牵在手臂上，坐着四轮车的病人，还有白痴和瘸子，少了一条腿、一只手臂，或甚至光着屁股躺在一张带着轮子的木板上、用手推着走的护城英雄。他们并不知道应该在城外逗留多久的时间，所以许多人都带着食物，包括面包、腊肠、烤鸡，或提着水果篮，以至于他们最后全都像是在草地上野餐的风雅之士。

事实上，当时的气候依然十分寒冷，而草地上覆盖着一层白色的霜，所以坐在上面其实是一种折磨。这些刚走出家园的市民，一个个都站着，拍着脚板，对着手掌呵气，有几个还说："这个市集很快就可以散了吧？我的锅子还在火上烧着呢！"

大帝的人马进到城里，没有人看到他们做了些什么，在城外等候队伍归返的波多里诺也没看到。过了一会儿之后，一名主教走出来，宣布这座城市在神圣罗马帝国的恩泽下命名为恺撒城。波多里诺身后的帝国军队举起了武器和军旗，开始大声呼喊伟大的腓特烈。波多里诺策马疾行，朝着第一行疏散的人群靠近，然后以帝国特使的身份宣布，腓特烈刚刚在贾蒙迪欧、马伦哥、贝尔果吉利欧、罗伯瑞托、索雷洛、佛洛和欧维吉里欧等七个地点建立了这座城市，授以恺撒城为名，交给以上几个市镇目前聚集在此地的居民，并邀请他们接收赠礼。

内廷总管列举了协议当中的几项条例，但是所有的人都已经冻僵了，他们匆匆略过关于王室、管理、通行税这些让和约生效的细节，"快一点，鲁道夫，这些就像一场闹剧一样，越快结束越好。"

这些被驱逐到城外的人开始往回走。除了欧伯托·佛洛之外，他们全部都来了，他无法接受这种致意的耻辱，因为他打败了腓特烈。他委派了安塞摩·康萨尼和泰欧巴多·贾斯可作为城府特使。经过波多里诺面前的时候，这座新恺撒城的特使正式宣了誓，但是使用的却是一种非常糟糕的拉丁文，如果他们将来宣布的是完全相反的内容，也没有人能够揭穿。至于其他的人，他们跟在后面懒洋洋地打招呼，有的人叫道："你好，波多里诺！还好吧，波多里诺！呜、呜，波多里诺，我们待会再见！我们在这里，喂！"经过面前的时候，加里欧多结结巴巴地表示，这件事情太不严肃了，但是他却细心地取下帽子，由于他是在他那个无赖儿子的面前取下，所以这一份敬意比他舔了腓特烈的脚更有价值。

仪式结束之后，伦巴第和泰尔东纳的人全都像觉得丢脸一样尽速离去。波多里诺跟着他的同乡进到了城内，他听见有人说：

"给我瞧瞧，多么漂亮的一座城市！"

"真的就像是另外一座城市一样，以前那一座叫做什么？"

"瞧瞧这些德国人的工艺，不到两个时辰他们就盖出一座这么漂亮的城市！"

"你看，那边那栋房子看起来好像我家，他们盖得一模一样！"

"各位，"波多里诺叫道，"为了装傻看戏而不花半毛钱说声谢谢吧!"

"你啊,不要常常爬到那些高大的骏马上面,否则你迟早会自以为是!"

那是一个美好的日子。波多里诺将所有象征权力的道具都收好之后,前去参加庆典。教堂前面的广场上,女孩们围成圈跳着舞,而波伊迪则陪着波多里诺来到酒馆。洋溢着大蒜香的门厅内,每个人都直接到酒桶去取酒,因为这样的日子里,不应该有主仆之分,特别是酒馆里也不见女侍,其中几名也已经被带上楼。大家都很清楚,男人就像猎人一样。

"耶稣基督的鲜血。"加里欧多表示,一边倒了一点酒在自己的袖子上面,让他们看看酒并没有被布料吸收进去,而是像一颗闪亮的红宝石一样圆滚。"目前我们就照这样,拿恺撒城这个名字用个几年,至少在盖印的羊皮纸上面。"波伊迪低声对波多里诺说,"接下来,我们重新沿用以前的名称,我倒想看看有谁会对这样的事表示意见。"

"是啊,"波多里诺答道,"你们接下来再重新沿用以前的名称,因为柯兰迪娜那个天使也是这么称呼这座城市,否则她在天堂传送她的祝福给我们的时候,很可能会搞错。"

"尼基塔斯大爷,我当时觉得自己几乎已经和我的不幸达成妥协了,因为我至少献给了未曾拥有的儿子和相处时间过短的妻子一座不会再有人攻打的城市。或许,"波多里诺在茴香酒的启发下补充道,"有朝一日,亚历山德里亚会成为新的君士坦丁堡、第三个罗马,以其塔楼和教堂而成为世界奇景。"

"如果上帝愿意的话。"尼基塔斯举起他的杯子祝福道。

二〇

波多里诺找到左西摩

四月份的时候,大帝和伦巴第的联盟在康斯坦茨签署了一份永久的协议。六月份的时候,拜占庭传来令人不安的消息。

曼努埃尔驾崩了三年之后,继承王位的太子阿历克塞还只是一个小孩。一个没什么教养的小孩,尼基塔斯评论道,满脑子只有一些轻佻的念头,对于喜悦和痛苦也未曾真正体会。他的时间都花在打猎、遛马上面,或者和年轻的男孩鬼混,宫廷内许多想要征服拜占庭皇后——也就是他的母亲——的觊觎者,则像傻瓜一样喷了一身香水,或像女人一样戴着项链。其他的人则忙着盗用公款,每个人都为了追求自己的欲望而斗来斗去——就好像我们移走了一根笔直的柱子,所有的东西都开始朝着相反的方向倾斜。

"曼努埃尔驾崩之后的奇迹终于出现,"尼基塔斯说,"一个女人产下一个四肢短小畸形、头部巨大的胎儿,那是多头政治的预兆,也就是无政府状态的开始。"

"我当时立刻就从我们的探子口中得知,是一名皇亲,安德罗尼卡在幕后策划这一切。"波多里诺说。

"那是曼努埃尔父亲的一个兄弟之子,所以他是小阿历克塞的叔叔。由于曼努埃尔认为他是一个非常阴险的叛徒,所以他一直遭到放逐。不过他却狡猾地接近阿历克塞,就好像他已经从错误中悔改，希望为他提供保护，然后一点一点地取得日渐庞大的权力。他在阴谋和毒杀之间，慢慢地朝着帝国的王位攀升，直到他因为自己年事渐大，也因为浸泡在欲望和仇恨之中而开始发臭，所以怂恿君士坦丁堡的民众造反，并让自己被推举为拜占庭皇帝。他在食用圣餐面饼的时候，发誓自己是为了保护依然年幼的侄儿而扛起这些权力；但是没多久之后，他的心腹斯帝凡诺·阿基欧克里斯多弗利塔，就用弓弦勒毙了年轻的阿历克塞。受害者的尸体被抱到他面前之后，安德罗尼卡下令割下他的头颅，然后将躯体丢进海中。那一颗头颅接着被藏在一处叫做卡塔巴特的地方。我并不知道他这么做的原因，因为那是一座位于君士坦丁城墙外，从很久以前就已经成了老旧废墟的修道院。"

"我知道为什么。我的探子告诉我，阿基欧克里斯多弗利塔的身边，有一名着魔非常严重、在曼努埃尔死后被安德罗尼卡留在身边担任巫术专家的修士：他叫左西摩，因为能够在这座被他造为私人皇宫的修道院废墟内召唤死人而著名……所以，我找到了左西摩，或至少知道在什么地方可以找到他。时值一一八四年十一月，而勃艮第的贝阿翠丝就在那个时候猝死。"

又是一次冗长的沉默。有一段很长的时间，波多里诺不停地喝着酒。

"我把她的死亡当做一种惩罚。我生命中的第二个女人才过世不久，第一个也紧跟着丧生。我当时已经超过四十岁。我听说在泰尔东纳有一座，或曾经有一座教堂，在里面受洗的人都活到四十岁。我已经超过这个年限，应该可以安心地死去。我无法忍受腓特烈的目光：贝阿翠丝去世之后，他一直意志消沉，他想要照顾当时已经二十岁的大儿子，但是这孩子一如既往的脆弱；所以他慢慢地为第二个儿子亨利的继承铺路，封他为意大利的国王。他变老了，我可怜的父亲，他从此以后成了白胡子……我又回了几次亚历山德里亚，而我发现自己的亲生父母显得更是老态龙钟。脸色苍白、头发蓬乱，他们脆弱得就像我们在春天的原野上所见的白色球状物，背也驼得像风中蜷曲的灌木。他们整天都待在火炉边，为了一个盆子没摆在原位，或为了他们其中一人让一颗蛋掉在地上而吵架，而我每一回去看他们的时候，他们都会责怪我从来不出现。我于是决定贱卖掉我这一条命，前往拜占庭寻找左西摩，就算我接下来会瞎了眼，在狱中度过剩下的几年。"

前往君士坦丁堡很可能相当危险，因为几年前，仍未窃权的安德罗尼卡曾经怂恿城里的人，群起对付居住在当地的拉丁人，而且杀了不少人，抢夺他们的家当，迫使其中许多人都逃往王子岛上。听说威尼斯人、热那亚人或比萨人，现在又可以重新开始在城里通行，因为这些人对帝国的舒适生活实在不可或缺。不过西西里国王威廉二世倒是采取了对抗拜占庭的行动，而对于那些小希腊来说，普罗旺斯人、阿勒曼尼人、西西里人、罗马人都是拉丁人，并没有太大的差别。他们决定从威尼斯出航，然后装作是来自塔婆班的商队（这是阿布杜的主意），经由海路抵达。塔婆班在什么地方，知道的人并不多，或许根本没有人知道，所以在拜占庭也没有人知道该地使用什么语言。

于是，波多里诺将自己打扮得像是名波斯的达官要人，而就算在耶路撒冷也会被认出是犹太人的所罗门拉比则是旅队的随行医生；身穿一袭布满黄道带图形的内袍，再加上一件浅蓝色的皮里长袍，"诗人"完全就是一名土耳其商人的模样，而奇欧看起来就像是一名黎巴嫩人，也就是那种穿着邋遢，但是袋子里装满了金币的富人；至于阿布杜，他为了不让一头红发被发现，剃光了头发，结果他酷似一名高阶的宦官，波罗内于是扮成他的仆人。

至于他们之间交谈的语言，他们决定使用在巴黎所学而他们个个精通的土贼话——证明了他们在那段快乐时光里，专心的学习态度。这种语言连巴黎人都听不懂，所以对拜占庭的人来说绝对可以被视为塔婆班话。

他们于夏初从威尼斯出发，而在八月份的一次停靠，听说了西西里人已经征服塞萨洛尼基，甚至可能已经前往普罗庞提德海北方沿岸。所以，利用深夜的时间进入海峡之后，船长选择了沿反方向的海岸绕一大圈，然后就像他们来自卡尔西顿一样，航向君士坦丁堡。为了弥补这一趟绕行，他答应让大家享受一次拜占庭皇帝般的登陆，因为——根据他表示——君士坦丁堡就是应该在清晨第一道阳光下，正面迎过去拥抱。

波多里诺和他的同伴在清晨时分爬上甲板的时候，感觉到一股强烈的失望，因为整条海岸线似乎被遮蔽在一层浓雾下面，但是船长要他们安心：就是应该用这样的方式慢慢接近这座城市，这些已经浸染着晨曦第一道光线的浓雾，将会逐步疏散开来。

他们又航行了一个时辰左右，船长为他们指出一个白点。那似乎是一个穿破浓雾的穹顶……很快地，一片白茫茫当中，几座宫殿的圆柱、几栋房子的轮廓和颜色、粉色的钟楼，以及位置低一些的城墙和塔楼，一个个逐渐浮现在海岸线上。突然之间，一座山丘顶上出现了仍覆盖在缭绕蒸汽下的巨大身影，在空气中飘忽不定，一直到在一片和谐、灿烂的阳光下，圣索菲亚教堂的穹顶就像奇迹似的在一片虚无当中浮现。

从那个时候开始就是一连串的惊讶。逐渐晴朗的天空下，一片翠绿的草木、金黄大柱、白色柱廊、粉红色的大理石，以及布克雷翁皇宫完整的辉煌——包括了多彩迷宫的柏树林和空中花园——之间，出现了更多的楼塔，更多的穹顶。还有以巨大铁链拦围的金角湾，以及右边的白色卡拉达塔。

波多里诺激动地描述，而尼基塔斯则忧郁地念念有词，感叹君士坦丁堡美丽的时候竟是如此美丽。

"唉，这是一座情绪动荡的城市，"波多里诺表示，"我们一抵达，就对此地发生的事情有一些了解。我们无意中来到竞技场，遇到了他们正在为皇帝的一名敌人进行酷刑的准备工作……"

"安德罗尼卡就像疯了一样。你们那些来自西西里的拉丁人在塞萨洛尼基杀人放火，而安德罗尼卡修筑了一些堡垒之后，就不再关心这些危险。他醉心于放荡的生活，大声表示敌人并不可怕，并将一些能够辅佐他的人送去接受酷刑。他在妓女和妻妾的陪伴下远离城市，像头野兽一样地躲进山谷和森林里，就像是公鸡和母鸡一样，身后跟随着他的爱人，也像是酒神迪奥尼索司和他的女祭司，就差没披上一块鹿皮和一件藏红衣袍。他只和吹笛手及娼妓来往，他就像萨丹纳帕勒斯一样毫无节制，像章鱼一样淫荡，他已经无法承受放荡的生活，所以吃了一种来自尼罗河，据说有助于射精的污秽动物……不过，我不想让你觉得他是一个坏皇帝。他也做了许多好事，他限制了赋税，他颁布法令，禁止在港口内破坏遇困的船只并进行抢劫，他修筑了老旧的地下引水渠，他修建了四十殉道者教堂……"

"也就是说，他是一个善良的人……"

"不要编造我没说过的话。我的意思是说，一名皇帝可以用他的权力做一些好事，但是为了保住他的权力，他必须做一些坏事。你也一样，你也曾经生活在一个位高权重的人身边，承认他是一个又高贵、又残酷暴躁，但是对公共利益的事务十分积极的人。不犯罪的惟一方式，就是像过去的教皇一样，孤立在一根柱子的顶端，但是这些柱子最后都倒下来成了废墟。"

"我不想和你讨论应该使用什么方式来治理这个帝国，这毕竟是你们的国家，或应该说曾经是你们的国家。我继续把我的故事说下去。我们全部都跑来住在这个热那亚人的地区，因为，你应该已经猜到，我那些忠诚的探子就是这些人。博伊阿孟多有一天发现，拜占庭皇帝当天晚上会前往位于卡塔巴特的古老地窖，学习占卜和魔法的课程。如果我们希望逮到左西摩，这是一个很好的机会。"

夜色降临之后，他们朝君士坦丁城墙的方向，来到靠近神圣使徒教堂附近的一间小房子。博伊阿孟多告诉他们，从那个地方他们可以直接抵达那个地窖，而不需要经过修道院的教堂。他打开一扇门，让他们下了几步滑溜的阶梯，然后来到一条弥漫着一股霉臭的走道。

"就是这里。"博伊阿孟多表示，"再往前走一会儿，你们就会抵达地窖。"

"你不来吗？"

"我不去那些和死人相关的地方。如果要打交道的话，我宁愿和活人，而且最好是女人。"

他们于是独自往前走，经过一个拱顶低矮的房间时，他们看到了餐桌、凌乱的床、翻倒的圣餐杯、装有剩菜的脏盘子。很明显，左西摩不只在这个地方进行和死人相关的仪式，还干了一些会让博伊阿孟多觉得开心的事。不过这些狂欢的工具全都像是被匆忙地堆在最阴暗的角落，因为这一天晚上，左西摩和拜占庭皇帝有约，准备让他和死人——而不是和妓女——说话，因为只要一提到死人，波多里诺表示，人们什么事情都会相信。

房间的外面已经可以看到一些光线。事实上，他们进到了一个由两盏三脚灯座照亮的圆形地窖。地窖的周围有一圈柱廊，而柱子的后面可以看到几个天晓得通往什么地方的走道。

地窖的中央有一个装满水的池子，池子周围有一圈围绕着水面的渠道，里面流动着某种油性的物质。水池旁边的一根矮柱上面，摆着一个覆盖在一块红布下难以分辨的东西。根据他从不同管道搜集得来的消息，安德罗尼卡试过腹语术、占星术，并徒然地在拜占庭帝国里寻找能够像古希腊人一样，从飞行的鸟群中预测未来的人之后，又不相信几个吹嘘自己可以解梦的可怜虫，所以重新找上流体占卜师，也就是说，像左西摩这一类，通过浸泡死人的遗物来解读未来的人。

他们进来的走道位于一座祭坛的后面，转身之后，他们看到了睁着严厉大眼盯着他们的全能基督圣像屏。

波多里诺注意到，如果博伊阿孟多的情报没错的话，大概不久就会有人出现，所以他们最好躲起来。他们选择了三脚灯座的光线完全照射不到的柱廊一角，然后刚好各就各位的时候，就听见了一个人走近的脚步声。

他们看见左西摩从圣像屏的左边走了进来，身上穿着一件和所罗门拉比身上类似的长袍。有那么一会儿，波多里诺本能地怒从中来，差一点就从藏身处冲出去痛揍这名叛徒。左西摩走在一名态度阿谀、穿着华丽的男人前面，而男人身后又另外跟着两个人。从这两个人尊敬的态度来看，第一个应该就是拜占庭皇帝安德罗尼卡。

皇帝因为现场的布置而突然讶异地停下脚步。他虔诚地在圣像屏前面比划了十字，然后问左西摩："你为什么带我到这个地方？"

"我的主子，"左西摩答道，"我带你到这个地方，是因为只有在特定的地方才能进行真正的流体占卜，和亡者的王国搭起良好的关系。"

"我并不是一个懦夫，"拜占庭皇帝一边比划十字，一边表示，"但是你，你不怕召唤死人吗？"

左西摩自负地笑了笑："主子，我可以举起我这两只手，君士坦丁堡上万个死人坑里的长眠者全都会乖乖地赶到我的脚边来。但是我并不需要让这些尸体活过来，我拥有一件神器，让我可以迅速和黑暗的世界搭起关系。"

他在三脚灯座上点燃一块木柴，然后移至水池边的沟渠。里面的油开始燃烧起来，一圈火焰围绕着水面，投射出晃动的反光。

"我还是什么都看不见，"拜占庭皇帝弯身察看水面，"问问你的水，企图篡位的是什么人。我可以感觉这座城市里面正酝酿一些混乱，我要知道，如果不想担心害怕的话，我应该毁掉什么人。"

左西摩走近摆在矮柱上面，覆盖着红布的东西，用一种戏剧化的动作掀开，然后将手中一个近乎圆形的东西递给拜占庭皇帝。他们看不清楚那是什么东西，却注意到拜占庭皇帝一边发抖，一边往后退，就像是要躲开难以忍受的一幕一样。"不要，不要，"他说，"拿开这东西！你为了你的仪式向我要了这东西，但是我并不知道你会让它再出现在我面前！"

左西摩举起他的战利品，将它摆在一个众人都看得到的圣体显供台上，然后朝地窖的每个方向转动。那是一个小孩的头颅，轮廓仍然毫无损伤，眼睛紧紧闭着，鼻孔在瘦长的鼻子上面扩张，细薄的嘴唇则微微凸起，露出一排完整的童牙，就像刚刚从躯体上摘下来一样。一层均匀的黄金色以及生息的幻觉，让毫无表情的脸孔显得更加庄严，左西摩将它移近细碎的火焰旁边时，它甚至呈现出焕发的容光。

"为了完成仪式，我必须用到你侄子阿历克塞的头颅，"左西摩对拜占庭皇帝表示，"阿历克塞因为血缘的关系和你连结在一起，通过他的媒介你才能够联络上亡者的王国。"他接下来把这样令人难以忍受的东西放进水中，让它沉到水池底部，而安德罗尼卡在火圈阻隔下，尽可能倾身靠近水面。"水变浊了。"他喘着气说。"池水在阿历克塞身上找到了需要的凡间组件，并开始查询。"左西摩低声说道，"我们等候这些云雾消散吧。"

我们看不到水里面发生了什么事，但是大家都明白过了一会儿之后,水池又变得清澈,小皇帝的脸孔又重新出现在水底。"该死,他恢复了从前的脸色。"安德罗尼卡结结巴巴地说,"我看到他的额头上面出现了记号……喔,奇迹……I(Iota)、Σ(Sigma)……"

我们并不需要成为流体占卜师,就可以明白发生了什么事。左西摩拿起小皇帝的头颅时,他的额头上刻了两个字母,接着涂上那一层金黄色而可以在水中溶解的物质。现在,那一层人工的涂料在水中散开,可怜的小受害者于是带来了左西摩或背后授意的人想要操纵杀害他的人的信息。

安德罗尼卡继续拼念那两个字母:"I、Σ……IS……IS……"他重新站直,用手指顺了好几回自己的胡子之后,眼中开始冒出火花,歪着头像是进行某种盘算。接着他像一匹脾气暴躁而难以驾驭的烈马一样抬起头,"伊萨克!"他大叫一声,"敌人是伊萨克·科穆宁!他到底在塞浦路斯策划一些什么阴谋?我要在他有所行动之前派一支舰队去歼灭他,这个浑蛋!"

两个随从之一从阴影里面走出来,而波多里诺注意到他有一张如果桌上无肉可吃,随时可以把自己的母亲抓上烤肉架的脸孔。"主子,"这个人说,"塞浦路斯太远了,而且你的舰队必须经过西西里国王部署军队的地方才能离开普罗庞提德海。但是既然你不能去找伊萨克,他也没有办法来找你。我想到的并不是科穆宁这个人,而是目前人在城里的伊萨克·安杰洛斯,你也知道他有多么不喜欢你。"

"斯帝凡诺,"安德罗尼卡不屑地笑了笑,"你要我担心伊萨克·安杰洛斯?你怎么会认为这个无能、怯懦、软弱、样样不行的家伙有办法威胁我?左西摩啊,左西摩……"他气急败坏地对招魂占卜师说道,"这一池水和这一颗脑袋为我指出的人,一个太远,一个太蠢!如果你不懂得解读这一池尿,你那两颗眼睛留着有什么用?"左西摩很清楚自己正处于失明的关口,但是,非常幸运地,刚才第一个说话的斯帝凡诺又开口干预。依据他对于又有罪行可犯的情况所表现出来的喜悦，波多里诺明白他就是安德罗尼卡的心腹，斯帝凡诺·阿基欧克里斯多弗利塔，也就是勒毙阿历克塞，并割下他脑袋的人。

"主子，不要藐视奇迹！你也看到了男孩的脸上出现了他生前绝对没有的记号。伊萨克·安杰洛斯或许是一个胆怯的小人物，但是他憎恨你。一些像他一样胆怯的小人物，也曾经试图谋杀像你这样伟大而勇敢的大人物。请允许我，今天晚上就去逮捕安杰洛斯，让我亲手挖出他的眼睛，然后将他吊在他宫殿里的一根柱子上。对民众，我们可以表示你收到上天传来的信息。最好还是将一名尚未对你构成威胁的人消灭，免得他有一天成为祸害。我们先下手为强吧！"

"你试图利用我来满足你心中的怨恨。"拜占庭皇帝说，"但是你干坏事的时候，也可能同时促成好事。去割掉伊萨克的两只脚，我不喜欢这个人，只是……"然后他用一种让对方抖得像是一片榕树叶的方式盯着左西摩，"伊萨克若是没命的话，我们就永远不会知道他是不是真的对我构成危害，也不会知道这个修士是不是对我说了实话。不过，归根究底，他为我带来了合理的怀疑，而我们往坏处想的时候，通常都不会弄错。斯帝凡诺，我们不得不对他表示我们的感激。务必关照一下他的要求。"他对两名随从做了一个手势之后离去，留下被吓到愣在水池旁的左西摩慢慢回神。

"阿基欧克里斯多弗利塔确实痛恨伊萨克·安杰洛斯，他显然是和左西摩串通来让这个人失宠。"尼基塔斯表示，"但是他的恶意并没有为他的主子带来什么好处，因为这下子你就会知道他急着要消灭什么人了。"

"我知道是什么人。"波多里诺表示，"但是事实上，这个晚上，我并不在乎事情的来龙去脉,我只需要知道自己逮到左西摩就够了。"

皇家贵客的脚步声才消失,左西摩立刻大声叹了一口气。事实上,这一项实验已经圆满完成。他搓了搓自己的双手,嘴角露出一个满足的微笑,然后将男孩的头颅从水中取出来,放回原来置放的地方。接着他转身凝视整座地窖,并开始歇斯底里地大笑,一边高举双手叫道:"我搞到拜占庭皇帝了!从今以后,我连死人都不怕了!"

他一说完,我们就慢慢地从阴影里走出来。神奇的结果就在这时候出现,因为他发现就算自己不相信恶魔,但是恶魔肯定相信他。看到这一群幽灵就像进行最后的审判一样地站出来,左西摩再怎么无赖,此刻还是做出最典型的反应。他并没有试着掩饰自己的感觉,他只是失去所有的知觉而昏了过去。

"诗人"用占卜用的池水洒在他脸上之后,他才慢慢地恢复知觉。他睁开眼睛之后,看到一个贴近的鼻子,还有波多里诺那一张比刚刚从另一个世界逃回来还要狰狞的面孔。左西摩这时候才弄明白,这一切并不是来自未知地狱的火焰,而是非等到他不可的受害人,再清楚不过的报仇。

"我是为了我的主子才这么做,"他急忙表示,"也是为了帮你一个忙,我比你还要成功地帮你让这封信流传出去,你……"波多里诺说:"左西摩,并不是因为我是一个恶毒的人,但是如果我听从上帝的启发,我肯定要戳烂你的屁股。不过这么做肯定非常辛苦,所以你可以看到我忍了下来。"接着,他反手一巴掌,打得他的脑袋转了两圈。

"我是拜占庭皇帝的手下,如果你们敢碰我一根胡子,我发誓……""诗人"抓住他的头发,将他的脸孔拉近仍然在水池周围燃烧的火焰,而左西摩的胡子开始冒烟。

"你们疯了。"左西摩说,一边试着挣脱阿布杜和奇欧将他的手臂拧在身后的束缚。波多里诺拍着他的后颈,把他的脑袋压进水池里去扑灭胡子上发生的火灾,却不让他抬起头。这个可怜的家伙除了操心火灾之外,这下子还得操心水灾,而他越是操心,越是大口大口地吞水。

"根据你弄上水面的气泡,"波多里诺抓起他的头发,从容地说,"我预言你今天晚上丧命的原因并不是因为胡子,而是因为被烤熟的两只脚。"

"波多里诺,"左西摩一边吐水,一边呜咽地说道,"波多里诺,我们还是可以达成协议……让我把水咳出来,拜托,我逃不掉,你们想做什么,你们这么多人对付我一个人,难道毫无恻隐之心吗?听我说,波多里诺,我知道你并不想为你那一回的疏失报仇,你想要前往那个祭司王约翰的王国,而我曾经告诉你,我手上有一张可以前往该地的地图。如果把灰烬撒在火炉的火焰上面,就会扑灭一切。"

"那是什么意思,你这个混账?别再说你的鬼话!"

"意思就是如果你杀了我,你就永远看不到那一张地图。水中悠游的鱼儿,经常会往上跳出生存空间的极限,而我也可以让你前往遥远的地方。让我们像诚实人一样地交换条件。你让我走,我带你去找航行至印度的科斯马斯的地图。我的命交换祭司王约翰的王国,你觉得这样的交易还不够划算吗?"

"我宁可杀了你,"波多里诺表示,"但是留你活口可以让我找到那一张地图。"

"然后呢?"

"还没确定找到一艘可以带我们远离此地的船之前,我们会用一张地毯把你裹起来束紧。我们到了那个时候才会放开你,否则你会给我们找来全城的刺客。"

"你们会在水中松开地毯……"

"住嘴,我们并不是杀人凶手。如果我们打算事后杀了你,我现在就不会赏你巴掌。相反,你看,因为我并不打算更进一步,所以我纯粹是为了发泄而这么做。"他开始心平气和地打他一巴掌,然后又一巴掌,两只手轮流上阵,一拳将他的脑袋打向左边,一拳又打向右边,两回用上手心,两回使上僵直的手指,两回用手背反拍,两回使用手刀,两回握紧了拳头,一直到左西摩一脸发紫,波多里诺的拳头也几乎受伤,他才说:"现在,我的手打疼了,不打了。我们找地图去。"

奇欧和阿布杜腋下架着左西摩,因为他现在已经无法自己站起来,而且只能以一根抖动的手指带路,并一边嘀咕:"一名遭受藐视而吞忍下来的修士,就像是每天浇灌的植物。"

波多里诺对"诗人"表示:"左西摩以前曾经告诉我,愤怒比任何激情更能造成灵魂的动荡,但是有时候却能带来助益。我们平静地用来拯救或对付亵渎神明者和罪人,我们会因为朝着正义直走,而为自己的灵魂取得一种恬适。"所罗门拉比评论道:"正如《塔木德》所说,惩罚可以洗涤一个人所有的惶恐和不安。"

二一

波多里诺与拜占庭的恬逸

卡塔巴特的修道院已经成了废墟,所有的人都认为这是一处从此无法住人的遗址,但是在地下室还有几个房间。已经没有任何藏书的老旧图书馆,则变成了某种食堂,左西摩和另外两三名辅祭住在这个地方,而天晓得他们到底修的是什么道。波多里诺和他的同伴带着俘虏突然出现时,那几名辅祭正在睡觉,但是隔天早上可以明显地看出,他们因为纵欲而非常迟钝,所以并不会构成任何威胁。他们一伙人决定最好还是睡在图书馆里。左西摩睡得非常不安稳,他躺在地上,夹在成了他守护天使的奇欧和阿布杜中间。

隔天早上,所有的人都围在桌子旁边要左西摩和他们谈正事。

"事实上,"左西摩说,"科斯马斯的地图放在布克雷翁皇宫里面,一个我很熟悉,而且只有我能去的地方。我们今天晚上一起去。"

"左西摩,"波多里诺说,"我知道你在兜圈子。我看,你先解释这张地图给我听好了。"

"很简单啊,对不对?"左西摩一边说,一边抓起一张羊皮纸和一支铁笔,"我告诉过你,每一个追随真实信仰的基督徒都应该接受世界的形状为《圣经》提到的圣体柜。现在,你们仔细听我说,圣体柜的下方有一张摆着十二块面包和十二种水果的桌子,每一样都代表一年当中的一个月份,桌子周围是代表海洋的底座,底座的周围有一个开掌宽、代表世外桃源的框架,也就是伊甸园所在的东方。拱顶代表的是倚着世界尽头的苍天,但是在拱顶和底座之间挂着一片穹苍帷幕,遮住了我们总有一天会面对的天堂。事实上,正如以赛亚所说,上帝坐在大地上面,大地的居民则像飞蝗,他挂起纤细的帷幕,并像帐篷一样撑开。圣诗的作者赞颂的就是把苍天像房舍一样撑开的他。接着摩西在帷幕下面安置了枝状大烛台,照亮了辽阔的大地。烛台下面有七盏灯,代表的是一周的七日,以及天上的繁星。"

"但是,你解释的是圣体柜的构造,"波多里诺表示,"而不是世界如何成形。"

"但是世界的形状就像圣体柜一样,所以如果我对你解释了圣体柜的构造,就是告诉你世界如何成形。你为什么没有办法明白一件这么简单的事情?你看……"他为他画了一张图。

他画出的世界就像一座殿堂一样,有着弯曲幅度很大的拱顶,而最上层的部分由穹苍帷幕遮掩,避开世人的目光。拱顶下面是人间普世,换句话说,就是我们居住的所有土地。不过这些建筑在海洋上面的土地并不平坦,从围绕在四周的海洋开始,以一种难以察觉的倾斜,朝着最北边及西边的方向往上爬升,耸立成一座高山,直到目光不能及,而山顶和云朵混淆在一起。天使负责移动的太阳和月亮——还有雨水、地震,以及所有的气候现象——早上从东方移向高山前面的南方,并照亮整个世界;晚上则移向西方,然后消失在高山后面,给我们一种沉落的印象。于是,当我们这边夜色降临的时候,山的另一边则是白昼,但是没人看见,因为另一边的山脉是一片荒漠,从来都没有人去过。

"就凭这张图,我们就可以找到祭司王约翰?"波多里诺问道,"左西摩,别忘了我们的协议是用你的命换一张正确的地图,如果地图不对的话,协议的内容也会跟着改变。"

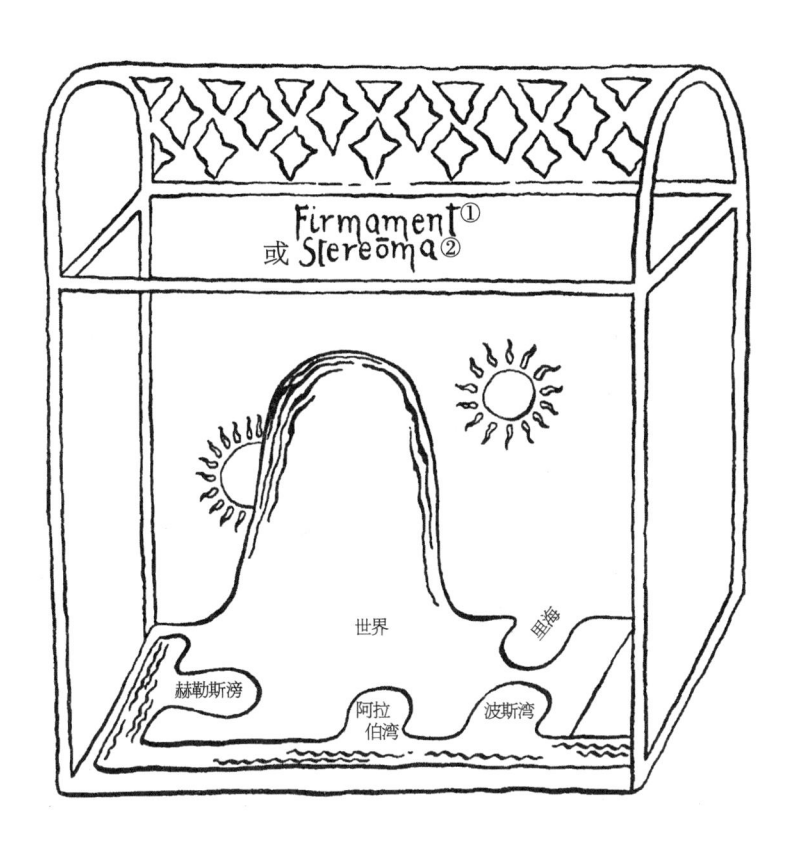

① 拉丁文，天空。源自拉丁文《圣经》，意为坚实的结构，为中世纪对天空的概念。
② 希腊文，天空。亦指坚实的结构。

"冷静一点,冷静一点。在呈现圣体柜实际的形状这一方面,我们的艺术没有办法表现出被隔板和山峰遮盖的部分,所以科斯马斯制作了另外一份地图,表现的方式就像我们飞行在天空里,或许正如天使所见一样地从上往下看。这一份被收藏在布克雷翁皇宫的地图,呈现了我们所熟知的这些被海洋包围的大地,以及海洋的另一边——人类在大洪水之前曾经居住过,但是自从诺亚之后就没有人去过的土地。"

"又一次,左西摩,"波多里诺表示,一边做出凶悍的表情,"如果你认为只要提出一些不用拿给我们看的东西……"

"但是我看得到这些东西,就好像在我眼前一样,很快你们也会看见。"

一张干瘦的脸孔,因为青肿和瘀斑而显得更加忧伤而引人怜悯,再加上左西摩的眼睛为了一些只有他自己看得见的东西而闪闪发亮,所以就算处处提防他的人也会被他说服。这是他厉害的地方,波多里诺对尼基塔斯如是评论,他第一次就是被他用这种方法牵着鼻子走,就算在当时,还有接下来的几年,情况也一直没有改变。他的说服力强到让他想要指出,如何以科斯马斯的圣体柜来解释日月蚀的现象。但是波多里诺对日月蚀并不感兴趣,能够说服他的是一张真正的地图,或许可以让他们动身去寻找祭司。"好吧,"他表示,"我们就等夜色降临。"

左西摩让他的同伴拿绿色蔬菜和水果出来招待,他回答询问他有没有其他东西可以吃的"诗人":"均衡而规律的粗茶淡饭,会迅速让一名修士达到无懈可击的地步。""诗人"叫他下地狱。他接着看到左西摩吃得津津有味,所以朝他的绿色蔬菜下面看了一眼,发现他的同伴为他准备了美味肥硕的大块羊肉。他一句话都没说,就把餐盘调换过来。

他们正打算在等待中度过这一天的时候,一名辅祭惊慌失措地跑进来,报告目前正在发生的一件事情。前一天晚上的仪式之后,斯帝凡诺·阿基欧克里斯多弗利塔带着一队武装的士兵，立刻步行前往伊萨克·安杰洛斯靠近匹布雷托斯——或信息女神修道院的家中。他用扯破喉咙的方式叫他的敌人，吓得对方不敢出来，所以他吩咐武装的手下撞开大门，去揪住伊萨克的胡子，将他倒着拖出来。这时候，为了公开的传言感到又犹豫又胆怯的伊萨克，决定把一切都豁出去：他在院子里骑上一匹马，拔刀出鞘，身上几乎没穿衣服的他，因为那一面掩不及腰的多彩盾牌而显得有一点儿荒谬。他出其不意地冲出来，让敌人一下子不知所措。阿基欧克里斯多弗利塔并没有时间拔出他的武器，伊萨克一刀就将他的脑袋劈成两半。接着他转过身，对抗从此变成两头怪物的敌人所带来的刺客，他取下其中一人的耳朵之后，其他的人立刻吓得四处窜逃。

杀害皇帝的心腹是一件大逆不道的事，所以需要极端的补救方式。伊萨克和民众打交道的时候，一向表现出杰出的直觉，所以他匆匆赶往圣索菲亚教堂，要求取得为杀人凶手提供的传统庇护。他放声哀求，希望自己的罪行得到宽恕，并扯掉身上仅有的衣物和他的胡子，举起依然血迹斑斑的刀子，一边要求怜悯，表示自己是为了自卫才这么做，一边列举死者多端的恶行。

"我不喜欢这个故事。"左西摩表示，他因为自己那位恶毒的保护人猝死而惊慌不已。接下来的发展，他肯定更不喜欢了。一些像约翰·杜卡斯这样的显要，开始前往圣索菲亚教堂加入伊萨克，而伊萨克则开始对越聚越多的群众发表演说；接近晚上的时候，伊萨克已经得到大批封锁那一带的市民庇护，有人甚至开始低语，是到了跟暴君做个了断的时候了。

无论伊萨克是否像招魂占卜师左西摩所说，长久以来一直准备叛变，或只是顺势利用敌人走错一步棋的机会，安德罗尼卡的皇冠都已经明显地开始摇晃。另外，在这种情况下，企图进到随时都可能成为公众屠宰场的皇宫内，显然也是一种疯狂的举动。他们全都同意先在卡塔巴特观望接下来的发展。

隔天早上,大半的市民都上街高声大叫要安德罗尼卡进监狱,让伊萨克坐上王位。群众攻击了公共监狱,释放了许多暴君手下的无辜受害者,以及门第显赫的人物,而这些人也立刻加入骚动。只是这时候已经不只是一场骚动,而是一场夺取政权的革命。武装的市民走上街头,有的人身穿护甲、手拿剑,有的人手持木棍、棒子。其中一些人,包括了帝国的显要,认为选择另一个君主的时间已经到了,所以取下挂在主祭坛上那一顶君士坦丁大帝的皇冠,然后为伊萨克加冕。

杀气腾腾地冲出教堂之后,群众立刻包围了皇宫。安德罗尼卡绝望地尝试困兽之斗,从被称为康泰纳里翁的最高一座塔上往下发箭,但他最后还是让步给极度急躁的群众。听说他拔掉挂在颈上的十字架,脱掉红色连裤长统袜,往头上戴上一顶蛮族的尖帽,然后穿越布克雷翁皇宫里的迷宫,带着他的妻子和深爱的妓女玛拉普蒂卡上船。伊萨克以优胜者的姿态进到皇宫,群众则占领了城市,攻击了铸币厂,也就是俗称的黄金澡堂,闯入军火库,并洗劫皇宫内的教堂,取走了所有圣人图像的装饰。

这下子,每一个传闻都让左西摩颤抖得更加厉害,因为传言不断地提到,安德罗尼卡的共谋均当场遭受处决。此外,波多里诺和他的同伴也都觉得此刻并不是在布克雷翁皇宫的走道上冒险的时机。于是,除了吃喝之外,在什么事都不能做的情况下,他们又在卡塔巴特度过了几天。

一直到他们得知伊萨克已经从布克雷翁搬到城北的巴勒夏恩皇宫。这样的事肯定会让布克雷翁皇宫的戒备松懈下来(再加上已经没有任何可以洗劫的东西),或甚至无人看守。那一天,安德罗尼卡恰好也在厄辛努斯海①遭到捕获,并被带到伊萨克面前。朝臣们

---

① 今黑海。

以拳头、巴掌、脚踹迎接他,他们扯掉他的胡子,拔光他的牙齿,剃光他的头发,然后切掉他的右手,再把他扔进监狱。

由于消息传到城里之后,每一个街角都开始快乐地跳舞、庆祝,波多里诺于是决定他们可以趁一片混乱,闯进布克雷翁皇宫。左西摩认为可能有人会认出他来,他们告诉他不用担心,因为他们随身配备着齐全的工具,并立刻动手剃光了他的头发,包括胡子在内。他号啕大哭,认为失去受人敬重的修士标记对他是一种污辱。事实上,被剥得像一颗蛋之后,左西摩看起来就像没有下巴一样。他的上唇过分凸出,耳朵的形状像狗耳一样尖。波多里诺觉得他看起来像极了奇基尼西欧,一个在亚历山德里亚的街上游荡、对女孩大叫一些下流话的白痴,而不是他截至目前出现在别人眼中那名该死的苦行修士。为了改善悲惨的效果,他们于是为他涂上了脂粉,让他看起来就像一名伦巴第一带令小鬼跟在后面鬼叫、朝他丢掷烂水果的人妖。不过在君士坦丁堡这是每天都看得到的表演,波多里诺表示,就相当于打扮成贩卖乳酪的商人,沿街走在亚历山德里亚一样。

他们经过市内的时候,看到一头长满疥疮的骆驼从前面经过;伤痕累累,全身几乎赤裸的安德罗尼卡则被绑在上面。一条肮脏而浸满干涸血块的破布绑在被割除的右手部位,凝固的血渍也沾满他瘦削的脸颊,因为他刚刚被挖掉了一颗眼珠。他的四周围绕着这座城市里最极端,而长久以来视他为主子、君王的市民。肉贩、皮革商、酒馆里的人渣,全都像春天时围绕在马粪上的苍蝇一般,挤在他的前后左右。他们用棍子敲他的脑袋,往他的鼻孔里塞入牛粪,往他的鼻子压上浸满牛尿的汗巾,用剑刺他的腿。温和一点的人则用石子丢他,一边称他为疯狗,或发情母狗的儿子。一名妓女从一家妓院的窗子,朝他淋下一锅滚烫的热水。接着群众的怒气更为剧烈,他被拉下骆驼,两只脚被反吊在罗慕勒斯与雷慕斯被母狼喂食的雕像附近两根柱子上面。

没有半句怨言的安德罗尼卡,表现得比他的刽子手还要文明。

他只是在口中不断地念着天主垂怜，天主垂怜，一边嘀咕何须再打断一条早已碎裂的链子。人们从他倒吊的身上剥掉仅剩的衣物，一个人用他的刀子，直截了当地切掉他的生殖器，另外一个人用一把长矛从他的嘴巴刺进去，直接穿入他的内脏，另一个人则由肛门着手。现场也有一些挥舞着弯刀的拉丁人，他们在他的身旁，激动得就像是一边用刀朝他身上砍，一边跳舞一样，于是他身上的皮肉全都被割了下来。看看安德罗尼卡几年前对他们族人所做的事，或许他们才是惟一真正有权利报仇的人。最后，这个不幸的人还有气力举起右残肢到嘴边，就像他想要饮用自己的鲜血，来补充滚滚流失的部分。然后他就死了。

逃离这一场表演之后，他们一伙人试着前往布克雷翁皇宫。但是才抵达附近，他们就发觉根本不可能过得去：众多的劫掠让伊萨克倒尽胃口，所以派出他的警卫保护皇宫，尝试越过这道防线的人，当场就会遭到处决。

"你还是进去，左西摩。"波多里诺表示，"很简单，你进去，找到那一张地图，然后拿给我们。"

"如果他们切断我的喉咙怎么办？"

"如果你不去的话，切断你喉咙的人是我们。"

"如果皇宫里面有这一张地图的话，我的牺牲就有意义。但是，说实话，地图并不在那个地方。"

波多里诺盯着他，就好像他无法想象自己竟如此不谨慎。"啊，"他涨红了脸，"你到了这时候才说出实话？你为什么一直说谎说到现在？"

"我试着为自己争取一点儿时间，争取时间并不是一种罪。对一个完美的修士来说，损失时间才是罪。"

"我们就在这里杀了他吧。""诗人"这时候说，"现在正是时候，看看眼前的杀戮，根本不会有人注意。我们决定一下由哪一个人动手勒毙他，然后……"

"等等，"左西摩表示，"上帝教导我们避开不适合自己的工作。我说了谎，没错，但是动机正确。"

"哪里正确了？"波多里诺愤怒地吼道。

"从我的立场来看确实正确，"左西摩答道，"既然你们打算取我性命，我总有权利保护它吧。修士就像基路伯和撒拉弗天使一样，必须完全遮住眼睛，换句话说（我就是如此理解天父在沙漠所说的圣言），面对敌人的时候，他必须使用狡计和洞察力。"

"但是你那些爸爸所说的敌人是恶魔，不是我们！"波多里诺继续吼叫。

"恶魔的诡计变化多端：他们会出现在梦中，制造一些幻觉，设法欺骗我们。化身为光明天使，然后照顾你，为你制造一种虚假的安全感。如果你是我的话，你会怎么做？"

"那你现在想怎么做，你这个可憎的小希腊，才能再一次救你自己一条命？"

"我准备依照我平日的习惯，对你们说实话。科斯马斯的地图绝对存在，我用我这对眼睛看过。此刻地图在什么地方，我并不知道，但是我发誓，我已经把地图牢牢记在脑中，在这里……"他用力拍了已经没有头发的前额，"我可以一天一天地告诉你，到祭司王约翰的王国还剩下多少距离。不过，我现在显然不能再留在这座城市，既然你们是为了抓我而来此地，你们现在也抓到我了，你们前来此地是为了找那张地图，却没找到，所以你们也不需要继续留下去了。如果你们杀了我，你们什么都不剩。如果你们带我一起走的话，我以神圣使徒之名发誓，我会成为你们的奴隶，我会用我所有的时间，为你们找出一条路径，带你们直达祭司王约翰的国度。留下我一条命，你们没有损失，除了多一张吃饭的嘴巴之外。杀了我，你们就什么都不剩。这是取舍的问题。"

"这是我这一辈子所见过最无耻的一个人。"波罗内表示,而其他人也都同意。左西摩一本正经地沉默等候。所罗门拉比试着表示:"但愿圣者的恩泽永远……"但是波多里诺没让他说完:"不要再搬出格言了,这只恶狐狸说得已经够多了。他是一只恶狐狸,但是他说得没错。我们得带他和我们一起走。要不然腓特烈看到我们空手而归,会认为我们用他的钱在这里享受东方的恬逸。至少带一名囚犯回去。不过,你,左西摩,发誓你不会再跟我们耍把戏……"

"我以十二名神圣使徒之名发誓。"左西摩表示。

"十一名,十一名,你这个可耻的家伙。"波多里诺抓住他的上衣叫道,"如果你说十二名,犹大就被你包括在内了。"

"好吧,那就十一名。"

"所以,"尼基塔斯说道,"这就是你第一次拜占庭之行。看过那些事情之后,我一点都不惊讶你会认为现在发生的事情是一次净化的洗礼。"

"尼基塔斯大爷,"波多里诺说,"你所说的净化洗礼我一向都不喜欢。虽然亚历山德里亚仍然是一个贫苦的乡镇,但是如果我们不喜欢指挥的人,我们会对他说一声晚安,然后为我们自己找出另一个执政官。就连腓特烈,有的时候他可能非常暴躁,但是他的亲戚找他麻烦的时候,他并不会惩罚他们,他只会多封给他们一个爵位。不过,我们要谈的并不是这件事,而是我当时已经来到了基督教世界的边境,我只需要再朝东,或朝南走,就会找到印度。只是,我们已经把钱花光了,所以,为了朝东行,我必须先回到西方。我当时已经四十三岁了,我从十六岁左右就开始追寻祭司王约翰,而又一次,我不得不再延迟我的旅行。"

二二

波多里诺失去父亲，找到圣杯

热那亚人派了博伊阿孟多和泰欧菲罗先到城里去绕一圈，看看时机是否恰当。他们回来之后表示情况还算可以，因为大部分的十字军都在酒馆里，剩下的则聚集在圣索菲亚教堂，用他们贪婪的眼睛盯着堆放的圣物宝藏。

"那确实会让人看得眼花缭乱！"博伊阿孟多表示。不过他补充道，搜集战利品已经成了一种肮脏的把戏。有些人假装交出所获，朝堆放的圣物丢入一点五金制品，结果却偷偷摸摸地将一块圣人的骨头藏进自己的衣服里。不过，由于没有人希望被逮到身上带着一件圣物，所以一离开教堂，就立刻和几名仍然富裕的市民，或亚美尼亚的私枭组成某种小型的市集。

"所以，"博伊阿孟多笑道，"这些把钱塞进可爱的屁眼里，成功地留下几枚拜占庭钱币的希腊人，为了买一块可能一直放在一旁教堂内的圣巴克斯的胫骨，于是将这些钱币排泄出来！但无疑他们接下来会转卖给教堂，因为这些希腊人非常狡猾。所有的人都要分一杯羹，谁说只有我们热那亚人才光会想钱。"

"他们都拿了些什么东西到教堂去了？"尼基塔斯问道。泰欧菲罗于是做了一次较为详细的解说。他看到了装有耶稣红袍的箱子、耶稣受笞所用的一节芦竹、递给临危耶稣的一块海绵、荆棘头冠、一个盒子内装了一块最后晚餐的祝圣面包,也就是耶稣递给犹大的那一块。接着又有人送来了一个圣物盒,里面装着耶稣下十字架平躺之后,犹太人从他脸上拔下的胡子,而这个盒子被包裹在耶稣的衣服里,由几名士兵在十字架下面掷骰子分配。然后还有笞刑使用的整根柱子。

"我甚至看到有人带来一小块圣母马利亚的衣袍。"博伊阿孟多表示。

"真是悲哀!"尼基塔斯抱怨道。"如果你看到的只有一小块,就表示衣袍已经被拆分了。那件衣袍过去一直被完整地收藏在巴勒夏恩皇宫里。很久以前,两个分别叫贾勒比欧和康帝朵的人前往巴勒斯坦朝圣,他们在迦百农的时候,听说圣母的衣袍被收藏在一名犹太人的家中。他们和他建立起友谊,在他家过夜,并偷偷测量了收藏衣袍的木箱尺寸,接着他们在耶路撒冷定做了一个一模一样的箱子,再回到迦百农,利用晚上将装了衣袍的箱子换过来,带回君士坦丁堡,建造了使徒彼得和马可的教堂来保存。"

博伊阿孟多又表示,听说有两名骑士,没错,是两名,各取得了一颗施洗约翰的头颅,但是他们仍未缴交上去,而两个人都自问哪一颗才是真的。尼基塔斯理解地笑了笑:"我知道总共有两颗在这座城市里受到人们祭拜。第一颗是由狄奥多西大帝带回来,被保存在先驱教堂里面。但是接着查士丁尼大帝又在艾美沙找到另外一颗,我记得他好像把它交给一个修道院里的修士,听说接着又辗转来到此地,但是没有人知道在什么地方。"

"怎么可能忘记一件价值这么高的圣物?"博伊阿孟多问道。

"群众的虔诚变来变去。他们会对一个圣人的遗体狂热几年,接着又会因为更神奇的新货而兴奋不已,然后将第一件遗忘。"

"但是,两颗头颅,哪一颗才是真的?"博伊阿孟多又问。

"当我们提到圣物的时候,不应该使用人类的标准。两件圣物,不管你递给我哪一件，我发誓只要我低头亲吻，都可以闻到散发出来的神秘香味，也会知道那就是真实的头颅。"

这时候，培维瑞也从外面进来。城里发生了非常奇特的事情。为了避免士兵从圣索菲亚教堂那一堆圣物当中顺手牵羊，总督于是下令进行第一次搜集物的清查，他也征调了几名希腊的修士来辨识不同的圣物。而他们发现，强迫绝大部分十字军归还搜括的东西之后，这下子教堂里不仅有两颗施洗约翰的头颅，这件事我们已经知道，还有两块汗巾、两个荆棘头冠，而其他的就不用说下去了。一项奇迹，培维瑞一边笑道，一边偷偷地看着波多里诺，拜占庭最珍贵的圣物，就像面包和海鲜鱼类一样地增产了。部分十字军认为这件事是上天体恤他们的征兆，所以他们叫道，如果这些稀有的宝藏现在变得如此丰富，总督应该允许每个人把搜括来的东西带回家。

"应该是上苍善待我们的征兆。"泰欧菲罗表示，"因为拉丁人这下子就不知道哪些是真品，所以不得不全部留下。"

"我并不是那么确定。"波多里诺表示，"每个王子、侯爵或封臣都会很高兴把神圣的战利品带回家，因为会吸引虔诚的群众和贡品。如果他们听说几千里之外还有一件类似的东西，他们会认为那是赝品。"

尼基塔斯陷入了沉思。"我并不相信这种奇迹。上帝不会用圣徒的圣物来混沌我们的精神……波多里诺，过去这几个月，自从你抵达这座城市之后，你没有拿这些圣物来策划什么阴谋吧？"

"尼基塔斯大爷！"波多里诺看起来似乎遭到冒犯而试图解释。他伸出两只手，就像是要对方平静一点。"总之，我必须把所有的事情都告诉你，所以，我会让你知道一个关于圣物的故事。但是这件事我待会儿再说给你听。你自己刚刚说了，我们提到圣物的时候，不应该使用人类的标准。现在时候已经不早了，我想大概再过一个时辰就可以摸黑上路了。我们去准备一下吧。"

想要吃饱再上路的尼基塔斯，很久以前就交代泰欧菲罗去准备一道需要花许多时间的单锅炖。那是一个装满牛肉、猪肉、带肉大骨、弗里吉亚甘蓝，并浸满了油脂的铜锅。既然已经没有时间轻轻松松地吃一顿饭，这位拜占庭的大臣于是抛下平日的好习惯，直接伸手到锅里面，但不只是用三根手指，而是整只手都伸进去抓取，就好像这将是他和心爱的城市、处女、妓女、殉难者所度过的最后一个缠绵夜。波多里诺已经不饿，所以他仅啜饮着树脂香酒，谁知道在锡利夫里还找不找得到这种东西。

尼基塔斯问他，左西摩在这个关于圣物的故事当中有没有插上一脚，而波多里诺告诉他，还是让他依照顺序讲下去吧。

"我们在这座城市看到这些可怕的事情之后，选择从陆路归返西方，因为剩下的钱已经不足以支付另一趟航行。那几天的混乱，让左西摩得以在一名他准备抛下的辅祭帮助下，从天晓得什么地方找来了几头骡子，然后他们旅行途中在几座树林里打了猎，路上又受到几座修道院的接待，最后才顺利抵达威尼斯，并继续前往伦巴第的平原……"

"左西摩呢？他没有试过从你们身边逃跑吗？"

"他没有办法。从那个时候开始，无论在返家的路上，或是在腓特烈的宫廷里，以及在后来我们前往耶路撒冷的路上，总共超过了四年的时间，他一直被套着铁链。不过他和我们在一起的时候，并没有受到约束，当我们让他一个人睡觉的时候，他会被绑在床上、一根木桩、一棵树上，全看我们当时身处何方。如果我们骑在马上，他被系紧缰绳的方式，也让他只要一下马就可以立刻脱缰。可是我担心就算这么做，他还是会忘了自己该做的事，所以每天晚上睡觉之前，都会在他的脸上留下我的指印。他明白之后，每晚睡前都会像期待母亲的亲吻一样，等待这件事。"

首先，在旅途上，这群朋友就不断地刺激左西摩，要他重新画出这一张地图。他也表现得相当合作，每天都想起一个新的细节，他已经可以计算出真正的距离。

"所以，用眼睛估计的话，"他指着利用路上的尘土画出的图形，"从丝绸之国秦尼扎到波斯，需要步行一百五十天，穿越整个波斯需要九十天，从波斯的边境到塞尔柱需要十三天，从塞尔柱到罗马以及伊比利亚一带，一百五十天。所以从世界的一头前往另外一头，如果你每天走三十英里的话，大约需要四百天的步行。此外，大地的长度大于宽度——你应该记得《出埃及记》当中曾经提到，圣体柜的桌子长度应该为两个肘长，宽度则是一个肘长。所以从北到南，我们可以计算从北边的国度到君士坦丁堡需要五十天，从君士坦丁堡到亚历山大再需要五十天，从亚历山大经埃塞俄比亚到阿拉伯湾，七十天。全部加起来大约需要两百天。因此，如果你从君士坦丁堡出发，前往印度的极地，依照迂回的路径计算，还有你可能经常需要停下来寻找路径，更不用提走错的路段，我说，你大概需要旅行一整年，才能够抵达祭司王约翰的王国。"

关于圣物这件事，奇欧询问左西摩有没有听说过和圣杯相关的消息。当然，他曾经听那些住在君士坦丁堡附近的加拉太人说过。这些人因为传统的关系，知道一些和北方极地的司铎相关的古老传说。奇欧问他，有没有听说过将圣杯带去给祭司王约翰的费瑞菲兹。左西摩表示他当然听说过，不过波多里诺保留了怀疑的态度。"那么，这个圣杯到底是什么东西？"他问他。"酒杯，基督曾经用来为面包和葡萄酒祝圣的杯子，你们自己也曾经提到过。"杯子里面放面包？不对，是酒，面包是放在一个盘子、一个圣餐盘、一个小托盘上面。所以，这个圣杯到底是什么东西？一个餐盘，还是一个酒杯？两者都算，左西摩试着协商。好好地想，"诗人"用一种吓人的目光提议。应该是刺穿耶稣肋骨的那把长枪，没错，就是这样东西，好像真的就是这样东西。这时候波多里诺反手一掌打过去，虽然还没有到睡觉的时间，但是左西摩为自己辩驳：没错，传说的内容还没有办法确定，但是连拜占庭的加拉太人都听说过，这个圣杯肯定存在。如果继续这样下去，我们对圣杯的认识还是一样多，也就是几乎一无所知。

"确实，"波多里诺表示，"如果我带给腓特烈的是圣杯，而不是你这个应该吊死的浑蛋就好了……"

"你还是可以带给他，"左西摩建议道，"找一个相近的花瓶……"

"啊，现在又变成花瓶了。我就把你塞到花瓶里面，因为我并不是一个像你一样的骗子！"左西摩耸了耸肩，一边顺着新长出来的胡子抚摸自己的下巴，但是现在看起来像条六须鲶的他，比起前几天光滑得像颗球的时候要丑陋多了。

"此外，"波多里诺念念有词，"就算知道那是一个花瓶还是一个圣餐杯，找到的时候如何认出来？"

"啊，这一点你不用担心，"奇欧插嘴道，眼神迷失在相关的传说当中，"你会瞥见光芒，你会嗅到芬芳……"

"但愿如此，但愿如此。"波多里诺表示。所罗门拉比摇了摇头："一定是你们这些异教徒洗劫耶路撒冷，洗劫圣殿的时候，害我们流散到世界各地的东西之一。"

他们刚刚好赶上腓特烈次子亨利和西西里的康斯坦丝的婚礼，他当时已经被封为罗马人的国王。大帝现在将他所有的希望都放在这个较年轻的儿子身上。并不是他不关心第一个儿子，相反，他甚至封他为士瓦本公爵，但是非常明显地，他爱他爱得相当悲伤，正如面对成不了大器的子嗣。波多里诺看到士瓦本公爵一脸苍白，咳个不停，而左眼皮就像在驱赶小飞虫一样不停跳动。就算在这些皇家喜庆的时刻,他还是经常独自远离,而波多里诺看到他走到乡间,躁动地以小鞭子鞭打灌木丛,就像是为了发泄某种啃噬内心的痛苦一样。

"他活得相当艰辛。"腓特烈一天晚上告诉他。他越来越老了,胡子白了,走路的时候就像脖子酸痛一样。他还是没放弃打猎,如果他看到一条河流,他会立刻跳进去,像以前一样地游泳。但是波多里诺非常担心他会因为水冷冻伤,血液一下子流不过来,所以告诉他千万小心。

为了安慰他,他向他描述这一次远行的收获,他们抓到了背叛的修士,而他很快就会找到带他们前往祭司王国的地图。圣杯也不是一个传说,他总有一天会拿来放在他的手中。腓特烈点头表示赞同。"圣杯,喔,圣杯,"他的目光迷失在天晓得什么地方,一边嘀咕,"如果得到它的话,我就可以,我就可以……"接着他因为信差带来的几项重要消息而转移注意力,他叹了一口气,然后痛苦地履行自己的责任。

他偶尔会把波多里诺拉到一旁,告诉他自己有多么思念贝阿翠丝。为了安慰他,波多里诺也告诉他,自己有多么想念柯兰迪娜。"唉,我知道。"腓特烈表示,"深爱柯兰迪娜的你,肯定能够了解我有多爱贝阿翠丝。但是你绝对不明白贝阿翠丝有多么值得人深爱。"波多里诺觉得内疚的旧伤口又裂开了。

大帝在夏天的时候返回德国,但是波多里诺没有办法跟随他,因为他刚刚得知母亲去世的消息。他匆匆赶回亚历山德里亚。一边赶路,一边回想这个孕育了他,但是他从来不曾真正向她表现关心的女人,除了几年前的一个圣诞节,她正在为一头母羊助产的时候(该死,他对自己说,至少已经又过了十五个冬天了,我的天啊,可能有十八年了)。他抵达的时候,母亲已经下葬,而他在法斯凯特找到了离开城市，退居到老家的加里欧多。

他躺在床上，身旁摆着一个装满葡萄酒的木碗，力不从心地举手挥赶着脸上的苍蝇。"波多里诺，"他立刻对他说，"我每天都要和这个可怜的女人翻脸十次，要求上苍让她遭到雷劈。但是这会儿，遭到天打雷劈的人却是我，我已经不知道应该怎么办。我在这个房子里面什么都找不到，一切都是她在收拾。我甚至找不到叉牛粪的叉子，所以现在牛栏里的粪便比干草还多。因为这样的事，我决定不让自己活下去，或许这样也不错。"

他儿子的抗议并没有什么用。"波多里诺，你知道我们家的人脑袋都很硬，如果往里面塞了东西之后，就没有办法让我们改变主意。我并不是一个像你一样的懒人，你一天来这里，一天逛到那边，你们这些大爷的生活过得很舒服，而这些人成天只想着如何杀掉其他的人，但是如果有人告诉他们死期已经不远，每一个都会吓得在裤子里拉屎。相反，我过得很好，也没让一只苍蝇受过苦，身旁还跟着一个神圣的女人，所以如果我已经决定去死的话，我就不会再活下去。你让我依照自己的意愿离去吧，我过得很开心，如果我继续留下来接受煎熬，情况只会更糟糕。"

他间或喝一点酒，然后昏昏入睡，接着他重新睁开眼睛问道："我死了吗？""没有，父亲，"波多里诺回答他，"很幸运，你还活着。""喔，我为什么这么可怜！"他说，"又多活了一天，不过不急，明天我就会断气。"他无论如何都不愿意碰一口食物。

波多里诺为他擦拭额头，为他驱赶苍蝇。然后，因为不知道如何安慰他的父亲，也为了让他知道自己的儿子并非他一向认为的蠢驴，所以对他描述了自己不知道从多久以前就开始准备的神圣任务，以及他想要抵达祭司王约翰的王国的方式。"你知道吗，"他对他说，"我准备去发现一些神奇的地方。其中一个地方繁衍着一种我们从来没见过的鸟类，也就是能够翱翔并存活五十年的凤凰。不过当五十年的期限一到，祭司会准备一个祭坛，并在上面撒上香料和硫黄，接着鸟儿会飞过来自焚，最后只剩下一堆灰烬。隔天，我们会在灰烬当中发现一条蚕，而第二天这条蚕就长成一只鸟，这只鸟到了第三天就已经能够振翅翱翔。它长得并没有一只老鹰大，它的头上长着孔雀一般的羽冠，颈子一圈金黄，湛蓝的嘴、红色的翅膀，以及黄、绿、红相间的尾巴。所以，凤凰永远不会丧生。"

"全部都是鬼话！"加里欧多表示，"你只要能够让我的罗西娜活过来就够了，可怜的畜生被你们用一些未长熟的麦子噎死，它可没你的凤凰幸运！"

"我回来的时候，会到约伯的家乡那一带的山上为你找来吗哪。这些天粮从天上掉下来的时候原为粉红色，凝固之后成为白色，而且非常甜美，拥有洗涤血液和扫除忧伤的功效。"

"洗我的鸟蛋。对宫廷里那些肮脏、没用，只敢欺负胆小鬼的人很有用。"

"你至少吃一点儿面包吧。"

"我没有时间，我得在明天早上断气。"

隔天早上波多里诺对他说，他准备为大帝找来圣杯，也就是耶稣基督曾经使用过的杯子。

"是吗？那杯子长什么样子？"

"整个杯子由纯金制成，而且饰满了青金石。"

"你现在看到自己脑袋里什么东西都没有了吧？耶稣基督是一名木匠的儿子，他成天都和一些情况比他还糟糕，而且饿得快死的人在一起；教堂里的教士告诉我们，他因为担心三十三岁之前衣服有所破损，所以一辈子都穿着同一套没有缝工的衣服，而你现在却告诉我，他用一只黄金宝石的杯子大吃大喝。你在对我鬼扯什么东西。如果他有一个像这样，由他的父亲用树根凿成的木碗，就已经太完美了——就像我这一只一样，而且用一辈子也不会摔坏，你甚至可以拿榔头用力敲，而且……说到这里，再给我倒一点耶稣的鲜血，那是惟一能够帮助我断气的东西。"

真是该死，波多里诺告诉自己，这个可怜的老家伙说得一点儿都没错。圣杯应该是一个像这样的木碗，简单、贫穷，就像耶稣基督一样。所以杯子可能就在眼前，每个人伸手可及，却没有人认得出来，因为他们一辈子都在寻找一件闪闪发亮的东西。

并不是因为此刻的波多里诺满脑子只想着圣杯，而是他不想看到自己的父亲过世，但是他知道，让他走才是完成他的意愿。几天之后，老加里欧多已经蜷曲得像颗干栗子一样，而且呼吸困难，他甚至拒绝继续喝酒。

"父亲，"波多里诺告诉他，"如果你真的想死，就和上帝妥协吧，接着你就会进到和祭司王约翰的皇宫一模一样的天堂。上帝会坐在位于一座高塔上面的王座，王座的椅背上有两颗金球饰，每一颗上面都镶着两颗巨大的红宝石。王座的扶手是绿宝石制成，爬上王座的七层阶梯分别为缟玛瑙、水晶、碧玉、紫水晶、缠丝玛瑙、肉红玉髓和贵橄榄石，而王座的四周则竖立着细致的金柱。天使飞翔在王座上面，一边唱着非常甜美的圣歌……"

"还有一些从屁股把我踢出来的魔鬼，因为在一个这样的地方，像我这种满身粪臭的人，他们不会让我在附近逗留。所以，闭上你的嘴……"

接着，他突然睁大眼睛，在波多里诺的搀扶下，挣扎着想要坐起来："喔，上帝啊，我这下子真的要断气了，因为我看到了天堂。喔！真是太美了……"

"你看到了什么，我的父亲？"波多里诺开始啜泣。

"和我们的牛栏一模一样，却非常干净，罗西娜也在……还有你那个神圣的母亲。你这个可悲的东西，你现在可以告诉我，你把叉牛粪的叉子收到哪里去了吧……"

加里欧多打了一个嗝，松开手中的木碗，而他的眼睛一直大大地睁开，盯着他那一座天界的牛栏。

波多里诺轻轻地用手滑过他的脸，因为他应该看到的东西，从此就算闭着眼睛也看得到，然后他去向亚历山德里亚的人宣布发生的事情。城里的人希望为伟大的老人准备一次庄重哀荣的葬礼，因为他曾经拯救这座城市。他们也决定将他的雕像放在教堂的正门上方。

波多里诺又去了一次他父母亲的房子里寻找一些记忆，因为他已经打算永远不再回来。他在地上看到父亲的木碗，当它是一件珍贵的圣物一般拾起。他把木碗洗得干干净净，让它闻不到酒臭，因为，他告诉自己，如果有一天它被当成了圣杯，从最后的晚餐到现在，经过这么久的时间之后，除了认为这就是真品的人肯定都闻得到的芬芳之外，应该已经闻不到酒味。他将木碗收进自己的大衣里，然后带着它一起离去。

二三

第三次十字军东征的波多里诺

当昏暗开始笼罩着君士坦丁堡的时候,他们一行人动身上路了。他们人数众多,不过这些日子里,无家可归、为了找寻亲友或过夜的地点、像游魂一样在城里窜动的市民不计其数。波多里诺已经放弃他那件缝合的十字军装,因为,如果他被拦下来询问主子是什么人,他就会遇到一些麻烦。培维瑞、博伊阿孟多、戈里欧和塔拉布罗走在他们前面,装作凑巧和他们同路。但是他们在每个街角都会查看四周,他们的衣服下面也藏着刚刚磨过的大刀。

抵达圣索菲亚教堂之前,一个蓝眼睛、蛮横无理、留着黄色长须的家伙冲向他们,抓起一名女孩的手——虽然她看起来又丑又满脸麻子——企图拖着她和他一起走。波多里诺告诉自己,战斗的时候到了,而热那亚人也和他站在一起,但是尼基塔斯找到一个更好的主意。他看到一小队骑士沿着街道靠近,于是朝他们的方向跪下去,一边对他们表示敬意,一边要求正义和怜悯。这些人很可能是总督的手下,他们用刀面赶走那名野人,并让女孩重返家人的身边。

经过竞技场之后,热那亚人选择了最保险的路径:房舍已被烧毁,或显然曾经遭到详细搜刮的狭窄巷道。那些十字军如果希望再偷窃一些东西的话,他们会到别的地方去。夜色完全降临的时候,他们已经走出狄奥多西的城墙。其他的热那亚人带着骡子在那个地方等候。一阵拥抱和祝福声中,他们向保护人告别,然后在暖春的天空下,在地平线上近乎饱满的明月伴随下,顺着一条乡间的道路向前行进。远方的海洋吹来阵阵微风,他们全都在白天的时候休息过了,所以就连尼基塔斯的妻子也没有因为旅程而觉得疲倦。但是尼基塔斯却显得体力不支,每一回他的坐骑上下颠簸,都会让他气喘吁吁,而每半个时辰,他都会要求其他的人停下来让他喘口气。

"你吃太多东西了,尼基塔斯大爷。"波多里诺告诉他。

"你会拒绝让一个遭放逐的人,品尝临危祖国的最后一口甜蜜吗?"尼基塔斯回答。接着他四处寻找一块可以让他坐下来的岩石或倒塌的树干:"我是因为期待你故事的后续发展引发的焦虑,才会觉得不舒服。坐这里,波多里诺,聆听这一片宁静,嗅一嗅乡间的清香。让我们休息一下,你也继续说下去吧。"

接下来的三天,他们利用白天行进,晚上则休息在月光下,避开天晓得住着什么人的房舍。而波多里诺就在繁星下,以及偶尔被飒飒枝叶和夜行动物乍鸣打破的寂静当中,继续把他的故事说下去。

这一段时间——时值一一八七年——萨拉丁发动了对基督教耶路撒冷的最后一次攻击。他打了胜仗,并表现得十分宽容,让付得出一笔税金的人毫发未伤地离去,他的行动仅止于在城墙前砍掉所有圣殿骑士的首级,虽然所有的人都承认他的宽容,但是对于敌方的精英部队,任何入侵的敌人都知道不能手下留情。圣殿骑士自己也知道这一点,在这一行里面必须接受规矩:没有俘虏。不过,萨拉丁再怎么表现出他的高尚,已经固守百年的外海法兰克王国就此灭亡,还是让整个基督教世界十分震惊。教皇于是召唤欧洲所有的君王,以十字为标志发动第三次东征,解放再次遭异教徒征服的耶路撒冷。

对波多里诺来说,他的大帝加入这一次的行动,正是他等候的机会。进军巴勒斯坦,就表示和一支无敌的大军一起东进。耶路撒冷只要一眨眼就可以取回，接下来就剩下继续前往印度了。但是他就是在这样的机会下，发现腓特烈有多么疲倦和犹豫。他已经调停了和意大利之间的征战，但是他担心自己一旦离开，就会失去这些取得的优势。或许再次出征巴勒斯坦让他觉得困扰，让他回想起自己在上一回的东征所犯下的罪行，也就是在盛怒之下，摧毁了一座保加利亚的修道院。谁知道？他表现出犹豫不决，他自问哪一件事才是他真正的义务，而当你开始询问自己这个问题的时候（波多里诺告诉自己），也就表示已经没有可以带动你的义务可言了。

"我当时四十五岁，尼基塔斯大爷，我把一生的梦想当成了赌注，换句话说，就是我这一条命，因为我的生命一直建筑在这个梦想的周围。那一刻，因为相信自己受幸运之神的眷顾，所以我决定给养父一个希望，为他的任务找一个上天的兆示。耶路撒冷的挫败之后，几名从这一场溃败当中脱险的人，逃到了我们的基督教国度，而帝国的宫廷也出现了七名天晓得如何躲掉萨拉丁仇杀的圣殿骑士。他们的情况并不太好，但是你或许不知道这些圣殿骑士都是些什么样的人：酒鬼、通奸者，如果你让他们对你的姐妹动手动脚，或甚至——据说——你的弟弟，他们就会把自己的姐妹也卖给你。总之，我们可以说，是我帮助他们恢复了元气，而所有的人都看到我和他们一起进出酒馆。所以有一天，我毫无困难地告诉腓特烈，这些盗卖圣物的无耻家伙真的窃取了圣杯。我告诉他，这些圣殿骑士已经陷入绝境，所以我花光了我所有的钱把杯子买过来。理所当然地，腓特烈首先是感到惊讶。但是，圣杯不是在祭司王约翰手中，准备送给他吗？前去寻找祭司王约翰的提议，不就是打算去接收这份神圣的礼物吗？确实如此，父亲，我告诉他，但是某个不忠的官员从祭司王约翰手上把圣杯偷了过来，然后卖给一群前往该地劫掠，却不知道自己到了什么地方的圣殿骑士。但是知道这件事情什么时候在什么地方发生已经不重要了。此刻，神圣罗马帝国皇帝的面前出现了另一个更特别的机会：去寻找祭司王约翰，而确切的目的是将圣杯交还给他。并非使用这一件无与伦比的圣物来取得权力，而是完成一项义务，他会因此得到祭司王约翰的感激，并在基督教世界留下永恒的声望。据为己有和归还圣杯之间，私藏宝藏和送回遭窃的地点之间，拥有和交回之间，占有（正如每个人的梦想）以及为了完成一项崇高的奉献而放弃之间，何者才是真正的神圣已经非常明显，也是作为惟一真正祭司国王的荣耀。腓特烈于是成了新的亚利马太的约瑟。"

"你对你的父亲说谎。"

"我是为了他好，也为了帝国好。"

"你有没有问过自己，如果真的抵达祭司王约翰的王国，将圣杯递给他，而他睁大眼睛，自问这只他从未见过的木碗来自何方，到时候腓特烈会有什么下场？腓特烈不仅得不到荣耀，更会成为基督教世界的小丑。"

"尼基塔斯大爷，你对人类的了解更甚于我。你想想：如果你是祭司王约翰，一名来自西方的大帝跪在你的脚边，交给你一件这一类的圣物，告诉你这件东西属于你，你会冷笑地反驳自己从来没见过这个来自酒馆的大碗？好了，好了！我并没有说祭司会假装认得杯子，我是说，他会被这份掉在头上的荣耀迷惑，所以会对守护这份荣耀的人表示感激。他会立刻承认，并以为自己一直拥有这件东西。于是，我将我父亲加里欧多的木碗当成一件非常珍贵的东西，递交给腓特烈，而我向你发誓，我当时真的觉得自己正在进行一项神圣的仪式。我将我生父的遗赠和记忆托付给我的养父，而我的生父说得没错：这件在他罪人的一生中和他情感相通的卑微东西，从精神上来看，确实是一生贫穷、为了帮所有罪人赎罪而付出生命的耶稣所使用的酒杯。教士口中念着弥撒的时候，不也将卑贱的面包和葡萄酒，拿来当做耶稣基督的血肉吗？"

"但你并不是一名教士。"

"没错，但是我并没有宣布这件东西就是耶稣的鲜血，我只表示它曾经装了耶稣基督的鲜血。我并未僭越圣典的权力，我只是做了见证。"

"伪证。"

"不。你自己也告诉我，真心相信一件圣物的时候，我们就会闻到一股芬芳。我们只认为自己需要上帝，但是上帝也经常需要我们。我在那个时候就是觉得，他需要有人帮他一把。如果耶稣使用过这个杯子的话，它就肯定存在。如果已经不知下落，肯定是一群无耻之徒的错。我为基督教世界找回了圣杯，上帝并没有拆穿我，证据就是连我的同伴也立刻相信。圣杯此刻就在他们眼前，被陷入狂喜的腓特烈高高举起，而波罗内一见到一直让他胡思乱想的圣物，立刻就跪了下来，奇欧立刻表示自己似乎见到一道强烈的光芒，所罗门也承认——就算耶稣并非其族人等待的救世主——这件容器肯定散发着某种焚香的气味，左西摩则睁大了经常见到幻象的双眼，就像你们这些教会分立派的信徒一样，反过来比划了数次十字，阿布杜更是抖动得像片榕叶一样，一边嘀咕着表示，拥有这件圣物相当于征服了所有的外海王国——大家都了解他肯定渴望将杯子献给遥远国度的公主，作为爱情的见证。我自己也双眼湿润，而我自问，上苍到底为了什么神秘的原因，选择我来担任这项奇迹的媒介？至于'诗人'，他愤慨地啃噬自己的指甲，而我知道他的内心在想些什么：他认为我是一个白痴，腓特烈已经年老，无法从这件宝藏获利，我们可以留给自己，前往北方的国度为自己弄一个王国。面对大帝明显的衰老，他又开始了权力的狂想。不过我也几乎因此而感到安慰，因为我明白他既然做出如此的反应，就表示他也将这件圣杯视为真品。"

腓特烈虔诚地将杯子锁在一个盒子里，然后将钥匙挂在自己的脖子上。波多里诺觉得他这么做一点儿都没错，因为此刻他觉得不仅"诗人"，他的每一个朋友都想要偷取这样东西，为他们自己创造出一段个人的命运。

这件事情之后，大帝告诉他们，现在真的是应该出发的时候了。每一回出征都需要经过细心的准备。接下来的一年，腓特烈急遣使节前去见萨拉丁，并促成塞尔维亚的斯特凡·尼曼雅，拜占庭的皇帝和伊科尼恩的塞尔柱苏丹等王侯举行特使会谈，安排大军穿越他们领土的事宜。

英国和法国的国王从海路出发的同时，腓特烈则在一一八九年五月决定取径陆路，带着一万五千名骑士和一万五千名随侍从拉蒂斯邦出发。有的人表示在匈牙利的平原上检阅的时候，看到六万名骑士和十万名步兵通过，其他的人提到的人数，最多竟然高达六十万。无疑每个人都加了油添了醋，不过就连波多里诺也说不上确实有多少人，可能至少有两万人。不过再怎么样，这一支军队的阵容确实相当庞大。如果不是一个一个计算的话，一眼瞭望过去，可以看到帐篷从何处开始搭起，却看不到尽头。

为了避免像上一回出征一样的杀戮和劫掠，大帝并不愿带着一大群贫穷的人出发，因为一百年前，这样的人曾经血洗了耶路撒冷。如果是一群知道如何投入战役的人，事情应该可以进行得非常完美，而不是动员一群可耻的人，以寻找天堂为借口，然后带回一路上割断几名犹太人喉咙所取得的战利品。腓特烈只录取能够维持自己需求长达两年的人，而贫穷的士兵则每人发放三枚银马克，让他们能够在旅途上取得食物。如果你想要解放耶路撒冷的话，该花的钱就要花。

许多意大利人也加入这一次的行动，其中包括了由西卡多主教带领的克雷莫纳人，以及跟着红衣主教阿德拉多的布雷西亚人和维罗纳人,甚至还有几名亚历山德里亚人,像是波多里诺的老朋友波伊迪、卡聂托的古帝卡、波切里、外号"母骡"的阿勒拉莫·斯卡卡巴洛吉、柯兰迪娜的弟弟柯兰迪诺——也就是他的舅子,以及一名托提家的人,还有波吉、吉里尼、朗查维奇亚、佩里、英维基亚提、贾姆巴里尼和塞尔梅里,全部都自费或由政府出资成行。

出发的排场非常盛大,沿着多瑙河一直到了维也纳;六月份的时候,腓特烈在布拉迪斯拉发会见了匈牙利的国王,接着他们进到保加利亚的森林里;七月份的时候,他们拜会了塞尔维亚的王子,并促成了对抗拜占庭的联盟。

"我想,"波多里诺表示,"这一次的会谈让你们的伊萨克皇帝非常担心。他害怕大军企图征服君士坦丁堡。"

"他并没有猜错。"

"只是这样的事情十五年后才发生。当时,腓特烈真的只想前往耶路撒冷。"

"不过我们还是非常不安。"

"我了解,一支庞大的外国军队准备穿越你们的领土,所以你们非常担心。不过你们确实让我们的日子不好过。我们抵达索非亚的时候,并没有找到承诺的军备补给。我们在菲利波波里斯[①]的周围受到你们军队的攻击,不过他们后来都迅速撤离,而这样的事情在那几个月之内发生了好几次。"

"你知道我当时是菲利波波里斯的总督吧。当时宫廷给我们的指示前后矛盾,拜占庭皇帝一下子要我们建造一道围墙,挖掘一条壕沟来防御你们的到来,但是我们才兴建完工,立刻又收到命令要我们摧毁一切,以避免这些工事成为你们的庇护所。"

---

① 今保加利亚普罗夫迪夫。

"你们砍伐树木,堵住了山口,而且攻击我们前往寻找粮食而落单的人员。"

"可是你们在我们的领土内进行掠夺。"

"因为你们没有依承诺送来军粮。你们的人从城墙上用篮子放下食物,不过却在面包里掺杂了石灰和其他有毒的物质。这一趟旅途当中,大帝刚好也收到了耶路撒冷前皇后西碧拉的传书,警告他萨拉丁为了阻碍基督徒的前进,可能会送几斗下了毒的麦子,和一壶混合了毒剂的葡萄酒,以至于伊萨克的一名奴隶后来被迫啜饮毒酒,当场死亡。"

"无稽之谈。"

"但是,当腓特烈派遣使节到君士坦丁堡的时候,你们的皇帝先让他站着等候,接着又把他关进监狱里。"

"但是他们后来全都被放回去见腓特烈。"

"我们进到菲利波波里斯的时候,发觉里面空荡荡,所有的人都已经消失不见。你也一样,不在城内。"

"避免让我自己遭到逮捕是我的职责。"

"或许是这样。不过,我们进到了菲利波波里斯之后,你们的皇帝才改变态度。我们在这时候,也和亚美尼亚人的部落会了面。"

"亚美尼亚人把你们当兄弟看待。他们是像你们一样的教会分立派,他们不尊敬圣像,还食用未发酵的面包。"

"他们都是虔诚的基督徒。其中一些人立刻就以王子莱翁的名义,向我们保证经过他们国家的通路顺畅,并将提供协助。不过事情并非这么简单,我们在哈德良堡的时候才了解这一点,因为那时候又出现了一名伊科尼恩的塞尔柱苏丹基利吉·阿尔斯兰派出来的使节,自称土耳其人、叙利亚人,还有亚美尼亚人的主子。所以到底是什么人在统治,在什么地方统治?"

"基利吉试图抑制萨拉丁的霸权,他也希望征服亚美尼亚的基督教王国,所以他希望腓特烈的大军能够助他一臂之力,而亚美尼亚人则希望腓特烈能够牵制基利吉的企图。我们的伊萨克仍因为在密列奥塞法隆遭塞尔柱人重创那件事而怨怼不已，他希望腓特烈迎击基利吉，但是他也不反对腓特烈和亚美尼亚人发生一些冲突，因为对我们的帝国并无不妥。这也就是为什么，当他知道塞尔柱人和亚美尼亚人向腓特烈保证经过他们领土的通路顺畅之后，他了解自己不应该阻碍他的行进，反而应该给他方便，让他穿越普罗庞提德海，送他去对抗我们的敌人，让他远离我们。"

"我可怜的父亲。我不知道他是否怀疑过自己成了一群交错的敌人手中的武器。或许他很清楚，但是他希望将他们全部击败。不过据我所知，与一个基督教王国的结盟——亚美尼亚，而不是拜占庭——腓特烈隐约可以瞥见他的终极目标，并因此而兴奋得颤抖。他梦想着（我也一样）亚美尼亚人能够为他开启通往祭司王约翰王国的道路……无论如何，就像你所说，在塞尔柱人的使节和亚美尼亚人之后，你们的伊萨克也派给我们船舰。我就是在加里波利看到了你，你当时以拜占庭皇帝之名提供我们运兵的船舰。"

"对我们来说，这个决定下得并不容易。"尼基塔斯表示，"拜占庭皇帝和萨拉丁之间可能出现严重的摩擦，他不得不派出信差去解释让步的原因。萨拉丁是一名伟大的君主，他立刻就谅解，并没有对我们抱持任何怨恨。我一直重复，土耳其人那方面我们并不担心：我们的问题一直都是你们，教会分立派分子。"

尼基塔斯和波多里诺对彼此表示，继续指摘这件已经过去的事情谁是谁非并不太合适。或许伊萨克没有错，每一个经过拜占庭的十字军都会试图停留，太多美丽的东西可以夺取，所以不太想去耶路撒冷的城墙前面冒险。但腓特烈是真的希望前进。

他们抵达了加里波利，虽然不是君士坦丁堡，但是军队全都被这个充满欢乐的地方吸引，而港口也泊满了圆头帆船、摇桨船，接待人员准备将马匹、骑士和军备塞进他们的货舱里。这些事不可能一天之内就搞定，这一段时间内，他们这些人于是成天游手好闲。旅行一开始的时候，波多里诺就决定让左西摩做一些有用的事，强迫他教授他们一伙人希腊文，"我们前去的地方，"他表示，"没有人会说拉丁文，更别提条顿话、普罗旺斯话，或我的语言。使用希腊文的话，总是有希望能够彼此沟通。"于是，在造访妓院和聆听东方教堂的神父朗诵经文之间，等候就不至于太无聊。

港口前面有一片一望无际的市场，他们被远方的闪光和香料的味道吸引，于是决定前去一探究竟。被他们释放出来当向导的左西摩（但是由波罗内警戒监视，眼睛不离开他身上一秒钟）告诉他们："你们这些拉丁和阿勒曼尼蛮族并不知道我们罗马文明当中的规矩。你们要知道，在我们的市集里，你们一开始什么都不会想买，因为他们兜售得太频繁，如果你们立刻就付出他们要求的价格，他们并不会把你们当做傻子，因为你们已经是傻子，而且他们会不高兴，因为商人最快乐的事情就是讨价还价。所以如果他们要价十枚钱币，你们开价两枚，他们会把价格压到七枚，这时候你们开价三枚，他们会跟着降到五枚，只要他们不让步，并一边哭泣一边发誓他们全家都会流落到路边，你们就继续坚持三枚。到了这种时候，你们就可以购买了，不过你们必须知道那样商品只值一枚钱币。"

"既然如此，我们为什么要买？""诗人"问道。

"因为他们也有生存的权利，用三枚钱币买一样值一枚钱币的东西，这样的交易算得上诚实。不过我还得告诉你们另外一件事：不只商人有生存的权利，小偷也一样，由于他们不能偷窃自己的人，所以他们会拿你们开刀。如果你们想办法阻止，这是你们的权利，但是如果让他们达到目的，你们也不要抱怨。所以我建议你们皮包里只带一点儿钱，只带你们决定花费的数目，就这么多。"

经过一名熟悉当地习俗的向导指点之后，他们于是开始在闻起来就像每个帝国公民身上的味道一样，充满大蒜味的汹涌人潮当中探险。波多里诺为自己买了两把制作精美的阿拉伯匕首。挂在腰带的左右边，可以双手交叉，迅速拔刀出鞘。阿布杜找到了一个压住一束头发的透明圣物盒（天晓得是谁的头发，但是他心中认为的对象非常明显）。所罗门发现了一名波斯人在一个帐篷里贩卖神奇药水，于是扯破喉咙呼叫其他人。这名炼金药的商人拿出一个小玻璃瓶，根据他的说法，瓶子里装着功效非常强大的药水：取用微小的剂量会刺激生命力，但是一次全部吞下去的话会迅速暴毙。接着他又拿出一个类似的瓶子，不过里面装的是最强效的解毒剂，能够解除任何一种毒药的毒效。就像所有的犹太人一样，喜欢玩弄医药艺术的所罗门买下了解毒剂。他出身的民族，让他比这些帝国公民更精于议价，所以他成功地用一枚钱币买下了开价十枚钱币的东西，而且还因为担心多付了一倍的价钱而恼怒不已。

离开药剂师的帐篷之后，奇欧找到了一条华丽的披肩。而波罗内仔细翻看每件商品之后，摇头嘀咕，既然他们跟随一名拥有圣杯的皇帝，全世界的宝藏都成了粪土，更不用提眼前这些东西了！

他们遇到了亚历山德里亚的波伊迪，他加入他们这一群人，从此跟他们一起同行。他迷上了一枚可能是用金子打造的戒指（小贩哭着卖给他，因为戒指原属于他的母亲），戒台上面藏有活血药，只要一小口，就可以救活一名重伤者，在某些情况下甚至可以让死人复生。他买了下来，表示在耶路撒冷的墙下可能真的必须冒上生命的危险，所以最好还是做一些预防措施。

左西摩在一枚刻着 Z 字的图章前面醉心不已，因为那是他名字的开头字母，而图章是和一根用来制作蜡印的蜡条一起贩卖。Z 字已经磨损得十分光滑，可能无法留下任何印记，但是也因此显示出图章的年代久远。身为囚犯，他的身上理所当然地没有半毛钱，但是所罗门心软地为他买下了图章。

他们在人群的推挤之下，突然发现"诗人"不见了。找到他的时候，他正在为一把剑讨价还价。根据贩子的说法，这把剑可以往上追溯到征服耶路撒冷的年代。当他准备掏出钱包的时候，才发现左西摩说得一点儿都没错，他那一对凝思的阿勒曼尼人的蓝眼睛，吸引了许多苍蝇一样的小偷。波多里诺于是心软地买下那把剑送给他。

隔天，他们投宿的地方出现了一名身穿华服，带着两名随从，态度卑躬屈膝得夸张的男人，而他要求和左西摩见面。修士和他交谈了一会儿之后，回来告诉波多里诺，那个人是马奇塔·阿祖鲁尼，一名为亚美尼亚的莱翁王子担任密使的贵族。

"阿祖鲁尼？"尼基塔斯说，"我听说过这个人。他从安德罗尼卡的时代，就曾经多次造访君士坦丁堡。我了解他为什么找上左西摩，因为他一直以爱好神奇魔术而著名。我在锡利夫里的一名朋友——天晓得我们抵达之后是否还找得到他——曾经到他位于达德吉的城堡做客……"

"非常不幸地，我们也一样，我待会儿会将这件事情告诉你。他身为左西摩的朋友这个事实，对我来说就像个致命的征兆，但是我告诉腓特烈之后，他表示希望见见这个人。他是一名密使，但是派遣他的人并不是莱翁，换句话说，如果他是一名密使，他就不应该说出来。他是前来为帝国的军队担任穿越土耳其人地盘，前往亚美尼亚的向导。阿祖鲁尼和大帝说话的时候，使用的是还算过得去的拉丁文，但是一旦他希望维持模糊的时候，他会假装找不到合适的字眼。腓特烈表示他就像所有的亚美尼亚人一样阴险，但是一个熟悉该地的人可以解决一些问题，所以他聚集了大军，交代我好好盯着他。我必须说，他在旅行途中表现得无懈可击，提供的信息接下来也都得到印证。"

二四

波多里诺来到阿祖鲁尼的城堡

大军在一一九〇年的三月份进入亚洲，抵达老底嘉，然后朝着塞尔柱土耳其人的地盘前进。伊科尼恩的年迈苏丹虽然表示和腓特烈站在一边，但是他的儿子们却将他推翻，然后攻击了基督教的军队。不过情况不见得是这样，或者是基利吉自己改变了主意，这件事我们一直不知道确实的情况。冲突、前哨战、全面开战，腓特烈以优胜者的姿态向前推进，但是他的军队却因为寒冷、饥饿，以及土库曼人迅速突击行进翼，然后从熟悉的路径撤离藏身而大量减少。

吃力穿越烈日当头的地域和沙漠，士兵们不得不饮用自己的尿水和马匹的鲜血。待他们抵达伊科尼恩的时候，朝圣的大军只剩下不到一千名骑士。

不过这一次的围城行动相当成功，士瓦本的小腓特烈虽然生了病，却打了一场漂亮的胜仗，在攻城行动当中一马当先。

"你提到小腓特烈的时候，口气非常冷淡。"

"他并不喜欢我。他任何人都不相信，也嫉妒准备从他手中夺走王位的弟弟。此外，他当然也嫉妒我这个和他没有血缘关系的人，嫉妒他父亲对我的感情。或许他小时候就因为我看他母亲，或他母亲看我的方式而备受困扰。他嫉妒我将圣杯交给他的父亲之后所得到的威望,所以他一直对这个故事抱怀疑的态度。当他听到我们提起出征印度的时候,我注意到他在一旁喃喃自语,表示这件事到时候再说吧。他觉得自己受到所有的人排挤,所以他才会在伊科尼恩表现得如此英勇,尽管他这一天发了烧。也只有他父亲在所有男爵面前称赞他这一次的行动时,我才看到他的眼睛里闪烁着喜悦的光芒。我想,这是他这辈子惟一的一次。我上前向他致意,我真的替他高兴,但是他心不在焉地向我道谢。"

"你跟我很像,波多里诺。我也一样,一直不断记载我们的帝国年史,而我遇到为这些权势家族造成动荡的一些小小渴望、怨恨和嫉妒时,总是像面对公众大事的时候一样逗留详述。那些皇帝就像任何人一样,故事当中也包括了他们的脆弱。不过请继续说下去。"

"征服了伊科尼恩之后,腓特烈立刻急遣使节去见亚美尼亚的莱翁,要求他帮助我们穿越他的领土。他们之间有着结盟的关系,他们曾经如此承诺,但是莱翁却一直没有派出使节来迎接我们,或许他因为伊科尼恩苏丹的下场而震惊。我们于是就在不确定能不能得到帮助的情况下向前移动,而阿祖鲁尼告诉我们,王子的使节肯定很快就会到达。六月的某一天,我们朝着南方移动,经过了拉朗达之后,抵达托鲁斯山脉,也终于看到插着十字架的墓园。我们来到了西里西亚,基督教的国度,立刻就受到西比雅的亚美尼亚王侯接待,接着在稍远的地方,我们在一条我甚至不愿意记得名称的河流,遇到了莱翁派来的使节。我们才刚刚瞥见他们,阿祖鲁尼就告诉我们他最好不要现身,接着便消失不见了。我们见到了两名官员,康斯坦提和巴勒多维诺·卡玛戴伊斯,我从来没见过谈话如此不确定的使节。他们其中一人宣布莱翁和主教格里高尔立刻就会隆重驾临,另一人则支吾其词,指出亚美尼亚王子非常希望帮助大帝，却不能让萨拉丁知道他开放了通道，让他的敌人通过，所以他必须小心行事。"

两名使节离开之后，阿祖鲁尼又重新出现。他将左西摩拉到一边，而左西摩接着前来寻找波多里诺，然后他们一起去见腓特烈。

"阿祖鲁尼表示，他并不想背叛自己的主子，他怀疑如果你在这个地方止步的话，对莱翁将会是一次机会。"

"怎么说？"腓特烈问，"他准备送来酒和少女，好让我忘记自己必须前去耶路撒冷？"

"他很可能送来一些酒，不过是下了毒的酒。他要我提醒你西碧拉皇后写给你的那封信。"左西摩表示。

"他怎么知道这封信？"

"消息传开了。如果莱翁阻止你前进的话，他就帮了萨拉丁一个大忙，而萨拉丁可以帮助他成为伊科尼恩的苏丹，既然基利吉和他的儿子已经溃不成军。"

"为什么阿祖鲁尼如此关心我的安危，甚至可以到背叛主子的地步？"

"只有耶稣基督才会因为热爱人类而牺牲自己的生命。人类精液生于原罪，和动物的精液差不多：如果你不喂牛干草，它就不会给你奶水，这句神圣的格言有什么含意？阿祖鲁尼并不排斥有朝一日拿下莱翁的王位，他受到许多亚美尼亚人的敬重，莱翁则不然。所以，如果得到神圣罗马帝国皇帝的感激，有一天他可以倚重这群朋友当中最有权势的一位。所以他建议我们，继续前进到他那座同样位于这条河河畔的达德吉城堡，让你的军队在四周围扎营。等待莱翁提出保证这段时间，你可以住在他家，避开所有埋伏。他也建议你，此后对他的同胞递给你的食物和饮料要特别小心。"

"该死，"腓特烈大吼，"我这一年来穿越的是蛇窟蝎窝！我那些善良的条顿王侯相较之下，就像是羔羊一样，而我——让我告诉你一件事——就算那些奸诈而让我吃尽苦头的米兰人，他们也会选择在旷野对抗我，而不是趁我睡觉的时候拿刀子来对付我！我们该怎么做？"

腓特烈的儿子提议接受邀请。最好只保留一个已知的敌人，而不是许多未知的敌人。"没错，父亲，"波多里诺表示，"你住在这座城堡里，我和我的朋友会日夜在你的周围形成一圈屏障，除非踩在我们身上，否则没有人能够靠近你。我们会先尝试为你准备的任何食物。什么话都别说，我并不会是一名烈士。所有的人都知道我们会在你之前先行吃喝，没有人会自作聪明到毒死我们其中一个人，而让你的愤怒发泄到这座城堡的每一个居民身上。你的人需要休息，西里西亚住的是信奉基督教的民族，伊科尼恩的苏丹已经没有气力越过山峦，再次对你展开攻击，而萨拉丁距离我们仍然太远，这一带的地形充满着峭壁深渊，是天然的防御屏障。我觉得似乎是让每个人再造精力的理想场所。"

朝着塞尔柱的方向行进一天之后，他们来到了一处河畔的行走空间十分狭窄的山谷。接着山谷豁然敞开，经过一大片平坦的空间，河水在山谷间开始倾斜加速，然后往下流泻到另一个山谷里。距离河流不远的地方，一座轮廓不规则的高塔就像香菇一样，从这一片平坦的地面冒出来，跳脱淡蓝色的背景而呈现在来自东方的人眼中。塔后向西沉落的太阳，更让人分不出眼前的一切到底是大自然还是人类的杰作，一直到接近之后他们才了解，原来是搭建在巨大岩石上的一座堡垒，从上面无疑能够俯瞰平原和周围的山峰。

"到了。"阿祖鲁尼这时候说，"你可以让你的军队在平原上搭盖他们的营舍，我建议你安排他们到那边，在河川的下游，那里有空间可以过夜，也有水让人畜饮用。我的堡垒并不大，所以我建议你只带着少数几名心腹。"

腓特烈交代他的儿子安排住宿，并和军队待在一起。他决定只带十几个人，加上波多里诺和他的朋友。腓特烈的儿子试着抗议，表达自己希望留在父亲身边的意愿，而不是待在一里之遥。他再一次认为波多里诺和他的朋友并不能信任，但是大帝一点儿都不动摇。"我睡在这个堡垒当中，"他说，"明天早上我会到河里游泳，这件事我并不需要你们，而我会游过去向你们说早安。"他的儿子表示他的意愿就是律法，却说得十分勉强。

腓特烈带着十多名人员、波多里诺、"诗人"、奇欧、波罗内、阿布杜、所罗门，以及用铁链拖着左西摩的波伊迪离开主力军队。他们全都很好奇如何登上这座要塞，但是绕过巨石之后，他们发现西面的部分并不是那般陡峭，虽然差别不是很大，但是已足够开凿并铺设一条以厚台阶砌成，而顶多只能并列两匹马的坡道。任何带着敌意攀登的人，只能缓慢地爬上阶梯，以至于只要两名弓箭手，就可以从城墙的垛口一次两个地解决侵略者。

坡道的尽头有一扇朝中庭敞开的大门，而门外有一条小径陡峭地沿着绝壁，更狭窄地贴着城墙继续向前延伸，直到北边的一扇小门，然后止于悬崖边上。

他们进入中庭，真正来到了墙上布满洞眼的城堡，不过城堡首先是由隔开中庭和深渊的城墙所保护。腓特烈安排他的人手在外墙守护，从高处控制上来的坡道。除了几名凶神恶煞的士兵看守着不同的门口和走道，阿祖鲁尼看起来似乎并未拥有自己的人马。"我这里并不需要一支军队，"阿祖鲁尼骄傲地微笑着说，"没有人能够攻击我。而且这个地方，你待会儿可以看到，神圣大帝，并不是一个打仗的地方，而是一个我研究大气、火、水、土的庇护所。跟我来，我带你去看看可以让你舒适地安顿下来的地方。"

他们爬上一座大楼梯，在第二个转弯的地方，进到了一间宽敞的军械室，里面布置了几张长椅，而墙上则挂着武器和盔甲。阿祖鲁尼打开了一扇厚实并以金属加强的木门，接着他领着腓特烈进到一间布置豪华的房间。房间里有一张天盖床，一个摆放杯子和金质烛台的箱子，箱子上面置放了一只可能是首饰盒，也可能是圣体柜的阴暗木盒。房间里还有一座宽大并随时可以点燃的壁炉：一层干树枝上面摆着小树干和类似木炭的块状物，上面淋着一层应该是为了助燃的油亮物质，然后再铺上熏香的细枝和浆果。

"这是我最好的一个房间，"阿祖鲁尼说，"我很荣幸用来招待你。我建议你不要打开窗户，因为面向东方，明天早上的阳光可能会干扰你的睡眠。这些彩色的玻璃是威尼斯的艺术精品，它们会缓缓地过滤光线。"

"没有人能够从这扇窗子进来吗？""诗人"问。

阿祖鲁尼费力地打开由不同木栓扣住的窗子。"你瞧。"他说，"窗子位于高处，而中庭再过去就是大帝的人员看守的围墙。"从窗子看出去确实是外墙，还有警卫随时会经过的环围小径。距离窗子一个箭距的地方，两个大型的圆状物，或是扁平的凹面金属，嫁接在垛口间的支架上。腓特烈想要知道那是什么东西。

"那是阿基米德的镜子。"阿祖鲁尼回答，"这名古代的学者就是用这东西摧毁了围攻锡拉库萨的战舰。每一面镜子都平行地汇集和反射落在镜面的光线，所以才会出现倒影。但是如果镜子并非一个平面，而是以一种恰当的幅度向内弯曲，也就是依据被称为科学之王的几何学来计算，光线就不会平行地反射，它们会依据弯曲的程度，集中在镜子前面一个精确的点。如果你转动镜子，在最明亮的时候捕捉光线，然后让反射的光线落在远方的一点；太阳的光线集中在一个确切的点上面，会引起燃烧作用，于是你可以火烧一棵树、船舰的木板、战车，或敌人四周围的灌木丛。镜子总共有两面，因为其中一面的弯曲程度是为了攻击远方的目标，另一面则是为了造成近距离的燃烧。所以，我光是用这两样简单的工具就可以防御我的堡垒，效率远远超过一千名弓箭手。"

腓特烈要阿祖鲁尼传授他这项秘密，耶路撒冷的城墙就会倒塌得比耶律哥更快，而且是在阳光之下，不是在号角声中。阿祖鲁尼表示他随时准备为大帝服务。他接着关上窗户，补充道："这个地方空气进不来，但是其他的空隙还是会通风。虽然不到季节，但是由于墙壁厚重，所以你晚上还是会觉得冷。与其点燃会造成恼人烟雾的壁炉，我建议你使用床上这一块毛皮保暖。请原谅我的啰嗦，但是上帝给了我们一个躯体：这一扇门后面有一间陋室，里面有一个不太豪华的便桶，你身体需要排除的东西，都会落到地下室的一个木桶里，所以房间里的空气不会因此而变质。除了我们进来的这道门之外，房间并没有其他的入口。一旦你锁上门锁之后，门外只剩下你这几位必须习惯睡在长椅上的朝臣，不过他们将会保护你不受到干扰。"

他们注意到壁炉台上有一个凸起的圆盘图案。那是美杜莎的头像，蛇发缠绕，眼睛闭合，半张的肉感嘴唇有一个阴暗而见不到底的洞口（"就像我和你在蓄水池里面所见到的一样，尼基塔斯大爷"）。腓特烈好奇地询问那是什么东西。

阿祖鲁尼表示那是丹尼斯的耳朵："也是我的魔术之一。在君士坦丁堡仍找得到这种老石头，只需要好好地挖出一个嘴巴就行了。下面有一个通常是我的卫队休息的房间，不过你在这里期间，大帝，我会让他们不要进去。他们在下面谈话的声音，都会从这张嘴巴传出来，就好像他们在这片圆盘雕像的后面说话一样。如果我要的话，我可以听到我的手下之间的对话。"

"如果我听得到我那些亲戚之间的对话就好了。"腓特烈表示，"阿祖鲁尼，你是一个不可多得的人，这件事我们将来也要谈一谈。现在，先让我们计划一下明天。早上，我会先到河里去游泳。"

"你无论是骑马或走路，都可以轻易抵达河边。"阿祖鲁尼表示,"你甚至不需要经过刚才进来的中庭。事实上,军械室的那扇门后面,有一条通往后院的狭窄楼梯。你从那个地方可以找到主要的通道。"

"波多里诺,"腓特烈说, "吩咐他们明天早上在后院准备马匹。"

"父亲,"波多里诺表示,"我知道你非常喜欢挑战湍急的流水。但是此时你已经因为旅行和所有的考验而疲惫。你也不清楚这一条看起来似乎充满漩涡的河道,你为什么还要去冒险呢?"

"因为我没有你想象的那么苍老,亲爱的孩子。如果不是为时已晚,我现在马上就会去游泳,这一身的风尘让我觉得肮脏。一名皇帝的身上除了圣油的味道之外,不应该带着臭味。去交代他们准备马匹。"

"《传道书》当中曾经提到,"所罗门拉比腼腆地说,"永远不要逆着河水的方向游泳。"

"谁告诉你我会逆着流水的方向了。"腓特烈笑着说,"我打算顺流而下。"

"我们不应该洗澡太频繁,"阿祖鲁尼表示,"除非这样的建议来自一名深思熟虑的医生,但在这里你是主子。既然时间还早,请让我有这份荣幸带你参观我这座城堡。"

他带他们走下楼梯。他们在楼下经过了一间用来举行夜宴,而已经点燃许多烛火的厅堂。接着他们又经过一个摆着许多凳子的房间,房间的一部分雕刻了一只翻转过来的大蜗牛——一种中央有个洞而呈漏斗状的螺旋结构。"这是我刚才告诉你那个卫队休息的地方,嘴巴靠近这个洞口所说的话,从你的房间就可以听见。"

"我倒想听一听效果如何。"腓特烈表示。波多里诺开玩笑地告诉他,今天晚上等他睡觉之后,他会来这个地方向他致意。腓特烈笑着对他说不用了,他今天晚上想要安静地好好睡个觉。他补充道："除非你是想要警告我，伊科尼恩的苏丹从壁炉里钻了进来。"

阿祖鲁尼带他们经过了一条走道，接着他们进入一间有着宽敞拱顶的大厅，里面不仅闪烁着微光，还冒着螺旋状的蒸汽。几口锅炉正在滚烧着某种溶解的物质，一旁还摆了一些蒸馏瓶、蒸馏器，以及一些奇怪的容器。腓特烈问阿祖鲁尼，他是不是正在炼金。阿祖鲁尼笑了笑，表示那只是炼金术士的神话。不过他知道为金属镀金的方法，也会提炼一种药水，虽然没有长生的神效，至少可以延长几年我们被授予的短暂生命。腓特烈表示他一点儿都不想尝试："上帝已经决定我们生命的长短，我们必须将自己交给他的意志。我可以明天就身卒，也可以活到一百岁。这些事全部都由上帝来决定。"所罗门发现他说的话充满智慧，他们两个人于是开始讨论起神圣的天意，而这是波多里诺第一次听到他谈起这些事。

他们两个人交谈的时候，波多里诺用眼角瞥见左西摩从一个窄门钻进邻接的一个小房间里，而阿祖鲁尼则忧心忡忡地跟上去。担心左西摩认得一些让他能够脱逃的通道，波多里诺于是跟在他们后面，进到了一间仅摆放着一具揉面箱的狭小房间里。那箱子上面摆着七颗镀金的头颅，这些头颅全都带有胡子，并用一具底座支撑。它们看起来就像圣物盒一样，因为似乎可以像圣人遗骨箱一样地开启，但是盒盖的边缘，也就是脸孔的轮廓部分，则由一个灰暗的蜡印从后面封住。

"你找什么东西？"阿祖鲁尼问左西摩，他还没发现波多里诺也在场。

左西摩回答："我听说你在制造圣物，而你为金属镀金的魔法就是用在这上面。这些都是施洗约翰的头颅，对不对？我见过其他几颗，而我现在已经可以肯定它们来自何处。"

波多里诺轻轻地咳了几声，阿祖鲁尼吓得转过身，一手遮住嘴巴，两只眼睛害怕地滚动，"求求你，波多里诺，不要告诉大帝，他会把我吊死。"他低声说,"没错,这些都是施洗约翰头颅的圣物盒。每一个盒子里都装了一颗用烟熏法缩小处理,看起来就像年代十分久远的脑袋。我住在这一块没有资源的土地上面,没有可以播种的田园,也没有牲畜,而我自己的财富十分有限。没错,我制造一些圣物,它们在亚洲和欧洲都非常畅销。只需要让两颗头颅之间保持遥远的距离,例如一颗在安条克,一颗在意大利,这样就不会被发现了。"他用一种油腔滑调的谦逊笑道,就好像他要求被体谅的是一个微不足道的小罪一样。

"我从来都不认为你是一名正直的人,阿祖鲁尼。"波多里诺笑着表示,"这些脑袋你留着吧,但是我们得马上出去,要不然会引起其他人和大帝的怀疑。"他们出去之后,腓特烈正好结束和所罗门交换的宗教省思。

大帝询问他的东家还会制造什么奇迹,而急着离开这间厅堂的阿祖鲁尼,带着他们回到走道。然后他们来到一片关闭的双扇门前面,门边摆着一个异教徒用来献祭,而波多里诺曾经在君士坦丁堡多处遗迹见过的祭坛。祭坛上面摆着柴捆和树枝。阿祖鲁尼往上面浇上稠状的深色液体,接着他抓起照亮走道的一根火炬,点燃柴堆。祭坛上面立即着火燃烧。没多久的时间,我们就听见地底下传来轻微的沸腾、缓慢的吱嘎声响,这时候阿祖鲁尼两臂高举,口中用蛮族的语言念着一些咒语,一边间或地看着他的来宾,就像是要让人了解他已经化身为一名秘典祭司,或是一名招魂占卜师。最后,在众人的惊讶当中,那两扇门在没有人触碰的情况下自动开启。

"水力工程艺术的杰作。"阿祖鲁尼骄傲地微笑,"我学自几世纪前埃及亚历山大智者的机械工艺。原理非常简单:祭坛下有一个装水的金属容器,由祭坛上面燃烧的火焰加热。水变成蒸汽之后,经过一条其实只是一段弯曲管道,用来将水从一个地方移动到另一地方的虹吸管。这些蒸汽会装满一个水桶，蒸汽冷却后恢复为液体，水的重量让水桶向下滑落，通过滑轮的悬吊装置拉动两个木制的滚轮，并直接作用在门轴上面，两扇门接着就跟着开启。很简单，对不对？"

"简单？"腓特烈惊愕地表示，"但是，希腊人真的懂这些奇事吗？"

"除了这些，还有其他的东西。埃及的祭司也知道，他们使用这样的手段，用高声叫喊的方式让神庙开门，而所有的信徒都大叫奇迹。"阿祖鲁尼表示。接着他邀请大帝越过门槛。他们进到里面之后，看到了一个皮制的球体，由两段呈直角的柄状物固定在一面圆形的平台上，平台盖住了一个类似金属水池的东西，而水池下面则是另一堆木柴。球体的上下各伸出了两条管子，末梢则装了一个转向不同方向的喷嘴。仔细观察下，固定球体的柄状物也是管道，一头往下伸入水池，另一头则伸入球体的内部。

"水池里面装满了水。现在让我们先把水烧开。"阿祖鲁尼表示，接着他又一次点燃了熊熊大火。等了几分钟之后，水开始沸腾。首先是轻微的嘶嘶声响，接着声音越来越响亮，两处喷嘴开始喷出蒸汽，球体则开始绕着支撑旋转。球体转动了一段时间之后，冲力出现减缓的迹象，阿祖鲁尼便赶紧用一种柔软的黏土物质塞住管道。他表示："这里的原理也很简单。水池里的水烧开之后变成了蒸汽，蒸汽上升，进到球体里面，但是猛烈地从不同方向的喷嘴冒出来的时候，为球体造成了旋转的运动。"

"这样东西又可以伪装成何种奇迹？"波多里诺问道。

"什么都不伪装，却呈现了一个伟大的真相，总而言之，也就是确认真空的存在。"

波罗内的反应可以想见。他一听到真空之后，立刻以一种怀疑的口气问道，这个水力工程的魔术如何证明真空的存在。很简单，

305

阿祖鲁尼告诉他，水池里的水变成蒸汽之后，会占据球体内部的空间，蒸汽喷出来之后造成球体的转动；当球体出现停下来的迹象，也就表示内部已经没有蒸汽。我们塞住喷嘴，这时候水池里和球体内剩下什么？什么都不剩，也就是真空。

"我倒想瞧一瞧。"波罗内表示。

"如果要瞧的话，就必须将球体打开，但是这时候空气会立刻进到球体里面。不过，有一个地方你可以找到并感觉真空的存在，但是你感受的时间相当短暂，因为缺乏空气的话，你会闷死。"

"那是什么地方？"

"那是在我们上面的一个房间。现在，我就让你瞧一瞧如何在这个房间里面制造真空。"他举起他的火炬，然后呈现了至今一直未露面的另一项发明。它比前两项还要复杂，因为五脏六腑可以说全部外露。一根直立的大理石圆筒晶莹剔透，所以可以隐约见到一个半露在圆筒外面的鼓状物位于圆筒内的另一半。鼓状物闩在上方一只巨大的长柄上面，可以由一个人用两只手像杠杆一样操作。阿祖鲁尼操控这一只杠杆之后，先是一种鼓状物向上升起，然后再往下滑落，直到占据整根圆筒。大理石圆筒的上方，嫁接了一个以动物的膀胱仔细缝制而成的风管。这一条风管最后往上伸进了天花板里。圆筒的下方则开了一个洞口。

"所以，"阿祖鲁尼解释，"这里我们并没有使用到水，而只有空气。当圆筒里的鼓状物下降时，圆筒内的空气受到压缩，便从下面的洞口流泻出去。当杠杆上升时，鼓状物会激活一个小盖子，封住下方的洞口，让压缩出去的空气无法再进入大理石圆筒。鼓状物完全上升时，会激活另一个盖子，让我提到的那间房间里的空气，可以经由风管进到圆筒里。鼓状物再次滑落的时候，就会将这些空气压缩出去。一点一点地，这项发明就会抽出上面那个房间里面的所有空气，然后从这个地方放出来。于是，上面就成了真空。"

"上面那个房间里,空气完全没有办法进去吗?"波多里诺问道。

"进不去。这项装置激活之后,通过这些连接在杠杆上面的绳子,房间里任何可以流入空气的洞口、细缝都会遭到封闭。"

"但是用这项发明,你可能杀害一个待在房间里面的人。"腓特烈表示。

"确实如此,但是我从来没有这么做过。不过,我曾经在里面放了一只鸡。实验做完之后,我进到房间里,鸡已经没命了。"

波罗内摇摇头,然后在波多里诺的耳边嘀咕:"别相信他,他说谎。如果那只鸡死了,就表示真空真的存在。但是既然真空并不存在,那只鸡一定还活得好好的。要不然就是它死了,但是死于某种痛苦。"接着他提高声音对阿祖鲁尼说:"你从来没听说过动物也会死在空荡荡,而让蜡烛熄灭的井底吗?有的人因此下结论,表示井底没有空气,所以是一片真空。但是事实并非如此,井底不仅空气微薄还残留着稠密而有毒的气体,就是这样的气体熄灭了人类的气息和蜡烛的火花。这无疑也是这房间里面发生的情形。你抽取了空气,却留下了不能呼吸的稠密气体,所以你那只鸡才会窒息而死。"

"够了。"腓特烈表示,"这些作品全都非常精致,但是除了上面的镜子之外,其他的都不能用在围城和战场上面,所以有什么用?走吧,我饿了。阿祖鲁尼,你答应准备一顿丰盛的大餐,现在似乎是时候了。"

阿祖鲁尼恭敬地服从,然后领着他们来到宴会厅。军营里的粗茶淡饭吃了许多星期之后,这个地方确实可以称得上富丽堂皇。阿祖鲁尼为他们准备了亚美尼亚和土库曼的最佳菜肴,其中包括了许多甜美的糕点,让来宾觉得自己的舌头好像被蜂蜜淹没一般。波多里诺和他的朋友依照约定,在每一道菜呈送给大帝之前先行品尝。

他们抵触了所有的宫廷礼仪（但是战争期间，礼仪通常都可以包容许多例外），全部都坐在同一张餐桌上，而腓特烈就像他们的同伴一样，开心地和他们一起吃喝，并好奇地倾听波罗内和阿祖鲁尼之间引发的一场辩论。

波罗内表示："你一直提到真空，就好像那是一片被剥夺所有主体——包括空气——的空间。但是被剥夺主体的空间不可能存在，因为空间本身就是主体和主体之间的关系。此外，正如所有的伟大哲学家所说，真空根本无法抗拒大自然的厌恶。如果你插一根苇竹到水中，吸掉里面的空气，水就会跟着从管里上升，因为你没有办法留下一个没有空气的空间。还有，你听我说，同样是掉落地面的东西，一样铁制的雕像掉落的速度比一张被单更快，因为空气支撑铁制的雕像相当吃力，却轻而易举地承接住被单。鸟类飞翔，是因为摆动翅膀之际搅动了空气，让空气无视重量地承接它们。它们受到空气的支撑，就像鱼群由水支撑一样。如果空气不存在的话，鸟类就会掉下来，不过要注意这一点，就是掉落的速度将会和其他所有的主体一样。结果，如果天上存在着真空的话，星星的速度将会没有极限，因为它们掉落或转圈的时候，并没有支撑它们巨大重量的空气。"

阿祖鲁尼反驳道："谁说主体的速度和它们的重量成正比？正如约翰·斐罗庞努士所说，这一点取决我们在主体身上造成的运动。还有，告诉我，如果真空并不存在的话，物体用什么方式移动？所有的东西都会撞在阻挡它们的空气上面。"

"才不是这样！当主体进驻一个地方，移动了该地的空气时，这些空气会移过来占据主体离开的位置！就好像两个人在一条狭窄的通道上，朝相反的方向移动一样。他们缩小腹，将对方往墙上挤。慢慢地，其中一人朝一个方向移动，另一人则朝另一个方向，而最后占据了彼此原来的位置。"

"没错,因为他们依照自己的意志,让自身的主体移动。但是对于没有意志的空气来说,事情的经过并非如此。空气的移动是因为一个主体的撞击所传送的冲力,但是这一股冲力所造成的动作有一个时间上的落差。主体移动的那一刻,会给予对面的空气一股冲力,这时候空气仍未移动,所以仍未占据刚刚推动它的主体原本占据的空间。而这段时间,就算只是短短的一瞬间,这个位置内有些什么东西?真空!"

腓特烈一直兴致勃勃地听他们辩论,但是此时他已经不想再听下去了,"够了,"他说,"如果必要的话,你们明天放一只鸡在上面那个房间里。现在,让我先把眼前这一只吃掉,但愿它是依照上帝的意愿被扭断脖子的。"

二五

波多里诺目睹腓特烈丧命两回

那一顿晚饭一直持续到很晚,大帝才提出回房的要求。波多里诺和他的朋友陪他回到房间里,他们在墙上两把火炬的光线之下,再次将房间检查一遍。"诗人"也想要检视壁炉,但是他立刻就因为空间不容挤进一个人而退却。"这个地方最多只能让烟气通过。"他表示。他们甚至检查了排便的陋室,但是任何人都不可能从排水的井底往上爬。

靠近床的地方,有一盏已经点燃的灯,还有一壶水。波多里诺先尝了一尝。"诗人"认为他们也可能在枕头上,腓特烈的嘴巴碰得着的地方施放有毒的物质。他表示,大帝最好有份解毒剂在身边,以防万一……

腓特烈表示不要过分夸大这些恐惧,但是这时候所罗门拉比谦逊地说:"大帝,虽然我是一名犹太人,但是我忠诚地奉献在为你的荣耀加冕的行动上。你的生命对我来说,就像我自己的生命一样珍贵。听我说,我在加里波利购买了一份神奇的解毒剂,请你收下。"他一边从长袍里掏出瓶子,一边补充道:"我把它交给你,因为在我卑微的生命当中,不会有什么机会遭到强悍的敌人阴险追杀。万一这几天晚上你觉得不适,请立刻拿出来服用。如果有人让你喝了毒药,这东西会立刻救你一命。"

"谢谢你,所罗门拉比。"腓特烈感动地表示,"我们条顿人保护你们族人,还真是保护对了,我以我的族人之名向你发誓,我们在接下来的几世纪也会继续这么做。我接受你救命的药水,你看看我怎么做……"他从旅行袋当中取出他一直小心翼翼带在身边的盒子和圣杯,"你们看,"他表示,"我把你这名犹太人交给我的药水,倒入这个装过耶稣血液的杯子。"

所罗门鞠躬顺从,却有些困惑地对波多里诺嘀咕:"犹太人的药水成了伪救世主的血液……希望上帝——愿他永远受到赞美——能够原谅我。不过,这一个关于救世主的故事,是你们这些异教徒所创造,而不是拿撒勒的约书亚——他是一个正直的人,而我们犹太拉比所描述的是关于他和约书亚·本·弗拉西亚拉比一起研读《塔木德》的事迹。再怎么样,我很喜欢你的大帝,我想我们应该要听从自己的心。"

腓特烈拿起圣杯,正准备放进柜子的时候,奇欧插了嘴。这一天晚上,所有的人都觉得不需要经过指示,就可以直接对大帝说话:被封闭在这个敌我仍不明的地方,这一群忠臣和主子之间,已经衍生出一股熟络的气氛。所以,奇欧开口表示:"大帝,不要认为我怀疑所罗门拉比,但是他也一样,也可能受骗。请允许我先尝过这药水。"

"大帝,你就让奇欧先尝过吧。"所罗门拉比表示。

腓特烈同意之后,奇欧用一种举行弥撒的姿势举起杯子,接着他将杯子轻轻地靠在嘴唇上面,就像在领圣体一样。这时候,波多里诺也觉得房间里散布着一道强烈的光芒,但无疑应该是一把因为树脂的堆积而开始顺利燃烧的火炬。奇欧低头靠着杯子一会儿之后,就像是为了完全吸收他所啜饮的一点液体而动了动嘴唇。接着他转身,将杯子靠在自己的胸口,然后轻轻地放回柜子里。他慢慢盖上圣体柜的盖子,以避免造成任何声响。

"我可以闻到一股芬芳。"波罗内表示。

"你们瞧瞧这一片光明。"阿布杜说。

"天使全都降临到我们身上了。"左西摩抱着信念表示,一边反向比划了十字。

"婊子的儿子!""诗人"喃喃在波多里诺的耳边说,"这是他用圣杯做弥撒的借口。等他回去之后,就可以从香槟一直吹嘘到不列颠。"波多里诺低声响应他,叫他不要心怀敌意,因为奇欧表现得确实就像得到最高境界的喜悦一样。

"没有人能够再让我们退却。"腓特烈这时候因为一股强烈、神秘的情绪而表示,"耶路撒冷很快就会得到解放。接着,我们大家一起去将这件神圣的圣物交还给祭司王约翰。波多里诺,感谢你将这件东西交给了我,我是一个真正的祭司国王……"

他全身颤抖地微笑。这个简短的仪式似乎让他十分震撼。"我累了,"他说,"波多里诺,现在我要用钥匙把我自己关在这个房间里。好好地守卫,也谢谢你们的忠心。太阳还没高挂天空之前不要叫醒我。然后我要去游泳。"他再次补充:"我累坏了,希望几个世纪之内都不要醒过来。"

"好好地睡个平静的大觉就行了,父亲。"波多里诺充满情感地表示,"你不应该清晨就出门。太阳高挂在天上时,河水比较不那么冷。安详地睡个好觉吧。"

他们离开房间。腓特烈关上门。他们接着听到门锁转动的声音,然后他们全部都靠在长椅边上。

"我们并没有皇家茅房可用,"波多里诺表示,"所以我们轮流到中庭去解决需要,动作快一点,千万不能没有人留在这里。这个阿祖鲁尼或许是个善良的人,但是我们应该只相信自己人。"几分钟之后,所有的人都回到了原地。波多里诺熄掉灯光,向所有的人道了晚安,然后他试着让自己睡着。

"我觉得非常不安,尼基塔斯大爷,虽然我并没有适当的理由。我睡得非常焦虑,而我做了一些黏糊的梦之后就醒了过来,就好像我试着打断一场噩梦一样。我在半梦半醒之间,看到我可怜的柯兰迪娜用一个黑石凿成的圣杯饮酒,然后全身僵直,倒地身亡。一个时辰之后,我听到一个声音。军械室也有一扇窗子,夜里苍白的光线就从窗外照进来;我想月亮大概露了四分之一的脸吧。我明白刚才的声音是'诗人'到外面去了,他大概没有完全排解干净。过了一会儿之后——我不知道过了多久的时间,因为我睡了又醒,醒了又睡,而每一次似乎都没过多久,但实际上肯定不是这么一回事——波罗内也到外面去。接着我听到他进来的声音,而奇欧低声对他说,他自己也觉得很闷,想到外面透透气。不过再怎么样,我的工作都是防止外人进来,不是禁止里面的人出去,而我发觉我们所有的人都非常紧张。接下来的事我都不记得了,我不知道'诗人'什么时候回来,不过清晨之前,他们全部都睡得很沉,因为这就是我在太阳射进来第一道光芒的时候所见,而当时我已经完全清醒。"

军械室这会儿已经完全被璀璨的清晨征服。几名仆人端来了葡萄酒、面包和当地的水果。虽然波多里诺担心打扰大帝的睡眠而交代大家不要制造声音,但每个人还是情绪愉快地制造声响。一个时辰之后,尽管腓特烈交代不要叫醒他,但波多里诺觉得时候已经够晚了,所以还是去敲了门。没有任何回音,所以他又敲了一次。

"他睡得像一只睡鼠一样。""诗人"笑道。

"我希望他不要觉得不舒服。"波多里诺猜测。

他们再次敲了门,而且越敲越大声。腓特烈并没有回答。

"昨天晚上他看起来真的累坏了。"波多里诺表示,"他很可能身体不适,我们把门撞开吧。"

"冷静一点。""诗人"表示,"闯进保护大帝睡眠的大门可是大不敬!"

"那我们就大不敬吧,"波多里诺表示,"我觉得事情有点儿不对劲。"

他们乱七八糟地一起去撞了那一扇又结实,又上了锁,所以应该相当牢固的房门。

"再一次,大家一起来,看我的信号,一起用肩膀撞。""诗人"表示,他也开始觉得,如果一个大帝在别人撞他门的时候还不醒,他的睡眠肯定出了状况。房门还是继续坚持。"诗人"解了拴着铁链睡觉的左西摩,他安排大家站成两行,然后一起冲撞两扇门。第四次尝试的时候,房门终于让了步。

他们看到腓特烈几乎全身赤裸,一动也不动地躺在房间的中央,就好像他是躺在床上一样,已经空无一物的圣杯则翻倒在他的身旁。壁炉里面只剩下燃烧之后的灰烬,看起来似乎曾经被点燃而终于熄灭。窗户仍然紧闭,而房间里弥漫着一股木材和焦炭的味道。波多里诺一边咳嗽,一边打开窗子让空气流通。

"诗人"和波罗内担心有人曾经闯进来,并仍然待在房间里,他们俩立刻匆匆拔剑,仔细检查房间里的每一个角落,而波多里诺则跪在腓特烈身旁,扶起皇家脑袋,轻拍他的面颊。波伊迪想起了自己在加里波利购买的活血药,于是打开戒指的底座,撑开大帝的嘴唇,将药水倒进他的口中。腓特烈还是没有任何生气。他的面孔看起来十分吓人。所罗门拉比倾身靠近,试图拉开他的眼睛,然后摸摸他的额头、脖子、脉搏,接着他颤抖地说:"这个人已经死了,上帝——愿他永远受到赞美——怜悯他的灵魂。"

"我的耶稣基督,不可能!"波多里诺吼道。但是就算他不是医术的专家,他也看得出腓特烈、神圣罗马帝国的皇帝、至圣圣杯的守护人、基督教世界的希望、恺撒、奥古斯都和圣查理曼的惟一合法继承人已经不在人世。他立刻哭了出来,亲吻那张苍白的脸孔,对他说自己是他亲爱的儿子,希望他能够听得见。然后他发觉这一切都已经没有用。

他站起来对他的朋友大叫,要他们再仔细四处查看。他们甚至检查了床底和每一面墙来寻找秘密的通道,但是很明显不仅没有人藏匿,也不曾有人藏身在这个地方。红胡子腓特烈已经死在一间从里面上了锁的密闭房间里,房间外面由他最忠心的儿子负责守卫。

"去把阿祖鲁尼叫来,他是医术的专家。"波多里诺叫道。

"我也是医术的专家,"所罗门拉比抱怨道,"相信我,你父亲已经死了。"

"我的天,我的天啊!"波多里诺开始胡言乱语,"我的父亲死了!通知卫兵,通知他的儿子,我们赶快抓凶手去!"

"等一等,""诗人"表示,"为什么你会提到谋杀?他在一间密闭的房间里,他死了。你在他的脚边找到装着解毒剂的圣杯。或许他觉得不舒服,担心自己被下了毒,所以将解毒剂喝了。另外,壁炉里的火也被点燃了。如果不是他自己的话,还有谁会去点燃呢?我曾经认识一些人会感觉胸口剧痛,全身冒出冰冷的汗水,他们会一边牙齿打颤,一边试着取暖,而他们接下来没多久就死了。或许壁炉的浓烟让他的情况更加恶化。"

"但是,圣杯里面装的到底是什么东西?"左西摩这时候一边转动眼睛,一边抓住所罗门拉比吼道。

"住手,你这个阴险的家伙,"波多里诺对他说,"你也亲眼看到奇欧尝过那瓶药水了。"

"太少了,太少了,"左西摩一边摇晃所罗门,一边重复念道,"不足以刺激一个喉咙!你们真是傻,怎么会去相信一名犹太人呢?"

"我们确实很傻,所以才会去信任一个像你这样的小希腊。"

"诗人"一边说,一边用手肘撞了左西摩一下,让他放开吓得全身哆嗦的可怜拉比。

奇欧这时候捡起圣杯,并虔诚地摆回柜子里。

"总而言之,"波多里诺问"诗人","你的意思是他并非遭到杀害,他的死是上帝的意愿?"

"这么想比较简单一些,而不是去想象一个像空气一样的人,钻进我们严密看守的房门。"

"那么我们去把他儿子和守卫找过来。"奇欧说。

"不行,""诗人"表示,"各位朋友,我们是在拿我们的脑袋开玩笑。腓特烈已经死了,而我们知道没有人能够进到这个封闭的房间里。但是他的儿子,还有其他的侯爵并不知道这一点。对他们来说,凶手可能就是我们。"

"多么可悲的想法!"依然泪流满面的波多里诺说道。

"诗人"表示:"波多里诺,听我说:他的儿子不喜欢你,他也不喜欢我们,而且一直对我们保持戒心。我们担任守卫,而大帝死了,所以我们必须为这件事情负责。我们什么话都还没说之前,他的儿子就已经把我们吊死在树上,如果在这个该死的山谷当中找不到树木,他也会把我们吊在城墙上面。你很清楚,波多里诺,他的儿子一直认为这个圣杯的故事是一个阴谋,是为了拖他的父亲前往他不应该去的地方。他会杀了我们,他一下子就可以把我们全部摆脱。那些侯爵呢?大帝遭到谋杀的传言会刺激他们互相指责,那将会是一场大屠杀。我们将会是每一个人都乐见的代罪羔羊。谁会相信像你这样的小杂种所说的话——原谅我的用词,还有我这样的酒鬼、一名犹太人、一个教会分立分子、三名不务正业的学者,还有波伊迪这个比谁都更有理由痛恨腓特烈的亚历山德里亚人?我们全都死定了,波多里诺,就像你的养父一样。"

"那怎么办?"波多里诺问道。

"所以,""诗人"表示,"惟一的方法,就是让他们相信腓特烈死在其他的地方,在一个我们保护不到的地方。"

"怎么做?"

"他不是曾经表示要到河里去游泳吗?我们失礼地帮他穿上衣服,并帮他在背上披上大衣。我们一起下楼到没有人,而几匹马从昨天晚上就一直在等候的后院。我们将他系在马鞍上,一起前往河边,然后他就从那边被河水冲走。对于这名已经年迈,却仍无畏对抗大自然力量的大帝,这是一种光荣的死亡。他的儿子会决定是否继续前往耶路撒冷,或者是调头回家。至于我们,我们可以表示为了完成腓特烈最后的愿望,所以决定继续前往印度。他的儿子似乎并不相信圣杯这件事。我们带着走,然后去完成大帝想要完成的事。"

"但是我们必须假装一次死亡。"波多里诺眼神狂乱地表示。

"他已经死了吗?他已经死了。我们全部都觉得很难过,但是他已经死了。至少我们不是在他有生之年告诉别人他已经去世。他已经死了,上帝和他的圣徒在他的国度欢迎他。我们只是单纯地表示他淹死在河里,在宽阔的室外,而不是在这个我们应该保护他的房间里。我们说了谎?很少。如果他已经死了,死在外面或死在里面还有什么重要?我们杀了他吗,我们?我们全部都知道事情并非如此。我们只是让他死在对我们最不具好感的人无法污蔑我们的地方。波多里诺,这是惟一的一条路,没有其他路可走了,如果你还想保住你的一条命,如果你还想前往祭司王约翰的国度,并在他的面前颂扬腓特烈至上的荣耀。"

尽管波多里诺诅咒他的冷酷,但是"诗人"说得并没有错,所有的人也都同意他。他们为腓特烈穿上衣服,抬他到后院,用一根支柱撑住他的背部,然后将他系在马鞍上,就像"诗人"曾经在东方贤士身上所下的功夫一样,设法让他挺立在坐骑上。

"波多里诺和阿布杜两个人带他去河边就够了。""诗人"表示，"因为护送的队伍人数太多的话，会引起哨兵的注意，而他们或许会想要加入护送的队伍。我们其他的人继续留在这里守着房间，让阿祖鲁尼和其他的人不会想进去，而我们顺便将房间整理一下。最好是我到城墙边去和卫队聊天，在你们经过的时候让他们分心。"

"诗人"似乎成了最后一个还能够做出合理决定的人。全部的人都照着他的话去做。波多里诺和阿布杜骑着马，将腓特烈夹在他们中间，然后慢慢从后院走出去。他们从侧门的小径转入主要的通道，像麦穗一样挤在一起走下厚厚的阶梯。接着他们以细碎的步伐，朝河边的方向奔驰在平原上。卫兵从城墙上面向他们的大帝行礼致意。这一段短暂的旅程就像没有尽头一般，不过他们最后还是抵达了河边。

他们躲在一丛树木后面，"从这里没有人可以看到我们，"波多里诺说，"而且水流也十分湍急，尸体马上就会被卷走。我们骑着马进到河水里，试图营救，但是河床崎岖不平，我们没有办法接近。接着我们沿着河岸跟着尸体，一路高声呼救……河水朝着军营的方向流动。"

他们解开腓特烈的尸体，脱掉他的衣服，留下一名皇帝游泳的时候用来遮蔽身体的一点儿衣物。他们才将尸体推入河水中间，水流立刻就接手，尸体也跟着被拖往下游。他们进到河水里面，扯动马衔让马匹激动，然后爬上河岸，骑着马跟着晃荡在河水和岩石之间那具可怜的尸体，一边做出警报的手势，并朝着营区的人大叫，要他们去拯救大帝。

一些人远远看见他们的信号，但是不明白到底发生了什么事。腓特烈的尸体被卷进了漩涡，一边迅速前进，一边打转，一会儿沉入河底，但是一会儿之后又浮出水面。从遥远的距离，他们很难理解一个人正在溺水的信号。最后有一个人终于明白，三名骑士进到水里,但是尸体流向他们的时候,却和惊吓的马蹄冲撞在一起,然后又被河水卷向更远的地方。前面有几名士兵带着长矛冲进水里,成功地拦下尸体,拉向河岸。

波多里诺和阿布杜抵达的时候,腓特烈已经因为和石块的冲撞而沾满了污渍,也没有人认为他还活着。他的儿子在一片哀号声中得到通知,他匆匆赶到,一脸苍白,发烧的情况也更为严重,一边悲叹自己的父亲又一次试图对抗河里的湍流。他将怒火发泄到波多里诺和阿布杜身上,但是他们提醒他,他们两个人就像土堆里长大的人一样,并不会游泳,而他自己也非常清楚,当大帝决定跳入水中的时候,任何人都拦不住他。

眼前腓特烈的尸体因为河水而肿胀,虽然——他已经死了好几个时辰——他一口水也没吞进去。但事情就是这样,如果你从河里拖出一具尸体,你会认为这个人溺毙水中,所以他看起来也会像是因为溺水而毙命。

士瓦本的小腓特烈和其他的侯爵安排了腓特烈的遗体,然后焦虑地商量接下来应该怎么做。阿祖鲁尼得知这个可怕的消息之后,匆匆赶下山谷,而波多里诺和阿布杜这时候则回到城堡去确定一切都已经安排妥当。

"猜猜看这一段时间内发生了什么事,尼基塔斯大爷。"波多里诺说。

"我并不需要成为一名占卜家就可以猜得到。"尼基塔斯笑了笑,"神圣的圣杯失踪了。"

"没错。没有人知道是我们在后院将腓特烈绑在马上,还是后来每个人试着让房间回复原样那段时间,因为每个人当时都非常激动,像蜜蜂一样不停地移动;'诗人'跑去和守卫聊天,他并不在现场以他的直觉去协调每个人的工作。就在他们准备离开已经看不出曾经发生悲剧的房间时,奇欧瞥了一眼柜子,然后发现圣杯已经不见了。我和阿布杜回去的时候,所有的人都在互相指责彼此偷窃,或粗心大意,一边表示,或许我们安排腓特烈上马的时候,阿祖鲁尼曾经进到房间里。不对,奇欧表示,我帮忙搬运大帝到下面之后,立刻就回到上面,以确保没有人会进来。所以是你拿了杯子,波罗内咬牙切齿地说,一边抓住了奇欧的脖子。不对,应该是你吧,奇欧一边将他推开,一边反驳,应该是我把壁炉旁的灰烬拾起来倒出窗外那一段时间吧。冷静一点,冷静一点,'诗人'大叫,应该要弄清楚的是我们在后院的时候,左西摩在什么地方。我当时和你们在一起,也和你们一起回到上面,左西摩对着他的上帝发誓,而所罗门拉比也确认这一点。有一件事情是肯定的,有人拿走了圣杯,从这一点可以联想,偷走杯子的人也在某种程度上杀害了腓特烈,事情差不多就是这样。虽然'诗人'再次表示腓特烈可能是自然死亡,我们当中的一个人只是趁机偷走了圣杯,但是这样的说法已经没有人相信。各位朋友,所罗门拉比试着安抚众人,人类疯狂地想象出各种可怕的罪行,这样的事从该隐的时代就已经开始,但是人类的思绪从来不曾如此扭曲地想象出一件发生在封闭房间里的罪行。各位朋友,波罗内表示,我们进到这个房间的时候,圣杯还在这个地方,但是现在却已经不知去向,所以,是我们其中一人拿走了杯子。自然而然地,每个人都认为应该搜寻众人的褡裢,但是'诗人'却开始笑了起来。如果有人拿走了圣杯,他会藏在这个城堡的某个地方,稍后再回来取。解决的办法呢?如果士瓦本的腓特烈不阻挠的话,我们全部一起前往祭司王约翰的王国,没有人可以单独走在后面,然后溜回来取走圣杯。我觉得这样的事情非常可怕,我们要进行一趟充满危险的旅行,应该彼此依赖,但是现在却互相(除了一个人)怀疑对方是杀害腓特烈的凶手。'诗人'表示这是惟一的选择,而他说的一点儿都没错,真是该死!我们准备动身出发，进行一趟任何一个虔诚的基督徒都不曾从事的冒险，但是我们却互不信任。"

"你们同意吗？"

"我们不能立刻动身，要不然会被视为潜逃。整个宫廷都为了决定这次出征的命运而不停地开会。军队开始分化，许多人想要从海路回家，有的人想要前往安条克，有的人想要前往黎波里，而小腓特烈决定由陆路继续向前进。接着他们开始讨论应该如何处理腓特烈的遗体：有人提议立刻取出最容易腐败的内脏，尽快埋葬，然后等他们抵达塔尔索，使徒保罗的诞生地再说。但是就算取出内脏之后，尸体还是不能保存太久，迟早必须放在水和酒当中泡煮，一直到所有的肌肉脱离骨骼，并当场埋葬，而剩下的部分，一旦收回耶路撒冷之后，就可以找一处墓园安葬。但是泡煮尸体之前，我知道必须先切除四肢，可我一点儿不想出席这一场杀戮。"

"我听说没有人知道这些骨头后来到哪里去了。"

"我也是这么听说，我可怜的父亲。一抵达巴勒斯坦之后，小腓特烈也因为旅途的崎岖所带来的痛苦而跟着死亡。剩下的人，包括狮心理查和腓力普·奥古斯特，都没有抵达耶路撒冷。这一次的行动，对所有的人来说都十分不幸。但是这些事我是一直到今年，回到了君士坦丁堡之后才知道。我们还在西里西亚那几个已经非常遥远的日子，我成功地说服了士瓦本的腓特烈让我们出发前往印度，完成他父亲交代的遗愿。他的儿子似乎因为我的提议而松了一口气。他只想知道我需要几匹马、多少粮食。他告诉我，和上帝同行，波多里诺，我想我们永远都不会再见面了。他无疑认为我会消失在遥远的国度，结果他自己却先死了，可怜的家伙。他并不坏，虽然他因为屈辱和嫉妒而受尽折磨。"

我的朋友在彼此猜忌的情况下，决定了哪些人应该参加这一趟旅行。"诗人"认为我们应该凑成十二个人。如果我们希望前往祭司王约翰的王国这一路上受到尊重,最好被人们当成返乡的东方贤士。但是,由于没有人确定东方贤士总共是十二人还是十三人,所以他们不能承认自己就是东方贤士;最好是连有人询问的时候,他们也必须否认,就好像他们不能揭露某个重大的秘密一样。这种在所有人面前否认的情况,任何愿意相信的人就会相信,而对方会因为信仰把他们的缄默当真。

所以,目前已经有波多里诺、"诗人"、波罗内、奇欧、阿布杜、所罗门和波伊迪。左西摩也不可或缺,因为他依然发誓对科斯马斯的地图了如指掌,所以尽管所有的人都觉得让这个恶棍成为一名东方贤士有些恶心,他们也没有办法表现得过于挑剔。他们还缺四个人。这种时候,波多里诺可以信任的只有亚历山德里亚人,所以他也让卡聂托的古帝卡、柯兰迪娜的弟弟柯兰迪诺、波切里,还有虽然绰号叫做"母骡",却长得非常强壮、值得信赖,问题又不多的阿勒拉莫·斯卡卡巴洛吉加入。他们接受的原因,是因为他们已经不相信有任何人能够抵达耶路撒冷。小腓特烈给了他们十匹马、七头骡子,以及一个星期的粮食。他说,接下来神圣的天主会照顾他们。

他们正在为这一趟长征进行准备工作的时候,阿祖鲁尼靠了过来,用他过去只保留给大帝的礼貌和谄媚和他们接触。

"我亲爱的朋友,"他说,"我知道你们正准备出发前往一个遥远的国度……"

"你怎么知道这件事,阿祖鲁尼大爷?""诗人"怀着戒心问道。

"我听来的消息……我也听人提到一个杯子……"

"你并没有看到这个杯子,对不对?"波多里诺贴近他,让他不得不把头转开。

"从来没看过,但是我听说过这件事。"

"既然你知道这么多事情,""诗人"于是问他,"你不会凑巧知道大帝溺毙在河中的时候,有谁曾经进到他的房间里吧?"

"他真的死在河里吗?"阿祖鲁尼问道,"至少他的儿子目前是这么认为。"

"各位朋友,""诗人"表示,"很明显地,这个人正在威胁我们。依据这几天军营和城堡之间的混乱程度,在他背上刺一刀并不成问题。不过这之前,我想知道他有什么企图。必要的话,我等他说完就割断他的喉咙。"

"大爷,我的朋友,"阿祖鲁尼说,"我并不想让你们送命,我只想救自己这一条命。大帝死在我的土地上面,他当时吃的是我的食物,喝的是我的酒。从帝国这方面,我已经得不到任何好处或保护。他们没要我的命我已经很感激了。不过,我在这个地方还是身处险境。自从我接待腓特烈之后,莱翁王子已经了解我企图拉拢腓特烈来对抗他。如果腓特烈还活着,莱翁不会对我怎么样——不过这也是他的死亡对我所代表的意义。啊,真是不幸中的不幸。现在莱翁可以说,因为我的疏忽,害他这个亚美尼亚王子无法保障最显赫的盟友性命安全。这是他要我这条命的最好机会。我已经没有路可走了。我必须消失一段很长的时间,然后带着某种能够让我恢复声誉和权威的东西回来。你们就要出发前往祭司王约翰的王国,如果你们成功的话,这将是一次光荣的行动。我要和你们一起走,这样也表示我并没有拿走你们所说的杯子,否则我会留在这里找人来出价。我非常熟悉东方的国度,对你们十分有用。我知道公爵并没有给你们钱,我会带着我拥有的一点金子。最后,波多里诺知道,我拥有七件宝贵的圣物,七颗施洗约翰的头颅,旅途中我们可以这里卖一颗,那里卖一颗。"

"如果我们拒绝的话,"波多里诺问,"你会去士瓦本的腓特烈耳边嘀咕,他父亲的死亡是我们的责任。"

"我并没这么说。"

"听我说,阿祖鲁尼,你并不是一个我会带在身边,前往任何一个地方的人,但是这一趟该死的旅行当中,任何一个人都会成为另一个人的敌人。多一个敌人对我来说已经没有什么差别。"

"事实上,这个人会成为一个累赘。""诗人"说,"我们已经十二个人了,第十三个会带来噩运。"

他们一边讨论,波多里诺一边想着施洗约翰的头颅。他并不认为这些头颅会被当真,不过如果行得通的话,将会卖出一大笔好价钱。他下楼到发现那些头颅的狭小房间里,拿了一颗仔细观察。这些头颅做得十分精致,雕琢的圣徒面孔有着一双睁大而没有瞳孔的眼睛,可以启发神圣的思绪。没错,七颗同时排在一起的时候,呈现出的是虚假的一面,但是一颗一颗分开的话,确实可能相当具有说服力。他把头颅放回箱子上,然后回到上面。

他们其中有三个人同意让阿祖鲁尼同行,其他的人则犹豫不决。波罗内表示,阿祖鲁尼至少看起来符合身份地位,为了对十二名人物表示尊重,左西摩可以被当成他们的马夫。"诗人"则表示反对,因为这些东方贤士若不是每个人带着十名随从,就是非常隐秘地进行他们的旅行,单独一名马夫会造成不好的印象。至于那些头颅,他们大可以带着走而不需要阿祖鲁尼。这时候阿祖鲁尼开始哭了起来,表示他们真的想留他在这里送死。最后,他们同意将最后的决定留待隔天。

而就在隔天,太阳已经高高挂在天空,他们也准备得差不多的时候,有人突然发现一整个早上都没看到左西摩。过去两天的狂乱,让他们没有继续严密监视他。他也跟着帮忙备马,为骡子装载行囊,而他们也没有再为他套上铁链。奇欧通知众人骡子少了一头,而波多里诺突然醒悟过来,"那些头颅!"他大叫,"那些头颅!左西摩是除了我和阿祖鲁尼之外,惟一知道它们放在什么地方的人。"他们全部来到置放头颅的陋室之后，发现头颅总共只剩下六颗。

阿祖鲁尼在箱子下面搜寻是不是掉到地上，而他发现了三样东西：一颗又小又黑的人类头骨，一个刻着Z字的图章，以及一些熔蜡的残渣。事情这下子已经十分明显。左西摩利用那一个致命清晨的混乱，从奇欧置放圣杯的柜子上取走了杯子，然后迅速地下楼到这个房间，打开一颗头颅，拿掉里面的头骨，将圣杯藏在里面，然后再用加里波利购买的图章蜡封了盒子。他接着把头颅放回原位，像个天使一样无辜地回到上面，等候适当的时机。当他知道他们一行人准备带走这些头颅的时候，他知道自己已经不能再等下去了。

"我必须说，尼基塔斯大爷，虽然我们因为遭到玩弄而非常气愤，但是我在某种程度上还是松了一口气，而我相信所有的人都和我有着相同的感觉。我们已经找到罪犯了，一个卑鄙的人做出完全符合他这个人的下流勾当，而我们已经不需要再彼此猜忌。左西摩的诈骗让我们气得脸色发白，但是我们再次建立了彼此之间的信任。并没有证据显示偷走圣杯的左西摩，也和腓特烈的死亡有着直接的关连，因为那一天晚上，他仍旧被绑在床边。所以我们又回到'诗人'的假设，也就是腓特烈并非遭人杀害。"

他们召开了一次会议。如果左西摩在夜色降临的时候逃离的话，他总共超前了十二个小时。波切里提醒众人他们骑的是马，而左西摩是坐在骡背上，不过波多里诺告诉他，这四周围是不知延伸至何处的山脉，在山间的小径上，马行走的速度比骡子还慢，所以不可能全速进行追赶。他已经领先了半天，而半天就是半天。他们惟一能做的一件事，就是弄清楚他朝什么方向逃走，然后从后面跟上去。

"诗人"表示："他不能朝君士坦丁堡的方向走，首先，有伊萨克·安杰洛斯坐在王位上，情势对他不利；此外，他还必须穿越才刚刚遭我们百般蹂躏的塞尔柱王国，而他知道他们迟早会要他的命。最合理的假设是既然他记得这一张地图，所以他也想要完成我们正在进行的事：抵达祭司王约翰的王国，表明自己是腓特烈或天晓得什么人的特使，交还圣杯，然后接受一身的荣耀。所以，如果想要找到左西摩，就必须朝祭司王国的方向走，然后在路上拦截他。我们出发之后可以一路询问，寻找一名小希腊修士，他们会认得出这个来自千里之外的人种，然后，你们让我称心地勒毙这个人，而我们也可以取回圣杯。"

"很好，"波罗内表示，"但是既然只有他一个人看过地图，我们应该取径什么方向呢？"

"各位朋友，"波多里诺表示，"阿祖鲁尼来得刚刚好。他熟悉这些地方，此外我们只剩下十一个人了，而我们无论如何都要凑足十二名东方贤士。"

于是阿祖鲁尼松了一大口气，郑重地加入了这一群好汉。对于取径的方向，他提出了一些合理的建议：如果祭司王约翰的王国位于接近伊甸园的东方，我们就应该朝太阳升起的地方走。但是直行的话，我们可能会冒着穿越异教徒国度的风险，还好，至少在一段时间之内，他还知道哪些地方行经的是基督徒的国度——不要忘了施洗约翰的头颅，因为他们不可能卖给土耳其人。他认为左西摩也做了同样的盘算，他还提到一些他们不曾听说过的国家和城市名称。另外，他运用机械工艺上面的能力，建造了一具和左西摩十分相似，以乌黑的高粱制成蓬乱的头发和胡子、两枚黑石子作为眼睛的木偶。人像看起来就像着了魔一样，正如本尊呈现的模样，"我们会经过一些使用陌生语言的地区，"阿祖鲁尼表示，"询问有没有人看到左西摩经过的时候，只要让他们看看这具木偶就够了。"

波多里诺保证陌生的语言并不成问题，因为他只要和蛮族交换几句话，就可以学会他们说的话，不过人像还是很有用，因为某些地方他们或许没有时间逗留、学习他们的语言。

出发之前，他们全部都下楼去拿施洗约翰的头颅。他们总共十二个人，而头颅这下只剩下六颗。波多里诺决定让阿祖鲁尼行囊轻松，所罗门并不愿意带着一件基督教的圣物在身上，而古帝卡、"母骡"、波切里、柯兰迪诺是新加入的成员，所以这些头颅就由他自己、"诗人"、阿布杜、奇欧、波罗内和波伊迪携带。"诗人"立刻就抢着去拿第一个，而波多里诺笑着告诉他，既然左西摩已经拿走了该拿的那一个，剩下的全部都一样。"诗人"不好意思地涨红了脸，然后用手比划了一种夸张的礼数，让阿布杜先行选择。波多里诺让自己排在最后，接着每个人各别将头颅收进自己的褡裢里。

"就这样，"波多里诺对尼基塔斯表示，"接近主的纪元一一九〇年六月底的时候，虽然我们并不像东方贤士那般正直，但是还是像他们一样，一行十二个人，为了最终能够抵达祭司王约翰的王国而动身出发。"

二六

波多里诺与东方贤士之旅

从那个时候开始，波多里诺对尼基塔斯叙述的故事就几乎不再间断，而且不只是夜间停歇的时刻，还包括了白天女人抱怨天气炎热、小孩停下来小便，或骡子偶尔拒绝前进的时候。于是，这一段故事就像他们所走的路途一样，绵延不断，也如尼基塔斯的想象，有空洞的地方，有遭遇困难的时候，还有无尽的空间和冗长的时光。这一点并不难理解，因为就像波多里诺的描述，他们十二个人的旅行，在迷途的时刻、停歇的乏味以及痛苦的波折当中，总共持续了将近四年的时间。

旅行在炙热的太阳下，眼睛偶尔受到沙尘暴的袭击，耳朵里听的是陌生的语言，这些旅人无疑经历过高烧焚身，以及昏沉滞碍的等待时刻，无以计数的日子都用在求生上面，追逐性好脱缰的牲畜，以及为了一块烤饼或羊肉和蛮族打交道，甚至在一年仅下一次雨的国度里寻找已经干涸的泉源。此外，尼基塔斯对自己说，在酷热的烈日下穿越沙漠，许多旅人都表示曾经遭到海市蜃楼作弄，你会在夜里听见沙丘间回荡的声音，当你找到一丛灌木时，不仅无法填饱肚子，反而会因为尝了那些果子而冒头昏目眩的风险。

尼基塔斯非常清楚波多里诺并非本性诚挚这个事实。当这样一个骗子告诉你他去了伊科尼恩，他看到了就连想象力最旺盛的人也难以想象，而他自己也不确定是否真的见到的生物时，到底应该如何相信他，或应该相信到什么程度？

有一件事情尼基塔斯决定相信，因为波多里诺描述这件事的时候，眼睛流露出的热情已经印证了真实性：抵达目的地的渴望，一路上一直引导着他们这十二位东方贤士。不过这样的渴望对每一个人来说，差异却越来越大。波罗内和奇欧只想找回圣杯，就算他们并没有抵达祭司的王国也没关系；对波多里诺来说，找到这个王国一直是他不可抑制的欲望，就像可以寻回失落部落的所罗门拉比一样；至于"诗人"，不管有没有圣杯，反正他要找的是一个王国，而且任何一个都行；阿祖鲁尼是惟一企图逃离家园的人，而阿布杜——大家都知道——认为走得越远，就越接近他那一位纯情欲求的对象。

惟一脚踏实地向前走的似乎只有亚历山德里亚那一群人。他们和波多里诺约定，并为了表示声援而追随他。或许也有一种顽固的成分，因为如果应该找到祭司王约翰，我们就一定要找到他，绰号"母骡"的阿勒拉莫·斯卡卡巴洛吉表示，否则以后都不会有人把你的话当真。但是他们继续下去的原因，或许也因为波伊迪开始认为一旦抵达目的地之后，他们可以取得一些显赫的圣物（并非像这些伪造的施洗约翰头颅），带回他们土生土长的亚历山德里亚，让这一座仍没有历史的城市变为最受基督教世界赞颂的圣殿。

为了避开伊科尼恩的土耳其人，阿祖鲁尼立刻就让他们取径几条马匹可能折断腿的狭路。接下来整整六天，他带着他们经过了遍布蜥蜴尸骸的砾石路，这些蜥蜴大如张开的手掌，而它们全部死于烈日的酷晒。还好我们自备了粮食，不需要去吃这些恶心的怪物，波罗内嫌恶地说道。但是他万万没有想到，一年之后他竟然会抓起一些更恶心的肥蜥蜴，串插在树枝上面火烤，一边口水流到下巴地等着它们烤出油渍。

他们接着穿过了几个村落，并且在每一个村落都拿出左西摩的木偶。某个人表示曾经见过，一个长得就像这般模样的修士曾经来过这一带。他停留了一个月之后就逃之夭夭，因为他害我的女儿大了肚子。但是他怎么可能在这个地方停留了一个月，既然距离我们出发的时间也不过才两个星期？他在什么时候抵达？嗯，大概七个复活节之前吧，你们瞧，那一次罪孽的结果就在那边，还长了淋巴结核。所以并不是他，不过这些修士还真是混账。或者：好像见过，就是蓄着这样的胡子。大概有三天了，那是一个和气的驼子……如果那个人是驼子的话，就不是他了，波多里诺，会不会是你不了解他们的语言，所以随便译一译？还有：见过，我们当然见过，就是他——而他们用手指着所罗门拉比，或许是因为他也留了一脸黑胡子吧。总之，他们问到的或许都是最愚蠢的人！

再远一点的地方，他们遇到了一些住在活动帐篷里的人，而他们打招呼的时候表示："神只有一个，而穆罕默德是他的信使。"他们以德文和相同的礼貌响应，因为语言之间其实处于对等。他们接着让那些人看了左西摩的木偶。那些人开始笑了起来，他们全部都一起开口说话，而根据他们的手势，可以推测他们记得左西摩这个人：他经过这一带，他拿出了一个基督教圣徒的头颅，而他们则威胁要拿东西戳进他的屁眼里。他们一行人于是明白自己遇到了一群土耳其桩刑刽子手，所以一边比划着致意的手势，一边露出所有的牙齿用力微笑，然后赶紧离去。"诗人"扯着阿祖鲁尼的头发将他的脑袋往后拉，告诉他，太好了，你认得路，所以直接把我们送到这些反基督的人面前——阿祖鲁尼嘶哑地解释并不是他弄错路，那些人是游牧民族，所以你永远猜不到他们会出现在什么地方。

"不过，再过去一点儿的地方，"他保证，"我们只会遇到一些基督徒，尽管他们都属于聂斯脱利教派。"

"很好,"波多里诺表示,"如果他们都属于聂斯脱利教徒,那就是祭司的族人了。不过今后当我们进到一个村子里,开口说话之前最好先注意看看村子里是不是有十字架和钟楼。"

那确实是座钟楼!他们看到的是堆在一起,用凝灰岩盖出来的破房子,而就算这些房子中间确实有一座教堂,他们也完全辨识不出来。这些人赞颂上帝的要求真是不高。

"你确定左西摩也经过这些地方吗?"波多里诺问道,而阿祖鲁尼告诉他别担心。一天晚上,波多里诺看到他正在观察落日,他的两臂伸直,两手的手指交叠,就好像用一个比划出来的三角形来睨视云朵一样。波多里诺询问他原因,他表示自己正在为每个傍晚,太阳顺着圣体柜的拱顶天空,沉落到后面的那座大山定位。

"我的圣母马利亚,"波多里诺叫道,"你大概也和左西摩以及航行至印度的科斯马斯一样,相信这个圣体柜的故事吧?"

"为什么不行?"阿祖鲁尼表示,就好像有人问他相不相信水是湿的一样。"要不然,我怎么会如此确定我们走的就是左西摩选择的路线?"

"这么说,你也看过左西摩不停向我们承诺的那张科斯马斯的地图?"

"我不知道左西摩向你们承诺过什么东西,但是科斯马斯那张地图我有。"他从褡裢里掏出一份羊皮纸,摊开在众人面前。

"你们瞧,有没有看到?这就是外围的一圈海洋。大洪水之前,诺亚就住在这一圈海洋外围的土地上。这些土地的最东边住着一些怪物——我们势必要经过这一片隔离海洋和伊甸园的地区。我们也可以看得出来,幼发拉底河、底格里斯河、恒河全部发源自这块至福的土地。河水穿越海洋底下,流经我们准备前往的区域,然后投入波斯湾;尼罗河则比较迂回地经过大洪水之前的土地,进入海

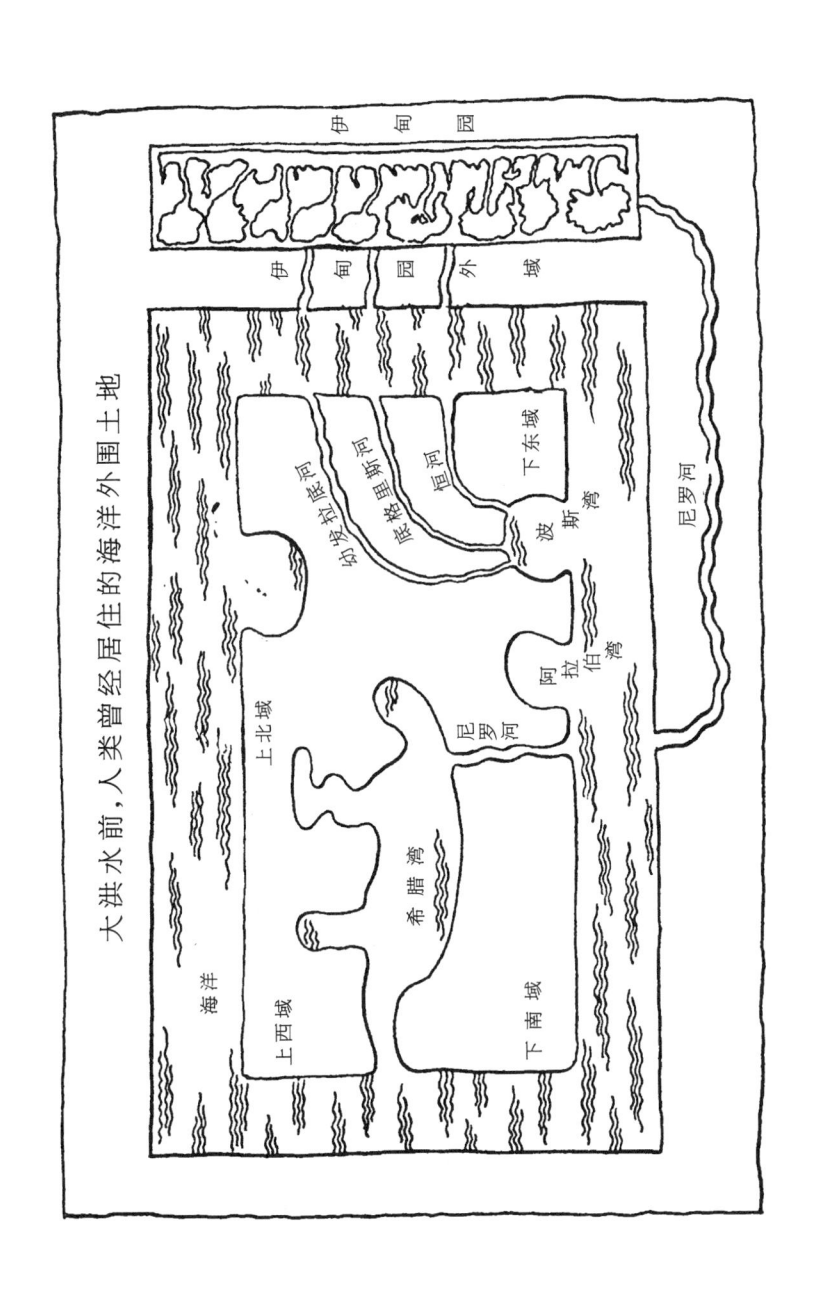

大洪水前，人类曾经居住的海洋外围土地

洋，然后在下南域，也就是埃及人的土地上重拾河道，最后投入希腊湾，也就是拉丁人首先称为地中海，而后称为赫勒斯滂海的地方。所以我们必须朝东方行进，首先穿越幼发拉底河，然后渡过底格里斯河，最后穿越恒河，斜着来到下东域。"

"可是，""诗人"打断他，"如果祭司王约翰的王国就在伊甸园旁边，我们是不是必须横渡海洋才能抵达？"

"祭司的王国在伊甸园旁边，但是位于外围海洋之内，"阿祖鲁尼表示，"相反，我们必须穿越安息日河……"

"安息日河，石块之河，"所罗门一边握紧双手，一边说，"所以伊利达并没有说谎，寻找失落的部落确实是这一条路！"

"安息日河，我们在祭司那一封信中也曾经提到，"波多里诺打断他的话，"所以这条河明显存在某个地方。很好，上帝伸出了援手，他让我们失去左西摩，却让我们找到看起来比他知道更多的阿祖鲁尼。"

某一天，他们远远瞥见一座饰有大柱和人像三角楣的华丽殿堂。但是接近之后，他们发现殿堂其实只有一个正面，因为其余的部分都是岩石。事实上，殿堂的入口位于高处，凿在必须攀爬才上得去的岩壁上。天晓得用什么方式才能够登上鸟群翱翔的高度。再看得仔细一些的话，可以发现一整圈山腰上，还有其他的墙面也凸出在陡峭的熔岩上。有的时候必须吃力端详，才能够从天然成形的岩石上分辨出雕琢过的石面：他们于是看到了更多的柱头、拱顶、拱门，以及壮丽的列柱。住在山谷里的当地人使用一种非常类似希腊文的语言，他们表示这座城市叫做巴卡诺，不过他们看到的是已经有千年历史的教堂，当时该地是由亚历山大所统治。那是一名伟大的希腊国王，而他敬奉的是一名死于十字架上面的先知。他们已经不清楚如何攀登到教堂，也不知道里面还有些什么东西；他们现在是在一处露天的围场上敬奉众神（他们确实提到了众神，而不是上帝），而围场中央的一根木桩上挂着一颗漆金的水牛头。

这一天，整座城市正在为一名受众人喜爱的年轻人举行葬礼。他们在山脚下的一处空地准备了一场盛宴，而已经排列完成的桌子中间，有一座置放了死者遗体的祭坛。天空里，老鹰、鹞、乌鸦，以及其他肉食鸟类越飞越低地绕行，就像它们也被召唤来参加这一场宴席一样。出席的人全部都穿着白色的衣物，死者的父亲接近尸体之后，用一把斧头砍下脑袋，放在一个金盘上面，接着同样身穿白色衣物的铁匠将尸体切割成许多小块，而所有的来宾都向前去领取一块，投掷给凌空衔接，然后消失在远方的飞鸟。有人向波多里诺解释，这些鸟会把死者带到天堂，而他们的仪式远比让死者的尸体在泥土中腐烂的其他民族好太多了。接着，所有的人都坐到各自的位子上，食用脑袋上的肌肉，直到只剩下一颗干净而像金属一样发亮的头骨。他们最后将头骨当成杯子，一边轮流饮用，一边颂扬死者。

还有一回，他们用了一个星期的时间穿越了一片如海浪、汪洋一般的沙砾，脚下和马蹄下的一切似乎都处于流动的状态。在加里波利上船后，曾饱受晕船之苦的所罗门，这几天一直持续不断地处于恶心状态，但是他可以吐的东西并不多，因为他们一行人并没有什么机会大吃大喝。不过幸好他们穿越这个环境恶劣的地方之前，已经准备了充分的饮用水。阿布杜则开始受到热病造成的寒颤折磨，并在接下来的旅途当中日益严重，以至于他已经没有办法再应他的朋友之邀，于月光下停歇的时刻咏唱他的歌谣了。

有的时候，他们并没有遇到逆境，所以全速前进，穿越青翠的草原，而波罗内和阿祖鲁尼也因为让他们着了魔的主题，也就是真空，开始他们之间无休止的互相抨击。

波罗内使用的是惯常的论点：如果真空存在于这个世界里，就没有任何东西能够阻止我们的世界之外，还存在着其他的世界。不过阿祖鲁尼指出，他把广泛而可以争议的真空，以及微粒和微粒之间的空隙搞混了。由于波罗内问他这些微粒是什么东西，他的对手提醒他，根据一些古代的希腊哲学家，以及博学的阿拉伯神学家，我们不应该认为，本体是密实的物质。整个世界当中的每一样东西，包括我们自己，都是由不可分割的微粒所组成。这些微粒叫做原子，永不停息的运动就是它生命的泉源。这些微粒的运动状态也是繁殖和腐化的条件，而原子和原子之间就是因为能够自由移动，所以才存在真空。如果组成每个本体的微粒之间并不存在真空，就没有东西能够切断、碎裂或打破，没有东西能够吸收水分，也不能被寒冷和炎热入侵。如果不是旅行在组成我们的微粒之间存在的真空地带，我们食用的食物如何扩散到我们的身体里面？阿祖鲁尼表示，将一根针插入一个膨胀的膀胱里，在洞口仍未因为针的移动而扩大之前，为什么这根针在那一段时间内，能够进到充满空气的膀胱里？因为它钻进了空气微粒间的真空。

"你的微粒是从来都没有人看过的异端邪说，除了那些阿拉伯人之外。"波罗内回答，"那根针插进去的时候，已经有一些空气跑了出来，把空间让给了那根针。"

"拿一个空瓶子，瓶口向下浸入水中。水进不去，因为里面已经装满了空气。将瓶子里面的空气吸出来，用一根手指塞住瓶口，让空气无法再进去，浸到水里面，拔出手指，水就会流进你制造了真空的地方。"

"水进到瓶子里，是因为大自然为了不造成真空所产生的反应。真空和自然有所抵触，既然和大自然有所抵触，就不能存在于大自然当中。"

"但是水进到瓶子里的时候，并不是一下子就全部进去，既然你已经取走了空气，瓶子里未装满的部分有些什么东西？"

"当你吸掉空气的时候，你吸除的是慢慢死去的冷空气，而留下了一部分动作迅速的热空气。水进去之后，热空气立刻就跟着逃出来。"

"现在，再拿起这个装满空气的瓶子，但是先把瓶子加热，让里面只有热空气。接着瓶口向下，将瓶子浸到水中。虽然里面只有热空气，水却依然进不去。所以和空气的冷热完全没有关系。"

"是吗？再把瓶子拿起来，在圆形的底部钻一个洞。钻洞的地方朝下，将瓶子浸到水里，水进不去，因为里面有空气。接着你用嘴巴套住露出水面的瓶口，把全部的空气都吸出来。随着你吸取空气，水就会经由下面的洞口往上升。你接着紧紧盖住瓶口，让空气进不去，然后把瓶子从水中取出来。你会看到水留在瓶子里面，而不会从下面的洞口流出来，因为大自然无法容忍瓶子里出现真空。"

"水并不会往回流，是因为一开始的时候是往上升，而一个本体不能做出反向的动作，除非出现新的刺激。现在你听好，将一根针插入一个膨胀的膀胱里，让里面的空气全部跑出来，并立刻封住由针所刺穿的洞口。接着用你的手指抓起两边，就像你拉起你手背上的皮肤一样。你看到膀胱渐渐被你撑开。现在，这一个被你从两边拉起来的膀胱里面有些什么东西？真空。"

"谁告诉你膀胱的两边能够被你拉开？"

"试试看就知道了！"

"不用试了，我并不是一名机械工艺专家，我是一名哲学家，而我是依据思想来归纳我的结论。此外，如果膀胱拉得开的话，是因为上面有许多气孔，消胀之后，一些空气又经由气孔进到里面。"

"是吗？首先，这些气孔本身如果不是真空，会是什么东西？如果没有传递一个动作的话，空气如何自己进到里面？为什么你取走膀胱内的空气之后，膀胱并不会自动重新膨胀？如果膀胱上面有气孔的话，为什么当膀胱充满空气，又封死入口的时候，你用力挤压，传递给空气一个动作之后，膀胱还是不会消胀？因为这些气孔确实就是真空地带，而且比空气的微粒还要细小。"

"你继续用力挤压，然后等着瞧。还有，你把充满空气的膀胱放在太阳下面，你会看到它一点一点，慢慢地自动消胀，因为高温已经把冷空气变成流泻速度较快的热空气。"

"那么拿起一个瓶子……"

"底部钻一个洞那一个吗？"

"没有钻洞。把整个瓶子都浸到水里面，你会看到水马上进到瓶子里，而空气冒出来的时候会发出啵啵的声音，以表示自己的存在。现在将瓶子从水中取出来，并将里面的空气吸除，用拇指封住瓶口，然后伸进水里，拿开你的手指。水会进到瓶子里，但是我们却听不到啵啵的声音，因为瓶子里面已经成了真空。"

"诗人"在这个时候打断他们，提醒阿祖鲁尼不应该分心，因为他的啵啵声和瓶子，已经让所有的人都开始口渴，他们的膀胱也已经成了真空状态，所以他们最好赶紧朝一条河流，或一个较潮湿的地方移动。

他们偶尔会听到左西摩的消息。有人曾经看到他，有人曾经听说过一个黑胡子的男人四处打探前往祭司王约翰王国的消息。他们一行人于是焦虑地问："你们对他说了些什么？"而几乎所有的人都说他们回答他，这一带的人都知道祭司王约翰的王国位于东方，但是必须花上几年的时间才到得了。

"诗人"气得发狂地表示：我们在圣维克多修道院图书馆里的手稿读到，曾经来这一带旅行的人，成天都遇到一些富丽堂皇的城市，城里面尽是屋顶覆盖着绿宝石的殿堂、天花板以黄金打造的皇宫、乌木柱头的廊柱、栩栩如生的雕像、六十步黄金台阶的祭坛、纯蓝宝石堆砌的隔墙、火炬一样明亮闪烁的宝石、水晶的山峦、钻石的河川、淌流着芬芳树脂、让当地居民光靠香味就足以维生的树林、仅饲养多彩孔雀的修道院，而这些孔雀的肌肉并不会腐烂，旅行携带的话，就算在酷热的阳光下，也可以保存三十天以上，而不会散发恶臭。还有一些晶亮如闪电的泉水，将一尾盐渍的干鱼丢进去，这条鱼会立刻复生，活蹦乱跳地溜走，也就是说，那是青春之泉——但是，到目前为止，他们看到了沙漠、荆棘，还有一些因为屁股马上就会被烫熟，所以甚至不能坐在石头上休息的高地。他们经过的城市全都是一堆可悲的破房子，里面住的全都是一些恶心的孽种，例如在柯朗迪欧逢塔所遭遇，那些弯着腰像母羊一样走路的阿塔邦提人；在伊昂布，他们穿越了酷热的平原之后，打算好好地休息一下，而当地的女人虽然不漂亮，也不能算丑陋，但是他们却发现这些女人因为高度忠于丈夫，所以在阴道里放进毒蛇来保护自己的贞操——如果她们在事前把话说清楚就好了，只是情况并非如此，其中一名女子假装答应"诗人"，结果差那么一点，他就献身给永远的贞节了，但是他听见了嘶嘶的声音之后，立刻迅速往后跳开。在凯塔得斯的沼泽附近，他们遇到了一些睾丸长度及膝的男人。在尼科维朗，一些赤裸得像野兽一样的人则像狗一般在路旁交媾，而且是父亲配女儿、儿子配母亲。他们在塔纳还遇到了一些食人族，不过还好他们只吃自己的小孩，而不吃令他们觉得恶心的外地人。靠近亚隆河的地方，他们来到了一座村子，村民当时正围着一名白痴跳舞，并用细长的尖刀在自己的身上划出伤口；白痴接着被抬到一辆货车上面，沿着马路载运，许多人开开心心地朝着货车的轮子冲撞，折断自己的腿、臂，直到丧命为止。他们在萨里布经过了一座受到虫害的树林，而这些虫居然是大如青蛙的跳蚤；他们在卡利亚马利亚也遇到了一些毛茸茸、像狗一样吠叫的人，而就连波多里诺也弄不懂他们所说的语言。另外还有长着野猪暴牙、发长及脚,以及长着牛尾的女人。

这些是他们见识到的一部分可怕东西,至于东方的奇景,他们一样也都没有看到,就好像撰写那些文章的人全都是浑蛋一样。

阿祖鲁尼建议他们耐心一点,因为他曾经说过,抵达伊甸园之前,他们会先经过一块非常蛮荒的地域,但是"诗人"回答他,蛮荒地域里住的是他们很幸运仍未遭遇的凶残怪兽,那是将来的事,不过,如果他们行经的那些地方称不上蛮荒的话,他们可以想象接下来的情况。依然发着烧的阿布杜表示,他的公主绝对不可能住在遭到上帝如此诅咒的地方,所以他们一定是走错路了,"但是我已经没有气力走回头路了,各位朋友,"他悲哀地说,"所以我想,我会死在这一条走向至福的路上。"

"闭上你的嘴,你根本不知道自己在说些什么,""诗人"对他大叫,"你让我们浪费许多晚上去听你吟唱那一段不可能的爱所呈现的美丽,现在你看到的情况比不可能还要不可能,你应该非常高兴,举手就会触及天堂!"波多里诺拉着他的袖子,低声告诉他阿布杜已经开始呓语,不要再增加他的痛苦了。

经过一段漫无止境的时间之后,他们来到了沙罗帕塔纳这座非常贫苦的城市。当地人非常惊愕地迎接他们,一边像是在计算人数一样移动他们的手指。很明显,他们因为这一行人的人数而感到惊讶,十二个人。所有的人都跪了下来,而其中一个人赶紧跑去通知其他的民众。一名像是修道院长一样的人物,手持木制的十字架(和镶有红宝石的银十字架差很多,"诗人"嘀咕道),一边用希腊文唱着圣歌前来见他们。他对波多里诺表示,他们从很久以前就一直在等待敬仰过伯利恒的婴儿、在千年间经历过千百事之后、踏上归途的神圣东方贤士。这位修道院长也问他们,是否准备回到肯定也是他们出生的祭司王约翰王国去休养长久以来的疲惫,并取回过去在这块受到降福的土地上所拥有的权力。

波多里诺喜出望外。他们向这些等候他们的人询问了许多问题,但他们最后明白的是,除了坚信位于东方之外,这些居民根本不知道祭司的王国位于何方。由于东方贤士原本就来自那个国度,所以他们反而惊讶拥有确切消息的并不是波多里诺一行。

"神圣的大爷,"修道院长表示,"你们肯定不像不久前经过这里的一名拜占庭修士,他为了归还一件窃自祭司的圣物而寻找这个王国。这个人看起来十分阴险,毫无疑问,就像所有沿海国度的希腊人一样,也是名异端分子,因为他不断地将神的母亲,神圣的马利亚挂在嘴上。我们的神父,也是真相之光的聂斯脱利教导我们,马利亚只是基督这个人的母亲。怎么有人能够想象出襁褓当中的神,或是两个月大的神,或是被钉在十字架上的神这种事。惟有异教徒才会为他们的神找一个母亲!"

"那一名修士确实阴险,""诗人"插嘴道,"他手上那件圣物就是窃自我们手中。"

"愿上帝惩罚他。我们让他上路,但是并没有告诉他会遭遇到的危险,所以他完全不知道关于阿布卡西亚的事情。愿上帝惩罚他,让他尽快沦入那一片黑暗当中。他肯定会遇到狮身兽,或布布克妥的黑石。"

"各位朋友,""诗人"压低声音表示,"这些人可以告诉我们一些宝贵的事情,但是如果他们告诉我们,是因为我们是东方贤士;只是,既然我们是东方贤士,他们就不认为有必要告诉我们。如果你们听从我的建议,我们马上就动身离开,因为如果我们再和他们耗下去,最后肯定会说出一些傻话,他们也会看出我们并不知道东方贤士应该知道的事情。我们更不能卖他们一颗施洗约翰的头颅,因为我无法想象东方贤士会涉及圣物的买卖。我们赶快离开此地,他们或许是虔诚的基督徒,但是没有任何事情告诉我们,他们对于操他们屁股的人还会表现得很友善。"

为了这个原因，他们取得许多储备的粮食之后，就立刻告辞离去，一边纳闷这个让人很容易陷入黑暗的阿布卡西亚到底是什么东西。

他们很快就得知了什么是布布克妥的黑石。它们在河岸边无尽地绵延，而几名不久之前才遇到的牧民向他们解释，碰到这些石头的人马上就会变得像它们一样乌黑。阿祖鲁尼表示，这些石头很可能是一些非常稀有，而牧民拿到天晓得什么远方市场贩卖的宝石，他们用这个传说是为了防止其他的人搜集。他急忙跑去拾捡，并拿给他的朋友看看这些石头有多么光滑，被水流琢磨得多么完美。但是，他一边说话，他的脸孔，脖子，双手，全都迅速变得像乌木一样漆黑；他从胸口掀开衣袍，他的身体也整个变成了黑色，他发现他的双腿和双脚也都成了黑木炭。

阿祖鲁尼将衣服剥得精光，然后跳进河水里面滚动，并用河床的砾石用力刮自己的皮肤……什么效果都没有，他就变成像夜晚一样漆黑，只看得到他的眼白，以及漆黑的胡子下那一张红色的嘴巴。

其他的人首先都笑得半死，阿祖鲁尼则诅咒他们的母亲，于是他们试着安慰他，"我们不是希望被当成东方贤士吗？"波多里诺告诉他，"刚好，他们之间至少有一名黑人，我发誓放在科隆那三个人当中，其中一个就是黑人，所以我们这一行人看起来就更像了。"比较体贴的所罗门则告诉他，自己曾经听说过让皮肤改变颜色的石子，我们可以找到解方，而阿祖鲁尼会变得比以前还要白。"没错，但是你可要慢慢等。""母骡"戏谑地笑道，而他们不得不抓住这名可怜的亚美尼亚人，因为他差一点就用牙齿咬下他的一只耳朵。

一个晴朗的日子，他们进到了一个长满了树木的茂密森林，林中四处是各式各样的浆果，还有一条水白如乳汁的河流从中穿过。森林的中央有一些开阔而苍翠的空地，上面长着棕榈树，以及果实大如雪松果的葡萄园。其中一块空地上面，坐落着一个由简单、坚固，覆盖干净稻草的木屋所组成的村子。房子里面走出了一些从头到脚赤裸的男人，如果其中有人的胡子长到盖着私处，绝对只是偶然。女人们也毫不觉得羞耻地露出了她们的乳房和肚子，但是她们反而给人一种绝对贞节的印象：她们大胆盯着来人的眼睛，一点都不担心会引起任何不当的念头。

这些人使用的是希腊文，他们十分礼貌地接待客人，并表示他们是裸体修行者。也就是说，以纯真的赤裸来培养智慧、仁慈行善。他们这些旅人被邀请在这座林园村落当中自由闲逛，而当天晚上，他们被邀请食用以大地自然生产的食物所准备的餐点。波多里诺向其中一名受到每个人特别敬重，也是他们之间年纪最长的老人询问了几个问题。他想知道他们拥有些什么东西，而对方回答："我们拥有土地、树木、太阳、月亮和繁星。我们饥饿的时候，食用树木随着太阳、月亮的周期而自然生产的果实，我们口渴的时候，就前往河边饮水。我们每个人都有一个女人，并跟随着月亮的周期让自己的女人受孕，一直到她产下两名小孩，一个交给父亲，一个交给母亲。"

波多里诺因为没有看到教堂和墓园而觉得奇怪，而老人告诉他："我们身处的这个地方就是我们的墓园，我们在此地卒于死亡的睡眠当中。大地孕育我们，大地喂养我们，我们则在大地下面长眠。至于教堂，我们知道其他地方的人会建造来荣耀所谓的万物之主，但是我们认为万物是因为自己，才会经由神的恩典而诞生，并互相供应彼此的需求：蝴蝶传授花粉在花朵上面，而花朵在成长的过程当中则供养了蝴蝶。"

"不过根据我的了解,你们实践的是彼此之间的大爱和尊重,你们不杀生,更不杀害同类,这一切的修行,你们是依据何种戒律?"

"我们这么做,正是为了补偿各种戒律的缺席。惟有在执行并教导善行的同时,我们才能抚慰我们的同类缺少一个父执的事实。"

"我们不能没有一个父执。""诗人"对波多里诺嘀咕,"看看我们的大军在腓特烈过世之后成了什么样子。他们光天化日下随性地摆动阳具,但是根本不知道生命是怎么一回事……"

波罗内倒是被这种智慧打动,所以开始向老人提出一系列的问题。

"死人和活人,何者的数量较多?"

"死人的数量较多,但是我们已经不能计算,所以,我们看得到的就比我们看不到的数量还多。"

"死亡和生命,何者较为强大?"

"生命,因为太阳东升的时候有着光彩耀眼的光芒,而西下的时候却消沉疲弱。"

"大地和海洋,何者的面积较大?"

"大地,因为就连海洋也置于大地之上。"

"夜晚和白天,何者先降临?"

"夜晚,所有诞生的事物都在腹部的阴暗里成形,后来才降生于光明当中。"

"右边和左边,何者较佳?"

"右边。事实上,就连太阳也从右边升起,然后顺着轨道移向左边。女人也是首先从右边的乳房开始哺乳。"

"哪一种动物最为凶残?""诗人"这时候问。

"人类。"

"为什么?"

"这个问题要问你自己。你也是一头和其他凶残动物一样的凶残动物,因为对权力的饥渴而希望取走其他凶残动物的生命。"

"诗人"于是表示:"如果每个人都和你们一样,就没有人会到海上航行,土地也不会有人耕种,为大地贫瘠的秩序带来条理与威严的伟大王国也不会诞生。"

老人回答他:"你说的每一样东西确实都是一个机会,但是这样的机会建筑在周遭的不幸上面,而我们并不希望如此。"

阿布杜问他知不知道最美丽也最遥远的公主住在什么地方。"你在寻找她吗?"老人问道,而阿布杜给了肯定的答案。"你从来没见过她吗?"阿布杜回答从来不曾。"你要她吗?"阿布杜表示他自己也不知道。老人这时候进到他的木屋里面,取出一个光滑明亮的金属盘子,而周遭的一切就像映照在清澈的水面一样,全部都反射在上面。他说:"这一面镜子是我们过去收到的一份礼物,我们因为礼貌而无法拒绝赠礼的人。但是我们当中没有人愿意在镜子里面看到自己,因为这么做,会让我们因为自己的身体而虚荣,或因为一些缺陷而害怕,从此生活在令人鄙视的恐惧当中。有一天,你或许会在这一面镜子当中找到你寻找的一切。"

他们开始昏昏欲睡的时候,波伊迪双眼潮湿地说:"我们留在此地吧。"

"你像条虫一样光着屁股的时候,肯定非常赏心悦目。""诗人"顶了他一句。

"毫无疑问,我们要求了太多的东西,"所罗门拉比表示,"但是我们已经逃避不了这些需求了。"

他们于隔天早上动身离去。

二七

波多里诺在阿布卡西亚的黑暗当中

离开这些裸体修行者之后,他们游荡了很长一段时间,并不断自问,用什么办法才可以不用经过他们听说的那些可怕地方,直接抵达安息日河。但这一切都是徒然。他们穿越平原、渡过湍流、攀越陡直的峭壁,而阿祖鲁尼则一边在科斯马斯的地图上面计算,一边通知众人底格里斯河、幼发拉底河和恒河应该已经不远。"诗人"要他闭上嘴巴,黑色而丑陋的早产儿;所罗门则继续重复,他迟早会再变回白色。但是日子一天又一天,一个月又一个月地过去了,情况还是一模一样。

有一回,他们在一个池塘旁边扎营。池塘里的水并不是十分清澈,不过倒是可以饮用,他们的坐骑喝的尤其多。月亮升起来的时候,他们正准备睡觉,而在月亮的第一道光芒下,他们看到了一片窜动而阴森的影子。无以计数的蝎子,抬高着尾尖寻找水源,它们的后面还跟着一大群色彩丰富鲜艳的毒蛇:红色、黑色、白色,甚至金光闪闪的鳞片。整个地方只听得到嘶嘶的声响,而他们全部都被吞噬在无比的恐惧当中。他们围成了一个圆圈,举剑朝外,试图在这些恶毒的瘟神接近这道屏障之前将它们一一斩杀。但是对这些毒蛇和蝎子来说,水对它们的吸引力似乎比他们还大,它们喝过水之后就慢慢撤离,重新归返地表上某些裂缝里的巢穴。

子夜时刻,正当他们以为可以安稳睡觉的时候,突然出现了一些长着肉冠,每一条都有两三个头的蛇群。它们用鳞片横扫地面,并咧嘴让三根舌头向外窜动。它们散发的恶臭大概从一里外就闻得到,它们的眼睛闪烁得如透明石膏,让人觉得似乎像传说中的蛇怪一般散发着毒气……他们砍杀了一个钟头,因为这些动物比前者还具攻击性,或许也因为它们寻找的是新鲜的肉。他们砍杀了几条之后,它们的同伴立刻朝尸体拥上去大快朵颐,而忘了一旁的人类。当他们认为已经渡过此一难关的时候,上百只螃蟹跟在蛇群后面涌现,而且每一只都披着如鳄鱼般的鳞甲而刀剑不入。柯兰迪诺因绝望而急中生智:他靠近其中一只,用力从腹下踹了一脚,而螃蟹跟着翻过身,疯狂地摆动双螯。他们于是得以将螃蟹聚在一起,覆上树枝之后点火焚烧。他们接着发现,一旦除去甲壳之后,这些螃蟹甚至非常可口。而这些甜美多筋、营养又美味的蟹肉,让他们整整享用了两天。

还有一回,他们真的遇见了蛇怪,它和所有传说的描述一模一样,并像普林尼提出的警告一样,从一堆石头当中窜出来。它长了单独一个头,还有鸡般的爪子,头上的肉冠其实是一块长得像皇冠一样的红色赘瘤,它的黄色眼睛就像蛤蟆一样突出,蛇般的躯体则呈现出绿宝石的颜色,更散发出一种银色的光芒。乍看之下,几乎可以在它身上找到一种美感,但是大家都知道它口中会散发足以让一头牲畜或一个人致命的毒气,就连保持了一段距离,他们都闻得到那股难闻的恶臭。

"别靠近,"所罗门叫道,"也千万不要盯着它那对散发同样妖毒的眼睛!"蛇怪朝着他们爬近,它的味道越来越令人难以忍受,而这时候波多里诺灵机一动,想到一种除掉它的方法。"镜子!镜子!"他对阿布杜大叫。阿布杜将裸体修行者送给他的镜子递给他。波多里诺接了过来,像块盾牌一样,用右手举起来面对蛇怪,左手则遮住自己的眼睛来躲避它的目光,一边看着地面测量自己的步伐。他手上抓着镜子,一直来到妖怪的面前才停下来。蛇怪被反光吸引,抬起头来盯着自己反射在镜子里那对蛤蟆毒眼,一边呼出最恶毒的毒气。但是它很快就开始全身颤抖,眨着紫色的眼皮,然后惨叫一声,倒地丧命。所有的人这时候才理解,原来镜子反射了蛇怪自己的目光和口臭散发的力量,它在这两种妖法之下成了自己的受害者。

"我们已经抵达了妖怪的国度,""诗人"高兴地说,"王国已经越来越近了。"波多里诺已经不知道他现在提到"王国"的时候,指的是否仍为祭司的王国,还是他自己的王国。

于是,他们就在一天遇到大如鸽子的蝙蝠,一天遇到人头马的情况下,来到了位于群山之间的一座城市。山脚下的平原上长着罕见的树木,近看之下,这些树木的根部似乎淹没在一片淡淡的薄雾当中。但是雾气接着越来越浓密,逐渐凝聚为阴暗而难以穿透的浓雾,并在地平面上形成一道乌黑,和落日的红色云彩成了强烈的对比。

当地的居民十分热忱,但是波多里诺花了好几天的时间,才学会他们那种完全由喉音构成的语言。这期间他们不仅被留宿,还被招待以此地山岩间盛产的野兔。当他能够理解他们所说的话时,他们告诉他,辽阔的阿布卡西亚地区就从山脚下开始延伸,而这个地区的特色是一片广大而漆黑无比的森林。那种漆黑和仍见得到星光的夜晚并不一样。那是一种密实而厚重的乌黑,就像闭着眼睛来到山洞的深处。这一个没有光线的地区里居住着阿布卡西亚人,他们在里面生活得相当自在,就像瞎子住在从小生长的地方一样。这些人似乎完全依靠听觉和嗅觉来辨识方向,但是没有人知道他们长什么样子,因为从来都没有人有勇气进到里面探险。

他们想知道有没有其他的路可以通往东方,而对方告诉他们有,只要绕过阿布卡西亚和那一片森林就行了。但是绕这一趟路,根据古老文献的记载,至少要花上两年的时间,因为漆黑的森林有十一万两千沙拉莫克这么辽阔。他们不知道一个沙拉莫克有多远,但是肯定比罗马、希腊和波斯的长度单位还要长。

他们正准备进入森林的时候,这行人当中一向最安静的波切里提醒波多里诺,他们在法斯凯特非常习惯走在浓到可以用刀子划开的浓雾当中。那样的浓雾比完全的漆黑还要糟糕,因为在一片灰色当中,疲劳的视线会欺骗人,所以我们会看到一些不存在于这个世界上的东西,并在应该前进的时候停下来,而一旦让步给幻象之后,你就会改变自己的道路,然后落入不幸当中。"除了依照本能,像只瞎了眼的蝙蝠,根据约略的估计摸索前进之外,你在我们家乡的浓雾当中还能怎么做?"波切里说,"你甚至不能依赖你的嗅觉,因为浓雾会钻进你鼻子里,而你惟一能够闻到的就是你自己的味道。所以……"他归纳出结论,"如果你已经习惯浓雾,漆黑的环境对你来说就会像白昼一样。"

几名亚历山德里亚人都同意这种说法,结果就由包括波多里诺在内的五名同乡为他们一行人开路,其他的人分别系着他们的马,跟在他们后面,希望不会遭遇到麻烦。

一开始的时候,他们向前行进得非常开心,因为感觉好像回到了家乡的浓雾当中,但是经过几个小时之后,周围真的变得如暗夜一般漆黑。开路的人伸长了耳朵,仔细聆听叶子的声音。什么都听不见的时候,他们就猜测来到了森林里的空地。当地的居民告诉他们,这一带一直吹着由南到北的强风,所以波多里诺不时会弄湿自己的手指,举起来探测风吹的方向,然后调整队伍继续朝东方移动。

夜晚降临的时候他们可以察觉得到，因为空气会变得清凉，于是就停下来歇息。"诗人"认为这样的决定多此一举，因为在这样的地方他们也可以在白昼的时刻休息。但阿祖鲁尼表示，每当空气变得凉爽的时候，他们就听不见动物的声音，而第一道温暖降临的时候，声音又会重新出现，特别是鸟类的歌声。这也就表示阿布卡西亚的生物是根据冷热的交替来度日，就像那是月亮和太阳露脸的时候一样。

有很长一段时间，他们完全感觉不到人类的存在。粮食吃完了之后他们就伸出手，一根一根地触摸树上的枝叶，有的时候甚至得花上好几个时辰才找得到水果，并在食用的时候希望不含任何毒素。波多里诺经常根据一些奇异的花草散发出来的辛辣香味，来决定直行、右转还是左转（他的嗅觉在所有的人当中最为敏感）。日子一天一天过去，他们也越来越会钻探。绰号"母骡"的阿勒拉莫·斯卡卡巴洛吉随身带着一把弓，全神贯注聆听面前几头像家乡的母鸡一样迟钝而短翼的鸟类拍击翅膀。待他发箭之后，他们会跟着叫声和疯狂而垂死的振翅声捕捉猎物，然后以树枝起火烧烤。最令人惊讶的是他们居然能够以摩擦石块的方式点燃木头，升起来的火焰虽然像平常的情况一样通红，却无法照明，就连近在旁边的人也无法照亮，而火焰接着会消失在以树枝串烤动物的地方。

饮用的水倒是不难寻获，因为他们经常听见潺潺的泉水或小溪流动的声音。他们前进的速度十分缓慢，有一回，走了两天之后，居然发现自己又回到了原来的地方，因为他们在摸索的过程当中，在一条小溪畔发现了前一次扎营留下的痕迹。

他们最后终于察觉到阿布卡西亚人的存在。他们先是听见了声音，兴奋而微弱的低语声围绕在他们四周围，就好像森林里的居民正在讨论这些从来没见过——或应该说从来没听过——的不速之客。"诗人"使尽力量大叫了一声,窃窃私语的声音立刻安静下来,而草地和叶子骚动的声音,显示这些阿布卡西亚人全都被吓得纷纷逃避。但是他们接着又再度出现,并且更为惊愕地重新开始纷纷议论。

"诗人"一度觉得一只手或长了毛发的器官轻轻碰了他一下,他迅速地抓住一样东西,而我们立即听到一股凄厉的叫声。"诗人"松手之后,当地人所发出的声音接着往后退开,就像是他们拉大了包围的圈子来保持一段安全的距离。

接下来的几天一切都相安无事,旅程继续进行下去,而阿布卡西亚人也一直跟着他们,或许已经不是最开始的那一批,而是得到通知而来的另外一批。事实上,某天晚上(真的是晚上吗?),他们听见远处传来咚咚的鼓声,或是敲击中空树干的声音。那是一股声音非常柔弱,却传遍了他们周围的空间或许达几里之遥;而他们明白,那是阿布卡西亚人用来远距对话,通知族人林中大事的系统。

这一段时间下来,他们已经习惯了这些隐形的同伴,也越来越习惯周遭的一片漆黑,一直饱受日晒之苦的阿布杜这时候也恢复了精神,高烧几乎消退,所以又重新回到了他的歌谣上面。某天晚上(真的是晚上吗?),他们一行人围在火边取暖的时候,他从马鞍上取下乐器,重新开始吟唱:

无论悲伤还是欢喜
我都希望在路的尽头见到远方的爱人
只是无论走到何处
我都怀疑能否见到遥不可及的那个人
这一条路走来艰辛困难
而我永远无法预知自己的命运
结局也只能任凭上帝高兴

> 我将面对何种欢乐
>
> 当我以上帝之名求她留宿远方的来客
>
> 她的首肯将让我在她身边寻获慰藉
>
> 就算一切依然遥远
>
> 我的歌谣肯定会优雅细腻
>
> 只要她接受歌声与其相随
>
> 对我来说
>
> 吟唱将成为心的甜蜜献祭

他们发现一直不停窃窃私语的阿布卡西亚人这时候突然安静下来。他们沉默地聆听阿布杜的歌谣，然后试着做出响应：他们听见上百片唇（是唇吗？）一起优雅地吹着口哨，吹着笛子，重复阿布杜演奏的旋律。他们因此和来客找到了一种无言的默契，并在接下来的夜晚一来一往地对话：一边唱着歌，而另一边似乎吹奏着笛子。有一回，"诗人"唱起了甚至连女侍都会脸红的巴黎酒馆粗俗歌谣，而波多里诺跟着一起附和。但是阿布卡西亚人并不响应，经过一段冗长的沉默之后，其中一两个人又重新开始吹奏阿布杜的歌谣，就像是表明这几首才是被他们欣赏的好听歌谣。阿布杜表示，他们表达出一种温柔的心境，也能够分辨优美与粗俗的音乐。

惟一获准和阿布卡西亚人"对话"的阿布杜，觉得自己就像获得了重生一样。我们来到了温柔的国度，他说，所以已经非常接近目的地，走吧，大家鼓起勇气。但是对这一切感到着迷的波伊迪却表示反对，我们为什么不干脆留在此地？世界上还会有更美的地方吗？因为就算存在着丑陋的东西，你也看不到。

波多里诺也认为在广大的世界里见过许多东西之后，这些在一片漆黑当中度过的日子,让他和自己达成了妥协。他在黑暗中拾起了许多回忆,想起了自己的童年、他的父亲、母亲,还有温柔而不幸的柯兰迪娜。一天晚上(真的是晚上吗?没错,因为阿布卡西亚人睡觉的时候不会发出声音),他睡不着觉,于是摸索着枝叶,就像寻找某样东西一样走动。他摸到了一个又软又香的水果,于是摘下来咬了一口,他全身立刻感觉到一种微妙的倦怠,并无法分辨自己是睡是醒。

突然之间,他看到,或应该说他就像眼见一样地感觉到柯兰迪娜。"波多里诺,波多里诺,"她用一种年轻的声音叫他,"不要停下来,就算人世间的一切都那般美丽,你也必须找到你告诉我的祭司王国,然后把杯子还给他,要不然谁能够帮我们的小波多里诺、小柯兰迪娜封侯?带给我快乐,虽然我们在这里过得不错,但是我非常想念你。"

"柯兰迪娜,柯兰迪娜,"波多里诺大叫,或者是他以为自己正在大叫,"闭嘴,你这个恶鬼,你这个陷阱,这个水果制造出来的结果!死人不可能再回到人世间!"

"通常不会,"柯兰迪娜回答,"但是我一再坚持。我告诉他们:你们总共才给我和我的男人一个季节的时间。帮帮我的忙,如果你们也拥有一颗心的话。我在这里过得很好,我也见到了圣母马利亚和所有的圣徒,但我还是思念我的波多里诺,以及他的爱抚造成的鸡皮疙瘩。他们给我的时间不多,只够给你一个吻。波多里诺,千万不要为了这一带的女人而停下脚步,因为她们身上可能带有连我都不清楚的疾病,所以尽快奔向阳光吧。"

她消失了,而波多里诺感觉自己的脸颊被轻轻地碰了一下。他接着摆脱半梦半醒的状态,然后舒舒服服地睡了一觉。隔天他告诉同伴,他们应该继续往下走。

又经过了许多天之后,他们看到了某种闪光,某种乳白色的光芒，漆黑的环境又转变为灰色而厚重的浓雾。他们发现一直和他们同行的阿布卡西亚人已经停下脚步，并以口哨向他们致意。他们可以感觉得到这些肯定惧怕光线的当地人停在一块空地的边缘，就像在招手一样，而根据发出的轻柔声响，也可以感觉到对方正在微笑。

他们穿越浓雾之后，又回到了阳光下，并一直觉得头晕目眩，阿布杜更是重新因为高烧而全身颤抖。他们原以为经过阿布卡西亚这一场考验之后，就可以踏上追寻的国度，但是他们不得不承认自己的错误。

他们的头顶上很快就出现了几只人头鸟，一边兴高采烈地拍着翅膀，一边叫道："你们打算去什么地方？往回走！任何人都不得闯入至福的国度！回去行走在赐予你们的土地上面！""诗人"表示这是一种妖术，或许是用来保护祭司王国的方式。他说服了其他的人继续往前走。

走了几天的路，穿越一片满地砾石、草木不生的地区之后，他们遇到了三头怪兽。其中一头拱着背，全身毛发竖立，火红的眼珠像是烧红的木炭，毫无疑问是一只猫；另外一头有着一颗一直吼叫的狮子头，它的躯体像山羊，屁股像火龙，在它的羊背上另外还长了一颗咩咩叫的脑袋，它的尾巴则是一条嘶嘶作响，不停抬头做出威胁状的蛇。第三头怪兽有着狮子般的身体、蝎子的尾巴，并且有一颗近乎人类的脑袋：蓝色的眼睛、轮廓明显的鼻子，而张开的嘴巴里面，上下各长着三排像刀锋一样锐利的牙齿。

他们最担心的怪兽是那只猫，因为大家都知道那是撒旦的信差、巫师的亲信，任何怪兽都可以对抗，就除了它之外，因为你拔剑之前，它就已经跳到你的脸上，用爪子插进你的眼睛里。所罗门嘀咕道，对于书中从未提到的动物，我们不需要抱持任何期望。波罗内表示第二头肯定是吐火兽，如果真空真的存在的话，它是惟一能够在里面嗡嗡飞舞的动物，而且它还会吸取人类的思想。第三头动物毫无疑问，而波多里诺也认出是一头狮身兽，和很久以前（已经多久了？）他在信中告诉贝阿翠丝的四不像没有太大的差别。

那三头怪兽朝他们靠近：那只猫踏着轻巧而敏捷的步伐，另外两头虽然一样坚定，但是速度稍为慢一些，因为协调身体不同体质的动作会遭遇一些困难。

绰号"母骡"的阿勒拉莫·斯卡卡巴洛吉现在是弓箭不离身，他首先发难，朝着那只猫的脑袋中央射了一箭。猫挣扎了一会儿之后，不再动弹。吐火兽见状立刻扑向前，而古帝卡大叫一声——他在家乡专门驯养公牛——然后冲向前往怪兽一刺，但是它出乎意料地跳高，用他那张狮子般的血盆大口咬住古帝卡，"诗人"、波多里诺和柯兰迪诺赶紧赶过去，朝着怪兽的身上用力乱砍，一直到它不支倒地为止。

就在一片混战当中，四不像也出击了。波罗内、奇欧、波伊迪和波切里联手对付它，所罗门则在一旁一边用石头扔它，一边用他自己的语言喃喃念着诅咒，阿祖鲁尼躲在他后面，害怕得脸色发黑，而阿布杜则蜷缩在地上，全身强烈地颤抖。那头怪兽似乎能够同时以人类的狡猾还有野性来衡量局势。它用一种出乎意料的敏捷躲过面前的人，并在它的对手伤害它之前，扑向没有自卫能力的阿布杜，用它那三排锐利的牙齿咬住他的肩胛，就算其他人前来拯救同伴的时候也没有松口。它在遭到砍杀的时候虽然发出号叫的声音，却仍然紧紧咬住阿布杜因为越来越大的伤口而溅出鲜血的身体。最后，怪兽在四个对手愤怒的攻击下支持不住，发出可怕的喘气声后命归黄泉。不过他们还是花了一番功夫才拉开它的嘴巴，救出阿布杜。

这一场混战之后，古帝卡伤了一只手臂，所罗门帮他敷上药膏，并表示他很快就会痊愈。不过阿布杜却开始发出窒息的呻吟，流了许多血。"帮他包扎，"波多里诺说，"他已经非常虚弱，不能再让他流血！"他们用衣服压住伤口，想尽办法止血，但是四不像咬的伤口过深，可能触及了心脏。

阿布杜开始发出呓语，表示他的公主应该在不远的地方，他不能在这个时候断气。他要求他们扶他站起来，而他们不得不拦住他，因为那头怪兽大概在他的身体里注入了天晓得什么毒液。

对自己的幻术一向很有把握的阿祖鲁尼，从阿布杜的褡裢里取出施洗约翰的头颅，拆掉蜡封，拿出里面的头骨，放在阿布杜的手上告诉他。"祈祷吧，"他说，"为你自己的永福祈祷。"

"白痴，""诗人"不屑地对他说，"首先，他已经听不到你说话，第二，天晓得这是谁的头骨，谁知道你是从哪个荒废的坟墓里挖出来。"

"无论是什么圣物，只要能够为临死的人带来希望就行了。"阿祖鲁尼表示。

近傍晚的时分，阿布杜已经什么都看不见，而他想知道他们是不是又回到了阿布卡西亚的森林里。波多里诺知道临终的时刻已经来到，所以他决定像往常一样，再说一次善意的谎言。

"阿布杜，"他说，"你已经完成你的心愿，来到了你憧憬已久的地方，现在只剩下四不像这一关考验。你瞧，你的公主就在你的面前。她得知你悲苦的爱慕之后，因为你的奉献而欣喜感动，所以立刻从最靠近乐土的地区，也就是她居住的地方赶过来。"

"不，"阿布杜喘着气说，"不可能。是她前来找我，而不是我想办法接近她？我怎么承受得起这么多恩泽？请她等一等；扶我起来，求求你们，让我前去向她致意……"

"你好好躺着,我的朋友,如果她做了这样的决定,你就应该依照她的意愿。现在睁开你的眼睛,她正弯下腰来看你。"阿布杜撑开眼皮的时候,波多里诺将裸体修行者的镜子拿到他那对已经失明的眼睛前面,而临死的人看到的或许是他并不陌生的轮廓。

"我看到你了,我的公主,"他用微弱的声音说,"第一次,也是最后一次。我以为自己没有资格得到这一份喜悦。我担心你不爱我,但是这样已经让我的热情得到满足……喔,不,公主,这样太多了,你为什么弯下腰来吻我?"他将颤抖的嘴唇贴近镜子。"我现在有什么感觉?因为我的追寻到达尽头而痛苦,还是为了承受不起的收获而快乐?"

"我爱你,阿布杜,这样就够了。"波多里诺贴心地在他逐渐断气的朋友耳边轻声说,而阿布杜露出一个微笑,"没错,你爱我,这样就够了。这不就是我一直想要的吗?虽然我担心发生这样的事情,所以一直不敢想。还是说,我因为担心不能如愿,所以一直不愿意去如此想?但是现在,我不能再期望更多了。你真是美丽,我的公主,你的唇真是红润……"他让伪造的施洗约翰头骨滚到地上,用颤抖的双手抓住镜子,向前伸出他的双唇,想要碰触因为他呼出的气息而一片模糊的镜面,却办不到。"今天我们庆祝的是快乐的死亡,也就是我痛苦的结束。喔,我温柔的公主,你一直是我的太阳、我的光明,你经过的地方春神就跟着降临,而五月份的时候,你是为我的夜晚带来欢喜的月亮。"他突然恢复意识,然后用一种颤抖的声音说,"但是,或许这只是一场梦?"

"阿布杜,"波多里诺想起某日他曾经唱过的一首歌谣,于是轻轻地对他说,"如果不是一场脱逃的梦境投下的阴影,什么才是生命?"

"谢谢你,我的爱。"阿布杜说。他使尽最后的力量,而波多里诺扶起他的头,让他在镜子上吻了三下,接着他那张蜡黄、没有血色、由沉落在一片砾石之间的太阳照亮的脸孔,缓缓地朝一旁滑落。

几名亚历山德里亚人合力挖了一个坑。因为失去一起度过多年青春时光的朋友而痛哭不已的波多里诺、"诗人"、波罗内、奇欧将遗体抬进坑内,将那具从此不会再为远方公主吟唱歌谣的乐器放在他的胸前,也把裸体修行者的镜子盖在他的脸上。

波多里诺拾起掉落地上的头骨和镀金圣物盒,然后拿起阿布杜的褡裢,并在里面找到一卷记录他歌谣的羊皮纸。他原本准备将收进圣物盒的施洗约翰头颅也放进去,但是他接着告诉自己:"如果他如我希望进了天堂,他就不再需要这样东西,因为他会遇见真正的施洗约翰,包括他的脑袋还有全身的一切。再怎么样,最好不要让人发现他身上带着一个伪造的圣物。这一件我带在身上,如果有一天我卖了圣物,我会用那笔钱帮他造一座墓园,或至少在一座基督教堂内造一块墓志板。"他盖上圣物盒,尽可能地让蜡封恢复原状,然后放进自己的褡裢里,和他那一颗收在一起。一会儿之后,他有一种偷了死人财物的感觉,但是他说服自己,其实只是借了样东西,而将来会以另外一种形式归还。再怎么样,他不会对其他的人提起这件事。他将其他的东西都收进阿布杜的褡裢里,然后放进坟内。

他们把坑填满之后,用阿布杜的剑造了一个十字架插在坟上。波多里诺、"诗人"、波罗内和奇欧跪下来祈祷,所罗门低声念着某种犹太人的连祷文,其他的人则站在后面。波伊迪看起来似乎准备念出一段宝训,但是他最后只讲了一句:"就这样!"

"几分钟以前,他还活得好好的。"波切里说。

"一日此地,一日他方⋯⋯"绰号"母骡"的阿勒拉莫·斯卡卡巴洛吉说。

"好人通常都先走。"古帝卡说。

"这是命运。"年纪虽轻却相当有智慧的柯兰迪诺下了结论。

二八

波多里诺横渡安息日河

"哈利路亚!"走了三天之后,尼基塔斯大声欢呼,"锡利夫里到了,张灯结彩庆祝吧!"这座由平房组成而街上没什么人的城镇确实是张了灯结了彩。他们后来才知道,原来当地人准备隔天庆祝某个圣徒或天使的节日。当地居民的花彩一直布置到城外野地上的一根白色柱子,而尼基塔斯对波多里诺解释,几个世纪以前,这个柱子上面曾经住着一名隐士,他一直到去世之后才从柱子上下来,而他曾经在柱子上面完成许多奇迹。不过从那个时候开始,这样的人就不曾再出现,或许这就是造成帝国不幸的原因吧。

他们接着立刻前往尼基塔斯能够依靠的那位朋友家,而这位已经上了年纪的泰欧菲拉特又开朗又好客,他用一种真实的手足之情接待他们。他得知他们不幸的遭遇之后,和他们一起为了遭到摧毁的君士坦丁堡哭泣,然后带他们参观屋内足够安顿所有客人的空房间,并立刻招待他们品尝新酿成的葡萄酒,以及丰盛的乳酪橄榄沙拉。虽然不是尼基塔斯习惯的精致饮食,但是这顿田野风味的食物,已经足以让他们忘却旅途的不便和远方的家。

"你们在屋里先待上几天,不要到外面闲逛。"泰欧菲拉特建议,"这地方已经来了许多君士坦丁堡的难民,但是我们这一带的人一向和首都的人不和。根据他们的说法,现在是你们这些一向只会摆架子的人来到这个地方求助，所以就连买一块面包，他们也会向你们要求重量相等的金子。但如果光是这样就好了，那些十字军很久以前就来到这里，并一直扮演暴君的角色。想想看，他们知道君士坦丁堡已经落入他们手中，而他们的主子之一成为拜占庭皇帝之后会是什么德行。他们穿着从我们官员身上偷来的礼服四处溜达，把教堂拿出来的主教冠戴在马匹的头上，用一种自己创造的希腊文，并以他们的语言加上淫秽的字眼来唱我们的国歌，用我们祝过圣的盆子来烹煮他们的食物，并带着他们那些装扮成仕女的婊子到处闲逛。不过迟早这些事情都会过去，目前你们先安心待在我家。"

波多里诺和尼基塔斯没有再提出其他的要求。接下来的几天，波多里诺在橄榄树下继续叙述他的故事。他们有清爽的葡萄酒可以喝，还有橄榄、许多的橄榄、让他们更加口渴的橄榄可以下酒。尼基塔斯迫不及待地想要知道，他们最后是不是抵达了祭司王约翰的王国。

可以说抵达了，也可以说没抵达，波多里诺告诉他。再怎么样，提到他们抵达的地方之前，必须先穿越安息日河。他接着开始说下去的就是这一段冒险。他在叙述阿布杜之死的时候充满了温情和灵性，提到渡河经验时却又表达出史诗般的澎湃庄重。尼基塔斯再一次认为，这一点表示波多里诺就像一种尼基塔斯从未亲眼见过——波多里诺或许见过——只曾经听人提起的奇怪动物一样，也就是状似小山羊，身体会随着周遭的环境改变颜色的变色龙。这种动物可以从黑色转变成杏仁绿，惟独代表纯真的白色无法呈现。

因为同伴的丧生而伤心不已，他们一行人接着又重新上路，来到了一处山峰绵延的地区。他们向前行进的时候，首先听到了远处传来隆隆的声响，接着是越来越清楚的劈啪声与撞击声，就像是有人从山顶上丢下大量的砾土与岩石，造成的土石流隆隆地滚下山谷一样。接着他们看到了浓雾一般的飞扬尘土，不过和遮蔽阳光的湿气不同的是，这些尘土造成了无以计数的反光，就好像阳光照射的是像蝴蝶一样飞舞的矿物微粒。

最先恍然大悟的是所罗门拉比，"是安息日河！"他大叫，"所以我们已经非常接近目的地了！"

他们来到河边之后，发现眼前确实是一条石河，而巨大的撞击声，让他们几乎无法听见彼此说话。那是石块和河泥混在一起的惊人岩流，没有止歇地流动。我们可以在湍流当中看到笨重的岩石、不规则的石板，而且锐利如刀锋、大如墓志板，中间还掺杂着砾石、化石、尖石、卵石和锥石。

岩流向前推进的速度就像遭狂风吹袭一般，石灰的碎片层层翻滚，巨大的断层立面被推挤爬升，阻挡了灰泥波浪跳跃的冲力，而被岩块磨得光滑浑圆的石块满天飞跳，在清脆的撞击声中掉落，然后被吞噬在推挤造成的漩涡当中。矿石的上冲断层中间形成了沙尘的气流、白垩的风暴、火山砾的云雾、浮石的泡沫和沥青汇集的溪流。

石膏四处喷溅，炭雹也纷纷掉落在河面上，他们一行人有的时候甚至必须遮住脸孔，才不会造成颜面受伤。

"今天星期几？"波多里诺对他的同伴大叫。一直留意每个星期六的所罗门告诉他，这个星期才刚刚开始，所以至少必须等上六天岩流才会停下来。"但是岩流停下来的时候，我们却不能违反安息日的训示。"他惊慌地大叫。"但是既然你们这些异教徒根本不在乎主日的训示，为什么圣灵——愿他永远受到赞美——不让它在星期日停下来？"

"你不要去考虑星期六。"波多里诺吼道，"因为岩流停下来的时候，我知道用什么方法让你在不犯罪的情况下渡河。只要趁你睡觉的时候把你丢在一头骡背上就行了。问题是，你自己也曾经告诉我们，岩流停下来的时候，河岸会出现一道烈焰屏障，但是我们都走到这里来了……所以我们不用在这里等候六天。我们朝源头的方向走，在岩流的源头之前或许可以找到一处通道。"

"怎么回事，怎么回事？"他的同伴不明白到底怎么一回事，于是大声叫喊。但是既然看到他已经动身，所以一边跟上去，一边猜测他已经想出一个好办法。不过他的办法并不太高明，因为他们整整骑了六天的马，眼见河床确实越来越小，一直到成了一条小溪，但是岩流却是益发湍急。他们在第五天的时候才来到源头，而从第三天开始，他们就看到地平面上出现了一排高不可攀的山峰，最后进到一个越来越狭窄而没有出口的山谷之后，几乎让他们一行人抬头不见天日，只看到一大片漂泊暗淡的云朵啃噬着山脊。

他们在两座山之间一处近乎裂缝的开口看到了安息日河的源头：沸腾的沙砾、咕噜作响的灰岩、排流的污泥、碎裂的清脆声响、凝结污泥的隆隆声、溢泻的土块和雨水般溅落的黏土，一点一点地转变成恒常的流动，然后开始流入无垠沙洋的旅程。

他们一行人用了一天的时间试图绕过群山，往上游地带找出一条通道，却徒劳无功。相反，他们却因为马蹄踩破冰碛石而遇到危急的状况。他们只好选择另一条更为弯曲的路径，却在另一个地方受到硫黄块夜晚从山顶快速滚落的惊吓。再远一点的地方，温度开始高得令人无法忍受，他们也明白如果继续这样子走下去，就算他们找到穿越群山的方式，在这一片没有水汽的荒漠地区，他们瓶子里的水肯定早就耗尽，所以决定顺着原路往后退。只是他们在蜿蜒的山路中迷了路，所以又多花了一天的时间才找到源头。

根据所罗门的计算，他们抵达的时候星期六早已经过去，就算岩流曾经停下来，也早已经又恢复流动，所以他们只好再等待六天。既然大声呐喊并不能保证他们受到上苍的眷顾，所以他们决定专注在岩流上面,期望最后会出现一个河口、一块三角洲或一个河湾,然后变成一处较为平静的沙漠。

他们于是离开河岸,旅行了几个日出日落的时间,寻找一个较为舒适的地方,而老天大概忘了他们的咒骂,因为他们居然找到了一处小绿洲,除了有些绿荫,还有一道稀稀落落,但是已经足够他们饮用,并提供接下来几天所需的泉水。接着他们继续在岩流的咆哮声中向前行,而炙热的天空里偶尔只出现了几朵细瘦、扁平的纹状乌云。

经过将近五天昼夜均令人窒息的旅行之后,他们发现澎湃而持续的隆隆声出现了一些变化。岩流的流动速度加快,拖动了巨大的玄武岩,造成的狂澜让他们听见远方传来阵阵如雷般的声响……接着,安息日河在越来越汹涌的情况下,开始分成不可胜数的湍急细小支流,并在倾斜的坡面之间,像无数根手指一样注入一大块凝结的污泥当中;有的时候,岩流在经过看似通畅的岩道时会陷入坑洞里,接着再以咆哮的方式,愤怒地朝着下游的方向喷溅出来。他们因为无法接近河岸,不得不绕一个大圈子,爬上一块小平台,而突然之间,他们看到脚下的安息日河在崩塌岩块的漩涡当中,像是被地狱吞噬一样地消失无踪。

一个巨大的终极漩涡当中,排列得像圆形剧场凸伸边沿的岩石如瀑布一般地掉落:倾泻不断的花岗岩、遭到吞噬的沥青、在岸边拍起浪花的明矾石、沸腾的页岩,以及撞击陡峭河岸而造成回响的雌黄。顶着这些矿岩,那一口深渊宛如朝天空直冲,而就像站在塔顶上一样从上往下看的时候,阳光在这些硅质上形成了一道巨大的彩虹。由于每一种矿体依照个别的本质反射出不同的光彩,所以不仅颜色较平日风雨后所见更为繁多,还因为看起来似乎注定永久闪耀、永不消散,而有别于一般的彩虹。

那是赤铁矿和辰砂的红彩、钢铁一般的黑色闪光、由黄到鲜橙色的飞散片状雌黄、杏果的青蓝、泛白如烧灼后的贝壳、孔雀石的翠绿、褪色的橘黄色密陀僧、刺眼的雄黄、暗绿色浓郁泥浆冲激成暗淡的硅孔雀石，再转变为靛蓝和紫色等不同色调、硫化锡辉煌的金色、染红的焚烧铅粉、雄黄的火光、闪烁的银色陶土、透明无瑕的大理石。

这样的撞击声中完全听不到说话的声音，此外，他们一行人也没有人想要说话。他们目击了安息日河的末日——为了必须消失在地底下而引起的一场狂怒，并在表达自己无奈的石块吱嘎响声中，试图带走周遭的一切。

波多里诺和他的同伴都不知道他们花了多少时间，来观看河流因为不甘愿遭到掩埋所表达出来的愤怒，不过他们应该停滞了很长的一段时间，因为周五的太阳已经沉落，所以已经是周六的清晨了。就像接到了一道命令一样，安息日河突然变得像尸体一样僵硬，而无底洞的深处也变成了鳞状而呆滞的山谷，并呈现出一股吓人而不可思议的宁静。

根据听到的传说，他们等着看到河岸出现一道烈焰屏障，却什么事情都没有发生。岩流沉默下来，滚滚飞扬的尘土也慢慢地飘落在河床上面，夜空这时候已经转晴，一直不露脸的繁星也开始闪烁。

"所以我们不应该老是听信别人所说的话。"波多里诺下了结论，"我们生活的这个世界里，常常有人编造一些难以置信的故事。所罗门，这个故事是从你们这些犹太人的口中流传出来的，为的是阻止基督徒来到此地。"

所罗门并没有回答，因为他是一个机灵的人，而他明白波多里诺此刻的企图是要他穿越这条河。"我不打算睡觉。"他立刻说。

"想都别想。"波多里诺回答他，"我们寻找渡河的地点时，你先休息一下。"

所罗门想要溜之大吉,但是他不能在星期六骑上马,更不能攀山越岭。于是他一整个晚上都坐着一边敲打自己的脑袋,一边用自己的遭遇来诅咒这些该死的异教徒。

隔天早上,其他人发现了一处可以渡河而不会遭遇危险的地方之后,波多里诺走到所罗门身边,给了他一个充满感情和体谅的微笑,然后用木槌在他的耳后敲了一下。

于是,所罗门就成了以色列所有的子民当中,惟一一个在星期六睡着穿越安息日河的人。

二九

波多里诺抵达彭鞄裴金

穿越了安息日河之后,并不表示已经抵达了祭司王约翰的王国,他们只是抛下最大胆的旅人曾经留下足迹的那些已知国度。事实上,他们一行人仍得继续旅行多日,走在与岩流河岸起伏相当的土地上。接着他们来到了一片一望无际的平原,并在远方的地平面上瞥见一个高度很低,却像手指一样呈锯齿状的起伏轮廓。波多里诺联想到小时候从意大利前往德国,从东侧山坡攀越的阿尔卑斯—比利牛斯山,但是比眼前的丘陵要雄壮挺拔多了。

不过,起伏的地势远在地平线的边缘,而他们的坐骑在这一片平原上前进得十分吃力,因为四周围就像一片无尽的成熟麦田,长满了茂盛的植物,只不过这里生长的是比人还高的绿色和黄色蕨类植物,而且繁衍过剩。一望无际的大草原,看起来就像是让阵阵微风吹得浪花滔滔的一片汪洋。

穿越一片几乎像是海中孤岛的空地时,他们远远看到有个地方的表面波动方式和其他地方不太一样,不规则的摇晃,就好像一只动物、一只野兔正将草丛往两边拨开。但如果是一只野兔的话,它为什么不是直线行进,而以最蜿蜒曲折的方式,和超越任何野兔的速度向前移动。他们一行人冒险犯难,已经见过不少野兽,所以一点都不敢掉以轻心,他们拉住缰绳,准备面对一场新的战斗。

蜿蜒的曲线朝着他们逼近，伴随着一股摩擦蕨叶的飒飒声。空地边缘的草茎最后终于分开，某种东西用两只手像打开窗帘一样朝两旁拨。

那毫无疑问是一个前来和他们会面的人身上伸出来的手和臂。至于其他的部分：他有一条腿，但是只有单独一条。并非这个人是一名残废，因为这条腿和他的身体自然地连接在一起，就像原本就没有位置容纳另外一条腿一样，而惟一的一条腿上那一只惟一的脚，让他跑起步来相当从容，好像他一出生就已经习惯这种移动的方式。更妙的是，这个人迅速朝他们移动的时候，他们完全看不出他是跳着向前进，还是成功地协调步伐——就像我们使用两条腿一样——用单独的一条腿向前向后踏出脚步，让自己向前移动。他在移动的时候所表现的敏捷，让我们根本分辨不出每一个动作，就像奔驰的马一样，没有人知道是不是有一个动作是四蹄离地，还是至少留了两只在地上作为支撑。

这个人在他们面前停下来的时候，他们看到他的脚板有一般人的两倍大，却发育良好，并长着方形的趾甲，而每一根脚趾都像拇指一样地肥壮结实。

至于其他的方面：这个人长得像十岁到十二岁的孩子一样高，也就是说他大概只有他们身高的一半，他的头部也长得很完整，黄色的短发竖立在头上，两颗眼睛像牛眼一样充满感情，鼻子又圆又小，张开的嘴巴大得几乎触及耳朵，而在他那一张肯定是微笑的表情当中，还可以看到一口强壮的牙齿。波多里诺和他的朋友因为曾经听说，也阅读过多次，所以立刻认出那是一个西亚波德人。此外，他们在祭司的那封信中也曾提及。

西亚波德人继续微笑，他像一尊雕像一样，用他惟一的一条腿站直，然后举起两只手在头上合十致意。他大概念了这样一句话："Aleichem sabi, Iani kala bensor."

"我从来不曾听过这种语言。"波多里诺表示。然后他用希腊文对他说:"你使用的是哪一种语言?"

西亚波德人用他的希腊文回答:"我不知道我使用的是哪一种语言。我以为你们是外地人,所以用一种我发明的语言,让自己听起来像是说外地话。不过你们用的是祭司王约翰和他的助祭所使用的语言。我向你们致意,我是悉听各位吩咐的贾瓦盖。"

波多里诺和他的朋友看到贾瓦盖并无恶意,甚至非常友善,于是下马围坐在地上,并邀请他加入,和他们一起食用所剩的一点食物。"不用了,谢谢你们,我今天早上吃了许多东西。"接着他依据传统,做出了他们预期在一名独脚人身上看到的动作:他首先直躺在地上,然后抬起一条腿为自己遮阳,他把手枕在脑袋后面,接着又开始开心地微笑,就像自己躺在一张阳伞下面一样。"跑了这一趟之后,凉快一下很舒服。对了,你们到底是什么人?可惜,如果你们是十二个人的话,你们就是返家的神圣东方十二贤士,尤其是你们当中还有一个黑人。可惜你们总共才十一个人。"

"没错,确实可惜。"波多里诺说,"但我们总共就是十一个人。你对东方十一贤士不感兴趣,对不对?"

"没有人对东方十一贤士感兴趣。我们每天早上都在教堂里祈求十二贤士归来。如果只回来十一个,那就表示我们祈祷得不好。"

"他们那边真的在等候十二贤士。""诗人"低声告诉波多里诺,"我们得想个办法让他们认为第十二名在另外一个地方。"

"但是不能使用东方贤士的称号。"波多里诺嘱咐,"我们就是十二个人,其他的人高兴怎么想是他们的事。否则,等到最后祭司发现我们真实身份的时候,他会拿我们去喂他那些白狮子之类的动物。"

他接着对贾瓦盖说:"你刚刚自称是祭司的仆人,所以我们已经抵达祭司王约翰的王国了吗?"

"你等等。你不能说：我已经抵达祭司王约翰的王国了，因为你才走了一小段路，要不然所有的人都来了。你们目前是在祭司之子助祭约翰的行省，他治理这一大片地区，前往祭司王国的人只能从这里通过。所有的访客首先都到助祭的首府彭靼裴金等候。"

"总共已经有多少访客来过这里了？"

"一个也没有，你们是第一批。"

"我们之前，没有一个蓄着黑胡子的人来过吗？"

"我没见过。"贾瓦盖表示。"你们是第一批人。"

"结果我们还得在这里等候左西摩。""诗人"低声抱怨，"谁知道他到不到得了，说不定他此刻还在阿布卡西亚摸索。"

"如果他比我们先到，并已经把圣杯交给这些人，那才叫糟糕。"奇欧说，"如果没有圣杯，我们要拿什么东西来自我介绍？"

"冷静一点，再匆忙也需要时间。"波伊迪充满智慧地说，"我们先看看这个地方的情况，然后再想象一点东西出来。"

波多里诺告诉贾瓦盖，他们很乐意在彭靼裴金等候他们的第十二名同伴。他在距离此地多日行程的地方，和他们在一场沙尘暴当中失散了。他问助祭住在什么地方。

"那边，在他的皇宫里。我带你们去。最好是我先通知我的朋友关于你们的消息，这样你们抵达的时候就可以开始庆祝。访客一向都是上帝带给我们的礼物。"

"草地里还有其他的西亚波德人吗？"

"我并不这么认为，但是我看到了一个我认识的布雷米人，他和我之间是一个特别的例子，因为西亚波德人和布雷米人之间的交情并不是很好。"他把手指放进口中，用力发出了一声又长又抑扬顿挫的哨音。没多久之后蕨茎被拨了开来，然后又出现另一号人物。他和西亚波德人非常不一样，不过听到布雷米人这个名称之后，他们一行人已经有了心理准备。这个人有着一副非常宽大结实的肩膀，但是腰部却非常细小，他的两条腿非常短小，而且长满了毛，他没有脑袋，当然也就没有颈子。他的胸膛上面，一般人长了乳头的地方，他却长了两颗非常灵活的杏眼，而两个像鼻孔一样的凸出物下面，有一个圆形而延展性非常大的开口，并在他开口说话的时候，根据他发出的声音而改变为不同的形状。贾瓦盖过去和他说了一会儿话，然后朝着访客的方向比划，那个人很明显地做出同意的姿势，他弯下肩膀，像是鞠躬一样地表示同意。

他朝着访客走近，然后发出大概类似这样的声音："呜伊伊，呜伊呜伊，啊乌耶哇！"为了表示善意，他们一行人拿了一杯水给他喝。布雷米人从他的袋子里取出一根像是麦秆之类的东西，放进鼻子下面的圆形开口，然后开始吸吮那杯水。接着，波多里诺拿了一大块乳酪给他。布雷米人把它放进口中，嘴巴立刻变得像那块乳酪一样大。乳酪接着消失在那个开口当中。布雷米人表示："乌啊欧伊，欧耶啊！"他将一只手放在胸膛上，也就是他的额头上面，像是保证什么事情一样。接着他用两只手臂向他们一行人致意，然后转身消失在草茎之间。

"他会比我们先到，"贾瓦盖说，"布雷米人不像西亚波德人跑那么快，但是比你们骑在上面这些慢吞吞的动物要好多了。它们是什么动物？"

"马。"波多里诺回答他，一边也想起了祭司的王国里并没有马。

"它是什么样的马？"贾瓦盖好奇地问。

"和其他这几匹完全一样。""诗人"回答。

"我向你们致意，你们这些骑在像马这样的动物上面旅行的能人。"

"告诉我，我刚刚听你提到西亚波德人和布雷米人并不是朋友，难道他们不是来自祭司的王国或行省？"

"喔，不是这样！他们和我们一样，都是祭司的仆人。除了他们之外，还有俾格米人、蓬塞人、潘诺提人、无语人、努比亚人、阉人，还有从不露脸的萨提洛斯人。他们全部都是虔诚的基督徒，也是助祭和祭司的忠实仆人。"

"你们是因为彼此的不同，所以不能成为朋友吗？""诗人"问。

"你说的是什么不同？"

"嗯……就好像你和我们并不一样，而……"

"我为什么跟你们不一样？"

"我的老天，""诗人"表示，"好吧，就从你只有一条腿这一点说起！我们和布雷米人都有两条！"

"你们和布雷米人一样，只要你们抬起一条腿的话，就只剩下一条。"

"但是你并没有用来打炮的那一条！"

"我为什么需要用我没有的腿来打炮？你需要用不存在的第三条腿来打炮吗？"

波伊迪跳出来打圆场："听我说，贾瓦盖，你得承认布雷米人并没有头。"

"他们为什么没有头？他们有眼睛、鼻子、嘴巴，他们会说话、会吃饭。如果你没有头的话，你怎么做这些事？"

"但是你从来没注意到他没有脖子吗？还有脖子上面这一颗圆圆的东西？你的脖子上就有一颗，但是他没有。"

"你说的注意到是什么意思？"

"看到、瞥见，你知道是什么意思！"

"或许你要说的是他和我并不完全一样，所以我母亲不会把他当成是我。但是你和你这个朋友也不一样，因为他的脸上有一道你没有的伤疤，你的朋友和黑得像东方贤士之一那一位也不一样，而他和蓄着犹太拉比黑胡子那一位也不同。"

"你怎么知道我蓄着犹太拉比的胡子?"所罗门充满希望地问。他无疑想到了失落的部落,而从对方说的话当中找到了潜在的线索。或许这些部落曾经经过此地,或住在这个王国里,"你曾经见过其他的犹太拉比吗?"

"我没见过,但是彭鞭裴金的人都会用犹太拉比的胡子这句话。"

波罗内说:"我们长话短说。这个西亚波德人看不出他和布雷米人的差异,就好像我们看不出波切里和波多里诺有什么不同。如果你们仔细想一想,我们遇到外地人的时候也一样。在两个摩尔人之间,你们看得出有什么不一样吗?"

"没错,"波多里诺表示,"但是一个布雷米人和西亚波德人,跟我们和摩尔人的情况并不一样,因为我们只有到他们的国家才会看到他们。这些人全部都住在同一个国度里,而他可以分辨出布雷米人之间的差异,因为他告诉我们刚刚那个布雷米人是他的朋友,其他的并不是。听我说,贾瓦盖,你刚刚告诉我这个省份里还住着潘诺提人。我知道潘诺提人是什么样子,他们跟我们几乎一样,除了他们长了两片垂到膝盖的大耳朵,天气寒冷的时候,他们会用耳朵像大衣一样将身体裹住。他们是不是这个样子,这些潘诺提人?"

"没错,像我们一样,我也有两片耳朵。"

"但是并没有垂到膝盖,我的天啊!"

"你自己的耳朵也比站在你旁边的朋友大。"

"既然如此,为什么你说布雷米人和西亚波德人无法互相容忍?"

"他们思想不正确。"

"怎么不正确?"

"他们是误入歧途的基督徒,因为他们胡思乱想。他们也和我们一样,认为圣子和圣父的本质并不相同,因为圣父在时间开始之前就已经存在,圣子是由圣父依照意愿,而不是依照需求所创造,因此,圣子是上帝收养的儿子,对不对?布雷米人表示:没错,圣子和圣父的本质并不相同,但是这名圣子如果是个养子的话,就不能算得上具体。所以,耶稣从来不曾拥有血肉之躯,使徒所见到的那个人只是……怎么说……一种幻……"

"纯粹的表象。"

"没错。他们说死在十字架上的是空想出来的圣子。他并未诞生在伯利恒,并非由马利亚所生,也不曾当着施洗约翰的面出现在约旦河上,让所有的人惊叹不已。但是如果圣子没有血肉之躯,你们怎么会说这片面包是我的肉?事实上,他们也不用面包和布尔克来进行领圣体的仪式。"

"或许是因为他们必须以麦秆来吸吮葡萄酒,或不管你们如何称呼这饮料。""诗人"说。

"那潘诺提人呢?"波多里诺问。

"他们并不在乎圣子下凡的时候做了些什么,他们只想到圣灵。他们说,西方的基督徒认为圣灵源自圣父和圣子,但是他们一直抗议这种说法,他们认为圣子是后来才被加进去的,因为君士坦丁堡记载的信条并不是这么说。对他们来说,圣灵仅源自圣父。他们的想法和俾格米人完全相反。俾格米人认为圣灵源自圣子,而不是圣父,所以潘诺提人最痛恨的就是俾格米人。"

"各位,"波多里诺转身对他的同伴说,"我觉得这一带的人很明显并不在乎身体上的差异,不论是颜色、形状,就好像我们看着一名侏儒,这类大自然在分类时造成的错误一样。相反,就像我们的许多学者一样,他们非常在乎我们在巴黎也经常听到的关于耶稣本质或圣三体的看法。这是他们思考的方式,试着去体谅他们,要不然我们会一直陷入这种无休止的讨论。所以,我们就假装布雷米人和西亚波德人一样,而他们对于耶稣基督的本质有什么看法,并不关我们的事。"

"根据我的了解,西亚波德人加入了亚流教派这个可怕的异端。"一直是他们一行人当中读过最多书的波罗内表示。

"那又怎么样?""诗人"问,"只有你们这些小希腊才会去在乎这种事。我们在北方关心的是谁是真正的教皇、谁是伪教皇,而答案端赖我那位已故的主子莱纳德的心情。每个人都有他的弱点,波多里诺说的没错,我们假装什么事都没有,然后请这个人带我们去见那位助祭,他可能不是什么人物,但是至少他的名字叫做约翰。"

于是他们请贾瓦盖带他们前往彭鞑裴金,而他用缓慢的步伐向前跳跃,好让马匹跟得上他。两个小时之后,他们来到了这一片蕨园的边缘,进入一片种着橄榄树和其他果树的垦地。果树下坐着一些长得近似人类,好奇地盯着他们,并一边招手致意,一边发出类似猫头鹰叫声的生物。贾瓦盖告诉他们,那些是无语人,因为社会地位低下所以住在城市外面,他们相信只需要持续而沉默地祈祷就能够升天,而不用进行任何圣典、做任何善事、任何苦修、任何礼拜。所以他们从来都不上彭鞑裴金的教堂。他们遭到所有人的鄙视,因为他们认为就算工作的成果是一种善行,也只是多此一举。他们过着极度贫穷的生活,只靠这些果树的水果维生。只是这些果树是共同的财产,他们却毫不客气地自行取用。

"除此之外,他们和你们一模一样,对不对?""诗人"逗弄他。

"我们闭嘴不说话的时候,他们就和我们一样。"

那几座山看起来越来越接近了,而越是靠近,这些山的模样也看得越是清楚。几座黄色而平缓的小丘在砾石带的边缘逐渐升起,根据柯兰迪诺的比喻,山丘的形状就像搅拌的奶油一样,不对，是一大团糖线。少来了，是一堆堆并排的沙丘，就像森林里的树木一样。山丘的后面耸立着远望如手指一般的尖山，这些尖山的脊顶覆盖着前后凸出，像帽子、斗篷，或者像无边帽一样，但是颜色较为阴暗的岩石。再继续往前走，山峰的陡峭程度看起来渐渐缓和，却像蜂箱一样钻满了坑洞。他们后来发现那是当地居民的住家，或是凿在山洞里的石头旅店，每一个坑洞都由单独的木制小梯通达，而楼梯与楼梯则由平台串联，于是扶垛之间就织成了一张空中网络，远看像蚂蚁一样的居民则在中间敏捷地上下爬动。

在市中心可以看到一些真正的建筑物，不过同样嵌在岩石当中，然后朝外凸出数尺的宽度，而且全部都位于高处。稍远的地方有一处规模较为庞大，形状较不规则的台座，同样也是位于蜂窝一般的山洞之中，不过这些坑洞的线条像门窗一样，较接近几何形状，某些坑洞甚至往外凸出了拱门、平台、小屋和小露台。这些入口当中，有一部分遮盖了一片彩色的门帘，有的吊着麦秆织成的席子。整体来说，他们所处的位置是在群山构成的粗糙围墙中间，同时也是热闹而人来人往的市中心，不过可以确定的是并不如他们预期中华丽。

这座城市虽然热闹而人来人往，但是人群并非活动在街道和广场上面，而是来往于山峰和扶垛、台座和天然的塔楼之间。人群的穿着非常庸俗，中间还掺杂了许多狗、驴子和许许多多的骆驼。他们一行人刚出发的时候就已经见过骆驼，却没有此地的数量和繁多的种类：一个驼峰、两个驼峰，最多甚至到三个驼峰。他们甚至看到一个人在一群人面前表演吞火，并用绳子牵了一头花豹。让他们感到最为惊讶的是用来牵引二轮车的四足兽：它们有着小马般的身体，高高的长腿长着小牛蹄，黄色的身体上布满了褐色的斑点，最重要的是它们有个巨大无比的脖子，上面顶着一颗骆驼般长了两根小角的脑袋。贾瓦盖告诉他们那是驼豹①,捕捉非常不容易,因为它们跑起来非常迅速,只有西亚波德人跟得上它们,再以圈套捕捉。

事实上,虽然没有街道和广场,这座城市本身已经是一个大市集,每一块空地都搭了一个棚子、一座营帐,铺了一块地毯,或以两块石头搭起一片木板,而上面陈列的是水果,新鲜的肉品(主要似乎是驼豹肉),以彩虹的各种颜色织成的地毯,衣物,黑曜石刀,石斧,陶杯,用骨头和红黄石子制成的项链,奇形怪状的帽子,披肩,棉被,雕刻木盒,农具,以布片制成的布球和娃娃等玩具,装满了蓝色、琥珀色、玫瑰色和柠檬色液体的尖底瓮,以及装满了胡椒的碗。

惟一在这个市集当中见不到的东西是金属类的器皿询问贾瓦盖的时候,无论波多里诺使用何种语言,他都无法明白像铁、金属、青铜、黄铜这类的名词代表什么东西。

人潮当中包括了非常活跃,头上顶着柳条筐四处跳跃的西亚波德人,以及不是成群结队遭到孤立,就是站在椰子货架后面的布雷米人;还有晾着两只大耳朵的潘诺提人,不过他们的女人倒是用耳朵当做披风包住胸口,腼腆地遮住乳房。其他的各个人种,全都像出自波多里诺为了寻找给贝阿翠丝写信的灵感而翻阅的那些穿插着细密画的书籍。

他们也认出了肯定是俾格米一族的人,他们的肤色黝黑,围了一片麦秆缠腰布,并斜背着一把弓。他们就是依据本性,用这把弓和鹤群进行一场永恒的战争——如果他们能够用两根长杆,由四个人抬着数量众多的猎物出来兜售,他们肯定打过许多场胜仗。不过由于俾格米人的个子比鹤还要矮小,猎物会擦碰到地面,所以他们

---

① 长颈鹿的古名。

是从脖子系紧猎物，让它们的爪子在尘土上拖出长长的痕迹。

蓬塞人也出现了。虽然他们一行人曾经在书上读过，但还是不停用好奇的眼光盯着这些双腿笔直，膝盖没有关节，走路时以马蹄般的脚掌僵直撑住地面的人种。不过，最令他们侧目的是他们的男人吊在胸前的生殖器。女人的阴户也是同样的情形，只是她们用一条在背上打结的披肩遮掩。他们的传统要他们食用六角山羊，所以他们在市集里贩卖的也是这些牲畜。

"和书中的描述一模一样。"波罗内继续惊讶地喃喃低语。接着他为了让阿祖鲁尼听见，故意提高音调："然而，这些书中还提到了真空并不存在，所以如果蓬塞人真的存在，真空就不存在。"阿祖鲁尼耸耸肩，继续专心注意那些兜售的玻璃瓶，寻找是不是有漂白皮肤的药水。

为了掌控人群的骚动，偶尔会看到一些又高又黑的人穿梭其间。这些人光着上身，穿着摩尔人的裤子和白色头巾，而他们的武器是一把一敲就能够让一头牛倒地的多节狼牙棒。由于彭靼裴金的居民聚集在他们这几个外地人身边，对着他们显然从未见过的马匹指指点点，那些黑人于是出手干预，驱散人群，而他们只需要挥舞狼牙棒，就足以让四周腾出空间。

人群开始变得拥挤的时候，是贾瓦盖用手势通知了那些黑人，而这个细节并没有逃出波多里诺的眼睛。根据现场许多人比划的手势，不难了解他们都希望为这些赫赫有名的宾客担任向导，不过贾瓦盖决定只留给他自己一个人。他甚至有些夸耀，就像表示："这些人是我的财产，你们别想碰。"

至于那些黑人，贾瓦盖表示他们是助祭的努比亚卫士，祖先来自非洲最远的内地，但是已经过了好几个世代，所以已经不能算是外地人。他们全都出生在彭靼裴金一带，并且誓死效忠助祭。

最后他们看到了比努比亚人还要高出许多,和其他人比较起来更是超出许多掌距的巨人。他们身材高大,只长了一颗眼睛,头发更是蓬乱无比,身上则穿着破旧的衣物。根据贾瓦盖的说法,这些人专门负责在岩石上养护和修筑住房,要不然就是牧羊和牧牛;他们在这件工作上面表现得非常出色,因为只需要抓住牛角就可以制服一头公牛;如果小羊脱队,远离羊群的话,只需要伸手抓住它身上的羊毛,就可以将它放回原位。

"你们和这些人处于敌对的关系吗?"波多里诺问。

"在这个地方,没有人是任何人的敌人。"贾瓦盖回答,"你可以看到他们全都聚在一起,像个虔诚的基督徒一样进行买卖。结束之后,各自回到自己的家中,而不会聚在一起吃饭睡觉。每个人高兴怎么想都行,就算他们的思想不正确。"

"那些独眼巨人的思想也不正确吗?"

"啊……没有人比他们更糟糕了!他们属于阿托提里教派,相信耶稣在最后的晚餐祝圣的是面包和乳酪,因为他们认为那是古代的主教最平常的食物。所以他们举行圣典的时候,是用面包和羊酪来亵渎神明,并认为使用布尔克的人都是异端。不过这个地方的人几乎思想都不正确,除了西亚波德人之外。"

"你刚刚告诉我,这座城市里面也有一些阉人,他们的思想也不正确吗?"

"我最好还是不要提关于阉人的事,他们太有权势了,也不和一般人混在一起。不过他们的思想和我并不一样。"

"我猜,除了思想之外,他们也和你一样……"

"我和他们之间为什么会存在差异?"

"你这个该死的大脚,""诗人"生气地说,"你会去找女人吧?"

"会啊,我会找西亚波德族的女人,因为她们的思想不会不正确。"

"那么和那些西亚波德族的女人,你用什么东西插进她们的身体里?该死,你的东西到底长在什么地方?"

"在腿后面,像所有的人一样。"

"只不过我的东西并不是长在腿后面,我们刚刚还看到几个人,他们的东西长在肚脐上面。你至少知道阉人并没有那样东西,所以他们也不会去找女人吧?"

"或许是因为阉人并不讨女人喜欢,或许是因为我在彭鞳裴金从来不曾看过女阉人。可怜的家伙,或许他们也喜欢,只是找不到女阉人,而他们总不能去找那些思想不正确的布雷米族或潘诺提族的女人吧?"

"不过,你也注意到那些巨人只有一颗眼睛吧?"

"我也是,你瞧,我闭上一颗之后就只剩下一颗。"

"抓住我,否则我会杀了他。""诗人"气得满脸通红。

"总之,"波多里诺表示,"布雷米人的思想不正确,独眼巨人的思想不正确;除了西亚波德人之外,所有的人思想都不正确。那么你那位助祭的思想呢?"

"助祭并不需要思想,他下命令就够了。"

他们在谈话的时候,一名努比亚人冲到柯兰迪诺的坐骑前面跪了下来,两臂伸向前,低着头用一种陌生的语言说了几个字。不过依据他的语气,听起来像是一种痛苦的请求。

"他要什么?"柯兰迪诺问道。贾瓦盖告诉他,这名努比亚人要求柯兰迪诺以上帝之名,用他佩带在身边那把漂亮的剑砍断他的头。

"他要我杀了他?为什么?"

贾瓦盖似乎有些尴尬,"努比亚这些人非常奇怪。你知道,他们是圣战士,但是他们好战只是为了能够殉难。现在虽然没有战争,他们还是希望立刻殉难。努比亚人就像小孩子一样,喜欢的东西立刻就想到手。"他对努比亚人说了几句话，对方于是低着头离去。他们要他多说一些关于这些圣战士的事，而贾瓦盖告诉他们，圣战士就是努比亚人。然后他发觉太阳已逐渐西沉，市集也开始收摊，所以是该往塔楼去的时候了。

确实，人群已经开始变得稀落，商人将他们的食品收进大篮子里；俯视岩壁的拱门放下了绳索，有人从不同的住所将商品往上拉。所有的东西都被细心地搬上去卸货，一会儿的时间，整座城市已经空无一人。现在看起来就像是一座有着许多坟穴的巨大墓园。但是岩石中的门窗接着一个一个亮了起来，整个彭靻裴金正在点燃炉子、灯火，准备入夜。不知道经由什么隐秘的管道，这些炉火排出的烟气全部都从山顶冉冉升空，一道道黑色的羽饰划开苍白的天空，然后缓缓地消散在云层之间。

他们经由彭靻裴金的另一部分来到了一座广场，而广场背后的群山看起来似乎并没有留下任何通道。他们在那个地方看到了全城惟一的人工建筑：一座半嵌在山里面的塔楼，所以事实上只有一座塔楼的前半部。塔楼的阶梯十分宽大，越往上爬越是狭窄，不过并不像一叠烤饼一样由大到小往上迭出层次，而是一条螺旋状的羊肠小径，让楼梯一阶接着一阶而没有中断，可以猜想，楼梯也深入岩石当中，由底层往塔顶包围了这座建筑物。整座塔楼全都由一个接着一个的拱门并排构成，没有留下间隔，也没有用门柱来隔开每一扇门，所以看起来就像是一个千眼怪兽一样。所罗门表示，残酷的尼禄兴建来挑战至圣者——愿他永远受到赞美——的巴别塔应该就是这副模样。

贾瓦盖用一种骄傲的语气表示："这就是助祭约翰的宫殿。现在，你们等在这里不要动，因为他们知道你们来了，所以正在准备隆重的欢迎仪式。我先走一步了。"

"你要去哪里？"

"我不能进到塔楼里面。等你们接受招待并见过助祭之后,我会再回到你们身边。我是你们在彭靼裴金的向导,我绝对不会抛下你们不顾。小心那些阉人,他是一个年轻男子……"他指着柯兰迪诺,"而他们喜欢少男。谢谢,再见,祝平安。"他向他们道别之后,像个军人一样单脚挺直转身,然后在一瞬间之内就消失无踪。

三〇

波多里诺拜见助祭约翰

他们爬到第五十几级阶梯的时候,看到一支队伍走了出来。最前面的是一支努比亚人的分队,不过打扮比市集那些努比亚人还要体面:从腰带以下,他们的双腿缠绕着白色的布条,并以一条长及大腿一半的短裙遮盖;他们光着上半身,却披着一件红色的斗篷,脖子上醒目地戴着一条皮制而饰满彩色石头的项链,不过那并不是宝石,而是以拼花的方式随意排列的河床石;他们的头上顶着一顶风帽,而帽子上面打了许多饰带结,手臂上、手腕上和手指上则戴着由绳子编织成的环饰。第一排人吹着笛子、敲着鼓,第二排人肩上扛着巨大的狼牙棒,第三排人则斜背一把弓。

紧接着的这群人,可以肯定都是阉人。他们身穿宽大柔软的长袍,脸上像女人一样上了妆,头上戴的头巾看起来像是一座大教堂。站在中间的那一位,手上端着装有烤饼的托盘。最后,由两名手持孔雀羽毛扇在头上扇动的努比亚人护卫,一名大概是这一群人当中地位最高的人物走了出来,他头上包的头巾由不同颜色的丝带交错而成,大概有两座大教堂那么高。他身上也穿着一件长度及地的长袍,不过腰部绑了一条巴掌宽、由浅蓝色丝巾制成的缠腰布,胸口则挂着一个漆木的十字架。那是一个上了年纪的男人,唇上的化妆和眼皮上的茶褐色,和他已经松垮而泛黄的皮肤形成强烈的对比，并凸显了跟着脚步晃动的双下巴。他的双手非常丰满，又长又像刀锋一般锐利的指甲涂了一层玫瑰的颜色。

队伍在访客面前停了下来，努比亚人分列成两排，低阶的阉人跪了下来，举着托盘的那一位则一边鞠躬，一边献上食物。波多里诺他们一行人一开始不知道应该怎么做，所以全部下马，接过烤饼，然后一边鞠躬，一边礼貌地咀嚼。最后，那位最年长也最重要的阉人终于走过来向他们致意。他先拜倒在地上，然后站起来用希腊文和他们交谈。

"自从耶稣基督诞生以来，我们就一直在等候你们归来——如果你们确实是我们认为的那几位的话。我很遗憾你们中间的第十二位，也就是和你们一样同为所有基督徒先驱的那位同伴，在路上因为大自然的严峻而走失。我交代卫士不可松懈地巡视地平线，等候他的出现，而这期间，也希望你们在彭鞗裴金度过一段快乐的时光。"他用一种平直的语气说道。"我以助祭约翰的名义告知诸位，我，培拉克塞斯，宫廷阉人的最高总管、行省的书记、助祭身边惟一的总督、秘密通道的主要护卫和官员。"他搬出这么多头衔，就好像连东方贤士也必须吃他这一套一样。

"你们听听看。我的天啊！真是够了！"绰号"母骡"的阿勒拉莫·斯卡卡巴洛吉低声说。

对于自己应该如何在祭司面前自我介绍，波多里诺曾经考虑过上百次，但他从来没想过应该如何在助祭手下的阉人总管面前介绍自己。他决定遵照自己预先准备好的路线，"大爷，"他表示，"我向你表达我们来到彭鞗裴金这座高贵、富有、卓越的城市之后，所感受到的喜悦，我们在旅途当中从未见过如此美丽和繁荣的城市。我们来自远方，为祭司王约翰带来了基督教世界最重要的圣物，也就是耶稣在最后晚餐所使用的圣杯。不幸的是嫉妒不已的恶魔煽动了大自然来对抗我们一行人，让我们一名兄弟在路上迷路，而刚好他就是携带这一份礼物的人，除此之外，他还带着用来证明我们尊重祭司的其他献礼……"

"例如说，""诗人"补充道，"一百锭金块、两百只大猴子、一顶以千斤黄金和绿宝石铸成的皇冠、十排难以估价的珍珠、八十箱象牙制品、五头大象、六只驯服的花豹、三十只食人狗、三十头斗牛、三百支象牙、一千张豹皮，以及三千支乌木棒。"

"我们对于日落的国度所拥有的财富和我们从未见过的物资已经略有所闻，"培拉克塞斯两眼闪烁地表示，"赞美上苍，但愿能够让我在离开尘世之前目睹这一切！"

"你就不能闭上你那张鸟嘴吗？"波伊迪在"诗人"的身后抗议，一边用拳头敲他的背，"如果接下来左西摩也来了，他们发现他比我们更寒酸，那怎么办？"

"闭嘴，""诗人"抿着唇，咬牙切齿地说，"我们已经提到撒旦插了手，所以除了圣杯之外，所有的东西都被撒旦吞噬了。"

"但是至少现在应该拿出一份礼物，让他们知道我们并不是一群无赖。"波伊迪继续嘀咕。

"或许可以用施洗约翰的头颅。"波多里诺低声建议。

"我们手上只剩下五颗，""诗人"表示，嘴唇还是一动也不动，"不过这一点并不重要，只要我们继续待在这个王国，其他四颗我们肯定不能拿出来。"

只有波多里诺知道，加上从阿布杜身上取来的那一颗，他们总共还有六颗头颅。他从自己的褡裢里取出一颗，交给培拉克塞斯，告诉他在等候乌木、花豹和其他的珍品抵达期间，希望他能够把这份为耶稣洗礼的人遗留在世间的惟一一项纪念品交给助祭。

培拉克塞斯感动地收下礼物。这份金光闪闪，而肯定是用他曾经在许多传说中听说过的贵重物质制成的圣物，在他的眼中真是一份无价之宝。急着景仰神圣遗体的他，怀着似乎把所有献给助祭的礼物都视为己有的心情，毫不费劲地就将圣物盒打开（波多里诺对自己说，是阿布杜那一颗，因为蜡封早已遭到破坏），将能干的阿祖鲁尼制造的干燥褐色头骨捧在手中，用一种沙哑的声音表示，他从来没想到自己这辈子能够亲眼看到如此珍贵的圣物。

这名阉人接着希望知道自己应该如何称呼几位贵宾，虽然过去的传统曾经为他们冠上许多称号，但是他并不知道何者为真。波多里诺狡诈地回答他，见到祭司之前，还是以他们在遥远的西方所使用的名字称呼他们，接着他一一介绍每个人的真实姓名。培拉克塞斯很欣赏阿祖鲁尼、波伊迪这些听起来耐人寻味的名字，他觉得波多里诺、柯兰迪诺、斯卡卡巴洛吉很响亮，而波切里和古帝卡这些名字会让他感受到一种异国的风情。他表示尊重他们隐姓埋名的意愿，然后宣布："此刻为时已晚，助祭要到明天才能接见各位。今天晚上你们都是我的贵宾，我向你们保证，宴会将会无比丰富和豪华，你们品尝的精致食物，也会让你们在回想起日落国度的食物时充满了藐视。"

"怎么会，看他们穿得这么一身破烂，换作我们那里的女人，如果是她们的丈夫穿成这样，她们绝对无法忍受，会吵着要那些男人穿好一点。""诗人"低声抱怨，"我们离乡背井，受了这么多罪，是为了看到绿宝石的瀑布；我们撰写祭司那封信的时候，你，波多里诺，因为听我们提到黄玉听到差一点呕吐，但是现在看看他们，十颗石子，四条细绳，他们就自以为是世界上最富有的人了！"

"闭嘴，我们先去看了再说。"波多里诺告诉他。

培拉克塞斯领着他们走向塔楼，带他们进到一个没有窗子、由三脚灯座内的熊熊火焰照明的大厅里，中间的一块地毯上摆满了陶杯和陶盘，还有一系列让宾客盘腿蹲坐的垫子。晚餐是由一群肯定也是阉人的少男侍候，他们半身赤裸，并涂满了香油。他们为那些阉人端上混合了各种香油的盆子。阉人们将手指伸进盆内，然后碰碰自己的耳垂和鼻孔。沾过香水之后，他们懒洋洋地抚摸着少男，并让他们为客人献上香水。他们一行人照着阉人们的方式做，不过"诗人"念念有词地低声表示，只要这些人敢碰他一下，他用一根手指就能让他们满地找牙。

接下来是晚餐：一大盘的面包，也就是他们的烤饼；数量非常可观的绿色蔬菜，其中包括大量的卷心菜，不过，因为撒上了各式各样的香料，已经闻不出什么臭味；还有被称为索克，用来沾烤饼的焦黑调味汁，而第一个尝试的波切里开始像鼻子喷火一样地咳嗽，以至于他的朋友全都仅止于浅尝（接下来的晚上他们全都因为不能平息的焦渴而受尽煎熬）；一条干瘦而多刺，被称为汀喜雷塔的淡水鱼（原来是一种鱼类，他们一行人低声表示），鱼身上撒满了粗面粉，整条浸泡在可能许多餐都不曾置换过的滚烫热油当中；至于被他们称为玛拉克，而根据"诗人"的形容，味道像大便一样的清汤，里面漂浮着一些家禽类的肉丝，但是因为烹饪的技术不佳，所以尝起来就像皮革一样。培拉克塞斯告诉他们，那是美塔贾里拿利身上的肉（原来如此，他们一行人又开始用手肘互撞）；另外还有一种以糖渍水果制成，但是胡椒的数量却多过于水果，而他们称为茨腓雷克的芥末。每一道菜那些阉人都吃得津津有味，他们一边咀嚼一边用嘴唇发出声音来表达他们的满足，并做出一些客人无法理解的手势，就像是表示："你们喜欢吗？确实是天赐的美食吧？"他们吃东西的时候是用手抓食，就连清汤也一样用蜷起的手掌舀，再混合着其他的东西，一口倒进嘴巴里。但是他们只用右手进食，因为左手抱着侍候他们的少男，而只有在饮水的时候才会放开左手，将水壶高举在头上，接着像喷泉一样把水倒进自己的嘴巴里。

一直等到这一顿大餐结束之后，培拉克塞斯才做出一个手势，让努比亚人过来将几个迷你的杯子倒满白色的液体。"诗人"一口饮尽他面前的杯子之后,立刻涨红了脸,发出某种吼叫的声音,然后像个死人一样倒在地上,一直到几名少男在他的脸上洒了水。培拉克塞斯向他们解释,这一带没有办法栽植葡萄树,他们能够制造的惟一酒类是用此地相当平常的浆果布尔克来进行发酵,但是这一种酒非常烈,所以只能以舌头在杯中蘸取,小口浅尝。没有福音书中提到的葡萄酒是一件不幸的事,因为彭靼裴金的教士进行弥撒的时候都会醉得不像样,往往无法撑到最后。

"此外,我们对这些怪物还能有些什么期待?"在其他的阉人一边发出好奇的尖叫,一边检视他们这些旅人的武器时,培拉克塞斯在一个角落私底下对波多里诺叹着气表示。

"怪物?"波多里诺装傻问道,"我觉得这个地方似乎没有人能够看到其他人的怪状。"

"你大概和他们其中的人说过话了。"培拉克塞斯用一种不屑的微笑表示。"几个世纪以来他们一直都聚居在一起,已经习惯彼此的模样,拒绝看到邻人的怪状。他们只是视而不见。他们确实是怪物,像野兽而不像人,而且繁殖得比兔子还快。这些就是我们必须治理的人民,而且必须采用铁腕,来避免他们因为彼此的异端思想而互相残杀。因为这个原因,教士才会在几个世纪之前安排他们住在这个位于王国边缘的地方,以避免他们可憎的举止造成人民的不安——我向你保证,波多里诺先生,他的人民全都是漂亮俊美的人类。大自然会酝酿出一些怪物,这原本就是自然的事,但是人类让圣父受难之后,并没有全部变成怪物,这件事却令人难以解释。"

波多里诺发现这些阉人的思想也不正确,所以向东家提出了几个问题。"这些怪物当中,"培拉克塞斯回答他,"有些认为圣子只是圣父收养的儿子,有些则费尽心思讨论谁源自谁,每个怪物都被自己的怪物论调牵着走,添加圣体本位的数目,认为至圣是由三种或四种实体构成。这些异教徒!在人类身体和态度的演变过程当中,只曾显现过一个圣体。惟一的圣体孕育了圣父,孕育了圣子,造就了圣灵,但本质上都是同一个圣体:其他的都是让上帝隐藏在后面的面具。一个本体就是惟一的三位一体,而不是一些异端所说的三个人组成一个圣体。如果是这样的话,一个完全的上帝——注意听我说——并不会委派他的养子,而是自己成了肉身,所以在十字架上面受难的是圣父自己!你明白吗?惟有一个该死的物种才有这样的胆量,虔诚的信徒应该为圣父报仇,不需要怜悯亚当那些该死的后代。"

波多里诺开始描述这一趟旅行,尼基塔斯一直在安静地聆听,没有插嘴,但是因为他看到对方不知道如何诠释刚刚说到的这件事,所以打断他,"你认为,"他说,"那些阉人是因为人类曾经让圣父受难,所以对人类痛恨不已,还是因为他们痛恨人类,所以才会采信这种异端邪说?"

"那一天晚上之后,我也一直问自己这个问题,但是一直没有得到答案。"

"我知道阉人都在想些什么,我在皇宫内看了很多。他们试图累积自己的权力,然后将他们的怨恨发泄在那些能够传宗接代的人身上。但是依据我长久以来的经验,我直觉地认为许多人尽管不是阉人,也会运用这些权力来表达他们在其他情况下不会做的事。下命令这件事造成的狂热,肯定比做爱更震撼人心。"

"还有几件其他的事情也令我困惑。彭靼裴金的阉人是通过筛选而组成的阶级,因为他们本身的情况不可能允许用其他的方式。培拉克塞斯告诉我,几个世代以来都是由老一辈遴选可爱的少男,让他们沦为同样的状况,然后先充当仆人,接着成为他们的继承人。但是如果整个彭靼裴金住的都是这些大自然的奇迹,他们去哪里找来这些优雅、健壮的少男?"

"你们这些阉人一定是来自外地。许多军队和公家单位都会出现这种情形，也就是掌权的人不能出身于他们所治理的地区，这样才不会对人民出现一种偏爱或共谋的心态。这样的情形或许就是祭司希望的方式，目的是为了让这些畸形而好争吵的居民顺服。"

"也就是为了让他们在送命的时候不会感到内疚。培拉克塞斯的说法，让我了解了另外两件事。进入祭司的王国之前，彭鞡裴金是最后一个前哨站。过了彭鞡裴金之后是进入另一个国度的山谷，而山谷两侧高耸的岩石上常驻着努比亚卫兵，并随时准备对闯关的人推落石块。出了山谷之后，是一片一望无际的沼泽地，而且是一片非常险恶的沼泽地，试图穿越的人会陷入泥沼或流沙，一旦半条腿踩进去之后，就再也无法脱身，就像落海一样，直到灭顶为止。这一片沼泽地当中，只有一条能够安全通过的路径，但是只有阉人知道怎么走，因为他们学会了辨识一些记号。所以，如果想要到达王国，就必须先闯过彭鞡裴金这一道门槛、关卡、栅栏。"

"既然你们是天晓得几个世纪以来的第一批访客，这一道关卡应该不难通过吧。"

"事情并非如此。关于这一点，培拉克塞斯一直含糊其词，就好像对他们构成威胁的那些人的名称是一种禁忌，但是他接着在没有完全明讲的情况下，告诉我整个省份一直面对着一支名为白汉斯的好战部落带给他们的梦魇，他们随时都可能发动侵略。如果他们兵临彭鞡裴金，阉人们为了拖延他们的攻势，会派遣西亚波德人、布雷米人和其他的怪物去送死，接着护送助祭前往山谷，推下大量石块堵住通路，然后撤回王国。如果撤退的计划失败，并遭到俘虏的话，因为想到白汉斯人可能会用折磨的方式，强迫他们其中一人说出前往祭司王国的路线，所以他们全都被灌输了殉职的观念，遭到掳获之前，必须用挂在脖子上，藏在衣服底下的一袋毒药自杀。不过最可怕的是，培拉克塞斯很清楚自己无论如何都会脱身，因为到了最后的关键时刻，努比亚人可以作为他们的盾牌。培拉克塞斯告诉我，有这些圣战士担任卫士真是一件幸运无比的事。"

"我听说过他们的事迹，不过那是几世纪之前发生在非洲沿岸的事情。当时有一群称为多那派的异端分子，认为教会应该是圣洁的组织，但是教会人员不幸都已经堕落，所以依据他们的看法，没有任何一名教士有资格主持圣典。他们对所有其他的基督徒开战，其中态度最坚决的正是这一群圣战士。他们是野蛮的摩尔人部落，而且翻山越岭寻找殉教的机会，从峭壁顶端冲向路人，口中大喊'赞美上帝'，为了感受殉难的荣耀，用狼牙棒威胁对方并杀害他们。由于害怕的路人通常都会拒绝他们的要求，这些圣战士便先抢夺他们的财物，然后敲破他们的脑袋。但是我以为这一群狂热分子早已灭绝。"

"彭鞡裴金的努比亚人无疑是他们的后代。培拉克塞斯用他对待人民惯常的藐视语气告诉我，他们这些人在战争的时候非常可贵，因为他们自愿让敌人杀害，而歼灭他们所需要的时间，刚好让阉人们可以堵住山谷。几个世纪以来，这些圣战士一直等待这样的机会，却一直等不到侵略的敌人，所以他们痛苦不堪，不知道如何在和平时期过日子；他们不能攻击或抢夺受命保护的这些怪物，只能以打猎或空手迎战野兽来舒解压力；他们有时候会到安息日河对岸，吐火兽和狮身兽遍布的砾石地去冒险，其中一些人快乐地遭遇到和阿布杜一样的下场。但是这样对他们来说还是不够，有时候最坚定的几个甚至会发狂。培拉克塞斯已经知道，当天下午其中一人曾经要求我们砍掉他的脑袋；还有人甚至在看守山谷的时候，从山顶上往下跳。总之，控制这些人并不是一件容易的事。这些阉人只能想办法让他们维持在一种警戒的状态，每天为他们勾勒出迫在眉睫的危机，让他们相信白汉斯人真的就要兵临城下，所以努比亚人经常很警觉地在平原游荡，为了远方扬起的尘土而高兴得全身颤抖。他们期待侵略者出现，来完成他们几世纪以来，一代接一代传承下来的愿望。但是在这段时间内，并非每一个人都真的做好了牺牲的准备，有些人只是为了吃好穿好而大声宣布殉难的愿望。为了安抚他们，只好为他们提供美食和大量的布尔克。我可以了解为什么阉人的怨恨会与日俱增，他们被迫治理他们痛恨的怪物，还必须将自己的生命安全交给这些狂热而随时都醉醺醺的食客。"

时候已经不早了，培拉克塞斯让努比亚卫士带他们前往塔楼对面，一块体积较小的岩块坑洞住所，而里面的空间足以容纳所有的人。他们爬上悬空的小楼梯，这一个奇特的日子已使他们筋疲力尽，所以一觉睡到天明。

他们是被前来准备继续为他们服务的贾瓦盖叫醒的。努比亚人告诉他，助祭此刻已经可以接见访客。

他们再次回到塔楼，并由培拉克塞斯本人亲自带领他们攀登外围的阶梯，来到最顶层。他们穿过一道门，进到一条环形的走廊，走廊上开了许多扇门，像一排牙齿一样并列着。

"我一直到后来才弄清楚这栋建筑的格局安排，尼基塔斯大爷。我不太能够形容得出来，但是我尽量尝试。想象这条环形的走廊是一个圆圈的外围，圆圈的中央有一个同为圆形的大厅。走廊上开的每一扇门都通往一条管道，而每一条管道都像是接通圆形大厅的放射线。但是如果这些管道全都是一条直线，从外围的环形走廊就可以透过每一扇门看到中央的大厅，如果有人经由管道进入大厅，里面的人也可以看得一清二楚。只是这些管道一开始的时候是一条直线，到后面却开始弯曲而呈弧线，然后再进入中央的大厅。所以从外围的走廊完全看不到里面，住在大厅的人也可以维持隐秘……"

"但是住在里面的人也无法看到有人进来，除非等到最后一刻。"

"事实上,我立刻对这样的事情感到惊讶。你了解吧,身为彭鞜裴金统治者的助祭可以避开外界的目光,但是他的阉人也可以不用预先通报就直接进到里面。他就像是一名不会被卫兵窥伺,但是也无法监看他们的囚犯一样。"

"这些阉人比我们的还要奸诈。不过现在谈谈这名助祭吧。"

他们进到里面。大厅一片空荡,只有几口箱子摆在王位的四周。深色的木制宝座置于大厅的正中央,顶上吊着一副天盖。宝座上面坐着一个人,他的身上裹着色泽阴暗的衣袍,头上包着一条头巾,脸孔则覆盖着一片面纱。他的脚上穿着深色的拖鞋,颜色阴暗得就像手上戴的手套一样,以至于完全分辨不出端坐在宝座上面这个人的轮廓。

王位的两侧各蹲着一名同样密密包裹的人,其中一名不时呈上一个燃着香料的杯子,让助祭嗅闻烟气。助祭试着拒绝,但是培拉克塞斯用一种恳求的手势要求他接受,所以那应该是一种药物。

"你们在宝座前面五步的距离停下来,弯腰鞠躬,等候他示意再开口致意。"培拉克塞斯低声告诉他们。

"他为什么戴着面纱?"波多里诺问。

"不需要提出这样的问题,他高兴戴着面纱,就这样。"

他们照他的指示做了,而助祭举起一只手,用希腊文表示:"我从孩提时期开始,就一直等候你们到来的这一天。我的大臣已经向我呈报过了,我很乐意协助你们,并在等候你们那一位令人敬重的同伴这段时间接待你们。我也收到你们那一份无与伦比的礼物了,实在受之有愧,更别说这份神圣的礼物是由一群崇高的人物所赠予。"

他的声音没什么自信,像是承受了痛苦,不过听起来是年轻人的声音。波多里诺表现的态度相当敬重,所以将来绝不会有人以他滥用对方给予他们的尊严来指责他。不过助祭倒是认为如此谦卑的态度源自他们的圣洁,所以无可厚非。

接着他邀请他们在距离宝座五步的十二个坐垫坐下,并用布尔克和几种霉味的环形小饼招待他们。他表示自己急着希望曾经造访过传奇西方的他们告诉他,那里是不是真的存在着他在许多书中读过的奇景。他想要知道,是不是真的有一个名为艾诺提亚的国度,生长的树木淌流着被耶稣置换成自己鲜血的饮料?那里的面包是不是真的并非扁平到只有半根手指的厚度,而是在每天早上公鸡啼叫的时候,神奇地膨胀为水果般柔软而外皮金黄的形状?那里是不是真的可以看到建在岩石外面的教堂,而罗马大主教皇宫的天花板和梁柱,是不是用传奇岛屿塞浦路斯所生产的香木搭建?这座皇宫是不是有着掺杂了角奎蛇角来防止外人下毒的蓝色石门,以及光线能够穿透的石窗?同样,这座城市里,是不是有一座现今的基督徒用来分食狮子的巨大圆形建筑?这栋建筑物的拱顶上是不是有着仿造得惟妙惟肖、尺寸如实际大小的太阳和月亮,在天顶上移动时,周围的人造小鸟则发出甜美无比的声音?同样为透明石片的地板下面,以佛罗伦萨的石块造成的鱼群是不是会自行游动?通往这栋建筑物是不是必须经过一条楼梯,而在某个阶梯下有一个可以见到宇宙万物的洞穴:深海里的所有怪物、晨曦和夜晚、生活在世界尽头的人群、一座黑色金字塔中央一张色泽如月光的蜘蛛网、八月酷热的非洲天空落下的一种白色而冰冷的棉絮状物质、每一本书中的每一个页面上的每一个字母、安息日河上玫瑰色的落日、两块置放在世界圣体柜中间,而彼此映照出无限的闪亮面板、辽阔似无边湖泊的水域、公牛、暴风雨、大地上存在的各种蚂蚁、一个仿制星体运行的球体、心跳与内脏蠕动的秘密,以及遭到死神动手改造之后每一个人会出现的面貌……

"到底是什么人告诉这些人这么多蠢事？""诗人"气愤地自问，而波多里诺则小心翼翼地回答，告诉他遥远的西方肯定有许多奇景，虽然有的时候这些传说飞越高山与深渊之后都会变得夸大，他自己可以见证从来不曾在太阳西沉的国度见过分食狮子的基督徒。"诗人"则低声戏谑："至少不会在守斋日……"

他们发现，这位一直被囚禁在圆形监狱里的年轻王子，因为他们的出现而燃起了无限的想象。如果你一直住在太阳东升的国度，梦想的肯定是西方的奇景——"尤其是，""诗人"继续低声说道，"住在一个像彭皙裴金这样的鸟地方。"

助祭接着发现他的客人也希望知道一些事情，他观察到，离开这么多年之后，他们肯定已经不记得如何返回——依据传统的说法——他们出生的王国。也因为几个世纪以来，一系列的地震已经改变了他们的土地，无论是平原还是高山都已经出现极大的变化。他向他们解释穿越山谷和沼泽地的困难，他告诉他们雨季已经开始，此刻立即动身并不适宜。"而且，"他表示，"我的阉人已经派遣信差去见我的父亲，通知你们的造访，这些信差会带着他同意你们前往的旨意回来。这一段路十分漫长，大概要花上一年甚至更久的时间。这一段时间你们可以等待你们的同伴，而你们也会得到合乎身份的接待。"他用一种机械化的声音说话，就像是引述一段刚刚背出来的功课。

客人问他，身为助祭，他的职权和天命为何？他解释道：在他们那个时代，情况肯定仍未演变为今日的模样，因为王国的律法就是在东方贤士离开之后进行了修改。不要认为祭司是持续治理数千年的同一人，这个头衔就像是一个官位，每一名祭司驾崩之后，是由他的助祭继承王位。这时候，王国所有的官员会开始造访每一个家庭，他们会通过一些神奇的征兆，辨认出一个不能超过三个月大的婴儿，让他成为祭司未来的继承人和养子。这个家庭会非常快乐地献出这名立刻被送往彭靻裴金的婴儿,他会在那里度过他的童年和青少年,为了继任养父的位子,为了惧怕他、荣耀他、爱他而接受准备教育。年轻的助祭用一种悲伤的声音表示,助祭的命运就是永远见不到自己的父亲,无论是生父还是养父,他甚至无法在灵柩台上瞻仰遗容,因为从祭司驾崩到助祭归抵王国,就像他所说的,至少需要一年的时间。

"我只会看到——"他说,"希望这样的事尽可能延迟发生——下葬之前包裹他的柩衣上印出来的人像,涂抹在遗体上的油料和其他的神奇物质,会在亚麻上面拓出形状。"他接着又说:"你们会在这个地方停留一段很长的时间,我希望你们不时过来见我。我最喜欢听到关于西方奇景的故事,以及传言让生命更具尊严的千百次战役和围城行动。我看到你们身边都带着武器,而且比我们这里使用的更精美更厉害。我可以想象你们曾经在战役当中带领军队,就像一名国王一样。我们这里从远古开始就一直备战,但是我从来都没有机会在旷野上指挥军队。"他并不像是在邀请,而是近乎恳求,声音听起来就像是看了奇幻冒险的书籍而热血沸腾的少年一样。

"只要你不会过于劳累,大人。"培拉克塞斯毕恭毕敬地说,"现在时候已经不早,你也累了,最好还是辞别客人吧。"助祭表示同意,并用一种认命的手势向众人致意,而波多里诺和他的同伴也因此而弄清楚,谁才是真正在此地发号施令的人。

三一

波多里诺等候动身前往祭司王约翰的王国

波多里诺说了太久，尼基塔斯已经饿了。泰欧菲拉特让他坐下来晚餐，招待他各种不同的鱼子酱，然后是洋葱汤，淋上橄榄油的一大盘面包碎片，以及由贝类碎肉调配葡萄酒、油、大蒜、肉桂皮、牛至香料和芥末制成的酱。如果依照尼基塔斯的品位，称不上丰盛，不过他倒是吃得津津有味。待分桌用餐的女眷吃饱饭，准备就寝的时候，尼基塔斯又开始询问波多里诺，急着想知道他们最后是不是抵达了祭司的王国。

"你要我们赶路，尼基塔斯大爷，但是我们却在彭靼裴金待了漫长的两个年头，而一开始的时候，时间一直都过得非常单调。左西摩还是一直不见踪影，培拉克塞斯则让我们明白，如果我们第十二位同伴和宣称的献礼不出现的话，就没有必要动身上路。除此之外，他会告诉我们一些最新而令人丧气的消息：雨季的时间比预期中更长，沼泽地变得更加寸步难行，派去见祭司的使者也一直没有消息，或许他们找不到惟一能够通行的路径……天气放晴之后，有人开始大喊白汉斯人正在接近，一名努比亚人在北边发现他们，所以不能牺牲人手陪我们进行这一趟困难重重的旅行，而事情就是这样进行下去。由于不知道做些什么，我们于是一点一点地学会了使用这个国度的不同语言来表达，从此只要一名俾格米人大叫

Hekinah degul，我们就知道他很高兴，而互相打招呼的时候是 Lumus kelmin pesso desmar lon emposo，意思就是保证不会向他和他的族人发动战争；如果一名独眼巨人以 Bodh-koom 来回答一个问题，就表示他并不知道，而努比亚人称呼马匹为 nek，或许是仿照 nekbrafpfar，也就是骆驼这个字。布雷米人提到马的时候是 houyhmhnm，这是第一次听到他们发出非元音的声音，也就表示他们创造了一个从未使用的名词来称呼一种从未见过的动物；西亚波德人祈祷的时候口中念着 Hai coba，对他们来说就是'在天之父'，他们称火为 deba，deta 为彩虹，zita 为狗。阉人在主持弥撒的时候，吟诵 Khondinbas Ospamerostas, kamedumas karpanemphas, kapsimunas Kamerostas perisimbas prostamprostamas 来颂赞上帝。我们成了彭靼裴金的居民，以至于布雷米人和潘诺提人对我们来说，已经和我们没有什么差异。我们变成了无精打采的一群，波罗内和阿祖鲁尼整天都在讨论真空，就连阿祖鲁尼都说服了贾瓦盖为他介绍一名蓬塞人的木匠，和他一起钻研是不是可以不需要金属，光用木材就可以建造一具他的神奇唧筒。阿祖鲁尼致力于他的疯狂计划时，波罗内则和奇欧躲开，他们骑着马驰骋在平原上，一边梦想着圣杯，一边眺望远方，看看地平线上是否出现左西摩的踪迹。波伊迪表示他肯定取径殊途，遇到了白汉斯人，天晓得他对这些肯定崇拜偶像的人说了什么，或说服他们侵略祭司的王国……曾经参与兴建亚历山德里亚，而习得一些建筑技术的波切里、古帝卡和绰号为'母骡'的阿勒拉莫·斯卡卡巴洛吉开始说服彭靼裴金的居民，坚固的四面墙胜过他们的鸽子窝，并找到几个职业是在岩石上凿死人窝，而有空档可以学习技术的独眼巨人，教他们如何搅拌软沥青或用黏土拉砖坯，然后放在太阳下晒干。城市的外围于是盖起了几栋陋屋，不过有一天早上他们看到一些生性漂泊、专偷别人面包的无语人占据了这些房子。他们试着丢石头来赶走这些人，但是他们却不予理会。波伊迪每天晚上都望着山谷的方向，看看天气是否已经放晴。总之，每个人都找到打发时间的方式，而我们已经习惯那些恶心的食物，最重要的是，我们喝布尔克已经喝上了瘾。我们告诉自己，反正王国只剩下两步之遥了，也就是说，如果一切顺利，只要再有一年的路程，而我们已经不需要再去发掘任何事情，也不需要再去寻找新的路径，只要等候阉人为我们指引正确的路线就够了。应该怎么说？我们沮丧得心满意足，无聊得非常快乐。除了柯兰迪诺，我们每一个人都已经上了年纪；我已经过五十岁，一般人到了这样的岁数如果还没去世，就是已经奄奄一息了。我们感谢上帝，而我们也发现这里的环境对我们很有帮助，因为我们似乎全都返老还童，比起刚刚抵达的时候，我看起来年轻了十岁。应该说我们身体健壮，但是精神沮丧。我们已经被彭翹裴金的居民同化，以至于对他们的神学辩论开始热衷。"

"你们倾向哪种论调？"

"事实上，事情的开始是因为'诗人'沸腾的热血不能够一直没有女人。他比可怜的柯兰迪诺还不如，不过柯兰迪诺就像他可怜的姐姐一样，是一个人间的天使。我们的眼睛这时候也已经开始习惯这个地方，这一点，我从'诗人'开始让他自己的想象围绕着一名潘诺提女人身上打转得到证明。他被她摆动的耳朵吸引，对方白皙的皮肤让他兴奋，他觉得她曲线玲珑，唇形的轮廓优美。他看到了两名潘诺提人在野地里交媾，所以想象那样的经验一定十分美妙：两个人用耳朵将对方包裹起来，就像在贝壳里面做爱一样，更像他们在亚美尼亚尝到的葡萄叶卷碎肉。他说一定非常精彩。后来，由于他试着接近的那名潘诺提女人反应并不热烈，他于是开始迷恋一名布雷米女人。他觉得除了少一颗脑袋之外，对方的腰身非常纤细，私处也十分诱人，而且能够像亲吻一个女人的肚子一样去亲吻她的嘴，这种经验一定非常有趣，所以他试着和这些人来往。

某天晚上，他带我们去参加他们的聚会。布雷米人就像彭鞑裴金的其他怪物一样，并不接受外人加入他们对于圣事的讨论，但是我们并不一样，没有人认为我们的思想也会不正确，更理想的是每一族的人都认为我们的思想和他们一样。惟一对我们和布雷米人接近这件事表示反对的人，当然就是贾瓦盖。但是忠诚的贾瓦盖非常喜欢我们，而我们所做的一切只会是好事。有一点天真，也有一点是因为对我们的感情，所以他相信我们去参加布雷米人的仪式，是为了告诉他们耶稣是上帝的养子。"

布雷米人的教堂位于地面层，两根柱子、一个三角楣、单面的建筑，其余的部分都深藏在岩石内部。他们的教士也是以小铁锤敲打一片包着绳索的石板来召唤信徒集会，声音听起来就像是一口破裂的钟。教堂里面只有一个祭坛，而照明的灯具闻起来并不是燃油，而是羊奶制成的奶油。四周并没有看到十字架，也没有任何图像，根据带路的一名布雷米人解释，是因为他们（惟一思想正确的部落）认为圣子并不生成血肉之躯，所以他们不能崇拜想象的图像。为了同样的原因，他们也不严肃看待圣体，所以他们的弥撒也没有圣体的祝圣仪式。他们更不能阅读福音书，因为里面的描述是一个圈套。

在这种情况下，波多里诺问道，他们能够举行何种弥撒。带路的人告诉他们，事实上他们只是聚在一起祈祷，然后一起讨论关于他们一直未能阐明的伪降生这项重大秘密。确实，他们花了半个钟头来发出奇怪的声音之后，教士宣布开始所谓的神圣论坛。

一名信徒站起来提醒众人，受难的耶稣或许并不真的是用来愚弄使徒的幽灵，而是进到加利利某个木匠既存躯体内的一股源自圣父的卓越力量，一个始源。另一个则表示，或许就像有些人所说，马利亚真的产下一个人类，但是不能自成血肉之躯的圣子，就像是通过水管的流水一样穿过她的身体,或是从耳朵进去。这样的言论引来了一片抗议,许多人大叫"Pauliciens! Bogomiles",表示发言的人刚刚提出了异端邪说——他也为了这件事被赶出教堂。第三个人则试着表示,在十字架上面受难的是一名在最后一刻取代耶稣的昔兰尼人,但是其他人则提醒他,如果要取代某个人,这个人再怎么样都必须先出现在那个位置上面。不对,那名信徒反驳,被取代的那个人就是幽灵般的耶稣,既然是幽灵就不会感到痛苦,而没有受难这件事,也就没有赎罪这一回事。又是一片抗议,因为这样的说法表示人性是因为那名可怜的昔兰尼人而得到救赎。第四个人提醒众人,圣子是在约旦河洗礼的那一刻,通过白鸽的形体降临到耶稣的身躯,这样的方法肯定会让人将圣子和圣灵搞混,而且被占据的身躯并不是一个幽灵——老实说,布雷米人有什么理由不被视为狂想者?

"诗人"被他们的辩论吸引,于是问道:"如果未降生的圣子只是一个幽灵,为什么他会在橄榄园里说出绝望的话,并在十字架上哀叹?对一个神圣的幽灵来说,在他纯为表象的躯体上插入钉子有什么关系?不就是江湖术士安排的一出戏而已吗?"他原本以为说这些话,可以因为细腻的思绪和求知的欲望而吸引他觊觎的那一名布雷米女人,他没想到却造成相反的效果。所有的人一起大叫:"逐出教门!逐出教门!"我们一行人于是了解,是该离开这个犹太法庭一般的地方了。结果,过分运用神学手段的"诗人"却一直无法满足其笨拙的肉欲。

波多里诺和其他的人埋头于这些经验的时候,所罗门则一个一个向彭靼裴金的居民询问失落部落的事情。贾瓦盖第一天针对犹太拉比这件事提出的暗示,让他觉得自己已经找对了路。不过如果不是这些不同部落的怪物真的一无所知,就是这件事情是一项禁忌。

所罗门白费了许多功夫，最后一名阉人终于给了他肯定的答复，告诉他依据传统的说法，犹太部落确实曾经穿越祭司王约翰的王国，不过已经是几个世纪前的事了。这些人决定继续他们的旅行——或许是担心白汉斯人将来若是发动侵略，会再次造成犹太人流亡——只有上帝知道他们到什么地方去了。所罗门认为这名阉人说谎，所以他继续等待前往祭司王国的时刻来临：他在那边肯定会找到他的教友。

贾瓦盖有的时候会尝试让他们接受正确的思想。圣父是全世界的至善，也和我们完全不同，对不对？所以他怎么能够生育一名圣子？人类孕育孩童，是为了通过子孙来延续自己的生命，尽管他们自己或许因为死亡而无法见证生命的延续。但是一个需要孕育一个儿子的上帝，不可能维持几世纪以来的完美。如果圣子和圣父一直都同时存在——既然两者为相同的圣体或人们所说的本质（贾瓦盖在这里模糊地引述了几句连波多里诺也听不懂的希腊文），我们就会面对一种不可思议的情况，也就是在定义上应为无孕的上帝，从时间的初始就是被孕育出来的。所以，圣父创造出来为人类赎罪的圣子并非源自圣父的本体，而是后来才被孕育出来，肯定是在世界创始之前，并高于其他的生物，不过也绝对低于圣父的位格。贾瓦盖坚持表示，耶稣的力量并不如上帝，但是也并非贱如蝗虫，他确实拥有强大的力量，不过他是第一个降生世间，而并非不存在。

"因此，对你们来说，"波多里诺问道，"圣子只是由圣父收养，所以他并非上帝？"

"他不是上帝，但他还是非常圣洁，就像身为祭司养子的助祭一样。如果在祭司身上行得通，在上帝身上有什么理由行不通？我知道'诗人'曾经问布雷米人，耶稣如果是幽灵，为什么他会在橄榄园表示害怕、在十字架上哭泣。思想不正确的布雷米人不知道怎么回答。耶稣并非幽灵，而是养子，养子并不像圣父一样无所不知。你明白吗？圣子并非 omoousios——与圣父同质，而是 omoiusios——相似而不相同的本体。我们并没有像阿诺美人一样的异端邪说：他们认为圣子和圣父不仅仅是不相似，而是完全不同。不过幸好彭靼裴金并没有阿诺美人，他们思想不正确的程度超过所有的人。”

由于波多里诺叙述这件事的时候，提到了他们继续询问 omoousios 和 omoiusios 之间的差异，而上帝是不是能够化约为简单的两个字，尼基塔斯于是笑道：“当然有所不同，当然有所不同。这些抨击在你们西方肯定已经遭到遗忘，但是在我们罗马帝国，这些事一直持续下去，有些人为了这一类的细微差异而被逐出教会、放逐或甚至遭到杀害。让我感到惊讶的是这些在我国已经被压制的争议，却仍在你提到的国度当中持续下去。”

他接着心想：“我一直都担心波多里诺对我说谎，但是像他这种曾经在德国和米兰生活过的半野蛮人，连圣三体和圣查理曼都分不清了，他不可能知道这些他从未在那边听过的事。还是说，他曾经在其他的地方听说过？”

培拉克塞斯偶尔会邀请他们一行人去吃那些恶心的大餐。某次宴席即将结束的时候，他们在布尔克的刺激下，大概说了一些不符东方贤士身份的话。此外，培拉克塞斯和他们也越来越熟悉，所以有一天晚上，他和他们都醉了之后，他对他们说：“诸位大爷、诸位贵宾，我仔细思索过你们抵达此地之后所说的每一句话，我发现你们从来不曾确认自己就是我们等候的东方贤士。我继续相信你们是，但是如果不巧，我说不巧你们并不是的话，其他的人若要如此相信也不是你们的错。无论如何，请允许我像个兄弟一样对你们说话。你们都看到了彭鞑裴金是什么样的异端渊薮，也看到这些畸形的贱民有多么难治理，一方面要用白汉斯人来吓他们，一方面要诠释他们从未见过的祭司王约翰的意志。你们一定也看到了，我们这位年轻的助祭没什么用。如果我们这些阉人能够仰仗东方贤士的权威，我们的权力就能够强大起来。除了在此地变得强大，也会扩展到……其他的地方。"

"扩展到祭司王约翰的王国吗？"

"你们抵达王国之后会理所当然地被视为贵人。但是如果你们想要抵达那个地方，你们就会需要我们，而我们……我们在这个地方也需要你们。我们是非常特异的一族，不像下面那些怪物，必须以可悲的肉欲宿命来进行繁殖。我们成为阉人是因为其他的阉人选择了我们，把我们变成这个样子。我们在许多人眼中的不幸当中团结为一个家族，我所说的我们包括了其他地方的阉人，而我们知道就连遥远的西方，也有一些权高位重的阉人，更不用提印度和非洲了。只需要从一处强大的权力中心，我们就可以将各地的弟兄结合成一个秘密的联盟，并建造出一个最强大的帝国，一个任何人都无法征服和消灭的帝国，因为我们并不是由军队和疆域所组成，而是一张互助互惠的蛛网。而你们……你们将是我们权力的保证和象征。"

隔天，培拉克塞斯见到波多里诺的时候，告诉他自己似乎在前一天晚上说了一些荒谬而从来不曾真的如此想的蠢话。他请求他的谅解，并忘记他说过的话。他告辞的时候，还不断地重复："我求你一定要忘记。"

"无论有没有祭司王，""诗人"当天表示，"培拉克塞斯都准备送我们一个王国。"

"你疯了！"波多里诺告诉他，"我们身上背着一项任务，我们也当着腓特烈的面发过誓。"

"腓特烈已经死了。""诗人"冷冷地回答。

波多里诺在阉人同意之下，经常前去造访助祭。他们成了朋友，而波多里诺为他叙述了米兰城的毁灭、亚历山德里亚的兴建等故事，以及如何攀登城墙、如何烧毁围城者的投射器和攻城塔。虽然年轻的助祭脸上仍然戴着面纱，但是波多里诺发誓看到他的眼睛闪烁着光芒。

接着，波多里诺要求助祭和他谈一谈他的行省内狂热的神学争议，而他觉得助祭回答他的时候，脸上似乎挂着忧伤的微笑。他说："祭司的王国非常古老，所以收容了几世纪以来遭到西方基督教世界驱逐的教派。"很明显，他不太了解的拜占庭，对他来说也一样位于遥远的西方。"祭司不愿意消灭他们的信仰，而这些人的传道也吸引了王国内的不同部落。但事实上，知道何谓真正的三位一体真的那么重要吗？他们只需要遵循福音书的箴言就行了，他们不会因为相信圣灵只源自圣父就被打下地狱。他们都是好人，相信你也看到了，知道他们有朝一日全都会因为阻挡白汉斯人而送命，让我心痛不已。你瞧，只要我的父亲还活着，我就会继续在这里治理这些准备送命的人。不过，或许先丧命的人是我。"

"你在说些什么，大人？我从你的声音和身为祭司王储的尊严当中，知道你并不是一个老人。"助祭摇了摇头。波多里诺为了安慰他，对他提起自己和其他人在巴黎学习时的花絮，却发现在这个人心中引起一股狂热的欲望，以及一股无法满足的愤恨。波多里诺提及自己的过去和现在的时候，完全忘记自己东方贤士的身份。不过助祭也已经不再注意这件事情，他不避讳地表现出自己并不相信这十一名东方贤士，他只是背诵阉人告诉他的话。

面对他因为自己被排除在青春的喜悦之外所表现出来的无力感，波多里诺有一天告诉他，就算一名无法一亲芳泽的爱人，也可以让我们的心中充满了爱,然后他提起自己对一名高贵女士的爱慕和写给她的信件。助祭用一种兴奋的声音询问细节,接着却像受伤的野兽一样大声抱怨:"我什么事情都不准做,波多里诺,就连梦想一段爱情。你不知道我多想策马率领大军,嗅着狂风和鲜血的味道。倒卧沙场而口中念着爱人的名字,远胜过待在这个洞穴里等待……什么?或许什么都等不到……"

"但是你……大人,"波多里诺告诉他,"你注定要成为一个伟大帝国的领袖,你——上帝会让你的父亲长命百岁——有一天你会离开这个洞穴,到了那个时候,彭靼裴金将只是你最偏远的一个省份。"

"有朝一日我可以这么做,有朝一日我会成为……"助祭喃喃说,"谁可以向我保证?你瞧,波多里诺,我最深切的痛苦,愿上帝原谅这个让我苦恼的疑虑,就是根本没有什么王国。是什么人告诉我这些事?那些阉人,而且是从我孩提时期就已经开始。他们派去见我父亲的使者——我说得很清楚,是他们——回来的时候向谁报告?向他们,向那些阉人报告。这些使者真的动身了吗?他们真的回到这里了吗?他们真的存在吗?我知道的一切都是通过阉人传递。如果这个行省,或许还包括了整个世界都是阉人的阴谋,那他们就是在嘲弄我,正如他们嘲弄努比亚人或西亚波德人,一直到他们剩下最后一人一样。如果连白汉斯人都不存在呢?所有的人类都被要求深信我们神圣信仰中那位创造了天地,创造了难解神秘的造物者,尽管这些神秘的事情很可能和我们的智慧相抵触。不过被要求去相信难以理解的上帝和我的情形比较起来——也就是只能相信阉人,完全不能算得上严苛。"

"事情并非如此,大人,不是这样,我的朋友,"波多里诺安慰他,"你父亲的王国确实存在,因为我确实不只听到这些阉人提起,还包括许多深信不疑的人。信仰可以让事情成真;我的同乡就是相信自己可以建造一座新的城市，他们相信的程度甚至让一位伟大的皇帝害怕，而那座城市也因为他们的信心而出现。祭司的王国确实是千真万确，因为我和我的同伴用我们三分之二的生命去寻找。"

"谁知道？"助祭表示，"但是就算王国真的存在，我也见不到。"

"够了，"波多里诺有一天这么回答他，"你担心王国并不存在，在等待亲眼见到王国的期间，你让自己坠入无尽的烦恼当中，这会要你的命。其实你并没有亏欠任何人，包括祭司和那些阉人。是他们选择了你，你当时还是一个吃奶的婴儿，可你并没有任何选择。你要一段冒险和充满荣耀的生命？离开这里，骑上我们的战马，前往巴勒斯坦，加入那些英勇对抗摩尔人的基督徒，成为你梦想的英雄。圣地的城堡里多的是愿意用生命换取你一个微笑的公主。"

"你见过我的微笑吗？"助祭这时候问他。然后他一个动作，扯下盖住他脸孔的面纱，波多里诺的面前出现了一张腐蚀的嘴唇已经盖不住溃烂的牙龈和龋齿，而像幽灵一般的面孔。他脸上的皮肤又干又瘪，有的地方甚至完全拉开，露出令人作呕的粉色肌肉；溃烂的眼皮下，隐约看得到他的眼睛里充满了眼屎，而他的额头看起来就像是一道伤疤。他蓄着长发，零落分叉的胡子遮盖了下巴残余的部分。助祭取下他的手套，露出的是一双长满了阴暗疮疤的手。

"这是麻风病，波多里诺，麻风病不会因为你是国王或其他的权贵就放过你。我从二十岁开始就一直背着这个秘密，我的人民完全不知情。我要求阉人通知我的父亲，让他知道我没有办法继承他的王位，并尽快培植另一个王储——或甚至告诉他我已经丧命，让我可以藏身到同病相怜的人集中的地方，而从此不会有人听到我的消息。但是阉人对我说，我的父亲要我留下来，而我一点都不相信。一个虚弱的助祭对阉人有利，或许等我死了之后，他们会用防腐香料将我的尸体继续保存在这个洞穴里，然后以我尸体的名义进行统治。或许待祭司王驾崩之后，他们其中一人会取代我的位子，没有人能够表示那个人不是我，因为没有人见过我的面孔，王国的人也只有在我仍喝着母奶的时候见过我。波多里诺，这就是我接受让自己烦恼至死的原因，因为死神早已经渗透到我的骨头里面。我永远不会成为一名骑士，我永远都当不了一个情人。这下子你也一样，你没注意到你往后退了三步吧！如果你曾经留意的话，培拉克塞斯和我说话的时候，至少往后退开五步。你瞧，惟一敢留在我身边的是这两名戴着面纱的阉人，他们和我一样年轻，也和我一样染了相同的病，可以碰触我摸过的东西而没有任何损失。让我重新将自己盖起来吧，或许你不会再觉得我不值得你怜悯，或不值得你的友情了。"

"我试着找出一些安慰他的话，尼基塔斯大爷，却不知道说些什么。所以我闭上嘴。我接着告诉他，和那些攻城略地的骑士比较起来，沉默而庄重地承受自己命运的他才是真正的英雄。他谢了我，而这一天是他要求我离去。不过我从此和这个不幸的人培养出感情，也开始每天去看他，告诉他我从前读过的书以及在宫廷里听到的对话；我为他描述我见过的每一个地方，从拉蒂斯邦到巴黎，从维也纳到拜占庭，还有伊科尼恩和亚美尼亚，以及我们在旅途当中遇到的人。除了彭靼裴金的死人窝之外，他这辈子注定什么地方都看不到，而我试着用我的叙述让他活过来。当然，我也编造了一些故事，为他描述我从来不曾造访的城市、我从来不曾参与的战役、我从来不曾占有的公主。我和他谈起日落国度的奇景，用普罗庞提德海的夕阳、威尼斯潟湖绿宝石般的倒影、海伯尼亚的一座山谷和湖泊，以及散落在湖畔白色羊群之间的七座白色教堂让他开心。我为他描述阿尔卑斯—比利牛斯山脉如何覆盖了一层柔软而洁白无瑕的物质，到夏天会融化成壮丽的瀑布，然后四散为河川和溪水，流淌在山坡上茂盛的栗树之间。我告诉他阿普利沿岸绵延的盐漠，提到我从未航行过的汪洋，以及跳跃在海中、身躯庞大如牛，但是温和得可以让人类骑行的鱼类，我为他详述了圣布伦丹的吉祥岛之旅，他以为自己到达了汪洋中的一块土地，所以从船上下来，登上了一头鲸鱼的背部。不过我还得为他解释什么是大帆船：摆动白色翅膀，在波浪中翻腾的木造大鱼。我为他细数了家乡的珍禽异兽：头上长了两支十字状巨角的鹿，背着衰老的父母穿越天空、从这块土地飞到那块土地的鹳，鲜红底色上布满了乳白圆点、而长得像香菇一样的瓢虫，酷似鳄鱼但细小到可以从门底下钻过的蜥蜴，将自己的蛋产在其他鸟类巢穴的布谷鸟，两只眼睛在黑暗中看起来像两盏灯且以教堂内的灯烛燃油维生的猫头鹰，球状的背部插满了针以吸食牛群乳汁的刺猬，形状像一个活动珠宝盒并会产下无价珍宝的牡蛎，以歌声守夜并终生爱慕玫瑰的夜雌莺，披着火红的甲壳并在逃避觊觎其鲜肉的猎食者时会往后跳的龙虾，味道精致肥美但却像条可怕水蛇的鳗鱼，像上帝的天使一样飞越水域但叫声却尖锐似魔的海鸥，黑身黄嘴并像我们一样说话而泄露主人秘密的乌鸦，庄严地划过湖面而且在临死前会唱出极柔美旋律的天鹅，像个少女一样拐弯抹角的鼠鼬，还有苍鹰——笔直地从天上扑向猎物，然后带回去交给豢养它的骑士。我想象出一些他从未见过的璀璨宝石——我自己也没见过——萤石的红紫和乳白色斑点、某些埃及宝石的淡紫和白色纹理、绿铜锌的洁白、水晶的晶莹剔透、钻石的闪耀，然后我对他赞美了华丽的黄金，一种柔软而可以延展成轻薄叶片的金属、烧红的剑身浸到水中发出的啪啪声响、某些宏伟的修道院中收藏的一些不可思议的圣物盒、我们的教堂又高又尖的塔楼、君士坦丁堡的竞技场又高又直的柱子、犹太民族人人阅读的书籍当中遍布如虫的符号，以及他们朗诵的时候发出的声音，一名伊斯兰国王送给一名基督教国王、而在太阳东升时会自动鸣叫的铁公鸡，滚动的时候喷出蒸汽的球体、阿基米德的镜子如何点火、深夜见到风车的时候有多么可怕；然后我对他提到了仍然吸引许多骑士前往不列颠寻觅，而我们一找到下流的左西摩之后就会交给他父亲的圣杯。听到这些奇闻，他目瞪口呆，又因为遥不可及而悲哀，所以我认为应该让他知道，还有比他的情况更糟糕的痛苦，所以对他详细描述了安德罗尼卡所遭遇的、远超过他痛苦千倍的酷刑，发生在克雷马的大屠杀，鼻、手、耳朵遭到割除的囚犯。我试着让他知道，在一些身染难言疾病的人眼中，麻风病只是一种小病。我为他描述沥子颈、丹毒、圣居伊之舞①、圣安托万之火②、舞蛛之吻、让你将皮肤像鳞片一样一片片抓落的疥疮、眼镜蛇散布的瘟疫、圣阿加塔被切除乳房及圣露西被挖除眼睛的酷刑、圣塞巴斯蒂安的乱箭之殃、圣艾蒂安被石头砸破了脑壳、圣劳伦被温火慢慢烤毙，然后我又编造出一些遭遇其他暴行的圣徒，像是肛门到嘴巴被刺穿的圣乌西西诺、惨遭剥皮的圣沙拉皮翁、四肢被绑在四匹烈马而惨遭分尸的圣摩舒耶斯提欧、被灌以滚热树脂的圣达空西欧……我觉得这些恐怖的暴行似乎让他觉得舒坦了一些，但是我担心自己过分夸大，所以接着又开始描述世间的美好的一切，例如思想经常能够带给囚犯的慰藉效果、巴黎青少年的优雅、威尼斯妓女慵懒的美丽、一名皇后难以比拟的红润、柯兰迪娜孩子般的笑声、一名遥远国度的公主明亮的双眸。他越听越兴奋，要求我继续说下去，他想要知道的黎波里的梅里善德女伯爵秀发的模样，以及这名绝世美人的双唇如何诱惑了伯斯里扬德的骑士，他越听越兴奋；上帝原谅我，不过我想他大概勃起了一两回，并得到了射精的快感。接着，我试图让他明了这个世界充满了香味令人亢奋的香料。由于我身上并未携带，

---

① 指西登哈姆氏舞蹈病。
② 指麦角中毒。

所以试着回想我曾经赏味的香料名称,以及我只认识名称而从未嗅闻的香精。我认为这些香料的名称就像散发的香味一样,可以帮助他舒解痛苦,所以列举了马拉香、安息香、乳香、甘松香、枸杞、山达脂、肉桂、檀香、藏红花、生姜、小豆蔻、山扁豆、片姜黄、桂树、牛至、胡荽、小茴香、龙蒿、石竹、芝麻、罂粟、肉豆蔻、香茅、郁金香、莳萝。助祭濒临昏厥地听着,他触摸自己的脸颊,就好像他可怜的鼻子已经无法忍受如此多的香气,他哭着提起那些该死的阉人以麻风病作为借口,每天拿给他吃的东西:羊奶和泡在布尔克当中的面包,并告诉他这些食物对麻风病人的好处,所以他整天都昏头昏脑,日复一日,睡觉的时候嘴巴里面都是同样的味道。"

"你领着他走向疯狂,消耗他的感官,你是在加速他的死亡。你满足了自己说谎的胃口,并因为你创造的故事感到骄傲。"

"没错,但是我让他在剩余的那一点时间过得十分快乐。此外,我对你描述的这些对话,听起来好像全部都是发生在同一天之内。但是这一段时间,我自己也被点燃了一把火,并持续生活在一股兴奋当中,而我试图将这股热情包装在我的善意下面传递到他的身上。因为我遇见了伊帕吉雅。"

三二

波多里诺看到一名带独角兽的女子

"在这之前,还发生了怪物组成军队这件事,尼基塔斯大爷。白汉斯人的威胁上升到了从未出现的高点,因为一名前往彭鞳裴金边境冒险的西亚波德人(这种人有时候喜欢无止境地跑步,就像他们的意志受到了不会倦怠的腿所主宰),回来的时候表示看到了他们:这些人一脸蜡黄,留着长长的八字胡,身材短小、骑在同样矮小,但是速度惊人的战马上面,看起来似乎结合成了单一的个体。他们在沙漠和草原上旅行的时候,除了他们的武器,身上只带着一只用来装奶的皮制水壶以及一个用来烹煮沿途寻获食物的陶制锅子,不过他们可以一直骑行在马上,连续几天不用吃喝。他们攻击了一名伊斯兰国王和他的奴隶、女侍、骆驼以及搭盖了一大片华丽帐篷的旅队。国王的战士猛烈地攻击了白汉斯人,这些高大的男子提着弯刀,骑着骆驼向前冲,看起来又俊挺又吓人。经过一番激烈的战斗之后,白汉斯人假装撤退,让他们的敌人跟在后面,接着他们围成一个圆圈绕着敌人打转,一边发出残暴的叫声,一边将敌人赶尽杀绝。接着他们侵入营区,割断所有人的喉咙——女人、仆人,甚至包括小孩——只留下一名活口作为杀戮的见证。他们放火烧了帐篷,也没有让任何人在掠夺之后狂欢,这表示他们大肆破坏只是为了让名声远播天下:他们所到之处草木不生,而他们下一场战役的受害者将会在开战之前吓得不知所措。或许那名西亚波德人报告这些事的时候喝了布尔克，但是有谁能够证实他是真的亲眼见到这些事还是胡言乱语？恐慌开始在彭鞄裴金散布开来，我们可以在城里的气氛，以及人们就像担心被侵略者听见而在传递消息时压低的声音里感觉到。这时候，'诗人'决定认真考虑培拉克塞斯的提议，尽管这些提议可能是喝醉酒之后的胡言乱语。他告诉'诗人'白汉斯人随时都可能出现，而有谁能够对抗他们呢？没错，努比亚人是准备殉难，但是接下来呢？除了俾格米人知道如何用弓箭对抗鹤群，难不成要西亚波德人赤手上阵，让蓬塞人挺着生殖器进行攻击，然后派无语人前去侦测敌情，再回来报告？不过，这一群怪物如果善用他们的长处，我们可以建立一支令人生畏的军队，而知道如何进行这件事的人非'诗人'莫属。"

"一名打胜仗的佣兵头子下一步就可以憧憬王位。这样的事在我们的拜占庭帝国内至少已经发生了好几次。"

"我这位朋友肯定就是这么盘算的，那些阉人立刻就感觉出来。根据我的看法，如果是在太平时期，'诗人'和他的军队并不会构成危险，一旦开战，他至少可以牵制那群疯子，让他们不能立刻进到城内，而这些阉人就会有足够的时间越过山谷。此外，建立一支军队可以让人民乖乖地维持警戒的状态，他们显然一直都希望如此。"

除了不喜欢战争的波多里诺要求被排除在这件事情之外，其他的人全部参与。"诗人"认为那五名亚历山德里亚人全都是优秀的领队人物，因为他亲身经历了围攻他们城市的行动，虽然他当时身在战败者的阵营；他信任阿祖鲁尼有能力教导这一群怪物造出几件战争工具；他也没有忽略所罗门：他说一支军队里一定要有一名专精医术的人，因为我们煎蛋卷的时候，肯定会打破几只蛋。最后，他决定就连好做梦的波罗内和奇欧也可以在他的计划里发挥一些作用,身为文人,他们可以负责军队的账册,监督军备的供给,鼓舞战士的士气。

他认真研究了每个部落的本质和特性。那些努比亚人和俾格米人不需要再多加讨论,只要知道在潜在的战役当中应该将他们安排在什么位置。至于行动迅速的西亚波德人,可以将他们当做攻击行动当中的骑兵队来使用,条件是他们必须迅速穿过蕨园和杂草迫近敌人,然后出其不意地出现,让那些留着八字胡的黄色嘴脸来不及发现他们。根据阿祖鲁尼的建议,只需要再教会他们使用吹箭就足够了,由于这一带长满了芦苇,所以应该不难制造。或许所罗门可以找到一种沾在箭头上的毒药,而他不能再矫揉造作了,因为战争就是战争。所罗门答道,他的族人在马萨达的时代曾让罗马人吃足了苦头,因为犹太人并不是异教徒想象中那种被打了巴掌却不吭气的人。

那些独眼巨人也可以是很好的员工,不过由于他们只有一颗眼睛,所以不能将他们安排在太远的地方,必须让他们加入肉搏战,或许他们可以在西亚波德人那一波攻击之后,立刻从草丛里站起来。他们的身材这般高大,远超过白汉斯人的迷你马,所以可以一拳直接打在脸上来阻止他们,也可以空手抓住马鬃,把马上的人从马鞍上面抖下来,然后用他们两倍大于西亚波德人的大脚踩死他们。

布雷米人、蓬塞人和潘诺提人所能提供的服务,就不是那么确定了。根据阿祖鲁尼的建议,长了两只大耳朵的潘诺提人或许可以翱翔在高处。如果鸟类拍动翅膀可以停留在空中,摆动耳朵的潘诺提人没有理由办不到。波罗内非常同意,也庆幸他们并不是在真空里摆动耳朵。于是,潘诺提人被保留在非常时刻,也就是如果白汉斯人穿越第一道防线,进到城内的时候。潘诺提人在岩壁的避难所内等候，然后从头顶上发动攻击。如果再训练他们使用黑曜石刀，就可以割断白汉斯人的喉咙。布雷米人并不能担任哨兵的工作，因为他们必须挺立整个身躯才能够看得见，而在一场战争当中，这样做相当于自杀。不过如果安排适当的话，他们倒可以成为一支优秀的攻击部队，因为白汉斯人习惯于攻击头部（有人如此假设），当他们面前的敌人没有脑袋的时候，至少会造成一时的困惑。布雷米人必须把握的就是那一瞬间，带着石斧扑向对方的坐骑。

蓬塞人是"诗人"兵法布局当中的弱点，因为你如何派遣一群阴茎长在肚子上的人向前进击？一开始的苦头就吃在鸟蛋上面，然后全部倒在地上叫妈妈吗？不过倒是可以用他们担任哨兵，因为我们发现他们的阴茎就像某些昆虫的触角一样，一有风吹草动，立刻就会勃起来跳动，所以他们可以发挥探子的功能被派往前线。此外，"诗人"表示，如果他们一开始就全被干掉，因为战争就是战争，所以容不下任何怜悯的空间。

至于那些无语人，一开始打算让他们自生自灭，因为像他们这般无纪律，只会给一名佣兵的头子带来比敌人更多的麻烦。后来大家决定，只要好好鞭策的话，可以让他们在后方工作，和所罗门一起帮助年轻的阉人照顾伤患，并安抚各部落的女人和小孩，提防他们把脑袋伸出洞外。

贾瓦盖第一次见到他们的时候，还提到了从不露脸的萨提洛斯人，而"诗人"假设他们可以用他们的角去冲撞敌人，或用他们分叉的蹄子像羊一样跳跃，但是关于这个部落的问题得到的都是搪塞的答案。他们住在湖那一边的山上（哪一个湖？），但是从来没有人见过他们。他们确实臣服于祭司的统治，却自给自足，和其他的人没有任何商业往来，就像他们并不存在一样。没关系，"诗人"表示，他们或许长了一对弯角，角尖向内或向外弯曲，冲撞的时候必须四脚朝天或仰翻着肚子，好吧，认真一点，我们总不能带着羊群上战场吧。

"我们确实可以运用羊群来打仗。"阿祖鲁尼说。接着他说了一个故事,一名杰出的佣兵头子在羊角上绑着火炬,利用夜晚朝敌军的方向送出上千头,让对方以为那是一支庞大的军队。既然他们拥有一群六角山羊,效果肯定更为惊人。"条件就是敌人在夜间出击。""诗人"持怀疑态度。无论如何,阿祖鲁尼可以动手聚集大批的六角山羊,准备大量的火炬,谁知道派不派得上用场。

运用这些弗朗提努斯①和维吉修斯②并不认识的军事原则,他们开始着手训练军队。草原上挤满了练习吹箭的西亚波德人,每一回他们错失目标,波切里就会破口大骂,所幸他的诅咒当中只提及耶稣,对这些异端分子来说,使用一名养子的名称来咒骂并非一项罪行。柯兰迪诺则忙着训练潘诺提人习惯于飞行,他们从来不曾做过这样的尝试,不过看起来这似乎正是上帝创造他们的目的。此刻走在彭靼装金的街上可以说是困难重重,因为只要你稍做停留,就会有一名潘诺提人掉在你的头上,不过大家都接受了准备战争的念头,所以并没有人提出抱怨。所有人当中就属潘诺提人最为开心,这项闻所未闻的能力让他们非常惊讶,所以就连女人和小孩也都希望接受训练,而"诗人"也非常乐意接受他们。

斯卡卡巴洛吉负责训练独眼巨人擭捕马匹,不过东方贤士的坐骑是这个地方惟一的几匹马,两三次练习之后,很可能就会送它们去见上帝,所以他们只好屈就于驴子。不过这样反而更具成效,因为驴子会一边叫一边后踢,抓住它们后颈的皮比驰骋中的马匹更为困难,所以这些独眼巨人后来全都成了个中高手。不过为了不会立刻被敌人发现,他们还必须学会在蕨园内弯着腰跑步,所以许多

---

① Frontinus(40—103),古罗马政治家与军事将领。
② Vegetius,古罗马军事作家,活动于四世纪后半期,著有《论军事》。

人怨声载道，因为练习几次之后，他们全都腰酸背痛。

波伊迪训练的是俾格米人，因为白汉斯人和鹤并不一样，所以必须瞄准的地方在于两眼之间。"诗人"直接找那些只求葬身沙场的努比亚人来作为训练的对象，所罗门则四处搜寻毒药，然后每一回都沾在箭头上测试。只是有的时候他成功地让一只兔子昏睡了几分钟，有的时候却让一只母鸡疯狂地振翅高飞。没关系，"诗人"告诉他，一名白汉斯人，无论他只昏睡了一段餐前祷告的时间，还是像拍动翅膀一样挥动双臂，都已经一脚踏进坟墓。所以继续加油吧！

古帝卡将时间都花在布雷米人身上，教他们如何滑到一匹马的下面，用石斧剖开它们的肚子，不过用驴子来训练却完全是另外一回事。至于蓬塞人，由于他们隶属于后援部队，所以就由波罗内和奇欧负责。

波多里诺让助祭知道了目前正在发生的事情，而年轻人看起来似乎得到了重生。他在阉人的同意之下被带到外围的阶梯，从高处眺望训练中的队伍。他表示希望学会骑马来领导自己的人民。但是他接着感到一股晕眩，显然是过于激动，所以阉人立刻带他回到王座，好让他能够从晕眩当中恢复精神。

这段时间内，有一点因为好奇，有一点因为无聊，波多里诺开始思忖这些从不露脸的萨提洛斯人到底住在什么地方。他询问每一个人，他甚至问了一名他们一直没弄懂他们语言的蓬塞人。对方回答他："Prug frest frinss sorgdmand strochdt drhds pag brlelang gravot chavygny rusth pkalhdrcg."但他完全弄不清楚是什么名堂。就连贾瓦盖也支吾其词。在那边，他表示，一边用手指着西方一排湛蓝色，而后面清晰地看到远方高山轮廓的丘陵，不过从来没有人去过那一带，因为从不露脸的萨提洛斯人不喜欢外来的人。"萨提洛斯人的思想如何？"波多里诺问他，而贾瓦盖表示他们的思想比任何人都不正确，因为他们认为原罪从来都不存在。人类并非因为原罪才成为必死之躯，就算亚当没有吃掉那一颗苹果，他们还是会死亡。所以就没有赎罪的必要，每个人可以依据自己的意愿拯救自己。整个耶稣的故事只是用来为我们呈现一段圣洁生活的绝佳范例，仅此而已。"几乎像认为耶稣只是一名先知的穆罕默德一样。"

问及为什么从来没有人前往萨提洛斯人住处的时候，贾瓦盖表示，萨提洛斯人的丘陵下有一片森林和一座湖，所有的人都禁止前往，因为里面住着一族异教的坏女人。阉人告诉我们，虔诚的基督徒不能去那个地方，因为可能会暴露在某种妖术的风险当中，所以从来没有人去过。但是贾瓦盖一脸奸诈地详细描述前去的路径，让人觉得他和其他的西亚波德人在四处狂奔的时候，很可能曾经探头到里面。

光是这一点就足以引起波多里诺的好奇心。他等到没有人注意的时候，跳上他的坐骑，花了不到两个钟头的时间穿越一片荆棘，来到了森林的外围。他将马系在一棵树上，然后走进这一片清凉而充满香气的林木当中，跌跌撞撞地走在露出地面的树根上，轻触着巨大而颜色缤纷的香菇。最后他终于来到了湖边，而湖的另一边就是萨提洛斯人的丘陵。此时太阳已经开始西沉，清澈无比的湖水在岸边柏树投射的冗长阴影中逐渐昏暗。四周呈现出的是一片高度的寂静，甚至没有鸟叫声来干扰。

波多里诺在湖边凝视镜面般的湖水时，他看到林中出现了一头他非常熟悉、却从未亲眼见过的动物。它看起来像是一匹年幼的骏马，全身包裹在一片雪白当中，它的动作既优雅又轻柔。在它的脸上，一根像身体一样雪白、旋为螺状而末端尖锐的独角长在额头的正中央。那是一头曾经在他儿时梦想中出现的独角兽。他屏息欣赏,而这时候,独角兽身后的树林里出现了一名女子的身影。

她手持一把长矛,身上穿着让她娇小的乳房优雅挺立的紧身衣袍。她像一头驼豹一样慵懒地移动,衣袍掠过点缀着湖岸的青草,就像飘荡在地表上面一样。她长了一头丝绸一般而长及腰部的金发,轮廓非常完美,就像是象牙雕刻出来的人像。她的脸颊泛着淡淡的粉色,天使般的面孔就像默默祈祷一样地转向湖面。独角兽在她的周围轻轻地蹬着蹄子,不时抬头晃动鼻子,希望得到轻柔的爱抚。

波多里诺静静地凝视,心醉神迷。

"你一定会告诉自己,尼基塔斯大爷,那是因为我从这一趟旅行开始,就一直没再遇见过一个称得上女人的对象。千万不要误会:对我来说,那并不是一种欲念,而是一种安详的爱慕。不仅仅是对她,也包括了那一头动物、平静的湖水、山峦,以及当天暮色渐沉的光线。我觉得自己就像进到了一座圣殿。"

波多里诺试着找出恰当的字眼来形容他看到的一切,但是他肯定办不到。

"你懂吧,有的时候完美会出现在一只手、一张脸孔,或是在山坡、海面的某些变幻上面,而你的心会在面对完美的时候完全瘫痪……这名女子在那一刻就像一只水鸟一样出现在我的面前,像只鹭鸶,也像只天鹅。我刚才表示她长了一头金发,但是不对,她轻轻移动头部的时候,时而映照出的是湛蓝的颜色,时而又似乎跳动着几朵淡淡的火焰。我从侧面瞥见的乳房,雅致优美得就像白鸽的胸膛一般。我一动也不动地盯着,而我看到了某种源自远古的东西。我知道她不仅是一个美丽的人物,也是作为上帝圣洁思维的完美本身。轻轻一瞥——仅仅单独一瞥——让我发觉完美竟是一件如此轻柔而优雅的东西,我远远看着这个轮廓,却发现自己并没有在这个影像上面抓住任何东西，就好像上了年纪的人，在某张羊皮纸上看到了某种清楚的征兆，但是知道自己一旦接近，这些征兆立刻就会模糊不清，而你永远都无法解读这一张书页上面预言的秘密——或像是梦中出现了某种你追求的东西，你伸出手，在一片虚无中摇动手指，却什么都抓不到。"

"我羡慕你得到这样的狂喜。"

"为了不干扰这一切，我让自己变成了一座雕像。"

三三

波多里诺遇见了伊帕吉雅

但是这样的狂喜最后还是告一段落。那名女子就像林中的动物一样,可以感觉到波多里诺的存在,于是转身面对他。她一点儿都没有感到害怕,只是露出了惊讶的眼神。

她用希腊文说:"你是谁?"由于他没有回答,所以她大胆地朝他的方向靠近,不拘礼节,也没有恶意地仔细打量他,而她的眼睛也和她的头发一样,颜色捉摸不定。独角兽跟在它的主人身旁,低着头,像是为了保护主人而将它那一根美丽的武器置于前方。

"你并不是彭靼装金的人,"她说,"你并不是阉人,也不是怪物,你是……人类!"她认出人类的模样,看起来就像他认出独角兽一样:听过无数次,却从来没见过。"你很好看,人类长得真是俊美,我可以摸摸你吗?"她伸长了手,用纤细的手指抚摸他的胡子,轻触他脸上的刀疤,就像贝阿翠丝在某个很久以前的日子一样。"那是一道伤疤,你是一个打仗的人吗?这又是什么东西呢?"

"一把剑。"波多里诺回答她,"但是我只用来对抗野兽,我并不是一个打仗的人。我叫波多里诺,我来自太阳西沉的国度,在那边。"他心不在焉地指了一个方向。他发现自己的手正在发抖,"你是什么人?"

"我是伊帕吉雅。"她回答,语气就像是因为一个如此天真的问题而觉得好笑。她笑了，并因此显得更加美丽。接着她想起说话的人是个外地人："这座森林里，在那些树木后面，只住着我们伊帕吉雅人。你不会像彭靼裴金那些人一样怕我吗？"这一回换成波多里诺微笑：因为反而是她担心他会害怕。"你经常来湖畔这一带吗？"他问道。"并不经常。"伊帕吉雅回答，"嬷嬷并不喜欢我们单独来树林。但是这座湖实在太美了，况且还有阿卡修保护我。"她指着独角兽说。接着她皱着眉头补充："时候不早了，我不应该离开太久，如果彭靼裴金的人来到这一带，我也不应该和他们接触。但你并不是他们的人，你是一个人类，而从来没有人告诉我应该和人类保持距离。"

"我明天还会再来这个地方。"波多里诺大胆地尝试，"太阳高挂在天空的时候，你会在这里吗？"

"我不知道，"伊帕吉雅有些困惑地回答，"或许吧。"她接着敏捷地消失在树木之间。

这一个晚上波多里诺一直无法成眠。他告诉自己，无论如何，他都做了一个梦，而这已经足够让他一生难忘了。不过到了隔天日正当中的时刻，他还是骑上马，回到湖边。

他一直等到晚上，却什么人也没看见。他悲伤地走回自己的住所，而在城外，他遇到了一群正在练习吹箭的西亚波德人。他看到了贾瓦盖，"你瞧！"他举起手中的芦苇，吹出一支箭，命中的小鸟掉在距离他们不远的地方。"我是伟大的战士，"贾瓦盖说，"白汉斯人敢来的话，我就射穿他们！"波多里诺告诉他很好、很好，然后立刻回去睡觉。这一天晚上，他梦见了前一天的相遇，而隔天早上他告诉自己，一场梦并不能维持一辈子。

他再次回到了湖边，坐在距离湖水不远的地方聆听赞颂清晨的鸟叫声，接着是正午的蝉鸣。不过天气并不怎么热，林木散发出一股甘美的清凉，他等待的几个钟头里并没有吃什么苦头。然后她的倩影再次出现。

她坐在他的身旁，告诉他，自己是为了希望知道更多关于人类的事情，所以才又回到这个地方。波多里诺不知道从何说起，所以他提到了自己出生的地方、腓特烈宫廷的种种、帝国和王朝、如何带着鹰隼去狩猎、城市是什么样子、如何建造，也就是他告诉助祭的相同故事，不过避开粗俗和下流的内容。他描述这些事情的时候发现：原来我们也可以为人类勾勒出一幅充满情感的图像。她仔细倾听，她的眼睛则因为情绪的起伏而闪烁着不同颜色的光芒。

"你真会说故事，每个人类说的故事都这么美吗？"不是，波多里诺承认，他肯定比他的同类还会说故事，不过他们之间还有一些更会说故事的诗人。他接着开始唱起了一首阿布杜的歌谣。她听不懂普罗旺斯语的歌词，但是就像阿布卡西亚人一样，她也因为旋律而着迷。这下子她的双眸罩上了一层粉色。

"告诉我，"她的脸颊泛起淡淡的红晕问道，"人类自己也有……母的吗？"她这么问的时候，就像是听出了波多里诺唱的歌谣是写给一名女子的。怎么说呢？波多里诺回答，就像公的西亚波德人和母的西亚波德人结合一样，要不然他们无法孕育后代。全世界不都是这么一回事，他补充道。

"这并不是真的。"伊帕吉雅笑着说，"伊帕吉雅人就只有伊帕吉雅人，我们没有，怎么说……雄性的伊帕吉雅人！"她因为这个念头而笑得更加开心。波多里诺不禁自问，应该怎么做才能够继续听到她的笑声，因为他从来没有听过如此悦耳的声音。他原本想问她，如果没有雄性的伊帕吉雅人，她们如何诞生在人世间，但是他担心会冒犯到她的纯真。不过，他这时候觉得自己受到了鼓励，所以问她伊帕吉雅人是些什么人。

"这个故事说来话长，"她说，"我并不像你那般会说故事。你应该知道几千年前，一座遥远而强盛的城市里，住着一位圣洁、充满智慧，名字叫做伊帕吉雅的女子吧。基于对智慧的热爱，她创办了一所哲学学校。但是这座城市里也住了一些被称为基督徒的坏人。他们不畏惧上帝，他们的哲学当中充满了恨，特别是他们无法忍受由一名女人获得真理这样的事。有一天，他们抓走了伊帕吉雅，以可怕的酷刑将她折磨至死。不过她的学生当中有几个少女，因为被认为只是在伊帕吉雅身边服侍她的无知女孩，所以得到赦免。她们于是开始逃亡，但是此刻的基督徒已举目皆是，她们旅行了很长一段时间才来到这一块平静的地区。她们在这个地方试图把学自老师身上的智慧保留下来，但是她们接受教导的时候仍然年幼，也不像她那般贤达，所以记不起所有的教诲。所以她们告诉自己，从此彼此生活在一起，与世隔绝，以期重新找回伊帕吉雅真正的智慧。应该说，上帝在我们每个人内心深处都留下了真理的影子，我们只需让它们重新浮现，闪耀在智慧的光芒之下，就好像让果肉解脱果皮的束缚一样。"

不管是上帝、天神，只要不是基督教的上帝，肯定就是伪装的骗子……这个伊帕吉雅到底在说些什么？波多里诺觉得纳闷。不过他一点儿都不在乎，光是听她说话，就足以让他准备为她的真理而殉教了。

"至少告诉我一件事，"波多里诺打断她，"你们因为这一位伊帕吉雅，所以成了伊帕吉雅人，这一点我了解。但是你的名字呢？你叫什么？"

"伊帕吉雅。"

"不是，我说的是你这个人，有别于其他伊帕吉雅人的这个人……我的意思是，你的同伴如何称呼你？"

"伊帕吉雅。"

"但是你……今天晚上，你回到你住的地方之后，遇到的第一名伊帕吉雅人，你会怎么和她打招呼？"

"我会祝她晚安，就这样。"

"没错，但是如果我回到彭鞶裴金，我遇到一名……假设是一名阉人，他会对我说：晚安，波多里诺。而你，你会说：晚安……什么人？"

"如果你一定这么坚持的话，我会说：晚安，伊帕吉雅。"

"所以你们所有的人都叫做伊帕吉雅。"

"这很正常，所有的伊帕吉雅人都叫做伊帕吉雅，彼此之间没有任何差异，要不然就不会是一名伊帕吉雅人。"

"但是如果有一名伊帕吉雅人找你的话，恰好此刻你并不在家。她询问另一名伊帕吉雅人，问她是不是看到了带着名叫阿卡修的独角兽散步的那一个伊帕吉雅人，她会怎么说？"

"就像你所说，她寻找的是带着名叫阿卡修的独角兽散步的伊帕吉雅人。"

如果是贾瓦盖这么回答他的话，波多里诺肯定会想要赏他一巴掌。但是和伊帕吉雅并不一样，波多里诺此刻心想的是，多么美好的一件事！一个所有的伊帕吉雅人全都叫伊帕吉雅的地方。

"我花了好几天的时间，尼基塔斯大爷，才弄清楚真正的伊帕吉雅人到底是什么人……"

"因为你们又再见面了，我可以想象。"

"每天，或几乎每天。因为我已经不能不见到她，听她说话，这一点你肯定不会感到惊讶，但是要知道她也很高兴见到我，听我说话，这一点让我觉得惊讶，并让我感到无比的骄傲。我……我又变成了一个寻找母乳的孩子一样，母亲不在的时候会号啕大哭，因为担心她再也不会回来。"

"这样的事也会发生在狗和它们的主人身上。但是这个伊帕吉雅的故事引起了我的好奇。因为——你可能知道也可能不知道——伊帕吉雅这个人真的存在，或许不是几千年以前，不过距今也已经有八个世纪。她住在埃及的亚历山大，当时的帝国是由狄奥多西和继位的阿尔卡狄所统治。据说，那真的是一名非常睿智的女子，精通哲学、数学和天文学，就连男人都张着嘴巴听她说话。当时，我们神圣的宗教已经征服了帝国全部的领土，只剩下几个顽固分子试图保留异端的哲学思想，例如杰出的柏拉图学说。我必须承认把他的知识传授给身为基督徒的我们，他们的做法很对，要不然这些知识将会从此失传。只是有一名当时地位最崇高，后来更被册封列圣的基督徒，西里尔，他是一名虔诚的教徒，但也是一名强硬派的人物。他认为伊帕吉雅的授课内容和福音书抵触，所以煽动了一群无知、暴戾的基督徒去对抗她，他们根本不知道她鼓吹何种学说，只因为西里尔和其他人的说法，就断定她是一名骗子、放荡者。就算女人确实不应该涉及神圣的议题，但她很可能还是受到了污蔑。总之，他们将她拖到一座圣殿，剥光她的衣物，杀了她，并用尖锐的瓶罐碎片割开她的身体，最后再丢进焚尸的柴堆里……关于她的传说无以计数。有人说她长得非常美丽，但是她已献身给坚贞的节操。有一回，一名男性学子疯狂地爱上她，而她让他看了一条沾满血渍的经带，并对他说，他的欲望是在这上面，而不是针对真正的美……事实上，她教导的东西并没有人确实清楚。所有出自她的手稿都已经遗失，从她口中习得她思想的学生，在当时不是惨遭杀害，就是试着忘记他们听到的内容。我们所知道关于她的一切，都是从定她罪的教士口中得知。老实说，身为一名编年史的作家，我尽量试着不去相信一个人塞进自己敌人口中的话。"

他们又见了许多次面，有过许多次的交谈。伊帕吉雅发表她的看法，波多里诺多么希望自己有一些无限渊博的意见，而不是只能目瞪口呆地听她说话。她用一种无畏的坦率回答了波多里诺的每一个问题，而且从不脸红：没有肮脏而禁忌的话题，对她来说，一切都坦然透明。

波多里诺最后终于提起勇气问她，伊帕吉雅人几世纪以来如何传宗接代。她说，每一个季节嬷嬷都会选择几名应该生育的伊帕吉雅人，带她们去见播种人。伊帕吉雅不太清楚他们是些什么人，她当然从没见过他们，但是经过这道仪式洗礼的伊帕吉雅人也不清楚。她们在夜晚被带到一个地方，喝下一剂让她们兴奋而飘飘然的药水。她们受精之后回到自己的地方，顺利受孕者，一直到生产都由同伴照顾：生下来的小孩如果为雄性，会立刻被交给播种者，然后被教育成他们其中的一员；如果是雌性就会被留下来，长大之后，成为一名伊帕吉雅人。

"肉欲的结合……"伊帕吉雅说，"像没有灵魂的动物一样，只会重复大自然的错误。被送去见播种者的伊帕吉雅人接受这样的羞辱，纯粹是为了能够继续存活下去，以期拯救世人在这方面犯下的错误。我们当中曾经受过精的人都不记得这件事情的经过，如果她们不是抱着奉献的精神去完成这项任务，那一股淡漠肯定会遭受动摇……"

"那一股淡漠是什么东西？"

"每一个伊帕吉雅人快乐地赖以生存的东西。"

"为什么是大自然的错误？"

"波多里诺，"她用一种纯真的惊奇笑道，"你觉得这个世界非常完美吗？看看这朵花，看看它细致的花梗，看看花蕊中央那一颗得意扬扬的多孔苞眼，看看这些大小一致而略成弧状的花瓣，看看它开心拥抱前来吸取汁液的昆虫……很美，对不对？"

"没错，是很美，而这些事物很美这件事不是很美吗？不正是一项神圣的奇迹吗?"

"波多里诺,明天早上这朵花就谢了,两天之后它就成了一团腐朽。跟我来。"她带他来到灌木丛下,指着一朵红底黄纹的香菇。

"它美不美?"她问。

"它很美。"

"它有毒,食用的人会丧命。你觉得身后埋伏着死亡的生物完美吗?你知道如果我不奉献于上帝的救赎,我总有一天也会丧生,也会变成一团腐朽?"

"上帝的救赎?你说说看……"

"你该不会像彭靼裝金那些怪物一样,波多里诺,也是一名基督徒吧?杀害伊帕吉雅的那些基督徒相信世界是由一种残酷的神圣力量所创造,而这股力量带来了死亡、痛苦,比身体承受的伤痛更糟糕的精神折磨。创造出来的生物能够仇恨、杀戮、让同类承受痛苦。你该不会相信一名正直的上帝会让自己的子民面对这种悲惨吧……"

"但是这样的事情全都出自不义的人类之手,而上帝会惩罚他们,拯救善良的人。"

"但是为什么上帝要创造我们,让我们接着暴露在痛苦当中?"

"因为至善就是选择行善或行恶的自由,为了将至善传给他的子民,上帝必须接受其中一些人会用来行恶的事实。"

"你为什么说至善就是选择行善或行恶的自由?"

"因为如果取走这样的自由,如果为你套上锁链,如果不让你从事你想要做的事,你就会受苦,所以失去自由是一件痛苦的事。"

"你可以转过头看着你的身后——真的转过头,直到看见自己的背部为止吗?你可以进到一座湖里面,在水底一直待到晚上吗?我的意思是一直待在水里,而没有让脑袋伸出水面。"她一边笑一边说。

"不行,因为我如果硬转过头的话,我会拧断脖子,如果我一直停留在水底的话,我就无法呼吸。上帝创造了这些限制,让我无法伤害自己。"

"所以,你认为他为了你好,所以取走了你的某些自由,对不对?"

"他取走这些自由是为了不让我受苦。"

"所以他为什么会将善恶的选择自由交给你,让你冒着遭受永恒惩处的风险?"

"上帝将自由交给我们,是希望我们能够好好运用。但是后来发生了天使的叛变,并将恶风带到了人间。正是那条蛇诱惑了夏娃,所以我们现在才会受到原罪的折磨。这些事并不是上帝的错。"

"是谁创造了叛变的天使和那条蛇?"

"当然是上帝,但是叛变之前,天使和蛇全都如上帝创造时一般善良。"

"所以并不是他们创造了邪恶?"

"不是,他们只是犯了错,但是作为对抗上帝的可能性,邪恶早就已经存在。"

"所以是上帝创造了邪恶?"

"伊帕吉雅,你非常灵巧、敏感,又具有相当的洞察力。虽然我曾经在巴黎念书,可你却比我更知道如何进行一场辩论,但是不要把上帝说成这个模样,他不会希望创造出邪恶!"

"当然不会,一个希望创造邪恶的上帝,正好是上帝的反面。"

"所以呢?"

"所以上帝虽然不希望如此,但周遭还是找得到邪恶,可以说是他自己的阴暗面。"

"但上帝是完美至上的代表!"

"没错,波多里诺,上帝是最完美的存在,但是我希望你能了解，完美是一件非常痛苦的事！现在，波多里诺，让我告诉你上帝是谁，或不是谁。"

她真的是无畏无惧。她说："上帝是独一无二的，他因为无比完美，所以完全不像任何存在或任何不存在的东西；你无法用人类的智慧来形容他，当他是一个你不乖的时候会生气，或因为你的善行而照顾你的人一样。你不能当他是一个有嘴巴、耳朵、脸孔、翅膀的人，或视他为圣灵、圣父、圣子，甚至不能认为他有一个自我。既然是独一无二，你就不能说他是什么或不是什么，他包含了一切，却又什么都不是；你只能以完全不同的比喻来为他命名，不需要称他为真、善、美、智慧、和谐、大能、正义，这和称他为熊、豹、蛇、龙或鹰头狮身怪没什么两样，因为无论你怎么说，都无法将他表达出来。上帝并没有躯体，也没有面貌、形状，他没有数量、质量、重量，也不是一种轻盈，他看不见、听不到、不知道何者为骚动和混乱，他并没有灵魂、智力、想象力、意见、思想、话语、数目、秩序、威严，他并非平等，也并非不平等，他不是时间，也不是永恒，他是一种没有目的的意志；请试着了解，波多里诺，上帝是没有赤焰的灯火，没有火花的赤焰、没有温度的火花，一片阴暗的光芒，一个寂静的隆隆声响，一种盲目的照明，一片灿烂的浓雾，一道来自他黑暗面的光线，一个膨胀扩张却又碰触圆心的圈圈，一个单独的繁多，他是，他是……"她努力寻找能够说服彼此的例子，说服作为老师的她和作为学生的他。"他是一个不是空间的空间，而你我在其中完全没有区分，就像时间不会流逝的今日一样。"

她的脸颊这时候摇曳着淡淡的火焰。她被这个不着边际的例子吓了一跳，于是闭上嘴巴。但是在一连串不着边际的例子当中，如何再去批判一个补充的例子不够严谨？波多里诺可以感觉到同样的火焰穿过了他的胸膛，但他担心的是她的不安，所以赶紧冷静下来，没让脸上的半根肌肉泄露他内心的起伏，也没让自己的声音颤抖。然后他用一种神学的坚定问道:"那么关于天地万物和邪恶呢?"

伊帕吉雅的脸色又恢复淡淡的粉红:"但是独一无二的上帝因为他的完美和宽大,所以一直试图扩展到比自身的饱满更宽大的领域,他就像受害于自身光芒的蜡烛一样,越照耀越解体。上帝就是这般熔化在自己的阴影当中,他成了一群带有信息的神祇,成了许多拥有他的力量,但是形态已较为薄弱的始源。那么多的神祇、恶魔、执政官、暴君、力量、光芒、天体,以及基督徒口中的天使或大天使……但他们并不是由独一无二的上帝所创造,而是源自他的一种散发。"

"散发?"

"你看到那只鸟了吗?它迟早会通过一颗蛋孕育出另一只小鸟,就像一名伊帕吉雅人通过她的肚子孕育一个小孩一样。但是一旦孕育之后,创造出来的生命,无论是伊帕吉雅或是雏鸟,都必须对自己的生命负责,就算母体灭亡也必须生存下去。不过现在我要你想一想火焰。火焰并不创造热能,而是散发热能。热能和火焰是同样的东西,如果你熄掉一把火,热能也会跟着消失。火焰的热能在火焰熊熊燃起的时刻非常强烈,但是在火焰成为烟雾的过程中却越来越薄弱。独一无二的上帝也是如此,他散发出去的东西距离阴暗的中心越是遥远,就会在某种程度上失去他的活力。他的活力渐行渐失,直到成为一种黏稠混浊的东西,就像一支熔解后没有形状的蜡烛。独一无二的上帝并不想散发至如此遥远的距离,但是他无法抗拒这种繁衍和混沌的解体。"

"你的上帝没有办法分解……围绕在他周围的邪恶吗?"

"他当然可以。独一无二的上帝不断地尝试吸收这种可能成为毒药的气息,经过了七十次七千年之后,他成功地让这些残渣逐渐化为乌有。上帝的活力就像是经过协调的呼吸一样,他毫不费劲地吐气,就像这样,你听。"她纤细的鼻孔翕动着吸了一口气,接着从嘴巴将那口气吐出来。"不过有一天,他未能成功地控制住一股中间力量,也就是我们口中所说的造物主、基督徒的伪上帝:可以是全能万军,也可以是黑暗之子。这种伪造的上帝,因为错误、骄傲和愚蠢,所以创造时间来取代了惟一的永恒。时间是一种结结巴巴的永恒,你懂吗?而随着时间,他也创造了带来温暖但是亦有焚烧之险的火、可以解渴同样也可灭顶的水、可以滋养草木亦可用土石流掩埋窒碍的泥土、可以让我们呼吸但是也会造成风暴的空气……他把所有的事情都搞砸了,可怜的造物主。他创造了带来光明的太阳,却会让草地干涸;他创造的月亮主宰夜空,但是短短数夜就会消瘦殆尽;其他的天体虽然璀璨,却会造成不祥的影响;还有被授予智慧的人类,却无法参悟伟大的秘密;时而忠实,时而又对人类构成威胁的动物;提供人类食物,但是本身生命却短暂无比的植物;没有生命、没有灵魂、没有智慧,注定永远不明不白的矿物。造物主就像一个小孩一样,搅拌泥巴来仿造独角兽之美,但是做出来的东西却像只老鼠!"

"所以这个世界是上帝的疾病?"

"如果你是完美的话,你就不能不散发,你一旦散发就会出现问题。还有,请试着了解,处于饱满状态的上帝,他也可能是一种所有相对的事物混淆在一起的所在,不是吗?"

"相对的事物?"

"没错,我们感觉到热和冷,光明和阴暗,以及所有彼此相对的东西。有的时候我们并不喜欢寒冷,和温热比较起来,寒冷似乎是件坏事,但是过于炎热的时候,我们又渴望凉爽。面对相对的东西,我们是依据自己的喜恶、自己的情绪来相信何者为善,何者为恶。但是在上帝的身上,相对的事物妥善调理,找出了彼此之间的和谐。一旦独一无二的上帝开始散发,他就无法控制这些相对事物的和谐,于是出现了彼此之间的冲突。造物主失去对相对事物的控制,所以他造就了一个沉默和喧哗、是与不是、善与另外一个善互相对抗的世界,这样的对抗就是我们感受到的邪恶。"

她激动的时候,就像一个小女孩一样手舞足蹈,提到老鼠的时候,比划出老鼠的模样,提到暴风雨的时候,用手指凌空画着漩涡。

"你提到造物的错误和邪恶的时候,伊帕吉雅,好像你已经置身事外,你生活在这一片森林当中,就像周遭的一切都和你一样美丽。"

"但是如果连邪恶也来自上帝,我们从此就可以在邪恶当中找到一些善良。你听我说,因为你是一个人类,而人类并不习惯以正确的方式进行思考。"

"我知道,我的思想也不正确。"

"不,你只是思考,但光是思考并不够,这并不是正确的方式。现在,你试着想象一道没有源头、溢散成千百条河流而永不断水的清泉。这一道泉水非常平静、清凉和清澈,河水朝着不同的方向奔流时,因为沙土而混浊,在岩石之间湍涌、呛咳、哽咽,有时候甚至干涸。这些河流受了许多罪,你知道吗?但是就算最泥泞、最汹涌的河川,河床上面流动的还是水,和这座湖出自同样的泉源。这座湖所受的罪并没有一条河川那么多,因为在一片清澈当中,它可以好好回想自己诞生的泉源;而一滩虫菌丛生的池水所受的罪,就比一座湖或一条湍流更为严重了。但是它们全部都在某种程度上受罪,因为它们都想回到发源的地方,却又忘了应该怎么做。"

伊帕吉雅勾着波多里诺的手臂,带着他走进森林里。她的头贴近他的脑袋,而他注意到她的头发散发着一股植物的清香。"你看这棵树,从根部到最后一片叶子之间流动的是生命本身。树根牢牢地让自己抓住了大地,树干则让自己茁壮到足以度过每一个季节,但是树枝却有一种干枯、折裂的倾向,树叶会在生存了几个月之后掉落,嫩芽的生命更是只有短短几个星期。叶子之间所受的罪远远超过了树干。一棵树是一个单一的个体,但是它在扩张的过程当中受罪,因为它变得繁复,并在变得繁复的同时日益衰竭。"

"但是这些树叶非常美丽,你自己也享受了叶下的阴凉……"

"这下你知道自己也可以变得明智了吧,波多里诺?如果没有这些枝叶的话,我们就不能坐在这里讨论上帝,如果没有这一片森林的话,我们根本就不会相遇,而这可能是最糟糕的一种痛苦。"

她这么说的时候,就像那是最单纯赤裸的真相,但是波多里诺却再一次感觉胸口被刺穿,尽管他不愿意、也不能够表现出自己的震颤。

"不过告诉我,如果繁复的过程是上帝的病症,如何将这样的过程——至少在某种程度上——视为一种善行?"

"这下你知道自己也可以变得明智了吧,波多里诺?因为你提到了在某种程度上。虽然这是一项错误,上帝的一部分还是留在我们这些能够思考的动物以及其他动物或静物等天地万物的身上。我们周遭的一切都驻留着神祇,植物、种子、鲜花、根源、泉源,每一个都因为伪劣地仿造上帝的思想而吃尽苦头,所以惟一的希望就是回去和他结合。我们应该在相对的事物之间找到和谐,我们应该帮助上帝,让这些光芒、这些深藏在灵魂和事物当中对上帝的记忆重现。"

伊帕吉雅连续两次脱口表示和他在一起是一件美好的事,怂恿了波多里诺一再回到树林中。

有一天,伊帕吉雅为他解释,她们如何让每一件东西重现神圣的光芒,既然她们通过感应,尝试投射在某种比她们更完美的东西上面,不过并不是直接移转到上帝身上,而是投射在他的一些衰竭程度最低的散发物上。她带着他走到湖边一处长满向日葵而湖面散布着莲花的地方。

"你看到那朵向日葵了吗?它随着太阳移动,一边寻觅,一边祈祷,可惜你还不知道如何聆听它在一天当中实现它的弧形动作时所发出的飒飒声,你会听得见它对太阳唱出的赞歌。现在再看看那些莲花:它们在太阳东升的时候绽放,对着天顶盛开,然后在太阳离去的时候合闭。它开闭它的花瓣来赞颂太阳,就像我们张闭嘴巴来进行祈祷一样。这些花朵活在与天体的感应当中,所以保存了天体的一部分力量。如果对这朵花产生了作用,你就会对太阳也产生作用,如果你知道如何对太阳产生作用,你就会影响太阳的动作,并通过太阳,与某种和太阳处在感应当中而更臻完美的东西结合。但是这样的事并不只发生于花朵,也发生在石头和动物身上。每一个身上都驻留了次要的神祇,并试图通过更重要的神祇和共同的源头结合在一起。我们从孩提时期开始,就学会了一种对主要的神祇作用,并重新建立失落连结的艺术。"

"那是什么意思?"

"很简单,我们被教导去将石头、草梗、香气等完美而具神性的东西编织在一起,来组成一个……我应该怎么对你说,凝聚不同元素力量的感应容器。你应该知道,无论一朵花、一颗石头,或甚至一只独角兽,全都拥有一个神圣的特质,但是单枪匹马无法召唤重要的神祇。通过艺术,我们的混合物重现了我们欲召唤的本质,并增加了每个元素的力量。"

"你们召唤了这些主要的神祇之后呢?"

"这个阶段只是开始。我们学着成为上面和下面之间的信差,我们试着证实上帝散发的能量可以回溯,虽然不多,但是我们向大自然证实这种可能性。不过至上的责任并不是结合向日葵与太阳,而是让我们自己和源头结合在一起。苦行就从这地方开始。首先,我们学习操守的举止,我们不杀生,我们尝试在周遭散发和谐,而光是这么做,我们已经能够四处唤醒隐藏的光芒。你看到这些草梗了吗?它们已经萎黄,并屈膝倒地。我可以触摸它们,让它们继续颤动,让它们再感觉已经遗忘的东西。你瞧,它们一点一点地恢复了清新,就像刚刚从泥土里冒出头一样。但这样还是不够。为了让这根草恢复活力，我们必须充分实践自然操守，通过洗礼、净化仪式、赞歌、祈祷，达到视觉与听觉的完美、身体的硬朗、学习和记忆的能力、教养的细腻。我们致力于智慧、力量、节欲和正义的同时向前跨出一步，并于最后获得净化的道德：我们试着将灵魂和躯体分离，我们学习去召唤神祇——并不是像其他的哲学家一样，光是谈论，而是对他们产生作用，通过一颗神奇的球体让天降甘霖，安放护身符来对抗地震，体验三脚灯架的占卜力量，以栩栩如生的雕像来获得神谕，召唤阿斯克勒庇俄斯[①]来治疗病人。不过千万要注意，如此进行的时候，我们必须避免被一名神祇附身，因为在这种情况下我们会开始分解，我们会开始焦躁不安，我们于是离上帝越来越遥远。所以我们必须学习在绝对的平静当中进行这些事。"

伊帕吉雅牵着波多里诺的手，而他为了不让那股温热的感觉中断，所以动也不敢动。"波多里诺，或许我让你以为我和姐姐们一样，已经在苦行中获得成就……你要知道，相反，我依旧非常不完美。每当我让一朵玫瑰与友好的上层力量接触时，我还是糊里糊涂。此外，你瞧，我依然非常多话，这表示我并不睿智，因为道德是在沉默当中获得。但是如果我说话，是因为需要被启发的你在这里，而既然我可以去启发一朵向日葵的话，为什么我不应该启发你？如果我们可以待在一起而不说话，我们就达到一个较完美的阶段，我们只需要彼此碰触，你还是一样可以理解，就像对向日葵一样。"她安静下来抚弄那一朵向日葵。她接着一语不发地开始抚弄波多里诺的一只手，而她在最后只说了一句："你感觉到了吗？"

隔天，她向他提起了伊帕吉雅人所致力的沉默，她表示是为了

[①] Asclepius，希腊神话中的医神。

让他也可以学习。"你必须在四周创造出绝对的平静。我们面对自己的思绪、想象、感觉，让自己置身遥远的孤独；我们找到平和、安宁。这时候，我们感觉不到愤怒、欲望、痛苦和快乐。我们将会脱离自我，在绝对的孤独和深沉的宁静当中感觉一片愉悦。我们会无视美好的事物，因为我们已经超越了美的本身，超越了道德的吟咏，就像进到一座神殿，将所有的雕像抛在身后，让他从此失去形与象而成了上帝本身。我们不应该再去召唤中间的力量：超越他们会让我们克服所有的弱点，在这个隐蔽的地方，在这个神圣而难以接近的地点，我们将可以超越神祇的体系以及始源的阶级，这一切都将是我们从自身存在的问题痊愈后所留下的一些回忆。那就是道路的尽头，我们将从所有的束缚中解脱而得到自由，从此单独地奔向惟一。在回归绝对单纯的过程当中，除了阴暗的荣耀之外，我们再也看不到任何东西。掏空了灵魂和智力之后，我们就会超越精神的王国，我们会像东升的太阳一样高高在上，我们会闭起瞳孔凝视明媚的阳光，我们会成为火焰，黑暗中的黑色火焰，我们会通过火焰的途径来完成我们的旅程。而就是这一刻，一旦回溯长河的源流，我们不仅可以向自己，也可以向神祇和上帝证明这一道源流确实可以回溯，我们于是治愈了这个世界，消灭了邪恶，置死神于死地，并解开了造物主手指缠绕的绳结。波多里诺，我们注定要来治疗上帝，他的赎罪托付在我们身上：我们通过我们的狂喜，让天地万物回到上帝的心中。我们交给他一股可以大口呼吸的力量，让他可以将吐出来的邪恶再吸收回去。"

"你们如此身体力行，但是你们当中已经有人办到了吗？"

"我们一直等候成就这件事。为了让我们当中有人能够成功，我们几个世纪以来一直都在准备。我们从孩提时期就知道，我们并不需要每个人都达到这项奇迹：只要某一天，就算在千年之后，我们其中有一人被上帝选中，达到至上完美的那一刻，并和她自己遥远的源头合而为一，这项奇迹就可以算是完成。所以，一旦证明了我们可以从受苦中的繁复世界回到独一无二的上帝身边，我们将可以把和平与信心，还有让他能够重新组织的力量，以及重拾呼吸韵律的活力，重新交还给上帝。"

她的眼睛闪闪发光，她的肤色似乎变得温暖，她的双手几乎颤抖，她的声音充满了悲伤，而她似乎正在哀求波多里诺也相信这项启示。波多里诺相信造物主确实犯了许多错误，不过她的存在，让这个世界成了一个让人渴望而又因所有的完美而变得耀眼灿烂的地方。

他不再抗拒，大胆地握住她的手，轻轻地吻了一下。她起了一阵哆嗦，像是尝试了一种未知的经验。她首先说："你也一样被一名神祇占据。"接着用双手遮住自己的面孔，而波多里诺听到她惊愕地喃喃自语："我失去……我失去了那股淡漠……"

她半句话都没说，就头也不回地转身朝森林的方向奔去。

"尼基塔斯大爷，我在那一刻突然理解，我已经疯狂地爱上了她，但是再一次，我又爱上了一名不能被我占有的女人。一个是因为她崇高的地位而逃避我，一个是因为死亡的悲剧离我而去，现在，第三个则因为献身给了上帝而不可能属于我。我黯然离去，我回到城里，一面在心中盘算或许自己不应该再和她见面。我几乎觉得松了一口气，而隔天，当培拉克塞斯告诉我，在彭鞑裴金市民的眼中我是东方贤士当中最有威望的一个，我也得到助祭的信任，而助祭希望由我来领导这支已经由'诗人'训练得相当成功的军队时，我没有办法拒绝这样的邀请。东方贤士一行人缺了一角，让我们的处境在所有的人眼中都说不过去，因为全部的人都热心地献身于这场战争的准备工作，而除此之外，我也是为了不让西亚波德人、潘诺提人、布雷米人，以及其他我已经诚挚地和他们产生感情的人失望而接受这项工作的。我尤其希望，致力于这项新工作，能够让我忘记留在森林里的人。我让自己在那两天之内忙得不可开交，但是我忙碌得心不在焉，一想到伊帕吉雅回到湖边找不到我，可能会认为她的逃避已经触怒我，所以我决定从此不再见她，我就觉得十分害怕。我因为想到她可能不知所措并从此不愿意再见到我而惶惶不安。如果是这样的话，我会跟随她的足迹，骑着马到伊帕吉雅人居住的地方，我会怎么做？让她快乐，毁了该部落的平静，让她明白一些她不应该了解的事而干扰她的纯真吗？或者，我会见到她完成她的任务，从凡间情欲微不足道的那一刻得到解脱？我不断地回想她说过的话、她的一颦一笑。为了形容上帝，她使用我们的相遇来当做例子，但那无疑只是为了让我了解她说的话所使用的一种孩子气而天真无邪的做法。她两度碰触了我，但是跟她碰触一朵向日葵没什么两样。我的唇碰在她的手上让她全身颤抖，我非常清楚，但是这样的事非常自然：她从来不曾被人类的唇碰触，这样的事就像她在树根上绊了一跤，并在那一瞬间失去她一贯被教导的举止；不过那一瞬间已经过去了，她此刻早已经忘了这件事……我和我的同伴讨论战争的事情，我应该决定部署努比亚人的地点，但是我甚至不知道自己身在何处。我必须让自己脱离这样的焦虑，我必须弄清楚。为了这件事，我必须把我自己的生命和她的生命，交到一个让我们保持联系的人手中。我已经多次证明贾瓦盖对我的忠心，我私底下告诉他，并要他一再发誓；我尽可能不告诉他太多事情，足够让他去湖边等候就行了。这一个善良的西亚波德人确实宽厚、聪明又谨慎。他并没有问我太多问题，我想他已经十分了解，而接下来的两天，他都在太阳西沉的时候回来告诉我并没有看到任何人，而看到我脸色苍白让他十分懊恼。第三天，他回来的时候脸上挂着一个镰刀一般的笑容，告诉我，他怡然自得地躺在脚影下等待的时候，那个人出现了。她匆忙而毫无疑惧地靠近，就像她早就准备看到一个人一样。她激动地听着我告诉她的信息（'她看起来似乎非常希望见到你，'贾瓦盖如此表示，声音里不乏一股狡黠），而她告诉我，她每天都会回到湖边，每天（'她说了两次'）。或许……贾瓦盖用一种奸诈的模样评论，她也一直在等候东方贤士。我在彭鞀裴金又耽搁了一天，但是我用一种让'诗人'相当惊讶的热忱，埋头在佣兵头子的工作当中——因为他知道我对武器没有太大的兴趣，对我的军队也不太积极。我觉得自己就好像世界的主人一样，可以对抗一百名白汉斯人而毫无畏惧。两天之后，我战战兢兢地回到了那个要命的地方。"

三四

波多里诺找到了真正的爱情

"那一段等候的时间里,尼基塔斯大爷,我经历了许多相对的情绪。我全身燃烧着想要见到她的欲望,我害怕再也见不到她,我想象她遭遇到千百种危险,总而言之,我体验到爱情特有的感受,但是我却不觉得嫉妒。"

"你完全没有想到她的嬷嬷会送她去见播种者这件事?"

"这样的疑虑根本就没有出现在我的脑袋里,或许是因为我知道自己的心思完全在她身上,她的心思也已经完全在我身上,所以会拒绝让其他的人碰她。我后来思索了很久,而我相信完美的爱情并没有容得下嫉妒的空间。嫉妒就是爱人和被爱的人之间的怀疑、恐惧和毁谤,而圣约翰曾经说过,完美的爱情会驱逐所有的恐惧。我没有嫉妒的感受,但我无时无刻不在试图想象她的面貌,可我一直办不到。我记得看着她的时候心里面的感受,却无法想象她的容颜,尽管我们见面的时候,我除了盯着她的面孔之外,什么事都没做……"

"我曾经读到,这样的事只会发生在经历一段强烈爱情的人身上……"尼基塔斯以一种不曾经历如此狂暴热情的尴尬表示,"这样的事并没有发生在你和贝阿翠丝及柯兰迪娜之间吗?"

"没有,并没有到让我这般痛苦的程度。我想,面对贝阿翠丝,我培养的是爱情的念头,所以我不需要一张脸孔。此外,花心思去想象她肌肤的线条,对我来说就像一种亵渎一样。至于柯兰迪娜,我发现——认识伊帕吉雅之后——我和她之间并非热情,而是一种欢乐、温存,以及就像对一个小女孩或小妹妹一样的强烈喜爱——愿上帝原谅我。我相信所有坠入爱河的人都有着同样的感受,但是那一段时间,我已经确信伊帕吉雅是我第一个真正爱上的女人,而且一直持续到目前,或直到永远。我接着明白真正的爱情会停留在心房里,很少会再回到想象的空间,所以爱人缺席的时候,才无法复制出躯体的形象。惟有私通的爱情,因为进不到内心深处,才会通过肉欲幻想的滋养来制造出这类的想象。"

尼基塔斯闭上嘴巴,痛苦地克制自己的羡慕。

他们的重逢既羞赧又激动。她的眼睛闪烁着幸福的快乐,但是接着立刻腼腆地低下头。他们在草地上坐下来,而阿卡修在不远的地方乖乖地吃草。周遭的花朵散发出比平日还要浓郁的香味,而波多里诺觉得自己好像刚刚喝了布尔克一样。他不敢说话,但他最后还是开了口,因为这股强烈的沉默可能会让他做出一些不当的举止。

他这时候才理解为什么会有人表示,真正的情人在第一次约会的时候,会脸色苍白、全身颤抖而变得沉默不语。那是因为爱情已经凌驾了两个领域,也就是本性和灵魂,并在一举一动当中,摄取他们全部的力量。于是,当两个真正的情人私下碰面的时候,爱情会干扰或近乎僵化身体的全部功能——无论在生理上或精神上。就是因为这样的原因,舌头才会拒绝说话,眼睛才会看不清楚,耳朵才会听不见,而四肢也全都拒绝履行自己的责任。在这样的情况之下,如果爱情在内心深处滞留太久,被解除力量的身体也会日渐虚弱。但是到达某个阶段的时候,内心会因为承受了炽热的急躁,几乎将热情抛到自我之外,让身体的功能得以重新恢复运作,而情人就是在这个时候开口说了话。

"所以,"波多里诺开口表示,而没有解释自己的感受和理解,"你告诉我的那些又美丽又可怕的事情,是由伊帕吉雅本人传授给你们……"

"不是,"她回答,"我已经告诉你,我们先人在逃亡的时候,除了认知的责任之外,已经遗忘了伊帕吉雅传授给她们的事情。我们是通过冥想而发现越来越多的真理。数千年以来,我们每一个人都思索着周遭的世界以及对自我精神的感受,我们的意识于是日益丰富。只是这项工作仍未完成。或许在我告诉你的事情当中,有一些是我的同伴仍未理解的东西,而我在试图为你解释的时候得到领悟。我们每个人如此为自己寻求智慧,把自己的感受传授给同伴,并在传授的过程当中学习。或许,如果你不曾和我一起来到这里的话,我也不会为自己弄清楚一些事情。你是我的守护神、我仁慈的主子,波多里诺。"

"你所有的同伴都像你一样清晰,并充满说服力吗,我温柔的伊帕吉雅?"

"喔,我是她们当中的最后一名。有的时候她们会因为我不知道如何表达自己的感觉而嘲笑我。我仍需要成长,你知道吗?不过,最近这几天我感觉到一股骄傲,就好像我掌握了一种她们完全陌生的秘密,而不知道为什么,我希望这个秘密一直保持下去。我不知道自己到底怎么回事,就好像……就好像我宁可倾吐的对象是你,而不是她们。你觉得我对她们不忠诚是一件邪恶的事吗?"

"但是你对我忠诚。"

"对你忠诚并不难,我想我会把所有掠过心头的事情告诉你,虽然我仍然不确定这么做合不合理。你知道我这几天到底怎么回事吗,波多里诺?我梦见你了。那天早上醒过来的时候,我觉得那是一个美丽的日子,因为我知道你在某个地方。接着我又觉得那一天非常丑陋,因为我见不到你。真是奇怪,一般人是在快乐的时候才笑,痛苦的时候才哭,但是我现在却会在同一个时候又哭又笑。我是不是生病了?不过这种病还真是美。爱上自己的病症合不合理?"

"你是我的老师,我温柔的挚友,"波多里诺笑道,"所以你不应该问我这个问题,因为我觉得自己也患了同样的病症。"

伊帕吉雅伸出一只手,她再次轻轻触摸他的刀疤:"你肯定是一个好人,波多里诺,因为我喜欢触摸你,就像对阿卡修一样。你也摸摸我,或许你可以唤醒一些仍然存在我心中,而我还没有发现的火花。"

"不行,我温柔的爱人,我不希望伤害你。"

"摸摸我的耳朵后面。对,就是这样,继续……我们无疑会通过你唤出一个神祇。你的身上一定存在着将你连结到某种东西的征兆……"

她把手放在他的衣服里面,让自己的手指在他的胸毛之前滑动。她凑过去嗅了一下:"你身上长了许多草,很好的草。"她说。然后她接着说:"衣服下的你真是俊美,就像一头年轻的野兽一样。你很年轻吗?我对人类的年龄并没有概念。你很年轻吗?"

"我很年轻,我的爱人,我现在才真正地诞生。"

这时候,他开始近乎粗暴地抚摸她的头发,她则把双手放在他的颈后,然后就像他是一头小山羊一样,轻轻地舔舐他的面孔。她接着非常贴近地看着他的眼睛,笑着说,他有一股咸咸的味道。波多里诺从来都不是一个圣人,他紧紧地抱住她,用他的唇去搜索她的唇。她因为害怕和惊讶而颤抖,并试图挣脱,不过她最后还是让了步。他的嘴巴里有一股桃子和杏子的味道,她用舌尖轻轻敲打,并第一次尝了他的舌尖。

波多里诺将她往后推开,不过并不是因为道德的问题,而是为了脱掉自己身上的衣服。她看到了他的器官之后,用手指轻轻碰触,感觉到它的生命力,然后她表示自己想要它:显然她自己并不知道为什么,也不知道如何要它,但是某种森林里的力量或泉源的启发,让她知道自己应该做的事。波多里诺开始不停地亲吻她,他让自己的唇顺着颈子滑下,接着来到肩膀,他慢慢取下她那件紧身衣袍,同时也看到了她的乳房。他将自己的面孔埋在中间,并用自己的双手继续让那件衣服顺着她的腰线滑落。他感觉到她紧绷的小腹,摸了摸她的肚脐,并出乎意料地提早摸到了覆盖她的宝贝的那一片毛发。她低声地呢喃:我的始源、我的僭主、我的八圣[1]、我的圆满[2]……

波多里诺把双手伸到仍套在她身上的紧身衣袍里面,而他感觉到那一片接近阴户的毛发越来越浓密,不仅覆盖了她的大腿上方,并朝着臀部一直延伸……

"尼基塔斯大爷,取下她的衣袍之后,我看得一清二楚。从她的腹部开始一直到下面,伊帕吉雅有着山羊的身躯,两条腿的末端则是象牙色的羊蹄。我在那一瞬间突然了解了为什么覆盖在及地的长袍下面,她走路的时候看起来不像迈开步伐,而轻盈得就像不触及地面般地飘动。我也突然了解那些播种者是什么人:从不露脸的萨提洛斯人——长了角的人头,公羊的身躯,这些萨提洛斯人几个世纪以来就一直为伊帕吉雅人服务,将女婴留给她们,男婴则留着自己抚养。这些男婴面貌和萨提洛斯人一样可怕,但是女婴却让人联想到美丽优雅的埃及人伊帕吉雅,以及她所收养的第一批孤儿。"

"真是可怕!"尼基塔斯表示。

---

[1] 指埃及南方赫尔莫普利斯城的八个圣人。
[2] 指神性本质的丰满。

"可怕？一点都不会。我当时完全没有这样的感觉。我有一些惊讶，但是也只有在那一瞬间。接下来我就决定——我的身体为我的灵魂做出了决定，或是我的灵魂为我的身体做出了决定——我眼睛看到和手中触摸的是一个绝色美女，因为那是伊帕吉雅，就连她的野兽本质也包含在她的优雅当中，而那些卷曲柔软，闻起来像青苔的毛发是我最迫切的欲望，原本隐藏起来的肢体也是出自艺术家的手笔，我爱、我要这个充满着森林气息的生物，就算她长得像吐火兽、埃及鼬、角奎，我也一样会爱上伊帕吉雅。"

伊帕吉雅和波多里诺就是这样结合在一起，一直到太阳西沉。两个人筋疲力尽之后，紧紧地靠着躺在一起互相爱抚，以各种温柔的昵名称呼彼此，然后忘了周遭的一切。

伊帕吉雅表示："我的灵魂就像火焰的热气一样蒸发……我觉得自己已经属于繁星密布的穹苍……"她不停地探索爱人的身体，"你真是俊美，波多里诺，虽然你们人类都是怪物。"她开玩笑地说道，"你们有一双又长又白，又不长毛的腿，而且就像两个西亚波德人的脚板合起来一样大！不过你还是非常俊美，而且越来越帅……"他安静地亲吻了她的眼睛。

"人类的女子也有一双和你一样的长腿吗？"她不高兴地问，"你曾经……在腿和你一样长的女子身边，尝试过如此的心荡神驰吗？"

"因为我当时并不知道你的存在，我的爱人。"

"我不要，永远不要你再看一眼人类女子的腿。"他安静地亲吻了她的蹄子。

夜色降临之后，他们不得不分手。"我想，"伊帕吉雅再次亲吻了他的唇，"我不会把我们的事情告诉我的同伴。她们肯定无法了解，也不知道有这种进一步升华的方式。明天见了，我的爱人，你听到了吗？你呼唤我的时候，我也会呼唤你。我等你。"

"几个月就这样过去了，那是我这一辈子最甜蜜，也最完美的几个月。我每天都到她的身边去，我无法成行的时候，忠实的贾瓦盖就充当我们的傧相。我期盼白汉斯人永远不要出现，期盼在彭靼裴金的等候一直持续到我的死期，或甚至更久。我觉得自己就好像已经战胜了死亡一样。"

经过了好几个月之后，某一天，他们像往常一样地巫山云雨；一恢复平静，伊帕吉雅立刻就告诉波多里诺："我身上发生了一件事情。我知道怎么一回事，因为我曾经听过和播种者度过一晚的同伴，回来之后所透露的心事。我想我的肚子里面有个小孩。"

波多里诺当下只感觉到一股无法形容的快乐，他亲吻了她受到赞美的肚子，不论这样的赞美来自上帝还是任何执政官，他一点儿都不在乎。接着他开始担心：伊帕吉雅无法向她的族人隐瞒她的状况，她应该怎么办？

"我打算对嬷嬷承认一切，"她表示，"她会理解。某个人，或某种东西要其他人和播种者做的事情，我和你一起做了。这件事非常正当，而且遵循了大自然的正面，她不能责怪我。"

"但是你接下来会由族人照顾九个月，而我永远见不到生出来的小家伙！"

"我继续来这个地方的时间还很长。还要好一段时间，我的肚子才会肿胀到每个人都看得出来。我们只会在最后几个月，当我把一切都告诉嬷嬷之后，才会见不到面。至于生出来的小孩，如果是男孩就会交给你，如果是女孩，就跟你一点都没有关系。这是大自然希望的方式。"

"这是你那个该死的造物者，以及和你一起生活的那些半人半羊所希望的方式！"波多里诺失去理智地吼叫，"生出来的小孩，无论男女都是我的！"

"你愤怒的时候真是俊美，波多里诺，虽然我们永远都不应该动怒。"她一边说，一边在他的鼻子上吻了一下。

"你难道不明白，你生下小孩之后，就像你的同伴不会再见到播种者一样，她们不会让你再回到我的身边？你们不就是觉得这是大自然希望的方式？"

她到这个时候才完全领悟，于是开始哭了起来，并像她做爱的时候一样，发出一阵一阵的呻吟，她的头靠在她男人的胸膛上面，紧紧地抱住他，让他可以感觉到她的乳房颤动不停。波多里诺轻轻地抚摸她，在她的耳边说了一些温柔的话，接着他提出了似乎惟一合理的建议：伊帕吉雅和他一起私奔。面对她吓坏的眼神，他对她说，这么做并不算背叛她的族人，她只是被授予了一个不同的特权，而这个不同就成了她的责任。他会带她前往一个遥远的王国，而她会在该地建立另一个伊帕吉雅人的殖民地，她只是让远方的嬷嬷更具繁殖力。此外她身上还背负着嬷嬷的使命——除了他会生活在她的身边之外——她会另外寻找一群负责播种，而外表大概和他们的小孩一样的部落。所以私奔对她来说并不是坏事，他对她说，相反，你散播了善根……

"那么，让我去要求嬷嬷准许。"

"等等，我还不知道这个嬷嬷是什么样的人。让我想想……我们一起去见她，我会知道如何说服她，给我几天的时间编造一个合情合理的方式。"

"我的爱人，我不要再也见不到你。"伊帕吉雅此刻又开始啜泣，"你要我做什么都行，我会变成一个人类的女人，我和你一起前往你告诉我的新城市，我会表现得像一名基督徒一样，我会承认上帝有一个死在十字架上的儿子。如果你不在我身边，我也不想再当一名伊帕吉雅人了！"

"冷静一点，我的爱人。你等着看我找到一个解决的方式吧。我让查里曼列圣，并找到东方贤士，我当然会知道如何留住自己的妻子！"

"妻子？那是什么东西？"

"我以后会告诉你。走吧，时候不早了，我们明天再见。"

"已经再也没有明天了，尼基塔斯大爷。我回到彭鞑裴金之后，所有的人都跑来见我，他们已经找我找了好几个钟头了。一点疑问都没有：白汉斯人来了，我们可以在地平线上瞥见他们的坐骑掀起的尘沙。他们在清晨第一道光芒出现的时候，就会抵达蕨园的边缘，所以只剩下几个钟头的时间来准备防御的工作。我立刻去见了助祭，向他宣布我承担起指挥他的人民的重大责任。但是太迟了，这几个月来等候战役的痉挛状态，以及他让自己站起来参与行动所花费的精力，或许还因为我依照自己的配方注入他血管内的新药水，都加速了他的死亡。他咽下最后一口气的时候，我毫不惧怕地站在他的身旁，更在他向我致意并祝我胜利的时候握住了他的手。他告诉我，如果我战胜的话，或许就可以前往他父亲的王国，所以他恳求我为他做最后一件事情。他断气之后，两名戴着面纱的侍从，会立刻当他是一名教士一样来处理他的遗体，为他涂上圣油，让他面孔的轮廓拓印在包裹他的麻布上面。波多里诺将负责把这张肖像带给祭司，由于上面的显像并不清晰，所以他的养父见到的他就不那么残缺。他没多久就断了气，两名侍从也立刻进行应该做的事。他们表示，那张麻布需要好几个小时来拓印他的轮廓，接着他们会卷起来放在一个盒子里。他们腼腆地提议我去向阉人通知助祭的死讯，但是我决定不这么做。助祭授予了我指挥的权力，阉人将会因此而不敢不服从我。我也需要他们在某种程度上的合作来打这一场仗，我需要他们将城市清理出来准备照顾伤兵。如果让他们当下立刻得知助祭的死讯，最低限度，他们会因为宣布这项令人沮丧的消息而影响士气，丧葬仪式也会让他们分心；而最糟糕的情况，阴险的他们会立刻夺取最高的权力，因此会影响'诗人'的防御计划。上战场吧，我告诉自己。虽然我一向爱好和平，但是我此刻要保护的是即将诞生的生命。"

三五

波多里诺对抗白汉斯人

他们这几个月来，反复研究了各种作战计划的细节。如果说"诗人"在训练部队的过程当中证明了自己是一名优秀的将领，波多里诺则表现出策略方面的才华。他们从市郊一堆堆掼奶油般的丘陵高地上，看到敌人节节迫近。居高临下，让他们得以鸟瞰绵延的高山，一直到越过辽阔蕨园的整座平原。波多里诺和"诗人"就是从这块高地指挥战士的行动。他们身边带着一支由贾瓦盖负责训练的西亚波德人分队，让他们得以在不同的部队之间建立起快速的通讯。

散布在平原不同点上的蓬塞人，用他们肚子那根异常敏感的延伸物，等着侦测敌人的动态，然后再以约定的浓烟传递信息。

接近蕨园边缘的最前线，埋伏了一群由波切里指挥的西亚波德人，他们带着吹箭和沾了毒药的箭头，随时准备冒出来面对侵略者。一旦敌人的纵队遭受了第一波冲击，西亚波德人身后的独眼巨人，在绰号"母骡"的阿勒拉莫·斯卡卡巴洛吉的带领下，立刻冲出来屠杀他们的坐骑。不过，"诗人"叮嘱他们，没接到开始行动的命令之前，他们必须四肢趴在地上爬行。

如果一部分敌人闯过独眼巨人这道障碍，接着就是平原两侧开始采取行动的时候了：一边是波伊迪带领的俾格米人，另一边是古帝卡率队的布雷米人。俾格米人发射的箭海，将白汉斯人朝另外一边逼向布雷米人的方向，而在被发现之前，这些躲在草丛里的布雷米人早就已经钻进敌人的坐骑下面。

不过，他们不应该去承受太大的风险。他们必须重创敌人，但是尽可能控制自己的死伤数目。事实上，战略中真正的重头戏是努比亚人，他们在平原的中央进入作战的位置。白汉斯人肯定可以闯过前面几道防线，不过他们面对努比亚人之前已经损失了大半的人马，而且伤痕累累，他们的坐骑在高耸的草茎里也无法迅速移动，而圣战士就是在这一刻，扛着致命的狼牙棒和无视危险的传奇备战。

"很好，咬他们一口之后就走人，"波伊迪表示，"真正不能越过的关卡是这些勇敢的努比亚人。"

"还有，""诗人"叮咛道，"白汉斯人通过之后，你们应该聚集人手，围成一个至少半里长的半圆阵势。如果敌人再使用那个幼稚的手法，先假装逃亡再反过来包围追兵，那就由你们等候他们投怀送抱，将他们夹在你们的钳子当中。最重要的是不能留下任何活口。一个战败的敌人如果继续活下去，迟早会策划一次报复行动。如果最后还是有人从你们和努比亚人的手中幸免，并进到城里面，潘诺提人会准备好朝他们的头顶上俯冲，而这样的奇袭，任何敌人都没有办法抵抗。"

由于战略的策划没有办法包容全部风险，所以大队的人马当晚全都挤到市中心，踏着初现的星光走向平原。每一个部落都由自己的教士带领，用他们自己的语言，以一种连罗马最庄重的仪式都听不到的雄壮声音，大声吟唱《主祷文》：

Mael nio, kui vai o les zeal, aepseno lezai tio mita. Veze lezai tio tsaeleda.

O fat obas, kel binol in süs, paisalidumöz nemola. Komömöd monargän ola.

Pat isel, ka bi ni sieloes. Nom al zi bi santed. Klol alzi komi.

O baderus noderus, ki du esso in seluma, fakdade sankadus hanominanda duus, adfenade ha rennanda duus.

Amy Pornio dan chin Orhnio viey, gnayjorhe sai lory, eyfodere sai bagalin, johre dai domion.

Hi coba ggia rild dad, ha babi io sgymta, ha salta io velca…

（我们的天父，愿你的圣名显扬，愿你的国度降临，愿你的旨意如同在天国一样奉行于人间，赏赐我们今天享用的粮食，就像我们宽恕别人一样赦免我们的罪过，不要让我们陷于诱惑，但救我们免于凶恶……）

波多里诺和"诗人"正纳闷布雷米人为什么迟到的时候，他们终于出现在队伍的最后面。他们抵达的时候，每个人的肩膀上都戴着一个用芦草制成，绕过腋下系紧，而上面放了一颗鸟头的装备。阿祖鲁尼骄傲地表示那是他的最新发明。白汉斯人看到那一颗头颅之后，会将注意力放在上面，而安然无恙的布雷米人在几秒钟内就可以扑向他们。波多里诺告诉他这个主意不错，但是他们得加快脚步，因为他们只剩下几个钟头可以就位。布雷米人似乎并没有因为得到一颗脑袋而尴尬，反而大摇大摆，就像戴着一顶花哨的铁帽一样。

波多里诺和"诗人"在阿祖鲁尼的陪伴之下，登上他们准备指挥战役的高地，然后等候曙光的出现。他们派遣了贾瓦盖前往第一线，随时向他们通报战况。这名勇敢的西亚波德人迅速奔向他的战斗位置，口中一边大叫着："东方贤士万岁，彭鞀裴金万岁！"

警觉的蓬塞人发出一道烟讯，传送白汉斯人即将出现在地平线的消息时，东边的山峦已经被第一道阳光照亮。

他们确实一字排开地出现了，但是从远方遥望，他们似乎一直没有向前移动，只是缓缓地飘晃、摇摆，而所有的人都觉得这种情况持续了一段非常冗长的时间。我们后来还是察觉到他们正在向前迈进，因为从远处观察，已经看不到他们的坐骑被蕨茎覆盖的腿。他们接近埋伏在第一线的西亚波德人时，我们也期待这些勇敢的独脚人在很短的时间内就要现身。但是时间一分一秒地流逝，白汉斯人继续在草原上向前移动，而我们可以感觉到前线出现了情况。

我们已经可以清楚地看到白汉斯人，但是西亚波德人还是不见踪影。我们似乎看到了比预定的时机提早出现的独眼巨人，他们巨大的身躯从蕨茎之间冒出来，但与其对抗敌人，他们却在蕨园内横冲直撞，而和他们起冲突的似乎是西亚波德人。波多里诺和"诗人"从远处弄不清楚现场突发的状况，但是感谢闪电般穿梭在草原两头的贾瓦盖，他们后来还是厘清了战役的经过。原来西亚波德人因为祖传的天性，太阳一出现就会躺在地上用脚板遮阳，而这样的事也发生在突击队的那群战士身上。后面的独眼巨人虽然应变能力不是非常灵敏，却也觉得事情不太对劲，所以开始催促他们，但是却根据他们的异端习性，称他们为屎块、亚流教派的粪便。

"忠实而善良的西亚波德人，"贾瓦盖绝望地通报这些信息，"他们勇敢而不下流，却无法忍受吃乳酪的异端分子污辱他们，请你一定要试着了解这一点！"总之，一开始是针对神学的口头争吵，接着是空手交换了几拳，而独眼巨人很快就占了上风。绰号"母骡"的阿勒拉莫·斯卡卡巴洛吉试图将这些巨人从这一场荒谬的冲突中拉开，但是他们已经失去了理智，一手就让他飞到十米之外。所以，他们完全没有注意到白汉斯人已经来到他们身边，而随之而来的是一场杀戮。西亚波德人一个个倒地,独眼巨人也溃不成军,虽然其中几个人抓住西亚波德人的脚,当做棍棒来进行最后的抵抗,却已经徒然。波切里和斯卡卡巴洛吉冲入这一片混战当中,试图鼓舞各自的部队,却遭到白汉斯人的包围。他们勇敢地抵抗,用力挥舞他们的刀剑,但是上百支箭很快就将他们刺穿。

这下子我们可以看到白汉斯人踩着蕨茎,在杀戮的受害者之间开出了一条路。平原两侧的波伊迪和古帝卡弄不清楚到底发生了什么事,为了让他们发动布雷米人和俾格米人的侧面攻击,只好派出贾瓦盖去通知他们。白汉斯人突然发现自己两面受敌,但是他们找到一个很好的对策:他们的先锋部队继续追杀溃败的西亚波德人和独眼巨人,后援部队则往后撤退,一边的俾格米人和另一边的布雷米人于是冲到了彼此的面前。俾格米人看到一颗颗伸到草丛外的鸟头,立刻忘了阿祖鲁尼的发明而大声叫道:"鹤!鹤!"认为自己应该对抗的是千年以来的敌人,他们于是将白汉斯人抛到脑后,开始朝着布雷米人的部队放箭。这下子布雷米人要抵抗的人成了俾格米人,他们以为遭到背叛,于是大叫:"送这些异端分子去死吧!"俾格米人以为自己遭到布雷米人的背叛,他们听到异端的指责,并认为自己才是真正信仰的守护神,所以他们大叫:"干掉这些狂想分子!"白汉斯人在一片混乱当中开始猛烈攻击,趁他们互相残杀的时候,将他们的敌人一一击毙。贾瓦盖告诉他们,他看到了古帝卡单枪匹马地试图抵挡敌军,但是由于对方人数众多,他最后不支倒地,死于敌人的马蹄之下。

波伊迪看到自己的朋友丧命之后,判断两支部队已经完全溃败,于是跳上马,试图朝努比亚人的防线告警,但是就像造成敌人的行进困难一样,蕨茎也阻碍了他的奔驰。波伊迪最后终于抵达努比亚人的阵线,他站到他们后面,鼓动他们聚集在一起迎击白汉斯人。但是一来到嗜血成性的敌人面前,这些该死的圣战士立刻让步给自己的本性，也就是殉难的自然倾向。他们认为牺牲的崇高时刻已经来临，最好尽快抢先一步，所以争先恐后地跪下来，一边苦苦哀求："杀了我，杀了我！"白汉斯人不太能相信自己的耳朵，他们抽出锐利的短剑，看着这些伸长脖子挤在他们周围祈求涤罪洗礼的圣战士，然后开始动手，一颗颗地割下他们的脑袋。

波伊迪对着天空举起拳头，一边转身朝着丘陵地的方向逃命，他在平原开始冒出火舌之前抵达。

原来待在城里的波罗内和奇欧得知危险之后，立刻想到可以利用阿祖鲁尼为他的计策费心准备，但是因为大白天而派不上用场的羊群，所以让无语人将数百只角上点了火的动物赶到草原上。当年的季节结束得早，草茎已经十分干燥，所以立刻就着了火，蕨园一下子就变成了火海。波罗内和奇欧肯定只是希望火焰构成一道防线，或拖延敌人的骑兵，但是他们并没有把方向计算进去。火势越烧越猛烈，但是燃烧的方向却朝着城内。这件事帮了白汉斯人一个大忙，他们只需要等候蕨茎燃烧、灰烬冷却，就可以畅通地朝最后的目标驰骋。不过火势毕竟还是拖延了他们一个钟头的攻势。白汉斯人也知道他们拥有充分的时间，所以让自己止步于火场的边缘，并在不确定是否埋伏有敌人的情况下，举弓对着天空，朝障碍的另外一边射出大量足以遮日的箭矢。

一支箭从天空咻咻地落下，刺中了阿祖鲁尼的颈子。他倒在地上哽咽地抽泣，鲜血从他的嘴里不停地冒出来。他举手试图从脖子上拔出那支箭的时候，看到自己的双手慢慢地覆盖了白色的斑点。波多里诺和"诗人"弯下腰来低声地对他说，他的脸上也发生了同样的事情。"你瞧，所罗门说得没错，""诗人"告诉他，"确实找得到解药。白汉斯人的箭头可能浸了毒药，但是对你却成了万灵药，帮助你解决了黑石造成的作用。"

"我就要没命了，是黑是白还有什么重要？"他嘶哑地呼出一口气，跟着就断了气，死的时候身上的颜色仍然不确定。不过其他的箭矢仍然不停地落下，而且越来越密，他们不得不放弃丘陵地，往城里的方向逃避，"诗人"则一边愣愣地表示："结束了，我已经把这个王国赌掉了。不要对潘诺提人的防御寄予太大的期待。我们所剩的只有火势留给我们的时间。收拾我们的行囊逃命吧，往西方的路仍然畅通。"

波多里诺在那一刻只想到一件事情。白汉斯人会进到彭鞑裴金，并摧毁这座城市，但是他们疯狂的行径不会就此结束，他们会朝湖边推进，他们会侵犯伊帕吉雅的森林，而他必须先他们一步。但是他又不能抛下他的朋友，所以必须赶快找到他们，让他们收拾行李和一些补给品，然后准备一趟漫长的逃亡。"贾瓦盖，贾瓦盖！"他大叫，并立刻见到他忠实的朋友出现在他身边。"到湖边去，找到伊帕吉雅，不管你用什么方法都要找到她，然后要她准备好，我来救她了！"

"我不知道应该怎么做，不过我会找到她。"这名西亚波德人表示，接着像一道闪电一样消失无踪。

波多里诺和"诗人"进到了城里。溃败的消息此刻已经传抵，而各个部落的女人手上抱着小孩，全都毫无目的地在街上奔窜。吓坏的潘诺提人认为自己已经知道如何飞翔，所以一个一个从高处往下跳。但是他们所受的训练是往下俯冲，而不是在天空翱翔，所以立刻掉到地面。那些试图以拍动耳朵的方式在空中移动，却白费工夫的人，一个个都筋疲力尽地摔落，撞死在岩块上面。他们找到了因为训练工作失败而沮丧不已的柯兰迪诺以及为其他人担心不已的所罗门、波罗内和奇欧。"他们已经死了，愿他们的灵魂得到安息。""诗人"愤愤不平地表示。"赶快回宿舍去，"波多里诺大叫，"然后动身前往西方！"

他们回到住所，收拾了他们带得走的东西。他们匆匆爬下来的时候，在对面的塔楼看到了进进出出的阉人，忙着将他们的财物装载在骡子背上。培拉克塞斯面无血色地冲向他们："助祭已经去世了，你早就知道。"他对波多里诺说。

"无论他是生是死，你还不是一样逃命。"

"我们要走了。到达山谷的时候，我们会推落泥石，而通往祭司王国的道路从此封闭。你们要和我们一起走吗？不过你们必须答应我们的条件。"

波多里诺根本不想问他是什么条件。"你那个该死的祭司与我何关。"他大声吼叫，"我还有许多其他烦恼的事情！走吧，我的朋友！"

其他的人全都目瞪口呆。接着波罗内和奇欧承认他们的目的仍旧是找到拿走圣杯的左西摩，而左西摩还没抵达王国，这下子他也肯定永远到不了；柯兰迪诺和波伊迪则表示他们既然和波多里诺一起来，就和波多里诺一起回去；对所罗门来说，失落的部落可能在山谷的这边，也可能在山谷的那边，所以他朝任何方向都可以。"诗人"什么话都没说，他似乎已经失去了所有的意志力，而任由其他的人拉着坐骑的缰绳拖着他走。

他们正准备逃亡的时候，波多里诺看到助祭的两名蒙面侍从之一朝着他走过来。他拿着一个盒子，"这是拓印了他轮廓的那张麻布，"他说，"他希望由你保存。好好运用吧。"

"你们也准备逃亡吗？"

蒙面侍从说："此地或是他方——如果他方真的存在的话——对我们来说并没有什么差别。我们主人的命运等着我们，而我们准备留在这里将麻风病传染给白汉斯人。"

他们一离开城区，波多里诺就看到了一件可怕的事：蓝色的丘陵一带也闪烁着火光。不管怎么样，一部分白汉斯人肯定一大早就花了数个钟头绕过战场，而他们已经抵达湖边了。

"快!"波多里诺绝望地大叫,"全部都往那边去,快跑!"其他的人搞不清楚怎么回事。"如果白汉斯人已经到达那边,我们为什么还要往那边去?"波伊迪问道,"我们应该往这边走吧。我们只剩下南边这一条路。"

"随便你们,我自己往那边去了。"波多里诺失去理智地大叫。"他已经疯了,我们跟上去,别让他做出伤害自己的事。"柯兰迪诺哀求众人。

但是波多里诺已经距离他们十分遥远,他一边叫着伊帕吉雅的名字,一边朝着必死的方向狂奔。

他疯狂地驰骋了半个钟头之后,瞥见了一个迅速的身影朝他的方向移动。那是贾瓦盖。

"你别着急。"贾瓦盖对他说。"我见到她了,此刻她已经安然无恙。"但是这个美好的消息立刻就转变成一道绝望的深渊,因为贾瓦盖这么告诉他:伊帕吉雅人及时被告知白汉斯人的到达,萨提洛斯人专程从他们的丘陵下来通知她们,并将她们聚集在一起。贾瓦盖抵达的时候,他们已经带着她们,经由只有他们清楚的路径越过山谷的另一边,白汉斯人永远不可能追得到他们。为了等波多里诺的消息,伊帕吉雅一直等到最后一刻,而她的同伴不停地拉她的手臂;她不希望未得知他的下落就离去。听到贾瓦盖带给她的消息之后,她平静下来,在泪水之间扬起一丝笑容,并交代他向波多里诺致意,她全身颤抖地要他转告波多里诺尽快逃亡,因为他的生命面临危险,她啜泣着交代他最后一个留言:她深爱着他,而他们永远无法再见面了。

波多里诺告诉贾瓦盖他一定是疯了,他不能让伊帕吉雅到山谷的另一边去,他要带她一起走。但是贾瓦盖告诉他已经太迟了,他抵达之前,伊帕吉雅人早就已经不知去向了,此外,那个地方此刻前后奔窜的都是已经占领该地的白汉斯人。他接着以超过对东方贤士的尊重，将一只手摆在波多里诺的手臂上，向他重复了一遍伊帕吉雅最后的留言：她原本会等他，但是她目前优先的职责是保护他们的小孩，"她说：我的身边从此有个让我想起波多里诺的人。"他接着上下打量波多里诺，"你让那个女的怀了孕？"

"不关你的事。"波多里诺冷漠地回答，贾瓦盖于是闭上嘴。

波多里诺仍犹豫不决的时候，他的同伴从后面追了上来。他知道自己没有办法对他们多做解释，因为他们无法了解。然后他试着说服自己：那一片森林已经被占领了，伊帕吉雅人也幸运抵达了让她们获救的峭壁，而伊帕吉雅是为了保护即将诞生的小东西，所以牺牲了自己对波多里诺的爱。这一切虽然令人心碎，却也合情合理，而且也没有其他的选择。

"虽然我早已经被告知，尼基塔斯大爷，造物主只会将事情做到一半。"

三六

波多里诺和洛克鸟

"可怜、不幸的波多里诺。"尼基塔斯感动得忘了品尝泰欧菲拉特以盐、洋葱和大蒜熬煮,并用海水在小木桶内腌泡一整个冬天的猪头。"又一次,每回你醉心于某种真实的东西,命运就惩罚你。"

"从那一个晚上开始,我们马不停蹄、不吃不喝地驰骋了三天三夜。我后来才知道我的同伴安排了一些诡诈的奇迹,来躲避我们可能在周遭数里之内撞见的白汉斯人。我让他们带着我走,我跟着他们,心里面想的却是伊帕吉雅。我告诉自己,事情这样发展并没有什么不对。我真的能够带着她和我一起走吗?她是否能够适应一个陌生的世界,摆脱森林里单纯、熟悉而温暖的仪式以及姐妹间的集体生活?她是不是愿意放弃成为上帝选民、拯救神性的使命?我可能会让她变成一名奴隶、一个不快乐的人。而且,我从来不曾询问过她的岁数,不过她肯定年轻到可以两度成为我的女儿。我离开彭鞈裴金的时候,我想,我当时应该是五十五岁。如果我让她觉得年轻而充满活力,是因为我是她第一个见到的人类,但是事实上我已经步入老年。我能够给她的不多,却会取走她的一切。我试着说服自己,事情是以一种正确的方式去发展:也是让我永远悲伤的方式。如果我接受这一点,或许就可以得到平静。"

"你没想到往回走吗？"

"经过那没有记忆的三天后，我无时无刻不希望这么做。但是我们迷路了，我们前进的路线和我们抵达的方向并不相同。我们不停地兜圈子，甚至三度越过同一座高山；或许那是三座不一样的山，只是我们没有办法分辨出其中的差异。太阳已经不足以让我们找出一个方向，我们也失去了阿祖鲁尼和他的地图。或许我们正绕着占据圣体柜一大半的高山打转，而我们已经来到大地的另外一边。接着，我们失去了坐骑。这几匹可怜的动物从这一趟旅行开始就一直跟着我们，也和我们一起衰老。我们一直没注意到这件事，因为彭靼裴金并没有其他的马可以和它们比较。这三天匆促的逃亡，已经让它们筋疲力尽。它们一匹接着一匹，慢慢地丧命，但是对我们来说，这几乎算得上是一种恩赐，因为它们总是死在我们找不到食物的地方，而我们分食了它们的肉，也就是贴在骨架上仅剩的一点东西。我们接着以步行的方式继续走下去，而我们的脚上伤痕累累。惟一没有抱怨的是不需要骑马的贾瓦盖，而他的脚板下面长了一块两指厚的老茧。我们真的拿了蝗虫来吃，不过并没有像教皇一样淋上蜂蜜。然后，我们失去了柯兰迪诺。"

"恰好是最年轻的一个……"

"也是我们当中经历最少的一个。他在岩块之间寻找食物的时候，碰到了一条蜿蜒可怕的东西，他接着被那条蛇咬了一口。他用仅剩的一点力气向我致意，并低声要我不要忘了他心爱的姐姐、我挚爱的妻子，要我至少让她活在我的记忆当中。我已经忘了柯兰迪娜，而我又一次觉得自己犯了通奸的罪行，背叛了柯兰迪娜和柯兰迪诺。"

"然后呢？"

"然后一切都变得黑暗无比。尼基塔斯大爷，根据我的计算，我是在主的纪元一一九七年离开彭靼裴金。我在今年一月份的时候抵达君士坦丁堡。这中间经过了六年半的空洞,我的精神一片空洞,我的世界也一片空洞。"

"在沙漠里漂泊了六年?"

"一年,或许两年,谁还会去计较时间?柯兰迪诺死后,或许经过了好几个月的时间,我们来到了几座不知道如何攀登的山峰下面。我们出发的时候总共十二个人,现在只剩下六个,再加上一个西亚波德人。衣衫褴褛、瘦骨嶙峋,被阳光烤得焦黑的我们,只剩下一双手和随身的褡裢。我们告诉自己,这一趟旅行无疑就到这里为止,我们大概会死在这个地方了。突然之间,我们看到一群人骑在马上朝我们靠近。他们身上穿着华丽的衣袍,佩带着闪闪发亮的剑,他们有着人类的身体,却有一颗狗的脑袋。"

"那是狗头人。所以他们真的存在。"

"就像上帝一样。他们用吠叫的方式问了我们一些问题,我们完全听不懂,看起来像领队那一个笑了笑——或许是一个微笑,也可能是嗥叫——并露出了锐利的牙齿。他下了一道命令,几名手下于是把我们一个个绑起来,然后带着我们,经由一条他熟知的小径越过山峰;走了几个钟头之后,我们下到一个被另一座更高的山峰包围的山谷,而山顶上有一座坚固的堡垒。几头虽然距离遥远、看起来仍然十分巨大的猛禽正来回地盘旋在城堡的上空。我想起阿布杜很久以前的描述,而我认出了这个地方就是厄罗瓦汀的堡垒。"

没错,就是这里。狗头人带他们登上一条凿在石头上的险峻阶梯,一直来到这座固若金汤的要塞,让他们进到这一座大如城市的堡垒里面,而几座塔楼和主塔之间,偶尔可以看到空中花园以及几条由坚固的栅栏封锁的小径。他们被其他几个手持鞭子的狗头人接管,而在经过一条走道的时候,波多里诺透过一道窗子,瞥见了一个四周围砌着高墙的中庭里,拴着许多萎靡不振的年轻人,而他想起了厄罗瓦汀训练刺客犯罪的方式，是以绿蜂蜜先让他们着魔。他们被带进一间华丽的大厅之后，看到了一名年纪似乎已超过百岁、白须黑眉、目光阴沉的老人，坐在一堆有刺绣的坐垫中间。近半个世纪前抓走阿布杜的时候就已经又活跃又有权势的厄罗瓦汀，现今仍继续活着并统治着他的奴隶。

他不屑地看了他们一眼，明显地认为这群可怜虫不够资格加入他的年轻刺客。他甚至没对他们说半句话，就向他的侍从比划一个厌烦的手势，像是告诉他们：如何处置就随你们高兴吧。他看到他们身后的贾瓦盖的时候，才露出惊讶的表情。他让他动了动，并做出脚板摆在头上的姿势。他跟着露出笑容。结果他们六个人被带走，贾瓦盖则被他留在身边。

波多里诺、波罗内、奇欧、所罗门拉比、波伊迪和"诗人"于是开始一段为期不短的囚犯生涯，他们的脚上从此就一直铐着一端绑着石球的脚链，并被派去干奴隶的活儿，清洗地板和墙面的砖块，推动石磨，有的时候还要负责为洛克鸟送去绵羊的肉块。

波多里诺对尼基塔斯解释："那是一种体型约十只鹰加起来一般大小的飞禽，一只钩状的锋利鸟嘴，让它们得以迅速啄光一头牛身上的肉，而脚上的爪子就像战舰前方的破浪角一样。它们躁动地在一个置于主塔上的巨大笼子里来回走动，除了一名似乎能够和它们沟通的阉人之外，看起来随时都准备攻击任何人。该名阉人就像置身一个鸡窝，当它们是一群鸡一样，走动在它们之间进行监督工作。他也是惟一能够指派它们为厄罗瓦汀担任信差的人：他在其中一只的颈和背上套上牢固的皮带，绕到翅膀下面，再绑上一个篮子或其他的重物，接着他打开一扇吊门之类的东西，对套上装备的大鸟下达命令，它就会独自从主塔上起飞，然后消失在天空里。我们也目睹了它们回笼的情况：阉人会从它们的鞍上解下一个袋子或铁制的圆筒，而里面装的当然是带给主子的书信。"

有的时候，他们这些囚犯因为无事可做，所以连续几天都无所事事；有的时候，他们必须帮忙运送绿蜂蜜去给喂食年轻奴隶的阉人，而看到这些人的面孔被梦境消耗腐蚀的模样，他们全都吓坏了。不过他们虽然没有这些梦境，却有着另一件细微的烦恼，那就是他们不断以谈论过去的事情来打发时间。他们回想起巴黎、亚历山德里亚、加里波利的欢乐市集以及和裸体修行者一起度过的安详日子。他们谈到了祭司那一封信，而日益阴沉的"诗人"则不断重复助祭所说的话，就像是他亲耳听到一样："让我最苦恼的疑虑，就是根本没有什么王国。在彭耝裴金的时候，是什么人告诉我们这些事？那些阉人。派去晋见祭司的使者回来的时候向谁报告？向他们，向那些阉人。这些使者真的动身了吗？他们真的回到这里了吗？助祭从来没见过他的父亲。我们知道的一切都是通过阉人。这一切或许都是阉人的阴谋，而他们嘲弄助祭，嘲弄我们，就像嘲弄努比亚人或西亚波德人，一直到他们剩下最后一人一样。有时候我会自问，白汉斯人是不是真的存在……"波多里诺问他还记不记得死在战役中的朋友，"诗人"摇摇头。与其不停重复自己吃了一场败仗，他宁可相信自己只是受害于一场骗局。

接着他们回想起腓特烈之死，而每一回他们都会为他难解的死因编出一个新的解释。凶手是左西摩，这点非常清楚。不对，左西摩是在事后才偷了圣杯；某个想要把圣杯占为已有的人，事先采取了行动。阿祖鲁尼？还有谁会知道？已丧命的同伴之一？多么可怕的想法。他们这些生还者当中的一个人？身陷灾难当中，波多里诺表示，我们难道还要忍受彼此猜忌的折磨？

"旅途当中，每个人都因为寻找祭司的王国而兴高采烈，所以并未将心思放在这些疑虑上面，彼此用友爱的精神互相扶持。但是受俘的状态却让我们变得偏激，我们无法再面对彼此，并在那几年当中轮流互相仇恨。我让自己自闭地活着，我想念伊帕吉雅，却无法回想起她的容颜，我只记得她带给我的快乐；有的时候，我会利用夜深人静，让不安的双手伸向自己的私处，然后梦想自己正在抚摸她身上闻似青苔的羊毛。我会因此而兴奋不已，因为我们如果开始胡思乱想，身体也会慢慢地对如此的思路产生反应。我们在那个地方吃得不错，每天有两餐丰盛的食物。既然没有用到神秘的绿蜂蜜，厄罗瓦汀无疑就是希望通过这样的方法让我们维持平静。我们确实恢复了活力，只是，尽管我们必须乖乖地劳动做苦工，我们身上的肥肉却越来越多。我看着自己凸出来的肚子，然后对自己说：你真是俊美，波多里诺，人类都和你一样这么好看吗？然后我会像个傻瓜一样地傻笑。"

惟一令人觉得宽慰的是贾瓦盖前来探望他们的时候。他们这位好朋友变成了厄罗瓦汀的小丑，他用一些想象不到的动作来取悦他，并奔跑在不同的厅房之间为他传令。他学会了萨拉森人说的话，并享有相当的自由。他为他的朋友们带来一些主子的厨房所准备的点心，并告诉他们堡垒之内的大小事件、阉人之间为了争宠的明争暗斗，以及那些神情恍惚的年轻人被派去执行的暗杀任务。

一天，他拿了一些绿蜂蜜给波多里诺，但是数量不多。他说，要不然他也会沦落成一个杀人的野兽。波多里诺服用了之后，和伊帕吉雅度过了一个热情的夜晚。但是梦醒之际，伊帕吉雅却突然变形，她的双腿变得像人类的女子一样灵活、雪白、可爱，但是她的头却变成了山羊。

贾瓦盖对他们说，他们的刀剑和褡裢都被丢在一间破屋子里，如果他们准备逃亡的话，他可以去找出来。"但是贾瓦盖，你真的觉得我们有朝一日能够逃离此地吗?"波多里诺问他。"我认为可能。我知道许多逃离此地的方法,问题是必须找出其中最好的一个。但是你变得像阉人一样肥胖,这么胖的话当然不容易逃亡。你应该动一动你的身体,像我一样,把脚抬到头上,你就会变得非常灵活。"

把脚抬到头上,不用了,不过波多里诺也发现逃亡的念头,就算到头来只是白费一场功夫,还是可以帮助他们忍受俘虏的处境而不会陷入疯狂,所以他开始进行准备。每天摆动手臂,并弯腰抱腿数十次,一直到筋疲力尽地摊开圆滚滚的肚子为止。他也建议他的同伴这么做,并和"诗人"一起演练摔跤的动作;他们有时候会花上一整个下午的时间,试着将对方摔倒在地上。脚上系着铁链来进行这些动作并不是一件容易的事,况且他们也失去了过去的灵活,不只是因为受俘的处境,也因为年纪。不过这么做还是让他们觉得非常舒爽。

惟一将自己的身体忘得一干二净的人是所罗门拉比。他吃得很少,而且虚弱得无法进行劳动,所以他的同伴扛起他的工作。他没有任何卷宗可以阅读,也没有工具可以书写,所以时间都花在重复上帝的名称上面,而且每一回发出的声音都不一样。他仅剩的几颗牙齿都掉光了,所以左右两边只有牙龈。他用磨牙的方式进食,说话的时候则一边吹气。他现在相信失落的十个部落不可能定居在祭司的王国内,那一半聂斯脱利教徒还可以忍受,因为犹太人也相信那个善良的马利亚不可能生下任何神祇,问题是另一半试图增加或减少神性的偶像崇拜者。他失落地表示,那十个失落的部落肯定曾经来到王国,但是他们接着又重新开始流浪;我们犹太人一直都在寻找一块乐土——但愿不是在那个国度里,而此刻谁知道他们在什么地方,或许距离我即将葬身的这块土地并不遥远吧,但是我已经不抱任何找到他们的希望了。忍受上帝指派给我们的考验吧,愿他永远受到赞美,因为约伯曾受过的苦难更多。

"他已经神志不清了,这一点非常明显。奇欧和波罗内似乎也差不了多少,成天都把心思放在他们自认为会被他们找到的圣杯上面,他们当时甚至相信圣杯自己会设法让他们寻获。他们越说,圣杯的神力就变得越神奇,也让他们更加梦想占为己有。'诗人'则不停地重复:只要让我逮到左西摩,我就会成为世界之主。忘了左西摩吧,我告诉他,他甚至连彭鞑裴金都到不了,一定是迷路了,他的尸骸已经在某个尘土飞扬的地方成了飞沙,他手中的圣杯也已经被异教的游牧民族捡去当做尿壶。住嘴,住嘴,波罗内一脸惨白地对我说。"

"你们用了什么方法逃出这座地狱?"尼基塔斯问。

"有一天,贾瓦盖告诉我,他已经找到了逃亡的方法。可怜的贾瓦盖,这一段时间内他也开始苍老,我一直都不知道一个西亚波德人可以活多久,但是他已经无法再像一道闪电一样超越自己,反倒像雷声一样延迟现身,并在奔跑之后气喘不止。"

逃亡的计划如下:他们必须武装突击照顾洛克鸟的阉人,逼迫他像往常一样为大鸟套上装备,并确定装载行李的皮带系在逃犯的腰带上,接着再下令让洛克鸟飞往君士坦丁堡。贾瓦盖和阉人聊过天,所以知道他经常派他的大鸟前往这座城市,他们有一名密探住在靠近佩拉的一座丘陵上。由于波多里诺和贾瓦盖都听得懂萨拉森人说的话,他们可以监督阉人下的命令是否有误。抵达目的地之后,洛克鸟会自行着陆。"我以前为什么一直没想到这个方法?"贾瓦盖一边说,一边以一种可笑的方式敲打自己的脑袋。

"很好,"波多里诺说,"但是我们脚上扣着铁链怎么在天上飞行?"

"我找到了一把锉刀。"贾瓦盖告诉他。

贾瓦盖趁着黑夜找到他们的武器和褡裢，并为他们带到宿舍。长剑和匕首都生了锈，不过他们花了一整个晚上的时间去清洗，并用墙上的石块磨尖磨利。他们也拿到了那把不太起眼的锉刀，并花了好几个星期的时间去切开脚踝上的铁链。他们成功后，用绳子穿过切开的环节，系住链条，然后像往常一样，拖着铁链在堡垒中走动。仔细看的话肯定会被识破，但是他们在堡内已经多年，所以没有人注意他们的一举一动，狗头人也已经当他们是家中的宠物。

某天晚上，他们得知了自己隔天必须前往几个厨房搬运几袋腐肉，再送去喂食洛克鸟，所以贾瓦盖过来通知他们，等候的时刻终于到了。

一大清早，他们先去搬运那几口袋子，并表现出心不甘情不愿的模样。接着他们经过宿舍，将他们的武器藏在肉块之间。他们到达笼子的时候，贾瓦盖已经在现场蹦蹦跳跳地转移阉人的注意力。接下来的事情易如反掌，他们打开袋子，取出他们的匕首，六把同时架在阉人的脖子上（所罗门在一旁就像事不关己地看着），然后波多里诺向阉人解释他应该做的事。他表示装备的数量不够，但是"诗人"作势要割下他的耳朵，所以早已经被割掉一些器官的阉人立刻同意乖乖合作。七只洛克鸟接着准备承载七个人的重量，或应该说六个人和一个西亚波德人。"我要一只最强壮的鸟，""诗人"表示。"非常不幸地，"他告诉阉人，"你不能留在这里，因为你会发出警报，或下令叫你的大鸟回到笼子里，所以我的腰带上必须再套一个悬吊你的皮带。因此，我这只鸟必须能够承载两个人的重量。"

波多里诺替他翻译了这段话，阉人则表示自己非常乐意伴随劫持他的人前往天涯海角，但是他希望知道自己接下来的下场。他向他保证：一到君士坦丁堡之后，他就可以走他的路。"动作快一点,""诗人"命令他,"因为这座笼子里的臭味实在令人无法忍受。"

不过将一切准备妥当的时间,前后大概需要一个钟头。此刻每个人都已经牢固地吊在自己那头飞禽下面,"诗人"也检查了支撑阉人的吊带。惟一还没系上的是在走道上把风,眈眼监视是否有人前来破坏计划的贾瓦盖。

有人来了。送肉去喂鸟的囚犯久久未归,让警卫觉得十分奇怪。走道的另一头出现了一队不停吠叫而疑心重重的狗头人。"那些狗头人来了!"贾瓦盖大叫,"你们赶快走!"

"不行!"波多里诺大叫,"快,我们还有时间把你绑上去。"

这并不是真的,贾瓦盖很清楚。如果他一起逃命的话,狗头人会在阉人打开吊门,命令洛克鸟飞出去之前抵达笼子,所以他大叫,要其他人赶快行动。他也将自己的吹箭和所剩的三支箭头一起藏到装肉的袋子里了,这时候他一起取了出来。"西亚波德人虽然丧命,但是依然忠于神圣的东方贤士。"他一边说,一边躺在地上,头下脚上地将吹箭放进嘴里用力吹,而第一名狗头人应声倒地,当场毙命。其他几名往后退开的时候,贾瓦盖还有时间干掉另外两个,不过他已经没有其他的箭头了。为了继续绊住来者,他抓住自己的吹箭,就像准备再用力吹一样,但是这样的诡计撑不了多久。那些怪物一下子就全部扑上来,用他们的剑将他刺死。

这时候,"诗人"让他的匕首往阉人的下巴刺进了一点,看到自己流出来的几滴血,阉人立刻明白自己应该怎么做,虽然身上的束缚让他行动笨拙,但他还是成功地打开吊门。"诗人"看到贾瓦盖丧命的时候大叫:"戏唱完了,快走!快走!"阉人对洛克鸟下了一道命令,它们立刻挤向门口,然后振翅高飞。狗头人就是在这个时候进到笼子里,不过他们的冲劲,因为剩下的大鸟被这一片混乱激怒而以鸟嘴攻击他们,所以遭到了阻挡。

他们六个人全都飞上了天空。"他确实下了前往君士坦丁堡的命令吗？""诗人"扯破喉咙大声询问波多里诺，而波多里诺以手势确定。"所以他已经没什么用处了。""诗人"表示。他一刀切断系着他和阉人的皮带，阉人立刻往下掉落。"这样我们才能一路顺风，""诗人"说，"也顺便报了贾瓦盖的仇。"

"尼基塔斯大爷，我们飞越了被不知何时干涸迄今的河流划画出道道创伤的荒原，飞越了垦殖的农地，飞越了湖泊、森林，而担心皮带撑不住，我们一直紧紧地抓住鸟爪。飞行了一段不知从何算起的时间之后，我们的手掌也伤痕累累。我们看到了一望无际的沙漠、富饶的土地、草原和陡峭的山峰在我们脚下流逝。我们飞行在太阳下，但是头顶上拍动的长翼为我们提供了遮影。我不知道在这个连天使也被拒绝的高度，我们总共飞行了几个昼夜，而飞到某个阶段的时候，我们在下面的荒漠上发现了平行排列，不知往何处移动的十队人马——看起来似乎是人马（或是蚂蚁？）。所罗门拉比这时候开始大叫，那就是失落的十个部落，他要下去加入他们。他就像操控船帆的绳子或辕木一样拉扯鸟爪，试着让他的大鸟着陆，但是反而激怒了那只飞禽。它挣脱了控制，然后用鸟嘴去啄他的头。所罗门，别干傻事，波伊迪对他大叫，那只是一些没有目的地的游牧民族，并不是你的族人！他白费周章了，受到某种神秘的疯狂折腾，所罗门解开了身上的皮带，然后往下坠落，或应该说，他张开双臂，像上帝——愿他永远受到赞美——派来的天使一样翱翔于穹苍，不过，他是一个被乐土吸引而下到凡间的天使。我们看着他的身影渐渐缩小，直到和下面的蚂蚁混淆在一起。"

又过了一段时间，忠实执行命令的洛克鸟终于飞到了君士坦丁堡，而几座穹顶在阳光下金光闪烁。他们在应该着陆的地方降落之后，一行人解开了身上的束缚。一名可能是为厄罗瓦汀工作的密探朝他们走过来，他因为看到降落了一大群信差而一脸惊讶。"诗人"对他笑了笑，然后举起他的剑，用刀面用力在他的头上拍了一下。"我以厄罗瓦汀之名祝福你。"他像个天使一样说道，而对方则像一口布袋，瘫倒在地上。"嘘，嘘！呜！"他接着对洛克鸟吼叫。它们似乎听得懂他的意思，于是振翅高飞，消失在地平面上。

"我们回到家了。"波伊迪高兴地说，尽管他的家乡还在千里之外。

"但愿还找得到那些热那亚的朋友。"波多里诺表示，"走吧，找他们去！"

"你们等着瞧好了，我们那几颗施洗约翰的头颅将会很有用。我们又回到了基督徒的国度。我们丢了彭靼裴金，但是我们可以征服君士坦丁堡。"

"他并不知道，"尼基塔斯哀伤地笑道，"其他的基督徒已经这么做了。"

三七

波多里诺丰富了拜占庭的宝藏

"我们一通过金角湾,刚进到城里就立刻发现:我们置身于一个前所未见的奇怪情势当中。这座城市并非遭到围攻,因为就算敌人的船舰下了锚,许多人也进入城内东奔西窜,但是敌军事实上仍扎营在佩拉。这座城市也并未遭到攻占,因为在那些胸前绣着十字的侵略者旁边,也有一些帝国的士兵在四处游荡。总而言之,那些身上带着十字架的人已经进到了君士坦丁堡,但是君士坦丁堡并没有被他们拿下。当我们找到我的热那亚朋友,也就是你也曾藏身他们家的那些人,他们也不知道应该如何解释已经发生的事和正在发生的事。"

"就连我们自己也很难厘清状况,"尼基塔斯认命地叹了一口气,"虽然,我有朝一日必须将这一段历史记录下来。你那位腓特烈和英法两国的国王尝试征服耶路撒冷未竟功,而拉丁人十多年之后,在佛兰德的鲍德温、蒙费拉托的卜尼法斯等王侯的率领之下又再次尝试。他们需要一支舰队,却委托了威尼斯人帮忙建造。我曾经听你嘲笑热那亚人贪婪,但是和威尼斯人比较起来,热那亚人绝对称得上慷慨宽厚。拉丁人拿到船之后,却没有钱埋单,而威尼斯总督丹多洛(命运同样让他成为一个盲人,但是这个故事里的盲人,就属他看得最远)要求他们前往圣地的途中,帮助他征服萨拉。那些十字军接受了，而这件事就成了第一件罪行，因为他们不能扛着十字架，然后顺便帮助威尼斯人去征服一座城市。那一段时间内，让安德罗尼卡下台的伊萨克·安杰洛斯被自己的弟弟阿历克塞弄瞎了，并被放逐到海边，而他弟弟接着登上王位。"

"这也是热那亚人立刻告诉我的事情。令人困惑的故事，因为伊萨克的弟弟成了阿历克塞三世，但是伊萨克也有一个叫做阿历克塞的儿子，他成功地逃到萨拉之后，落到威尼斯人的手中。他以提供征服圣地所需要的援助，要求那些十字军帮助他夺回他父亲的王位。"

"承诺我们仍未到手的东西非常简单。此外，阿历克塞三世应该也知道自己的王国面临危险，不过虽然他并没有瞎眼，却因为懒惰及周遭的腐败而什么都看不见。你想想看，有一段时间他曾经计划建造其他的战舰，但是看守森林的皇家卫队却不准任何人伐木。此外，军队的将领米榭·史特里菲诺也已经从现有的船只上面盗卖了不少船帆、左右支索以及舵柄来中饱私囊。这一段期间，年轻的阿历克塞已经在萨拉获得人民的支持，拉丁人于是在去年六月份兵临城下。一千名士官和三万名士兵搭乘了一百一十艘大帆船和七十艘战舰，盾牌架在舷侧，军旗随风飘扬，旌旗插在舰桥上，一边打鼓吹号地游行，一边部署在圣乔治的港湾内，而我们这边的人则在城墙上看戏。只有几个人朝他们抛掷石块，不过起哄的成分大过于破坏。一直到这些拉丁人在佩拉对面靠岸之后，荒谬的阿历克塞三世才派出皇家军队。不过那也只是一场游行，我们在君士坦丁堡一直都过着半睡半醒的日子。你一定知道，进到金角湾的海口，是由一条横跨两岸的铁链拦阻，但是由于我们的防卫松散，所以拉丁人剪断了铁链，进到港口，让他们的军队在巴勒夏恩皇宫前面登陆。我们的军队在皇帝的带领下走出城外，城墙上的仕女一边看着这一场表演，一边表示我们的军队看起来就像天使一样，他们的盔甲在阳光下闪闪发光。她们看到皇帝回到城内而没有发动战争的时候,才发现事情不太对劲。几天之后,威尼斯人从海上攻击城墙,而拉丁人攀墙成功,并在附近的房子放了火,让她们明白了更多的事情。我们的市民在第一场火灾之后才开始看清局势。而我们的阿历克塞三世又做了些什么事呢?他利用晚上把千枚金币搬上一艘船,然后弃城而去。"

"伊萨克因此取回王位。"

"没错,但是此时他已经年迈,再加上两眼失明,而拉丁人又要他和已经成为阿历克塞四世的儿子共同治理帝国。拉丁人和这个男孩之间达成了一些我们仍不清楚的协议:拜占庭重新成为附庸于基督教和罗马的帝国,拜占庭皇帝提供十字军二十万马克的银币、一年的粮草、一万名进军耶路撒冷的骑兵,以及一支驻防圣地的五百人骑兵部队。伊萨克发现皇家国库并没有足够的钱,他也不能突然告诉神职人员和人民,我们已经归顺于罗马的教皇……这一出闹剧于是持续了好几个月。一方面,伊萨克和他的儿子为了凑到足够的钱,开始洗劫教堂,他们搜刮饰物之后用斧头砍断耶稣的肖像,再把所有金银类的东西丢进火里面熔解。另一方面,驻守在佩拉的拉丁人,也在金角湾的另一边开始侵吞的行动。他们和伊萨克平起平坐,以统治者自居,并想尽办法拖延离去的时间。他们表示会一直等到收齐最后一块钱为止,而其中最为咄咄逼人的是丹多洛总督和他那些威尼斯人。不过事实上,我想他们大概觉得这个地方就像天堂一般,所以舒舒服服地生活在我们的负担之下。他们并不因为勒索基督徒而觉得满足,大概是为了弥补他们延误了前往耶路撒冷和萨拉森人较量的时间,所以他们也开始洗劫住在君士坦丁堡那些与世无争的萨拉森人,并在这一场争战当中造成了第二场火灾,我也因此而失去房产中最美丽的一栋。"

"那两个皇帝并没有因此怒发冲冠,挺身出来对抗他们的盟友吗？"

"他们早已经成了拉丁人的人质了，阿历克塞四世更成了他们嘲笑的对象：有一回他前往他们的营地，而对方的士兵为了消遣，居然取下他头上那顶镶金的帽子，然后戴在他们自己的头上。从来没有任何一名拜占庭皇帝遭到如此的屈辱！至于伊萨克，他因为和一群贪婪的修士混在一起，所以变得越来越愚蠢，成天胡言乱语地表示自己总有一天会成为世界之主，并恢复视力……这样的情况一直持续到群众开始暴动，并选出了尼可拉·卡纳波为皇帝为止。勇敢的群众！不过这时候的强人变成了由军队将领所支持，别号为穆舒佛的阿历克塞·杜卡斯。他也因此轻松地取得权力。伊萨克最后伤心至死，穆舒佛砍了卡纳波的头，掐死了阿历克塞四世，然后成了阿历克塞五世。"

"我们就是在这个时候抵达，当时谁也不知道到底是伊萨克、阿历克塞、卡纳波，还是穆舒佛在统治，有人提到阿历克塞的时候，我们也不知道他指的是三世、四世，还是五世。我们在你也曾经住过的那个地方找到了那些热那亚人，不过威尼斯人和比萨人的房子已经在第二次火灾当中烧毁，他们也已经躲到佩拉去了。在这一座不幸的城市当中，'诗人'认为我们应该为自己创造一笔财富。"

"诗人"告诉我们，无政府状态的时候任何人都可以称王，不过在这之前，我们必须先弄到一些钱。我们五个生还者衣着褴褛、一身肮脏，又没有任何收入。热那亚人非常好心地收留了我们，不过他们表示，客人就像鲜鱼一样，三天之后就会开始发臭。"诗人"仔细地将自己清洗干净，剪了头发和胡子，向东家借了一套体面的衣服，然后在一个早晨出门到城里探听消息。

他当天晚上回来告诉我们："穆舒佛从今天起成了拜占庭的皇帝，他已经消灭了其他几个人。为了在他的人民面前表现出一番作为，他准备向拉丁人挑衅，但是拉丁人认为他是一名篡位者，因为他们的协议是和可怜的阿历克塞四世敲定——愿他得到安息，年纪轻轻，但是命运确实非常不幸。那些拉丁人一直在等待穆舒佛走错一步棋；他们当时依然持续在酒馆之间买醉，但是他们知道迟早会一脚把他踢下来，然后大肆洗劫这座城市。他们已经知道哪几座教堂里面可以找到哪些金饰，他们也知道这座城市藏了许多圣物，不过他们很清楚对这些圣物不能掉以轻心，因为他们的头子肯定会占为己有，然后带回自己的城市。而由于城里那些小希腊并没有比他们这些人好到哪里去，所以他们只好奉承这一个，讨好那一个，希望花费少许的金钱，就能得到最重要的圣物。这件事带来的教训就是：谁希望在这座城市发财，就去贩卖圣物，谁希望回乡的时候一举致富，就去购买圣物。"

"所以，我们那几颗施洗约翰的头颅可以拿出来了！"波伊迪充满希望地说。

"你光有一张会说话的嘴巴，波伊迪。""诗人"表示，"首先，在一座城市里，你最多只能卖一颗，因为消息会传开。接着，我听说在君士坦丁堡已经有一颗施洗约翰的头颅，或甚至两颗。假设拥有的人已经把两颗都卖了，而我们这时候带着第三颗出现，他们会立刻割断我们的喉咙。所以，施洗约翰的头颅我们不能碰。但是，如果要我们去寻找圣物的话，那是在浪费时间。问题并不在于寻找圣物，而是制造：复制已经存在，但是还没有出现的圣物。我在散步的时候，听到有人提到耶稣的红袍、手杖、受笞的柱子、递给临危耶稣那块浸了胆汁和醋而现在已经完全干燥的海绵、装有最后晚餐祝圣面包的盒子、受难耶稣的胡子、一件耶稣穿用而未经缝制便由几名士兵赌骰子分得的长袍、圣母马利亚的衣物……"

"我们必须研究一下哪几样最容易复制。"波多里诺若有所思地说。

"没错,""诗人"表示,"一把手杖,你到处都找得到,一根柱子,连想都不要想,因为你不能秘密进行交易。"

"但是为什么要用复制品来冒险,如果有人后来发现了真正的圣物,而我们售出赝品的对象要求我们退钱怎么办?"波罗内理智地说,"想想看可能存在的圣物有多少数量,想想看,例如装了大量面包和鱼那十二个篮子。篮子我们到处都找得到,只要弄脏一点看起来就很古老。想想看诺亚用来建造方舟的斧头,我们的热那亚朋友肯定有把用钝了而准备扔掉的淘汰品吧。"

"这个主意并不差,"波伊迪表示,"我们只要跑一趟墓园,就可以找到圣保罗的下巴、施洗约翰的手臂,而不是头颅。照这样下去,我们还可以找到圣阿加塔、圣拉萨,以及先知但以理、撒母、以赛亚的遗体,还有圣海伦的头骨、使徒圣腓力的部分头颅。"

"如果是这样,"培维瑞被这个美好的展望吸引,"我只要到下面去翻一翻,就可以帮你们找出一部分伯利恒的马槽,小小一块,没有人会知道来自何方。"

"我们可以制造一些从没见过的圣物。""诗人"表示,"不过我们也要制造一些已经存在的圣物,因为那些是周遭的人谈论的东西,所以价钱日日攀升。"

热那亚人的房子在那一个星期当中,变成了一个忙碌的工作室。波伊迪绊倒在锯屑上的时候,找到了一根圣十字架上面的钉子;博伊阿孟多度过痛苦的一晚之后,在一颗蛀蚀的门牙上绑了一根细绳,像摘花一样地拔下来,那颗牙齿就成了圣安娜的圣牙;戈里欧在太阳下晒干一块面包,然后将面包屑放进塔拉布罗刚刚制造出来的几个旧木盒里。培维瑞说服他们放弃装面包和鱼的篮子,因为,据他表示,出现那样的奇迹之后,篮子肯定已经被群众抢光,就算康斯坦丁也无法再将它们凑在一起。只单独卖一个的话,并没有什么太大的效果，而且再怎么样也不容易偷偷交易，因为耶稣喂饱了数量可观的群众，所以不可能是个能够藏在大衣下面的小篮子。篮子就算了，"诗人"表示，至于诺亚的斧头就由我来设法。用什么方法，培维瑞问他。这里有一把，斧口已经呈锯齿状，而斧柄完全焦黄。

他们一行人接着打扮成亚美尼亚商人（热那亚人此刻非常乐意资助），开始偷偷在酒馆和基督徒的营区里游荡，丢下半句话，影射生意不好做，用他们冒了生命危险这个理由来哄抬价钱等等。

波伊迪有天晚上回来宣布自己找到了一名蒙费拉托的骑士，对方愿意购买诺亚的斧头，但是要确定这一把确实为真品。"没问题，"波多里诺表示，"我们上诺亚的家里去，要他盖个证明图章。"

"此外，诺亚他识字吗？"波罗内问。

"他只会吹口哨，而且吹得非常好。"波伊迪说，"他让动物上方舟的时候，一定喝得酩酊大醉，才会叫了一堆蚊子上船，却忘了独角兽，所以我们现在才看不到这种动物。"

"看得到，我们还看得到……"情绪顿时沮丧的波多里诺低声说道。

培维瑞表示，他曾经在旅行的时候学了一点犹太人的书法，他可以用刀子在斧柄上刮几个字。"诺亚是犹太人吧？"是犹太人，是犹太人，他的同伴确认：可怜的所罗门，还好他已经不在，否则对他来说肯定是件痛苦的事。不过波伊迪就是这样卖掉了那把斧头。

有的日子城里面出现骚动，十字军因为紧急状况被征召回营，所以他们根本找不到半个买主。例如谣言传说穆舒佛攻击了沿海的费雷亚，十字军出动精兵干预，引发了一场战役，或一场小型冲突；不过穆舒佛遭到挫败，而他指挥军队的圣母旗被敌人拔走。穆舒佛回到君士坦丁堡之后，交代他的人不准承认这种耻辱。拉丁人听说他刻意保持沉默,所以在某个早上,将旗子挂在明显的地方,驾着一艘帆船在城墙前面游行,一边比划着下流的动作,例如两手合十做出外阴的形状,或用左手拍在右手臂上面。这件事让穆舒佛的脸色非常难看,而人们也在街上唱起了嘲讽的歌谣。

总之,从制造出色的圣物到寻找上钩的买者,他们一行人从一月一直忙到了三月。不过今天一件圣艾欧班诺的下巴,明天一块圣库奈贡达的胫骨,让他们塞满了自己的钱包,偿付了热那亚人,并恢复了应有的元气。

"这件事也为你解释了,尼基塔斯大爷,为什么最近这几天,你的城市里出现这么多复制的圣物,而从此也只有上帝才知道哪几件才是真品。不过请你站在我们的处境想想,我们必须在随时准备进行掠夺的拉丁人和随时准备诈骗的小希腊……对不起,随时准备诈骗的帝国公民之间求生存。所以事实上,我们只是诈骗了一群骗子。"

"好吧,"尼基塔斯认命地说,"或许这些圣物可以让那些成了野蛮人的拉丁人,在他们不成规的教堂内得到神圣的启示。神圣的思想、神圣的圣物,上帝的道路永无止境。"

他们这个时候大可以平静下来,然后动身归返自己的家乡。奇欧和波罗内并没有其他的打算,他们已经放弃找到圣杯和左西摩的念头;波伊迪表示,他准备拿这些钱在家乡买几块葡萄园,然后像个领主一样度过晚年;所有的人当中,最不清楚自己有何打算的人是波多里诺:寻找祭司王约翰的任务已经结束,他也失去了伊帕吉雅,所以死活对他来说已经不重要。"诗人"倒是完全相反,他被一种至上权力的想象吸引,认为自己既然到处分发圣物,现在不仅可以供应低下阶级的十字军,也可以开始和带领他们的权势打交道,赢得他们的宠信。

有一天，他回来告诉我们，君士坦丁堡有一件"曼迪里昂"，也就是爱德萨的圣容，那是一件难以估价的圣物。

"这个'曼迪里昂'是什么东西？"波多里诺问。

"是一小块用来擦拭脸孔的殓布。""诗人"解释，"而上面所拓的是耶稣的面孔。不是用画的，而是以自然的方法拓印上去：一个非人工勾勒的影像。爱德萨的国王亚伯加五世是一名麻风病人，他派遣档案大臣汉纳去请耶稣来为他治病。耶稣没有办法成行，所以他拿了这块布擦拭了自己的脸孔，留下自己的轮廓。国王得到这块布之后理所当然地得到痊愈，并从此追随真实的信仰。波斯人曾经在几个世纪以前围攻爱德萨，'曼迪里昂'被拿出来挂在城墙上之后，这座城市也跟着获救。后来君士坦丁大帝买下这块布，并带回此地。这块'曼迪里昂'首先被放在巴勒夏恩的教堂里，接着被移到圣索菲亚，然后又换到法罗斯教堂。这一块是真正的'曼迪里昂'，虽然有人表示还存在着另外几块：一块在卡帕多西亚①的卡木里亚，一块在埃及的孟斐斯，一块在耶路撒冷附近的阿纳布拉塔。这样的事并非不可能，因为耶稣在他一生当中，可能曾经擦过好几次脸。但是这一块肯定最不寻常，因为在复活节当天，上面的脸孔会随着时间而改变，清晨的时候出现耶稣刚刚诞生的模样，到了三点的时候是童年的耶稣，就这样下去，一直到出现受难时刻的成人耶稣。"

"这些事情你都是从哪里听来的？"波伊迪问。

"是一个修士告诉我的。所以，这是一件货真价实的圣物，带着这样一件东西回到家乡，只要找对主教，就像波多里诺和莱纳德的东方贤士一样，我们就会得到荣耀和俸给。我们一直都在卖圣物，该是换我们买一件的时候了，为我们带来财富的一件。"

---

① 土耳其中部山区之古名。

"你准备跟谁购买这一块'曼迪里昂'?"波多里诺疲倦地问,这些圣物的买卖,已经让他感到无比厌恶。

"它已经被一个叙利亚人买走了,我和他喝了一个晚上的酒,他为雅典公爵工作。不过他告诉我,这位公爵愿意以'曼迪里昂'和任何东西作为代价,来交换'希端恩'。"

"现在告诉我们什么是'希端恩'吧。"波伊迪说。

"听说在巴勒夏恩皇宫的圣玛丽教堂里,曾经有一块耶稣基督的殓布,上面拓出来的是耶稣的全身像。城里面的人都在谈论这件事,他们说耶路撒冷国王亚马里克前来拜访曼努埃尔·科穆宁的时候,曾经亲眼见过。其他的人则告诉我,它被送到布克雷翁皇宫的至福圣母教堂保管,不过从来没有人看过。如果曾经保管在那个地方,也已经在很久以前就失踪了。"

"我并不清楚你的意图。"波多里诺表示,"有人拿到了'曼迪里昂',很好,然后准备用来交换'希端恩',但是你并没有'希端恩',我也不认为我们有办法在这里制作一面耶稣基督的形象。所以呢?"

"我并没有'希端恩',""诗人"表示,"但是你有。"

"我?"

"你记得我们逃离彭靻裴金时,我曾经问你,助祭的侍从交给你的盒子里装的是什么东西吗?你告诉我那是那个不幸的人断气的时候,用殓布拓出来的形象。拿出来让我看看。"

"你疯了,那是一件神圣的遗物,助祭交代我送去给祭司王约翰!"

"波多里诺,你已经六十几岁了,还是继续相信祭司王约翰?我们已经弄清楚他并不存在。把那件东西拿出来给我看看。"

波多里诺心不甘情不愿地在褡裢里找出盒子,取出一卷东西,摊开后,将那一大块床单拿到灯光下,趁势要其他人移开桌子和椅子，因为需要很大的空间才能够完全铺在地上。

那是一块真正的床单，面积非常大，呈现出两幅人像，就像包裹的尸体在上面留下两次拓印一样，一次前胸，一次后背。我们可以非常清晰地看到一张脸孔、披在肩膀上的长发、胡子和闭起来的眼睛。受到死神的眷顾，可怜的助祭在床单上留下非常安详的轮廓以及强壮的身形，我们几乎完全看不到伤痕、伤斑、肿块等摧毁他的麻风病所留下的痕迹。

波多里诺非常激动，他在这块麻布上看到死者找回他痛苦的庄严所留下的印记。接着他低声说："我们不能拿一名麻风病患者的人像，当做耶稣的肖像来贩卖，况且他又是聂斯脱利教徒。"

"第一，雅典公爵并不知道这件事，""诗人"回答，"我们的对象是他，不是你。第二，我们并不是要拿去兜售，这是一次交换，所以并不算买卖圣物。我去找那个叙利亚人。"

"叙利亚人会问你为什么要进行这次交换，既然'希端恩'不知道比'曼迪里昂'珍贵多少倍。"波多里诺表示。

"因为'希端恩'不容易偷偷带出君士坦丁堡。因为'希端恩'的价值太高了，所以只有国王才能够允许自己拥有，至于那面圣容，我们可以找到地位较不重要的买家，不过得一手交钱一手交货。如果我们将'希端恩'献给一个基督教国家的王侯，他会认为我们在此地行窃，然后将我们吊死，而爱德萨的圣容可以是来自卡木里亚、孟斐斯或阿纳布拉塔。那个叙利亚人会了解我的理由，因为我们是同一种人。"

"好吧，"波多里诺表示，"你想把床单交给雅典公爵，而我也不在乎他带着一张并非耶稣的人像回家。但是你知道这张人像对我来说，比耶稣的人像还要珍贵，你知道它带给我的回忆吧，你不能拿如此肃然的东西去进行交易……"

"波多里诺，""诗人"说，"我们并不知道回到家乡之后会面对的情况。有了这一面爱德萨的圣容之后,我们可以将一名大主教收进自己的褡裢内,我们的财富也再次聚集。此外,如果你没有将这张殓布带离彭靼装金,此时早已经被白汉斯人拿去擦屁股。这个人和你非常亲近,我们漂泊在沙漠中,身为囚犯的时候,你曾经告诉我关于他的故事,而你为了他徒然而被遗忘的死亡哭泣。现在,他的肖像将会被摆在某个地方,被人当做耶稣来崇拜。你还能为一名亲爱的人期待更好的坟墓吗?我们并没有污辱他的遗体所留下的回忆,反而……我应该怎么说,波罗内?"

"我们改善了他的形象。"

"就是这样。"

"是不是这几天的忧郁让我失去对善恶的感觉?还是因为我疲倦了,尼基塔斯大爷?我同意了。'诗人'拿了我们的'希端恩'——应该说是我的,或应该说是助祭的——去交换'曼迪里昂'。"

波多里诺开始笑了起来,而尼基塔斯却不知道是为什么。

"我们当天晚上得知那是一个圈套。'诗人'回到他熟悉的那家酒馆,进行他那个下流的交易,而为了灌醉那个叙利亚人,他把自己也灌醉了。他离开的时候,后面跟了一个清楚他把戏的人,可能就是那个叙利亚人——就像'诗人'自己所说,他们是同一种人——他在一条小巷子里遭到攻击,一棒就被敲昏。他回来的时候,醉得比诺亚还要严重,身上血迹斑驳、擦伤累累,就是没有'希端恩',也没有'曼迪里昂'。我真想一脚将他踹死,但是他这个人已经完蛋了。这是他第二次失去一个王国。接下来的几天,我们还得强迫他进食。看到遭受挫败的野心可以让人沦落到这种地步,我就很高兴自己一直胸无大志。接着我发现自己也曾经受害于许多挫败的企图,我失去了亲爱的父亲,我并没有帮他找到梦想中的王国,我失去了心爱的女人……只不过我学会了造物主只会把事情做到一半,但是'诗人'却仍然相信可以在这个世界上赢得某些胜利。"

四月初的时候,我们发现君士坦丁堡的情势已经进入倒计时的阶段。挺直站在一艘帆船上的丹多洛总督与站在岸上大声责骂并强制拉丁人离开他土地的穆舒佛之间出现了非常严重的分歧。穆舒佛已经非常明显地变得疯狂,但是只要拉丁人愿意的话,他立刻就会溃不成军。我们可以看到十字军在金角湾对岸的营区里备战,而在下了锚的船舰上,为数众多的海军、陆军也在甲板上窜动,一起进行攻击行动前的准备工作。

波伊迪和波多里诺表示,既然他们身上已经有了一些钱,此刻正是离开君士坦丁堡的时候了,因为受到攻击的城市他们这辈子已经看得够多了。波罗内和奇欧也同意,但是"诗人"却要求再给他几天的时间。他已经从失败中再站起来,很明显,他希望把握剩下的时间来干最后一票。但是哪一票,连他自己也不知道。他的眼神已经露出了疯狂,而和一个疯子根本什么事都不能讨论。他们任由他去,一边告诉自己,只要注意那些船舰的动静,就应该可以知道何时应该从内地开溜。

"诗人"两天不见人影,这已经太过分了。事实上,圣枝主日的星期五早晨他还是没有回来,而十字军已经从巴勒夏恩和埃维杰特修道院之间,大约在君士坦丁城墙北边,派翠昂地区一带的海面上开始进行攻击。

这时候到处都是士兵,出城墙已经太晚了。波多里诺和其他人一边诅咒不知游荡到何方的"诗人",一边决定他们最好还是躲在热那亚人的家里,因为那一带似乎不会受到威胁。他们继续等待,而每个小时都有新的消息从派翠昂一带传回来。

十字军的船舰上载满了围城的工具,而穆舒佛和他的将官、大臣、军旗、号角一起站在墙后的一座山丘上。尽管面对这样的排场,皇家军队这一仗打得还算不错;拉丁人尝试了不同的攻击,但是却一再遭到击退。小希腊在墙上开心地朝败兵露出屁股,而穆舒佛则兴奋得就像全部都归功于他一个人一样,并下令吹响胜利的号角。

传言因此表示丹多洛和他的将领已经放弃攻城的念头,而尽管情势依然十分紧张,接下来的周六和周日却过得相当平静。波多里诺利用机会跑遍全城上下,希望能够找到"诗人",最后却是白忙一场。

他们的同伴回来的时候,周日的夜色已经降临。他的眼神比以前更加恍惚,而他什么话都没说,只是安静地喝酒,一直喝到隔天清晨。

十字军在周一清晨的第一道光线里重新展开攻击行动,并持续了一整天;威尼斯人的战舰上成功地将梯子架在几座墙头上,十字军接着进到城内,不对,其实只有一个人爬上去,一个高大而带着塔状头盔的人吓跑了守军;也可能是一个登上岸的人找到了墙上的暗门,并用镐子进行破坏,挖了一个洞;没错,但是他们后来被守军击退了;不过尽管如此,还是有几座城楼被拿下……

"诗人"像头关在笼子里的野兽一样,来回地在房内走动。他似乎急切地希望战争结束,无论谁胜谁负。他看着波多里诺,像是有话对他说,但是后来又放弃这个念头,然后用阴沉的眼神盯着其他三名同伴。到了某个时刻,传来穆舒佛已经丢下他的军队,自行潜逃的消息,守军也因此丧失了所剩的一点勇气。十字军接着突破了防线,通过了城墙。他们并没有因此大胆地进入城内,因为当时天色已经昏暗,所以他们放火烧了面前的房子,来驱逐潜藏的敌人。"几个月之内的第三次大火,"热那亚人抱怨道,"这座城市已经不能算是一座城市,而变成了一堆过于肥沃而待烧的肥料!"

"但愿梅毒把你毒死!"波伊迪对着"诗人"大吼大叫,"如果不是为了你,我们早已经脱离了这个肥坑!现在怎么办?"

"现在你先闭上嘴,我已经全部都弄清楚了。""诗人"暗示他。

一整个晚上,他们都可以看到熊熊的火光。到了清晨的时候,看起来仍然沉睡但是已经睁开眼睛的波多里诺,看到"诗人"首先靠近波伊迪,然后波罗内,最后奇欧,在他们耳中窃窃私语。他接着就消失了。过了一会儿之后,波多里诺看到奇欧和波罗内交头接耳,并从他们的褡裢里取出一样东西,然后试着在不吵醒他的情况下离开屋子。

又过了一会儿之后,波伊迪靠过来摇他的手臂。他有些惊慌失措,"波多里诺,"他说,"我不知道到底发生了什么事,但是这个地方的每一个人都疯了。'诗人'刚才靠过来告诉我这几句话:'我找到左西摩了,而我现在已经知道圣杯在什么地方。别耍花样,带着你那颗施洗约翰的脑袋到卡塔巴特去,也就是左西摩过去在下午的时间接待拜占庭皇帝的地方,你知道路。'但是这个卡塔巴特到底是什么地方?他说的是哪一个拜占庭皇帝?他什么事都没告诉你吗?"

"没有,"波多里诺说,"看起来他甚至希望我置身于这一切之外,而他已经慌乱到不记得我们几年前到卡塔巴特追捕左西摩的时候,波罗内和奇欧虽然和我们在一起,但是你并不在场。现在,我要把这件事情弄清楚。"

他找来了博伊阿孟多,"你听我说,"他告诉他,"你记不记得几年前的一个晚上,你曾经带我们前往那座老旧的卡塔巴特修道院下面的地窖。我必须回到那个地方。"

"如果你希望这么做的话,我……你必须到神圣使徒教堂附近的一间小房子去。你不会遇到十字军,我想他们还没到达那一带。如果你安全归来的话,就证明我说的没错。"

"对，但是我必须在没有抵达那个地方的情况下，前往那个地方。总之，我无法解释给你听，我必须跟在某个取径相同路线的人后面，或比他先到一步，但是不能被发现。我记得那下面有许多地道……我们也可以从另外一头到达吗？"

博伊阿孟多笑了起来，"如果你不怕死人的话……我们可以从竞技场附近的另一栋房子进去，我想从那边下去也可以到达。你接着会在地底下走上一段时间，然后进到卡塔巴特修道院的修士坟墓。没有人知道坟墓是否依然存在，但是这个地方确实在那下面。坟墓的地道直抵那个地窖，不过你可以依照你的意思，在抵达之前停下来。"

"你带我去吗？"

"波多里诺，友情神圣，但是命更重要。我会为你详细解释一切，你是个聪明人，你自己可以找到那条路。这样可以吗？"

博伊阿孟多描述了应该走的路线，他也交给他两根涂满树脂的木块。波多里诺回到波伊迪身边，问他怕不怕死人。我们走吧，他说，我只怕活生生的人。"那么，"波多里诺告诉他，"你带着施洗约翰的头颅，我陪你一起去。你去赴你的约，而我会躲在前面不远的地方。我们来弄清楚这个疯子的脑袋里面到底装了什么东西。"

"那么我们走吧。"波伊迪说。

出门之前波多里诺考虑了一下，然后回来拿了自己那一颗施洗约翰的头颅。他用一块床单包好，夹在腋下。接着他又考虑了一下，然后将他购于加里波利那两把阿拉伯匕首也插进自己的腰带里。

三八

波多里诺进行清算

波多里诺和波伊迪抵达了竞技场前面的空地。这时候火势已经开始蔓延,大群吓坏而不知逃往何处的帝国公民四处奔窜,因为有人大叫十字军从这边来了,有的大叫从那边。他们找到了那栋房子,撬开一扇用一条脆弱的铁链锁起来的门,点燃博伊阿孟多为他们准备的火炬,然后进入地道。

他们走了很长一段时间,因为这条地道显然是从竞技场通往君士坦丁城墙。接着他们爬上一道浸染了湿气的楼梯,并开始闻到一股尸臭。那并不是新殓的尸臭,应该怎么说呢?那是一种恶臭中的恶臭,腐败之后又干缩的尸臭。

他们进到了一条通廊,两侧的墙上(可以看到另外又开了许多地道)凿了许多紧密并列的坑洞,并住了一大群栩栩如生的死人。这些绝对确定已经没有生命的尸体,穿戴整齐,笔直地站在坑洞里——背后肯定支撑了铁架。但是时光并没有完成腐化的任务,因为这些皮革颜色的干瘪面孔、露出一种缺牙冷笑的空洞眼眶,仍然给人一种活生生的印象。他们眼前并非一具具的骨骼,而是被某种力量从内部一吸再吸,内脏已经完全粉碎,但是不只骨架,还包括了皮肤,或许还有一部分的肌肉仍原封不动的躯体。

"尼基塔斯大爷，我们闯进去的是一个地下墓穴。几世纪以来，卡塔巴特的修士一直将弟兄的尸体放在里面而没有埋葬。结合了泥土、空气，以及地下灰岩壁渗出来的某种物质，这些尸体几乎完整地被保存下来。"

"我以为这种习俗已经没有人使用，我也从来没听说过卡塔巴特的墓穴，这表示这座大城市里还有许多我们完全不知道的秘密。不过我曾经听说过从前的修士，为了帮助大自然完成这项工作而采用的方法，他们让弟兄的尸体在石灰液当中浸泡八个月，接着抬出来用醋清洗，风干几天之后穿上衣服，然后放进坑洞里，好让此地含有香脂的空气帮助他们完成干燥的永生。"

沿着这一排穿戴着祭服，就像准备举行礼拜仪式，以苍白的嘴唇去亲吻圣像的修士向前走，他们看到的面孔当中，有的挂着禁欲的笑容，有的因为被虔诚的幸存者贴上胡子，所以看起来如生前一般庄严，有的被盖上眼皮，让他们就像沉睡一般，还有的已经干缩到剩下头骨，却还有几片固执的皮肤贴在颧骨上面。有几具经过了几个世纪的时间已经完全变形的尸体，看起来就像大自然的奇迹，或是被产下来的畸形胎儿一样，非人类的干瘪轮廓，不自然地凸显在印了枝叶图案而已经褪色的祭披上面。那些祭披看起来似乎绣了花，只是绣上去的东西早已经遭到岁月和地下墓穴的蛀虫啃蚀殆尽。另外还有几具身上的衣物散落到地面的尸体，几个世纪的岁月早已经让布料瓦解成碎屑，而褴褛的衣饰下面出现的是可怜的瘦小身躯，以及一根根由鼓面般的皮肤紧紧包住的肋骨。

"如果是虔诚之心酝酿出这种神秘的仪式，"波多里诺对尼基塔斯表示，"那些幸存者可算是非常残酷，才会硬将死者的记忆塑造成一种持续性、压迫性的威胁，而不是尝试为活着的人与死亡之间寻求一种和解。一个在墙内盯着你，告诉你我在这里，也永远都不会离开这里的人,你如何为他的灵魂祈祷?如果这些臭皮囊一直停留在这个地方,而且日益激变,你如何期待肉身复活,期待肉身在大审判之后变容?我这辈子非常不幸地见过许多尸体,但是一旦分解于大地之后,我至少可以期待它们有朝一日像朵玫瑰一样地鲜红绽放。如果大限之后,在天上走动的人都是这个模样,那我觉得地狱可能还比较值得去,你会遭大火焚身,会遭四马分尸:至少看起来和凡间有些类似。对人类的四种结局[①]没有我敏感的波伊迪,试着去瞧一眼这些尸体的阴部变成了什么模样,但是如果有人让你看到眼前这些东西,你又怎么能抱怨其他的人出现那样的念头呢?"

走到这些地道的尽头之前有一块圆形的空地,天花板的拱顶往上伸出了一根管道,而透过这根管道,可以清楚地看到当天下午的天空。显然那是凸出地面,用来作为通风口的一口井。他们熄掉手中的火炬,这个地方于是不再由火焰照明,那一片洒落在坑道里的苍白亮光,让修士的尸体更令人觉得不安。笼罩在白昼当中,他们看起来似乎就要苏醒过来。波伊迪赶紧比划了一个十字。

他们一路走过来的地道,最后终于止于他们第一次见到左西摩那个地窖外围的一条回廊。他们踮着脚尖慢慢移近,因为他们已经看到了灯光。那座地窖就像那一天晚上一样,由两支三脚灯座照亮,惟一的差别是少了左西摩用来招魂占卜的圆形水池。紧张兮兮的波罗内和奇欧这时候已经等在圣像屏前面,而波多里诺建议波伊迪假装和他们来自同一条路径一样,从圣像屏两侧的柱子之间进去。他自己则躲了起来。

波伊迪照着做了,而另外两个人一点都不惊讶他的出现。"所以'诗人'也向你解释如何前来这个地方。"波罗内说,"我们认为他并没有告诉波多里诺,否则为何这么谨慎?你知道他为什么把我

[①] 指死亡、最后的审判、天堂和地狱。

们找来这个地方吗？"

"他提到了左西摩、圣杯，他对我提出了一些奇怪的威胁。"

"我们也一样遭到他的威胁。"

他们听到了一个声音，似乎来自圣像屏上面的全能基督口中。波多里诺瞥见了基督的眼睛呈黑杏状，显示圣像后面有人正在观察地窖里面的动静。虽然那个声音经过扭曲，不过还是不难辨识出是"诗人"的声音。"欢迎光临，"声音表示，"你们看不到我，但是我看得到你们。我手上拿着一把可以射杀你们的弓，你们也根本来不及逃避。"

"但是，为什么，'诗人'，我们到底对你做了什么？"吓坏的波罗内问道。

"你们干的事，你们自己比我清楚。不过让我们开门见山。进去吧，你这个浑蛋。"他们听到了一个窒息的呻吟声，接着圣像屏后面一个人一边摸索，一边走进来。

虽然已经过了很长一段时间，虽然眼前这个人弯腰驼背、步履艰难，虽然他的头发和胡子都已经花白，但是他们全都认出是左西摩。

"没错，是左西摩，""诗人"表示，"我昨天非常凑巧地遇到他在一条街上乞食。他已经瞎了，四肢也已经残缺，但确实是左西摩。告诉我们的朋友，你逃离阿祖鲁尼的城堡之后发生的事吧。"

左西摩用一种哀怨的声音开始叙述。他偷了藏有圣杯的头颅之后，由于从来没见过——而不只是从来不曾拥有——科斯马斯那张地图，所以他自己也不知道何去何从。他一直游荡到他那头骡子丧了命，并穿越了全世界最荒凉的国度，而他自己那双眼睛也早已经被太阳烧灼到分不清东西南北。他来到了一座住着基督徒的城市，他们对他伸出了援手。他自称是最后一名东方贤士，其他几名已经安息在耶稣左右，长眠在遥远西方的一座教堂里。他用一种严肃的语气表示，他的圣物盒中装的是准备交给祭司王约翰的圣杯。他的东家多少曾经耳闻这些传说，所以全部拜倒在他面前，并用庄严的仪式迎接他进入他们的教堂。他从那时候开始就坐在主教的座位上，在众人的尊重下，每日颁布神谕，提供对时事的建议，并尽情吃喝。

总而言之，自称是最后一名东方贤士、圣杯的守护者，让他成了该部落的精神领袖。他每天早上主持弥撒，到了圣祭礼仪的时候，他除了举起圣体之外，还拿出他的圣物盒，信徒这时候会跪下去，表示他们闻到了天国的芬芳。

信徒也将堕落的女人带来请他导入正途，而他告诉她们，上帝的慈悲并没有止尽，并召唤她们在夜色降临的时候到教堂——他对她们表示——和他一起进行夜间的连续祈祷。传言指出，他将这些女人转变成一心服侍他的抹大拉的马利亚。白天她们为他准备精致的食物、美酒，为他喷洒香精；夜晚她们和他一起在祭坛前面守夜，左西摩表示，以至于他的双眼会在隔天早晨出现忏悔的标记。左西摩终于找到了他的天堂，并决定一辈子都不离开这个受到赞美的地方。

左西摩长叹了一口气，接着他用双手遮住自己的眼睛，就像他在黑暗中仍然看得到最痛苦的那一幕。"各位朋友，"他说，"任何念头出现的时候都应该问一问：这个念头来自我们这一边，还是来自敌人？我忘了遵循这个神圣的箴言而承诺整座城市在复活节打开圣物盒，让他们得以瞻仰圣杯。耶稣受难日那一天，我独自一个人打开了圣物盒，而我看到的是一颗阿祖鲁尼放在里面的恶心头颅。我发誓我将圣杯藏在左边第一个圣物盒里，也是我逃离之前取走的那一个。但是某个人，你们当中的一个人移动了圣物盒的排列，所以我带走的圣物盒里面并没有圣杯。打铁的人首先必须知道自己希望打造什么东西，一把镰刀、一把剑，还是一把斧头。我决定保持沉默。阿嘉松神父曾经为了实践沉默的德行,而将一块石头放在口中三年。于是我告诉所有的人,上帝派了天使告诉我,这座城市仍有太多罪人,所以目前任何人都没有资格见到这件神圣的东西。复活节的前一天,我就像一名诚实的修士一样,度过了一个禁欲过度的夜晚,以至于我在隔天早上觉得筋疲力尽,就好像——愿上帝原谅我的念头——我前一天晚上狂饮、私通了一整夜一样。我蹒跚地举行仪式,到了我必须举起圣物盒的庄严时刻,我在祭坛的最高阶绊倒,并滚到最下面。圣物盒从我的手中飞出去,撞开在地面上,而所有的人都看到里面并不是装着圣杯,而是一颗干燥的头颅。没有任何事情比惩罚一个犯了罪的正直人更不公平了,我的朋友,因为我们可以原谅最恶劣的罪人最后一项罪行,却无法宽恕正直的人第一次犯下的罪。这些信徒认为遭到我的欺骗,而我三天前——上帝为我见证——才因为虔诚的信仰做了正确的决定。他们扑到我身上,撕碎我的衣物,用棍子把我打到双腿、手臂、背部全都脱臼,接着又把我拖去见他们的法官,而他决定挖掉我的眼睛。他们把我当癞皮狗一样赶出城门……你们都不知道我受了多少苦,我一边流浪一边行乞,又瞎眼又残废,又残废又瞎眼。经过了多年的漂泊之后,我被一个来自君士坦丁堡的萨拉森旅队收留。我惟一得到的怜悯竟然来自异教徒,但愿上帝以赦免他们的罪有应得来奖励他们。我回到这里,回到我的城市已经好几年了,我靠着他人的施舍过活,所幸的是某一天,一个好心的人牵着我来到这座修道院的废墟,我通过摸索认出这个地方,从此可以不用在寒冷、酷热或雨水当中过夜。"

"这就是左西摩的故事。""诗人"的声音说,"他现在的情况,至少证明他这一次说了实话。所以我们当中另外一个人看到左西摩藏了圣杯,所以移动了头颅的位置让左西摩自取灭亡,并将所有的怀疑转移到他身上。不过,取走头颅的这个人,和杀害腓特烈的人是同一个。而我，我知道是什么人。"

"'诗人'，"奇欧惊讶地说，"你为什么说这种话？你为什么找了我们三个人，却没有通知波多里诺？你为什么在热那亚人的家中什么都没说？"

"我把你们找来这里，是因为我不能拖着一名衣衫褴褛的人，穿越一座被敌人占领的城市。因为我不能当着热那亚人的面，更不能当着波多里诺的面谈到这些事。波多里诺和我们的故事已经没有关系。你们其中一个人将圣杯交给我之后，这件事就成了我一个人的事情。"

"你为什么不认为是波多里诺拿走圣杯？"

"波多里诺不可能杀害腓特烈，他爱他。波多里诺也没有偷走圣杯的动机，他是我们当中惟一一个想把杯子以大帝的名义带给祭司的人。你们现在回想一下，左西摩逃走之后，剩下那六颗头颅的下落。我们每个人都拿了一颗，我、波罗内、奇欧、波伊迪、阿布杜和波多里诺。昨天遇到左西摩之后，我立刻打开自己那一颗，里面只有一个烟熏的头骨。至于阿布杜那一颗，你们都记得，他去世的时候，阿祖鲁尼亲手将它打开，并当做护身符之类的东西交到他手中，而此刻已经和他葬在一起。波多里诺将他自己那一颗交给了培拉克塞斯，对方也在我们面前打开，里面装的也是一颗头骨。所以还剩下三个圣物盒，也就是你们手上那三颗。现在就看你们三个人表演了。我已经知道谁拿了圣杯，我也知道他自己心知肚明。我也知道他并非因为偶然才拿到圣杯，而是从杀害腓特烈那一刻开始，就已经早有预谋。尽管如此，我还是希望他有勇气承认，当着我们的面，承认这几年来他一直欺骗我们。一旦他忏悔之后，我会杀了他。所以，你们自己决定吧。该说话的人就说吧，我们已经抵达旅行的尽头了。"

"事情在这时候变得非常特别，尼基塔斯大爷。我从藏身的地方，试着让自己处于三个朋友的处境。假设其中一个人——我们暂且称他为艾果——知道圣杯在自己手上，也知道自己必须为某件罪行负责，他或许会告诉自己，到了这种时候只好将一切都豁出去，所以抓紧自己的剑或匕首，朝着前来这个地方的方向逃往蓄水池，然后回到阳光下。我想，'诗人'就是在等候这样的事情发生。他肯定不知道三个人当中是谁拿了圣杯，但是只要一逃，他的身份就会立刻揭露。然而，如果我们假设艾果并不确定圣杯在自己手上，因为他从来不曾打开圣物盒一探究竟，不过他对于腓特烈的死因有着某种自觉，这种情况下艾果应该会等待，看看有没有人在他之前因为知道圣杯在自己手中而窜逃。艾果于是静观其变，没有采取任何行动，但是他看到另外两个人也没有动静，所以他会认为圣杯并不在他们手中，两个人因此不觉得自己应该受到怀疑。结果，他做出结论，认为'诗人'怀疑的人就是自己，所以我应该逃命。他在不知所措的情况下，将手放在剑或匕首的把柄上，准备踏出第一步。但是他又看到另外两个人也做出同样的动作，所以他又停下来，怀疑另外两个人的罪恶感比他更严重。当时地窖里的情况正是如此。三个人的想法都跟我这位艾果一样，并在开始的时候维持不动，接着往前踏出一步，然后又恢复静止不动的状态。这样的情况明确地显示没有人确定圣杯在自己手中，但是每个人都为了某件事情心虚。'诗人'非常清楚这一点，并向他们解释了我所了解的情况，以及我刚刚对你解释的内容。"

这时候"诗人"的声音说道："你们三个浑蛋，你们全都知道自己有罪。但是我知道，我一直都知道你们三个人都想杀害腓特烈，或许你们三个人都杀了他，让这个人死了三次。那个晚上，我很早就离开警卫室，而我也是最后一个回去。我睡不着，肯定是因为喝多了，所以在中庭里撒了三泡尿，而我为了不打扰你们，一直没有回到里面。我待在外面的时候，听到了波罗内从里面走出来，他顺着楼梯走到下面一层楼,于是我从后面跟上去。他进到那间机械室,接近那具制造真空的圆筒,然后操作了几次杠杆。我当时弄不清楚他想做什么,但是我隔天就恍然大悟。如果不是阿祖鲁尼曾经向他透露一些事情,就是他自己领悟出来,显然圆筒制造真空,置那只鸡于死地的房间,就是腓特烈当晚睡觉的房间,也是通常阿祖鲁尼假装留宿敌人,然后用来将他们杀害的房间。你,波罗内,你操作了杠杆,在大帝睡觉的房间制造真空,或至少——既然你并不相信真空——制造出你知道会让蜡烛熄灭、让动物窒息的浓稠空气。腓特烈感到空气变稀薄时,首先认为自己中了毒,他拿起圣杯,准备喝下里面的解毒剂。但是他接着瘫倒在地上,没有办法再呼吸。隔天早上,你原准备利用一片混乱的时候诈取圣杯,但是左西摩却比你快了一步。你看到他,也知道他掩藏的地方。你很容易地就改变了头颅排列的位子,然后在我们出发的时候,拿了应该拿的那一颗。"

波罗内流了满身大汗。"'诗人',"他说,"你并没有看错,我确实去了装置唧筒的房间。和阿祖鲁尼的辩论引起我的好奇,我试着操控装置,但是我发誓,我并不知道会作用在哪一个房间。此外,我一直认为唧筒不可能发挥作用。我玩了一下,没错,只是玩了一下,并没有杀人的企图。此外,如果我干下你所指控的事,你如何解释腓特烈房内壁炉的木材仍然烧得一干二净?就算我们能够制造真空,并利用真空杀了人,但是真空中并没有办法燃起任何火焰……"

"你不用担心壁炉,""诗人"用一种严厉的声音说,"这件事另有解释。打开你的圣物盒吧,如果你那么确定里面装的并不是圣杯。"

波罗内一边喃喃表示,如果自己曾经有窃取圣杯的念头,肯定会受到上帝谴责,一边用他的匕首匆匆划开封口,而一颗头骨接着从圣物盒内滚到地上。这一颗的尺寸比前面看到的几颗都小，显然阿祖鲁尼对于亵渎孩童的坟墓也毫不犹豫。

"圣杯并不在你的手上，很好，""诗人"的声音说，"但是这并不能赦免你所做的事。现在轮到你，奇欧。紧接着你就像急需喘口气一样，也走到外面，但是如果你一直走到围墙边，也就是放置阿基米德镜片的地方，你需要的那一口气肯定特别大。我跟在你后面，我看到你摸了摸镜子，然后你操作了近距离反应的那一片，依照阿祖鲁尼对我们解释的方式，用一种并非偶然的方式让镜面倾斜——因为你操作得非常认真。你调整镜面，准备让早晨的第一道阳光集中到腓特烈房间的窗户上。事情确实就是这么发生，而这些光线点燃了壁炉的木材。经过了一段时间之后，波罗内制造出来的真空又重新填满空气，火焰也因此得以点燃。你很清楚腓特烈被壁炉的浓烟呛得呼吸困难而起床的时候，他会做些什么事。他会以为被下了毒，然后喝下圣杯里的解毒剂。我知道，那一天晚上，你自己也喝了一口，但是你将杯子放到柜子里的时候，并没有人将注意力放在你身上。你不知道用什么方法，在加里波利的市集买到了毒药，并滴了几滴在杯子里。你的计划非常完美，只你并不知道波罗内所做的事。腓特烈喝了被你下了毒的杯子，但是并不是在炉火点燃之后，相反，是早在波罗内拿掉空气的时候。"

"你疯了，'诗人'，"奇欧叫道，苍白得像个死人，"我完全不知道圣杯的事，你看，我现在就打开我这颗头颅，你瞧，里面是一个头骨！"

"圣杯并不在你的手上，很好，""诗人"的声音说道，"但是你不否认移动了镜子。"

"你自己也说了，我当时觉得不太舒服，想要呼吸一下夜间的空气。我是玩了一下镜子，但是如果我当时知道会在那个房间里点燃炉火的话，此刻就让上帝用雷电将我击毙。别以为这么多年来，我从来不曾想象过这样的疏失，自问是不是因为我的错，房间里的炉火才会点燃，而这件事和大帝的死会不会有所关联。多年来令人难以忍受的疑虑，此时此刻，你为我带来了某种程度的舒解，因为你告诉我，腓特烈在那个时候早就已经身卒！至于毒药，你怎么能够说出这种下流的话？那天晚上，我非常诚意地尝了那一口，我觉得自己就像用来牺牲的祭品一样……"

"你们全都是无辜的老实人，对不对？将近十五年来，一直因为担心自己杀害了腓特烈，而生活在疑虑当中的无辜老实人，你是不是也这样，波罗内？轮到我们的波伊迪了，现在你是惟一可能拿走圣杯的人。你那天晚上并没有到外面去，你就像所有的人一样，隔天早上才发现腓特烈倒在房间里。你并没有预料会发生这种事，但是你逮住了机会，而这样的念头你已经酝酿很久了。此外，你是惟一有理由怨恨腓特烈的人，因为他在亚历山德里亚的城墙下杀了你许多同胞。我们在加里波利的时候，你曾表示自己买了一个戒台上装了一剂活血药的戒指，但是你和贩子交易的时候并没有人看到你。谁知道是不是真的装了一剂活血药？你这剂毒药已经准备很久了，你也了解时候已经到了。你觉得腓特烈或许只是失去意识，你一边表示要帮他恢复知觉，一边将毒药倒进他的口中，而经过了这件事情之后，你们听见了，是经过这件事情之后，所罗门才发现他已经丧命。"

"'诗人'，"波伊迪跪下来说道，"希望你能知道这么多年以来，我确实一直怀疑我的活血药会不会凑巧就是一剂毒药。不过根据你现在的说法，腓特烈是被这两个人其中之一，或一个接着一个谋害，所以早已经丧命，感谢上帝！"

"这点并不重要，""诗人"的声音说道，"重要的是意图。但是对我来说，你的意图和上帝去清算就行了，我要的是圣杯。打开你的圣物盒。"

波伊迪一边颤抖一边试着打开盒子，但是蜡封连续抗拒了他三次。波罗内和奇欧往一旁退开，和他保持了一些距离，而波伊迪蜷曲在圣物盒上面，就像他现在是指定的受害者一样。圣物盒在第四次的尝试中被打开，里面还是一颗头骨。

"真他妈的该死！""诗人"一边大叫，一边从圣像屏后面走出来。

"他气急败坏，表现得简直和疯子没两样，尼基塔斯大爷，我完全认不出这个多年的朋友。不过我就在那个时候想起了那一天，我在阿祖鲁尼建议我们带走圣物盒之后，去看了一眼这些圣物盒，而当时左西摩已经在我们不知道的情况下，将圣杯藏到其中一个盒子里。我顺手拿起一颗头颅，如果我记得没错的话，是左边第一颗，而我仔细察看了一会儿之后，又把头颅放了回去。此时，我重新经历了十五年前的那一刻，我看到自己将头颅放在最右边，也就是七颗头颅的最后面。左西摩下楼准备带着圣杯一起逃走的时候，他记得自己是藏在左边的第一颗里面，而他拿了事实上为第二颗的头颅。我们动身之前分配头颅的时候，我一直等到最后才拿了我那一颗，显然就是左西摩藏了圣杯那一颗。你应该记得我在没有告诉任何人的情况下，在阿布杜死后，也把他那颗头颅留在身边。我后来将其中一颗送给培拉克塞斯，显然我交给他的是阿布杜那一颗，我当时已经知道这件事，因为他轻而易举地打开早已经被阿祖鲁尼破坏的蜡封。所以我过去十五年，一直在完全不知情的情况下将圣杯带在身边。此刻我已经完全确定，根本就不需要打开我那颗头颅。不过我还是试着不制造任何声音地这么做了。虽然柱子后面非常阴暗，我还是可以清楚地看到置于圣物盒内的圣杯，开口朝向前面，底部圆形的部分像头骨一样地凸出。"

此时，"诗人"就像恶魔附身，抓住了他们三个人的衣服，唏里哗啦地开始对他们大声咒骂，要他们千万别跟他玩任何把戏。波多里诺于是将他的圣物盒放在柱子后面，然后走出来，"圣杯在我手上。"他说。

"诗人"吓了一大跳，他满面通红地说："你骗了我们这么长一段时间，而我一直相信你是我们当中最纯真的人！"

"我并没有欺骗你们，我一直到今天晚上才知道。是你自己在计算头颅的时候搞错了。"

"诗人"把手伸向他的朋友，然后流着口水说道："拿给我！"

"为什么要给你？"波多里诺问。

"我们的旅行就到这个地方结束，""诗人"重复说道，"这是一趟厄运连连的旅行，而圣杯是我最后的机会。拿给我，要不然我就杀了你。"

波多里诺往后退开一步，双手紧紧抓住那两把阿拉伯匕首的刀柄。"为了这样东西，你同样也可以把腓特烈杀了。"

"别说傻话，""诗人"说，"你刚刚听到这三个人承认了。"

"三份供词对一件凶杀来说太多了。"波多里诺说，"我也可以说，就算他们每个人都做了那样的事，也是因为你任由他们去做。波罗内动手操作真空杠杆时，你只要出面阻止就够了。奇欧移动镜子之后，你只需要在腓特烈起床之前通知他就够了。但是你并没有这么做，你希望有人杀害腓特烈，好让你接下来能够从中获利。我一点都不相信这三个可怜的朋友当中，有人和腓特烈的死亡有关。我在圣像屏后面听你说话的时候，想起了通过美杜莎的头颅可以从腓特烈的房间听见楼下对着大蜗牛所说的话这件事。现在让我告诉你发生了什么事。出征耶路撒冷之前你已经十分不耐烦，你希望带着圣杯，为了你自己的企图前往祭司王国。你一直等待一个可以摆脱大帝的机会。当然，接下来我们会跟你一起走，不过，显然这件事你一点儿都不操心。或许，你也曾打算采取左西摩捷足先登的行动，这一点我就不知道了。不过，我从很久以前就应该发现你梦想着达成自己的企图，只是友情蒙蔽了我的洞察力。"

"继续说下去。""诗人"冷笑。

"我继续说下去。所罗门在加里波利买了解毒剂的时候，我记得非常清楚，那名商人还拿出另外一个一模一样，但是装了毒药的瓶子。离开这个市集之后，有一段时间我们没有看到你。接着你又重新出现，但是已经身无分文，可是你告诉我们你遇到了小偷。其实，你利用我们找遍市集的时候，又回去向那名贩子买了那瓶毒药。我们穿越伊科尼恩苏丹的王国途中，你要将所罗门那瓶解毒剂调包并不难。腓特烈丧命的前一个晚上，你大声建议他预备解毒剂。你于是给了善良的所罗门这个念头，将他的——应该说你的毒药呈献给腓特烈。奇欧提议尝试的时候，你一定吓坏了，但是你肯定已经知道只沾用少量并不会出现任何效果，必须全部饮尽才会致命。我想，如果奇欧那天晚上如此需要透气，大概是因为就算一小口，也让他觉得非常不舒服，不过这一点我并不确定。"

"那么有什么事你能够确定？""诗人"再次冷笑着问。

"我确定你看到波罗内和奇欧采取行动之前，脑袋里早就已经酝酿出自己的计划。你跑到大蜗牛的房间，可是在那里只要对着洞口说话，声音就会传到腓特烈的房间。此外，你很喜欢这样的游戏，今天晚上也证明了这一点，我一听到你躲在那后面说话之后就开始明白。你靠近丹尼斯的耳朵呼唤腓特烈，我想你大概假装是我，因为你算定声音从这一个楼层传到另一层楼早就已改变。你为了让自己说的话可信度较高，所以自称是我。你告诉腓特烈，我们发现有人在他的食物里下了毒，或许你也告诉他，我们当中已经有人开始受到可怕的痛苦煎熬，而阿祖鲁尼此刻已经派出刺客。你告诉他立刻打开柜子，喝下所罗门的解毒剂。我可怜的父亲信了你而喝了毒药，接着就丧了命。"

"精彩的故事。""诗人"表示,"那壁炉呢?"

"壁炉或许真的是被镜子的光束点燃,不过腓特烈那时候已经是一具尸体了。壁炉和这件事一点关系都没有,也不包括在你的计划当中。无论是什么人点了火,都帮助你把我们的思绪搞混。你杀了腓特烈,一直到今天你才帮助我明白这件事。你真是该死,你怎么下得了手,因为对荣耀和显赫的饥渴,大逆不道地杀了一个对你有恩的人?你知不知道你又一次将别人的荣耀占为己有,就像你自称是我那些诗的作者一样?"

"太好笑了,"从惧怕中恢复过来的波伊迪笑道,"伟大的'诗人'请别人代笔写诗!"

这样的羞辱、这些日子以来众多的沮丧,再加上在绝望中期望得到圣杯的情绪,让"诗人"达到了最后的底限。他拔出他的剑,扑向波多里诺:"我要杀了你,我要杀了你!"

"我一直告诉你我是一个爱好和平的人,尼基塔斯大爷。这样的说法非常宽容,事实上,我是一个胆小鬼,腓特烈那一天并没有说错。我在那一刻痛恨'诗人'到极点,我希望他死,但是我并不想杀他,我只是不想被他杀害。我往后跳向列柱,然后跑向刚才的走道。我逃向一片漆黑当中,听到他在后面一边追上来,一边咒骂。走道上并没有灯光,摸索着向前移动就表示必须摸着墙上那些尸体;我在左手边发现一条地道,于是朝那个方向移动,而他则跟着我移动脚步的声音。最后,我看到了一道朦胧的光线,这时我来到了抵达时曾经经过的那一处往上开口的深井。当时夜色已经降临,在我的头上,我居然奇迹般地看到了照亮我四周并在死人的脸上映照出银色光芒的月亮。或许他们打算告诉我,死神在你的脚跟上吹风的时候,你躲都躲不掉,所以我停了下来。我看到'诗人'跟了上来,他用左手遮住眼睛,不想让自己的视线接触这些意料之

507

外的东家。我抓住其中一件破烂的衣物,用力一扯,一具尸体跟着倒在我和'诗人'之间,扬起了一片灰尘,以及因为触及地面而分解飞散的衣服碎片。这具尸体的脑袋脱离了身体,滚到这个追兵的脚边,并在月光下对他露出可怕的笑容。吓坏的'诗人'顿了一下,接着他一脚踢开那颗脑袋。我从另外一边抓住另外两具尸骸,朝他的脸推过去。把这些死人给我拉开,'诗人'大叫,而鳞片般的干燥皮肤这时候飘扬在他的脑袋周围。这样的游戏我不能一直玩下去,我会被逼出这个光亮的地带,重新陷入黑暗。所以我抓住那两把阿拉伯匕首,笔直地让刀锋像舰首一样伸到我的面前。'诗人'朝着我扑过来,两手举起他的剑,准备把我的脑袋砍成两半,但是他砍中了两具尸骸之一。尸骸滚到他的面前,让他朝着我的身上摔倒,我也因此跌在地上。我用两只手肘撑住我的身体,而他在跌倒的时候松开了手中的剑……我看到他的脸孔压在我面前,他布满血丝的眼睛靠着我的眼睛,我可以闻到他的愤怒:一头用獠牙咬住猎物的野兽所发出的呛味,我可以感觉到他掐住我脖子的双手,听到咬牙切齿的声音……我本能地举起两只手肘,将两把匕首刺进他两边的肋骨。我听见呢布碎裂的声音,而我可以感觉那两把匕首的刀锋在他的内脏之间交会,接着我看到他的面孔开始褪色,一道鲜血从他的口中流了出来。我不记得自己如何挣脱他的压迫,我让匕首留在他的肚子里,然后摆脱他的重量。他滑落在我的身边,睁大眼睛盯着上面的月亮,然后就这样丧了命。"

"你这辈子杀掉的第一个人。"

"愿上帝也让他是最后一个。他是我年少时代的朋友,也是我四十多年来千百次冒险的伙伴。我想要掉眼泪,接着我想起他所做的事,又想再杀他一次。我吃力地站起来,我已经没有壮年时期的敏捷,而我却等到现在才开始杀人。我气喘吁吁地向前摸索到地道的尽头,然后进到地窖里面,我看到全身发抖、满脸苍白的三个人,突然觉得自己被包围在一股身为腓特烈的养子和内阁官员的尊严当中。我不能表现出一丝脆弱,所以背对着圣像屏挺直身躯,就像自己是站在一群大天使中的一名大天使一样,然后我说:'公理已得到伸张,我处决了杀害神圣罗马帝国皇帝的人。'"

波多里诺将他的圣物盒拿了过来,取出圣杯,就像呈现圣体一样呈现在众人面前。他只说了一句:"你们当中有没有人有任何要求?"

"波多里诺,"还没有完全控制住抖动双手的波罗内说,"我今天晚上经历的事情,超过了我们一起度过的这些年头。虽然并不是你的错,但是我们之间的某种东西已经断了,包括你和我、奇欧和我、波伊迪和我。就在刚才,虽然只是非常短暂的时间,我们为了从这场噩梦中醒过来,彼此都强烈地希望犯人是另外一个人。这已经不是友情。彭靪裴金沦陷之后,我们是因为偶然才团结在一起,而让我们团结在一起的是对你手中这件东西的追寻。我说的是追寻,而不是东西本身。现在我知道这样东西一直和我们在一起,但是我们还是多次差一点走向绝路。今天晚上,我已经明白自己不应该拥有圣杯,或交给任何人,我只需要让自己保持追寻的那股热情。所以,你把这个只在我们找不到的时候才能激励我们的杯子留在身边吧。我要走了,如果我能够离开这座城市的话,我会尽早动身,而我会开始撰写关于圣杯的事迹,我的记述将会是我惟一的力量。我故事当中的骑士将会比我们优越,让读者梦想到纯真,而不是我们的不幸。再见了各位,一直在我身边的朋友们,和你们一起做的梦都很美。"他接着循原路消失无踪。

"波多里诺,"奇欧说,"我想波罗内做出了最好的选择。我并不像他那般博学,我不知道自己有没有办法撰写关于圣杯的故事,不过我肯定找得到一个可以对他叙述的人,让他写出来。波罗内说得没错,如果我知道如何让其他的人对圣杯保持渴望,我就是忠实于自己多年来的追寻。我甚至不会提到你手中的杯子,或许我会像过去一样,提到一颗从天上坠落的石头。石头也好,杯子也好,或长枪也好,这些都不重要,重要的是必须没有人找得到,否则其他的人都会停止追寻。如果你愿意听我说句话的话:把这样东西藏起来,而任何人都不会因为寻获而梦想破灭。除此之外,我和你们继续待在一起也会觉得不自在,我肯定会陷入许多痛苦的回忆当中。波多里诺,你已经成了一个复仇的天使。当然,你必须做你应该做的事,但是我已经不愿意再看到你了。再会吧!"他说完之后,转身走出地窖。

这时候换波伊迪开口说话,经过这么多年之后,他才又重新开始使用法斯凯特语。"波多里诺,"他说,"我并不像他们这些人一样,把脑袋伸到了云端上,我也不会说故事。一些人绕来绕去,寻找一件不存在的东西只会让我发笑。只有那些真正存在的东西才算得上重要,但是你不能让所有的人都看到,因为嫉妒就像一头可怕的野兽。这个圣杯是一件神圣的东西,相信我,因为它就像每一件神圣的东西一样单纯。我不知道你准备把它放在什么地方,但是除了我要告诉你的地点,其他地方都不是好地方。你听听看我脑袋里这个想法。你可怜而善良的父亲加里欧多死后,你记得所有的亚历山德里亚人都说,应该为救了这座城的人立一座雕像吧。你知道这种事接下来会怎么样:光是谈,但是谈不出什么结果。我四处兜售麦子的时候,在佛洛村附近一座坍塌的小教堂里,找到了一座非常美丽而天晓得从哪里来的雕像。那是一尊驼背的小老头,他用两只手抓着顶在头上的一座石磨,或建筑的石块,也可能是干乳酪,谁知道是什么东西,看起来他似乎撑不住就要折成两半。我告诉自己,这样的人像肯定代表了某种意义,虽然我完全不知道是什么东西,但你知道是怎么一回事,也就是你制造一个形象,接着,它代表的意义其他的人会去发掘出来，而且通常都不成问题。但是你看看真是巧合得有趣，我当时告诉自己，这可以当做加里欧多的雕像，嵌在教堂的门顶或两侧，像一根小柱子一样，而头上那一片石磨就相当于柱头，这么一来就把他独自一个人扛着围城重担的模样完全表现出来。我把雕像搬回家，放在我的谷仓里。我告诉其他人的时候，他们都觉得这是一个很好的主意，真的。接着就是我们如果是虔诚的基督徒、就应该出征耶路撒冷这件事，所以我也加入了，天晓得我看起来是什么德行。葡萄酒酿成的时候，就应该喝掉。我现在要回家了，你等着瞧好了，经过这么久之后，看看我们这一辈还存活在人世间的几个人会如何帮我庆祝，而对年轻的一辈来说，我是一个追随大帝到耶路撒冷的人，围在火炉边所说的故事会比维吉尔还多。或许在我断气之前，他们还会让我当执政官。我回家之后，会在没有告诉任何人的情况下，到谷仓去把那尊雕像找出来。我会想办法在头顶的那东西上挖一个洞，然后把圣杯塞到里面。我接着会用灰浆把洞口填起来，在上面贴上一些石头碎片，让别人完全看不到裂缝之后，再把雕像搬到教堂去。我们将它搬上去砌牢，它会 per omnia saecula saeculorum① 都一直站在上面，永远不会再有人搬它下来，也不会有人去瞧一瞧你父亲头上扛着什么东西。我们是一个年轻的城市，脑袋也聪明，但是上天的祝福总不是一件坏事。我会离开这个世界，我的小孩也会离开这个世界，但是圣杯永远都会在那个地方，在没有人知道的情况下——除了上帝之外——保护我们的城市，这样就够了。你觉得怎么样？"

"尼基塔斯大爷，对那只碗来说，这是一个恰当的结局，更何况——虽然这么多年来我一直假装忘记——我是惟一知道它来自什

---

① 拉丁文，世世代代。

么地方的人。经过我刚刚做过的那件事情之后，我甚至不知道自己为什么出现在这个世界上，因为我从来不曾干过什么好事。圣杯留在我身上，我一定会再做出一些蠢事。这个善良的波伊迪说得没错。我很想和他一起回去，但是我在亚历山德里亚能做些什么？埋在千百个对柯兰迪娜的回忆当中，然后每天晚上思念伊帕吉雅？我谢过波伊迪提出了这一个美好的主意，我将圣杯用他带来的床单包好，但是没有放回圣物盒里面。如果你打算旅行，你可能会遇到强盗，我告诉他，看起来如金饰的圣物盒马上会被他们拿走，但是一个没有价值的破碗，他们连碰都不会碰。走吧，上帝会照顾你，波伊迪，他会在你准备做的事情上帮助你。让我待在这里，我需要一个人静一静。于是，他也走了。我看看我的四周，然后我想起了左西摩。他已经不见了。我不知道他是在什么时候逃掉的，他肯定听到了我们其中一个人想要杀掉另外一个，而他已经学会了避开这种尴尬的情况。他趁着我们忙其他事情的时候，摸索着逃离了这个他了如指掌的地方。他尝遍了酸甜苦辣，但是也已经受到了惩罚。就让他继续在街上行乞，也但愿上帝同情他吧。所以，尼基塔斯大爷，我又再次走过死人的地道，跨过'诗人'的尸体，然后在竞技场附近回到大火的光影当中。接下来发生的事情你都知道了，也就是在我遇到你之后发生的事。"

三九

柱头隐士波多里诺

尼基塔斯闭上了嘴巴。波多里诺也闭上嘴巴,他的双手向外张开,就像表示:"就这样。"

"你的故事当中有几件事情没有办法说服我。"尼基塔斯突然说道,"'诗人'对你的朋友编造了一些荒谬的指控,认为他们每个人都杀了腓特烈,不过事实并非如此。你认为你自己重组了那天晚上发生的事情,但是,如果你已经把所有的事情都告诉我的话,'诗人'一直都没有承认事情的经过确实如此。"

"他试图杀害我!"

"他已经疯了,这一点非常清楚;他不计一切代价想要拿到圣杯,而为了能够据为己有,他可以相信拿走杯子的人就是凶手。他可能只是认为杯子在你手上,而你也没有让他知道这件事情,这样就已经足够让他跨过你的尸体来拾起杯子。但是他一直没有承认自己就是杀害腓特烈的凶手。"

"那么是谁呢?"

"你们这十五年来一直认为腓特烈死于意外……"

"我们坚持这么想是为了不用互相怀疑。此外,左西摩一直阴魂不散,所以我们已经有一名凶手。"

"可能吧。但是你可以相信我,我在皇宫里也曾经目击多次的凶案。虽然我们的皇帝也很喜欢以炫耀的心态，让外国访客参观一些发明和神奇的自动装置，但是我从来没见过任何人用这些发明来杀人。你听我说，你记得你第一次提到阿祖鲁尼这个名字的时候，我告诉你，我曾经在君士坦丁堡听说过这个人，我在锡利夫里也有一个朋友曾经多次造访他的城堡。这个帕夫努吉欧非常了解阿祖鲁尼那些把戏，因为他自己也曾为皇宫建造类似的装置。他很清楚这些戏法能够做些什么事，有一次，他在安德罗尼卡的时代，向皇帝保证只要他拍拍手，就会让一项自动装置开始挥舞军旗。他完成后，安德罗尼卡在一场宴会里当着一些外国使节的面献宝。他拍了手之后，自动装置却一动也不动，帕夫努吉欧也因此被挖掉了一双眼睛。我会问他愿不愿意来这里走一走。其实，自从被放逐到锡利夫里之后，他一直都觉得很无聊。"

帕夫努吉欧在一个年轻男孩的陪伴下抵达。尽管他曾经遭遇不幸，年岁也已经一大把，但仍然是一个精力充沛、心智敏慧的人。他首先和许久不见的尼基塔斯寒暄，接着他想知道自己能够为波多里诺做些什么事。

波多里诺开始为他叙述自己的故事，他简略地带过最开始的部分，从加里波利的市集开始，直到腓特烈驾崩之后一段才进入细节。他不能不提到阿祖鲁尼，不过他隐瞒了养父的身份，并告诉他那是一名和他非常亲近的佛兰德伯爵。他甚至没有提到圣杯，只对他表示那是一个镶满了宝石，受害者非常重视，但是引起许多人觊觎的杯子。波多里诺叙述的时候，帕夫努吉欧偶尔会打断他。"你是一名法兰克人，对不对？"他问，并对他解释，他在某些希腊词汇上的发音方式，是普罗旺斯人特有的典型，或者："你说话的时候，为什么一直触摸脸颊上的伤疤？"波多里诺怀疑他是否真的失明，而他对他解释，他的声音有的时候会失去响度，就像他把手挡在嘴巴前面一样。如果他像许多人一样触摸自己的胡子,他并不需要盖住自己的嘴巴。所以他触摸的地方是脸颊,而如果有人触摸自己的脸颊的话,不是因为牙痛,就是因为某种缺陷或伤疤。既然波多里诺是名武夫,假设他脸上有道伤疤似乎最为合理。

波多里诺把故事说完之后,帕夫努吉欧告诉他:"所以你现在希望知道腓特烈大帝那间紧闭的房间里到底发生了什么事。"

"你怎么知道我说的人是腓特烈?"

"好了,好了,所有的人都知道大帝是溺死在距离阿祖鲁尼那座城堡不远的卡里卡努斯河,而阿祖鲁尼在这件事情之后也跟着失踪,因为他的主子莱翁认为他没有好好照顾如此显赫的客人,要砍他的头。我一直很惊讶你这位传说中一向习惯在河里游泳的大帝,居然会在卡里卡努斯河这种小溪里灭顶,不过这下子你已经让许多事情豁然。所以,让我们仔细整理一下。"接着,他毫无嘲讽之意地将事情的前后,就像发生在他那对盲眼之前一样地描述了一遍。

"首先,我们先把腓特烈死于这项真空装置的可能性淘汰掉。我知道这项发明,它是作用在楼上一间没有窗户的陋室里,而不是大帝那间有一座壁炉和许多缝隙,空气完全能够自由进出的房间。此外,那项装置完全没有办法运行。我已经尝试过,内部的圆筒和外部的圆管并不能完全吻合,所以空气也可以从千百个缝隙渗进去。许多比阿祖鲁尼优秀的工匠,早已经在好几个世纪之前尝试过这类的实验,却没有得到任何成果。建造那个转动的球体,以及那扇利用温度开启的门,都是克特西比乌斯[1]和希罗[2]的时代就已经知道的游戏,但是,我亲爱的朋友,真空绝对还没有人制造得出来。阿祖鲁尼非常自负,他喜欢让客人惊讶,就这样。我们现在来

---

[1] Ctesibius(前285—前222),古希腊发明家。
[2] Hero of Alexandria(10—70),古希腊几何与机械学家。

看看镜子。阿基米德是不是真的烧了罗马人的船舰,除了传说之外,我们并不知道是不是真有其事。我看过阿祖鲁尼那几块镜子,它们的尺寸太小了,最多比石磨大一些。就算我们承认他造得很成功,镜子所反射出去的光束,也只有在中午才有足够的力量,而不是在阳光微弱的清晨。此外,这些光束必须穿过彩绘的玻璃,如果他真的把镜子对准大帝的房间,他也得不到任何结果。你相信我说的话吧?"

"再谈谈其他的部分。"

"毒药和解毒剂……你们这些拉丁人,你们真是天真。你能够想象有人在加里波利的市集上贩卖就连拜占庭皇帝都必须重金礼聘的炼金师才能够提炼出来的东西吗?在那个地方贩卖的东西都是假的,只有伊科尼恩或保加利亚来的野蛮人才信这一套。他们拿给你们看的两个瓶子里面装的是清水,而腓特烈喝下去的东西,不管来自你那个犹太人,还是你那个叫做'诗人'的朋友,结果都是一样的。我们也可以用同样的方式来看待那一份解毒剂。如果真的有这种解毒剂存在的话,所有的统帅都会想办法取得,然后在战场上拯救伤兵,让他们重新投入战役。此外,你刚才告诉我你们买到这些珍品所花的钱:实在非常荒谬,到水源处取水再装入瓶中的劳力刚好是这个代价。现在,我们来谈谈丹尼斯的耳朵。我并没有听到阿祖鲁尼那一套制造出预期的效果。这一种把戏,只有在说话的洞口和声音的出口之间距离很短的时候才会成功,就像你为了让声音传远一些,手做漏斗状放在嘴边一样。但是在那座城堡里面,楼层之间的管道十分曲折复杂,还必须穿过厚重的墙壁……阿祖鲁尼让你们尝试他的道具吗?"

"没有。"

"你明白了吧?他在客人面前献宝,赚一些面子,就这样。就算你那个'诗人'真的尝试和腓特烈说话,腓特烈也被他叫醒,他只会在美杜莎的嘴巴里听见一些分辨不清的嗡鸣声而已。阿祖鲁尼肯定曾经用这套道具来吓一吓他收留在房间里的人,让对方认为房间里面闹鬼,但是他能做的事情仅止于此。你的朋友'诗人'并不能传递任何信息给腓特烈。"

"但是掉在地上的空杯子和壁炉里的火……"

"你刚才告诉我腓特烈那天晚上觉得不太舒服。他骑了一整天的马,而且是在那一带灼热的烈日之下,不习惯的人肯定痛苦不堪。他刚刚结束无止境的长途跋涉和一场一场的战役……他一定非常疲倦、虚弱,大概也发了烧。你如果半夜因为发烧而全身哆嗦的话,你会怎么做?你会为自己盖被子,但是如果你发了烧,就算在棉被下面还是会全身颤抖。你的大帝点燃了壁炉。接着他觉得比刚才更不舒服,他担心自己被下了毒,所以喝了那一杯没有用的解毒剂。"

"但是他为什么会觉得更不舒服?"

"这一点我就不是那么肯定了,但是如果我们好好推理的话,立刻就可以得出惟一的结论。你仔细为我描述一下这座壁炉,让我可以看清楚一些。"

"一片干树枝上面摆了几块木材、熏香的浆果,还有几块深色的东西,我想应该是木炭,不过上面淋了某种油状的物质……"

"那是石脑油或沥青,你可以在巴勒斯坦找到大量这种东西。那一带有一个被称为死海的地方,你以为是海水的东西却又稠又重,而你在海水里面不但不会沉没,反而会像一艘小船一样漂浮。根据普林尼的记载,这种物质和火十分亲近,一靠近就立刻燃烧。至于木炭,我们都知道那是什么东西,同样根据普林尼的记载,做法就是燃烧堆成锥状、覆盖了一层潮湿黏土的橡木枝干,黏土上开挖了洞孔,让湿气得以在燃烧的过程当中飞散。有时候也会使用一些我们并不清楚特性的其他树木来制作,不过许多医生都注意到品质不良的木炭和某些沥青一起燃烧，排出的气体被吸收之后会造成的结果。那是一种有毒的气体，较一般火焰所排的烟气更难察觉，所以室内的人并不会急着开窗。这些看不到的气体会蔓延、散布，更会滞留在一个封闭的空间里。你还是可以察觉，因为这些散发物一接触到灯火，会让火焰变为蓝色。但是通常一个人察觉到这种情况的时候，为时都已经太晚了，这种狡诈的气体已经吞噬了周遭的纯净空气。不幸吸入这种毒气的人会感觉头部沉重、耳鸣，他会呼吸困难、视线也会开始模糊……这些都是认为自己被下了毒而喝掉解毒剂的好理由，你的大帝就是这么做的。但是，一旦觉得身体不舒服，又没有立刻离开受到污染的地方，也没有人拖你出去的话，更糟糕的事情会接着发生。你会觉得昏沉欲睡，你会瘫软倒地，而后来发现你的人，看到你没有气息、没有体温、没有心跳、四肢发冷，脸色极度苍白，会认为你已经丧命……就连最有经验的医生也会认为眼前是一具尸体。我们知道有一些人在这种情况下被埋葬，而事实上只需要以冷湿巾放在头上，双脚泡在水里，再以复苏精神的精油擦拭全身。"

"你是不是想告诉我……"波多里诺的脸色就像腓特烈那天早晨一样苍白，"我们以为大帝已经驾崩，而他事实上还活着？"

"没错，我几乎可以确定，我可怜的朋友，他是被丢进河里之后才丧命。冰冷的水在某种程度上让他苏醒过来，这么做原本是个很好的治疗方式，但是，失去知觉的他，一开始呼吸之后立刻吸入大量水，并因此而溺毙。你们把他拖到河岸的时候，应该会发现他看起来就像一个溺毙的人……"

"他全身肿胀。我知道不应该是这副模样，但是面对这具在河中和石块擦撞的可怜遗体，我以为那只是一种感觉……"

"放进水中的死人不会肿胀，只有死在水中的活人才会出现这种情形。"

"所以腓特烈只是受害于一种未知的怪病,而不是遭到杀害?"

"有人取走了他的性命,确实如此,只不过取走他性命的是将他丢进水里的那个人。"

"那是我!"

"真的非常遗憾。我可以感觉到你非常激动。冷静一点。你这么做是因为你认为做得没错,你的目的并不是为了杀害他。"

"但是我做的事却杀了他!"

"我并不认为这叫做杀害。"

"但是我觉得就是这样。"波多里诺大叫,"是我淹死了我挚爱的父亲,而他当时还是活生生的!我……"他变得更加苍白,并在喃喃念了一些没有条理的话之后昏了过去。

他醒过来的时候,尼基塔斯正将冷湿巾放在他的头上。帕夫努吉欧已经走了,或许他因为对波多里诺揭露这些事情,揭露他看得到的可怕真相而觉得内疚。

"现在,你试着维持平静。"尼基塔斯对他说,"我了解你的震惊,但是只能说这是命运;你也听到帕夫努吉欧所说的话了,任何人都会判定他已经丧命。我也听说过许多这种看似死亡而骗过所有医生的案例。"

"我杀了我的父亲,"波多里诺继续重复,并因为发烧而全身颤抖不停,"我在自己不知情的情况下痛恨他,因为我渴望他的妻子、我的继母。我首先犯了通奸罪,接着又逆伦弑父,而我身上背着这样的恶罪之后,又用我乱伦的精液污染了最纯洁的处女,并让她认为那就是她被承诺的狂喜。我是一名凶手,因为我杀害了无辜的'诗人'……"

"他并不无辜,因为他已经被一种难以抑止的贪婪附身;是他想要杀你,你是出于自卫。"

"我不当地用自己犯下的谋杀罪来指控他，我杀了他是为了不承认我必须自我惩罚，我一辈子都活在谎言当中，我要死，我要沦入地狱去受尽永恒的折磨……"

尝试让他平静下来并没有用，怎么做都没有办法治疗他。尼基塔斯让泰欧菲拉特以催眠的药草准备了一碗汤让他喝下去。几分钟之后，波多里诺极度不安地昏昏入睡。

他在隔天醒过来之后，拒绝了为他准备的一碗浓汤，然后走到屋外坐在一棵树下，把头埋在双手当中，一整天都没有说话。他到了第二天早上还是待在原地，一动也不动。尼基塔斯觉得这种情况下，最好的药方就是葡萄酒，并说服他当做药物一样大量饮用。波多里诺于是在那棵树下昏昏沉沉地待了三天三夜。

到了第四天的清晨，尼基塔斯去找他的时候，他已经不见踪影。他找遍了整座花园和房子，但是波多里诺已经销声匿迹。担心他会做出绝望的举动，尼基塔斯派了泰欧菲拉特和他的儿子，到锡利夫里的每一个角落和近郊去寻找。经过了两个钟头之后，他们回来叫尼基塔斯跟他们去一看究竟。他们带他来到那片距离城外不远的草地，也就是进城的时候曾经见过的那根昔日的隐士柱。

一群好奇的人围在柱子下面，对着柱头指指点点。那根柱子是由白色的石材所造，高度几乎接近两层楼房。柱头上有一片正方形而四周围着护栏的平台。护栏的支柱也是石造的，间隔非常宽松，支柱的顶端则覆盖着一排扶手。平台的中央盖了一间小屋，由于柱子上面的空间非常狭小，所以坐下来的时候两条腿必须吊在外面，而小屋里也只能勉强容纳一名弯腰蹲坐的人。波多里诺就坐在那上面，两条腿吊在外面，而所有的人都可以看到他全身赤裸得像条虫一样。

尼基塔斯在下面叫唤，要他下来，并试着打开柱子下面一扇这类建筑都有的窄门，因为窄门后面是爬上平台的楼梯。那扇门虽然固定得不牢靠，但是此刻已经从里面顶住。

"下来，波多里诺，你在上面做什么？"波多里诺应了几句话，但是尼基塔斯听不清楚。他叫人去帮他找来一个高度足够的梯子。他吃力地爬上去，一直到他的脑袋面对着波多里诺的脚。"你到底想做什么？"他又问了一次。

"你不要再爬了。我从现在开始赎罪，我会在这里祈祷、冥想，在沉默当中化为乌有。我寻找的是超越所有意见和想象力的遥遥孤独，从此不再感受愤怒、欲望，甚至不再推理、思考，除了黑暗的荣耀之外，解脱所有的关联，为了无视一切而回到绝对的单纯。我准备净空我的灵魂和智慧，从此抵达精神的国度，我会在黑暗中通过烈焰的途径完成我的旅程……"

尼基塔斯发现他在重复从伊帕吉雅的口中听到的话。这个可怜的人这么希望摆脱所有的热情，他心想，所以将自己孤立在这上面，试着和他仍然深爱的人一模一样。但是他并没有告诉他，他只问他打算如何生存下去。

"你曾经告诉我，那些隐士用一条绳子放下一个篮子，"波多里诺表示，"信徒会施舍他们的剩菜，最好是他们的动物吃剩的东西。加上一点水，虽然会受到口渴的煎熬，但是可以等待偶尔降下的雨水。"

尼基塔斯叹了一口气，他下去之后，派人去找来一个篮子和一条绳子。他在篮子里装满面包、煮熟的蔬菜、橄榄和几块肉；泰欧菲拉特的一个儿子将绳子的一端往上抛，波多里诺接住后，把篮子拉上去。他只拿了面包和橄榄，其他的东西全部归还。"现在让我一个人独处吧，我求求你。"他对尼基塔斯叫道，"向你叙述我的故事这个过程，已经帮助我了解希望了解的事情，我们已经没有话可说了。谢谢你帮助我抵达我目前所处的位置。"

尼基塔斯每天都去看他，波多里诺仅以手势向他致意，然后不再有任何表示。时间慢慢过去了，尼基塔斯发现自己已经不需要再帮他准备食物，因为谣言已经在锡利夫里传开：经过几世纪之后，另外一个圣人再次独居在柱子上面，所以每个人都到柱子下面去比划十字，然后在篮子里放一些吃的和喝的东西。波多里诺拉动绳子，仅留下少许他当天需要的东西，然后将剩下的东西撒给开始在栏杆上栖息的众多小鸟。他只对它们感兴趣。

波多里诺整个夏天都待在上面而没有说一句话。虽然他经常躲进小屋里，却还是受到烈日的煎熬和高温的折磨。当然，他是利用夜晚的时间，在栏杆外排便排尿，柱脚边上可以看到他像羊屎一般细小的粪便。他的胡子和头发越来越长，他已经脏到可以看得出来，而他的臭味，甚至在下面就已经开始闻得到。

尼基塔斯离开了锡利夫里两次。佛兰德的鲍德温已经在君士坦丁堡登上王位，拉丁人也一点一点地占领了整个帝国，不过尼基塔斯还是必须回去打点他的家产。这段时间，拜占庭帝国最后的堡垒开始在尼西亚建立起来，而尼基塔斯认为自己应该迁移到那个地方，他们或许会需要他这种有经验的参事。因此他必须开始进行一些联系，并准备下一趟危险的旅行。

每一次他回来的时候，都会看到柱子下面聚集了越来越密集的人群。他们认为一个通过持续奉献而如此净化的柱头隐士，不可能没有透彻的睿智，所以他们用梯子爬上去请教他的建议和慰藉。他们向他描述自己的不幸，而波多里诺会回答像这样的话："如果你傲慢，你就是恶魔。如果你悲伤，你就是它的子嗣。如果你为了千百事操心，你就成了它永无安息的仆人。"

另外一个人问他应该用什么方法结束和邻居之间的争执。而波多里诺告诉他："试着像骆驼一般，扛起原罪的重担，然后跟随认识上帝之道那个人。"

又一个人告诉他自己的儿媳生不出小孩。而波多里诺对他说："对于天下和天上的一切想象只是完全徒然。惟有坚持对基督的记忆，才能置身于真相当中。"

"他真是睿智！"这些人如此说。他们留下几块钱，然后满怀慰藉地离去。

冬天来了，而波多里诺几乎一直蜷曲在小屋里。为了不用聆听前来见他的人所描述的冗长故事，他开始预言。"你，你全心爱一个人，但是有时候会怀疑这个人并非用同样的热情爱你。"他说。而对方会表示："真的是这样！你就像阅读一本敞开的书本一样，看透了我的灵魂！我应该怎么办呢？"波多里诺会告诉他："闭上嘴，千万不要打量自己。"

对接下来一个费尽力气才爬上来的肥胖男子，他说："你每天早上起床的时候，脖子都会疼痛不已，让你穿裤子的时候非常吃力。""没错，就是这样。"对方佩服地表示。而波多里诺告诉他："三天不要进食，但是不要因为斋戒而感到骄傲。与其趾高气扬，不如吃几块肉。宁可吃几块肉也不要自我吹嘘。还有，为了你的原罪，像纳税一样接受你的疼痛。"

一名父亲前来告诉他自己的儿子全身都是疼痛的伤口。他回答："用盐和水一天洗涤三次，而每一回口中都要念叨：圣母伊帕吉雅，好好照顾你的儿子。"这个人告退离去，一个星期之后回来告诉他，那些伤口已经开始痊愈。他留下几块钱、一只鸽子，还有一瓶酒。所有的人都大叹奇迹，而生病的人全都跑到教堂里大声祈祷："圣母伊帕吉雅，好好照顾你的儿子。"

一名衣衫褴褛、脸色阴沉的人爬上梯子，波多里诺告诉他："我知道怎么一回事。你对某个人一直怀恨在心。"

"你什么事都知道。"对方表示。

波多里诺对他说:"如果一个人想要以恶制恶,就算只是一个迹象,他都可能伤害一名兄弟。所以把你的双手放在背后。"

另外一个眼神悲哀的人前来告诉他:"我不知道自己为什么悲痛。"

"我知道,"波多里诺告诉他,"因为你是一个痛苦的人。"

"我应该如何治疗?"

"人们注意到太阳行进极度缓慢的时候,就是痛苦第一次显现的时候。"

"所以呢?"

"不要再盯着太阳。"

"任何事都无法对他隐瞒。"锡利夫里人表示。

"你为什么会如此睿智?"有人问他。波多里诺回答:"因为我隐藏自己。"

"你如何隐藏自己?"

波多里诺伸出一只手,让他看着自己的手掌。"在你的面前看到了什么?"他问。"一只手。"对方回答。

"你瞧,我把自己藏得很好吧。"波多里诺说。

春天又来了。波多里诺还是一样,越来越脏,毛发越来越长。他的身上覆盖了一群鸟。这些鸟成群来去,在他身上啄食开始寄居的虫子。由于他必须喂食这些动物,所以人们每天都装满他的篮子好几回。

某天早上,一个骑马的人一身灰尘,上气不接下气地奔来见他。原来在一场狩猎当中,一名贵族把箭射偏了,射中他妹妹的儿子。箭头刺进一只眼睛,然后从后颈穿出来。那名男孩仍然继续呼吸,而这名大爷要求波多里诺尽力做一名献身上帝的人能够做的事情。

波多里诺对他说:"柱头隐士的责任是看到自己的思绪从远方到来。我知道你会来找我,但是你花了太多时间,同样的时间也必须用在回程上面。世事自有其发展的方向,那名男孩此刻正渐渐死去,甚至……是的,他已经去世了。上帝已经仁慈地接受他了。"

那名骑士回去的时候,那名男孩已经丧生。得知这件事情之后,锡利夫里许多人都大肆宣扬波多里诺拥有预知的天赋,他可以看到数里之外发生的事情。不过距离柱子不远的地方,有一座圣马多尼欧教堂。由于这几个月来,波多里诺抢走了信徒的捐献,所以教堂里的教士非常痛恨他。他们开始告诉所有的人,波多里诺制造的奇迹真是了不起,而这样的奇迹人人都办得到,并跑到柱子下面对波多里诺大叫,如果一名柱头隐士不知道如何从一只眼睛里拔出一支箭,那名男孩就相当于被他杀害一样。

波多里诺回答他:"热衷于迎合他人,只会让人失去心灵上的全部成长。"

教士向他掷了一颗石头,几名狂热分子也跟着加入,朝平台砸了许多石头和土块。他们丢了一整天的石头,而波多里诺则蜷缩在小屋里,双手掩盖脸孔。这些人一直到夜色降临之后才离去。

隔天早上,尼基塔斯准备去探望他的朋友到底发生什么事的时候,却发现已经找不到他。柱子上面已经没有人影。他忧心忡忡地回到泰欧菲拉特的家中,却在畜棚里看到波多里诺。他把一个桶子装满了水,正用一把刀子刮除身上累积的秽物。他已经粗略地剪掉了自己的头发和胡子,而他的身体因为风吹日晒呈棕褐色。他看起来并不会过分消瘦,只是不太能站直,并不停地甩动手臂、肩膀,来舒解背上的肌肉。

"你瞧,我这辈子惟一说了实话的一次,却被人砸了石头。"

"这样的事情也发生在使徒的身上。你已经成了一名圣人,却因为一点儿小事退缩?"

"或许我等待的是上天的征兆。过去这几个月以来我存了不少钱,我让泰欧菲拉特的一个儿子去帮我买一套衣服、一匹马和一头骡子。房子里的某个地方,大概还找得到我的武器。"

"所以,你打算离开了?"尼基塔斯问。

"是的,"他说,"我在柱头上领悟了许多事情。我知道自己虽然有罪,但从来不是为了取得权力和财富。我知道自己如果希望得到宽恕,就必须偿还三项债务。第一项债务:我承诺为阿布杜竖立一座石碑,而我也为此留下他那颗施洗约翰的头颅。这笔金钱源自其他的地方,不过反而更好,因为不是得自贩卖圣物,而是虔诚信徒的捐献。我会找到我们埋葬阿布杜的地方,然后建造一座小教堂。"

"但是你根本不记得他遭到杀害的地方!"

"上帝会为我带路,科斯马斯的地图我也记得清清楚楚。第二项债务:我对我的好父亲腓特烈许过一个神圣的承诺,更别提还有奥托主教,而我一直没有实现。我必须前往祭司王约翰的王国,否则我就白白糟蹋了我的生命。"

"但是你们确信这个王国并不存在!"

"我们确信和我们没有抵达,这两件事情并不一样。"

"但是你们已经发现那些阉人说谎。"

"他们或许说谎,但是让祭司存在某个地方的奥托主教和传统的声音不会说谎。"

"但是你已经不像第一次尝试的时候那般年轻。"

"但是我变得比较睿智。第三项债务:我有一个儿子,或是一个女儿在那个地方。在那个地方还有伊帕吉雅。我要找到他们,然后扛起我保护他们的责任。"

"但是已经过了七年多了!"

"所以小孩已经超过六岁。一个六岁以上的小孩难道就不是你的小孩吗？"

"但是，如果是一个男孩，他就成了一名从不露脸的萨提洛斯人！"

"也可能是一个小伊帕吉雅。无论是什么情况，我都会热爱这个小孩。"

"但是你并不知道他们藏匿的山区在什么地方！"

"我会寻找他们。"

"但是伊帕吉雅可能已经把你忘记；或许她并不想再见到让她失去淡漠的人！"

"你并不认识伊帕吉雅。她一直等着我。"

"但是她爱上你的时候，你已经年纪一大把；你现在对她来说已经像个糟老头！"

"她没有见过比我更年轻的人类。"

"但是你得花上许多年的时间才能够回到这些地方，并走向更远的国度！"

"我们这些法斯凯特人的脑袋，比鸟还要硬。"

"但是，谁知道你会不会一直活到旅途的尽头？"

"旅行让人返老还童。"

什么办法都没有。隔天，波多里诺拥抱了尼基塔斯、他的家人，以及他的东家。他吃力地爬上马，把剑挂在马鞍上，后面则牵着载满补给品的骡子。

尼基塔斯看着他消失在远方的时候，他仍然继续挥着手，然后头也不回地迈向祭司王约翰的王国。

四〇

波多里诺已经离去

尼基塔斯去拜访了帕夫努吉欧。他把故事从头到尾为他描述一遍，从他在圣索菲亚教堂遇到波多里诺开始，以及波多里诺告诉他的一切。

"我应该怎么做？"他问。

"为他吗？你什么事都不用做，他是去面对自己的命运。"

"不是为他，是为我自己。我是一名编年史的作家，我迟早要动笔写下这些日子以来发生在拜占庭的一切。我应该把波多里诺告诉我的故事摆在什么地方？"

"无处可摆。那是他自己的故事。此外，你确定他的故事是真的吗？"

"不确定，我知道的一切都出自他的口中，就像我也从他的口中得知他是一个骗子一样。"

"你明白了吧，"睿智的帕夫努吉欧表示，"一名编年史的作家绝对不能相信如此不确定的见证。将波多里诺从你的记录当中删除。"

"但是，至少我们最后这几天，在热那亚人的家中度过了一段共同的经历。"

"把热那亚人也删掉吧，否则你必须提到他们制造的圣物，读者会因此而失去最神圣的信仰。你只需要稍微篡改一下发生的事，在记录中表示你是得到威尼斯人的帮助。是的，我知道，这并不是真相，但是在一部宏大的史记当中，我们可以为了呈现更大的真相去篡改微小的细节。你必须描述的是罗马帝国的真实历史，而不是诞生在远方沼泽地的关于蛮族和蛮人的轶事。此外，你希望让你未来的读者相信酷寒恒冬的高山上可以找到圣杯，酷热的大地上可以找到祭司王约翰的王国？谁知道接下来的世世代代，多少狂热分子会因此投身于没有止境的漂泊？"

"那是一个精彩的故事，只可惜不会有人知道。"

"不要自认为是世上惟一的作家，迟早会再出现一个比波多里诺更会说谎的人，来告诉我们另一段故事。"

Umberto Eco
Baudolino

© RCS Libri S. p. A. -Milan, Bompiani 2000
All rights reserved
All adaptations are forbidden.

图字：09 - 2004 - 639 号

图书在版编目(CIP)数据

波多里诺/(意)翁贝托·埃科(Umberto Eco)著；
杨孟哲译. —上海：上海译文出版社,2020.7(2021.4 重印)
(翁贝托·埃科作品系列)
ISBN 978 - 7 - 5327 - 8486 - 8

Ⅰ.①波… Ⅱ.①翁… ②杨… Ⅲ.①长篇小说-意大利-现代 Ⅳ.①I546.45

中国版本图书馆 CIP 数据核字(2020)第 082794 号

波多里诺	UMBERTO ECO	出版统筹	赵武平
Baudolino	翁贝托·埃科 著	责任编辑	李月敏
	杨孟哲 译	装帧设计	尚燕平

上海译文出版社有限公司出版、发行
网址：www.yiwen.com.cn
200001 上海福建中路 193 号
苏州市越洋印刷有限公司印刷

开本 890×1240 1/32 印张 17 插页 5 字数 332,000
2020 年 7 月第 1 版 2021 年 4 月第 2 次印刷

ISBN 978 - 7 - 5327 - 8486 - 8/I · 5217
定价：89.00 元

本书版权为本社独家所有，非经本社同意不得转载、摘编或复制
如有质量问题，请与承印厂质量科联系，T：0512 - 68180628